萧乾先生病重住院时（右一为文洁若）

与蹇先艾、艾芜二老合影（1985年在宜宾竹海）。

2007年12月与吉狄马加（左二）、龚焰祥（右一）二位在美术馆。

与唐嘉源（唐宋元）研究萧伯纳在中国的事，请他将资料转赠英国伦敦萧伯纳故居。

2006年11月作代会上与袁鹰（左二）、吴泰昌（左三）、张昆华（右一）合影。

2009年5月中国作协党组书记李冰同志（右二）来蓉，由省委宣传部负责同志陪同看望合影。

《作家通讯》
记者摄了这张照片，
刊出用的标题是"两
王相逢格外亲"（右
为王蒙）。

坐着的两位女士是丁隆炎、陈之光的夫人，中间坐着的是三个年岁大的
（李致、王火、陈之光），立着的是两位年轻些的作家是杨宇心、丁隆炎。

第七卷

王火文集

心上的海潮　隐私权　众生百态

四川文艺出版社

图书在版编目（CIP）数据

王火文集. 第七卷，心上的海潮 隐私权 众生百态 / 王火著.
—成都：四川文艺出版社，2017.4
ISBN 978-7-5411-4629-9

Ⅰ. ①王… Ⅱ. ①王… Ⅲ. ①中国文学－当代文学－作品综合集
②中篇小说－小说集－中国－当代③短篇小说－小说集－中国－当代
④小小说－小说集－中国－当代 Ⅳ. ①I217.2

中国版本图书馆 CIP 数据核字（2017）第 067488 号

王火文集 ┃ 第七卷

XINSHANG DE HAICHAO YINSIQUAN ZHONGSHENG BAITAI

心上的海潮 隐私权 众生百态

王 火 著

责任编辑 邓 敏 王筠竹
编辑统筹 周 轶 彭 炜
封面设计 叶 茂
版式设计 史小燕
责任印制 唐 茵等

出版发行 四川文艺出版社（成都市槐树街2号）
网 址 www. scwys. com
电 话 028-86259287（发行部） 028-86259303（编辑部）
传 真 028-86259306

邮购地址 成都市槐树街2号四川文艺出版社邮购部 610031
排 版 四川胜翔数码印务设计有限公司
印 刷 成都东江印务有限公司
成品尺寸 149mm×210mm 1/32
印 张 22.75 字 数 590 千
版 次 2017 年 6 月第一版 印 次 2017 年 6 月第一次印刷
书 号 ISBN 978-7-5411-4629-9
定 价 178.00 元

目 录

众生百态

心上的海潮

心上的海潮

我的心也像大海，

有风暴，有潮退潮涨，

也有些美丽的珍珠，

在它的深处隐藏。

——海涅

（一）一九八〇年二月二十三日（星期六），中国上海。

孔薇娜又来到这阔别三十多年的上海了！

一切都像在梦幻中。她不喜欢生活平淡却又害怕太大的刺激，可人生每每会遇到这样神奇而不平凡的经历。她是一个妩媚、任性、好幻想的女人，有一对美丽得出奇的眼睛，带有诗人的气质。三十多年前，一九四八年底，她随那位老画家父亲离开这祖国的大城市上海时，只是一个大学新闻系毕业的中国学生。现在，父亲的骨灰早已葬在香港仔的坟场里了，她却是以一个美籍华人女作家的身份出现在她的诞生地上海的。三十多年前，离开上海时，她风华正茂才二十四岁。现在，一九八〇年，她重返上海，却已经五十六岁了！幸福的岁月，灿烂的年华，像春水一般，都已经逝去。她现在怀着一种迟暮之感，回到了上海。感情是复杂的，心中常荡漾着一种淡淡的忧郁。但她体内那火一般的爱情并没有熄灭。正是带着这种异样的对爱情的向往和追求，她打听到了要寻找的那个男人，同他取得了联系，经过几次通信以后，七天前，她匆匆启程。飞往香港的机票告满，她决定绕道日本来，就毅然地搭乘泛美航空公司的波音747SP型珍宝机离开美国纽约直航东京，又从羽田机场转搭日本航空公司的波音机飞到上海来了。

刚才，她看了一个钟点的报纸。在她的面前放着她从报摊上买来的《人民日报》《文汇报》和《解放日报》。看这些报纸，她不太习惯，但又很感兴趣。在纽约看报时，每天总是在报上看到大批社会新闻，那么耸动，那么刺激：银行被抢；在布鲁克兰，价值五万元的药品被人从仓库盗走；在克利夫兰艺术学院，夜晚被偷走一幅珍贵油画；蒙面大盗光临某公寓，女仆和主人均被枪杀。……这儿的报纸，全是政治、生产……没有那些五花八门乌七八糟的新闻，读来枯燥，但却有许多使她觉得有启示的文章和消息。这几天，她每天都看三份报。离开上海这么久了！她确实觉得自己来到了一个比较陌生的地方，需要借助报纸再熟悉起来。……

现在，正是傍晚时分，上海沐浴在霏霏细雨中。房里很静，没有"迪斯科"，没有橄榄球实况比赛的转播，没有商业性质的彩色电视节目……她伫立在饭店十三层楼那设备比较老式，但陈设还算典雅华丽的套房窗前，呆呆地眺望城市喧闹的街景。这两天，她感冒了！头晕、血压高，医生让她卧床休息，可是她的思绪像激浪翻腾，怎么能在床上躺得住呢？春节刚过，二月的天气还带寒意。雾似的牛毛雨中，街上仍拥挤着欢乐的人流和衔接的车辆。从窗口望下去，栉比鳞次的上海变化不大。除了跑马厅变成了人民广场和人民公园，周围新盖的大厦不多。她眼界囊括的仍是她当年熟悉的城市轮廓，也是她在美国无数次梦见过的上海。从北美大陆的美国大都市来到上海的她，看惯了棋盘般整齐的街道两旁那密密立体的超高层摩天大厦和那纵横全城的多层立体交叉公路，看惯了在多层立体交叉公路上列队驶行的一辆辆小甲虫般的轿车和高速公路上可以并排奔驰六至八辆汽车的路面，现在再看上海，就会感到灰蒙蒙的建筑物显得苍老，城市不像旧有的印象中那么现代化。在美国看够了罪恶事端不断发生的"时报广场"和破旧肮脏、潮湿混乱充满了贫穷、犯罪、失业、疾病和死亡的哈莱姆区，现在再看上海，就又感到平静、清净了！花花绿绿各式的霓虹灯基本没有了！广告牌，不多，完全不像美国那耸立路边的奇形怪状、琳琅满目的广告和商标牌；小汽车，少了；电车和黄包车以及那种老式的公共汽车都不见了，但却给她一种早年熟悉的中国城市的风味，她喜欢这种亲切的印象……她倚窗站立，心里纷乱而又寂寞，看着这一切，都似乎无动于衷，心里却微喟地在默诵着李清照的《一剪梅》："……花自飘零水自流，一种相思，两处闲愁。此情无计可消除，才下眉头，却上心头。"吟着吟着，心酸起来。不知为什么，突然又有些怀念自己以五万多美元购置的在盎格鲁林镇的那座二层楼房的美丽建筑了。那绿荫和如茵草坪覆盖的庭院；那敞向车水马龙街道的大门；那花园里种植着的玫瑰花甜蜜典雅的香气；那北美常有的晴朗阳光。……看看腕上的液晶显示式电子手表，是五点四十五分，按照约定的时间，再有十五分钟，她就可以见到他了！她的归来，不全都是为了他吗？她的心"扑通扑通"地激跳起来，使她有些晕眩。她克制住感情，离开窗口走到门边，"啪"地开了电灯，玻璃吊灯上柔和的金光顿时泻满了屋子，使紫红色的丝绒窗帘更加柔和夺目。她下意识地走近了摆满化妆品和她昨天从大光明电影院隔壁工艺美术品服务部采购来的一些中国工艺品小摆设的五斗橱前。

依然那么美丽，人们都说她是个漂亮的女人，说她看上去只像三十多岁。现在，她凝望着大镜子，大镜子里出现了她的形象：一个身材适中体态苗条、风度翩翩浑身像闪着光彩的女人。长长的眼睫毛下有一双美得出奇的大眸子灵活地忽闪着，瞳仁就像一潭清幽幽的深水，秀丽的眉毛间散发着一种高雅的气质。腮边挂着两个小小的酒窝，神情里带着淡淡的忧郁。一头乌黑发亮的长发梳成一个绰约多姿的 S 髻。她从不去学美国时下流行的打扮。她有自己独特喜爱的美学观点。青年时代她就喜欢"清水出芙蓉，天然去雕饰"的境界。她爱穿黑色的旗袍或藏青的西式上装。今天她依然穿一件丝光闪闪的黑缎驼绒旗袍。脚上，她换下了那双黑麂皮的高跟鞋，穿上了她昨天在南京路上买的一双圆口黑色布底鞋。唯一不寻常的保暖装饰品是一条十分华丽的搭在双肩上的加长加宽的围巾。这是友人从巴黎给她买来的手工制品，一半是晶莹的黑羊毛线编织的，一半是电光似的金丝线编织的，这就衬得她那布满智慧的脸更加白皙，她那涂着口红的嘴唇更加鲜艳，衬得她的气度和风韵更加不凡。她对着镜子顾影自怜，觉得自己确实还很美丽，凄凉的心头涌起一点欣慰，忽又决定拭去口红。她清楚地记得：他是不太喜欢她涂口红的。那时，是大学时代，他指着她偶尔涂在嘴上的口红笑着说过："这是虚假的！多保留点真实的自然美，对你更适合……"当她仔细地用软粉纸拭净玫瑰色的口红后，从镜子里，她看到自己洗净了脂粉气，更素净大方了！她叹了一口气，用手整整云鬓，想象不出再过一会儿她所看到的他会是什么模样，也想象不出见到他时，他会怎么表示。当然，她已经想好，她第一句话会亲切地叫着他的名字说："艾风，你好！……"然后，伸出手去。……她不知自己会不会矜持，也猜不出艾风会不会热情。啊！岁月的流逝为什么必然在亲密的人中间也要冲刷出那么大的鸿沟来呢？多少年来，她一直等待着"谜"的揭晓，可是如今"谜"不但已经揭晓，而且在她看来，爱情似乎又可以重新回到怀抱的时候，她反而感到犹豫了！年轻时代那个缥缈而又美丽的梦早消失了！她心里抑郁，很想哭一哭，好不容易才忍住了。她不愿意在未曾见到他的时候就流下脆弱的眼泪，她宁可表现得高傲些、坚强些。她再一次不耐烦地看看手表。只剩五分钟就到六点了！这时，她忽然听到了"笃笃"清脆的敲门声。不知为什么，她感到自己的心要跳出胸膛来了！脸上一阵潮热，她站起身来，移步前去开门。

　　一个似曾熟悉的高个子站在她面前，但和她想象中的青年时代的艾风已经不一样了！那时他风度潇洒而飘逸。目前，这已是双鬓斑白的艾风了！他穿一件蓝涤卡的"毛式上衣"，着一条没有褶缝的灰涤卡裤子，看上去确实是有五十六岁了！啊！时光啊，你何其残酷？他和她是同年的，比她只大三个月！他那宽阔的肩膀、挺拔的身材还是她熟悉的，只是原来浓黑柔软的头发稀疏了，额头和眼角的皱纹很深，改变了他原来倜傥、健美的外貌。皱纹里面仿佛蕴藏着三十年来风风雨雨的酸甜苦辣，也隐隐透露了他曾走过漫长而艰苦的人生道路。在他那两条长长的眉毛下，有一双严肃的眼睛。虽然仍然明亮、乐观，给人热情、坚毅的印象，却又同人保持距离。……

　　灿烂的灯光下，他和她互相眼睁睁地打量着。她的心激烈跳动，叹息着，似能听到他也在微喟。她喜欢得流下泪来，忍不住"啊"地叫了一声："艾风！……"一刹那间，苦涩的泪水模糊了双眼，多少年的离愁别绪，夹杂着重逢的辛酸与喜悦，交汇着难用言辞表达的爱怜与怨恨，都上了心头。她忽然眼前发黑，双腿发软，两膝打颤，双手捂着脸，浑身无力地摇晃着仰天栽倒了！

　　艾风"啊"地惊叫起来："薇娜！……"敏捷地闪身上来托住晕厥了的她的身子。他发现她的脸烧得绯红，额上滚烫，他连忙让服务员立刻打电话叫来汽车，护送她到医院去……

　　（二）薇娜给艾风的信，一九七九年九月十二日，美国纽约。

　　半年前，一个炎热的初秋的下午，艾风意外地收到了一封国外来信。信，用红蓝花边的航空信封由美国寄来。信的来到，有这样一段过程：年初，一位出国赴美讲学的大学西语系罗教授，在美国N城结识了一位在E大学里任教的美籍华人女作家孔薇娜。这位眼睛热情深沉、闪耀着智慧光辉的女作家请罗教授到她盎格鲁林镇上的住宅里做客。那是一座二层楼的小楼房，有个法国式的小花园簇拥着，绿荫覆盖，环境富于诗情画意。她用中国式的饭菜招待罗教授。吃饭时，她向教授打听当年在上海某大学新闻系做助教的艾风的下落。罗教授答应了一定不负所托。回国后，就通过某大学，并请公安部门协助，终于获悉艾风离开大学后，曾在一个报社长期工作。"文化大革命"后期，他被调到一个中学里教书，现在任副校长兼教导主任。于是，热心的罗教授访问了艾风，写信将艾风的情况扼要地告诉了孔薇娜，不久，艾风就收到了孔薇娜的美国来信。信是用他熟悉的娟秀的笔迹写在天蓝色的信笺上的，信的开头没有称呼，原文是：

　　诚实和虚伪谈起恋爱来了。诚实真心爱上了虚伪，虚伪说他也真心爱上了诚实，他俩山盟海誓。诚实说："我永远爱你！"虚伪也学舌说："我永远爱你！"因为一个是诚实，一个是虚伪，说的话一样，真假却迥异。所以两人的恋爱结局当然是一场悲剧……

　　请原谅我说这样一个浅薄可笑的寓言吧！好像有点讽刺意味呢！其实，人又何必这么狭隘？三十年出头了！一切都早已成了回忆！我早已挥手和过去告别，从噩梦中醒来。我那受过伤的心每一触动就要疼痛！我又何必给你又给我自己过不去呢？

　　但是，三十年前，当我遇到虚伪，后来看穿了他的真面目的时候，我曾疯狂似的对着香港海滨那蓝色的大海哭泣，高声发誓：总有一天，我要追究原因，我要同他算账！我要报复！今天，我终于找到了他！为什么我连这样一点真心话都不敢或不愿直说？我希望你能回答我：为什么三十年前当我在香港患肺炎卧床时，你突然暴露了虚伪的面目将我弃之如敝屣？即使我能理解你断然放弃出国留学机会的那种狂热，我也不能理解为什么你对我会如此冷酷。任凭我写给你千言万语，你却再也不给我一封复信。到最后，你竟寄来了那么一张撕得粉碎了的我的照片……

啊！分别并不等于忘却！我用什么样的语句才能表达我的不幸和怨尤呢？我把我纯真的初恋的爱情无保留地呈献给了一个薄情者。而他是怎样对待我的？……这他心里最清楚，何须我来谴责？只是我到今天却依然对他恨中有爱，爱中有恨，难以理解他当时的行为。听到罗教授介绍：你的妻子已经去世，你的男孩遭到了不幸，你现在仍然孑然一身。我的恨就被同情驱走了一半！我忘不了你在大学时代对我说过的那些甜言蜜语。

我又何必还要追究，还要报复呢？我又何必再在自己和别人的伤口上洒下盐水呢？当然，像我前面所说的原因，我是要问个明白的。给我来信吧！坦率会换来真诚的谅解，也许我会自己痛哭一场而完全原谅你的。

时光老人已经在一九五一年将父亲接走。他的骨灰埋葬在香港仔华人永远坟场。一个任性的女郎，老已来临！我，现在是一个美籍华人。我想象得到，你会笑我甚至鄙夷我。但，命运已经给我做了这样的安排，我成为今天这样，你也负有责任。在港澳、台湾及美国，在海外文坛上，人们给了我"女作家"的桂冠。我在E大学任教，也得到了教授的头衔。在事业、经济和社会地位等各个方面，我已达到令人满意的水平。三十年来，从香港到这里，我先后出版过五个短篇集：《宝石蓝》《大海咆哮》《失去了的黄金时代》《地球还在慢慢转》《栀子花香》，其中三个集子是用英文写的，也出版过三个长篇：《撒旦留下的创伤》《预言的代价》和《绿盈盈的树叶》。顾名思义，你当然可以猜测到这第一个长篇里是为一个虚伪的薄情者而作的。唉！怎么说呢？在名利上我可以说已是一个富翁；但在爱情上，我始终是一个可怜的穷人。我常常感到寂寞和空虚，这要感谢你的赐予啊！我虽入了美国籍，却不能忘怀生育过我的中国，我关心着太平洋彼岸曾经是我的祖国的大陆上的一切。"春花秋月常似醉，卅年频频哭往事。"这些，你是体会不到的。埋藏在我体腔里的心，你看不见。就是你能看见，又能理解多少呢？

请来信吧！来信谈谈我们的过去，也谈谈你自己吧！也许你会奇怪：怎么这封信上我连个称呼也不写，也许你会生气，认为我这样做是一种冷漠或傲慢。不！我是在准备寻求一个恰当的称呼。这么多年了！我对你知道得太少了！发出这封信，仅像是一个探测气球。下一封信，我就可以给你称呼了！你也许还是我过去的艾风，也许已经不是。你也许仅仅是一个熟人，也已经像陌生人一样了。我常有一种奇怪的想法：马克思、恩格斯如果和华盛顿、杰弗逊、林肯相处，未必见得会吵闹、互责，或许也会成为好朋友的。信仰，为什么一定要妨碍人们成为可以敞开心怀对话的知己呢？三十年了！你一定早就是个共产党员了吧？你生活得怎样？我还想象不出：你——人民中国的一个中学副校长现在是什么模样？是一个道貌岸然的人物，还是一个同人情味早已决裂的英雄？寄张照片来吧！你是否仍有那一头浓黑美丽的头发？你是否在两条长长的眉毛下仍保留着一双热情的火焰般的眼睛？……让我再看看你！然后，我们坦率地谈心，一切需要互相重新发现，心灵的发现！互相的发现！我最初住过纽约东区的瑟顿街一幢公寓房子的十一层楼上，后来搬到纽约市北部比较高级的住宅区维斯切思特住了几年。如今我住的益格鲁林镇，是个宁静而美丽的小镇。现在，当我提笔给你写信的时候，从窗户里可以看见外边正是华灯璀璨的夜晚，星空辽阔而晶莹；你们那儿该正是晨光照耀吧！逝去了的离愁别绪灌满了我的胸怀，我忽然想起一首古老的、有名的苏格兰民歌里的句子："……我们曾荡桨小河上，从日出到夕阳。但海浪将我们分隔开，就不再有好时光……"

歌声在我耳边回旋。我还记得一个春光明媚的五月天，我们春游时在杭州荡桨西湖的情景。我想哭了！泪水已经湿润了我的眼眶！

其实，我并不脆弱……

薇　娜

（三）艾风的回忆和内心独白，一九七九年九月二十三日，上海。

啊！纷繁复杂的人世间，什么样奇怪的事不会发生呢？时光在流逝，往事跟随着隐去，但记忆之窗永远不会关闭。热情，因为年事的增高和经历的严酷而逐渐冷却，但当有燃媒触发，顿时又会像岩浆似的从火山口爆泻。我曾伤感于遭遇的坎坷，可又不能不慨叹生活的神奇。年轻的时候，我追求过爱情，追求过幸福，也追求过事业，追求过理想。在汹涌奔腾的革命洪流中，我做出过断然的抉择。一九四八年暑假，我和薇娜都从新闻系毕业了。薇娜没有就业，在家进修外文兼照顾爸爸，我留校做了助教。当系主任告诉我：美国哥伦比亚新闻学院给了一个奖学金名额，可以考虑让我出国深造时，我确像薇娜来信所形容的那样"狂热"，断然放弃了出国留洋"镀金"的机会。这我确实到今天也是毫无悔意的。当时，我对系主任说："我不想离开上海，不想离开灾难深重的祖国！因为这儿需要我！"使得他不禁搔搔花白的头发用奇怪的眼色看着我，沉吟无语。人都知道，我正参加学运，我不能为了个人的前程一走了之。也正因为这样，我不能在香港同薇娜见面，也失去了以后在外国同薇娜聚合的机会。但是，在我同薇娜的爱情问题上，我并不虚伪。我们之间形成她所说的悲剧，除了客观原因——不久，上海解放；后来，抗美援朝运动开始……我一直还以为主要该由她负责任。因此，读了来信，使我感到惶惑、不宁，无从解释，也无从找得答案。

往事像打开了闸的渠水一样，激流奔腾而来。一九四九年初送薇娜去香港的情景宛如昨日。那天，在外滩江边散步时，她用惜别的眼光看着我，说："爸爸决定带我去香港！"我大吃一惊，问："为什么？"她说："为了他的艺术！"她父亲是一个曾在法国长期留学的油画家。他欣赏印象主义大师们的理论，认为世界一切色彩并不是物体固有的，而是光赋予的。"光是绘画的主人。"他爱直接在阳光下写生，捕捉自然界瞬息万变的光色气氛和由此产生的丰富色调，力求把画面画得"亮些，更亮些"。在运用艺术语言中，他主要是善于画人像和裸体形象。他在这方面的作品，大多表现男性体态的雄武矫健，女像则着力表现青春之美，典雅而坦荡无邪。画面色彩，明暗有致，十分调和。她告诉我："在这里，没有爸爸绘画展出的条件，何况他怕共产党来后，他的艺术会被误解成了黄色的下流货色。他要将自己的九十二幅作品全部运到香港，在那里再画八幅，凑成一百整数，举办一个《人体美百态画展》。自从妈妈病故以后，我是他唯一的亲人。他要带我去，我不能不去！"我愕然了！说实在的，我是一个爱欣赏美术作品的人，但对画裸体画的美术家是并不崇拜的。有一次，我曾经同薇娜争辩过，我说："可画的人物和景色这么多，为什么你爸爸独独偏爱这种美的遗产？"她却维护着自己的老父，严肃地说："你爸爸是大学历史系教授，不也只爱研究明清史吗？每个艺术家有他个人的兴趣，这有什么可以指责的呢？在西方艺术中，从中世纪以后，裸体的形象盛行不衰，文艺复兴的大师们不但把它作为人的尊严和力量的战斗的艺术语言，而且由他们开始，描绘模特儿以研究人身的结构、运动、肌肤、骨骼已成为绘画艺术应有的基本训练。十六世纪意大利名雕刻家、名画家米开朗琪罗创造了最为庄严的裸体美，在西斯廷教堂墙壁上画了成百个雄壮奇伟的男女裸像。法国雕刻家罗丹的名作《吻》，雕刻了两个全裸的男女，却不带丝毫淫欲之情，因为作者赞赏的是真诚相爱和青春之美。在德国女画家珂罗惠支创作的《农民战争》中，一个被压迫被蹂躏的农妇裸卧田野，暴露的不是女性的肉感，而是压迫者的残暴和劳动妇女的倔强。当然，黄色的裸体形象画家是有的。裸体形象中有精华也有糟粕，但我爸爸终生为之付出心血的，是充实人类艺术宝库一角的精美珍品。你应当对他有这样基本的了解……"在听了这番严肃的话后，我曾花了几天时间专门研究并思考这个问题。所以，这次，我对她说："俄国十月革命后，早期苏联艺术家穆辛娜等也创造过健康向上的裸体雕像。马克思主义者、共产主义者决不是清教徒，更不是伪道学！你父亲对共产党还不了解，你应当劝说他留在上海！"薇娜摇头："我劝说过，但你了解他的个性，在这点上，他跟你相仿！你们都不太容易改变自己的主张。为了他的《人体美百态画展》，我决定做出牺牲。好在香港到上海非常方便，随时可以来去！'如真是情真意切，又何在朝朝暮暮?'"不久，一个阴寒的冬日午后，我在轮船码头送别了薇娜与她那鬓发已银白、背已微微佝偻的老父。——他有个习惯，每当有什么看不惯或不屑于辩论的感觉时，就爱耸耸他那瘦削的肩膀。我记得很清楚：那天，薇娜上身穿着洁白的高领紧身毛衣，下身是咖啡色西裤，外罩很合身的黑呢大衣，烫的大波浪的长发，戴了一顶藏青色的却尔司登小帽。她父亲穿着宽大的黄褐色人字呢大衣，打一条银灰色有红点的领带，衔着烟斗。……唉！该死的《人体美百态画展》啊！

　　她走了！她住在九龙弥敦道，我们不断通信。在信上，我们又有过山盟海誓。她父亲的画展，终于在上海解放前夕——一九四九年五月上旬，在香港展出了！展出是成功的，那百幅具有非凡艺术魅力的画，影响很大。欧洲和北美的一些美术杂志都陆续做了介绍和评论，有些外国收藏家高价收买她父亲的作品。薇娜忙得很高兴，实际上她是老画家的秘书。上海解放前夕，她来过信，要我去香港，说到那里后可以找到工作，而且，他们经济情况也好了；我却要她劝说她父亲一同回上海。当时，我正在大学新闻系里做助教，上海解放，我就进了报社做记者。我和薇娜依然通信，我要她回来的决心更坚定了。我在信上说："回来吧！薇娜！我们应当有共同的信仰、共同的理想，在事业上一致，才有牢固的幸福。我已经决定献身给革命、永远跟共产党走了，你应当同我并肩前进！回来参加革命吧！如果我们分在两地，隔得这么远，思想上又有那么大的距离，我们的爱情再崇高也像两座高山一样，永远合不到一起的！你想过没有？……"绝对想不到，这封信使薇娜发了那么大的脾气。她回信任性地说："你难道变心了吗？你难道不了解我是多么深地在爱着你？我离你愈远，心靠你愈近。在这维多利亚海边每天都有一伙蜜蜂和蝴蝶围着我转。但我对谁看了一眼呢？这里有一个名叫丁大卫的青年银行家，父亲是银行总经理，他在香港大学毕业后，就做了他父亲的襄理，他长得很像你，只是气质与你不同，你像一个学者，他像一个'花花公子'，但人还是精明能干的。他玩笑地叫我'女王'，对我极尽卑躬屈膝谄媚讨好之能事。他用一万五千元港币买走了爸爸替我画的一张极为普通的半身肖像画，但我从未答应过他的任何一次到高罗士打行喝咖啡或到香港仔吃海鲜的邀请。说这些不是向你炫耀，而是让你知道我对你的爱。你难道不能从我给你的频繁的长信上测知我的心吗？我的处境，你应该明白：爸爸是绝对不回来的，有蜂拥着他的新闻记者，有为他捧场的油画爱好者！报纸夸赞他的作品是国际化的，他的色彩造型，是一种世界语！他的名字将被正式入选于《世界艺术家名人录》。他正在筹办第二次画展，整天在画室里摆弄他的画笔和油彩。把六十多岁的老人扔在这儿自己远走，我能忍心？你能忍心？你太不体谅我了！你知道，我的唯一希望和要求，就是要你来！你要献身的革命我不反感，但却没有太大的兴趣！我正开始准备写小说。有些报馆经济上受丁大卫父子的支持，我写了不愁无处发表。我要献身的事业是文学和艺术。我希望你也跟我走同一条路！我能用你信上的话回敬你吗？如果我们分在两地，隔得这么远，思想上又有那么大的距离，我们的爱情再崇高也像两座高山一样，永远合不到一起的！你想过没有？……"

薇娜的信，使我感到我们之间的爱情有了裂纹，但我是深爱她的。

她既了解我也不了解我。我对革命如此狂热，怎么会丢下革命去往香港？她也太不明白我的处境。其实，我正面临家庭和报社领导的巨大压力，只不过不愿告诉她罢了。父亲和母亲是喜欢薇娜的。这时，他们对我这个独子的恋爱婚姻问题十分关心。父亲用手扶着深度近视的眼镜，那苍老稳健的脸上了无笑容，对我说："我是学历史的，懂得政治。你还是叫薇娜回来，不然不好！"母亲慈祥的脸上罩着愁云，说："这样拖到哪一年呀？再说，郑扬也来谈过，你在报社做记者，既不是党员，又有香港的这种恋爱关系，有人老说闲话。他对你了解，是你进报社工作的介绍人，可是也不好说话。这你不能不考虑啊！"郑扬是地下党的同志，当过店员，曾在邮局做职员。原来是党在上海办的一个地下刊物的编辑，我是在参加学运时认识他的，他是我走向革命的启蒙老师。上海解放，他接收报社，做了报社的副社长，介绍我进了报社。我知道他的难处，也明显地感到自己身上有很重的压力。可是我无法排除我内心对薇娜的深深的爱，也无法违背我俩立下的山盟海誓。我心里暗想：我愿意献身革命，但我也要爱情！当然，我是不会去香港的。我要努力争取薇娜回来。

唉！谁知……

（四）艾风的回忆和内心独白，一九七九年九月二十三日晚，上海。

往事的激流仍在记忆的河床里奔腾不息……

同薇娜的通信，从她随老父一九四九年初离开上海去香港以后，整整维持了一年半。这中间，我们在信上闹过别扭，有过误解，但只要用爱情的火焰一烤，别扭和误解就立刻像冰雪似的融化了！我发现丁大卫是一个闯进我们爱情领域里来的陌生人。在薇娜的信上，偶尔出现他的踪迹，似乎薇娜对他的印象比起初好一些了。有时，薇娜信上说："丁大卫常来，他向爸爸学画，但自从知道我们的关系后，他不再纠缠我了。"有时，薇娜也说："这封信是请丁大卫代发的。他说，带到香港总局寄发，比在我们这里发出可以早点使你收到。收到信后，你看一看邮戳日期，是不是这样？"显然，丁大卫看来是个"君子"，而且，他在薇娜心目中不过是个局外人而已。我当然信赖薇娜！

这中间，我继续承受着家庭和工作单位的压力。我由记者调做副刊编辑，似乎外勤工作需要政治条件更好的人来干。领导上和郑扬一次次地找我谈话，劝我动员薇娜回来，我也常在信上表露出要她回来的意思，但总是不得要领。我自己也不知这盘棋会发展到哪步田地！

不幸的是，在一九五〇年七月中旬的一天，收到薇娜的老父用他那龙飞凤舞的钢笔字给我写来一封信后，我同薇娜之间竟就此断了联系。

老画家在信上告诉我：薇娜患了肺炎，病情很重，经过医生诊治已脱离险境，但需静养，叫我放心。我怎么能放心呢？立刻写信追问情况。但谁知从这开始，我连连去信却如石沉大海，再也收不到复信了。

八月里，一天，我收到薇娜一封来信，喜出望外，拆开一看，里边是一张我的照片，一张撕得粉碎了的我的照片。这张照片，是在母亲的家乡金山卫海边拍摄的。薇娜与我站在海边，背景是美丽的苍穹和大海。可是薇娜将照片撕成了两爿，留下了她自己的那一半，而将有我的这一半撕得粉碎寄还我了！这是什么意思？意思还不明白吗？她是要和我断交了！这是结束我们之间的爱情的表示。可是，为什么她要这样呢？前不久她不是还说过"我离你愈远，心靠你愈近"的吗？

我急匆匆地写了一封长长的信寄去，询问是什么原因造成了她的变心。可是信发出后，收到的却是丁大卫寄来的一封短信，像一把匕首，直插我的心头。自然，一切都明白了！

丁大卫的信上，措辞傲慢、冷酷。他说："我同薇娜已经相爱，并已征得双方家长同意，马上就要结婚并去东南亚度蜜月。从今以后，请你尊重自己也尊重别人，勿再给薇娜写信。我征得薇娜的同意，特写此信奉告一切，请勿见怪……"

我在家里收到这封措辞尖刻的信的时候，是上午。我简直愤怒压抑得像要爆炸。我"乒"地关上房门，一头栽倒在床上，将头埋在枕头里痛哭了一场。然后，我拿了信去找父亲和母亲，将信给他们看了。父亲正在读报，用手扶着眼镜，看了信，苍老稳健的脸上皱纹似乎更深了，克制地说了一句老子的话："祸兮福所倚，福兮祸所伏！"母亲正打毛线衣，读了信，掏手帕拭眼泪。我将信又拿过来，七撕八撕，撕成了碎片，闷声不响地离开了他们。我骑自行车到报社去，头里晕晕的。过马路时，一辆公共汽车在我身边擦过。我两眼一花，栽倒在路上，险些被它辗在轮下。我跌伤了右胳臂，被送进了医院包扎。

这以后，再也没有薇娜的消息。又过了两个月，抗美援朝运动开始，大张旗鼓的镇压反革命运动也在全国范围内展开，父亲和母亲都侥幸我同薇娜的断绝关系，领导上和郑扬也认为我断得好，劝我努力工作。

除了工作能安慰我的寂寥与懊丧，别的我已无所寄托。有人说：爱和恨始终是好朋友，有爱就有恨，爱和恨永远不会分离！爱使我哭泣，恨使我咬牙！薇娜太伤我的心了！伤心之余，我对革命更加狂热！我仇恨资产阶级分子丁大卫，当然同样痛恨薇娜，我感到她太像《钢铁是怎样炼成的》里的冬妮娅了！我背熟了保尔·柯察金的那段名言："人最宝贵的东西是生命，生命属于我们只有一次。一个人的生命是应当这样度过的：当他回首往事的时候，他不因虚度年华而悔恨，也不因碌碌无为而羞耻。……"在五十年代，像我这样狂热于献身革命的，多得数不清，大家都有献身于建设强大的社会主义祖国的理想。薇娜是那么残忍地伤了我的心。我却自己忍住伤口的疼痛，用工作来求得安慰。

当然，爱情决不是可有可无的东西！爱情的获得可以赋予人以力量，像火把似的发出光亮，照耀一个人前进的道路；爱情的丧失也可以使人颓废消极，沉沦到无法自拔。我不会像《茵梦湖》里的莱因哈德那样终生嗟哦，我选择了前者！三年后的一个金色的秋天，我同郑茜结婚了。茜茜是郑扬的妹妹，一位中学语文教师。郑扬在调到市委宣传部去工作之前，将她介绍给了我。她比我小两岁，是一个温柔娴静的人。婚后，我们感情很好。第二年，我们生了一个男孩，用我俩的姓配合成了一个名字——郑艾。可是，小艾艾在十五岁那年就死了，茜茜离开人间也已经九年！唉，当初，谁能想到呢？

薇娜以为我已经是一个共产党员，其实我还根本不是。唉，是好像有点不可思议呢！一个狂热地献身于革命的人，跟随共产党走了三十年以上，却还不是共产党员，是对革命、对信仰有过动摇？没有！是损害过党的利益、犯过错误？也没有！是品质恶劣或庸碌无能吧？也不是！那是怎么回事呢？说来其实也很简单平常。只是因为我出身知识分子家庭，这本来比出身好的人入党要困难得多，何况又有了薇娜这样的社会关系。虽然，她并没有政治问题，但她在香港！虽然她同我断绝了交往，但在有些同志的头脑里却是永远断绝不了的。虽然，在入党的条件上，并不死扣死卡这一条，但这却每每成了一条辫子！在有些极左的同志心目中，似乎我这样的人无论如何是不可信任的。加上，又是一个搞意识形态工作的知识分子，头脑复杂，大脑上的细胞变化多端难以猜测，同工农生来在本质上不同，自当另眼相看。而后，到了一九五七年，似乎对发展知识分子入党的问题重视一些了。眼看我即将有可能解决组织问题，偏偏又来了意外的波折！

那是一个炎热的夏晚，我生病在家，茜茜到她哥哥郑扬家里去，回来得很晚。回来时，她的眼圈红着，满面是汗，两只温柔的眼睛失神地望着我。叫人一眼就能测知发生了什么不幸的事！她丧魂落魄地说："哥哥出问题了，正在批判！大字报贴得到处都是……"

而后，郑扬——解放前在白色恐怖下领导学运的党的地下工作者，我参加革命的第一个引路人，就戴上了右派的帽子，去西北的一个省内劳动了！我没有被捎上，已是十分幸运的了，谁还敢奢望其他呢！

除了这样一个社会关系，加上反右扩大化后，有些人对知识分子的看法又"左"起来了。知识似乎是一种罪恶。从此，我的入党就更渺茫。虽然我一次再次申请过，也认为我表现并不差，但考验是长期的。我只应当苛求自己。入党的事又拖下来了。一晃又是十年，接踵而来的，是史无前例疾风暴雨式的"无产阶级文化大革命"。当然，入党的事对于我来说是离得更远更远了！……

这样的一些往事，想起来是沉重的。但薇娜的信却不能不使我想起这些。由于政治条件的限制，我在副刊编辑的岗位上，并没有得到过迅速重用或升迁提拔的机会。我本来曾有从事创作的兴趣和抱负，可是离开记者岗位后，就少了动笔的机会。我也不愿被人看作在种"自留地"似的搞业余写作，我像个编辑匠似的组稿、看稿、改稿。多少年来，在我帮助下有的工农作者成了作家，我还是依然故我。到了我被提升为编辑副组长以后，不到两年，就开始了"文化大革命"。于是，一场浩劫降临到我和茜茜的头上。……

不是我们同时代的人，不是经历过中国的新民主主义革命进入建立中华人民共和国从事于社会主义革命和建设的知识分子，恐怕是很难理解我这样的知识分子的信念和为人的。我们是从黑暗中因寻求光明而找到了光明的人。对于光明，我们满意。我们有着痛苦的经历而又有欣慰的对比，我们也有着对社会、对主义、对领袖的仰望。可是，更重要的是我们宁可用光明教育自己也教育别人和下一代，对逆境和不公平的待遇毫无怨尤，甚至会发自内心地宽恕或忘却，因为我们忠于自己信奉的神圣的事业。为了这，许多先烈献出过热血和革命，那么，为了这，我们付出一些牺牲又算得了什么？我们用信仰来安慰自己心头的痛苦，用党性修养来克制自己的欲望。即使还不是共产党员，却用党员标准来约束自己、要求自己，追求着使自己成为特殊材料做成的人。所以，从个人的得失计算，参加革命三十多年，以世俗的名利来衡量，也许像用网捞水，毫无所获。但我并不遗憾。一个人做的事如果不辜负自己的初衷，是不会迷惘、惆怅的。生命的价值，在于它充塞着理想和信念。也许有人以为这是愚昧、怯弱，以为这是灵魂被扭曲了，其实，这正像讪笑烈士流血牺牲是傻子一样。这样的人不了解狂热的革命者的心。铁屑，永远被磁石吸引；行星，始终围绕太阳旋转。为革命献出一切，为祖国美好的明天而斗争，是我的初衷。三十年前，我不去香港，以致后来发生了同薇娜分袂的事实。那么，又经过三十年革命火焰的焙炼，我又将如何？……

　　思绪像一张五彩缤纷的大网笼罩在心上，使我的心缭乱而幽闭，似要窒息。我记得在薇娜父亲的画室里看到过他画的一张画，画名是：《让我的心永远晒着太阳》。那是一个裸体的健美男子的侧影。他双手捧着自己的一颗心，让心承受太阳的七色光辉。那颗通红的心上泛出红橙黄绿青蓝紫的绚丽色彩，像宝石花一般璀璨，像五光十色的彩虹一般美丽。我也多么希望我的心摆脱网的困扰，能捧出来永远晒在太阳里呵！

　　当然这些不必都写给薇娜。我只准备给她写一封简单的复信。

　　夜已深了，我再也无法入睡。……

（五）薇娜给艾风的信，一九七九年十月十二日，从美国纽约寄往上海。

艾风，我亲爱的朋友：你好！

　　从熙熙攘攘的超级市场归来，收到了在盼望中的你那相当简单枯燥的来信。你没有寄照片来，也没有回答我提出的全部问题。但你总算对我提出的主要问题做了解释，这我就很感谢了！我意识到你还是我亲爱的朋友。从信上的日期看，我发现你是收到我的信后隔了好多天才复的。为什么呢？你这使我伤心，也引起我的思索。看来，我们离得那么遥远，分别得那么长久，距离不但存在于我们之间的地理区域、行程和时间上，更存在于我们的心灵和感情上了！冷酷的距离哟！难道这种距离永远不能缩短或消失么？

前些日子，我在洛杉矶音乐中心新建的圆形现代化剧场看一个新上演的话剧——*Loose Ends*（《悬而未决》），故事是写一对青年在海滨结识、相爱，婚后丈夫逐渐发展成为一个事业家，妻子研究摄影也有事业心，不愿生儿育女，因而夫妇产生了矛盾，加上两人之间又在彼此相爱的关系上由于多疑发生了误解，终于分手。但分手前互相表示虽然如此仍是相爱的。这出戏反映了美国当前年轻一代的现实生活与所谓的理想和前途的矛盾。我不喜欢剧的本身，人物都是那么唯我，那么自私。评论它是剧作家的事，但是，它却又勾起了我对往事的怀念。当他和她分手时，我悄悄掏出了手绢。

今天，收到你的信后，我是相信你的话的，我同你之间这点信任本来是固有的！正因为有这点信任，三十年来我才觉得对你不能理解，要你在收到我的第一封信时就回答我的疑问。你的信，使我的心上像大海卷起狂涛，无法平静。我是写小说的人，我研究人，当然也不缺少想象力。思前想后，我又查阅了一九四九年那个阶段我在九龙和香港的日记，我觉得我明白了！完全地明白了！我们之间的事完全够写一出戏，一出可以赢得观众眼泪的好戏。我们那时互相存在着误解。虽然并不是由于我们之间的多疑，而是由于一个卑鄙小人的挑拨和离间。这个牺牲同类来寻求自己幸福的卑鄙小人，就是后来一度成为我丈夫的丁大卫！我保存着的已经发黄了的日记，有朝一日，是一定要给你看的。看后可能会留下嗟叹惋惜，但悲剧如果连嗟叹也没有，不更可怜吗？日记上如实记载了事情的发生和我当时的心情。在同你的关系上，我像做了一场迷梦，到今天才苏醒过来。丁大卫那时曾扮出无私的友谊、真诚的爱情，他表面殷勤微笑，实际他却是贪婪、阴险、残酷、狠毒的化身，就像莎士比亚悲剧作品《哈姆莱特》中的克劳狄斯，也像《奥赛罗》中的阴谋家伊阿古。而我们，则像天真的奥菲利娅和缺乏辨别力的皇后，成了牺牲品，也像奥赛罗"一旦被人煽动，就会糊涂到极点"。往事已矣！请原谅我对你的误解，我也原谅你对我的误解。因为当你收到我那封附有撕碎你照片的断交信时，我也收到同样一封你撕碎我照片的断交信。信是丁大卫往楼下信箱里笑嘻嘻地拿来给我的。我还好像能看到他那伪装关切的面容。显然，他利用我生病，掐掉了你的来信，毁去了我给你的信，而又伪造过我们的笔迹施展了阴谋诡计。啊！啊！一切不堪回首！此刻，我好似听到一个黑人歌唱家用浑厚的男高音在唱："Gone are the days，when my heart was young and gay！..."仿佛有泪雨洒在我的心上。

你不会忘记吧？我们初恋的那段幸福时光？你还记得同班同学中那个追求我的杨大同吗？因为他长得胖，很会积钱，大家给他起了个绰号叫"扑满"。他几乎一天给我写一封追求信，都写在讲究的粉红色信笺上。他在信里，描述了他的远大理想：将来毕业了，先做黄金美钞和棉纱生意。他说凭他父亲的实力，他一定可以发财。以后可以和我双双同去美国。对他这种不无诱惑力的条件，我从来没有动过心，因为我已将我全部的爱给了你！在洛杉矶音乐中心看《悬而未决》上那一对青年男女在海滨相爱时，我特别想起一九四八年暑假在金山卫海边你外祖母家度过的那个八月中的一周。（从来信上知道伯父伯母已在六十年代初期就相继病故，我很难过。请容许我在这里敬致哀悼！）大学时代，我看过早期女作家庐隐的小说《海滨故人》，现在手边没有这本书，但小说中那种悱恻凄凉的气氛始终缭绕着我的心，特别使我不能忘怀。

那是青春奔放的年代。我们在清早或黄昏，在东海中的五盘洋海边沙滩上散步，尽情呼吸着澄蓝海面飘来的清新空气。微雨的日子，整个大海如烟似雾，仿佛隐身在朦胧的薄纱里。入夜，大海深处拥出一轮淡黄色的月亮，向天上冉冉移动，微风轻轻吹过海面，带来咸味。有时，潮水漫上我们的脚面。……如今往事如烟已不可寻，只有大海的风涛，仍留在我的耳边。

那时候，我们陶醉在幸福中，从来没有想到别的。其实，现在回想，在我们中间，那时确也隐藏着似有似无而实际上极为深刻的分歧。比如说吧，对郑扬，我和他总是谈不大来，而你却是如此崇敬他。对学生运动你是这样热衷，我却没多大兴趣，只不过愿意和你在一起。

记得一九四八年的六月五日，上海学生举行了酝酿已久的大规模的反美扶日示威游行。这天一早，就有大批国民党的军队封锁了我们的学校。当时，好心的人们劝告学生不要出去游行，我在校门口碰巧遇到杨大同。他气喘吁吁地跑过来，说："密司孔！听说国民党要大规模镇压，要大逮捕，你可要注意啊！游行千万不能参加！"我没理他。回到家里，爸爸告诫我千万不能参加这次游行。我本来也没多大兴趣，但我不放心你。赶到了你家里，伯母愁容满面地告诉我：你到外滩去参加游行队伍了！

我流着热泪飞赶到外滩，在靠近外白渡桥附近，看到好几千人都在外滩美国海军指挥部大门边人行道上，手挽着手，高唱着《团结就是力量》的歌曲。队伍越来越长，马路上全站满了人，这时军警越来越多，将学生团团包围起来，我看到警察、特务忽然上来夺取并撕毁各队学生高举的旗帜、漫画和标语，同时用水龙放射，迎面冲向学生，将许多人满身满脸喷得透湿。这时，只见一个本来在一溜墙壁上用黑色柏油刷写标语的人，这是个高身材宽肩膀的学生，奋力带头冲上去，用胸部抵住水龙的喷口，抢过了水龙，后边的人也就拥上去抢夺水龙。我看清了，这就是你！在你后边那个浓眉大眼的人就是郑扬，但我们离得太远，终于，我看见你被皮鞭、木棍打伤了，血流满面，被抓上了黑色的警备车带走了！我在人群中，头发挤乱了，鞋也挤掉了一只，最后，到你家里报信，伯父正伏案读史书，听我讲了情况，他那严肃苍老的脸上像涂了寒霜。伯母掏出手帕拭泪，伯父习惯地用手扶扶近视眼镜架，拿起毛笔在纸上写了九个隶书大字："时日曷丧，吾与汝偕亡！"直到今天，他那正气凛然蘸墨挥毫的模样在我脑际还栩栩如生。后来，由于抓去的学生太多，你又不是黑名单上的人，两天后，你就被释放出来。我劝你以后少参加活动，而你却是更加狂热了。那时候，我丝毫也未想到这些埋伏着的分歧，会损伤我们的爱情。照说，我应当理解你，只是我做不到。这正像我们在海边唱的那首歌中所说的一样。

　　啊！今天，三十一年过去了，距离当然是更大了！地理上，我们之间隔着广阔浩瀚的太平洋；国籍上，我们之间又隶属于两个社会制度不同的大国；信仰上、生活上……那就必然更不一样了！你给我的复信是如此简单，但是，我深有所感。在年龄上，我们都不是年轻人了！在时间上，我们都是穷汉了！过去的过去了，未来的是否还能补救呢？我们之间的距离是否能缩短呢？对我来说，我有这种强烈的愿望。中国和美国之间目前的气氛，使我完全可以从纽约很快飞到上海。经过三十年的沧桑，我想，我们各自都又有了更丰富更新的体验，对往事也都必然有更深刻的检讨。那么，我们一定是会谈得来的。我到了美国，从不曾忘记自己的家乡；入了美国籍，也从未忘了自己曾是炎黄子孙。正像在日常生活中咖啡难以代替清茶，面包难以叫我遗忘米饭一样。你或许又会觉得我好幻想和太任性了！我已经在申请出国来上海。

看惯了美国情调的我，无限眷恋中国的湖光山色，我要回来看一看。如果在不久以后的某一天，你突然看到我站立在你的面前，那并不是做梦。你等着吧！

我的心在呼唤！艾风，你能听见吗？……

你亲爱的薇娜

（六）一九八〇年二月二十三日，夜，上海的医院里。

幽静的灯光柔和地照耀着，空气中散发着酒精和药水味，洁净的单间病房的钢丝弹簧病床上，躺着孔薇娜。她盖着宽大暖和的中国棉被，从小，她就盖惯了母亲有时给她亲手缝钉的这种舒适的棉被，到美国以后，只盖毛毯，还有被单……盖着棉被，她不禁感慨起来了。她衰弱但显得更加有风韵。身材高大的艾风焦虑而关切地站在床边。苏醒过来了的薇娜，刚喝完护士送来的一杯牛奶，正抬眼看他。灯光下，他俩眼睛对着眼睛。艾风在想，我相信，我的眼睛可以告诉她一切，我心里想的，那些无法表达的话……薇娜同样在想：他虽然老了，但他还是他。他还是那么挺拔英俊，眉宇间富于感情和智慧。难道还要我说什么吗？我的晕倒，难道还不足以把我的感情传达给你吗？……他们这样默默、默默地，许久都没有说话。艾风终于开口了："你好些了？医生说不要紧！你太激动了！"薇娜点头："谢谢你，见到你我真高兴！"说着，她的眼角涌满了晶莹的泪水。艾风温情地说："三十一年了！你变化不大！"薇娜笑笑，缓慢地说："如果这指的是我的心，那我承认！"

失去的记忆都从心底里浮涌上来了。艾风和薇娜之间有一种共同的不可捉摸的射线在交流。薇娜的脸上表情常常变化，她那双美丽的眼睛仿佛在说话，诉说离愁别绪，还是在重温深情厚谊？……

艾风温存地说："你已经来了好几天了，为什么不预先通知我去机场接你呢？为什么又不一到达就通知我呢？我昨天接到你的信，本想马上就来看你，但你约定了时间，于是，我只好……"

薇娜笑了，艾风这些话使她很高兴。她看着艾风花白的鬓发，说："这种心理你应该了解，就像一个顽童新买了一只足球，想踢，又想抱在手里。想见你，又怕见你！你每次给我的信都是那么简单，信中也从未表示盼望我回来，只像对待普通友人似的说我愿意回来看看祖国很好。我摸不透你的心，不知你会怎么对待远方来客。再说，离开上海三十一年了，这还是我第一次回来。在太平洋那边想念上海，现在回来了，乡思却更浓烈了！我想自己先看一看，也要在见你之前'准备准备'。我太激动，老睡不好觉。一切我思念过的和熟悉的事物出现在眼前时，我都会动情流泪。"说到这里，她睫毛又湿润了，"再说，我对这儿太不了解了，这几天我买了大批书报杂志正在阅读，用你们的话说：正在学习……"

艾风笑了。他看着床前的那双黑布鞋风趣地赞许着说："你'准备'得很出色！"

她拭着泪说："不要见笑我流泪吧！我这是高兴的眼泪呀！"她见艾风点头，便端详起他额上的皱纹，说："你不肯寄照片给我，是不是因为怕我看到你老了会心里难过？"

艾风摇摇头，微笑着说："老，是自然规律。没有寄照片是因为我手边没有现成的。你知道，我仍旧不爱进照相馆。"

薇娜点头说："其实，三十年了！谁能不老呢？加上这么多的风霜雨雪。唉，我们失去的太多了！"

艾风的心颤动了一下，但仍安慰说："薇娜！你应当先好好休息，慢慢我们再谈，有的是时间。我白天有工作，但晚上和星期天完全可以陪你。我们可以像过去那样，好好玩一玩。我们现在都增加了阅历，对人生也有了更深的理解。我们可以再在一起去找找当年我们的足迹，可是我们却无须哀伤，我们不能生活在怀旧之中。你已经是一位有成就的女作家和大学教授了。我祝贺你！你回来了，应当多看看，多听听，希望你能写出更多更好的作品来！"

他说得很自然，很诚恳，但是薇娜听了，却不受用。她心里想，回来了，我也确实想在以后动笔写一些什么，但是，这并不是我回来的主要理由呀！难道你不知道我是为什么万里迢迢来到上海的吗？因此她略带哀怨地说："你应当知道我回来的主要目的是什么。"

艾风一阵发愣，不知说什么好。她觉得他简直太书呆子气了，说："我想，先听你谈谈你的一切，包括这三十一年来的遭遇。当然，我也要让你知道我这三十一年来的遭遇。然后，我要告诉你我为什么要回来……"

艾风发现自己对薇娜依旧怀有当年的感情，但仍善自克制。他温存地说："薇娜，现在你需要的是休息。医生叮嘱过，不让你过于兴奋。"他看看手表，"况且，一会儿医生就会催我离开的。你休息得好一些，恢复得快一些，早点出院，我们就可以早点谈。你说是吗？"

薇娜点头，眼帘半垂。她感到他像一潭池水，难测深度。他比过去老练了，很稳重，很平静，却还没有她想象中的失去人情味。她说："好，我听你的。但请你到我住的饭店里去，找到服务员带你走进我的房间里去，给我把漱洗用具等等连同我的一只鳄鱼皮大皮包都拿来。还有，在我那只放在床头的黑麂皮手提包里有一把金色的钥匙。请用它打开壁橱里一只古铜色的小箱子，那儿有一册螺旋簿，希望你拿回去读一读。那上面的日记，有一些我用红铅笔画了三角形的记号，是选给你读的，边上还有前不久我用红铅笔写的批语。我想，这比我同你谈更好。"

艾风从薇娜那寂寞、凄清而又掺杂着柔情蜜意的眼神里看出她的真诚。听她说起日记，他明白就是她来信提到过要给他看的在九龙、香港那段生活的记事。三十年前的那段往事，艾风还不太明白详尽的经过，当然迫切想知道究竟，他欣慰地点头说："好！过一会我就去饭店拿!"他见薇娜的嘴唇有点干燥,问:"想喝点水吗?"薇娜摇头,艾风说:"等一会我送东西来时,给你买点水果和橘汁来。"薇娜笑笑表示感谢。于是又沉默了。她在想:他真能克制感情……他在想:唉!过去的已过去了!现在,需要的是理智,都是上年岁的人了!历史造成的距离,是永远无法弥合的。他本来可以走了,但薇娜望着他,使他难以移步。这双眼睛,三十一年前,他是多么熟悉啊!他曾经向她说过:"如果我是画家,一定画出你这两扇灵魂的窗户,取名《眼睛》,就是一幅千古不朽的名画!"可惜,她的老父虽然是一位名画家,虽然为她画过许多幅肖像,在他看来,却没有一幅真正画出了她那美得出奇的两只眼睛。而现在,他又面对着这两只眼睛了!心里凝聚着复杂的感情……

一个胖胖的女护士轻轻地推车送药进来。送来的仍是镇静剂。她将两颗白色的小药片递给薇娜,有礼貌地轻声对艾风说:"同志,该让病人休息了!"艾风点头,向薇娜说:"一会儿,我给你送东西来时,就不上楼来看你了。你好好睡一觉。明天,正巧是星期天,我早上就来看你!"

薇娜点点头,伸出手来,让他握住。叮嘱他说:"早一点读一读我的日记。"眼圈红了起来。

他频频点头,放下她的手,给她塞好了胸前的白色被褥,怀着一种异样的感情,告别出来。

往事像炊烟袅袅升起在薇娜面前:那一年她生了肺炎,起先住医院,后来在家里疗养。家本在九龙,不久迁到香港,住在跑马地山光道,住屋是丁大卫提供的,是一幢二层楼的花园洋房,有两大间朝南的大画室。九龙和香港两个住处的信箱,都在楼下。丁大卫有开信箱的钥匙,所以他就有可能将艾风的来信全部掐去;他也可以利用她卧病在床的机会,替她寄信。他将她给艾风的信件全部掐掉。最后,他偷走了她与艾风的那张合影,撕去半面,伪造她的笔迹写了信给艾风,同样也用艾风来信的信封给她放进撕碎了的她的照片……想不到一场肺炎，竟造成了终生遗恨！

　　稍后，病刚好不久，偏偏又出了不幸的事。一天下午，有两个打手模样的人在老画家出门去海边写生时拦住了他，要挟地说："你的画展很成功啊！一张油画就能值成千上万元！我们是从调景岭难民营来的！韩战激烈，三次世界大战就要爆发。你要认清形势，借十万元我们用用！……"老画家气恼地说："我不问政治，也借不出这笔钱！"两个打手纠缠了一通，见老画家高声说要叫"莫啰差"（香港对印度警察的称谓），竟在老画家腹部捅了一刀。幸亏丁大卫发现后，将老画家送到医院，殷勤照顾。受到艾风这件事的打击，又遇到了爸爸受伤，她对丁大卫自然心怀感激。老画家的伤很重，转成败血症后，在一个夜晚离开了人世。丁大卫一手包办了丧事后，对她紧追不放。她也无从解释，是因为感恩图报呢，还是因为孑然一身感到孤独，抑或是因为爱情上遭遇挫折渴求爱抚上了虚情假意的当！——在当年深秋十一月里的一个傍晚，她很自然地撤销了心上的防线，让丁大卫乘虚而入。富有艺术气息的她，在老父死后，由于生活的不幸，驱使着她除了写作以外，常从领略大自然的美丽中，求取安慰与陶醉。那年十一月初，她的第一部长篇小说《撒旦留下的创伤》在香港出版了。一天傍晚，夕阳西下，红霞变幻。丁大卫用庆祝她的处女做出版的名义，送了一束通红的玫瑰花给她，告诉她："我已经让一批小报记者写评论文章给你的处女作捧场了！"他说了许多许多要永远爱她的话，将一枚嵌有宝光闪烁、三克拉多的金刚钻戒指戴在她的手指上。于是，她和他结合了。

　　丁大卫同薇娜去澳门、马尼拉和美国旅行结婚度蜜月，并在美国定居。在长岛附近购置了一座有小花园的二层楼高贵住宅。但这个花花公子不会永远固定爱一个女人。不久他就沉湎在被称为纽约"不夜城"的四十二街上那些夜总会、酒吧间和赌场中，花天酒地，纸醉金迷，露出了纨绔子弟的本来面目。当薇娜知道这一切以后，她没有吵闹，也没有哭泣，只是布置了一个幽静的书房和一间洁净朴素的卧室。

她拒绝丁大卫进她的房间，白天写呀写呀，一直写到深夜。然后，独自就寝。丁大卫寻欢作乐，喜新厌旧，倒也感到逍遥自在。时间一长，丁大卫就感到不合算也不自由了。三年以后，终于离了婚。而这时，薇娜已经成为蜚声国外的女作家了。她在香港继续出版了《宝石蓝》等小说集。她的《撒旦留下的创伤》已经译成几国文字出版。她将自己的不幸寄托于事业，从写作上求取安慰。人们评论她的作品说："行文流畅细腻，在含蓄的讽喻中流露出淡淡的凄婉。善于写景，情景交融，色彩如画。故事写得诙谐深沉，不露雕琢的痕迹，结尾往往既非悲剧又非喜剧，她小说中的主人公每每陷在进退两难的窘态中能给读者留下颇多回味的余地。把她归入任何流派都是困难的。她有独特的风格。"她成名了！追求她的大有人在，有华裔美国人，也有道地的白人。已有近八十年历史的纽约总店设在曼哈顿区第五街及第十八横街交口南面的著名的书商巴恩斯及诺伯（Barnes and Noble）公司下属一个联营书店的经理，看中了薇娜，说："谁同她结婚，准就像开采了一座金矿。"因为薇娜继承了父亲的"人体美百态"的全部名画。她父亲的画为一些国家的私人收藏家们所珍视；同丁大卫离婚，人们就传说她可能拿到了一笔惊人的巨款和珠宝；何况，她自己又是一位多产的名作家。……可是，薇娜对那些来献媚讨好的男士们，一概拒之于千里之外。她在长篇小说《预言的代价》里，写的故事是：在纽约，一个富裕的女作家受了一个男子的欺骗，她发誓永远不再同男子相爱。但因为她富有，追求她的男人很多。她的一个好友预言她决不可能摆脱男人的纠缠，她一定迟早还会结婚。她为这事与好友打赌，期限是五年之内，赌注是双方的全部财产，并且请了律师做证。为了赢得赌注，她的好友暗中怂恿更多的男人来纠缠她。因为她有钱，男人也像蜂蝶般地围绕她。最后，她终于又被一个男人追上。但当这男人发现她的财产将作为赌注输掉了的时候，马上就又遗弃了她。她上了第二次当，也赔掉了全部财产。她在上当后慨叹地说："这不能怪我，也不能怪别人！只能怪这万恶的金钱社会！好的是从今以后，我不可能再上当了！"她处在尴尬的境地中，问她的朋友："你还敢同我再赌一次么？"好友笑道："不敢！因为你现在太穷了！"书中借女主人公之嘴所说的"只能怪这万恶的金钱社会"，是她洞察种种罪恶后的结论。她是借自己的作品在给自己讲述教训和经验。……那些进攻她的男士们一个个失败以后，发表感想说："这是一个美丽的机器人！只会工作，没有感情。"

光阴似水，年复一年，摩天楼的万家灯火，流水般的汽车队列，自由神像的美丽剪影……她从青春年华进入中年，事业上的成就像春风抚拂着她的心田。但每当夜深人静，心上总像海潮汹涌，潮上来，心头无法平静；潮退时，心上就像寂寞的海滩，留下了许多被潮汐抛弃下来的小生物。而这些生物，啮呀、爬呀，常使她彷徨、疼痛、酸楚。心的海洋是不会干涸的。心上的海潮忽起忽落，使她常常眼睁睁地等着黎明到来。在中美建交以后，她多方打听艾风的下落。当她知道艾风尚在人世，取得联系以后，感情终于像火山似的爆发了……

记忆就像雾中的远山，渐渐清晰起来。她似乎看见了烟雨蒙蒙的江南杏花春雨，似乎看见了杨柳依依的姑苏园林胜景。……那是多么美好的回忆啊！

当艾风来送漱洗用具、兔呢长毛大衣和吃食等给她的时候，忍不住还是上楼由护士陪同进入她的病室来了。他看到：薇娜安静地睡熟了，面容平静，但眼角带有泪痕，泪水还没有干。……

（七）薇娜在九龙、香港的部分日记，
一九四九年七月下旬—十月底。

艾风回到家里的时候，天上洒下细碎的雨花来。他进了屋，"啪"地开了电灯。这是中学里医务室旁的一间平房。原先是谁住的，他不

清楚。但墙上还留着十年浩劫的痕迹——有大字报未撕尽剥落的残余，有用红笔、墨笔写在墙上的"打倒保皇派""打倒×××"之类的笔迹。艾风本来住在石门路附近一个小小的里弄的三楼上，艾艾和郑茜死后，他一人住在那里不免触景生情。被任命为这个中学的干部后，那儿离学校又远，他就将屋子分让给了两位要结婚的教师，自己却搬到学校里这间蹩脚的小屋中来了。他的书，在"文化大革命"中"破四旧"时遭了劫，那历来是他的最大的一笔"财产"，搬到学校这间小屋里，家具多了也用不着，他只搬了床、桌、书架、椅子等一些必用的简单家具，别的就都留给那两位要结婚的教师分用了。

雨声淅沥，他把手里拿着的薇娜的日记和顺路回来时买的面包放在桌上。墙上镜框里，放着的是一张郑茜和他在黄浦江边合拍的照片。茜茜那温柔明净的眼睛似两汪清泉凝视着前方。艾风看了一眼照片，微喟了一声，就去热水瓶里倒了一杯开水，坐在桌前啃起面包来了。本来，六点钟去找薇娜时，薇娜信上说是同他一起就在饭店餐厅里吃晚饭的。可是薇娜晕厥送进了医院，耽误了吃饭，他就只能吃面包了。这在他也是常事，一个光棍，生活向来是简单化的。夜雨灯下，往事随着淅沥的雨声，全上了心头。他啃着面包，打开了薇娜这本绿簿面的螺旋本，纸张已经发黄，娟秀的字迹是他熟悉的。他选那些薇娜用红铅笔做了"△"记号加有红笔批语的日记阅读起来……

1949 年 7 月 15 日，九龙

躺在病床上犹如躺在郁闷的深谷之中，我动弹不得。多想看看蓝天、大海，奔跑、吹风，爬上维多利亚峰啊！害人的肺炎，折磨得我够苦的！这些天，来医院看望我的人太多了！多得使我厌烦。我不愿意看见那些市侩的、酒肉气的脸孔，不愿听那些肉麻的、讨好的声音。今天上午，爸爸由丁大卫陪着，来到医院，丁大卫自己驾驶着他那辆奶油色皮尔卡来将我接回了家。丁大卫是西装革履，彬彬有礼，表现得极有教养，总是要送一些礼物来，也总是能讨得爸爸的欢心。但他的意图是什么呢？难道仅仅是对爸爸的崇拜？他并不是不知道我和艾风的关系。如果他有非分之想，钉子会碰得他淌血的！

现在，我躺在自己床上了。医生叮嘱还得卧床继续治疗。家里雇了个广东大姐，是丁大卫介绍来的，十九岁，名叫翠靓，长得小巧玲珑，黑黑的皮肤，打一条油光大辫，能说广东腔的普通话，挺讨人欢喜。有个女伴解解寂寞也好。（薇娜的批语：翠靓是丁大卫收买安插在我身边的心腹。唉！唉！为什么我当初竟蒙在鼓中！）医生不让我看书或者写些什么，但我让翠靓从书架上给我拿来了乔治·桑的《魔沼》，并且整整读了两小时。我喜欢这个拿破仑时代的军官的女儿。她十八岁结婚，因为婚姻不幸福，九年后离家出走，到巴黎从事文艺写作。这个争取妇女婚姻自由和社会地位的女作家歌颂爱情至上，也写了许多美丽的田园小说，宁静的大自然，淳厚的民间风习，友爱的感情……有人说她的作品消极，有缺陷，我却喜欢她小说中那种美的牧歌气氛。她一生写了百卷以上的文艺作品，二十卷回忆录，大量的书简和有关政治社会问题的论文。勤奋，是应当效法的。我多么想赶快康复起来啊！我要写一系列短篇小说，写爸爸绘画中的许多动人的故事。用他最爱用的色彩——"宝石蓝"作为书名。世界上女作家那么少，能名跻文学史的，法国有乔治·桑和小说家史达尔夫人。史达尔夫人写过《黛菲妮》和《珂莉娜》，她第一次在法国文学领域提出妇女自由权利和社会传统习惯之间的矛盾的问题。十九世纪的英国有写《玛丽·巴顿》的伊丽莎白·克莱格雷恩·盖斯凯尔夫人，写《简·爱》的夏洛蒂·勃朗特，写《呼啸山庄》的艾米莉·勃朗特，还有写《弗洛斯河上的磨坊》的乔治·艾略特和写爱情诗出名的勃朗宁夫人。十九世纪的意大利有善于描写意大利游览胜地那不勒斯底层市民生活的玛蒂尔德·塞拉奥和用细腻笔触描写撒丁岛农人和牧人生活的格拉齐娅·黛莱达……再加上由于语言文字限制尚未被通译流传的被埋没的女作家一共恐怕也超不过十几个吧？啊！悲哀的女性哟！你们受封建罗网的压迫羁绊，又因生儿育女家务劳役的捆绑，从古到今湮灭了多少人才？我在这里蹉跎的时日太多了！艾风过去常说我"时间观念不强"，他对自己认定的事业，却总是那么热衷。倘若我能写出一些作品，他会高兴的，他一定会高兴的。我要写，要写！……

1949年7月18日，九龙

每天，我都只能躺在床上，呆呆地、寂寞地从窗口里看着那一排尤加利树。

带着鲜花、阿华田麦乳精、花旗蜜橘来探望我病的人，有爸爸作品的崇拜者和美术爱好者，有原来在沪的熟人和在港九结识的上海人，还有似乎是对我感兴趣的男士们——牛仔裤、花衬衫、皮夹克、黑眼镜……都有！但这样的人"光临"只有使我生气！

我心中只有艾风。这些日子，真是度日如年。今天我问翠靓："信箱里有没有上海来信？"她向我摇头，又是说："没有！"（薇娜的批语：她受了丁大卫的收买，我怎么还能收到信呢？）接着又说，"唉！这个在上海的艾先生也真太对不起小姐你了！"为什么艾风不来信呢？在医院里时，听爸爸说丁大卫每天代他开启楼下的邮箱为我寻找有无艾风的来信，还特地代我上邮局寄挂号信给艾风，我的信发出了，丁大卫都给了我收条（薇娜的批语：我真傻啊！他胡乱发一封假信，不也可以取得一张收条吗？）仍没有艾风的信，是什么原因呢？是像有些人传说的上海现在真的那样不自由？是艾风突然变了心？还是艾风发生了什么事，遭遇了什么不幸？……

午睡醒来，翠靓将丁大卫送我的一本精装的英文原本书递到我手里。这是英国唯美派作家王尔德的童话故事集《快乐王子》。《快乐王子》是一篇我喜爱的童话。写的是矗立在某城市中心的快乐王子塑像同情城里穷人的悲惨贫穷，请求一只燕子从他身上取下金银珠宝来接济他们。随后冬天来临，燕子因为帮助王子塑像做好事，耽误了南飞的日期，冻死在王子塑像的脚边，塑像也因为失去了光彩而被人们拆毁。但在上帝的天堂里，快乐王子是永生的。

（薇娜的批语：若干年后，当我同丁大卫分手前，有过一次争论，涉及这个童话。他说："做好人没有好下场！我不会做快乐王子那样的傻瓜，更不会做那只冻死的燕子，写几句诗，不过是逢场作戏而已，谁还当真！"）

翠靓读过小学，递书给我时，做了个俏皮的鬼脸，竟忽然说："小姐，我看丁先生对你真好！刚才他骑了电单车来，知道你睡了，留下书就走了。我看你对他该热情些才好！"我没理她，我说："下次丁大卫来时，你将这本书完完整整还给他，就说我不收！"

可是，艾风啊！你为什么不来信呢？……

1949 年 8 月 3 日，九龙

《人体美百态画展》的成就，鼓舞得爸爸简直要拼老命了！他要举办第二次这样的画展，他十分感谢丁大卫雇人给他提供写生的条件。

上午，在我的房里，我坐在病床上，听到爸爸和丁大卫的一段对话，爸爸说："人生的最高目标是追求美！"丁说："我同意您的说法，但说得更完善一点，人生的最高目标应当是享乐和对美的追求！"爸爸激动地抖着花白的头发，耸耸瘦削的肩膀，说："不！我是画家！我不追求享乐！我只追求艺术上的美！正因为我把全副心灵投入美的创造，才使我的画具有了生命。"丁笑了，说："只有美，没有享乐，要美干什么？"说到这里，他拽挺了身上的白哔叽西装上衣，突然回身问我说："孔小姐，您不觉得人生应当享受吗？没有这样条件的人，当然只好做苦行僧或去做共产党。像我这么富有的银行家、实业家，我可以使自己和我所爱的人过神仙一样的生活。为什么要做傻子呢？"他的话带有一种引诱炫耀的语调，使我反感，但碍于礼貌，我没有作声。

记得在上海时，有一次，艾风当了我的面也同爸爸有过一次关于人生最高目标的辩论。爸爸的论点和这次与丁大卫谈的一样，但艾风那次却说："人生的最高目标不仅是追求艺术上的美。您的观点是一种艺术至上的观点。艺术家追求美献身于美当然必要，但离开现实政治把这作为人生最高目标，能解决什么问题呢？我认为在追求美的同时必须要改变丑，人生最高目标应当是为人类的崇高理想事业奋斗！"那次，爸爸也激动得抖动着花白的头发，耸耸瘦削的肩膀，不以为然。可是，我却是同意艾风的观点的。这样的问题，在我还思索得很不够，但我鄙视那种把享乐当作人生最高目标的人。（薇娜的批语：可惜，我未能把这种看法固定下来！我为什么后来要同丁大卫结合呢？）

　　1949 年 8 月 8 日，九龙

　　我又问翠靓："今天仍没有上海来的信吗？"她依然摇头，说："没有！"奇怪！艾风仍旧没有信来！为什么呢？为什么呢？"多情自古伤离别"，真要急得我疯狂了！到底发生了什么事呢？真是"雁来音信无凭，路遥归梦难成"啊！

　　我叫翠靓把我那本彩缎面子的照相簿拿到床上给我看，照片上的艾风依然那样亲切地看着我。他那一头浓黑美丽的头发，那在两条长眉下热情的火焰般的眼睛，熟稔却又遥远。翠靓说："小姐，这艾先生没有丁先生漂亮！"我生气地说："你为什么老是什么事都说丁大卫好？我找张好的照片你看看！"我想找那张我和艾风在金山卫海滨合拍的照片。但是我找不到，这照片我和艾风一人保存一张，相约互不遗失，被我放到哪里去了呢？（薇娜的批语：可惜我当时没有查问翠靓！）没能找到这张照片，我心里老像少了什么似的。

　　1949 年 8 月 20 日，香港

　　我恢复健康可以起床正常活动了！啊！面对着维多利亚海碧蓝的

水波，迎着晨曦深深呼吸。向着苍郁的山巅凝视，目送小卧车在山径蜿蜒而上，鸟瞰山下栉比的屋舍……我感到身上充满了活力和生气。

但是，艾风仍旧没有信来。我今天一起床就自己跑到楼下用钥匙开了那只奶油色的信箱。但是，信箱里是空空的，又一次失望！（薇娜的批语：现在，我才明白，艾风既已收到了丁大卫伪造的那封绝交信，自然没有信来了！）

下午，我们搬家了！爸爸听从丁大卫的劝告和安排，固执地决定从九龙搬到香港山光道来。这里是一幢英国式的二层楼花园建筑，宽敞、明亮而安静。爸爸可以有两大间画室。我不赞成搬来，因为感到我们接受了丁大卫的赐予太多了，我很怕有一天要为这付出高昂的代价。但爸爸是个执拗的人，他坚持的事别人是反对不了的。

1949 年 8 月 23 日，香港

今天上午，翠靓给我送来了艾风的一封信，说是从九龙旧居楼下信箱里拿来的。她去那里搬来了最后一些剩余物件。我看了信封，邮戳模糊，但确是艾风的笔迹。剪开信封，真使我傻住了，没有信笺，有的是撕碎了的我的照片，就是我与艾风在金山卫海滨合拍的那张照片上属于我的部分！照片撕得粉碎，含义当然很清楚，是他表示同我绝交呀！（薇娜的批语：其实，现在知道就在那时，艾风也收到了一封丁大卫玩鬼寄发的相同的信。丁大卫让我们搬家是不是个阴谋呢？因为我可以起床了，怕我自己会下楼拿信，所以怂恿我们搬走。是不是这样呢？）我放下了信，痛心地哭了一场，但仍百思不解，艾风为什么要这样做呢？翠靓进来看我，劝我。我叫她离开我，让我清静一会。我不愿让人知道我哭！我真想立刻飞到上海去，问他：这到底为什么？为什么？这当然是办不到的事。唉，人事啊，为什么竟是这样无常？我无可留恋，真想让维多利亚海埋葬了我自己。

我写了一封长信责问艾风，让翠靓给我立刻寄去。（薇娜的批语：

让翠靓给我立刻寄的信艾风是永远收不到的！可是，那时我的信全是她寄的呀！）

1949 年 8 月 28 日，香港

啊！我不知道还有什么勇气使自己生存下去！爸爸皱眉叹息，停止了作画，整天陪伴我，劝慰我；翠靓见我流泪，她有时也流泪！丁大卫来也表示对我的衷心同情。他慨叹地说："听上海来人谈，男共产党都要配女共产党，不让随便恋爱。"他要请我出去散心，我谢绝了，倒没有想到他竟是有点豪侠心胸的人。今天上午送来了红玫瑰，亲自插在花瓶里，十分诚恳地对我说："我早说过，我愿意为您做一只燕子。我想作为一个朋友写封信给他。我要告诉他，您是我见到的人世间最美丽、最善良、最忠实的海伦！我要告诉他，您现在是多么伤心！我要责备他的薄情！要他快来信！（薇娜的批语：他是一位了不起的'演员'！现在我才知道，就在这时，他确实写了信给艾风。卑鄙的小人哟！）说实话，我爱你！但是，我更希望你幸福……"我同意他写这封信，内心涌荡对他的感激。前此，他的一切殷勤，在我心灵的天平上，从没有这次的分量这么重。现在，我对艾风的希望似乎就寄托在丁大卫这封信上了！

1949 年 9 月 14 日，香港

我开始冷静下来了！我不能自暴自弃！我已经开始了我《撒旦留下的创伤》的写作，感谢丁大卫给我鼓励。他说："写吧，写吧！看来，你需要精神寄托！作为一个忠实的朋友，我会为你的成就高兴。"他每天来送鲜花，又送来了精美的稿笺。我的书还仅仅写了一个开头呢，丁大卫已让两家报纸上登出了广告。昨天的报纸还登出了我的一帧半身照片，看来这是个热心的朋友。在这种时期，我感到友谊的可贵！

这么多天了，艾风没有复信。看来，他的决心下定了！我了解他！

他是一个意志坚强的人，认定的理不会改变。但是，为什么对我这样的不公平呢？显然，他爱他的革命超过爱我不知多少倍！丁大卫今天又告诉我：他已转托朋友写信给在上海的另一个朋友，托人去打听一下艾风的消息。（薇娜的批语：无耻的欺骗。）

1949年9月18日，香港

祸不单行！我心头创伤未愈，爸爸又被敲诈勒索的凶手刺伤了。多亏大卫帮助，才进了一所条件较好的医院，爸爸常在昏迷状态中，我真怕发生不幸。

傍晚，爸爸神志比较清醒，但我发觉他脸色苍白，突然衰老得厉害。他当着大卫的面对我说："薇娜，我恐怕不行了！遗憾的是有些作品还没有完成。我一生追求美的体现，但美是无止境的。可恨的是我看到的美不多，看到的丑恶太多。艾风就是一个最丑恶精灵的化身。（薇娜的批语：请原谅老人吧！他这是误解！）女儿！忘掉他吧！在大卫的身上，我看到了美！（薇娜的批语：这又是亲爱的爸爸的一个误解！当人们有着误解、缺少体验的时候是常会将美看成丑，将丑看成美的。）我希望你们能相爱……"

他的提议这么突然，使我晕眩。我看到丁大卫在点头，我没有表态，我只有伤心。我还等着艾风的讯息！我爱他！

1949年9月19日，香港

啊，亲爱的爸爸，你丢下了你孤苦无依的女儿，到另一个世界去了，你怎能忍心呢？

我是为了您才离开艾风来到香港的。我尽了一个做女儿的责任，协助爸爸完成追求美的愿望。而现在，失去了艾风，又失去了爸爸，我多像秋风中的一只孤雁啊！

1949 年 9 月 22 日，香港

多亏大卫的帮助，我将爸爸埋葬在面向维多利亚海的香港仔，让大海涛声安慰爸爸那渴望美的灵魂吧！愿爸爸安息！我再也看不到您慈祥的面容和佝偻的背影了！不顾大卫的反对，我离开了华丽宽敞的山光道住宅，迁进了跑马地附近的这个二楼上的套房里来。为了悼念爸爸，我立刻埋头继续写《撒旦留下的创伤》。我准备一天工作十六小时，我写一对青年美术家的相爱。女的爱男的无比纯洁真诚，男的也发誓永不变心。但是在一个偶然的机缘两人分手后，男的竟经不住诱惑另爱他人，违背了原来的诺言。女的遭到不幸，并不消沉，她不断努力，画出了杰作，举行了成功的画展，博得了声誉。她在自己的成就中获得了美术欣赏者对她的更广博的爱。男的这时忏悔过去，要求重归于好。女的是接受抑拒绝？作者留给读者去思索，在书的扉页上，我引用了海涅的诗：

我透过硬得像石块般的外壳，
观看世人的住宅和他们的心，
在这两方我只看到欺骗和苦难。

1949 年 10 月 3 日，香港

大卫仍是每天或隔天来一次。送花，看看我，问问写作进度，见我忙，就知趣地走了。昨天，他来给我看了他朋友给他的复信，上边说："托上海的一位老友打听艾风先生之事，日昨得到复信，据云：艾风先生已与该报馆一女记者在上月结婚，结婚后两人调往东北某地工作。其他详情无法打听，知关锦注，特此奉闻。"我感到天地变成了漆黑一团。啊！最坏的预感成了事实！将这段信抄录在此！冷酷无情的伪君子啊！你将自己的欢乐寄托在别人的痛苦上，太无情无义了，为什么要这样伤害我的感情和灵魂？

我放下笔，跑到海边，我觉得天旋地转，对着大海，我高声喊叫，像发狂一样，放声痛哭！恨不得纵身跳下海去。但，我不能做弱者！向大海起誓：总有一天，我要质问他！我要报复！

丁大卫对我充满同情，他认为这种人不值得爱。

雨下大了！雨声滴答，不断传来屋檐上淌水的潺潺声。

艾风读到这里，眼睛被泪水模糊了，夜深人静，他心里怀着辛酸。他痛恨那个丁大卫！人世间为什么总让这种坏蛋的私欲得逞呢？他和薇娜，大时代中一对可怜的小人物，三十一年后重相见，虽然"谜"已解开，双方都已谅解，但剩下的已是无可挽回的残局了！艾风本来是个比较理智的人，三十一年的工作锻炼，使他考虑问题比较全面，对自己的感情也较能控制。见到薇娜，他旧情复燃，虽然还没有同她详谈，但从她的来信，从她的飞渡万里重洋来到上海，从她一见面就昏厥和醒来后的神态中艾风已知道：她是为寻找破碎了的幻梦，寻找失去了的爱情才来上海的。这行动符合她的性格。

薇娜那一双美得出奇的眼睛出现在艾风的脑际。艾风看看墙上郑茜的照片，茜茜是那么温文，似在遐想。他一阵心酸，继续往下阅读薇娜的日记，同时也唤起了自己的回忆。

（八）艾风的回忆，一九八〇年二月二十三日夜。

有些记忆模糊、消失了，有些记忆却像放大镜下的聚光点，愈来愈集中、鲜明、光亮。……

第一面在郑扬家看到郑茜的时候，就感到她温柔而且带点腼腆，却不知她柔中带刚。郑扬对我说："这是我妹妹，叫她茜茜吧！她比你小两岁！"她话不多，个儿不高，性格淑静，学生味儿挺浓。两只眼睛没有薇娜那么美得出奇，但是善良、坦率，接触到她的目光使人好像看到了春日的阳光，有一种沐浴在一片宁静和暖里的感觉。她不像薇娜那样善于装饰自己，可是却像一件天然的艺术品，自有她的朴素动人之处。不管是穿一件蓝大褂，还是穿一套洗得发了白的列宁装；不论是将头发随意编成两个小辫，还是剪成了短发，看上去都叫人舒服、顺眼。一九四九年暑假，她从大学中文系毕业后，在一所中学里教语文。解放前夕，她就参加学运。有一次偶然谈心，才知道她也被捕过，而且很巧，竟和我同一天，也就是在一九四八年的六月五日，她也被警备车押到了警察局里受过审讯，两天之后放了出来。我们之间一谈起那些旧事，就仿佛早就熟识似的，但那时我们谁也没有想到恋爱或者进一步发展成为婚姻。郑扬的父亲早亡。母亲和做小学教师的妻子都在浙江绍兴。郑扬在上海邮局做职员后，就带了妹妹到上海读书。兄妹俩一直住在一幢石库门房子里。他住客堂间，妹妹住亭子间。我到郑扬家里去，郑扬总是高声叫着："茜茜，艾风来了！快给艾风泡杯茶！"她也总是"嗳"地答应一声，放下手中批改的作业，从亭子间里轻轻移步下楼来，给我泡杯茶，并且陪着坐一会，听听我同郑扬天南海北地谈论。谈工作，谈学习，有时她也插上几句。我们之间的友谊确实很普通，十分普通。只是，后来，我同薇娜之间发生了不幸，大约郑扬告诉了妹妹。一次，我去时，郑扬不在家，她招待我时，那善良的眼光里忽然充满同情地对我说："听说你遭遇了一件很不愉快的事……"我故作坦然地苦笑，说："那也没办法！这种事是勉强不得的。"她问："难道不能挽回了吗？"我摇摇头。她忽然出乎我意外地说："假如我是她，因为你对爱情的纯真而专一，因为你对革命的热爱与忠诚，我一定回来！"我不知怎么回答了，只能默默点点头，似是谢谢她的好意。但我忽然不想停留了，也不知是一种什么原因，我想快点走，我就告辞了！这次分手后，我经常想起她说的这几句话和她那善良、同情的眼光，但我因此却久久没有去郑扬那里。为什么呢？我也说不出所以然。大概是薇娜的事给我的刺激太深，而茜茜的同情和善良的眼光使我感激，却也使我伤心。虽然父亲和母亲常嘀咕着我的婚姻问题，但我当作耳边风对待。我不愿做那种把爱情像杨花般飘洒的人。我怕提起爱情，想避开爱情。旧的爱情随风而去，新的爱情我不愿让它滋生。茜茜既使我有一种微妙的感觉，我更需要约束自己。因为我自知无法抛掉薇娜的影子和曾经有过的初恋。我宁可远远离开茜茜，免得有损于她。我这种做法，甚至引起了郑扬的纳闷。他问我："你怎么这么久不到我家里来了呢？连茜茜也在问起你呢。"我无法向他坦率表明，只好以忙碌为理由支吾过去。事实上，我也确实很忙，我全心全意干工作，十分积极，发生了薇娜的事以后，我更愿以保尔·柯察金为榜样，我把自己的一切全放在工作之中。

一晃过了一年多。一天，郑扬忽然对我说："艾风，你觉得茜茜怎么样？"我愕然了，迟疑了一下，却又爽朗地说："很好啊！"郑扬诚恳地说："是的，她是很好的。我把你当作自己的弟弟，我关心你，也关心茜茜。如果你信任我的话，请让我给你们撮合吧！"我摇摇头，说："我是个不足道的人，在爱情上我难以忘怀往事。我怕因此而伤害茜茜。"郑扬沉吟着，叹了一口气，没有再说什么。但最后，他又说："无论如何，你还是应该常去我家的。不谈爱情，难道连友谊也要捐弃吗？"

于是，我又去了。但拘谨、冷静，不像过去那么自然。每次去，仍是在晚上，郑扬仍是对着楼上亭子间高叫茜茜给我泡茶，茜茜也总是"嗳"地答应一声，从亭子间里出来给我泡一杯茶。只是，不是坐着陪一会，而总是一直坐到我走。一天，飘着洁白的鹅毛雪花。我去了，郑扬不在，只是她和我两人，我就更拘谨了。她用善良、同情的眼光看着我说："如果你感觉不幸，你应当设法找出微笑的力量，找出鄙视一切不幸的力量，而不要逃避！"我望着窗外，白雪飞舞，认真地体味着她的话，不禁点头，说："你说得对！"她说："为爱情而生活是危险的，但有爱情的生活是幸福的！"我回答说："个人的不幸不管到什么时候总是会有的。我排遣得开。只是我不愿因自己的不幸，而拖累别人。"她默然了，温柔地垂下眼帘，剥着指甲。我就起身告辞。路上，踩着棉絮般的白雪，迎着北风回家，在心里反复体味着她的话，身上虽冷，心里却发热。回家后，我扑掉身上的积雪。母亲来了。照例是叹着气劝我应该考虑婚姻问题了，说："难道你就打算独身过一辈子？你忘不了她，可她恐怕早忘掉你了！"我看着薇娜的照片，忽然产生了一种恨的感情。我应当承认，茜茜就是在这时候真正进入我心里的。……

但，我并没有去追求。过了很长一段时间，又是郑扬，像老大哥似的找我谈，告诉我说："艾风，你应当了解茜茜，她真的爱上你了！她爱你对革命的真诚，也爱你对爱情的专一。你们结合，是可以幸福的。艾风，何必使自己痛苦，又使茜茜痛苦呢？你爱她，她就会幸福。她爱你，她也会使你幸福的。"郑扬说的话我全相信，我心头突然升起一种深深的歉意，我觉得我没有任何理由再拒绝郑扬和茜茜兄妹俩对我的信任了！我动了感情，慨然地对郑扬说："如果愿意，我感激她……"

我和茜茜结婚，正是同薇娜分袂三年的时候，父亲、母亲对茜茜都很满意。婚后，我们同父亲和母亲住在一起，关系很融洽。我和茜茜思想上一致，共产主义理想鼓舞着我们，我们都努力在为人民服务。我做编辑，她教书。她文静而深情，是个很能体贴人的妻子。她仍坚持让我和薇娜在金山卫海滨拍的那张照片挂在墙上。她说这张照片色调柔和、意境很高，可以给人以美感。妈妈见到我们仍旧挂着这张照片，悄悄地对我说："拿掉它吧！怎么可以这样！"但茜茜知道了却笑笑对妈妈说："妈，是我挂的。挂着吧！您看，艾风这张照片拍得多好！……"我不能不被她的宽容所感动。我深深爱着她，我们从未有过龃龉，但我却总觉得在我对她的爱之中，缺少了些什么。正如一剂中药里缺少了甘草。对药性药味不会有多大影响，却也不能说是没有影响。

茜茜是温柔而仔细的人，似乎也感觉到这一点。夜晚，有时在灯下，我读书疲倦了，抬起头来，瞥见那张照片，似乎海风呼呼地又在耳畔吹过，宽阔的海滩上，潮水在上涨，远处天边浮动着云霞……往事似潮泛起，她也就轻轻地叹口气。这时，我就从心底里产生深深的歉意。一次，父亲同我谈话，说："你没想到吗？屋里挂着那张照片，人家不会说你是立场问题吗？她在海外，谁知她干什么了？拿掉吧！再说，你也对不住茜茜呀！"事后我对茜茜说："茜茜，我的心里应当只有你，没有别人。可是原谅我，我没能彻底忘掉薇娜。即使谁说我这是立场问题，我也不愿向你说谎。"她回答得很好："你的诚实坦率说明你是爱我的。薇娜比我早占据了你的心，你心里应该有她的位置，我完全能理解，同时也使我更信任你了。"

第二年，我们有了个儿子——郑艾，全家喜笑颜开。爷爷奶奶非常喜欢孙子。茜茜当然更非常欢喜艾艾。艾艾的眼睛像妈妈，面形和体形像我。那段日子，真令人怀恋，我们国家蒸蒸日上，欣欣向荣，我们自己也是欢欣鼓舞。我们觉得小艾艾真是生逢其时，前途灿烂。后来茜茜入了党，我也打了入党报告，组织上一再调查我的家庭情况和社会关系，也找我了解过薇娜的情况，后来却没有了下文。

艾艾逐渐懂事了。我觉得那张照片不能再挂了！一个秋天的夜晚，茜茜从学校回来，忽然发现了房里的变化。镜框里改放了我和茜茜去年在外滩江边合拍的一张放大照片。她惊问："那张照片呢？"我告诉她："我拿掉了！"她问："为什么？"我说："我觉得应该这样！"天啊！我从来没有见过茜茜这么激动。她忽然双手捂住了脸，我看到她颤抖着流下了两串泪珠。我忍不住上前一把抱住她说："茜茜，原谅我！这么多年，委屈你了！为了我，你忍受得太多了！"她揩干了泪水，歉意地说："我不好，总还有点自私。"我不准她再说下去，两人抱在一起哭了，又笑了。

我们的生活是美好的。星期天，我和她带了艾艾陪父亲、母亲到公园去玩。有时，郑扬来我们处聊天，吃饭，谈理想，也谈工作，谈社会主义的远景，谈国家的光辉前途。真所谓意气风发、斗志昂扬的年代……

但是一九五七年的反右派斗争，冲乱了我们的生活秩序。郑扬被划为右派，父亲也挨了批判。我和郑茜为郑扬难过。可是又觉得党总是对的，不能怀疑。郑扬也是这样，临去西北劳动时，来了一封短信向我们告别，信上沉痛而歉仄地说："悟以往之不谏，知来者之可追。我要更好地注意思想改造……"他的话很诚恳也很沉痛。

从此，我们都变得谨小慎微了，生怕一不小心被别人抓住辫子，心情不像以前那么舒畅了，办事不那么大胆了，说话不那么坦率了。当然，这并没有动摇我们的革命信念，我们参加过轰轰烈烈的"大跃进"，炼过钢铁，干的事有些虽是荒谬可笑的，但思想和生活却是那样紧张和充实。

三年困难时期，我们也忍受了饥饿的侵袭。当时父亲得了浮肿病，在一九六一年冬天，像盏耗尽了油的灯火熄灭了。接着，妈妈也因忧伤过度而离开了人世。我和茜茜也都浮肿，但依然振奋精神拖着笨重的两腿去上班。有时我到飞机场去接送客人，看到小卖部里有五元一只的猪肉罐头卖，很想买只回去让茜茜和艾艾尝尝，但记得领导上叮嘱过："目前国家供应困难，凡是去机场工作的同志不要去抢购！"我恪遵领导的叮嘱，尽管馋涎欲滴，却从未买过。那时，报纸上常登载着苏联十月革命后，遭封锁闹饥荒时工人勒紧裤带努力生产的故事，要求大家发扬这种革命精神。我们确是这样身体力行的。在那个极端困难的时期里，我们的心中仍然展现着一幅壮丽的图景。

终于，三年困难时期过去了！为什么会造成三年困难，有的说是天灾，有的说是人祸，有的说是苏修撕毁合同撤走专家，有的说是……但我们并不深究这些。反正，困难已经过去，光明就在前边，革命又将前进，这就够高兴的了！我们充满信心和乐观主义精神，学习雷锋的"忠于革命忠于党",学习王杰"一不怕苦,二不怕死"的精神。可是,正当我们抬起脚步,昂扬地前进时,"史无前例"的"无产阶级文化大革命"降临了!

这场"大革命"像一场龙卷风似的来得太突然太猛烈了!在横扫全国的歇斯底里的政治狂风中,我和茜茜简直什么都不能理解,怎么想得到呵,这场混战会使我们家破人亡。

当时,艾艾已经十三岁了,在茜茜的学校里上初一。"文化大革命"开始后,揪黑帮,破四旧……学校里天翻地覆。冬天的一个早上,在茜茜任教的学校里出现了红卫兵"揪郑茜"的大字报。大字报署名是"反倒底"红卫兵,"勒令:高三语文教师、反动学术权威,牛鬼蛇神郑茜自即日起必须随叫随到接受批判。"从此,茜茜就遭罪了。她先还自由,后来就被囚禁批斗,说她在课堂上"放毒贩卖封资修",说她是"大右派郑扬的妹妹",更严重的是说她解放前参加学生运动时曾经被捕,有大字报纸问:"你被捕后国民党为什么会释放你?你是怎么出卖革命从狗洞里爬出来的?"一个造反派的教师竟揭发:在我们房里曾"挂过一个在海外做女特务的女人照片"!这当然指的是我和薇娜在金山卫海边合拍的那张照片。在我的单位里,立刻起了连锁反应,不久,"清理阶级队伍"了!大字报矛头指向我这个"叛徒""特嫌分子"。我也住进了"牛棚",不准回家了!

可怜的小艾艾独自一人怎么生活?我也不清楚。在我被隔离前,他从学校回到家里常常眼角带着泪痕,身上有伤,衣服被人撕破,有一次还被人从头到脚泼上了一身墨汁。……我被隔离后不到半年,有一天,专案组的一个还算比较善良的人走来,通知我说:"你儿子在外滩给汽车撞死了!说是他自己往汽车上撞的!身边就一个语录本,一张照片,给你!"我接过来一看,染血的语录本上艾艾写着家里的地址和自己的名字。那张照片是我和茜茜在他小时候带他拍的。茜茜抱着他,我们站在明媚的春日阳光下,我倚着茜茜,茜茜笑得那么高兴,艾艾在妈妈怀里得意地扬着小手，天真而又活泼。……啊！我的好孩子！感谢你，就是爸爸妈妈受委屈时，你仍旧是爱着思念着你的爸爸妈妈的。但你怎么就这样离开我们了呢？……这是永远无法挽回和补偿的事了！……

打击当然不止于此。茜茜在学校里所受到的残酷斗争和无情折磨更厉害。她，一个女共产党员，戴着"叛徒""漏网右派"等等五顶帽子，非人的遭遇，使她病倒了。有些毫无人性的家伙，见她病了也不怜悯，不但殴打她、辱骂她，还不断批斗她，搞逼供，甚至一连几天不给她水喝。在艾艾出事后不到四五天的一个上午，也就是一九六八年二月二十七日的上午，我这边的专案组通知我："郑茜病了！是肝癌！你去同她见一面！……"我伤心地去，又伤心地回来。那天夜里，她就咽了最后一口气离开了人间。那时候，在广阔的中国土地上，乌云笼罩，革命在呻吟，革命者在受难。……如果不是因为有革命信念在支持，谁能接受那样可怕的考验呢？……

（九）一九八〇年二月二十四日（星期日），上海。

上午，江海关的大钟"当！——""当！——"沉重地敲着十点钟的时候，下着霏霏细雨。艾风和薇娜合打着一把雨伞，相依着漫步在外滩江边。黄浦江上挤满了客轮、货轮和小船……烟雨蒙蒙，空气中带着几分寒意。由于合打一把雨伞，两人的衣服都湿了大半。身临此境，虽然面前没有花朵，没有绿叶，两人都仍恍然感受到那种被称之为"杏花春雨江南"的浓重诗意。

拥挤的人行道上，许多人提着水果、菜蔬、鱼肉等食品，抱着穿得花花绿绿的儿童。从他们的脸上，可以看得出假日的愉快心情。假如不是下雨，街上一定会更热闹的。这儿不像美国，看不到"时报广场"上摆着几支可怜的铅笔的无腿乞丐①；看不见倒在地铁楼梯上的醉汉；看不见携着纸袋到处徘徊，有"购物袋女士"之称的女流浪者。……薇娜沿途看着上海的变化，处处感到新鲜。她走在宽阔清洁的大道上，感到心情很舒畅。从人们的脸上，她觉得不管是工人、干部、知识分子，还有看得出是从郊区来的男女社员，都是情绪饱满忙忙碌碌高高兴兴的。她能体会到西方通讯社的记者说中国人在粉碎"四人帮"后"面上都增加了笑容"的报道是合乎实际的。她感染到这种轻松而欢快的气氛。

　　昨天一夜，薇娜睡得很好。清晨醒来，感到体力、精神完全恢复了。今天一早，艾风吃了早点，冒着牛毛细雨打着一把半自动黑布伞，来医院看她。艾风几乎是一夜未睡。他读完了薇娜的日记，联翩往事萦绕心头，睁眼到了天明。艾风进了病房，见薇娜已经绾好了 S 髻，容光焕发。薇娜刚喝完牛奶，见到了他十分高兴，马上说："给我办出院手续出吧！利用星期天，我们可以一起逛逛上海。"艾风摇头，说："你应该休息。再说，外面在下毛毛雨！"谁知薇娜却掀开了被，穿鞋下床，笑着走到白色屏风后面说："对不起，请等一下。我没有病，昨天只是太兴奋了。现在完全好了。我到上海来，不是来住医院的，时间对于我十分宝贵。"艾风知道她的性格，只得在一张藤椅上坐了下来，听着她在屏风后窸窸窣窣换衣，笑着说："你仍旧这么任性！"薇娜的话音里带着笑声，说："我没有变，跟你以前熟悉的薇娜一样，你不喜欢吗？"艾风正不知该怎么回答，薇娜已经换好衣服出来了。那件丝光闪闪的黑缎衬绒旗袍高贵而且合身，那条一半金丝一半黑羊毛线编织的宽大长围巾潇洒多姿地披在两肩，衬得那长睫毛掩盖下的两只眼睛更加好看。她看看自己脚上穿的那双圆口黑布鞋，说："这鞋子踩雨不行。你陪我先回饭店放下东西换双鞋子，我们就出去溜达。你忘了？

---

① 美国法律禁止行乞。乞丐常借出售铅笔等物件的方式行乞。

大学时代我们最爱淋着小雨散步，你和我都喜欢'随风潜入夜，润物细无声'这两句诗，没有提到'雨'字，但写的确又真是细雨，多么贴切！……"艾风见她决心要出院，笑着说："只好依你了，不过，不知医生怎么说？"薇娜抓起她那件美丽的灰色兔呢长毛大衣，要艾风拿着帮她穿上，并说："医生拂晓来过，同意我出院。我早已把钱交给护士请她替我结账了。你去给我问一问，办好手续，打电话叫辆的士，我们就走！"艾风点头出去了。一会儿，拿了账单和找剩的钱回来，说："汽车一来就可以走了，手续都办好了！"他将账单和找剩的钱交还薇娜。薇娜一看，"呵"了一声，用英语说："这么便宜啊？"又歉意地说，"这儿小费也不要！"看来，她为付小费的事闹过笑话了。

艾风说："医疗卫生事业直接关系到广大人民的健康，社会主义制度的优越性这就体现出来了！"薇娜那微张的嘴唇里露出明灿灿的皓齿带着笑意，说："你说的，即使是宣传，我也爱听。"艾风也笑了，说："是事实，不是宣传。"两人谈着，护士来了，笑着征求薇娜对医院的工作有些什么意见。薇娜真心诚意地满口夸好。两人提了东西下楼，一辆上海牌轿车开到，艾风就陪薇娜踏上汽车回饭店去。

他俩到了饭店里，进了薇娜的套房，放下东西，薇娜忙着换上皮鞋。她本想穿雨衣，但想到可以同艾风合打一把雨伞散步，就故意不拿雨衣了，笑吟吟地说："今天先去看看我家的故居，再去看看你家的故居，然后到外滩黄浦江边散散步。外滩是我们当年参加学运常去的地方，也是我们谈心散步常到的地方。逛到中午，就找个馆子吃饭。下午，我要到你现在的住处，去看看你的生活情况，你说行不行？"艾风说："行！我应当尊重客人的安排。不过，一上午要跑这么多地方可不行，而且，这儿离外滩较近，还是先到外滩的好。"薇娜眨了眨眼睛笑了，说："你说尊重客人的安排，实际还是要我服从你的安排。那好，你就做导游吧！我跟着你走！"说到这里，薇娜突然走到壁橱跟前，开了壁橱门，说："艾风，给你看两样东西！"艾风一看就明白，这是一个电视机和一台录音机。薇娜亲切地说："我带给你的一点礼物，美国第一流的！现在不要拿，找时间，你拿去！"她说这些话时，满脸柔情，仍像当年在大学里时一样。谁知艾风却皱眉了，他语气平静地说："薇娜，不要送我什么东西，我感谢你的情意，你来上海，我们见见面，这就很好了。但送我这些东西，我不能收。"薇娜惊奇地睁大了眼睛："为什么？"艾风摇摇头，仍旧平静地说："你应当了解我！我的民族自尊心是很强的。你带来的这些东西，也许质量是很好的，是美国第一流的。可是，对一个我这样的中国人，我不喜欢！你一定要给我，会伤害我的自尊心的！"薇娜看着艾风那面部坚毅的表情，有些扫兴，更有些伤心，眼圈也红了，说："好吧！我们再慢慢协商！可是你得先听一听！"她搬出了那台四喇叭的录音机，调整以后，录音机立刻响起一个女高音，艾风马上听出是薇娜录的自己的声音。唱的是他们大学时代爱唱的那支歌：

> 我是天空里的一片云，
> 偶尔投影在你的波心，
> 你不必讶异更无须欢欣，
> 在转瞬间消灭了踪影。
> 你我相逢在黑夜的海上，
> 你有你的我有我的方向……

艾风听着动感情了，他见薇娜"啪"地关了录音机，背着双手靠在墙上，眼眶里涌满了泪水，说："你应当明白我的心！我送礼物给你，怎么会是要伤害你的自尊心呢！我只不过是要表达自己的感情和自己的心意。不要把我当外国人看吧！我仍旧是你的薇娜！"艾风语塞了，薇娜的歌声触发了他的旧情，薇娜的话也使他感到真诚，他说："薇娜，原谅我。录音机我收下，我谢谢你！"薇娜听了，似乎变得高兴了。她去盥洗间里洗脸，用愉快的声音说："艾风，今天，我们一定要玩得高兴，像在大学的时候一样。我们步行，不坐车！"

薇娜带了照相机，挽了个黑麂皮镶金皮包。他俩从饭店出来，雨，仍在微微地下。两人合打一把雨伞。薇娜在左边倚着艾风，用手挽住艾风的右臂。艾风笑了，说："薇娜，这儿可不是美国，社会风气不同。我是个中学副校长，要是遇到了学生，他们会看不惯，我自己也要难为情的。你松了手吧！"薇娜松手笑了，说："封建！……"艾风摇头，说："谁也没禁止这样做，但又何必非要这样呢？这也是属于民族的风格。搞成这种社会风气，对青少年的影响未必好！"薇娜说："三十一年不见，你一套套的理论更多了。"艾风只好笑笑。两人转了个弯，沿着行人拥挤的南京路走。一路走，一路谈。薇娜要艾风讲讲这三十年来的经历。艾风就扼要地谈了。他着重谈的是当他处在最困难的境地时，那些善良而富于同情心的群众、那些有正义感的共产党员对他有多么好。但他在谈到自己的一些悲惨遭遇时，例如小艾艾的死和茜茜的死，谈得很平静，未加渲染。出于一种对革命的忠诚和对党的热爱，他不愿意给薇娜造成一种有损于中国的坏印象。聪明的薇娜明显地感觉到了这一点。她听着艾风谈，并不插嘴，她心中很明白，艾风的遭遇是不寻常的。中国的"无产阶级文化大革命"，在国外了解的并不比国内少。所以只要艾风简单一说，她就很明白。从那些平淡叙述中，她能看到电闪雷鸣、暴风骤雨。……

两人走到南京路外滩来了。在这里，人特别多，打伞的、穿雨衣的都有。公共汽车、轿车、电车、自行车、吉普车充塞拥挤。薇娜一路上随意拍照。艾风到了这里，忽然想起了艾艾的死，似梦非梦，仿佛看到活泼可爱的小艾艾忽然变得蓬头垢面鹑衣百结被公共汽车碾在轮下。艾风克制住自己的感情，指着江边说："走，薇娜，到那边去！你记得不？三十一年前，是在那儿，你告诉我，你要跟爸爸去香港了。……"薇娜对远处一些翻新过的建筑、来往行人的装束等等，一时间都来不及细看细想了，她昂首望着江边，边看边走，说："记得！你那时劝我应当劝说爸爸留下来。"艾风遐想地说："是啊，要是留下来，那我们各自的遭遇恐怕就同今天大不一样了！"薇娜笑着摇头，叹口气说："也许好，也许更坏！"艾风没有作声。她又说："我对已经过去的事总是不愿后悔的，虽然不免会难过。但我感到后悔无用，所以不后悔！"

两人这时穿过人行横道，已经到了江边的街边公园。江风微微吹来，街边的常青树依然葱茏碧绿，可以看到远远近近的大轮船、小火轮，东面虹口方向的江边还有小型军舰停泊。……艾风立刻想起了茜茜。他同茜茜在这儿拍过照片。……但薇娜继续在说："回来后，我这几天常在想：你，本来是个很有才华的人，比我有才华，比我们那些同学有才华。你，勤奋，热情，诚恳！这方面没有变，而且好像更干练、严肃了。可是，你却没有什么成就，无论是学术上的或是声誉上的，甚至金钱上，似乎都没有什么成绩。而我如果留在中国，会怎么呢？也许平庸但是平安，也许逃不脱茜茜那样的遭遇。我说这些，决不是要伤害你的自尊心，绝不是要伤害中华人民共和国。我现在亲眼看到在经过那场浩劫后，中国正在生气勃勃地前进。我只是为你遗憾、为你难过、为你惋惜而已。当然，我理解你，你有你自己的想法，你有那股我所没有也不可能有的狂热感情，名利富贵在你这种人是不会计较的，但是时间白白地过去了总是令人叹惜的！"

艾风听了薇娜这话，心头一颤，很不好受。

两人在江边站定了脚步。面前用铁链拴连的水泥防波堤下，是滚滚的江流。在烟雨迷蒙的江上，江水正打着漩涡卷着波涛在流泻。艾风的心也像这江水似的滚滚翻流，心潮澎湃。艾风觉得薇娜说的是真心话。"文化大革命"后，自己在心情杌隉时确也这样想过。按照自己这样一个新闻系高才生的素养水平和对党的忠诚，是可以做更多的工作的。可是，这么多年来，不就是由于莫名其妙的所谓政治条件的限制，连个记者都不能做吗？自从粉碎"四人帮"后，党中央注意了调动知识分子积极性和发挥知识分子专长，类此情况，已有了很大的改变，但在某些人的思想上，肃清那种极左的流毒也还有待时日……想到这些，艾风不禁吐出了一口闷气。但他没有把心里想的这些摆给薇娜听，他有民族自尊心，也有自己的好胜心。他不能动摇自己的信仰。

望着滔滔的江水，他克制地说："薇娜，不要为我遗憾、难过或惋惜，更不要怜悯我什么'一无所有'，人同人之间的价值观念不同。有些事是不能单纯用什么尺度来衡量的。从你眼光里看，我也许像用网捞水，毫无所获，但我也不后悔。当我最初在选择生活道路的时候，我就没有醉心于个人生活的安逸舒适，没有迷恋于自己的成名成家，而是热望使中国能够得到翻身，繁荣昌盛。跟着共产党走，为革命献出一切，是我的初衷。直到今天我不后悔。我对革命的信念从来没有动摇过。在名利上，我贫穷，既无学位，也未富有，没有高级的物质享受。你来，我只能陪你用两只脚散步。但在精神上，我自己感到充实。"说到这里，他看着薇娜的眼睛，说："薇娜，我为你已经取得了成就而高兴。但是，请你不必为我惋惜。我勤勤恳恳为人民服务了三十年以上，使我自己感到安慰。为我们的社会主义事业添砖加瓦，我一直认为是一种可贵的贡献。即使在'文化大革命'中，我也想过：倘若我含冤死了，任何人也夺不走我对革命的信念。你应当了解我，我说这些话，心是真诚的。我打个比方吧！可能你也会有这种体会：小时候，妈妈有一次打骂了我，我哭得很伤心，感到妈妈不该打骂我，心里埋怨妈妈，可是邻居一个大姐姐劝慰我时对我说：'小艾风，你好！你妈妈坏！'我听了，却马上反感。我不能让人侵犯我亲爱的妈妈，我对妈妈的埋怨全部烟消云散了！我说：'我妈妈不坏！不要你管！我不要你说我好，我也不准你说我妈妈坏！'……你懂这种感情吗？"

薇娜看着艾风那动感情的面容和两只严肃的眼睛，在艾风的脸上，智慧和信念、毅力都从他的谈话表情中流露出来了，江上的冷风习习吹来，雨丝冰凉地洒到她的脸上，她点点头说："我懂！"她望着眼前浩瀚奔腾的江水，体味着艾风刚才说的话。她是个写小说的人，习惯于窥探人的内心世界，习惯于观察、体味各种各样的人的个性、情绪、思想，她明确感到自己和艾风之间，现在已同过去更不相同。她虽说懂得艾风的感情，实际却又并不太懂。她终于说："艾风，站着不要动，让我们在这儿合拍一张照片！"她对好光圈，将自拍装置摆好，将照相机放在一条水泥凳上，自己跑过来站在艾风身边，"咔"的一响，摄下了他们的合影。

远处有只靠岸的货轮上播放着《祝酒歌》，一个男高音用欢快的旋律放声唱着：

> 美酒飘香啊歌声飞，
> 朋友啊请你干一杯，请你干一杯，
> 胜利的十月永难忘，
> 杯中洒满幸福泪……

不知为什么，薇娜听了这歌声心里泛起一种莫名其妙的感情。是为艾风在那十年中所受的迫害而难过？还是歌词中的意境使她想起已经逝去了的爱情和友谊？她突然拉着艾风的手说："走吧！艾风，你看——我们到那里去拍一张照片。"那正是三十一年前，她同艾风在江边散步的地方。那是年初的一天，也像今天这样，天很冷，只是没有下雨。她穿一件嫩绿色旗袍，外加一件深绿色的呢大衣，临风站在江边。艾风笑着说："看！你真像一株垂杨柳！"……这以后她就到香港去了。谁能料想，一别竟是三十一年。年轻时，爸爸画过一幅油画，题目叫作《多情的雁》，画的是斑头雁，雌雁孵卵时，雄雁机警地站在旁边守护。雁，这种多情的鸟儿，雌雄一结成对，就永不分离，一旦失去了伴侣，便只好只身南归，过着独居生活。雁犹如此，人何以堪！？

艾风看到这地方,也触景生情。当年散步的地方,现在已成了江边公园,种植了棕榈、雪松,但周围环境仍是如此熟悉,他不禁有一种身入梦境的感觉。谁能想到呢?三十一年后的今天,仍在这地方,他同薇娜又在这里散步了。两人合打着一把雨伞,在雨丝风片中听着江水滔滔。忽然,心里一阵酸楚,彼此都说不出话来。又何必说呢,正是无声胜有声。还是艾风打破了沉寂,说:"薇娜,到外白渡桥去看看吧!去看看当年我们参加学运的纪念地。你记得不?那是一九四八年的六月五日,那一天你追到外滩看到我被捕的那一次?"薇娜点头笑了,说:"你给打得血流满面,吓得我要死!"她一时忘了,又用手挽住艾风走起来,艾风也不再拒绝,由她挽着左臂,用右手举着雨伞。两人紧倚着往外白渡桥方向走去。薇娜忽然像想到了什么似的问:"这些年,你见到过那个'扑满'杨大同没有?"艾风摇摇头,笑了,说:"没有!那时他几乎一天写一封信给你!"薇娜也笑了,说:"可惜他蚀了本,从来没有得到过复信。"

他们在雨中走着,身上湿漉漉,脚底踩着水"叽叽呱呱"响。当年参加学运时队伍集合同反动军警特务搏斗的地点到了。薇娜忽然立定脚步,叹口气说:"不必向前走了,在这儿看看就行!"艾风陪她在雨中,透过雨帘指着对街的一溜墙垣说:"当年,我在这上边用柏油刷过八个大字,你记得不?"薇娜笑了,说:"'民国万税''天下太贫'!"艾风点头,说:"现在,贫的问题我们还没解决好,但比起那时候,人民的生活总是普遍好多了。你这次回来,有什么观感?"薇娜摆弄着照相机说:"当然有!首先,我觉得干净!没有娼妓制度,没有吸毒者,没有赌场,也没有舞厅酒吧,当然也没有一夫多妻制,没有同性恋。我是个女性,我特别感到妇女在就业、教育和工薪待遇方面以及参加政治活动方面都有平等权利,职业也有保障,在美国城市中,常可见到无家可归的妇女沉默地闲荡。她们有些是从精神病院和医院出来,有些以前是专业人才,失了业。有些则因婚姻不幸而孑然一身,多数当然是孀居、离婚或失去家庭的老妇，这是那个社会的问题。当然，抢劫一类的事更多得不用说了！在这里我觉得安全！老百姓的生活也似乎很愉快，物价也便宜。"艾风点头，说："你从对比中得到的感受是正确的。我们在这里拍张照片留念好不好？"薇娜点头说："当然好！"艾风让薇娜和自己站在一起，求助一位过路的穿雨衣的青年人："同志，请你给我们拍一张照片吧！"那青年人欣然同意，"咔"地给艾风和薇娜合拍了一张照片。

两人打算离开这里，艾风看看表说："薇娜，当年的故居，人去楼空，我看就不一定去了。现在，我陪你到八仙桥去吧！我们从前上大学时，在那里吃过油豆腐线粉、豆腐衣包扎，你很爱吃，在美国吃不到吧？上海风味有兴趣吗？"谈到吃，薇娜立刻想了那些太没滋味的美式菜：牛排、沙拉、火腿蛋、熏鱼……以及三明治、热狗、意大利煎饼和通心粉、汉堡包……薇娜高兴地说："好好好，我真想尝尝这种特殊风味。"艾风说："走！坐 26 路电车去！路很远，你也尝尝挤电车的滋味。"薇娜笑了，说："依你的！"

离开刚才站立拍照的地方，薇娜回头望望，忽有所感地说："艾风，说真的，我早以为你是共产党员了。那时你为参加学运，给打得满面是血，监牢也坐过，我以为共产党早吸收你了，今天听你谈了，才知道还不是。可是你却依然如此起劲，好像无论什么事都不会动摇你的信仰。"艾风笑了，点头说："是的。我总觉得我走的道路是对的，至于没能入党，我想到的时候，也苦恼过，但我也很容易想通……"薇娜说："怎么呢？"艾风道："一九五七年，入党问题本来可以解决了，可是后来郑扬出了事，加上反右后'左'的思想抬头，就影响了我入党。一晃七八年，'文化大革命'又开始了！老干部都受摧残，何况知识界，入党当然更渺茫。只不过，现在好了！你可能也注意到了！严济慈、华罗庚等等最近都入党了！……"薇娜微笑着问："你呢？……"艾风郑重地说："我又打过入党报告了！只要志愿坚定，我总觉得不过是时间问题……"薇娜见艾风讲这话时是严肃认真的，似乎充满了信心，就转变话题说："我们谈的政治太多了，谈谈别的吧！"艾风说："好，你把你在美国的情况介绍点给我听听！"薇娜摇头说："那放到以后谈，我想先了解你的生活。你看，我来了，你也不邀请我到你住处去看看。"艾风笑说："我生活十分简单。但是，我应当邀请你去的。吃过饭，我们就去，好不好？"薇娜高兴地接受了。

26路电车很挤，车上的人都注视着薇娜。薇娜见看她的人多，就不多说话了。艾风明白她的心理，也就不再说话。薇娜默不作声，却不断在思索。从艾风所谈的入党问题引申开去，她想：美国在科技和经济上是巨人，但是，思想、政治、道德、精神上呢？是空虚、腐朽的！美国人买得起许多中国人今天还认为是比较奢侈的东西，可是，他们中的许多人却对自己为什么活着缺少目的性，也缺少理想和信仰。他们觉得这个社会不关心自己，而自己对这个社会也不起作用，不负什么责任。活着，不知为什么要活，因此，吸毒盛行，犯罪行为数不胜数，自杀者、精神病患者日渐增多……而艾风这样的人呢？他不会产生精神危机。薇娜对艾风的这种精神状态，过去就有过感觉，现在似乎感觉得更强烈了。……

细雨中，八仙桥一带在薇娜眼里也变得陌生了。那个"大世界"现在仍在，但改为"青年宫"了。这一带出现了新华书店、电影院、邮局、银行、药房，各种商店。三十一年前，这一带是上海黑暗社会的缩影，流氓、地痞、"野鸡"充斥，到处是垃圾、污秽。现在，到处都是整齐干净明亮的了。艾风带薇娜走进一爿馆子，上了楼，想找个靠窗口的位置坐下，但顾客很多，没有空位，两人只好等着。人们又都看着薇娜，薇娜笑着轻轻对艾风说："他们像在动物园里看动物似的看我！"艾风也笑了，说："不，这是善意的眼光。你的洋味儿的确使他们好奇。"薇娜说："等会儿陪我买一套中国服装，我赶快换一换。"两人正谈着，一个女服务员来了，她看出薇娜的身份，正要带薇娜和艾风去找座位，边上有两个顾客却已主动让着座位，热情地招呼薇娜说："你是海外来的吧？请在这儿坐！"薇娜谢了他们，同艾风坐了下来。女服务员问吃点什么，艾风同薇娜商量着点了两客油豆腐线粉和豆腐衣包扎，外加四两小笼包子。薇娜说："三十一年没吃过油豆腐线粉和豆腐衣包扎了！在纽约，我们到唐人街吃中餐，也吃不到这……"偏偏女服务员抱歉地说："油豆腐线粉刚卖完了！"薇娜和艾风都感到遗憾。旁边一个中年男客，听了薇娜的话，立刻对服务员说："把我的让一客给这位海外来的女客人吧！"……薇娜不肯，艾风笑说："你看，我们的人民群众多好！你就尝一尝吧！"他谢了那位中年顾客。女服务员不嫌麻烦地算了账，找还了那位顾客的钱。给薇娜和艾风放好了筷碟。一会儿，热气腾腾的食品端将上来，两人就有滋有味地吃了起来。其实，滋味也不过如此。薇娜却觉得无比鲜美，那些线粉来不及品味就自己抢着滑进喉咙里去了。薇娜对艾风说："我好像置身在亲人中。这真是我日夜向往的中国啊！"说这话时，她两眼热辣辣的，见大家都在望着她，向她露出友好的笑容，她笑着同让位和让出油豆腐线粉的陌生人点头，连声激动地说："谢谢大家！谢谢大家！"

边上，有对老年夫妇在吃小笼，还叫了两小盅酒在喝，酒味喷香地传来。那位老太太笑着递过一杯酒来对薇娜说："喝一盅吧！"薇娜感激地谢了老太太的好意，说明自己不会喝酒。她吃着油豆腐忽然笑着俯在艾风耳边说："爱情像老窖的醇酒一样，埋藏愈久，味愈醇厚，你说是吗？"艾风看着薇娜，没有立刻回答。薇娜又笑了，说："你心中似乎只有今天和明天，却没有昨天！"艾风摇头，说："人不能永远生活在昨天里，人要面对现实！"薇娜追问一句："现实是什么呢？"艾风思索了一下，说："薇娜，我还很难表述清楚，但你可以看到，我现在就是这个样子！"他忽然觉得自己嘴里嚼着的油豆腐毫无滋味，他见薇娜正吃着线粉，吃得似乎也没有什么滋味。薇娜的筷子夹着长长的线粉，若有所思地说："剪不断，理还乱，是离愁，别有一番滋味在心头！"艾风深情地朝她看了一眼，在这一刹那间，他忽然觉得心头对薇娜完全恢复了当年那种感情，而且更夹杂了一种难言的同情。他说不出这是为什么。

从窗里望出去，雨，下得大起来了！他俩离开馆子，又合打一把雨伞，徜徉在马路上，向艾风的学校方向走去。……

（十）一九八〇年二月二十四日（星期日），在上海。

薇娜一进屋，就叫了起来："啊！你就住这么一间屋？这么一间陈旧的可怜的小屋?!"

艾风将滴着水的雨伞倚在门边，又将陪薇娜刚才到服装店买的一条黑色成品中长纤维裤和一件成品丝棉对襟袄外加一件藏青色涤纶中西式棉袄罩衫放在自己那张钢丝床上，笑着说："我一个人住，已经觉得很宽敞了，十七平方米！经济实惠，我不需要太大的房子；太大了反而成为我的负担。我没有时间整天去打扫摆弄！"薇娜摇着头，笑着说："我发现你的理想、信仰，像一种安慰自己的宗教。"艾风开亮了电灯。这时大约是下午三点钟光景，但因为天雨，室内光线很暗，电灯一亮，金光照亮了全屋。艾风说："我的理想和信仰与宗教不同。宗教是麻醉人的鸦片，它常同追求个人的幸福解脱个人的苦恼有关。我的理想和信仰没有利己的因素。我总觉得没有理想和信仰，人的生命也就没有意义了！没有理想和信仰，世界也就停滞不前了！你是作家，没有思索过这么一个重要问题吗？"他一边说，一边拉过一张藤圈椅，说："薇娜，快坐吧！"

薇娜思索着艾风的话，又打量着艾风的房间。这里没有洗澡间，没有盥洗室……一进门，就是一只衣架，上边挂着些大衣等物，靠南面窗口，放着一张写字台，写字台旁是三个简陋的书架，架上堆满了书；靠北面的窗口，放着艾风那张黑色小钢丝床，床左边，有一只五斗橱，右边是一只小床头柜，柜上放着一只收音机。床头柜旁，是一只箱架，上边一连叠着三只箱子，房里有两只藤圈椅和两把椅子。写字台上有盏塑料蓝花罩的台灯。书架上除了一只小镜框里放着一张周恩来总理的相片和一只闹钟，还有些石刻的飞马等工艺品。写字台上放着两盆仙人球，一盆水横枝。粉墙洁白，一面墙上挂着世界地图和中国地图，一面墙上挂着一只金色的雕花镜框。薇娜不禁立起身移步上前去看照片了。

镜框里放的是艾风和郑茜在外滩江边合拍的一张放大照片。薇娜叹息地看着照片，真诚地说："啊！这是茜茜！她真美！我一见就爱上了她。"照片上的茜茜，同艾风并肩站着，背景是宽阔的长江和天空。江上远处有些船舶，郑茜眼睛微微眯起，秀美的面孔上有一种向往未来的神色。风将她那朴实齐耳的短发拂向脑后，风姿动人。薇娜站在照片面前，对着茜茜的像默默无语。

艾风在给薇娜泡茶，当他拿着茶叶放进茶杯里的时候，耳际好似响起了当年到郑扬家去时郑扬对着亭子间高喊茜茜泡茶的声音：他眼前浮起幻觉，似乎听见茜茜"嗳"地答应一声，从亭子间里轻轻移步走下楼来。看着薇娜站在茜茜的照片面前，他默不作声。泡好了茶，又拿出抽屉里一包苏州松子糖来，招呼薇娜说："喝茶吧！吃点松子糖！"他记得薇娜和他两人在大学时，都是爱吃松子糖的。薇娜拿了一块松子糖含进嘴里，说："哦？你这嗜好还保留着？可我这几年连喝咖啡有时都不加糖了！"

两人对面坐在两只藤圈椅里，都沉默着，喝着茶，吃着糖。屋檐上的滴水声淅淅沥沥传来，房里显得有些阴冷。薇娜塞一塞大衣领子，拽一拽大衣下襟盖在腿上，说："你的生活太简单了！"艾风点头，说："已经习惯了！"薇娜问："谁照顾你呢？"艾风扬扬两只手，说："自己！"薇娜叹了一口气："你自己洗衣，自己办饭吃？"艾风摇摇头说："饭，一般都在食堂里吃。学校的食堂办得不坏！"薇娜说："你没有电视机?"艾风笑了,说:"老实告诉你,买我还是买得起的!但有了电视机,也没有时间看!"薇娜看着艾风两鬓的白发,眼神里带着怜悯,说:"你也上年岁了!没有汽车,没有电冰箱,没有空气调节器,许多生活必需品都没有……"艾风能理解她那种感情,笑笑,递块糖给薇娜说:"不要用怜悯的眼光看着我,当然,我感激你的关心。……"

听着雨声,薇娜叹一口气,突然问:"你没有小艾艾的照片吗?"艾风摇摇头:"'文化大革命'里全遗失了!包括你和我在海边拍的那张照片。本来茜茜一直珍藏着的,也丢失了!"薇娜朝墙上茜茜的照片看着,真挚地说:"我该带一束鲜花来的。我虽然没有见过茜茜,但今天看到她的照片似乎早就认识她了。当然,她是一个共产党员,但为什么我们不能成为好朋友呢?可惜她去得太早了!"艾风点头,也看着墙上茜茜的照片,说:"她和你一样,都是通情达理的人。"

雨声急了,像细沙洒在地上似的发出"沙沙"的声音。薇娜忽然说:"今天是礼拜天,你有空,我也有空,冒着雨玩到现在,我真高兴。明天起,我就不自由了。有几位中国作家要陪我一星期,要开几个座谈会,有的刊物想发表我的一些作品,有些作家要介绍我认识几个翻译家,他们还要请我吃饭,要邀请我到苏州、无锡、杭州玩一次。这样,我和你在这几天里就没有空见面了。你抄个电话号码给我,我一回来就给你打电话。"艾风点头,将学校的电话号码写在纸上递给了薇娜,薇娜将纸条放进手提包里。她看着艾风,默默无语,一口一口地喝着艾风给她泡的清茶,心里忽地又浮上了一种梦幻似的感觉。

两人就这么沉默着。屋里只有书架上那只闹钟的"嘀嗒嘀嗒"声和屋外"沙沙"的雨声。薇娜忽然下了决心:她是寻找失去了的爱情来到上海的,她对艾风的爱仍像三十年前同样热烈,但是经过三十一年的分离,她对现在的艾风了解得太少了。她必须来看一看艾风,看看他变了没有,变了多少,她同艾风之间看看是否还能……昨天初见艾风,她太激动了,以致昏厥过去。但她对艾风印象很好。艾风苍老得多了,风度气质没有变。今天从早上到现在，两人在雨中合打一把伞同游旧地，追忆往事，现在她感到心里的话不吐出来是不行了。她的心潮汹涌，感情激动，声音有点嘶哑，脸也绯红，说："艾风，我曾经问过你，知道我回来的主要目的是什么？现在我想告诉你……"得到艾风眼神的鼓励，她怀着深情继续说："你应该知道，我是为了你才回来的。我在想，在时间上，我们都不是富翁了！可是，我们能不能重新夺回失去的爱情和幸福呢？不知你考虑过没有？"

艾风看着薇娜的眼睛，诚实地点头，说："我考虑过。"

薇娜的声音颤抖了，似是承担着无法负荷的压力，问："那么，你是怎么想的呢？"

艾风坦率地说："我能感觉到你回来的目的是什么，而我确实还是爱你的。可是，我想，我们都已经不年轻了！并且各自都有过一段沧桑。现在，我们彼此的差别有这么大。尽管这么做在我不是没有痛苦的，但考虑再三，我觉得还是让我们保持着当年纯真的友谊吧！'海内存知己，天涯若比邻。'让我们的友谊永存吧！"

"友谊能代替爱情吗？我在寻求真正的爱情。我像茫茫海洋上漂泊的一只小船，想靠岸了，我需要一个家！你说这些话太理智了！"

艾风摇头，说："我比较理智，但并不是没有感情。"

薇娜摇头，说："艾风，我愿意把我的一切都献给你。你已经两鬓白发，也需要有人爱你、料理照顾你了。我在想，只要我们善于把握自己的命运，我们还是可以很幸福的。我们的爱情仍像从前一样的纯洁、浓烈！"她突然移身上前，艾风仓皇站起，薇娜已投入艾风怀里。她双手攀抚着艾风的宽肩，热情地说："你知道，我现在，除了爱情和幸福，什么都有！我有钱，有名望，有房地产，有事业。我们结婚，你跟我走，我们到美国，那里有可以提供你工作的条件，你可以好好利用今后的岁月，你是一定可以做一个大作家或大评论家的。就凭你这三十一年的丰富生活，就可以写出十大厚本长篇小说来。我可以降格做你的助手，你比我有才华！……"她用双臂搂住艾风的颈项，把头埋在艾风的胸前，她的散发着浓烈香水味的黑发触及艾风的面颊。她继续说："答应我吧！艾风！多少个春夏秋冬，多少个不眠之夜，我都思念着你。我在下决心回来前，就料想到这一天。你和我现在都是自由的。我虽不是基督徒，但我觉得这是上帝的意旨。"她仰起脸来看着艾风的脸。艾风的脸上似有激动也有痛苦。她说："怎么？你不愿意吗？只要你一点头，我那美国的住宅就是我俩的家！"艾风被薇娜的建议惊呆了，说："薇娜，你应当了解我！"艾风的双手轻轻抚摸着薇娜的肩膀。她那秀发撩弄着他，她那馥郁的香水气味刺激着他。但是他克制地微微摇头说："薇娜，我爱你，可是，你说我能像你所说的那样做吗？"薇娜身子颤抖，两串晶莹的泪水挂下腮来，沾湿了艾风胸前的衣襟，眼里流露出哀怨。

艾风劝慰着说："薇娜，我是爱你的，你在我的往事和记忆中占有如此重要的地位。我珍贵你对我的感情，但……"薇娜不要他说下去，忽然昂起脸来，说："我不要你说了！我要你答应我。"她双臂紧搂住了艾风，用带泪的眼睛紧紧贴住艾风的脸。屋外，雨声还在淅沥。她希望他吻她，但是他没有这样做。艾风克制住感情，理智地将薇娜扶到藤圈椅上，温存地说："薇娜，如果我说我不爱你，那是欺骗你，也是欺骗我自己。可是，我虽然珍贵你的爱情，在我心上，高于一切的却不仅仅是这个。"

薇娜坐在藤圈椅上，失望地昂头看着艾风，说："怎么？难道这么些年来，你吃的苦，你遭到的不公正待遇，不能使你有一点儿的回心转意吗？"艾风站在她面前解释着说："我重视爱情，我也是一个重感情的人。但是，我如果把我对祖国的爱、对革命的爱都给你，你是承受不了的。我们各有追求，我感到，我们还是保持这样的友谊好！"

薇娜用一块雪白的绣花手绢捂住脸哭了，哭得那么伤心。她本来以为提出这些问题应当像是咀嚼着甜美的糖，但终于发觉满嘴全是苦味。艾风见她这样，心里很难过，他很怕伤了薇娜的心。可是又不愿隐瞒自己的襟怀。按他的感情，他何曾不想拥抱薇娜，可是，他觉得不能这样做。他只是想，对薇娜说清楚，让薇娜充分了解自己，原谅自己。他觉得薇娜是会理解他的。现在，薇娜伤心地哭了，哭得他心也乱了。他只得劝慰地说："薇娜，我想你是能理解我的。回忆、往事，在我的心上都占据着不可磨灭的地位。但我到底是一个革命者，我从来没有靠过去的记忆活着，支持我生活并斗争的是眼前的现实，是一种超乎男女之间的爱。我指的就是对祖国、对革命、对我们的中华民族的爱。为了这，我付出过代价，但我并不后悔。我愿意把自己的有生之年，全部献给她。因此，我不能离开她！"

薇娜止住了哭泣，拂一拂鬓边的乱发，恢复了原有的端庄，说："虽然我入了美国籍，但我并没有忘记中国，远离中国三十一年，我对中国有说不出的怀念。但现在，我的事业、成就、财产，一切全在那儿。我是竭诚地想把我的一切变成你的，谁想到你竟是那样固执！"艾风在她对面的藤圈椅上坐了下来，说："薇娜，我仍是爱着你的。但是我似乎不可能和你在一起，因为我所珍贵的是你所鄙弃的，我所鄙弃的却是你认为了不起的。我情愿和我这目前还是贫穷落后的祖国站在一起，而不愿到那边去享福。你知道，大雁还眷念故土呢！"

薇娜叹了一口气，无限温柔凄切地说："爱情的价值高于生命，对于我，就是这样。法国诗人克雷蒂安·德·特洛亚写的骑士传奇《郎斯洛》里，那个亚瑟王的骑士郎斯洛为了寻找他所热爱的王后耶尼爱佛，他不惜牺牲骑士荣誉，不骑马而坐上小车，又冒生命危险爬过一道像剑一样锋利的桥。我现在比他还要痴心……"艾风默默地没有回答，他看出自己刚才的一些话和行动伤害了薇娜，他不愿意再多说什么。

薇娜又叹了一口气，说："我感到悲哀！但是，艾风，希望你能好好考虑一下。我刚才对你说过，明天起，一个星期内我没有空，要参加些应酬，这段时间我恳求你好好想一下。我回来后会打电话给你的，那时你把考虑的决定告诉我好吗？"

艾风点点头。

薇娜神情恍惚地说："请你打个电话替我叫一辆的士。我想，我该回去了！"她听着屋外的雨声。雨更急更大了。在她的心里，这时候，充满了迟暮之感。

（十一）艾风写给茜茜的一封无法投寄的信，
一九八〇年二月二十七日夜，在上海。

亲爱的茜茜：

　　今天又是二月二十七日了！十二年过去得何其匆匆！十二年前的今天，你离开了我，离开了党，离开了同志们，也永远给我的心留下了不可消除的创伤。年年今日，我总是端详着你的照片，在心中为你唱着挽歌。我仿佛看到你微笑着文静而深情地站在我的面前。于是，我总是不禁想起我们最后一次的诀别。那是在被隔离的地方，你虽已得了绝症，见到我时，仍那么平静，甚至还好像想使我放心和高兴似的向我微微一笑。那天，你挣扎起床穿一件旧的灰卡其列宁装、蓝卡其裤子，显得干干净净。你的一头齐耳的黑发，梳得整整齐齐，你虽瘦削苍白，仍旧那么美丽，显出素朴的美。你坚强地对我说："艾风，答应我！你要有信心，不论碰到什么不幸，都不要消极！"我点了头，你又说："不容易见面，你看看我吧！多看看我！"你的眼睛仍旧那么温柔、善良而且明亮。你用手掠着头发，说："我始终想在你面前留下一个女共产党员的形象！这就是我要求来同你见最后一面的主要原因！"然后，你一定要我为你唱一遍一九四六年一月我们参加公祭昆明于再等死难烈士时唱的挽歌。我轻轻地唱了："安息吧，死难的烈士……"后来才懂得你这是在同我告别！你死了！留下了一个女共产党员的形象走了！你说过："死的人死了！活着的人要继续奋斗！继续前进！"我永远记住！今夜，当我处理完教导处的许多事务后回到宿舍，在台灯下写这封无法投寄的信给你时，我多么想再同你好好谈谈心啊！像那些已经过去了的幸福时光一样，谈呀谈呀，不知夜已深。……往事一直回旋在我的心灵深处，使我痛苦，也使我清醒。

薇娜从美国回来了！她仍旧年轻、美丽，已是作家、教授。她看到了你的照片，对你留下了极好的印象。她是寻找失去了的爱情和幸福来的。但我觉得她首先应该寻找人生的真谛！她已经是美籍华人，希望我和她共同生活，然后跟她一同回美国去。亲爱的茜茜，说我完全忘怀了她，那是不可能的；说我现在已经完全不爱她了，那也是不真实的！当我见到她后，知道了三十年前我同她之间的分手，是由于一场人为的隔阂，我对她曾经有过的恼恨全部转成了遗憾。我对她的遭遇不能不满怀同情，我对她原来有过的爱，突然旧情复燃。但是，一个人如果忘记了时代赋予他的使命，在时代的风雨中，只顾忙着去找一个安乐的小窝，谋求个人的名利，那不是我所企求的！要抛弃祖国和我们可爱的人民去做外国人，我更办不到！我也从未敢忘记我们贫穷、落后的祖国母亲如何需要她的子女来赡养她！孝敬她！孝顺的子女不嫌母亲穷，孝顺的子女最热爱母亲。你在临别前鼓励我"继续前进"，我体会到就是包含这个意思。

薇娜有爱情至上的观点，她用感情生活。她万里迢迢从天外飞来上海，是想在我和她之间编织一个爱情的罗网。可是，还欠缺一种富有生命力的神奇的黏合材料。这就是共同的斗争和共同的语言。没有这一种材料，情网是编织不成的。即使编织成了，也不可能牢固，不能像我和你的爱情一样。亲爱的茜茜，你可知道，你的走给我留下多少痛苦和悲伤？可是，也是由于你生前的鼓励，我并没有因为失去了你而消沉。

　　亲爱的茜茜，我怀着难言的哀痛怀念着你，但是生活的发展，又可以让我给你寄送一些令人振奋的消息。郑扬——你的哥哥，我参加革命的引路人，他回来了！他错划为右派后，先到青海，在一个国营农场劳动，后来摘了帽又到山西，在一个煤矿工作。整个"文化大革命"期间他就是在那个煤矿上度过的，他受尽折磨并被下放当井下工，挖了六七年煤。去年，他终于得到了改正。真是天大的喜讯！我们之间重新取得了联系，通了信。我失去了你和小艾艾，他也因为那个当小学教师的妻子在他戴上右派分子帽子后，同他"划清界限"，与他离了婚，失去了家庭。他的一个男孩在他身边长大，现在是矿山机械厂的一名钳工。令人高兴的是前天我突然接到一封他从上海寄发的信！他被调回上海，负责筹办并领导一个重要理论刊物。他信上说："我考验过来了！……"这消息真像天外飞来，我马上复了信，邀他星期六晚上来我这里见面同吃晚饭，整整二十三年不见了！我要用酒为他洗去二十多年的风尘。你和我在黄浦江边合拍的照片现在挂在墙上。我们会看着你，你也看着我们吧！

　　　你值得思念，但思念一词，
　　　无力表达我热烈的心肠；
　　　可以说，思念似火在燃烧，
　　　在我的心中永远永远激荡。

　　深夜人静，亲爱的茜茜，别了！今夜，我的心潮起伏，怎能入梦？

　　我不相信鬼神，但因为你的缘故，真希望有一个可以使我们相会的地方。薇娜对我似乎是一片真诚，但她跟你却是那样的不相同。多少年来，你和我的心声总是谐调应和。这封信虽然无法投递，我却希望你的灵魂能听到我的心声，得到慰藉。倘若这样，那么，茜茜，你就安息吧！……

（十二）一九八〇年三月一日晚（星期六），在上海。

艾风的白天特别忙。上午，为了交流经验，外校来听课的人特别多。他负责接待，陪同听课。下午，又参加了文件的学习，一直忙到下班。他看看手表，已经五点多了。匆匆忙忙跑到校门口乘电车到淮海中路去采买。他在熟食店里买了几味卤菜和白斩鸡、油爆虾，在食品店里买了几瓶幸福可乐和一大瓶双沟大曲、几包袋装的三鲜面。又在江夏小吃店里买了一塑料袋鸡肉生煎包子。再到水果店里买了点黄梨和苹果。这就带着小跑赶回来。他将屋子打扫干净，在桌上放好了酒杯和筷碟，将买来的熟菜分开盆子装好了放在桌上，又将煤油炉子拾掇好。平时，他很少用这只炉子。今夜，邀郑扬来喝酒吃饭。打算用炉子煮面、蒸包子。一切安排妥当，他才"啪"地开了电灯，洗净了手。灯光暖融融的，他坐在藤圈椅上歇息，怀着渴望见到故人的喜悦心情，静静等待着郑扬来到。

忽然，门上"笃笃"有人敲了两下，他想：郑扬来了！马上应了一声，走上前去开门。门一开，意外地看到站在门口的不是郑扬，而是薇娜！"啊！薇娜，是你！"薇娜姗姗进来，伸出手来同他紧握了。

薇娜穿的就是那天艾风陪她买的衣服。这是目下上海一般市民穿的料子和式样。也不知为什么，这种普通的衣服，穿在薇娜身上别有风姿，那件藏青涤纶棉袄罩衫罩在她身上不但合身而且显得高贵。那条黑中长纤维裤子穿在她身上显得十分挺拔。她黑发从中间分成一条直缝，没有梳Ｓ髻，却将长发用一只金色的夹子夹着披在脑后，使她显得更加年轻。那条长围巾仍搭在双肩。她不施脂粉，但耳上戴着一副碧绿的翡翠耳环，衬得皮肤更白，眼睛更美。她左手臂上挽着手提包，右手提着一只盒子——就是那台录音机。门一开，她边握手边提起录音机盒子走进了房里。放下了录音机盒子，见到桌上摆着吃食和两副碗筷，她满脸喜色"呀"了一声："你真是神机妙算！怎么能猜到我会来的呢？我提前回来了两天。我对他们说：我有要紧事，要赶回来！其实……"她一口气说了一长串的话，将手提包也放在床上，随意在藤圈椅上坐了下来，似乎有些累了，脸上微露疲倦的神色。

艾风给薇娜开了一瓶幸福可乐倒在玻璃杯里，一边递给薇娜，一边笑着说："薇娜，你来得太好了！今晚，我不知道你会来。我这是招待郑扬的——茜茜的哥哥。我向他介绍过你的情况。我同他二十三年不见。现在他又由外省调回上海工作了！"薇娜"哎"了一声，笑着说："嗬！我真成了不速之客了！郑扬，我三十多年没见过了！可我还记得他那浓眉大眼的样子……"

薇娜正喝幸福可乐。艾风问："味道怎么样？"薇娜皱皱眉，说："还可以。"艾风笑笑说："也许不如可口可乐，但这是中国的！"薇娜点头笑了一笑："你处处不忘向我宣扬你的教义！"她突然心情忐忑，有些扫兴。她是希望同艾风两个人好好谈心的。听说郑扬要来，不免失望。但心里能谅解艾风的高兴，也就摆脱了自己的那点不快，开门见山地说："我急着要回来见你。今天下午从杭州赶回来的，连南高峰北高峰都没有爬！对了——"她突然想起了什么似的，"有件巧事可以告诉你！这次，我在苏州竟遇到了一个人，你猜是谁？"艾风问："谁呀？"薇娜笑了一笑，做了一个滑稽的表情，说："杨大同！'扑满'！"艾风问："他在苏州？你怎么遇到的？"薇娜说："几个中国作家陪我到了苏州，同游拙政园和狮子林时，其中一个作家突然说他有一个亲戚在师范学院任教，谈起过我，说不但认识，还同我是同学，我一打听，原来竟是'扑满'。当夜，杨大同来看望我，要同我叙'同窗之谊'。虽然三十多年不见，他气质上变化不大，只是更胖了，也老了！谈起这些年来的事，他摇头叹气，只说'受够了罪'。他对美国生活很感兴趣。告诉我，他有个姑妈在美国，已同他取得联系，他想出国探亲，如能不回来，他出去就不回来了！他还托我，如果他去美国，要我在各方面帮帮忙。……"艾风听了，有点生气，说："杨大同这种人，你过去不是嫌他庸俗吗？这种人不能代表今天中国的知识分子！"薇娜说："我并不欣赏'扑满'。不过，在这一点上，他的看法未必没有道理。……""我不这样认为。"艾风说。薇娜有点预感，似乎明白艾风心里想的是什么。于是说："我想知道，你这几天考虑得怎么样了？……"

艾风亲切地看着薇娜，淳朴地点头说："考虑了！"薇娜将幸福可乐杯子放在桌上，说："艾风，同我一起走吧！只要你一答应，我们马上就去订飞机票！"艾风突然说："薇娜，你在美国，难道没有想念祖国的乡愁？"薇娜思索了一下，垂下眼睑诚实地点头说："有！但同你在一起，我会感到幸福、高兴的！"艾风说："听说黑人作家亚历克斯·哈里所写的家史小说《根》，在美国畅销，你虽然入了美国籍，在美国，你难道没有'无根'的苦恼？"薇娜叹口气，没有回答，仍旧垂着眼睑，她的眼睛美丽而忧郁。艾风说："我的'根'在中国！做一个无'根'的人，我将感到寂寞。"

薇娜的泪水又出现在睫毛下了，她的眼睛里出现了空虚、哀寂，说："我明白，你没有改变那天的态度！"艾风诚实地说："是的，薇娜，原谅我，理解我……"薇娜伤心地低着头说："归根结蒂你是不爱我了！过去的一切你全忘了！只有我还苦恋着过去的梦！"她的泪水滴到了地上。艾风感到人同人之间在现实间存在的距离不像在回忆中那么容易缩短。他感到了不安。

薇娜忽然抬起了脸，用两只美得出奇的眼睛看着艾风，带点讽刺地说："我认为我们有追求幸福的权利，我们都已经五十多岁了，'夕阳无限好'，难道还不该珍惜？"她的话重重地撞在艾风的心弦上，但没有引起共鸣。艾风沉默片刻，站起来踱着步子，说："薇娜，常有一种同杨大同相反的知识分子难以被人理解，但是他们的存在却是事实。比如说，抗战时延安那么艰苦，去延安路上那么危险，但有许多知识分子却把延安看作是革命圣地，宁肯抛弃在国统区的舒适生活，穿过国民党封锁跑到那里开荒纺线。比如说，解放前的旧中国比起高度发达的资本主义国家来落后得多，可是许多外国革命者宁可来中国吃苦，支持中国革命，甚至为中国献出生命。比如说，朱自清贫病交迫，宁可饿死不肯去领当时支持国民党打内战的美国的'救济粮'；一九四六年闻一多在昆明，面对国民党的特务法西斯统治拍案而起，怒控国民党的反动，宁可死在枪下，不甘沉默。这些都似乎'傻'，其实，却不傻。他们都是高尚纯粹的人，并不是他们不懂得幸福或崇奉禁欲主义。你说呢？"

薇娜听了，先是默然，一会儿，说："你使我了解了中国的知识分子。"但又叹了口气，说："只是生活对我太冷酷了……"边说边掏出手绢擦泪。艾风劝慰地说："薇娜，不要这样！"这时，"笃笃"的敲门声响了！艾风尴尬而歉仄地说："一定是郑扬来了！"他见薇娜擦干了眼泪，便去开门。薇娜也站起来。只见一个穿灰色半新涤卡制服，满头白发，身材干瘦的中等个儿的人走了进来。他有一张饱经风霜、皱纹如同刀刻的脸。两道浓眉下是两只炯炯的眼睛。艾风叫了一声："郑扬！"就同来人拥抱在一起了。

郑扬是个稳重的人，说话、举动都是慢悠悠的。艾风将他向薇娜做了介绍，他和薇娜握手后，艾风让他在藤圈椅上坐下。他却跑到墙上挂着茜茜和艾风合摄的照片前面，凝视着那张照片，默哀了一会儿。然后才同薇娜、艾风一齐坐下。

艾风举起酒杯，说："薇娜！我们天各一方，分别三十一年，再见到你，真是太高兴了！敬你一杯故乡的酒，祝你健康！"他又转向郑扬说："郑扬，我们同在国内，也已二十三年没有见面了，今天相见，分外高兴！"他同薇娜和郑扬都碰了杯，喝了一口酒，并劝大家吃菜。然后又举杯说："今天报上发表了五中全会公报，真是大喜事，我们应当干了这杯！"说着，自己先干了杯中的酒。郑扬一饮而尽，薇娜也仰脸将酒饮干，脸上顿时泛出酒意，两只眼睛突然更闪闪发亮。在相互祝酒中，薇娜喝得很爽快，艾风觉得薇娜有借酒浇愁的意思，笑着说："你过去不会喝酒，今天这么喝可不行。"他稍为给薇娜斟了一点酒，薇娜却坚决要艾风斟满，艾风只好照办，薇娜端起满杯酒对郑扬说："郑先生，请谈谈你的不幸遭遇吧！我先为您饮了这杯酒！"说着又喝干了这一杯。

郑扬笑了笑，浓眉下两只眼睛炯炯发光，对薇娜说："遭遇，很不平凡，也很不幸。但是过去了的事我却不喜欢多谈。因为，我不喜欢往后看，不愿生活在回忆中。"

薇娜说："郑先生，你这种精神我十分钦佩，但是却不能理解。"郑扬笑着回答说："告诉您一句话，您也就可以理解了。因为前面要我们去做的事情太多了，没有工夫去埋怨、悲伤。"接着又说："您是个作家，一定懂得这种心情，可惜我没有读过您的作品。说实话，我真想了解您反映的是怎样的生活和社会意识。如果了解了，那我们谈起来一定会更有意味……"

郑扬的话侃侃不绝，如长江大河滔滔鼓动。薇娜因为喝了点酒，脸上泛满红晕，眼睛明亮而分外忧郁。听郑扬这一说，她有些不安地说："我写的作品，常常没有你们这些干革命、搞马列主义的人考虑得那么周密、有条理。我也不善于通过作品宣传政治。但，这次回来，先听艾风谈了不少，前几天又听几位中国作家谈了不少。刚才又听了您的高见。除了一个老同学杨大同外，你们的调子是一样的。我在未回来之前，本来不大相信经过'文化大革命'之后，你们还会有这样强的信念，现在我终于相信了！你和艾风两个就可以说明这问题。看来，共产主义者的理想确实是有生命力的！"她又举起杯来："请让我为你们的高尚的理想干一杯！"薇娜确是微微醉了，脸上笑着，但笑里带着凄凉。郑扬感觉到了,说:"艾风,削个水果给孔教授吃吧!"艾风连忙选了个大的黄梨给薇娜削皮。薇娜说:"我没有醉。"郑扬隐隐感到薇娜情绪不好,觉得应当换个话题谈谈,就对艾风说:"今天,我,来,除了我们聚聚,还有一件重要的事想同你商量。"

艾风削着梨抬起头来看着郑扬。郑扬夹着菜吃,说:"我接受了办那个理论刊物的任务,准许我自己物色助手,提请组织来调。我考虑再三,我们也算老搭档了!这又算是你的本行。我想请求你去多负些责任,比如做个副总编这样的工作。我想,你是一定会答应的!"

艾风沉默了一会,忽然说:"好!我愿意!我想,我是能做好你的助手的!"他说这话时,脸上神采飞扬,声音激奋。郑扬倒体会不深,薇娜可是深深感觉到了。她觉得艾风的这一神态就像一九四八年六月五日那天游行时抢夺水龙的行动一样,是十分坚决、十分狂热的!从艾风的神情和声音中,她感到艾风是再也不会跟她走了!绝对不会跟她走了!

薇娜有些伤感,有些酸楚。她忽然夺过艾风手中的刀子将梨切成了两半,若有所感地递一半给艾风。这是一种"分离"的暗示,但她没有明说,自己一口一口吃着半只梨。梨蜜甜,也很脆,她吃着,却木然无味。她带着酒意自言自语:"真有趣!此刻,我忽然想起比利时象征派剧作家梅特林克写的《青鸟》来了!《青鸟》里描写两个孩子寻找象征幸福的青鸟,找遍天涯海角,都没找着。回到家中,才发现青鸟原来就在自己家里。我现在感到,我就像那寻找青鸟的孩子。在这一瞬间,我很想马上回盎格鲁林镇了!"

艾风关切地看着薇娜,他明白薇娜的心,说:"薇娜,你酒喝多了!"郑扬并不明白薇娜说的是什么意思,说:"孔教授,您要不要在床上躺一下?"

薇娜笑着摇着头,然后仰起脸说:"我没有醉!"但话里显然带着酒意。喝了酒,她又犹如青年时代那样,显得任性了,对着艾风直率地说："我明白，你是决不会跟我走的了！可是，我也要告诉你！如果那一天你喜出望外立刻就答应跟我走，我说不定会鄙视你的，你也可能会丧失我的爱情的。你没有变！如果说，三十一年前你为了信仰宁可不去香港；那么，三十一年后的今天，你仍是为了信仰宁可不去美国。在爱情上，你是渺小的！在信仰上，你伟大！我没有任何不满和遗憾。……"她的语调中带着颤音。

艾风沉默着。郑扬似乎听明白是怎么一回事了！但也不好插话。薇娜继续看着艾风笑着说："我想写一本长篇小说，人物和故事现在都有模特儿了！"她对着艾风，"老实告诉你吧！我为了要写长篇，同你开了一场玩笑。我算是来请你演了一场戏。这本小说的这个结局非常好！如果你答应跟我一起去美国，那就是个喜剧；如果你坚决不去，那就是个悲剧。可是人们评论我是个'独树一帜'的女作家，说我的作品结尾往往既非悲剧又非喜剧……主人公进退两难的窘态能给读者留下颇多回味的余地！在写作时，我总是努力去为我自己的作品找一个既非悲剧又非喜剧的结局。那么，现在，是最理想的了！我开了这么一个大玩笑，现在揭晓出来，这恐怕不但会出乎你们的意料，也是会出乎读者的意料的！既是开玩笑，就无所谓悲剧或喜剧。既非悲剧又非喜剧，正符合我的作品的一贯风格！我应当感谢你！……"说这些话时，她似乎很愉快，有一种得意的满足，眉眼间却又透露出凄凉。

看她侃侃而谈的态度和她话中的条理性，艾风很难肯定薇娜说的是醉话，分别三十一年，久受西方熏陶的女作家薇娜，开这样一个玩笑本来也是可能的呀！这倒使艾风皱起眉露出不知所措的窘态来了！

窗外，夜色沉重，是一个宁静的、美好的夜晚，夜空中，美丽的星光点点闪烁。

郑扬说："艾风，看来孔教授酒过量了！想法送她回去吧！"

（十三）薇娜的一篇札记，一九八〇年三月二日晨，在上海。

时间啊！如果能倒流，能让我再从头生活一遍，那也许我就不会是现在这样子了！

距离啊！不可逾越和弥补的距离啊！你对我何其残酷？

"算了！该结束了！"对着镜子，我这样说。我听到我自己的声音是无限温柔而凄切的。

倘若有一位与达·芬奇媲美的名画家，如果在昨天晚上见到了我和艾风、郑扬一同吃晚饭时的情景，一定能画出又一幅主题不同而同名的名画《最后的晚餐》来的。画上没有救世主，也没有出卖耶稣的犹大，有的是两个饱经沧桑而信心不减当年的革命者和一个万里迢迢从异国寻找失去了的爱情的年华虚度的女作家，这确确实实是最后的一顿晚餐。我想，我这是永远失去了艾风！明天早晨，我就要离开上海去北京观光，然后就回美国。今后，不可能再有这样的晚餐了！

昨晚，我醉了，也没有醉！把话说出了，我心里痛快得多。我也许有点歇斯底里吧！虽然，对生我养我的故国仍旧怀着一种无可名状的眷恋之情，但我已不想在上海再停留了！

"别恨离愁，满肺腑难陶泄。除纸笔代喉舌，我千种相思向谁说？"

现在，正是晨光熹微。太阳从太平洋上升起，用它闪闪的金光射向这个城市。一夜未睡，仍然兴奋。半夜时分，我从行囊中取出《浮士德》来阅读。不知为什么，此时此刻这部书如此使我激动！

浮士德的最后目标是创造事业，他看着海滨潮汐涨落，起了雄心，想把海水化为平地。浮士德已到一百岁，双目失明。魔鬼见他的末日已到，派遣死灵们给他挖掘墓穴，但他仍然雄心勃勃。听到死灵们的锄头声，以为是为他服务的群众在筑壕挖沟。

艾风有他自己的事业，我的事业也正向我招手。也许只有在专注的写作中我会找到欣慰和愉快，我应当像他一样生活得充实些。

我并不后悔这次归来。虽然万里迢迢，但我见到了离别三十一年时常萦绕梦魂中的中国，看到了很多，听到了很多。中国给我的接待是使我感觉温暖的。在艾风和郑扬身上，我看到了一种可以感觉可以触及的革命精神。过去，中国共产党是靠这种革命精神，把人们召集起来冲锋革命、夺得政权的。现在他们仍用这种革命精神，来取得四个现代化的成功，他们的革命精神来自革命的信念。这信念是可贵的。尽管中国在实现"四化"的道路上有不少困难和问题，但有这种信念，有这种精神，谁也不能低估这种力量！艾风和郑扬愿意为之献身的事业，不像浮士德的虚无渺茫，而是现实的。

一片无边无际的难以忍受的静寂哟！命运，老是无情地戏谑我。失去的爱情已经无可捉摸。

现在，我心上又像海潮汹涌。海潮啊！涌来时，心头无法平静；潮退时，心上就像寂寞的海滩，留下许多被潮汐抛弃下来的小生物。这些有生命的东西在我心上啮呀，爬呀！总是使我杌陧、疼痛、酸楚。心的海洋是不会干涸的。……让我像浮士德那样，看着海滨潮汐的涨落，把海水化为平地吧！

我的未写出的长篇小说的题目，应当是——《心上的海潮》。

（十四）一九八〇年三月三日晨，在上海虹桥机场。

天气晴朗，阳光灿烂。

从坐满了各种肤色、各种服饰的中外乘客的候机室立地玻璃门望出去，由上海飞往北京的那架巨型波音 707 正在停机坪上，一些工作人员将旅客的行李箱笼装进机舱。在候机室外的平台上，专程来给薇娜送行的艾风正同薇娜在告别。

薇娜今天仍穿着艾风第一天见到她时的那套服装，她又梳了 S 髻，但是却涂上了鲜艳的口红。她把一件染得颇像紫鼬皮的貂皮大衣挽在左手臂上；因为听气象预报说有寒流要来。那条加宽加长的一半金色一半黑色的围巾仍围披在双肩之上。她戴着一条珍贵的项链，使人看到了就会想起莫泊桑《项链》那篇小说中的一根美丽的项链。她腕上的金表闪闪发光，早晨的阳光披洒在她身上。她立在那儿，俏丽、鲜艳、光彩，特别有风韵。但艾风在明媚的阳光下近看，却发现逝去的岁月，在她的额上、眼角上都留下了明显的印记，她确实已经不年轻了！

她装得很坦然，很愉快，落落大方，毫无芥蒂，脸含微笑，举动带着矜持，那双美得出奇的眼睛更加流波照人。她看着艾风那线条刚毅的脸，从他锐敏的目光里，能感到他的智慧和对生活的自信力。

他在问她："到北京停留多久？"

她讳莫如深地说："看我的心情而定！"

她行期保了密，目的是摆脱那几位中国作家，不让他们送，好只让艾风一个人送。他给她买了些吃食，包括水果、点心和糖果，都放在一只塑料网兜里，同她的一只随身携带的彩色小飞机箱放在一起。他也没有忘记特地说一句："糖果里有一包苏州的松子糖。"

她微微一笑，说了一声："谢谢！"回报他的好意。但转眼间，她用眼睛斜看着他说："我们该分手了！你不会觉得我像《浮士德》中的魔鬼吧？"她的话音里带着自嘲。

他笑了，说："你仍像大学时代一样风趣。"

她笑了，摇头："其实，我不过是个堂吉诃德，跑来乱闯一通，搞得自己荒唐可笑！"

他听了歉然地说："薇娜，你恨我了？"

她答："不！艾风，我——"略一迟疑，却用一种爱怜的眼光看着他，"我更爱你了！"

他迷惘不解地问："为什么？"

她笑笑："因为你如此朴实、正派，你的品德，你的道德观，你对革命对祖国的热爱，使我不能不这样。你这样的人，在尔虞我诈的金钱社会里是少有的！那儿多的是丁大卫！你不该忘记，我是一个作家，我用笔写出人的灵魂。我喜欢崇高的东西。你应当相信，我对你爱得真诚，爱得很深沉，也爱得神圣！"

机场中传来一阵隆隆的飞机起飞声。那是一架小飞机，伊尔式的，也许是飞往武汉的吧？……

她的话使他感动了。他摇摇头说："我感谢你的这番话。我很对不起你，但是请你原谅我，这是第二次了。"

薇娜微微一笑，亲切地说："我相信你说的每一句话，我同意你的选择。不过，也许——"

他问："也许什么？"

她莞尔一笑，笑得十分坦率，甚至带几分天真。两道修眉下，那双聪明而又洞悉世故的眼睛闪烁着多情的火花："我在想，人世间的事常常有出人意外的。我们之间的关系，我本来认为结束了。但现在想想，也不一定，以后说不定仍会有各种可能。也许，有一天，我彻底厌倦那个社会了，你的吸引力加上中国的大步前进，使我下决心又突然回来！我会跪在你的脚下说：'一个游子回来永远不走了！……'也许，你的政治上的革命狂热，由于工作上的不如意，由于入党的始终未能实现，由于工作条件的始终未得解决，热情冷了下来，于是，你突然变得愿意跟我去美国了；也许……"

艾风听得刺耳，摇头笑了，打断了她的话说："也许，有一天，我会到美国来的，但不是如你所想望的那样，而是我参加了中华人民共和国一个什么代表团到美国考察或游历。于是，我当然会去看望你……"

她也淡淡地笑了，两只眼美得出奇，娇柔地说："有人说：难以实现的爱才是永恒的爱！我倒好像有些领略到了！"

他刚想说些什么，却被广播里传来的《祝酒歌》的歌声打动了心。

不知为什么，这歌声使他那样激动，他发现她也沉醉在歌声中。两人都默默无言地听着歌声。

艾风说："薇娜，使中国繁荣昌盛，早在我们上两辈那些主张工业救国的老知识分子中，包括我的父亲和你的父亲，就已日盼夜想的了。不过，那时没有能办到。现在，只要努力，一定能实现。现在，你回来看了一次。今后，我想，你在美国一定会更关心中国的。"

薇娜点头，深有感触地说："是的！我会的。你知道，没有强大的中国，连做一个华裔美国人也是不光彩的。"

艾风被她这简单、真诚而深刻的话语感动了，一时竟不知说什么才好。

歌声消逝了，广播停了！上机时间快到了！薇娜打破沉闷说："艾风，前天晚上及昨天，我始终认为我要写的长篇小说中结局既非悲剧又非喜剧，但在现实生活中，我们之间的结局实际是个悲剧！可是现在，我感到，我们之间的结局不是悲剧，我们是笑着分别的！"

艾风点头，笑着说："是的！生活是美好的！愿我们都健康长寿，愿我们都能为人类的进步和幸福多做一些工作，你那本《心上的海潮》写成出版后，将来一定送我一本。"

广播里通知旅客上飞机了。她同他紧握着手，说："一定的！但愿我们还能见面。"

这时，他突然想起，他有一样重要东西要交给她。他从大衣袋里掏出一封信，说："薇娜，这是二月二十七日，茜茜去世十二周年的那个夜里，我写给她的一封无法投递的信。这里面有我的真实感情和思想，也谈到你，有许多我对你没有谈完的话。我对你不应当有任何隐瞒或不诚实。我觉得把这给你看，会使你更了解我，也许对你写《心上的海潮》也有作用。你带去读一读吧！"

薇娜洒脱地接过信，说："谢谢，我愿意读！"说完，她提起了彩色小飞机箱和艾风送的那只塑料网袋，同艾风紧紧握手告别，轻盈地向飞机走去。

广播又响起了祝愿旅客一路平安的话声。她走了，最后嫣然一笑，在走上舷梯进机门时同艾风招手。

阳光明丽而辉煌，当波音707张着神秘而巨大的机翼昂首离开跑道呼啸着冲向蓝天时，艾风离开了机场。由于将给茜茜的那封信交给了薇娜，此刻他心里感到坦然、轻松。

他似乎觉得有一个伟大时代的呼声在前面召唤他，他仿佛又回复到三十多年前初参加革命时的那种心情了！当时那种狂热的愿为革命献身的力量通过血液又布满了他的全身。

此时此地，他忽然深深懂得：做一个真正的革命者，是需要一个人做终生的努力的！

1980年4—5月初稿
1980年11月改定

异国的秋雨黄昏

一

下午，哗哗落着瓢泼大雨，电话铃响的时候，我正在给一个刊物赶写一篇随笔，匆匆拿起桌上的话筒，想不到是表弟徐钢打来的电话。徐钢是画家，油画的人物、风景画得都好，还搞点美术理论研究。他会英语，活动能力很强，上次去过美国，这次去新西兰，是找"冷门"去的。新西兰的毛利人是当地土著，擅长歌舞，绘画艺术很特别，带有抽象和象征性色彩，在木头或木盘上作画，屋里陈设的绘画和雕刻很别致，服装和饰品中也有出色的艺术表现。他们用树干雕刻人头像，很有艺术特点。在他们用的器具和工具上也常刻绘有动物和人的图案。徐钢去新西兰一方面是寻找华人的关系在奥克兰和惠灵顿开画展卖画，一方面收集毛利人的绘画雕刻造型艺术资料，回来可以出一本专著。从他电话里的口气听来，他精神饱满，似乎此行不虚、得到丰收了。

我惊喜地说："啊，你从新西兰回来了？颇有收获吧？"

"是啊！还不错。方华哥，你和吟秋嫂好吗？……我昨晚才到家，上午处理了些急事，现在就忙着给你们打电话了。你们托我在惠灵顿办的事我办了……"他用洪亮的嗓音说。

我急着问："他们都好吗？"

"唉！不好！你们那两位老同学，男的上个月里就去世了，女的情绪低沉，老境凄凉，捧着一本《圣经》。我把你们托带的米花糖和西湖龙井交到她手里，她说：'可惜曾奎吃不到了！'……"

"去世了？"我心上堵了块石头，又像头上挨了一闷棍，心里忽然涌起了一阵痛惜。雨点敲着玻璃窗砰砰作响，我的心也怦怦地跳，我大声嚷："你说详细点好吗？"

徐钢说："事情有点复杂。这样吧！我现在还忙，忙完了马上找时间去看望你和吟秋。我给你们带了点小礼品，去时带上。现在我还有事要办，就谈到这好不好？"

电话挂了，我愣在那里，听着哗哗的雨声久久动弹不得。曾奎的噩耗使我想起中学时代，想起了一个逝去的时代。徐钢电话中说的"男的"是曾奎，"女的"是胡竹影。春节前，我们和竹影曾互寄过圣诞卡和贺年卡。那时，曾奎还好好的，怎么，仅仅半年多曾奎就死了！唉，人到老年，真是风中之烛了吗？

吟秋听着我接电话，这时走过来了，问："怎么啦？曾奎怎么啦？"

"死了！"我心里十分难过地看着妻说，"这太惨了！"

吟秋一下子也愣在那里，起初是说不出话来，后来坐到我对面的小沙发上，叹息说："有那么一个故事：一个人要结婚，不知能不能得到幸福，跑去问一位大哲学家。大哲学家不答，只用笔在纸上写了三个数学式：$1+1=2$，$1+1=1$，$1+1=0$。他那意思是说：结婚有三种可能：一种是两人相加得二，很正常，也很好；一种是 1 个扣 1 个就只能等于 1；还有就是互相抵消排斥两败俱伤。曾奎和竹影早已是 $1+1=1$，现在则快成为 $1+1=0$ 了！"

吟秋是个退休了的老数学教师，几十年数学教学养成了她一种习惯，有时爱用数学来表述事情。听着她的话，在撩人心弦的雨声中，我沉默着浸没在思索中……

回忆像通过一条曲曲折折的弯街斜巷，通向遥远的过去。

我和吟秋同曾奎和竹影是抗战时期在四川泸州一所国立中学里的同年级同学。我同曾奎在男生分校，妻和竹影则是在女生分校。谁如果问我，你那时最好的同学是谁？我必然回答："曾奎!"如果问吟秋，那时跟你最好的女同学是谁？她定会回答："胡竹影!"

曾奎是上海宝山人，比我大三岁，长得挺拔英俊，人也活跃机灵精明强干，父亲很有钱，在重庆开钱庄。但父亲在家乡早就抛弃了他母亲娶了一个堂子里的红妓做他的后母。后母对他很凶。抗战爆发，父亲甩了他后母带他入川，先娶了个川戏旦角做"抗战夫人"，生厌了，又要再娶一个女学生做妾。父亲让曾奎读到高一就辍学到钱庄做学徒，曾奎却想读完高中进大学，父子间矛盾就很大。终于有一天闹翻了，曾奎离家出走，以流亡学生身份进了国立中学。我见过曾奎有一张照片，那是他父亲和一个年轻美丽的女学生的合影，他父亲老态龙钟，女学生水灵灵的很标致。我说："这女生真没志气!"曾奎说："她是因为家穷葬父才答应卖身做小的，说定过门守孝两年后才肯同房，是个可怜人!"

那时的国立中学，都是公费，进来了等于有了一张"饭票"，有吃有住。曾奎有个好友名叫刘家成，是他初中时的同学，在重庆光大纺织染厂做仓库管理员，曾奎离家出走来上高二后，刘家成就接济他，每月寄零用给他还给他写信。曾奎读书刻苦用功，除努力学课本外，还练得一手好毛笔字，又买了《英语会话五百句》《英语常用会话》等书背得滚瓜烂熟。我与曾奎同寝室，抗战时期大家都穷，我俩身材相仿，有衣互相合伙穿，有鞋也合伙穿。我靠一个做律师的堂兄接济零用，我同曾奎两人的钱也合着用。我们都不自私，互相关心。他从小被父亲和后母虐待，逆来顺受，养成了一种能忍耐的好脾气，从不发火。平时像个大哥似的很照顾我。比如我夏天没有蚊帐，他有一顶小蚊帐，便去买了些纱布将蚊帐加大，然后我们二人的小竹床就紧挨着放，合用一顶大蚊帐。我那时有一度发疟疾，他就托刘家成买了奎宁丸寄到学校给我治病。有一次，夏天我们到川江边上洗澡，江水大，江边有条开汊的内江，我们在那里洗澡游泳本来很自在，但我水性差，偏偏仰泅着险些被冲到大江里去，幸亏他水性好救了我的命。从此，我们的交情更加深厚了。

生活当然十分清苦。最差时，一天喝两顿稀粥，没有菜吃一人发一匙粗盐。刘家成寄钱给曾奎时，他总约我到街上一家北方伤兵开的面馆里去吃大肉面。于是，我常慨叹着说："你这个朋友刘家成真好！我要也有个刘家成就好了！"他听了有时点头不语，有时叹口气说："是啊！"

我们越来越知心，无话不谈了。那是三月里一个落雨的春日，他收到刘家成一封信，然后就心事重重。隔了几天，一个傍晚，下着白茫茫的细雨，他带一把破雨伞卷起裤腿一人就悄悄摆渡过江到城里去了。当晚他没回来，军事教官来查夜，我诓说他泻肚去厕所了，才敷衍过去。幸亏夜里下大雨，天色阴沉，操场泥泞，一早未升旗。上课前他匆匆赶回来，脸色疲乏，眼像哭过似的，依然心事重重。我有一种不祥的预感。宿舍是一家张姓宗祠改的，午间，我跟他坐在祠堂门外一棵大黄桷树下的一条青石板上聊天。远处雾气氤氲，天气阴冷潮湿，坐在那里凉飕飕的。听着川江滔滔的水声，我说："曾奎，出什么事了？"

他支吾道："唉，没什么！"

"别瞒我！我看出你有心事，你哭过了！"

他又"唉"了一声，才坦率地说："我父亲要娶的那个女学生谭星看我来了！"

我眼前恍惚出现了照片上那个标致的女学生，头发闪着柔和的光辉，有双清澈见底的眼睛，美得很有光彩。我说："她来干什么？"

曾奎悲伤地叹息着说："我没告诉过你。她对我不错。我父亲大她三十岁。她是个高中生，父亲长期患病，家穷辍学后，父亲死了没法下葬，媒人让她嫁给我父亲做小老婆，才由我父亲出了钱葬了她爹。

她提的条件是可以进门，但要守孝三年，经过商量，改为两年。因为她漂亮，我父亲同意了。我给你看的那张合影算是个凭证，她就搬到家里住了。我父亲对她是捧上天去，买首饰，送钱养她娘，讨她欢喜，可是她就是坚持一条，不到两年不同房。我和她年龄相仿，互相同情，可我父亲把我当作眼中钉，我才出走来上学的。"

他说得含糊，我却明白了，说："啊！……"

曾奎动感情了，疲乏地用手搓脸，说："都告诉你吧！憋在心里我也难过。你不常说刘家成好吗？其实刘家成是有的，他在工厂工作，但每月的钱和信是谭星寄来的，用了刘家成的名字。"

我叹息了，说："她真不错！"当时，我觉得谭星是被金钱卖掉的，又没有与曾奎的父亲同房，算不得乱伦。读曹禺的《雷雨》时，对繁漪和周萍，甚至周萍和四凤的关系，一方面感到是罪恶，一方面却有说不清的同情，使我只觉得天地间的残忍与冷酷，不觉得他们有罪咎。虽然被称为万物之灵的人，却似乎总是做着最愚蠢的事。我是用一种悲悯的心情来看待他（她）们的。因此，听了曾奎叹息下的陈述，我忽然发现我也是用一种同情和悲悯的心情来看待他和谭星的了！用不着曾奎多说，我似乎已猜到曾奎为什么叹息，谭星为什么突然来临了！

湍急的江水传来东去的哗哗声。我问："谭星怎么来了？发生什么事了？"

曾奎颓然低头，声音沙哑沉重："她说两年的期限到了！我父亲已在筹办喜事，她已没有选择，如果她跟我父亲做小老婆，一天都过不下去的！"

"那她打算怎么办？"

"她要私奔！来找我，要我带她走，找个地方两人一同生活下去。"

"你打算怎么办呢？"我吃惊地问。

"我老老实实对她说：'不行！我太穷！房无一间，地无一垄，找职业没门路，找依靠没亲戚。而且，我父亲精明严厉，认识警察局的人，不会善罢甘休的。'我们谈了一夜，在小客栈里，她哭了一夜。天明前，她坐早班船回重庆了！"

我忧心忡忡，嘴里发苦，说："她会怎样呢？"

"不知道！不过，人回去了，凭她的年轻美貌，我父亲舍不得丢掉她的。只是，她说我亏待了她，骨头软！从今以后，同我一刀两断了！"

我不由自主地也叹了一口气。

曾奎自言自语："其实，我何尝愿意亏待她。但我太穷！我对她说，人穷了就没有幸福！我如果有钱，就带着她立刻走，天高任鸟飞！愿去哪里就去哪里，不愁生活，不愁吃穿，想怎么幸福就怎么幸福！可是我是个穷学生！道道地地的穷光蛋，自己都养不活自己，我敢挑这副担子吗？"说着，他呜呜地哭起来。

我难过地说："这倒也是，但是……"

曾奎又说："我送她到江边上小火轮回重庆，谁知，她掏出一只手帕包来。解开包包，珠光宝气金光闪烁全是首饰，她说：'我算是看穿你这个人了！你呀，只知道钱、钱、钱！你就不知道我对你的感情有多珍贵！那是无价的！你不讲感情，只讲钱！你这种人我不稀罕。告诉你，我带的首饰够我们飞走去生活的！她将那些金首饰还有翡翠耳环钻石戒指什么的全部包好塞进手提包里，斩钉截铁地说：'好了！我们的缘分到此尽了！曾奎，今生今世我们不会再见面了！'我送她上船，她头也不回，就分别了！"

听到这里，我心里五味俱全。我设身处地地想，曾奎心猿意马确也难办，但谭星可真不是个寻常女人，她好大胆泼辣又好多情啊！她又回到那老头子手掌中去了，会有什么样的命运呢？

曾奎忽然又流泪了，说："我对不起她，太懦弱无能了！可是我太穷啊！没有钱能幸福吗？没有钱是幸福不了的啊！"

他呜呜地哭了，棱角分明的嘴唇闭得紧紧的。这哭声和他哭的模样一直深镌在我脑子里，始终那么新鲜，那么难忘。

二

大高个儿戴近视眼镜头顶已光秃的徐钢，是通电话后隔了一天的晚上来的，他穿一件花格子西式上衣，色彩鲜艳得像只肥胖的锦鸡。他这人生性开朗，挺热情，又有点新潮。为这，他妻子女画家申丹丹说他与替他做模特儿的女人关系不正常。早几年，两人吵过，严重时提出要离婚，只是两个女儿都已成家，徐钢已经六十岁了，申丹丹也五十好几了，龃龉常有，离婚并未付诸实施。用现在流行之语说：两人都还算不错地凑合着过，懒得离婚。

徐钢从新西兰给吟秋带了一条丝绸围巾，给我带了一套塑料仿檀木的咖啡壶杯。我拿来一看，咖啡壶杯上不折不扣写的是"Made in China"。我笑了，又拿围巾看，跟百货大楼里陈列的也类似。我打趣说："你真爱国！怎么去新西兰又把中国货买回来了呢？"

徐钢咯咯笑了："这次去，画不好卖，手里紧，不敢碰贵的东西，眼又近视，想不到把国货买来了。事后我自己也发现了，你们多包涵！"

吟秋和我都笑，但笑定，我就立刻急迫地问："曾奎死了，怎么回事？"

"我原来还指望你们这最最要好的高中时代老同学能给我点什么帮助呢，等到一去，嗨，他们住的地方是郊外倒不错，在惠灵顿，那也该有个中产阶级的水平，花园不小，房屋不旧，挺大的，可是，太凄凉了！……"

"怎么呢？"

"我去时，正是一个阴暗的秋日傍晚，下着冷雨。事先打电话联系预约日子，电话老没人接，我只好不约定就去了。惠灵顿郊外很美，但下着雨的秋天显得萧瑟。一个新西兰朋友开车送我去，找到地点他就开车走了。雨声淅沥，花园里静悄悄的，凋谢了的白色小野菊花在雨中晃动，黄叶遍地，花园里的红枫和草地都湿淋淋的。我去敲门，怎么敲也无人应答。从挂着窗帘的玻璃窗缝里张望，瞥见一位老太太呆呆坐在一张摇椅上捧着本黑色的大厚书戴着老花镜阅读，穿一件银灰色水洗绸的睡袍。我就只好不讲礼貌了，大声敲门敲玻璃窗，谢天谢地，总算老太太来开门了。这时，我也看清她手中抱的是本《圣经》。她多皱的脸上带着悲哀和压抑，拒我于门外，问我：'找谁？'我猜她准是胡竹影，就拿出你们的介绍信，并把你们的礼物递给她。她态度变化了，讲话带着鼻音说：'请进吧！'我就跟她进去，这时我才发现她耳聋，戴上了助听器。

"客厅里光线朦胧，有一张披着黑纱的照片框斜倚在壁炉架上。那壁炉，那桌椅摆设，那深蓝纯毛地毯，那绿色盆栽植物，一切都表明生活水平不低。但在这雨天的黄昏，天已有点暗了，灯尚未开，我面对那个窗外湿淋淋的花园和这么一个失去欢乐的中国老太太。她站在那儿，光和影都恰到好处，很像一幅伦勃朗的画，脚上踩一双绣花拖鞋，那是地道的中国货。不知为什么，我心头突然充塞着在异国他乡的一种秋思，弥漫了惆怅的情绪。我突然想到如果画一张油画，画出那气氛，那感情，那环境和这个捧着《圣经》的老太太，一定可以成为一幅挺不错的画，而且可以取个题目，叫作《异国的秋雨黄昏》……"

吟秋是个冷静话又不多的人，这时似乎忍不住了，说："徐钢，别尽讲那些不相干的事了！你先把答案讲一讲吧！曾奎是怎么死的？行不行？"

我也说："是啊，我们最关心的是这个！你别老是往你自己的绘画创作上去扯！"

徐钢喝着吟秋给他泡的清茶，用手托托眼镜架说："别以为我在讲废话，不是的！你们应当从一个画家的叙述中形象地知道你们好友的情况。如果谈曾奎的死，我早简单说过了：他上月死了！你们想听的不是详细的吗？那就该让我从我的感受和印象中来了解这一切。说实话，这件事给我印象很深，我不能不一五一十地告诉你们……"

金黄色的灯光漫淌在吟秋身上，她说："好好好，我打断了你的话了，你就继续说吧！"

我也说："对对对，你说，接着说！"

徐钢一本正经地说："这胡竹影肯定是相当富的，我已经形容了她的住所和客厅的情况，但她只有一个人独自住在那么大的一幢灰暗的房屋里，陪着一个那么大的凄凉孤寂而湿漉漉的花园。客厅里，壁炉架上放着一只披黑纱的相片框，起初我未看清相片上的人是男是女，这时，看清了！是一个白发老人面部呆呆懒懒的照片，我立刻猜到那就是曾奎。但上面披着黑纱，使我心里一惊，胡竹影'啪'地开了台灯，面对昏黄静穆的光辉，听着雨声，我在一种惶惶然的心态下马上问：'曾太太，曾奎先生好吗？'

"我这一问，曾太太忽然拭泪了，指着照片说：'他死了！——'我怔怔地站在那里，看到照片上披黑纱时，我当然意会到这是张逝者的照片，但现在曾太太一证实，我倒反而吃惊了。我马上问：'他什么时候不在的？'她说：'上个月，九月十九日。那天，天有点凉，后来也下着滴答的雨……''他生什么病？'想不到曾太太耸动着肩膀哭得更厉害了。她腰靠在垫在背后的锦缎垫子上用纸巾不断拭泪拭鼻涕，只是摇头，头摇了又摇。我感到蹊跷了，说：'曾太太，你的子女们呢？'她摇摇头：'儿子和媳妇在美国波士顿经商，女儿和女婿在奥克兰。平时他们不来的，圣诞节时才回来团圆。我有时找人来打工做做清洁，陪我聊聊天读读《圣经》。'我表示同情说：'唉，曾太太，我很难过……我还以为你们都很好，我表兄表嫂非常挂念你们，特地让我来看望，还等着我回去将看到的情况告诉他们哩！真没想到曾先生却不在了！……'曾太太懒懒地坐在那儿，抬起头来，哭红了眼，这时用鼻音说：'别说你想不到，我也想不到。他……他是自杀的！……'她心灵深处也许悲悒苍凉，反正，从花园到客厅，此刻给我的印象都仿佛变得衰败破落了。我胸膈间充塞着紧张和凄凉，吃惊地问：'自杀的?'……"

我和吟秋也不禁大吃一惊，急着问："自杀? 曾奎自杀了!? ……"

"是的!"徐钢说，"他是自杀的。九月十九日那天，他一早循例独自出去散步，一直没有回来，后来发现他死在离住所不远的一个小湖里。看来是投湖自尽的。"

"怎么知道不是被人谋害的呢?"我问。

"曾太太说发现了他的遗书! 他留在楼上的一张桌子上的。那遗书中好像有他不想活，他决定死的意思。"

"啊! 曾奎! ……"我沉浸在一种无可言状的思索中，过去的种种，化成了一声呼唤。吟秋也沉默无言，看得出她脸上的凄惶之色。

那时候，抗战时期，胜利渺渺无期，前方还常有败退的消息传来。大后方则常遭日寇飞机轰炸，重庆被炸得尤其厉害。谭星同曾奎分手回去后，曾奎老惦记着她，她却没有信来，给曾奎的接济也断了。只是，有一天，突然寄来了一本绿色封面的烫金精印的小小《圣经》，附了一封没有抬头也没署名的短束，写的大意是：我已信了耶稣教，我需要忏悔，寄赠你《圣经》一本，并不是要你像我一样，只是做个纪念。永别了! 今生永别了!

曾奎收到《圣经》后，悲伤地哭了一场，但他是个不信佛、不信教的人，《圣经》也没有翻读，只不过把那本《圣经》和短束珍藏在一起作为纪念品。只是在这不到三四个月后，一次特大的轰炸中，他父亲开的钱庄被炸为废墟，他父亲和谭星都死在重庆的防空隧道里。那次大隧道惨案是很有名的，死者几千人。从此曾奎再也打听不到他们的信息。战争时期人命就是这么容易消失。

经济困难，我拿出我仅能得到的一些零用匀作曾奎和我二人必需的开支。但曾奎越来越不安心学习了。他说："方华! 太穷了! 我得挣钱去！"

我说："你拿什么去挣钱？"

他说："唉！'船到桥头自然直'，我总不能一个钱进账都没有，专门揩你的油全靠你那一点可怜的零用维持两个人呀！"

我说："读完高中再说吧！你是个有韧性的人，再苦也该撑一撑！"

他脾气虽好，却摇头不愿意。他这人决定了的事似乎用八头牛也拉不回头的。

他买了张假证书，填写后，用肥皂刻了校章，假作是沦陷区来的大学肄业生。他找到他的好友刘家成，也到重庆光大纺织染厂去当仓库保管员去了。那工厂是个名叫崔若萍的女老板开的。女老板为人比较厚道，重视人才，待职工不太苛刻。曾奎去后来信说他在那儿感到还不错，他的一手毛笔字和英语都使老板满意。他还答应以后可以按月寄点零用给我。但我回信谢绝了他的好意。我自己紧些也能维持，我不愿欠别人太多的情，就是对曾奎这样的好友也如此。何况他是因为穷困失学想去找钱的，他应当存点钱积蓄起来。我不忍心要他把钱给我用。

巧的是，我后来考取了大学。大学同重庆市区是一江之隔，隔的是春水碧如蓝的嘉陵江。这样，我就又有了与曾奎见面的机会。每到星期天，就渡江到曾奎那里同他见面。他匆匆把我带到他的宿舍，那是与别的同事两人合住的一间小房，让我在那里看书休息，他就去干他的工作了。他看守仓库星期天不休例假，一个月才有一天轮休。我在他厂里，也可以闻着靛青味的蒸汽到集体洗澡室去洗沐浴。吃午饭时，他会给我端一大碗味道很好的什锦蛋炒饭来。午饭后，我就渡江回学校。那时，大学吃的是"贷金"，伙食比在中学时好不到哪里去。我到光大纺织染厂找曾奎，一是为了友谊，二是为了吃那碗蛋炒饭洗个热水澡，但我又怕连累他引起别人闲话，自己也克制住，一般两三个星期去一次，决不每周都去。但曾奎很热情，说："女老板对我很好，我的朋友来她不会干涉的。"

我见过那个女老板崔若萍，是个戴眼镜白白胖胖的中年女人，嘴角微微翘起，仿佛带着笑意，听说她男人两年前去西北联系业务时，在西北公路上翻车死了。她没有子女，自己将这个厂的担子挑了起来，经营得很好。我见到她的那天，正巧同曾奎在一起，她微笑着问曾奎："这是谁？"曾奎答："我的好朋友！如今就在对岸上大学！"她点点头，挺友好的样子。看来，她确是很喜欢曾奎的。不久，曾奎就不看仓库调到了管理部门做职员，薪水反倒比刘家成高了。

　　我在这里要倒叙一下高中毕业会考前那个阶段的事。那时，学校里处在青春萌动期的男生和女生都各自在物色恋爱的"朋友"。高一分校的男生常到高二分校去找自己看得中的女生，我也没有例外。于是，我找到了吟秋。吟秋是个态度和蔼、语言温和、文雅而带微笑的漂亮姑娘，功课很棒，父母都留在安徽沦陷区没出来，她靠一个在银行当职员的大哥负担生活。追求她的人很多，她都不理睬，偏偏我写了封信给她请求同她在江边树林里见面谈谈，她却答应了。按她的话说是"有缘"。她说对我印象不错，原因是听说我功课好，为人正义，她喜欢热心肠的人，并且我的模样她也认为不错。我们约定：都努力考取大学，保持联系。

　　吟秋那年考取了浙大，到贵州上学去了，我们常常通信。一天，她来信说："竹影没考大学，在重庆南坪音乐专科学校做职员，她父亲原是那学校的教师，去年病故，学校照顾她，所以让她工作。我同她在校时处得不错，她人老实。现在心情不好，你有空请代我去看望她一次。……"

　　音专离光大纺织染厂很近。收到吟秋的信后，我约曾奎在他轮休的那天上午一起去看望竹影。曾奎做了职员后，衣着好了，更显得一表人才。去后，竹影十分热情，留我们吃午饭，又陪我们在学校里逛了一圈，一直陪我们到下午四五点钟，又把我们送得很远。想不到就这次以后，竹影和曾奎两人竟悄悄交上了"朋友"。详情我一点也不清楚，是事隔很久后，竹影的母亲病故曾奎帮着去办丧事我才发现的。这我当然很高兴。竹影不漂亮，也不难看，干家务却能干，属于那种挺有心眼儿会理家的女人。我觉得曾奎因谭星所受到的创伤与打击，通过得到竹影可以平复。对好朋友我是盼望他能幸福的。因此，我写信向吟秋报告了这喜讯，说："他们离得近，常可来往，这以后，他俩都不会寂寞了。……"

三

"曾奎为什么突然要自杀呢？"我追问着徐钢，心里却已有一番自己的想法。

徐钢吸着烟，吞云吐雾地又喝着茶，摇着秃顶的脑袋说："弄不清！那天曾太太先是叹息，哭泣着说：曾奎他早像《圣经》上说的是虫蛀之物、朽烂之木、风前的糠了！她无法像《圣经》上说的能医治他的伤，也无法使他苏醒。就是耶和华像甘雨，像滋润田地的春雨，也无法救他。……这些话都使我觉得很不好懂。"

吟秋关切地插嘴问："那这下就她一个人怎么生活？"

徐钢说："有钱还是好办的。上午有打工的年轻中国留学生给她打扫卫生，帮她到超级市场采购东西，冰箱里贮有吃食、饮料，她让我喝了一罐橙汁。吃饭，靠打电话就行，有时隔日预订，有时临时打电话，就会送来的。晚上，她如果寂寞，可以让打工的女学生念《圣经》给她听，她也有大电视，不过未必看。总之，生活上倒没什么可愁的。愁的是我看她内心寂寞，有点古怪不安，说不定迟早要得老年痴呆症！"

我觉得吟秋刚才的担心打断了徐钢的话，说："你再接着详细讲讲，那天是怎么谈的？"

"那天，我表示想弄明白发生了什么事。我告诉她，方华和吟秋都很想念你们，特地托我来看望，我将把情况如实带回去。她当初开门时对我所表现出的那种透露在脸上的厌烦与冷淡似乎消失了，忽然似乎感到愿意留我多坐一会儿并且让我陪她谈谈了。她就是在这时候，才开冰箱拿出橙汁请我喝的。

"她说：那天，九月十九日，早晨有点寒冷，老先生去散步，就迟迟没回来。后来，远处一家邻居打电话来，说发现曾先生死在小湖里，说他们已报了警。我连忙赶去，老先生已被打捞起来放在湖边的草地上，那样子真难看。警察认为不排除他杀的可能，盘问了许多情况。我说：我们既没有吵架也没有发生什么事。他每天吃吃睡睡，死前一切正常。如果自杀，我不知道他为什么要自杀。我怀疑是不是谁杀了他，但他没有仇人，身上也没有钱和贵重物品。当然，也有可能他是失足在湖边滑跌下去淹死的。后来，我连忙打电话给在奥克兰的女儿和女婿，还有在美国波士顿的儿子和媳妇。儿子他们太忙不能来，女儿和女婿答应就赶来。但我很快在家里楼上发现了他写的一张纸，上面写了许多莫名其妙的话。细细想想，有点像他的一封遗书。我把这也给警探看了。他们说：从尸体上未发现有任何他杀的迹象，他们认为自杀的可能很大，后来又认定这像遗书，说如今老年人心情悒郁或变态自杀的并不少。……"

我插话问徐钢："遗书上写了些什么呢？"

徐钢搔搔秃顶说："她没拿给我看。她说：'曾奎这两年来越来越不爱说话，越来越古怪，我将纸条给警探看了，他们拿去侦查研究后，又带给了我，说：看来曾奎似有思乡病，寂寞忧郁，有心理障碍，自杀完全是可能的。反正，不是他杀，是自杀！女儿女婿来后，我们将他安葬进了公墓。你看，这是安葬那天拍的照片……'

"她拿照片给我看，一共有五六张，那公墓不错，墓碑上写的是曾奎的英文名字。他们都早入了新西兰籍，都有外国名字。从照片上看，女儿女婿都穿的黑色衣服，挺富态的样子。曾太太忧悒平静，倒不像先一会儿见到我时那么激动。"

吟秋叹了一口气，会心会意地对我说："唉！我们不是谈过他俩的情况吗？看来，你的估计还大致不差呢！"

我说："听徐钢再说，你别打岔！"

徐钢说："她后来又说了些话，大致的意思是：她只要想起曾老先生的死，就心中战栗，既非因为爱情，也非因为忧伤，她心很乱，很遗憾，甚至很恨他。恨他让她独自一人在这么七十多岁的年纪时孤苦伶仃。她拿起《圣经》翻到一处，念了一段给我听，很玄，大意好像是说：世人都犯了罪，亏缺了神的荣耀，如今却都能蒙神的恩典，无论是死是生，是天使，是掌权的，是有能的，是现在的事，是将来的事，都不能叫我们与神的爱隔绝。

"我看看时间已是黄昏，又似乎无话可谈了，我说，我得走了，请她保重，并且希望她给你们写信，让你们了解情况。她说：'你来，我很高兴。老先生死后，我很怕孤独和黄昏，我服安眠药，睡得早，但傍晚时分太长，撒旦会使我心神不安，使我忧郁。其实，他活着我们也不交谈，但没有了他我总觉得少了什么，也许方华和吟秋告诉过你什么，也许他们也没告诉过你。我却不怕老老实实地说：我同曾奎之间没有爱情，是个悲剧！其实一切早都结束了，现在他自杀了，就更算结束了！我不会自杀，但我已经老得不可能重新开始生活了！他给我造成过痛苦，很深的痛苦。也许我也给他造成过痛苦，很深的痛苦，现在，我们的账已经清了！……'这个衰颓哀伤的老太太，说起这些话来时给我一种非常厉害的印象。我急着想离开了。于是，我站起身来又重复地说：'我希望你给方华和吟秋写信，最好把曾先生的遗书给他们看看！我想，他们是十分关心、十分想知道一切的！'

"她点头答应，拔去了耳朵里的助听器。我向她告辞，她也没有送我，脸上似有一种低徊追怀往事的神情，只说：'出去时请替我把门带紧！'"

曾奎告诉我光大纺织染厂的女老板崔若萍喜欢他。这使我不禁想起了他同谭星的事。曾奎当然是个会讨女人欢心的青年人，长相好，性格又好，人又能干。凭这三条，对女人就有魔力。但对他同谭星的事我有同情，对他同崔若萍的事我却有反感。

他告诉我的那天，是个星期日，他过江来看望我，带了些吃食给我。然后我们便在江边坐茶馆喝茶摆龙门阵。

远处一些山上烟雾缭绕，山势峥嵘，看着春天的江水翡翠似的绿得透明，使我们这种因战争背井离乡的游子心中有种"送一篙春水，绿到江南"的心境。

我直率地说："你不是正同竹影在恋爱吗？那你怎么处理这件事呢？"

曾奎为难地喝着盖碗茶，沱茶味酽发苦，他叹口气，张开棱角分明的嘴唇说："可不就是为此我才特地来同你商量的吗？你以为我愿意！我是不得已啊！"

我说："你可不能对不起竹影！"

他说："正是为了要对得起她，我才必须应付崔若萍！"

"怎么呢？"

"你想，我多么穷！又不像你是大学生，我只是一个高中没毕业的学生！那张伪造的大学肄业证书早被崔若萍发现是假的了！人家凭什么要用我，要提拔我？说穿了，不就是为了这点不寻常的关系吗？"

我叹气说："这种关系要不得！"

他先也叹气，接着说："没人知道的！崔若萍她很谨慎，我也一样。你想，我因为穷，过去失去了那么善良那么好的谭星，那是我的终生不可弥补的遗憾！如今，我要是没崔若萍做靠山，我马上就失业！我这穷光蛋马上就得离开光大厂去睡马路。我实在穷怕了！如果有了崔若萍做靠山，我才有可能实现我的计划！"

"什么计划？"

"我可以将来有一番事业，可以发财，做个有钱人！她答应我的！她说只要我对得起她，她还要更重用我！她这人心地不坏！"

"那你打算放弃竹影？"

"没有那意思！"

"那怎么办？"

"你看怎么办？"

"我觉得太难办了！这种事我既无经验也缺少点子！"我的话是带刺的。

"崔若萍是聪明人，她比我年岁大得多，不可能同我结婚。我结婚不会妨碍她的。我想，她不会反对的！"

"那你告诉竹影吗？"

"当然不能告诉她！老实告诉你吧！是竹影拼命追求我，不是我追求她。我觉得她孤苦伶仃，人也比较老实。现在不同她交朋友也晚了，甩掉她也不应该。你懂我说的话吗？"

我叹气了，觉得无话可说，也无计可施。

曾奎忽然正色道："方华，别以为崔若萍同我仅仅是男女苟且的关系，不！不是的！她主要是看中了我的精明强干和可以信任。我替她干事是尽心尽力的，什么占便宜收好处的事我是不干的。我收款从不错一笔，收货从不马虎。她发现我是这样的人，所以信任我。她一个女人家打天下闯江湖不容易。她是指望我在事业上帮她一把的！"

我依然觉得无话可说。我相信曾奎说的不是假话，但却确实感到这件事尴尬。

曾奎又说："方华，我是剖出心肝什么都对你说了，可此事你知我知，谁都不知。告诉了你，我心里有一种安慰。但你别嘴快，特别是千万别写信告诉吟秋。你发个誓好吗？"

那时我们年轻，十分讲义气的。我起誓说：我一定保守这秘密，连吟秋也不告诉，要不就天诛地灭、不得好死。听到这，他笑了，说：

"你太当真了!"但我确实没有告诉吟秋,是解放后我同吟秋结了婚,那时,曾奎已带竹影去了香港,互相之间断了联系。有一天,吟秋忽然叹息说:"竹影和曾奎成了个未知数了!他们不知现在什么样了?"我才在回忆旧事时,把那次在江边茶馆的一番密谈告诉了吟秋。

吟秋听了,皱眉说:"好呀!这样的事你竟瞒了我这么久!"

我忙如实解释:"起先是因为讲义气、守信用,后来则是忘了,觉得讲也没意义了!"

吟秋认为竹影追求曾奎,追是追上了,却又夹着个女老板在中间,这下子跟着曾奎到了香港,香港到处有那种灯红酒绿男欢女爱的场所,曾奎这人说不定会沾染上许多恶习,竹影长得又不漂亮,心胸又狭窄,只怕他俩好不到头呢!

我说:"这种事就无须我们烦心了。曾奎那人在这方面是有问题,可是心地还好,他既决定在解放前夕同竹影火速结婚把她带到香港去,说明他是会对得起竹影的。"

吟秋是个和蔼文静说话温柔内心宽容的人,也就不说什么了。

我说的"解放前夕曾奎火速同竹影结婚并把她带到香港去",是发生在一九四九年的四月,那时,渡江战役已快发生,我早已随学校由四川复员回到了上海,中文系毕业后留校做了助教。吟秋随校迁回浙江杭州后从数学系毕业后也到上海一所女中任教,我们那时都参加学生运动,对国民党的贪污腐败法西斯专制十分反感。曾奎和竹影则仍留在重庆,我们常通信,曾奎是个不问政治的人,竹影在这点上同他倒是般配。他们常来劝说我们不要参加学运"免得招来不幸",劝我"明哲保身",总说:你们是大学生,前程远大,将来可以创大事业,"别为政治栽跟头"。但那时,光大纺织染厂的女老板崔若萍已经决定迁厂到香港。这个能干的女人,看准了在香港办纺织染厂大有可为,就盘下了原先香港的一家小纺织染厂作为基础,而将光大纺织染厂里的亲信调到香港去。她看中了曾奎的精明强干和可以信任,决定调曾奎立即随她去香港协助她工作。

曾奎来信给我说:"这个能干的女人已经知道了我同竹影的关系,竟宽宏大量地主动提出:她不但调我去香港要重用我,而且要让我同竹影立即结婚,然后可以让我带着竹影一同到香港去。我当然只有接受她的好意。我准备月内就同竹影结婚……"

那时,我同吟秋还没有结婚,但差不多每周都要碰面一同游游公园、看看电影,偶尔在林森路上的小咖啡馆里喝杯咖啡,吃客价廉物美的"罗宋大菜"。我把曾奎来信说要同竹影结婚然后到香港去的事告诉了吟秋,为不损害曾奎,当然隐没了女老板崔若萍的事。吟秋是个热情单纯的姑娘,听了竹影要同曾奎结婚的消息,抱着一种"愿天下有情人皆成眷属"的心理显得很高兴,说:"可惜他俩不能同我们一起都在上海。这下又双双要去香港了,以后见面怕就难了!……"

我后来收到曾奎最后一封信是在上封信之后约莫二十多天的时候。那时,百万雄师渡了长江,南京解放,上海面临战火,国民党军队正在高叫"保卫大上海"。但,谁都看到上海是守不住必然要解放的。曾奎来了一封航空双挂号信,并附来了他和竹影在照相馆里拍的结婚照。曾奎穿黑色燕尾服手捧礼帽站在竹影身旁,竹影披着婚纱捧着鲜花坐着,照片上写着我和吟秋两人的名字,给我们作留念。信中说:他和竹影结婚因时值非常,一切从简,只在照相馆里借婚纱礼服拍了张照片就成婚,喜糖只好后补了!他们日内就去香港。信上仍劝我们"一切事都要小心谨慎"。看来,他是很担心我们参加学运出问题的。在信的结尾处,他却写了一段晦涩的但我能读懂的文字,我简直能背诵下来:

你记得别人送我的那本《圣经》吗?我本来是作为纪念品珍藏的。但今天整理物件打算去香港时,我将它烧了!我不能一直背着这么沉重的十字架!记忆是难忘的,我相信在我心上永远消除不了!但这件纪念物如今已无留下的必要了!我既无法再重逢它的主人,我也不信仰耶稣,自从收到后,我从来没有翻阅过它。

我将要开始我新的人生之旅，我要去香港闯一闯，努力成为一个有钱人，我要轻装上阵，使我自己自由自在些，那么，为什么还要留下这本老是使我痛苦的纪念物呢？……

记得那天在上海江湾我担任助教的复兴大学校舍里，读着曾奎的信时，从收音机里收听到的战讯是人民解放军将实现对上海的攻击，可能很快上海就要解放，轰隆隆的炮声和咯咯咯的机枪声已离得不远。反复读了曾奎信上这段话，我仿佛看见曾奎在点火焚烧谭星送他的那本《圣经》，我也仿佛看见了谭星那两只美丽哀怨的眼睛。不知为什么，使我想起了《包法利夫人》的作者，著名的法国作家福楼拜的焚鞋故事：在知道自己来日无多时，福楼拜开始整理自己的书信，他不愿意人们知道他的隐私。他翻出了一只丝绸舞鞋，里边有一枝枯萎的玫瑰，一条发黄的手绢，福楼拜将它们丢进了烈火熊熊的壁炉。这只舞鞋是路易丝·高兰的。高兰是十九世纪巴黎文化界的一颗明星，她的美丽、才智和诗歌才华曾使无数人倾倒。她与福楼拜的恋情炽热而绵长一直保持到晚年。

我没有见过谭星，只见到过谭星的照片。但照片上她那一双深如湖水有星光闪烁的眼睛，她那脱俗不凡的充满青春气息的容貌和身材给我很深的印象。尤其是她忽然不顾一切地出走跑到泸州来约曾奎私奔，最后，又毅然与曾奎的怯懦一刀两断。可以想见，她其实后来过着痛苦的生活，心里也还没有忘却曾奎！那是她珍贵的初恋！她寄一本《圣经》给曾奎，说明她对曾奎并未相忘，她自己是在用信仰上帝来麻醉自己的灵魂冀图减轻些痛苦的。啊！好可怜好可爱又好值得同情的谭星哟！她送曾奎一本《圣经》的故事，总是感染着我，使我难忘，使我有说不出的感慨。而现在，曾奎显然是要遗忘了她。他说得再清楚没有了："我将要开始我新的人生之旅，我要去香港闯一闯，努力成为一个有钱人，我要轻装上阵，使我自己自由自在些，那么，为什还要留下这本老是使我痛苦的纪念物呢？……"

伤感、负疚、懊悔、缅怀……似都已随风而去！不能说曾奎完全错。可是我却在读到这段话时，心战栗了！我觉得想发财、想成为有钱人使曾奎的心变得铁石般又冷又硬了！曾奎显然已不是我在高中时一同贫穷一同受苦时的曾奎了！而他到去香港，必然是会变得更多更大的，就凭他现在的这种状况，这种心绪，这种打算，这种机遇，我似乎感到他是会达到自己的目的的！他忽然使我想到了司汤达名作《红与黑》中的于连！他不完全像于连，但他却是一个中国式的于连！我当时确实有这种想法。

后来，我打电话告诉了吟秋：曾奎来信说他同竹影已经结婚，并且将去香港。在那个星期天，见到吟秋时，我将曾奎和竹影的结婚照带给吟秋，让她保存，但信没有给吟秋看。那时，我们正参加火热的护校运动以迎接解放，对曾奎和竹影的结合，吟秋表示高兴，但却没有给予太多的关注，只指着照片上的竹影说："她笑得多开心！曾奎的嘴也歪了！"

四

大高个儿秃顶的表弟徐钢那次临走时，用手托托眼镜架，提了一个要求。

他说："我那天在惠灵顿没有好意思一定要求看看曾奎的遗书，而曾太太也没有想把遗书拿给我看。不过，这件事已经引起了我浓烈的兴趣，一是故事的本身有点意思，二是我是决心画那张《惠灵顿郊外寂寞的秋雨黄昏》或就叫作《异国的秋雨黄昏》。也许这封遗书，能给我增加灵感，给我造成一种神秘荒诞的幻觉，使我在由于痛苦扭曲而变形的世界和畸形的人生中多解悟些什么……"

我和吟秋无法拒绝徐钢的要求，当然点头答应。我们答应，只要能看到竹影来信或附来曾奎的遗书，就一定立刻打电话告诉他，让他来看。徐钢走后，我就用我和吟秋两人的名义给竹影写了一封长信，告诉她：我们请徐钢看望她后，徐钢已回来，惊悉曾奎不幸已于上月去世，完全出乎意外，十分悲痛。希望她节哀保重，请她务必将曾奎的遗书复印一份寄给我们，并请她务必复信。

　　而现在，竹影果然从惠灵顿来信了，但这不是收到我们的信之后的复信，这是徐钢去后，她主动来的信。信写得不长，但很忧伤。

亲爱的方华和吟秋：

　　　　徐先生来过了，带来了江津米花糖和西湖龙井，谢谢你们。可是曾奎吃不到这江津米花糖，也喝不到龙井茶了。当我现在把曾奎的噩耗告诉你们时，心里还算平静。因为在这件事上，我问心无愧，当然，我也百思不得其解。幸好，有《圣经》陪伴我，我的生命会有最仁慈的主来安排的。我有时到教堂里做礼拜唱唱赞美诗，主会拯救我的灵魂，我心灵能得到安慰。当然我还不能马上就写长信给你们来表达我的全部心路历程和一切因果，等过一段时日再平静些再写吧！对于你们，我的好友，我是不愿意隐瞒任何事的，哪怕一点一滴。我同吟秋谈过曾奎的种种，那么，现在他的遗书我也应当给你们知道。我请人复印一份寄上，说实话，我认为有些是他读《圣经》时胡乱摘写的，是明显的亵渎；有些他写的我不是不懂，但也不能全懂，也许你们看了能帮助我。我已将他遗书上摘录自《圣经》的部分句子查明了出处注出。我累了，不写了。为你们祈祷

安康

竹影
十月二十一日

下面是附来的曾奎的遗书复印件，字很草，那是一种奇怪的神秘的有宗教气氛的断断续续的思绪加上摘录《圣经》中语句组成的遗书。我初中时曾进过教会中学，对《圣经》是有些了解的。我觉得从总体上说，我能懂得和意会的可能比竹影要多。最浓烈的，是读后我心中有一种繁华落尽曲终人散之感。这是说不出也写不出的。下面就是曾奎的遗书的全文：

　　我承认我是有罪的！罪孽深重！我又梦见了那个使我感觉有罪的人，我向之哭！哭有什么用呢？过去的都过去了！昨夜，我又梦见了故乡的小屋，梦见了那个漂满浮萍的池塘，我小时在里边游过水，夏天时池塘里的水很暖。那天还梦见了泸州，方华知道我会梦见什么，那是那个春天发生的事。

　　我看到树叶掉了！叶落还能归根呢！我有非常非常深的悔恨！年岁大了但好多事还想不明白，我也懒得想了！背负着的十字架太沉重了！此刻，并不怨恨任何人！理性、智慧、道德等等早已丧失，我决定放下十字架去散步了！也许我会回来，也许不再回来。天上，在下着雨，我想淋淋雨清醒清醒！凉爽的感觉是很舒服的。

　　我知道怎样处卑贱，也知道怎样处丰富，或饱足，或饥饿，或有余，或缺乏，随事随在，我都得了秘诀。（《新约全书·腓立比书》第四章）

　　哀哉！我好像夏天的果子已被收尽，又像摘了葡萄所剩下的，没有一挂可吃的。我心羡慕初熟的无花果。地上虔诚人灭尽，世界没有正直人，各人埋伏要杀人流血，都用网罗捞取弟兄。……他们最好的，不过是蒺藜……儿子藐视父亲，女儿抗拒母亲，媳妇抗拒婆婆；人的仇敌就是自己家里的人。（《旧约全书·弥迦书》第七章）

太太啊，我现在劝你，我们大家要彼此相爱，这并不是我写一条新命令给你，乃是我们从起初所受的命令。……我还有许多事要写给你们，却不愿意用纸墨写出来。（《新约全书·约翰二书》）

从笔迹看，抄自《圣经》那些段落似是一次写的，开头那些话从"我承认我是有罪的"到"凉爽的感觉是很舒服的"是另一次写的。引用《圣经》的部分注明出处是竹影的笔迹。而在纸末，又有曾奎那粗壮潦草的笔迹，写的是：

与基督同在是好得无比的，我不呆不痴也不傻，我清醒而不糊涂。请将我写的这些寄一份给方华和吟秋，告诉他们对我这只是一种改变，一种我希望的改变。

读完遗书，我黯然了，曾奎那稀疏的白发，蹒跚拖着跛脚的走姿，他那凄黯的眼光，都在我眼前晃来晃去。我的心里说不出是种什么奇怪的滋味。那夜，窗外长夜如墨，我再一次与吟秋展开曾奎的遗书阅读，不由得想到人生的无常，曾奎的自沉湖中，使我们感慨万端。

上海是一九四九年五月下旬就解放的。曾奎和竹影结婚后去了香港，开初来过信，说住在九龙，生活条件很差，但离曾奎工作的厂近。竹影没有工作，曾奎工作很忙，后来，竹影来过信，说她怀孕了，信中流露出寂寞并后悔到了九龙……再后，由于我们忙，外加抗美援朝后当时有一种气氛，似乎同香港、台湾或海外通信是社会关系复杂立场不稳的表现，而曾奎和竹影也可能因为忙于生活又从政治考虑也不来信了，这样，想不到后来竟就断了联系，一晃竟整整四十年不通音信也未见面。这种事在外国可能少有，在我们这一代人，住在大陆的和离开大陆去到港台或海外的几十年不见也不通信完全断了联系的，却是一种时代的产物，不稀奇也不少有了。

我们之间的重新恢复联系并获得信息，要感谢我们那个中学的校友会。校友会为了要"共筹兴教育人大计，重圆清窗乳梦，以偿凤愿悬悬，互通宏图声息，以助来日发展"，到处收集串联在港台和海外的历届学生的名单和地址，又在大陆将比较知名的校友网罗到一起，印成了通讯录，分寄给校友们。往事不可能如烟云完全飘散，时光也不可能完全销蚀记忆。于是，我们夫妇同曾奎、竹影在一九九〇年春天取得了联系，开始通信。

我们先写信去，简介了几十年来的情况，不外是曾在上海、北京、济南、成都四地工作过，如今我虽不在大学教书，但仍在写作，吟秋早已从中学教师岗位上离休。我们的独子大学结业后在深圳一家出版社工作等等。

起初，曾奎、竹影写来的信十分热情，信是曾奎执笔的，告诉我们：他原在香港光大纺织染厂，后来逐步提升为副厂长、副董事长，多年后，终于在经过艰苦奋斗后达到了当年想创番事业建立经济基础的愿望，自己开办了一家大纺织染厂，一家大塑料厂，大大小小有六辆汽车，买了高级住宅，生下一子一女都已成年。儿子在美国取得了绿卡和PH. D. 学位，开办了一个公司；女儿在新西兰，也取得了国籍和学位，在一家大化学公司搞科研；媳妇、女婿也都有学位，各有很好的工作，只是子女对继承父业经商无兴趣，故他们老夫妇俩将工厂及住房廉价处理后，也到新西兰惠灵顿购了房屋定居，安享晚年。信中，曾奎还问我们：经济上如何？是否需要帮助？我们当然马上复信，表示我们生活得不错，经济上无须帮助。我们双方都寄了照片。曾奎来信说："方华仍旧瘦瘦的文质彬彬，只是添了一副金丝眼镜，像个学者了！吟秋文雅依旧，虽头发花白，风采不减当年。"他们寄来的照片上，曾奎与竹影俨然都是富翁与富婆的气派，穿得华贵，都发了福。尤其是曾奎，虽然同当年比已经是个老年人了（算算年纪，他该是七十岁的老人了！）但头发还白得很少，身材仍挺拔，那双眼睛显得明亮闪烁，挺有神，派头很大，极有绅士风度，与我那文弱瘦削而又苍老的模样简直不可同日而语了。有一张照片是他夫妇俩在去美国看望儿子媳妇时游历赌城拉斯维加斯时在大赌场外面拍摄的，还有一张是在洛杉矶热闹街道上他们住的豪华旅舍门前拍的，看来，曾奎确是发财了！这使我和吟秋都很替他高兴。创业维艰，往昔的好朋友，有发财和创事业的志愿，经过几十年的努力，如愿以偿，自然值得为他们高兴。

但，不知为什么，从一九九二年起，就收不到他们的信了。而我，忙于写一部历史题材的长篇小说，吟秋则因为得了眩晕症医嘱疗养。我们都懒于写信。他们不来信，我们也未去信。这样就有将近一年断了通信。

到来年新年前，我们寄了张贺年卡去，也写了信。后来收到竹影执笔的短信，她也附了张署曾奎与她两人名字的贺年卡来，信上说：他俩都常想念我们，但曾奎不久前突发小中风，经治疗，已无碍，只是人苍老衰弱了，并且情绪不好，所以不写信了。竹影的信对吟秋和我倒还是热情的，问我们需要什么不？如需要可以函告。我们复信，深以曾奎的健康为念，告诉他们，我们一切都好，一切都有，不需要任何东西，并且邀他们有机会回来看看祖国的新面貌，几十年不见，十分想念，希望曾奎好好保重。

大约是这年年底，收到竹影寄来的照片，但只有她的，没有曾奎的。竹影没什么大的变化，依然是一个胖胖的福太太。曾奎小中风后怎样了呢？竹影信上说：曾奎已不想动笔写信了，身体、情绪都不好。我们无法想象他病后是什么样子，但想起当年我们的深厚友谊，我心中有一种难以形容的悱恻心情，这当然，吟秋是可以体会而体会不深的。说到底，曾奎是我高中时代最要好的同学，而竹影是她高中时代较好的同学。我关心的是曾奎，她则关心竹影胜过关心曾奎。我说："看来曾奎的身体、精神都垮了！"吟秋说："是呀，幸好竹影看上去还挺好的，她会照顾曾奎的！"

人生的事常难预料，一九九三年夏天，七月间的一天，我们突然收到竹影从上海打来的长途电话，吟秋接到电话，高声叫嚷着说："怎么？你俩到了上海了？"

"是呀！"竹影在那边电话中说，"我们的女儿由他们的公司派驻上海工作两年，我们就趁此机会也回来看看，圆一圆几十年的思乡梦。你们能否马上坐飞机到上海来同我们见见面呢？曾奎说他十分想念方华，很想同方华见面。"

吟秋激动地说："我们也常常怀旧。几十年不见了，真想啊！"其实，我们生活虽过得挺好，但并没有太多的钱随便就飞来飞去跑一趟上海的。所以，吟秋斟酌了一下，说："你们到成都来吧！好不好？我们住处条件可能不顶好，但你们来住是没问题的，洗澡什么的都方便。老同学嘛，你们一定不会计较的！成都地方不错！你们来，重新领略一下川味，我们陪你们游览武侯祠、杜甫草堂等名胜古迹。……这样吧，你让曾奎同方华讲讲话好吗？"

我带着浓浓的怀旧情绪，拿起话筒，同曾奎接上了话，如同梦境。但却出乎意外地感到曾奎说话迟钝、冷漠。我热情地说："曾奎，几十年不见，我常想你！……"说着，心里酸酸的，却只听见他说："是的！"我说："你和竹影一同来成都吧！我们好好聚聚。"他说："嗯，好！我想见见你！很想！"他似乎没什么多的话可说，又似乎做不得主，忽然说："你同竹影讲！"马上竹影就接过电话同我讲起来了，说："方华，他现在整天不大说话，有时就像个哑巴！……"我打断她话说："怎么的呢？他的病不是好了吗？"竹影却没有回答，说："这样吧！我们过几天去成都！我们是应当见见面了！几十年不见，我心里也是一大堆话想同吟秋说呢！……"

后来，事就这么定下来了。隔了几天，又接到电话，知道了他们飞成都的航班和时间，我同吟秋就去机场迎接他们的到来。

五

　　雨，是从傍晚开始下的，淅淅沥沥，檐前滴漏，天暗得比平时早。我们吃晚饭时，徐钢来电话说他晚上来看曾奎的遗书。

　　大约七点钟，他就来了。他翻来覆去，看了又看，搔搔秃顶，说："这是遗书吗？有点像，又不大像嘛！这好像是曾奎读《圣经》摘记的一些段落，后来，又在上边加了些什么随感。我简直没法破译。"

　　我轻轻叹息一声说："是呀，有些是摘自《圣经》中的一些句子。"

　　吟秋在边上说："不过，我和方华读了，我们感到这的确就是遗书。如果不是遗书，他不会在开头写上'我决定放下十字架去散步了'，也不会在末尾写上'这只是一种改变'。"

　　"怎么呢？"徐钢问，"我还很难意会！"

　　"如果不是遗书，"我说，"他不会在最后写上'请将我写的这些寄一份给方华和吟秋，告诉他们对我这只是一种改变'。"

　　"看来，这里边有故事，有伏笔。"徐钢仍拿着遗书边看边琢磨，突然说，"似乎曾奎和他太太之间很不协调呢！"

　　我说："是有故事，也有伏笔，也不协调。"

　　徐钢笑笑说："你这小说家倒是又有题材写了呢！对一些年轻人来说，旧式婚姻似乎已经不符合现代社会瞬息万变的节奏了，可是对老头老太太来说也会这样吗？"

　　吟秋说："我给你看样东西！"

　　我明白吟秋要拿什么给徐钢看了。我瞅着吟秋从我右边那只玻璃橱里，将一本厚厚的香港圣经公会印发的《新旧约全书》拿出来。这是本印刷装订都很讲究的《圣经》，黑皮装帧的烫金字的封面，厚厚的书面边缘都印成红色，整本《圣经》显得庄严而凝重。

　　徐钢看着吟秋把《圣经》拿出来，眼镜片下的两道目光充满了奇怪，忽然"呀"了一声说："你们也有这么一本《圣经》哪!？这本跟我在惠灵顿曾太太那里看到的那本一模一样呢!看到这本《圣经》，我就又想到我要画的那幅《惠灵顿郊外寂寞的秋雨黄昏》了!"

窗外雨声喧嚣，有汽车"吱——吱——"从潮湿的柏油马路上快速驶过的声音。

我说："是啊，这是一九九三年他们夫妻俩到成都来看我们时临走送我们的礼物。"

徐钢已将吟秋递到他手中的《圣经》接过来了，说："哈，送你们一本《圣经》!你们又不是基督徒!"

我说："是呀!其实我年轻时上过基督教中学，参加过圣经班、主日学，每星期天上午都要到教堂做大礼拜，还参加过唱诗班。那是死规定，不参加这些活动毕不了业的。不过，信仰问题勉强不得。我虽然上了三年基督教中学，却始终没有信仰基督教。"

徐钢对吟秋说："你拿《圣经》给我是什么意思?"

吟秋说："你翻一翻《圣经》吧!里边有折角的地方，折角的那一面上，有很粗的钢笔画的杠杠和圈点，你就读一读，也许能求得到一点答案。"

我补充说："可以先告诉你的是：这本《圣经》送我们时，已是曾奎读过的了!是曾奎坚持送我们做纪念的。可是，他们回新西兰后，我和吟秋发现：上边有些书页上曾奎折了角，并且在阅读时用钢笔粗粗地画了杠杠加了圈点。我们当时阅读了这些画框和圈点的地方，就产生了一种感觉!"

"什么感觉?"徐钢睁着近视镜下两只大眼问。

我说："你先看吧!看完这些折角画杠杠的地方，不费多少时间的!"

徐钢真的用大手翻开《圣经》阅读了起来，秃顶在电灯光照映下油亮地发光。

他一边阅读着，一边发出"哦""嗨"这样的声音，忽然他兴奋得叫了起来："呀！一样！差不多完全一样！"

我说："你体味出什么来了吗？"

徐钢说："可不！这本《圣经》上折了角用粗钢笔画了框框打了圈点的地方，不就包括了曾奎在遗书上抄录的这些《圣经》段落吗？"

吟秋说："是啊！方华同我探讨过这问题。"

徐钢点火吸烟思索着说："确实有点意思！"

我说："我当然还在思索，但我却在回忆一九九三年同曾奎见面那次相聚的种种，确实发现了曾奎的死因了！"

徐钢饶有兴致地说："那是怎么呢？"

吟秋叹口气说："让方华原原本本讲给你听吧！"

下午，在飞机场迎接曾奎和竹影夫妇时，我和吟秋就有种感觉：他们的服装很讲究，但人的变化都很大。竹影穿一件红花绸衬衫，配着黑色西服裙，脸上化妆很浓，涂着口红，描着眉毛，她老了胖了，双下巴，带着矜持。曾奎的变化不仅是老而衰，而且毫无气质近乎畸形了。他比那年寄来的照片一下子仿佛老了二十岁，不仅头发雪白稀疏，面部呆板沉郁，眼睛无神，像两盏蒙满灰尘的旧灯泡，而且走路时左脚有点跛，显然是中风的后遗症。他拖着一只滚动的大黑皮箱，我忙上前帮助他拖。见到我们时，吟秋和竹影热烈拥抱，吟秋马上帮竹影提起她的一只小飞机箱。我和曾奎握着手，然后也拥抱起来。但我感到他已绝对不是当年的老友曾奎了。他似乎嘴角抽动微微笑了一下，但那副慵懒的、疲惫的模样，使我吃惊。这哪里是当年那个英俊挺拔想要为发财去闯事业的曾奎了呢？这是一个已被生活风尘吹倒掩埋了的老人，一个拖着苍老皮囊机械地跛着走路的华裔新西兰人。他怎么会变得这样了呢？这似乎像一个谜一样塞在我的心中，使我纳闷、不安、失望而又怜悯。犹记得两年前收到他那热情洋溢的来信时，他还给我一种有朝气和锐气的感觉。看到他后来寄来的照片时，也不是这种感觉。时光何其残酷，他歪了歪嘴似笑非笑地看了我一下，使我心中产生了许多辛酸。

啊！我已找不到当年曾奎那种潇洒自信的表情了！如今看到的只是一个病态的窝囊压抑的老人！天热，他老是拭额上的汗，身上那件白色绸布夹克却不脱掉，这场小中风怎么把他摧残得傻乎乎了呢？怪不得后来他就不写信了。怪不得后来就再没收到他的照片了！唉！唉！……

但想起，曾奎这样子了，竟还千里迢迢到成都看望我，我那种感动、同情而心疼的感觉又强烈了。

坐出租车回家的路上，大家一路讲些寒暄话，虽沐浴着一种久违了的温暖，曾奎一路仍沉默不语，棱角分明的嘴闭得紧紧的。我心里想，他似乎有点老年痴呆症了呢！他脸上那种衰老呆滞而又压抑阴沉的表情，他的似乎无悲无喜一切皆空的态度，都使我有这种感觉。竹影则像只喳喳叫的喜鹊情绪颇高讲话仍带鼻音。她说："我们那年从香港到了新西兰，后来就入了籍。惠灵顿那地方不错，华侨也多，很热闹，郊区绿化很好。……"大家都叹息时间过得太快，本来好年轻的人，怎么转眼都变成老年人了呢？竹影带点炫耀地指着曾奎身上的衣服，对吟秋说："他这夹克是名牌，八百美金买的。他的皮鞋也是名牌，六百五十美金买的。"又说，"这次来呀，本来也没想到成都来，是到了上海，曾奎吵着要同你们见面，而你们又不能来上海，我们只好来了。我们经济基础是不错的，可是来得匆忙，什么礼物都没有带给你们，真不好意思。"

吟秋诚实地说："不用带，老同学之间就别讲客气了！我们虽都退休了，但一个教授、一个中学特级教师的退休金加上他还有点稿费，生活不错，什么都不缺。你们回来看看就知道了！"

后来，到了家里，让他们洗了脸洗了澡。见我们的住房比较宽敞，虽无空调，每间房里都有电扇，我们的独生子在深圳，家中清静，竹影表示满意，说："看来你们的生活还不错，这下我们四个老同学可以好好聚聚谈谈了。"我们的住房是两个二居室打通成一套四居室的。安排他们夫妇俩住在外面的一套二居，一间大卧室，外加客厅和厕所；我们夫妇住里边的一套二居。天热，竹影嫌没有空调，我们就将里屋的电扇搬出来两只放在一起吹，但她又说怕风直接吹到身上容易感冒。于是只好将风扇高射炮似的朝着天花板吹。竹影又宣布了他们的生活习惯和规律：曾奎每晚八时一定要睡，早上六时就一定要起床，起床就要吃早饭，喜欢吃牛奶麦片、苏打饼干和橙汁，不喝咖啡。然后是出去散步。竹影自己则每晚要看书报、读《圣经》，到十二点才睡，早上九点起床。然后就又交代了爱吃和不吃的食物名单：爱吃活鱼、牛肉、鸭、豆腐、新鲜蔬菜，不吃鸡肉、鸡蛋、猪肉……一切都讲究个新鲜，冰箱里的东西贮存时间不要超过三十六小时，方便食品和罐头不吃……吟秋好脾气地说："这好办，一切依照你们的生活习惯和生活要求办就是！"吟秋同竹影谈话，我在忙着开西瓜切成片，竹影过来说："西瓜糖分太高，顶好不吃，我们香蕉也不吃，苹果比较好，猕猴桃也可以。"我看看曾奎，他总是沉默不语，一到住处，洗澡换衣后，就从箱子里取出了一本香港圣经公会印的《圣经》坐在沙发上默默阅读起来，嘴里还念念有词，听不见他咕噜些什么。

　　我诧异地想：曾奎怎么成了个这么虔诚的基督徒了呢！忽又想到了几十年前在高中同学时曾奎与谭星的事来了。那个阴沉的春天早晨，曾奎在外边过了一夜，次晨摆渡赶回学校后满面忧郁和悲伤的情景……他同我谈起谭星和他的故事……他后来突然收到了谭星寄给他一本《圣经》的旧事……他后来离开广州去香港时给我的最后一封信，在信上他告诉我：他将谭星给他的《圣经》烧毁了！……可是，现在，他却捧起了一本沉重的《圣经》，在这么专心地诵读！

　　啊！一切都宛如昨日，一切又都早已消逝！但在这一刹那间，一切逝去了的往事，又都鲜明地活跃在我眼前……

我正思索，却听到竹影带着鼻音在刺耳地吆喝曾奎了！出乎意外地，她的称呼客气，声音和表情竟那样的厉害："老先生！（这以后，我无数次听她这样称呼曾奎，有时则又干脆直呼名字叫'曾奎'）你又装模作样了！？平时心并不诚！如今，刚到方华、吟秋这里，你却马上装出诚心的样子！你演戏给谁看？"

嗬，这真出乎我的意外，我瞠目结舌，竹影对曾奎这么凶，真是我想不到的！是怎么回事呢？电扇摇着头在呼呼地向天上吹，只见曾奎迟钝地将《圣经》合上，沉甸甸地放到茶几上，也不作声，面部平静，却仍是那么呆滞压抑。我不禁想：毕竟童年失母遭受两个后母虐待，父亲又冷酷，逆来顺受惯了，曾奎的好脾气一贯未变。我打圆场说："这样吧！西瓜你们不吃，我同吟秋吃，给你们泡龙井茶喝！"

吟秋忙着去泡龙井茶，竹影说："好好好，西瓜让曾奎吃点，我喝茶！"

我陪曾奎吃西瓜，吟秋给竹影泡来了龙井茶。竹影说："我最爱喝龙井茶了！这在国外很贵的！"

我知道，好的龙井茶就是在杭州买也很贵的，但没作声。这次竹影对曾奎的"厉害"就这么过去了，但接下来我们一同住了几天，我才发现竹影在我和吟秋面前是克制的，但就是克制着，对曾奎的"厉害"也不断流露出来。

起先，是吃我和吟秋一同准备的晚饭。饭前，竹影谈得不少，谈他们在国外的住房条件与儿女们的情况，曾奎都默默无声。吃饭时，曾奎拿筷子之前，十分虔诚地把双手放在桌上，头伏在手背上做起了祷告，出声说："我们在天上的父，愿人都尊你的名为圣。愿你的国降临。愿你的旨意行在地上如同行在天上。我们日用的饮食今日赐给我们……阿门。"然后才动筷吃饭。而竹影却没有像他那样祷告，只微微嚅动着嘴做了一个无声的祷告式的表示。这使我又一次感到曾奎如今信仰耶稣的虔诚，觉得他的变化就从这一方面说也真大。因此，不由得再一次想到了谭星和她送曾奎的那本《圣经》的故事。吃饭时，曾奎胃口非常好，闷声不响地大口吃鱼吃菜，敬他菜他就吃，吃得十分专心有滋有味。而这时，竹影嫌他了，一副严厉管教的态度，斜着眼瞅他，狠狠地说："老先生！你吃得慢点不行吗?"一会儿又说："你看！你吃相多难看！"而曾奎仿佛听不见似的，既不生气，也不冒火，我行我素，依然大口吃着，面部的表情依然呆滞、压抑。竹影用一种厌恶鄙夷的神态看着他，用鼻音解释似的对我和吟秋说："他现在常是闷声大发财，金口难开呀！吃饭倒胃口不坏，睡觉也睡得很香，就是冷冷淡淡不说话，不合作！反正，我对他的吃穿都是照顾得不错！但，他却就是装出这副讨人嫌的样！……"

我和吟秋听了，不知说什么好。但总觉得其中有些什么我们不知道的内情。看看曾奎，竹影这些话也该全是听到了的，可他却仿佛没听到一样，不吱声，不回答，也不理会。

曾奎真是变化太大了！我想。

那第一夜更有趣。我们将外边大卧室里的那张大床铺上新凉席让给他们夫妇睡。晚上七点半时，竹影说："老先生，睡吧！快八点钟了！快洗个澡吧！"

于是，曾奎突然乖得像个听话的孩子，去洗澡间洗淋浴，换上干净睡衣，默默无声地进房上床睡觉了。

我有点遗憾：我同曾奎这么要好的朋友，如今分别数十年，我想见他，他也说想见我还特地要到成都来，竹影也强调，这次来成都是曾奎坚决要来的。可是来后，却同我并不亲热，甚至两人之间都不能谈话了。这能不使我失望吗？

这晚八点整，曾奎就睡了。吟秋陪竹影在客厅里吹着风扇谈话到深夜。我有心让她俩好好谈谈，想到明天早上六点曾奎就要起床，起床立刻就要吃早饭，我就匆匆上街采购一趟，准备明天一早的早饭。

冰箱里早储备下的冻蹄膀、冻鱼、冻虾、冻肉、冻鸡,竹影不吃自然等于全报废了。冰箱里早贮备下的鸡蛋、康师傅、炼乳……也都作废了!我得赶快去买麦片、苏打饼干、雀巢奶粉……回来后,见吟秋、竹影仍在吱吱唧唧聊天,我将闹钟开到五点半上,便先去睡了,准备明晨可以早早起床去买菜。但我想起同曾奎的往事,却难以入梦,老在床上翻身。

吟秋大约是十二点多钟才洗了澡摇着扇子进房来睡的。进房后,见我醒着,说:"你还没睡着?"

我说:"竹影睡了?"

她说:"不,还在读《圣经》呢!"

我"唉"了一声说:"想不到曾奎变成了这样!"

吟秋上床"啪"地熄了电灯,也叹口气说:"是啊,人的变化难料。你知道竹影跟我谈了些什么?"

我说:"谈了些什么?我看她对曾奎似乎很不好哩!"

"这也难怪她!"吟秋说,"她本来心眼儿小,狭隘。她告诉我这几十年她过来得很不容易。同曾奎结婚后在香港吃了不少苦,生了一子一女,全靠她操持养育。可是曾奎对不住她,资本主义到处充满了挑逗、诱惑。曾奎起先同纺织染厂的老板崔若萍不三不四不清不楚,后来发了财就又迷上了一个年轻女明星名叫潘菲菲的。曾奎在那女的身上竟花了一百多万元,给她买了住宅,同她一起远游欧洲,英国、法国、奥地利等国都去了。竹影同曾奎两人感情一直不好。竹影说她在那时就早决定:忍吧!忍吧!到将来再好好报复他!好好收拾他!一点一点收拾他!这种年轻时忍着年老时收拾的做法,在香港是很多的!现在儿女辈都站在竹影一边,家里的事是竹影说了算,竹影不再受曾奎的气了!"

我心上受到了震动,说:"看来,有钱不一定能幸福!曾奎当年认为没有钱太穷没有幸福,所以他一心一意要去找钱发财,可是发了财,在那灯红酒绿的香港，他却又走邪道做花花公子。真叫我不敢相信。"

吟秋扇着扇子说："竹影说，她现在对曾奎要进行报复，她心里的恨用加法不行，得用乘法才行。过去一直忍着，现在不忍了！"

我说："报复？我看这是很愚蠢的事。就怕报复对她对曾奎都没好处。政治派系争地盘，亲族间'窝里斗'，革命队伍中'内耗'，难道夫妇间也要杀来杀去？曾奎中风后已经变成这样子了，夫妇俩也都是七十岁的人了，还报复什么？"

吟秋语音柔润地说："你们男人总是帮男人说话。你同曾奎好，就还是袒护他。我倒觉得他是够恶劣的。乱玩女人的男人是什么好人！你以前不是告诉过我：曾奎与你同学时与那个谭星还有一手吗？看来他是一贯的呢！"

我叹口气说："可惜曾奎像有点老年痴呆症了！同我简直也谈不上话了。要不，我倒是也想听听他能谈点什么呢！"

吟秋说："竹影说：曾奎的傻可能有点假，比如这次来成都，曾奎就拼命坚持，非来不可。她总是怀疑曾奎平时是故作痴呆。"

我说："装痴作呆有什么必要呢？"

吟秋说："弄不清！他们现在是很富有了。为了怕一九九七年收回香港，曾奎就早早地把工厂、住宅廉价处理掉，去了新西兰。结果，钱财损失不少，一个经手人诈骗了他们二百多万港币。"

我说："他们如今成了外国人了，思想同我们距离太远了。我感到竹影同曾奎讲话的语气、态度、什么'老先生'呀等等，感染的是西方的一套。"

吟秋说："是啊，竹影的身上和话里都常跟我们不一样。可是有一点却是我感到的，他们虽做了外国人，在外国定居了，想念中国，想念故土，想念当年年轻时的种种却是依旧的。只是对大陆，对我们了解得太少。回来看看，倒是可以起点变化的。竹影说，她看了上海，又到了成都，感到许多情况跟她想象的不一样，有了许多好印象，深感当时曾奎和她匆匆离开香港去新西兰是冒失了。不过，又说，如果不是到了新西兰，曾奎说不定还在玩潘菲菲呢!"

我摇摇头，说："吟秋，睡吧! 明天我还得早起侍候曾奎吃早点呢!他们这种外国人，一来就交代了生活规律和生活习惯，既请来了客人，自然应当照他们的要求努力办。明天侍候了曾奎吃早点，我就陪他出去散步，同时买活鱼、牛肉、鸭子和蔬菜。你还得掌勺呢!"

吟秋是个随和的人，说："老朋友到底是老朋友，竹影见了我，话就没完，什么心里话都讲了，这还是不错的。"说着，她又扇起扇子来。

我不禁想：天下事外面看来如花似锦，里面实际却不同，曾奎和竹影之间的事也是这样呢!

这一夜，我怎么也睡不好，起先睡不着，后来乱梦颠倒，梦见了我与曾奎那次在江里游泳的情况，我忽然好像又要沉入江中了。惊醒时，约莫已有两三点钟了。再睡，总是辗转反侧，正好睡间，闹钟"滴铃铃……"响了，已是清晨五点半了!

我起身，惊醒了吟秋。我叫她："你再睡一会，竹影要睡到九点呢!你陪她，我陪曾奎。不然，两个人都吃不消!"她同意了，翻身睡去。我走到外面的客厅里，却惊异地发现曾奎昨夜是睡在客厅中的大沙发上的，现在醒了正准备起床。

我说："咦! 你怎么睡沙发呀?"

他摇摇头，用手指指大卧室。大卧室房门紧闭，竹影在里边高卧未醒。

曾奎轻声说："她嫌我打鼾，赶我出来睡的!"

我心里不由得想起了吟秋告诉我的竹影说的"报复"的话。看来，竹影确是对曾奎颇为无情呢! 哪有来我们家做客，第一夜就赶曾奎到客厅里睡沙发的道理呢!

曾奎起来了，先去梳洗，正是六点。我忙着去用雀巢奶粉煮麦片，拿苏打饼干、橙汁和蛋糕、面包放到餐桌上给曾奎吃。曾奎先是祷告："我们在天上的父……"然后就大口吃起来。但确实只喝橙汁吃煮麦片和苏打饼干，蛋糕、面包碰也不碰。我就自己吃蛋糕和面包，把昨晚吃剩的西瓜也从冰箱里拿出来吃。两人吃了早点，曾奎对我说："我要出去散步！"

我说："我陪你！这儿环境你不熟，你一个人外出，我不放心。"我这时觉得曾奎同在竹影面前有很大变化，他那面部呆滞压抑的表情不那么显著了。我是有心想陪曾奎散步，一是可以顺便买菜，二是可以同他谈谈！这时，我心中有种感觉：总觉得他们夫妇之间有一种不协调不和谐。曾奎好像很怕竹影。竹影好像很虐待曾奎。曾奎的沉默似乎是一种忍受，也是一种反抗！他不像真的痴呆，竹影也对吟秋说她怀疑曾奎假作痴呆。那么，曾奎同我单独在一起时是不是会同我谈些什么心里话，又使我们之间像当年一样那么知己了呢？

我找了个大塑料包和几个食品袋陪曾奎走下楼去。后来，到了街上。曾奎拖着他那只微跛的左脚，我陪着他向菜场方向慢慢走去。成都夏日的清晨比较凉爽。我说："曾奎，同你再见面我真高兴！但你怎么不多说话呀？"

曾奎突然笑了一笑，笑得苦涩，十分难看，说："方华，这次来成都是我坚决要来的。见到你们好开心，就是想同你谈谈。唉，多少年来，我总是想念谭星。我常想，如果那次她到泸州后我同她走了那会怎么样？！"

几十年了，曾奎还想着谭星！这使我又忆起了高中时代那个春天雨后多雾的早晨……

曾奎叹口气又说："你不知道，竹影她有多凶恶！"

看他讲话这么清楚，一点没有痴呆气，脸上那种呆滞压抑也变成了愤激，我似乎立刻明白了什么，我说："你们之间究竟发生了什么事？"

曾奎摇头叹息，忽然说："她发动了一场政变！政变，懂吗？"

我摇摇头，注视着他的眼。他的眼里像要冒火花，说："我们到了新西兰！有一天，我中风了！她就联合子女，找了律师，把我的钱财全部都夺去移在她名下了！从此，她就成了至高无上的女王，而我成了她的臣民！成了乞丐！给我一点饭吃一点衣穿就打发了我，我连对自己也是没有支配权的！"

我简直不知道说什么好。我说："政变是怎么回事呢？"

"她夺取我的权力，拿走了我的全部财产，我就完蛋了！我现在生活着同死了没有什么两样。权力无所不在，她就像个专制君主，她报复我！她赢了！我输了！这就是一切！"曾奎痛苦地握着拳头向我扬了扬，说："我的一切都掌握在她手中！一切都是她做主！我是个可怜人！'不自由，毋宁死！'这道理我们中学时就懂的！"说这些话时，他同在家里沉默不语时完全判若两人了。

我们走到转弯的地方，飘来炸油条的香味，那儿有家油条店，曾奎忽然用鼻子嗅嗅，说："好香！油条！方华，还记得我们在中学时吃油条的事吗？那时好穷啊！真想一次吃上十根二十根！"

我说："买点油条回去吃好吗？"见他点头，我就向油条店里要求炸十五根油条，要炸透炸脆。等着炸油条的时候，我忍不住轻声问曾奎："那个崔若萍后来怎么了？"

曾奎叹口气："她早死了！她是个好人！她对得起我！你知道，我后来到香港全靠她。她很孤独，没有亲人，也不会生育，一直对我不错。我后来被提升为她的副手，她很信任我，也很看重我。后来她患心脏病死了。死时遗嘱将财产全部传给了我，才有了我后来发财的局面。我将她安葬在海边公墓里，给她立了一个大理石墓碑，每年清明总要去献上一束花凭吊她。竹影为这吃醋，是没有道理的。人家并不破坏我的家庭，竹影生了子女，开支大，给我加薪水的就是她！"

我不知该说他对还是错，真是"公说公有理，婆说婆有理"了！但我问："听说你后来发了财，同个明星潘菲菲不清不楚的，是不是？"

　　他说："是竹影告诉吟秋的吧？她们昨夜睡得很迟，一直在谈。我就知道她会说的。不错，这事是有！但在那种社会，男人有这种事算得了什么呢？有钱人谁都有这类事的。我为潘菲菲花了许多钱，但那是我最开心的日子。我同她一同游历欧洲，我为她在香港买了一幢房子。但我为什么这样呢？是的，香港那种社会花天酒地，生意场上玩女人也不算什么，但我对潘菲菲好，是因为她像一个人，你懂吗？"

　　"像一个人？"我确实不懂。

　　"她长得跟谭星一模一样！你要知道，我对谭星的爱才是真正的爱，真正的爱仿佛都是没有结局的。正因为爱谭星，对谭星怀着歉疚，当我有了钱以后，我就感到我用全部金钱都是换不回谭星的。她实际上是我的生命！但我偶然遇到了潘菲菲。我从第一次见到她时，那是在弥敦大酒店，我就心上一怔：我还以为谭星到香港来了呢！当然，我明白那不是！谭星早在重庆大轰炸时同我父亲一起被日本飞机炸死了！潘菲菲就是潘菲菲，她是广东人。但她太像谭星，而我心里不能忘掉谭星，我总觉得欠谭星太多，我愧对她！那时，崔若萍刚病故，而我同竹影个性不合。我事业有成，钱也多的是。我寻求安慰和快乐，就找到了酷肖谭星的潘菲菲。直到今天，无论竹影怎么为这件事骂我恨我，报复我，我心中并无悔恨！我那时找到了我的安慰和快乐，值得！"

　　"无论如何，这件事上，你如从竹影角度想想，可能也就不会太怪她了！"

　　曾奎看着油条在大铁锅的油里翻滚，说："唉！我呀，如今就像这油条！竹影是拿着我当'油炸烩'在油锅里炸呀！"他那表情忽然有调侃的味道了！

　　油条炸好了，店家老板娘用塑料袋装好递我。付了钱，我们继续向菜市场走去。我要买牛肉，买活鱼，买活鸭，买新鲜蔬菜……但听了曾奎的话，我觉得很难说出所以然而带几分惶惑了。他讲起了谭星，在我记忆的古井中激起了圈圈涟漪。柳枯花落，变成历历的前尘。也许曾奎说的话不实在，但他讲得却又合情合理，我只能又问："后来，潘菲菲呢？"

"她还不老！离开香港前，我给了她一笔钱。说：'谢谢你伴我这么多年，给了我安慰和快乐，但现在，我不能太自私了，你也到了该自己寻找一个幸福归宿的时候了。跟她分别，我当然舍不得，因为我一直爱着谭星。但那时我发现她已暗中有了情人。我觉得缘分也该尽了，我也不愿竹影老是为这吵闹，所以决心同潘菲菲分手。钱给得多，她也满意。说来也怪，我自从与她过了那十多年，我心里对谭星的愧疚缩小了。我觉得我对潘菲菲的爱就是对谭星的报答。要不是为了竹影和子女，我也是舍不得离开她的！"

我忍不住插嘴说："但是从竹影来说，你对她就不抱歉疚吗？"

"在钱上，我没有亏待过她。她个性不好，我总是容忍退让。再说，最初完全是她拼命追求我的。"

"但夫妇之间，关系不仅仅是钱的关系。你对她没有爱，这就很糟糕！"

"这倒也是，年轻时，我只以为有了钱就会有幸福，想怎么幸福就可以怎么幸福！后来认识到并非如此。富，并非幸福的唯一来源！夫妇男女之间的感情，不全是钱能买到的！拿潘菲菲来说，我拿钱包了她，她却养了她的情人！拿竹影说，如今她掌握了财权，我们很富，可是她呢？她对我又有什么爱呢？她是个狭隘、报复心强的女人。我为了向她表示坦诚，使她谅解，将我和谭星、崔若萍、潘菲菲的事都如实告诉过她。但这些都成了我的罪行。她加以渲染，成了我永世不得超生的罪孽了！"

我这时发现曾奎完全正常，除了那只左脚有点跛，那是中风后遗症，显然，他平时那种呆滞、压抑的表情和默默不作声的表现都是对竹影的一种抗争和反击。

我说："曾奎，竹影跟你几十年，养育了子女，也不容易，现在你们年岁都大了，有什么问题互相多交交心多好。你老是沉默着不说话，也不是个办法！"

"我不是告诉你她搞政变吗？她总算没有在发动政变后杀掉我！她做个政客是够格的。夫妻之间到发动政变的局面是很可悲的。她那时装着一切顺着我，可是我一中风，就下毒手了！"曾奎的话突然使我想到了马克思说的金钱和血污的关系，我胆战心惊。

我们走向买活鸡活鸭的地方。天热，菜场一侧已覆盖着金色的阳光了。我挑了只肥硕的白毛鸭，让摊主宰杀。这时，我说："曾奎，她怎么发动政变呢？"

"她先彻底毁坏了我的自尊，自尊！你懂吗？"我没有作声，但凝视着曾奎那两只气愤的眼睛，他说："她将我与谭星、崔若萍、潘菲菲的事添油加醋全部告诉了我的儿子儿媳女儿女婿，说我腐化，将我说成一个坏蛋、下流胚！我的子女就都把我看作是个坏父亲。然后就让他们支持她夺权，利用我中风，请了很恶劣的律师，将全部存款、房产都过了户转到她手中。待我病好出院，她已废了我，然后就进行报复了！"

"她能怎么报复你呢？你别这么想！"

曾奎看着摊主给鸭子用开水烫了拔毛，指着鸭子说："比这用开水烫把毛拔净更厉害。你又不是没看到。她整天训斥我，戳我的伤口，当人面数我在女人问题上的罪状，不给我一个钱的零用，说：'有钱你就要玩女人。''从今以后，钱没你的份。''我养着你，但你得完全听从我的！'她信基督教，却没有仁爱之心，逼我也信教，整天要我读《圣经》。其实，谁知道有没有上帝！……"

我突然想起曾奎当着竹影面做祷告、读《圣经》的虔诚样子，可笑却笑不出。

曾奎继续说："她指定我读《圣经》中的某些段落，要我背熟，比如《新约全书·启示录》第二章中，她就要我背：'你把起初的爱心离弃了。所以应当回想你是从哪里堕落的，并要悔改。'我曾给她悔改的机会，她却不肯悔改她的淫行。看哪，我要叫她病卧在床，那些与她行淫的人，若不悔改所行的，我也要叫他们受大患难。'诸如此类，你看，她会虐待我不？我还能开口说话吗？——我没有说话的权利了！什么权利也没有了！……"曾奎本来凄黯的眼光更加凄黯了！

我也不知如何是好了，想：这夫妇俩显然是用一生的时间以心灵的手在合奏一曲不和谐的曲子了，真是"清官难断家务事"，还是托尔斯泰说得对：幸福的家庭都一样幸福，不幸的家庭各有各的不幸。我只能说："要不要我和吟秋来劝劝竹影？"

"没用的！"曾奎心灰意懒地摇头，"我同她的问题，年轻可以解决，现在太老了，不好解决了！照镜子时，我看到满面皱纹满头稀少的白发，已是半死的人了！我能怎样？我只能跛着一只脚在她的独裁下生活。有趣的是用《圣经》作武器对付我。当年谭星送我一本《圣经》要我忏悔，并不强迫，如今竹影给我一本《圣经》，是枷锁，是强迫我赎罪。《圣经》也真不凡，需要找什么样的话都能找到。她说《圣经》可以救我灵魂，我却觉得读《圣经》时许多地方越来越想不通。我生活在痛苦中，生和死有时觉得完全一样。"

我说："你别这样消极，老夫老妻了！什么事化解不了？还是互相谈谈心，化解化解为好。"虽然这样劝他，我却不知为什么想起莎士比亚在《威尼斯商人》中说的"魔鬼也会引证《圣经》来替自己辩护哩"这句话来了。

曾奎冷冷地说："她不会听的！她手上捧着《圣经》，心里可没有耶稣！她没有爱，只有恨，不把我当人待。我曾反抗过，但太老了！又中过风，反抗不了，只有忍受、装呆！不忍受，只有像这鸭子一样，死掉！”

这时鸭子已杀好包好，我觉得话越说越不是味了，付了鸭钱，将鸭收到大塑料袋里提着，又陪他散步去买蔬菜。我劝解他说：“无论如何，不能这样消极。”

曾奎忽然摇头苦笑，说：“那是个认钱不认人的社会。大丈夫不可一日无权，小丈夫不可一日无钱！实际权就是钱，钱就是权。当我穷时，想富。但当我手中掌握许多钱时，我也没有感到幸福！只是现在钱被竹影夺去了，我又不习惯了！你想不到吧？你知道我身边有多少钱？”

我不懂他的意思，愣着未答，他说：“我是个高级乞丐，身边一块钱也没有。在上海如此，到成都也如此，在新西兰当然也这样。她说得好难听：‘给你钱你又要去玩女人的！’这是污辱我！气我！”

“孩子们对你还好吧？”

“唏！”曾奎摇头，“自小在西方长大，亲情本就淡薄，竹影挑唆后，我成了多余的人。再说，最根本的是竹影有了钱，子女成了她的拥护者！”

我不能不觉得曾奎当年在崔若萍和潘菲菲的问题上的确伤害了竹影，但却又觉得现在竹影在“政变”后的报复确实太过分。竹影是虔诚的基督徒，怎能一点不讲仁爱呢？有人说西方文化始终存在着结构性矛盾，突出表现就是基督教精神与商业文化的对立。商业文化倡导的不是上帝主宰，而是利益主宰。金钱和财富成为人们心目中真正的上帝。按照商业文化的标准，人的价值的实现程度，取决于一个人所拥有的金钱和财富的多少。一个富有的人，可以为所欲为，穷光蛋则被鄙视，只能任人宰割。人与人的关系完全由利益所调节。看来，这种对立与矛盾早已进入曾奎与竹影这个家庭中间了！

我忍不住说：“唉，你们会弄得两败俱伤的，还是妥协些的好！我来叫吟秋劝劝竹影如何？”

"不不不!"曾奎拖着疲惫的软塌塌的脚步,坚决地说,"钱在她手里,我无能为力了!越劝可能越坏!你还是装作不知道为好。跟你谈了许多,我心里痛快多了,但千万别把我讲的告诉谁,包括吟秋,更别说我装呆,懂吗?我装呆也是报复她,她也不好受的。"

　　那天,又买了新鲜蔬菜、牛肉回去。曾奎和我都已浑身汗湿。我装了一肚子秘密,面上装得若无其事。回去时,竹影与吟秋正在吃早饭,竹影脸上凛然透出一股冷峭之气,讲话带着鼻音,朝曾奎看,说:"老先生,你快读《圣经》,今天读《新约全书·以弗所书》第四章,我已经给你折了角放在那里了。用铅笔画的几行,你应当背熟!"

　　曾奎疲惫地像个听话的孩子默默地去沙发上坐着捧起《圣经》。电扇嗡嗡地摇着头吹。他脸上又恢复了那种呆滞、压抑的神态。

　　我后来走过去,看见《圣经·新约》在303页上竹影要他背诵的话是:

　　"良心既然丧尽,就放纵私欲,贪行种种的污秽。你们学了基督,却不是这样。如果你们听过他的道,领了他的教,学了他的真理,又要脱去你们从前行为上的旧人,这旧人是因私欲的迷惑渐渐变坏的。又要将你们的心志改换一新,并且穿上新人,这新人是照着神的形象造的,有真理的仁义和圣洁。"

　　用我们以前思想改造时惯用的话说,竹影是在要曾奎"脱胎换骨、重新做人"呀!竹影用《圣经》对付曾奎的方法,却使我不由想起了在十年"文革"时期的一种不快的回忆。竹影并没有经历过"文革",不知她怎么也会这一手?

六

　　徐钢"滋滋"吸着烟听到这里,忽然若有所悟地说:"我在西方国家有个发现:有些夫妻,男的年轻时荒唐胡闹,女的忍气吞声。到了老年，女的就报复男的，这种事很多。香港也不少。看来曾奎和竹影也是这一套。这次到新西兰，了解到毛利人的婚姻，都还保留着纯朴亲爱的关系。资本主义社会的资产阶级生活方式容易造成夫妇关系的破裂是肯定的。病态都源于享乐主义，曾奎当年就是如此，最后来了家庭政变，夫妇之间也似政坛会有权力金钱之争。"

我说："马基雅维利在《君主论》中说：执政者的恩怨与个人的恩怨并不同。不过人类性格复杂，各个家庭情况也复杂，尤其是富了的家庭，怪事常是层出不穷的！西方影视片反映得不少了！"

徐钢说："看来，那些具有充分条件享受，生活可尽量得到满足的人，恰恰常是最不满足最不愉快的人！"

吟秋说："嗬！你们都像哲学家了！不过，数学中的同类项可以合并，曾奎和竹影看样子是无法合并的，他们只能矛盾在一个畸形婚姻中！"

我问徐钢说："你现在同申丹丹过得挺好了吧？"

徐钢笑笑："不错！我觉得要离婚就在年轻时离，到了老年，就不必了！虽然，现在我们中国的年轻人、老年人离婚都风行，但听了曾奎夫妇的故事，我觉得有申丹丹这样的女人是种幸福！可不能让她将来报复我。不过，她倒也不是个竹影那样的女人。"

吟秋给徐钢茶杯里兑开水，说："你这话我得告诉申丹丹！"说得徐钢又笑了。

我说："徐钢，你刚才说的倒也颇有道理。西方近代社会几百年间，基督教和商业文化共存而又融合，其实两者是有本质区别的。有的宗教哲学家看到了这一点，认为在他们的现实社会中人们之所以发生分裂和隔阂，根本原因就在于人本身内部精神的失调，解决的根本办法就是皈依上帝，也就是说，摆脱危机的出路在于回到上帝的启示中去。竹影报复曾奎，所采用的方法是要曾奎读《圣经》，皈依上帝，可是，能有效吗？并不！尴尬的局面形成，畸形婚姻的悲剧也有了产生的条件。"

徐钢说："我到敦煌临摹壁画时见到过欢喜佛。佛经说：这男的是天之长子大荒神，总是行恶；女的是观音化身，与大荒神匹配得其欢心，使大荒神不再干恶事，所以叫欢喜佛。竹影要曾奎不放荡本也无可厚非，但只知报复，方法不对，两人之间就一点欢喜也没有，只有痛苦和仇恨了！"

吟秋说："问题复杂，这还牵涉女权问题。竹影当年如果是职业妇女，不靠曾奎吃饭，曾奎恐怕也不会那样放荡。他们的家庭是一个病态的家庭，病态的造成原因很多，无数理论书，无数小说书，真能使所有家庭都能得到启发因而使问题得到解决的我看罕有！我们是否空话废话说得太多了？"

我感慨地说："这样谈谈也有好处。当然，生活中的许多事本身便都是悖论！真正彻悟人生并不容易。徐钢对申丹丹有了'发现'不就是谈的好处吗？"

徐钢手里又把曾奎的遗书拿着在看，这时说："话归正题吧！我听你俩谈了不少，现在总算比先一会儿明白些了！但你们还没有谈完，我也还没有能完全读懂这封遗书，你们断续往下讲吧！说真的，我兴趣很大！现在，主要倒不是为要画我那张《异国的秋雨黄昏》了，我想知道这一对夫妇故事的发展。"

窗外，是漆黑的夜晚，夜还不深，但很静。我说："好吧，那你就继续听我们讲吧！"

竹影和曾奎成都之行一共只住了四天，就匆匆飞回上海了。因为竹影在我家打长途电话到上海同女儿谈话后，女儿告诉她外孙琼森病了，她心中牵挂，所以决定带曾奎就回上海。第一天清晨曾奎同我上街散步后，第二天竹影就不准曾奎散步了，说："老先生，回惠灵顿再散步吧！此地早晨空气有污染，不好！"我曾悄悄在曾奎口袋里塞了一千元，说："你拿着用，想买什么就买点什么。"但曾奎立刻把钱塞给了我，说："别，别这样！不要！不要！"

在我家住的这四天里，大家常沉浸在怀旧的气氛中。我们陪他夫妇俩去龙抄手吃成都名小吃，陪他们到杜甫草堂坐茶馆，去陈麻婆吃川菜，去石磨豆花庄吃豆花，去火锅店吃火锅。也逛逛热闹的春熙路和改革开放中建成的漂亮的东西干道。但竹影嫌人太多，曾奎走路又不太方便，说："还是就在家里谈谈好，出去胳膊碰肩膀没意思。"

不论到哪里，曾奎始终沉默寡言，满面呆滞和压抑。他每天早上照例六点起床（我们给他架了一张小铁床在客厅里），不能散步了，就总是照例正襟危坐捧着那本黑皮面烫金书页口染成红色的香港圣经公会印的《新旧约全书》，按照竹影指定的地方阅读和背诵。中午午睡，晚上八时准时就寝，每日三餐照常是先做祷告："我们在天上的父……"他胃口总是很好，我和吟秋也总是给他夹菜。每当他吃得太多或嘴有点出声，竹影就要文明地训斥，语气平和但尾音很凶，像对一个顽童又颇有咬牙切齿的味道："老先生，注意吃相！""老先生，你看你牙齿上沾了菜叶多不雅观！""曾奎，这红烧牛肉你不能再多吃了！""曾奎，你简直给我坍台！""老先生，你情绪有点失常了！"……

曾奎总是乖顺地听从训斥，既不回嘴，也不说话。我和吟秋有时听不下去了，我总像个老朋友似的劝着说："竹影，你别对他干涉得太多了！"吟秋也笑着说："我们这儿对怕太太的人叫作'妻管严'（气管炎），你别让他害'气管炎'。"于是，一笑了之。

曾奎偶尔也说一两句话，比如："我睡得很好！""再泡杯龙井茶我喝！""天真热！"一次，吃米花糖，他马上说："以前我们吃过，真好吃！"间或他也说："真想回泸州看看！""时光过得真快呀！"这就是带感情色彩的话了。

有时，大家一起坐在客厅里聊天。竹影同吟秋谈得热烈。从过去到现在，从中国到外国，从自己到儿孙，从衣到食，从住到行……竹影尤其津津乐道自己在新西兰和美国子女处居住和游览的种种，炫耀一下富有，连手上的一只大钻戒的价值和来历都谈过好几次。这种时候，我在一边乏味地听，间或也谈几句，曾奎却总是恹恹地毫无生气，或捧《圣经》，或看报纸，间或要看电视，打开电视，他就像看报一样地痴痴望着，紧闭着棱角分明的嘴，仿佛并非正在看什么。他们来的第三天下午，竹影朝看电视的曾奎看看，厌恶地皱眉了，带着鼻音的声音冷冷地说："他呀，在新西兰也是这个样！除了读《圣经》就是看电视，再或就是散步，行尸走肉一样！"

我听不下去了，感到竹影太像一个虐待狂了，终于说："竹影，少年夫妻老来伴，互相多体贴点的好。……"

竹影脸上涂霜，抿抿嘴，不悦凝结在唇边："我对他够体贴的了！是他不体贴我！"

我想劝说些什么，但考虑到曾奎的叮嘱，又只好心里明白装糊涂什么也不说了。

但是吟秋她同竹影到底是老同学，过去有深交的，说："竹影，曾奎现在身体不好，你别让他一天到晚读《圣经》背《圣经》，该陪他聊聊天。他不爱说话，慢慢也许就会说的。你多陪陪他，给他点温暖和爱，小事别多计较。"

竹影狭隘，虽是老朋友，听到这，也还是不高兴，脸露不快。虽不讲话，也自知警觉地收敛了些凶恶，却仍无忌惮地也不怕曾奎听见，声音冷冷地说："他呀，他有罪恶，可惜他不讲话，不然，我叫他当你们这两个老同学的面数数他自己犯的罪孽！"

这样，什么话我和吟秋都不能说了，只好也沉默，友谊造成的融洽气氛没有了，空气像严寒使水冻结起来了。我看看曾奎，他呆滞着，压抑着，却平静而无动作，仍不说话。

曾奎在香港的那段风流债的确令我不敢恭维，但也像一团乱麻很难理清头绪。竹影在香港时受到曾奎感情上的伤害令人同情，但她发动"政变"后对曾奎的报复，也令我厌烦。这使我们这四个老同学的相聚的欢乐遭到了破坏。我甚至后悔请他们到成都来相聚了，也许不知道这些，远远离开，过去的友谊会仍然那么光辉灿烂可亲可爱哩！我眷恋着往日与曾奎在一起时的生活，它们是那样值得怀念，而现在，那一切早就失去了！

这夜，我睡醒一觉时，吟秋刚陪竹影谈话后洗了澡来睡觉，踮着脚，怕吵醒我，也不开灯，轻轻走近床边。

我"啪"地开了灯，叹气说："照我想，好多家庭悲剧其实都是可以避免的。因为这并非你死我活的阶级斗争，而现在，竹影对曾奎简直像在进行一场阶级斗争！"

吟秋目光温柔地望着我，也叹口气说："一个人有了钱，不是人支配钱，而是自己受钱支配，谁有钱谁就受钱支配，相互给予就没有了，变成了一个要支配另一个，这就可悲！"

我说："是呀，家是冬天里的一盆火，暗夜里的一盏灯。家像一棵树，我们是树上的叶子，如果不爱护树和根，树死了，叶子也会枯干！有家，人生才能完整，一个人无论遇到什么苦难，有一个可爱温暖的家就会履过苦难如同平地。回想'文革'时期，许多人自杀都是因为一个人独自在，缺少一个家在身边。而我那时受到冲击，有你和孩子在身边，就未想到过自杀，我觉得什么苦难都要熬过去。可惜竹影和曾奎这个家庭，树和根过去受了伤，现在还在砍伐，糟得很啊！"

不知什么时候，吟秋"啪"地关了台灯，把脸偎依在我胸前了。她紧紧地抱住了我，带着浓浓的情意。我也紧紧偎依着她。我们虽然老了，但我们年轻时就深深相爱，曾经同甘共苦几十年，我由英俊的青年变成老年，她由美丽的姑娘变成老太太，我们彼此这样了解，生活总是这样和美。经济虽从未很富裕，但日子也从来没有贫乏过，爱情则始终新鲜，互相仍然热爱着，这就是我们对竹影、曾奎关系恶劣感到难过和不满的原因。因为我们有个幸福的家。

第四天，是曾奎和竹影住的最后一天，明晨他们就要上飞机回上海了。这一天，仍像前几天一样按照竹影宣布的她和曾奎的生活习惯生活。我很遗憾，没有机会再同曾奎谈谈知心话，因为自从第一天我陪曾奎散步后，竹影似乎感到这是个"漏洞"，从第二天起就禁止曾奎散步，剥夺了我同曾奎单独相聚谈话的机会。但在下午，发生了一件事。

曾奎午睡醒来，吟秋和竹影在书房里谈，我听到曾奎在客厅里起床了，马上从书房走出去看看他。这时，他刚捧着《圣经》要读。见到我，忽然起身走向我说："这次什么都没带给你们！我不过意！这本《圣经》，我送你做纪念！"

我说："这怎么行？你天天要读的！"话刚说完，竹影和吟秋已从书房出来到客厅里来了。大约听到我们交谈才出来的，竹影满腹狐疑，盯着我手里那本《圣经》。但未等她说话，曾奎开口了："这《圣经》送给方华吟秋！我要送！"

我猜得到这不会使竹影高兴，忙说："不不，你天天要读的！"说着，将《圣经》递给曾奎。

曾奎送《圣经》给我，使我忽然想起了当年谭星送他《圣经》的事。今天，曾奎是否想到了谭星送《圣经》的事了？他处境如此，以后我们再见面恐怕也不容易，难道他也是送一本《圣经》给我诀别的吗？

谁知，曾奎十分坚决，脸上虽呆滞压抑，却又充满了激动，摇着手拒绝接受我手上退还的《圣经》，一个劲地说："送你们！送你们！"

吟秋也说："曾奎，你留着吧！天天要用的！"

曾奎却说："不！"他古怪地背转身去。

竹影脸上表情特别，混杂着意外与不明白，又不好意思不同意送《圣经》，带着鼻音说："方华，那你们收下吧！这本《圣经》是我捐了五百美金买给曾奎的！他送给你们，是向你们布道。《圣经》是神所默示的，主的话是脚前的灯，路上的光！希望你们也信仰上帝，得到主的光辉！"

听她这样说，我觉得不能不含蓄地说老实话了。我说："《圣经》是本伟大的书，但信仰的事是勉强不得的！我和吟秋都是无神论者。当然，收下这本书我们愿意，因为我写作时是有用的！"

谁知，竹影听了无动于衷，说："我来写上你们和我们的名字做个纪念吧！"说着，从我手上拿了《圣经》去她卧室里找笔写字去了，把我和吟秋、曾奎留在客厅里。想不到这时曾奎却轻轻地靠近我耳边说："我送掉它，是要摆脱一下它！不是叫你们像我一样！"

他的话使我惊讶，吟秋必然也听见了，也满脸奇怪。我觉得曾奎又一定想起了谭星！谭星送他《圣经》时说过："我并不是要你像我一样信仰耶稣，只是做个纪念！"谭星那双亮晶晶的黑眸子又似在我眼前闪耀。谭星是曾奎今生良心负疚的一副重担，但我从此刻曾奎的话和语气里却感到：他把《圣经》送掉，颇有一种十分轻松十分愉快的感觉。是呀！竹影每天逼着他从早到晚地读，他干脆反感到把《圣经》送掉了！即使只能轻松一两天或三五天，何尝不是一种摆脱束缚和压迫的快事呢！他好像十分渴盼着自由和轻松呢！

这时，竹影从卧室里出来了，把《圣经》递到我手上。我戴上老花镜看，她写的是：

方华、吟秋：

　　"你们祈求就给你们，寻找就寻见，叩门就给你们开门。"

　　愿你们能认识宇宙中唯一的真神——主耶稣。他能帮助你们解决一切。

曾奎、竹影

一九九三年七月二十二日

竹影好顽固！她仍然在赠送《圣经》时坚持了她布道的主张。她认为《圣经》能解决一切。出于礼貌，我接过《圣经》，说了一声："谢谢!"但心里不禁想：曾奎受你约束，我却是个自由人！送一本《圣经》就能解决所有问题？不可能！像竹影、曾奎你们之间的问题《圣经》能解决吗？我担心的倒是天天硬逼着曾奎背诵《圣经》，这种生活，曾奎恐怕韧性再好也是难以永远忍受下去的！

　　第二天清早，下着蒙蒙细雨，天凉爽了一点，我和吟秋送他们到机场。我们给他们买了些四川土特产带走。数十年不见的老同学，分别时是青年，再相会时都已白发满头。匆匆聚了几天又分别，少不了都有些感慨，尤其分别前，曾奎突然说了句感情极浓的话："我还是喜欢中国，我真不想回去!"竹影似乎也动感情了，说："本来是中国人嘛！怎么不喜欢中国！其实，在惠灵顿，华人很多，不过我们很少同人交往，也很寂寞。"这使我感到他们还是有中国心的。到机场后，看着白发稀疏的曾奎拖着那只跛脚拖着箱在走，想起他同竹影这种畸形关系，我说不出自己心里是什么滋味。到机场入口处，他们将要经过安全门检查，我们只好分别。吟秋同竹影拥抱，我也同曾奎拥抱。出乎意料地他忽然扔下拖着的箱子紧紧抱住我就大哭起来。他老泪纵横哭得很不正常，哭得非常伤心，久久久久都不松开手。他的哭泣突然使我想起当年谭星走后他回到学校在大黄桷树下的那次痛哭。我的热血在体内奔流，劝着他说："曾奎，别哭，我们以后再找机会见面，机会会有的！别哭!"他却仍哭个不停，居然大声坚定地说："我不想走了！我想回来！我真的要留下来!"最后，是竹影拍着他的肩用一种似哄骗又冷酷的声音说："老先生，可以了！这样要给人家笑话的！将来我们再一同来成都看方华和吟秋!"边上已有人在围观，这话起了作用，呆滞压抑的面容又显现在曾奎皮肤多皱而松弛的脸上，他止住了哭，拭去泪，默默地提起提箱脚步蹒跚走进了安全门，老态龙钟，再也没有回头，只有竹影回过头来向我们热情招手，然后隐没在里边。

　　我的视线模糊了，热泪盈眶，我们就是这么分别的，恰似水上的浮萍，聚会了，又漂开了。我有一种同曾奎诀别的感觉，我怕今后再也看不到他了！

送走他们回家的路上，天仍在落雨，我感到疲倦，同吟秋都沉默着，为曾奎的痛哭和他不想走的意愿难过。似乎有一种情感上的懊丧和情绪上的欠缺充塞在心里，有许多话想说，却又觉得无话可说。曾奎、竹影同我们这一场再相逢说不清有几多喜悦又有几多哀愁！

后来，回到家里，听着雨声，看到那本送我们的《圣经》放在桌上，我不禁捧来随意翻开看看，这才忽然发现《圣经》内有两种笔迹。铅笔的是竹影画了记号让曾奎阅读背诵的。那都是些触目的段落，如《旧约全书》中《利未记》第二十章中的：

> 与邻舍之妻行淫的，奸夫淫妇都必治死。……罪要归到他们身上。

如《新约全书·马可福音》第四章中的：

> 耶稣又对他们说："人拿灯来，岂是要放在斗底下床底下不放在灯台上吗？因为掩藏的事没有不显出来的，隐瞒的事没有不露出来的。"

如《新约全书·马太福音》第五章里说：

> 你们听见有话说："不可奸淫。"只是我告诉你们："凡看见妇女就动淫念的，这人心里已经与她犯奸淫了。若是你的右眼叫你跌倒，就剜出来丢掉，宁可失去百体中的一体，不叫全身丢在地狱里。"

诸如此类，不下数十条，从内容看，都是竹影用来刺痛曾奎要他"活学活用"的。

但是，《圣经》上另有一种粗粗的钢笔笔迹，那显然是曾奎的，也不下数十条。从内容看，都明确可以看出是曾奎读《圣经》时有感而画的。他"遗书"中摘录的那些句子，每句话的边上都用粗粗的钢笔画了杠杠打了圈点。

他们夫妇读《圣经》真是针锋相对、各取自己需要了。怪道人说"好经也会给歪嘴和尚念歪了"呢！

原先，我以为曾奎送这本《圣经》给我，是求得一种轻松和解脱，哪怕是暂时的。如今，却觉得另有一层用意，他是让我知道他和竹影之间的分歧，诉说他的痛苦的！这足以使我能破译曾奎的遗书了！

别后，我们同曾奎、竹影很长一个阶段未通信。我忙，要给一部书定稿。曾奎不写信，竹影也不写信。吟秋对他们夫妇这种畸形生活有些厌烦，只是到一九九四年春节，互相寄了贺卡，到今年春节，又寄卡时，竹影只签了自己的名字，"老先生"的名字没了。我忍不住写了封带感情的信问问曾奎的身体状况。不久，竹影来了长信，说：

> ……老先生从去冬起差不多完全痴呆了！整天无语。但吃饭还好，一人外出散步也知道回来。收到你们的信后，我告诉他你们来了信，问他想不想你们，他竟点点头。但信他却不看。《圣经》我每天仍让他读，他有时清醒有时糊涂。愿主饶恕他，保佑他！……

收到信，我和吟秋心里酸酸的。我们没复信，怎么复呢？再以后，就发生了徐钢去的事，带回了曾奎的噩耗。他送的那本《圣经》还冷冷地放在书架上。

尾 声

徐钢用手托托眼镜架，终于说他能"破译"曾奎的遗书了。他说："在金钱主宰一切的社会里，传统观念日趋贬值，作为社会细胞的家庭愈来愈不稳固。有的人就寄望于宗教，有的人甚至认为旧有的宗教已无法解释人们在现实生活中遇到的许多问题。于是，一些人甚至到邪教像美国的'人民圣殿教''太阳神殿教'、日本的'奥姆真理教'、法国的'金莲骑士教'那里去寻找答案或精神寄托，上当受骗，愚不可及。曾奎对耶稣教信仰不起来，也没有去信仰邪教，只不过是走了另一条路去解脱自己，反正是悲剧，令人心里发凉。"

吟秋叹息说："曾奎在异国他乡，有叶落归根的愿望，如在国内也许不会死。"

我不由得说："这件事使我难过，但很难说该同情谁或憎恨谁，也不可能像《圣经》上说的谁该怎样做不该怎样做。我只想说：生活是复杂多样的，人也同时可以有多种多样的选择和结局。这无法简单地用一个公式或一个模式来做出解答。只有自己洁身自好掌握生活之门的钥匙，寻找生命的意义和真善美，倘若没有这些，也就是没有了生机，活着也等于死了。"

徐钢又点上一支烟猛吸，说："这对夫妻的故事使我想起了有关权和钱，有关富和穷，有关家庭和夫妻等等复杂问题。但我想画的那幅画完蛋了！"

吟秋说："怎么啦?"

徐钢摇头说："这个故事搅乱了我的画兴和灵感，我不知该把那画面上的老妇人画得慈祥还是凶狠，我也不知那种在异国的秋雨黄昏的寂寞应使人同情、悲伤还是厌恶。画上总该有美，但我知这故事后找不到美了！"

画家没有画他的这幅画。我们也未给竹影写难复的信。竹影也再无信来。她怎么了？我们凭想象总仿佛看到：下着秋雨，一个苍老寂寞的竹影，在惠灵顿郊外的住所里捧着那本沉重的《圣经》。……当然，这是徐钢描述他想画的那幅油画给我们造成的印象和幻觉。不知竹影在读《圣经》时是否能醒悟到：唯有对人性弱点的理解和宽容，才是人性永恒的意义。

（原载《十月》）

迷宫悲喜

一

夜里下开了淅淅沥沥的冷雨。听着雨声滴滴答答,盖着软软的富士被褥睡觉,很舒服,却也有些说不出的空虚与孤单。

郁大为是个多梦的青年人。睡前喝了一杯 XO,睡熟后,做着稀奇古怪的梦,他"啊——啊——"叫着惊醒过来,躺在床上发愣。他租的这间房子在一幢新工房的四楼,临窗可以看到黄浦江对岸日新月异高楼大厦拔地而起的浦东开发区。房里家具不多,但桌椅冰箱书架俱全。书架上放满瓶瓶罐罐吃食,书很少。他上歌舞厅一掷千元不在乎,买书报却舍不得花钱。梦醒后,他开了灯,听着雨声潇潇,他忽然想起苏州来了,仿佛能闻到故乡屋外那树木和野草淋着雨水时散发出的淡淡土腥气。他张眼呆呆看着墙上那幅画,画是奚素雅画了送来替他挂在墙上的。素雅说:"你这房里文化气息太淡了,送张画给你。"画上写着"迷宫"二字,签着素雅的名。画中央,有一个美丽的姑娘站在迷宫中央似在等待,是一种梦幻的布局,一种诗化的情调,蜿蜒曲折,扑朔迷离,似是同心环图案,有一种空间的禁锢性,构图很满,有五颜六色的砖瓦石块圈成了密不透风的一道道围墙,人被环境堵塞,是一种带有象征性的画。看多了,他慢慢就感到这画有点看得懂了。素雅说过："人生就像一座迷宫！"素雅为什么送他一幅这样的画？他不明白，没好意思问。素雅说："喜欢吗？""喜欢！"其实，他并不喜欢，如是一张美女画或是银色巴儿狗、红冠公鸡、金色狐狸什么的，他会喜欢的。这幅迷宫，颜色还艳，问题是看了不但费解，还挺沉闷。可是素雅是美术系高才生，她亲手绘的画怎么能说不喜欢。此刻，梦中惊醒，梦里他走进了一个迷宫，到处有门，在狭窄气闷的甬道中，独自奔跑，弯来弯去，怎么也走不出来。这样的梦，他做过多次。为什么老是做这样的梦？肯定是墙上这幅画造成的。人说："梦是心中想！"而且，不仅仅是这幅迷宫画，最近由于素雅的提示，他有时倒是在想自己的出路与未来的。一种心理紧张感日益加剧，生存的危机意识增强，又天天看着墙上这幅画。说实话，出路何在？既具体，又尚未牢靠。大姨妈答应让他去美国，这是具体的，但素雅说："你英文太差，中文也不行，知识贫乏，也不抓紧时间学习，太不用功，你又爱享受，将来能干什么？……"这使他不时在自幸与自满的同时，也会产生一种焦灼与不安。那么，身陷迷宫跑不出来的感觉就有了！恐怕就是这种感觉造成的梦境吧？做梦醒来，嘴干舌燥，心里泛着空虚，尽量安抚自己：乱想这些自寻烦恼多没劲！我就想快乐快乐，读书学习太苦了，我现在完全有条件潇洒，半醉半醒的又不是我一个！……这样想着时，他就起来，从冰箱里取出一罐椰奶，咕嘟咕嘟喝了一气，然后重新睡下去，居然一觉睡到天明。

第二天，他把梦和想法讲给素雅听，那是在市区东北部的有名的"台湾城"——一家外资的娱乐机构里。素雅本来说："那里太贵了！"但他强拉着她去，说："去开开眼界嘛！这点钱我花得起，别扫兴好不好？"于是，傍晚，她随他来到这霓虹辉映、有八层蓝色玻璃幕墙的高档娱乐场所来了。

泊在门中的劳斯莱斯、大林肯、道奇等高档豪华车气派大极了。在一楼的咖啡世界坐下了，灯光幽暗，侍者给点亮了桌上的彩烛，有美好的情调。这里供应五十种以上的世界各国咖啡,任由选择。郁大为点了两杯雀巢,因为他只知道雀巢咖啡。白色牛奶从不锈钢壶里冲搅到咖啡中去,黑色的咖啡颜色变得引人食欲了。素雅听郁大为谈了迷宫梦,又听他谈了读书太苦过一天就潇洒享乐一天的想法,突然睁大了两只晶莹闪烁的大眼盯着他说:"你不觉得自己是在沙滩上造房子吗?你简直有点世纪末思想了!"

"世纪末?"他还是第一次听人这么说,但他不愿在素雅面前表现得浅薄,装得并非不懂地说:"你倒说说,我这怎么啦?"

"我们处在这二十世纪之末,有的人认为天地悠悠,人世匆匆,衰草夕阳,岁月忧伤,不如得乐且乐。其实这个世纪完了,新的世纪又将开始。世纪末并非地球毁灭,日月轮流,四季周而复始,这才是人间正道。"

郁大为心里钦佩,饶有兴趣地听完素雅的话,搓着白胖的脸,想:这个轻盈漂亮的姑娘哪来这么多学问,他觉得更爱她了,嘴里辩解:"素雅,你误解了!我哪有什么世纪末思想!叶倩文唱的《潇洒走一回》恐怕才算世纪末思想呢!我没那么严重!"

素雅笑了,宽慰地说:"没那么严重就好。如今,信仰危机引起的失落感已经消失,人们在沸腾的经济生活中暂时找到了新的精神支柱,就是对物质利益的狂热追求。大多数人深感真正依靠自己能力生活的时代到来了。这种心态的变化,在市场经济的强大压力面前是好的,而世纪末思想只会带给人以堕落的思想、感情和生活,让人去做世纪末的人。我厌恶!"

郁大为诚实而带点俏皮地笑着说:"你厌恶的事我就不做!"

"不见得!我劝你用功,劝你别老是蹉跎,你听了没有?"素雅喝着咖啡,咖啡里她不放糖。她历来喜欢喝苦咖啡。

郁大为笑了,笑得有点傻,说:"其实,我……"他结结巴巴也端起咖啡喝,咖啡糖放得多,甜腻腻的,他觉得香美。

后来，他们到二楼的桃园餐厅去吃饭。这里供应中国八大菜系的代表菜。素雅坚持别去点太贵的菜，两人点了二菜一汤吃饭，那是：蚝油牛肉片、脆皮肥鸡和凤爪香菇汤。

郁大为攥菜给素雅说："想想真有趣。那时候，大姨妈夫妇在美国，大姨夫又常去台湾经商，'文革'中我爹妈被整得好惨。如今这里却出现了'台湾城'，我们又在'桃园餐厅'吃饭。世事变化，谁能预料!?"

素雅笑笑，说："说实话，我对这种高档消费场所是抱怀疑态度的。中国人的生活是提高了，但还远远没达到这么高的消费水平。你看，这儿生意很清淡。其实，除了公费开销或'大腕'及发横财的个体户，谁又敢来？你是托你大姨妈的福才来的，我是借你的光来的。要不，我还不知道这里多豪华呢!"

郁大为脸上漾着幸福的光芒，说："这里三楼听说是个桑拿中心，拥有从美国进口的新颖水力按摩浴缸，二十四个喷游设备及瑞士进口的桑拿房可以进行各种啤酒浴、牛奶浴、药浴和饮料浴。吃完晚饭，我们去那里洗个桑拿浴怎么样？你洗牛奶浴，我洗……"他沉吟着说，"啤酒浴!"

素雅笑了，笑起来露出雪白的一口整齐的牙齿特别好看，说："你要洗你去洗吧！我可不做'克娄巴特拉'!"怕郁大为不懂，她解释说，"古埃及的女王克娄巴特拉被称作绝代艳后，传说她总是用牛奶洗澡滋润皮肤。她用美色迷住了罗马大帝恺撒和罗马大将安东尼。但后来，迷她的人死了，她也自杀了!"

烛泪盈盈，物影幽微。郁大为有点扫兴，白胖的脸上露出一点忧悒。但他知道素雅的个性。她要干的事谁也阻挡不了她去干；她不愿干的事，你勉强也无用。他又提议说："那我们就到这儿的日月潭夜总会去吧！那里全套音响和灯光来自意大利，听说是本市最高级的了！既来了，我们总不能就回去，那等于白来一趟!"

"我怕太浪费了!"素雅并未拒之于千里，说，"我比较注重实际!

比如求学，绘画，我讲究要学得快、学得有用。看书，哪怕看小说，我讲究有选择地看，为我所需。而到这里，乱花一大把钱，却无所得。如果仅仅是炫耀消费，我觉得有点无聊或愚昧了！"

郁大为不能认为素雅说得不对，但他一心只希望素雅多在他身边耽一下。他看看戴在左手腕上的劳力士金表，央求地说："你说得都对。但我的大姨妈在我用钱上是有求必应的。她给我一千美金，就可以换到将近一万元。今晚，回去太早，你就迁就我一回，去日月潭夜总会见识见识，喝点饮料，听听音乐，我请客。"

素雅也没有一定要回绝郁大为的意思，微笑着点点头说："老外说：'世界上最大的请客王国是中国！'今晚去听音乐我不要你请。我付我的一份钱。"她看着郁大为白胖的脸，那脸上的表情有点尴尬。

二

冒着寒冷，素雅夜里回到家里，已经十点半了。自从时兴养宠物后，一二楼住户都养了狗。二楼人家养的一只卷毛丑狗，听说是从俄罗斯贩来的，听到脚步声，在门里朝外"汪汪汪"乱叫。素雅上了三楼，没想到爷爷奚道明已早回家了。爷爷出差去 W 市，作为专家给药厂参与鉴定一种高级滋补品——康乐养生液后回来了。他卧室里的灯、书房里的灯都亮着。见到心爱的孙女回来了，白发的爷爷从卧室里出来，脸上皱纹里也满是笑，说："素雅，你到哪里去了？爷爷等你回来同吃晚饭，没想到你现在才回来！"

看到桌上一双筷子架在一只空的康师傅方便面盒上，素雅笑了，说："爷爷，我还以为您带了什么好东西回来等我吃哩。原来您吃的是我放在橱里的康师傅呀！"

说来有趣，这康师傅是一家来自台湾的企业投资两千万美金在天津生产的。它用铺天盖地的广告宣传，三个月做的广告超过了大陆十年方便面广告的总和。在调料上适应人们的新口味，价格上定得使顾客能够承受，一下子使销售风靡全国。素雅是个忙人，为节省时间，总买上五六盒必要时当午餐。现在见爷爷外地归来，到家吃的就是方便面，不禁笑了。

爷爷笑着心爱的孙女，说："不不不，确实给你带了好吃的东西来，你到厨房里去瞧！"

素雅在爷爷面前总是表现得像个顽皮的孩子。她这个独生女从小就被祖父母抚养。父母都在Z省的轻工厅里工作，父亲是副总工程师，母亲是科技处副处长，如今都派在非洲一个国家的专家组工作，帮助建设糖厂。三年前，素雅的祖母李绮云，一个六十四岁做过三十五年护士长的善良女人患脑溢血去世，这一厅三室的套房，就只剩爷爷和孙女两人了。听爷爷这么说，素雅笑着冲进厨房，"哇"地喜叫起来，说："爷爷真好！"原来，她看到一篾筐螃蟹挂在水池龙头上，那些青绿色的湖蟹吐着泡沫，动着螯脚，局促在篾筐里扎挣不开。这是爷爷给她带来的阳澄湖清水大蟹。爷爷知道孙女最喜欢吃秋冬的湖蟹了！

再一看，素雅又"哇"地叫开了："还有两盒肉骨头，两盒小笼包，两盒酱蹄膀，一大盒许多瓶康乐养生液。"她不禁笑了，大声说："爷爷，我背首顺口溜给你听：'下来像个办事的样子，进出像个贵宾的样子，吃喝像个过年的样子，返回像个打猎的样子。'爷爷，您说像不像？"

"也像也不像。"爷爷笑道，"那民谣是讽刺官老爷的。爷爷是个医学专家，高级知识分子，是付出了智慧和脑力劳动的。实际付出得多，收回得少，与那完全不同。"

素雅笑着从厨房出来，看看钟说："爷爷有兴致没有？有的蟹过夜怕活不了，干脆，留几只明天吃，其余的马上煮熟了陪爷爷吃一顿怎么样？"

爷爷打趣说："是你陪爷爷吃，还是爷爷陪你吃，这要弄清楚。"

"好好好，就算爷爷陪我吃！"素雅说，"不过爷爷恐怕一碗方便面也没吃饱，再吃两只蟹岂不是好。再说，我要听听爷爷鉴定康乐养生液的情况哩！"说着，她进厨房将要煮的螃蟹从篾筐里抓出放在水池里，用水冲着刷净，用线逐一捆绑，放入钢精锅，开了煤气打燃了火蒸煮起来，向跟着走进厨房的奚道明："这螃蟹多少钱一斤？"

爷爷在一边看着她麻利地蒸煮螃蟹，答："你猜！"

"当然贵啰！八十元一斤？"素雅洗净手，出厨房走进客厅。

爷爷也跟着出了厨房："听说这是大的，一百八十元一斤。可是我没花钱，他们送的。"

"好呀！爷爷白吃人家的，我白吃爷爷的！"

奚道明被她又一次逗笑了。素雅去"啪"地开了电视机，调到一个频道，一个女歌星正在唱："我思恋故乡的小河，还有河边吱吱唱歌的水磨，噢！妈妈……"素雅说："爷爷，我知道您不爱听歌，可是我爱，您就由着我吧！"爷爷又笑了，说："这支歌不错，我爱听！""是呀，这歌好极了！我听了想起妈妈和爸爸来了！""别想别想，"爷爷说，"他们在国外工作都很好，也常来信，再过一年半也就回来了！"

两人在沙发上坐了下来。素雅看看那只猫头鹰电钟说："爷爷，万一我忘了，你得提醒！螃蟹只能煮四十五到五十分钟。"

爷爷点头，说："素雅，刚才你回来，我问你到哪里去了，你没回答，要不要我猜一猜？"

"好呀！爷爷猜吧！"

"恐怕又是跟那位'乡下大少爷'出去玩的吧？"

素雅本来不瞒爷爷，坦率地点头："猜对了！"

"到哪去的？"

素雅如实讲了一遍。爷爷听了，摇头说："同这个人交朋友不行！他不能自立自强，不值得交！"

素雅笑笑："您这可不是第一次发言了！"

"可是你并不听爷爷的。爷爷想写信让你爸爸妈妈跟你谈谈哩！"

"可是我既没有跟他谈恋爱，更没有打算跟他办手续。"素雅俏皮地说，脸上神态也俏皮。

"我怕慢慢就成气候。先是陷入爱河再则形成婚姻。我将无法对你父母交代。"

"爷爷头脑还挺封建。改革开放让你思想解放了不少，可是这件事上旧意识又复活了！"

"嘻嘻，"爷爷摇头笑了，"你啊！老是拿帽子往爷爷头上扣。既没有陷入爱河，老跟他来往为什么？"

"其实，也没有多来往。您外出这么多天仅昨晚一次，我是个有主见的人，爷爷该了解！"

"那我该放心。可是我总是怕爱情这东西常会使有主见的人变成没主见。"

素雅上前将电视机"啪"地关了，那上面没完没了地放广告，全是化妆品、家具、酒、药……的广告。她问："爷爷，您为什么对他印象奇坏？"

"如今，社会上的人大多在拼搏，这个年轻人却没出息！读自费大学只是混日子，肚里空空。年轻人要是只想靠亲戚帮助去过享乐生活，自己不想开拓，是人中下品！"

"爷爷说的有道理。"素雅语调冷静，此刻的她与刚才那个逗乐天真的姑娘迥然不同了。从她面部表情看，有一种成熟的气韵。她说："我还在研究他。我也在鼓励他努力自己走路。当然，这都不过是在尽一个朋友的责任。人总希望自己的朋友上进，对他也不例外。"

"我知道你感激他，他救过你。我本来对他印象也不错，总热情相待。但人怕深入了解。他是个绣花枕头，我担心的就是你了。我怕由于过多接触，产生感情。"

"我懂爷爷的意思，您是要我跟五楼的戴家鼎好。"素雅的语气严肃又俏皮。

"倒也不一定，只是戴家鼎有点文化气息，能拼搏，也许能给你幸福。"

住在五楼的戴家鼎的父亲戴之光是个离休老干部，同爷爷常在一起做香功、打太极拳、散步，很谈得来。从素雅的观察，戴之光父子间的关系比较冷淡。戴之光有一次找爷爷聊天，那夜喝了酒，素雅听到戴之光告诉爷爷："我儿子同我之间代沟是填不平的，我们是'一家两制'，我吃皇粮捧铁饭碗拿离休工资，他当老板。我倒不是反对他下海发财，但'金钱第一'我讨厌。我们现在是维持关系互相容忍。……"事后，爷爷分析，认为这仅不过是老头儿的牢骚，素雅却留下了深刻印象。现在爷爷又谈到戴之光，素雅不禁沉吟着说："我总觉得我的幸福只有我自己能给，别人是靠不住的。再说，我不大喜欢戴家鼎！"

"你年轻，这种事爷爷也许比你懂得多！你大学也快毕业了！从两个人中挑选一个早点定下来也应该了。"

素雅陷身沙发中，沉默着落入思索。见孙女这样，爷爷也闭嘴不再谈了。

后来，螃蟹熟了，素雅端来蒸锅，用小碟盛了醋拌上姜末、白糖，剥蟹吃起来，边吃边谈。奚道明先谈了鉴定康乐养生液的情况。他虽早已退休，但他研究成功的一种医疗器械申请得到了专利，卖出后得了一笔颇丰的款子。一些地方的药物研究所凡有鉴定评估一类的事，聘请专家时总忘不了他这位权威。几年来，他还一直参与两家大制药厂的新药研究工作，挂顾问名义，送点待遇。这次去给一家药厂鉴定康乐养生液，当然少不了接受招待游览，并拿点菲薄的鉴定费。整整去了一星期。

吃着蟹天南地北地闲谈。爷爷是个绝顶爱国的人，谈起港英当局悍然将有关香港一九九四/一九九五年选举安排的部分立法草案提交立法局讨论的事，脸色严峻，语气也严峻，说："素雅，反正中国还应当赶快强大起来，现在中国还在受西方大国的欺侮，当然我们不怕，中国究竟是今非昔比了！但还在受欺侮这是事实！拿申办奥运会来说吧！九月里诞生主办城市那天晚上，我一方面感到中国了不起，第一次申办仅仅两票之差，我看到了华夏人民和炎黄子孙的爱国精神和凝聚力，但另一方面也看到了有人仍在欺侮中国。爷爷老了，你们青年的责任重啊！"他那种爱国心使素雅感动。素雅有意使爷爷受到鼓舞，就大谈市政建设的成就，说："爷爷，您离开仅一星期，看到外滩和淮海路的美好变化没有？国外回来的人说南京路、淮海路的繁华热闹可以与世界大城市接轨。从外白渡桥到南浦大桥这一年来的变化见了的人都吃惊。……"

爷爷点头高兴，叫素雅："快给我把绍兴花雕拿来，我要喝一点！"

吃完蟹，各自回卧室睡觉，已十二点多了。窗外，又下起淅淅沥沥的冷雨来了。夜雨急骤，敲得玻璃窗上"啪啪啪啪"响。喝了酒的老人睡得很浓，有着心事的姑娘却辗转反侧许久不能入睡。

三

这一向老是在夜晚下着冬天那种冷雨。

人说："雨是一种回忆的音乐！"那点点滴滴的雨声，使素雅想起许多往事。

素雅爱坐在窗前看雨、听雨。雨声滴答，外边黝黑，但街灯周围，街边的绿化树旁，雨丝像金线似的密密交织幽幽洒下来，高高低低的建筑溶化在雨中，迷迷茫茫像一幅现代派十足的画。

素雅不由得又细细琢磨起郁大为这个人来了。……郁大为坦率，讲过不少自己的经历给素雅知道。他当然也有未讲或躲闪的事。但他讲的已足够是一个完完整整的故事了。……

两年前的那个冬天，天气晴寒，在豪华的华亭宾馆里，水汀很热，从美国洛杉矶回来的大姨妈梳着花瓶头、涂着口红、画着眉毛，穿着紧身彩色毛衣，六十多岁的人了，依然是年轻女人的打扮。她早在美国拿了绿卡，大姨夫经商发财，常在台湾和泰国做生意。大姨妈未曾生育，领养过一个女儿学音乐后与一个美国律师结婚住在纽约，可是不幸两年前死于车祸。大姨妈寂寞经常旅游，欧洲、美洲、东南亚都玩过。这次到中国大陆来又是大姨妈单独行动。她对大为的妈妈说："我的亲骨肉就剩下你这个小妹了。这几年联系上后，一直想来看看你们，现在了此心愿，我真开心。"

　　郁大为心里也开心。自从接到电报，要他随父母来华亭宾馆见面开始，他就十分兴奋。他读了高中后未考上大学，一直在乡下闲住。姆妈是个养蚕能手，大为在家只能帮她添添桑叶、扎扎草把。在镇上农具厂当会计的爹爹见他老是闲着逛荡叹气说："老是游手好闲也不行，进我们厂里学钳工好不好？"三番五次，把大为说通了。农具厂条件差，他虽抱怨但这倒也促使他努力，干得还算可以，收入也就不算少。师傅和车间主任为鼓励他，常说："大为做生活很老实！……"

　　（他有一次告诉素雅："那时，真可怜！诱惑我的是'小康生活'，有个工作，有吃有穿，不断能改善点生活就挺不错。我的愿望仅仅是能买个黑白电视机，能找到个漂亮女朋友。不久，果然本厂有一个瓜子脸姑娘对我好，是干临时工的，文化低些，但关心我，谁料到大姨妈竟突然回来了。她一回来，使我一下子产生了许多梦想、理想和幻想。"）

　　姆妈知道大姨妈回来，对他说："大为，你命好！大姨妈是发了财的人，我一定要她带你到美国去。她就剩我这个最小的妹妹了。趴在地上叩头也要求她带你走。"

　　爹爹在旁边说："只怕人家不肯。美国的、台湾的、香港的有钱人，听说特别小气：我的钱是我的，为啥要给你？不讲什么义气感情的！"

姆妈像头上泼了盆冰水，愣了一愣，但仍嗫嚅着说："我不管！反正我要求她。亲姐妹嘛，她无子无女，我把大为过继给她，她会要的！"

（大为有一次告诉素雅："我一下子像变了一个人，像有一条金光大道放在面前，有了后台，可以做上等人了。如今出国热烧得发烫，谁不羡慕？何况又能去美国！我历来觉得自己个儿长得高，五官端正，有副好卖相。我自信大姨妈会喜欢我的。……"）

为了同大姨妈见面，姆妈让他买了新西装新皮鞋新领带。爹爹说："别太阔气了！大姨妈误以为我们很富，要她资助就不好办了！"呢大衣太贵，就买了件红色太空棉半长大衣，取其红色讨个吉利。

同来自大洋彼岸的大姨妈见面，大姨妈带来了金项链和戒指做见面礼。姆妈又悲又喜哭了一场，大姨妈也潸然泪下。苏州的采芝斋瓜子、松子糖、杨梅干、黄香糕、松子糕……都引起了大姨妈甜蜜而又凄凉的回忆。大姨妈动感情地说："妹妹，我现在手上有钱了！在洛杉矶那幢大花园住宅就值百万美金。你姐夫会赚钞票，钱的上边倒没亏待我。你受苦太多，我要补偿你。告诉我：有什么要求？"

大为的姆妈老老实实地说："过去，由于有你这么点海外关系，霉倒大了！如今生活倒是过得去，只是大为没上到大学，总没出息。姐姐你也没有儿子，是不是将他过继给你，你能带他到美国去上大学，将来跟着你陪伴你，我们也就心满意足了。"

想不到大姨妈十分痛快，说："好，我要！将来去美国，一定没问题。但是还是先在国内上大学。不上大学，英文不行，到美国也困难。大学毕业了，再到美国读博士。听说如今国内可以自费上大学，费用姐姐负担。英文一定要学好，毕业了就考托福。我同你姐夫商量一下，一定叫他来美国，好不好？"

（大为一次告诉素雅："当时，姆妈、爹爹和大姨妈看着我，似乎要听听我的意见。我心里有个小九九：叫我马上离家去美国，心里含糊。英文太蹩脚，乡下的家虽不令我满意，但马上离开父母也不舍得。我乖顺地说：'我听大姨妈的！'……"）

事情就这么欢欢喜喜谈定了。大姨妈给买了大彩电、大冰箱，给大为买了西装、大衣，留下几千美金，一星期后飞回美国了！

（大为有一次告诉素雅："临别前，大姨妈才吐露真情：大姨夫年岁大了，而且早在台湾有了年轻太太生了子女，她同大姨夫实际早分开过了。大姨妈流泪说：'钱是有不少，还有房子，但我太寂寞。年岁越来越大，我要人陪伴。大为，我会对你好的。有事你随时给我写信，要钱，只要是正当用途我一定寄给你。'"）

郁大为随爹爹、姆妈回到苏州乡下，立刻不肯再去农机厂上班了。爹爹说："你应当上班！到暑假再去上海进大学。"他说："钳工我早干够了。拿那点苦力钱我不稀罕。""那你闲着干啥？""我得复习功课学英语呀，不然将来怎么跟得上？"

（那天，素雅问大为："你那位做临时工的女朋友呢？"郁大为说："姆妈对我说：大为，那个临时工你就跟她断了吧！你读了大学，还要去美国，找个漂亮的女博士才行！爸爸也说：吹了吧吹了吧！不许再来往！"素雅感到大为谈这件事时似乎隐瞒了什么又似乎言不由衷，但她没有再问。）

郁大为买了一只芙蓉鸟，又买了一只波斯猫喂养，经常开着彩电。他交上了几个年轻朋友都是镇上富户，一起坐茶馆、打扑克、谈吃穿、迷歌星。他开始夜间多梦是从那开始的。有时梦见自己在跳交际舞和迪斯科；有时梦见在那一百二十层的纽约摩天楼上看着下边处处灯火和霓虹；有时梦见自己开着崭新的流线型汽车飞驶在繁华的纽约大街上。……心里有快乐也有焦躁，连在家里吃饭也十分挑剔了："姆妈，这面条下得像糨糊了，你看人家华亭宾馆里的虾仁面！""这红烧鸡酱油太多了！大姨妈说过：在美国的华人时兴吃白色的菜，少吃酱油！"爹爹对姆妈说："大为变了！"姆妈也觉得他变了，但说："夏天他要离家去做大学生了，将来还要到美国做博士哩！"……

（大为有一次告诉素雅，带着炫耀："在家里那时候，有妒嫉我的人叫我'乡下大少爷'！其实，大少爷有什么不好，没条件谁能做得了大少爷？时下，见到年轻女的时兴叫'小姐''少爷'的称呼，港台电影里也常有。被叫作'少爷'的都是富家子弟。这实际是我郁大为地位提高的表现。所以，谁叫我'乡下大少爷'，我都不在乎！"）

于是，"乡下大少爷"来进了自费大学，学着过起城市年轻人的上层生活来了，这种事是不难的。衣着打扮、饮食嗜好、歌舞交际、影视兴趣……很快都能跟得上新潮了！而且，他也开始找女朋友了。在同学中找，在社会上也找，虽不免胆怯却也相当积极，逐渐使自己由稚嫩变得老练起来。终于，一个偶然的机遇，他见到了素雅。

那天，正巧在街边行走，偏偏一辆司机酒后猛驰的卡车因红灯一亮急刹车蓦然冲上街边，凶恶地向郁大为冲来。他为避开卡车拼命转身往后一闪，用力太猛竟撞倒了一个少女，两人一同栽跌在地。幸亏他这一撞，那卡车轧死一个路人后恰巧停在他和那少女跟前。如果不是他这闪身一撞，他和那少女都会成为轮下之鬼了！那少女气质高贵，同他一样膝盖和手臂都擦破了皮。少女从惊惶中清醒，看着身前卡车轮下的血人，很感谢他，连声说："谢谢你，幸亏你推撞了我，不然我准被卡车碰上了！我只顾低头在走，根本没看到卡车冲来。"他很高兴自己无意中做了件好事，能认识这么漂亮的一位姑娘，突然发现脸熟，问："我好像认识你，有次在中国银行存美钞，你也在那里，是吗？"素雅想起是有这么回事：爸爸妈妈托人带回过一些美钞，爷爷叫她存到中国银行去。于是，她笑了，笑得很美。两人同到附近医院里给伤处搽药包扎，于是，建立了友谊。但，友谊一直保持，却未走向爱情。

今夜，素雅在窗前看着雨，听着清脆的雨声。雨冷，雨声冷，想起郁大为的种种，心里也冷冷的。近处远处的有些房屋顶上和地上都泪莹莹的。这时，忽然听到雨中传来"啪啪啪"的摩托车声，声音由远而近终于停止在楼下单元进口处。她从淌着淋漓雨水的玻璃窗里朝下张望，看到摩托上的红灯熄灭，一个披雨衣的黑影推车进了过道，明白那是戴家鼎回来了。她忍不住在心里又将郁大为同戴家鼎比较起来。

她在窗边站得很久。如果远处谁朝这边窗户张望，一定看到一盏电灯亮在楼上的雨窗子里，有个美丽的姑娘站在窗里看雨、听雨沉思冥想，穿的是绿色和白色花纹的厚毛衣。那会使敏感的人想到诗，想到梦，想到画，也想到爱情故事。……

四

上午，远处对面一户人家的小提琴声幽幽传来。琴声缠绵哀怨，是《梁祝》。现在孩子学小提琴的也在拉这支名曲。爷爷外出办事了。素雅听着琴声正在作画。她想画的是一幅她取名为《冷雨》的山水画。这画上部山色施浓墨，铺染成沉重的千秋岚气；下部的湖水、树木、芦苇用淡墨，湖上映出雨丝，上下形成强烈反差；画的中部用浓淡相间的空间调解，很见匠心。一个"冷"字全靠意境及氛围使人有所感觉。

画着画着，她突然停笔，在桌旁的札记本上写下了一段创作体会："我绘画既不模拟自然，也不工笔写生，我的画多半都是我寂寞的时候无心而得。昨夜突下小雨，雨声淅沥，意兴阑珊，有五更寒之感。于是得《冷雨》一画的主题。起身后，寂寞更甚，思绪却更活泼萌动，情感也更深沉放肆。雨尚未停，成了触媒激发了我的'心象'，遂动笔画画，大凡是好画，就当是一幅'活画'，不是死画。绘画的语言应是发自于人类心灵的呼声。……"

正写到这里，忽然电话铃响。素雅去接，却听到了郁大为那快乐而又低闷的声音："素雅吗？你看到昨天的晚报没有？晚报上说广州如今有的酒家盛行吃黄金宴了，我真想陪你尝一尝！"

"昨天晚报我倒是看了。不过我想从前有人吞金自杀，难道今天黄金食用能对人体有益？"

"报上说，黄金宴用的金箔是日本进口的，只有万分之一毫米薄。做在菜上金光闪闪，吃下去可以帮助人体消化。"

"大少爷真是美食家了！"

"素雅！现在上海还没有黄金宴，等到有了，我马上请你去吃九九金鲜鲍、黄金油泡香螺片！价钱就是贵些，我也还请得起！"

素雅的同学好友王梦茜曾经评论过素雅和郁大为的交往，说："你俩不配！一个有思想的人不可能同一个无思想的'乡下大少爷'共同生活！"听到郁大为的话，素雅不由自主地反感并想起了梦茜的话了，说："对不起，我可不想消受什么黄金宴。昨天晚报上同时登了首打油诗是讽刺吃黄金的，你没看到？你等一下我念给你听！"素雅去桌上拿了晚报，念道："薄切黄金烩复烧，满盘闪烁异香飘，'大腕'摆阔逞富豪，见否农民拿白条！？"

"啊哟！嗨嗨……"郁大为声音带着吃惊和尴尬，似被泼了冷水不知说什么好了。

素雅说："你就为这打电话的吗？"

"不，我只是想同你聊聊。"

"我正在画画，刚静下心来画，你这电话干扰得我好扫兴！"

郁大为惶恐不安："那……那我找时间再打。我是觉得今天是星期天，想邀你出来玩玩的。"

"今天不行，我要画画。"她也不知从哪儿来了一股气，说，"我挂电话了！"

小提琴《梁祝》仍在幽幽传来。她心里有说不出的感触：为什么郁大为身上就老是散发着庸俗？难道奇妙的爱情旋律只有音乐中才有？她又走到画桌跟前来了。看着那幅未完成的《冷雨》，画面上满纸浸渍的水墨、错综跃动的线条、白亮生辉的古风，那种恍兮惚兮的清凉冷冽带着梦幻情调的意境，山水画中的线条看似杂乱生硬实是明快利落、虚实有变，但似乎仍没有把她心上那种想表现的《冷雨》的"冷"和"雨"及蕴含的笔墨风神气韵表达出来。于是，她未继续在画上再添什么，却拿起了笔在札记本上又写了下去："我觉得自己终于渐渐进入了创作的冷静期。冷静是走向成熟的表现。我有时可以坐下来静静地、执着地、十分投入地用我的心来绘画，甚至花几天来思索几笔山水或一个局部，花半月甚至一月来结构布局和万千气象，为一点心意殚精竭虑，为笔下流露的美和情，愿意耗费许多个夜晚和清晨追求一种使我感到幸福的美。但我却……"写到这里，她觉得刚才被郁大为那个烦心的电话搅得乱糟糟的心里尚未平复，气恼地接写道："排除不掉人世间的尘嚣与庸俗之气，躁而难安。如果我不能以平静的、冷峻的心来作画，不能以冷静的构思与冷静的行笔相结合，我的画上是不可能出现难得的'净'与'美'的效果的！……"

小提琴声不知什么时候停歇了。素雅写到这里，扔下笔，感到了痛苦和矛盾，想：我是个俗人呢还是个雅人？我是个现实主义者呢还是个理想主义者？我有必要同郁大为这样的"乡下大少爷"常交往下去吗？……没有得到肯定的回答，却感到百无聊赖。她是个同现代女青年普遍相同的姑娘，讲究务实，积极生活。找出路，是她面临毕业前经常考虑的问题。她有向上的思想，也想过好的生活，认为这是人之常情。她看到过许多大画家腰缠万贯，也听说有不少画家连到了国外都只能摆地摊似的靠替人画肖像赚点生活费，穷得住在贫民窟。她一心想掌握画技，一是她爱这种高雅艺术，又有这种天赋；二是她也把这看作是她创业和生财的道路，是她自立自强于人生之林的依据。她长得灵秀脱俗，同学们亲友们都说这是她的一笔"最大的资本"，如果她能同一个富翁结合有一张长期饭票，一生必然美好。她不认为这意见全对，但觉得也不全错。倘若有这样的机会，何必放弃？因此，虽然同学中不乏追求者，她却冷静地拒绝那些不符合她要求的人。而且只要对方一露追求的苗头，她就早早防患于未然。但，却又在偶然的机缘里同郁大为有了接近，又同楼上住的戴家鼎有了交往。

她并不欣赏郁大为但却没有排斥同他交往。因为她评估一下郁大为，感到这个"乡下大少爷"同时下有些油滑的城市现代青年比是较为朴实、比较容易驾驭的。最大的优越性是郁大为有个富裕的美国大姨妈，不断汇钱给他，一再保证让他去美国读博士。大姨妈的信素雅看过，信上说："……我爱你如亲生，将来你来美定居后，我将把财产先分一部分给你……"如今，因为国家政策规定大学毕业不能马上出国，大为已征得大姨妈同意，打算再读一年就休学，然后设法办护照签证去美。大为有一天向素雅表白："我到了美国，第一件事就是让你去美国！""凭什么能让我去美国？"大为白胖的脸上有决断和得意："如果我们结了婚，就行！"她当时傲然地说："别胡扯了！"心里却觉得这确不能不说是一条宽广的为时下人们羡慕的"出路"。

正如她同戴家鼎的交往也是一样。

她也并不欣赏戴家鼎。可意的男人为什么这么稀少呢？戴家鼎是个老知青，比她大十几岁，很成熟的人了！年龄相距大，在如今倒也不是什么大问题，而且这种成熟，使人觉得他有基础，是"有办法"的人。听说当年在安徽插队时他就是知青中的头面人物，会写诗，在不少报刊上发表过诗，被人称过"诗人"。插队时，结过婚，后来不知为什么离了婚。他起码是个高干的儿子。戴之光在鲁南做过地委副书记，十三级。戴家鼎辞去一家出版社的助编工作"下海"后，不再写诗。他开办了迷你文化精品书屋，做书商很发财，晚报、电视台都做广告发信息。他那打扮很像歌星，披肩长发，无论冬天穿的皮夹克或夏天穿的T恤衫，都是名牌，带有美国西部牛仔的粗犷，却又不失一点儒雅。据爷爷说："戴家鼎一心扑在事业上，至今是单身，钱固然多，值得重视的是有干劲，这个人有出息！"离过婚等事造成的印象虽然不佳，同他结婚也是一条出路，这是谁都懂得的。

素雅正在观察、斟酌戴家鼎。戴家鼎似乎也注意上素雅了。这么一个打扮得极为艺术，气质极佳，黑发形成波浪，身材婀娜多姿的姑娘，他常在楼梯上遇到，也常在家里窗户和阳台向下张望时看到她飘然进出。从父亲那里，他知道不少素雅的情况。半年前的一天晚上，他以看画为名，到了素雅家里。

爷爷外出了。他看到素雅的一些作品，赞不绝口，说："佩服佩服！您的画以色代墨处理得很潇洒，反映了今天的审美特征，作品有的是当下世俗情趣和古典美理想的良好中介。您的才情触人心弦，画面引人雅趣化的氛围，即使寂寞的意境，也带有散淡的空灵味道。"

他这么说，素雅听了完全出乎意料。虽然，素雅并不喜欢他那种讨好的表情。素雅忽然脱口而出，问："听说你本来是诗人，为什么弃诗人做了商人呢？"

"呵哈……"戴家鼎莞尔笑了，"缪斯女神营造的艺术宫殿，高雅而又圣洁，但处在当今社会，我不认为这和充满利欲的商品交易水火不容。当今世界，艺术商品化是无法回避的事实。现在诗不值钱，是缪斯的悲哀。钱，是不能缺少的，我下海，并未脱离文化艺术。相反，我有钱，正在为文化艺术做出我的贡献呢！如果我穷，写了诗难发表也难出版，现在我只要愿意，想出书就可出书，想写诗就可以写诗。办一个文化精品屋并不容易，我得善于利用我的才能、魄力与机遇。"

他的回答对吗？至少他是雄辩的，素雅陷入了沉思。

戴家鼎笑笑，又说了："文化艺术，要净化人类灵魂的同时，又给文化艺术交易者和创造者带来了源源不断的物质财富。我现在甚至在想再做一个新画商。大陆艺术品价格基本上是由海外市场行情决定的。有些港台及东南亚的客户，想委托我担任在大陆的代理人，替他们收购好画。……"

素雅笑了："你是想做个'倒画儿爷'？"

戴家鼎也笑，拿出万宝路香烟来吸："其实，倒画儿爷也并不坏。书生意的黄金时代好像快过去了。我这人喜欢两手准备。将来如果改行，很想做个都市新画商。我想，如果有目的地收集新人新作，时价是不会高的。但随着我们国家的艺术市场必然走向兴盛和繁荣，出了大名的那些画家的作品越来越少时，这些新人的好作品必然会大涨价。而且——"戴家鼎又说，"看来，您的画很有功力。如果你临摹名画，一定能惟肖惟妙，以假乱真。那其实是一条致富之路。"

　　"你的有些想法很有意思。临摹我内行，不过，我不愿拿这去骗人。"素雅觉得面对的真是一个精刮灵活的人物，这比起郁大为来是迥然两种不同的人物。他身上有铜臭味，谈起钱来坦率得异乎寻常，但不可等闲视之。

　　"那是周瑜打黄盖的事，不算骗人！依我说，我会像造明星一样地造画家，在她身上投资，然后做她的经纪人，几年内包她出名，然后她的画由我包销，得利可以事先商定分成的条件，达成共识。我就为她造舆论、办画展、出画集，宴请名人评她的画，宴请记者写专访。随便讲个笑话吧！像您，素雅小姐，这位未来的新星，您的超凡脱俗的画，我就很看得上。当然，今天我绝不是为这来的。我只是即兴谈谈而已。"

　　他老练而雄辩的"即兴谈谈"，使素雅的心海里像被投上一把石块似的漾起涟漪来了。他的话颇有诱惑力，颇有智慧。刹那间，她从戴家鼎角梢有鱼尾纹的眼睛里，感到有一种无声的语言，似是说："怎样？如果我们合作成为一对，我们将有金银铺地的出路！……"素雅听人说过，北京圆明园"艺术村"里的一批流浪画家们，都处于窘境，穷得面有菜色。也明白一个有天才有技巧又有艺术追求的画家，只在生活有了保障，作画的心愿才可能更投入、更专心、更不受干扰以达到"净"与"美"的效果。尽管这样想，她却矜持地表示对戴家鼎的话并不感兴趣。只是拿起一张自己很满意而且很欣赏的题为《追魂》的画来，说："这张画你觉得如何？"

这张画，画面展现的山水，恣纵狂放、张扬非凡的现代感情和混杂蕴藉、物我归一的传统意境，结合得十分奇妙。画上有一个令人看不透的寂寞神女，极美、极媚、极空幻，但突破了人物久已定型的经典模式，捕捉人物形神有动荡感，又似在隐隐透露某种禅机，令人神通意会，有渲染人心的艺术张力。于是，山水如有魂，神女也似浩渺天地之魂。

奇怪的是戴家鼎却说："我更喜欢的是你那幅《迷宫》。因为那画色彩鲜艳，布置房间美观，带点玄妙，令人莫测高深，浅薄的人每每好挂了表现自己高明。而且，它贴近生活，适应现代人的心态，有回味。这幅诗意重、技巧高，只是能欣赏的人凤毛麟角，属于阳春白雪。"

啊？素雅奇怪了！《迷宫》是她送给郁大为的一幅随意但寓含用心做出的画，郁大为挂在房里，戴家鼎怎会看到的？素雅问："你认识郁大为？"

"当然！"戴家鼎点头，"很熟，处得不错！"

素雅心里纳了个闷葫芦。

因为戴家鼎腰里竟发出"嘟——嘟——嘟""大哥大"的鸣叫声，他拿起"大哥大"彬彬有礼地说："对不起，我得走了。有空请到舍间坐坐，我会用接待贵宾的规格接待奚小姐的！"

他笑着走了。素雅忽然觉得戴家鼎告别的姿态很像电影中的罗密欧。只是那一头披肩发实在有点"邪"！

五

从那第一次以后，戴家鼎长时间没有再来看望过素雅。这个"下海"的诗人，如今在商战中混久了，似乎很懂得欲擒故纵那一套谋略和手段了。有时，同素雅碰见时，或在楼梯上，或在弄堂口，他都表现得十分匆忙，但也总是满面笑容，彬彬有礼，抢先热情地招呼。素雅矜持，戴家鼎似乎也隐藏着骄傲。两人就保持着一种既好像熟识又并不亲近的态度。

素雅向郁大为问过："你认识戴家鼎？"郁大为嗫嗫嚅嚅："他？嗯，认识。人家叫他'金钱发烧友'，也有叫他'追钱族'的！""他爱钱？""我也弄不清。""你怎么会认识他的？""在一个同学家认识的。"

郁大为是去年年初在同学沈大维家认识戴家鼎的。沈大维父亲开两家酒吧又与港商合资在南京路上经营一家大餐厅，富得很。过生日那天，邀郁大为去参加 party，戴家鼎也去了。后来大家拉上窗帘打"沙蟹"。那晚，郁大为是输家，戴家鼎是赢家。郁大为欠了赌账，约定第二天还。戴家鼎第二天到大为住处讨债，大为如约还了赌账。戴家鼎说："你言而有信，可交！"他早从沈大维处知道郁大为的情况，提议："如今这世道，人人都在找出路找钱！我是书商，趁着中国还没参加国际版权公约，你找大姨妈把美国最新畅销的通俗书买十本寄来。我手头网罗了一批大学外文系研究生。书一到几天就能译出来，飞快就能印出。如果得利，你我都可以捞一笔。干不干？"郁大为托大姨妈寄了书来，可是戴家鼎将书拿去就杳如黄鹤了，大为追问，戴家鼎说："书都不行，不是畅销书，是赔本书，无用！"但他也未把书还给大为。大为估计这家伙心里狠，上了当。但戴家鼎有时仍来找大为，还叫大为托大姨妈再寄好的书。大为当然不肯再干。现在素雅问起戴家鼎，大为对赌钱和上当的事不想告诉素雅。他知道素雅会把赌钱看作堕落，会把上当看成窝囊的！

但，素雅不久却对戴家鼎有了进一步认识。

深秋里的一天，突然听爷爷说："戴家鼎骑摩托出车祸了！躺在瑞金医院里。他父亲又刚去鲁南说要住一段时日。大家邻居，他又来看过我们。这下受了重伤，你代表我去看看他，带几瓶康乐养生液给他。"素雅思考再三，答应了。下午，到了街上，满街五颜六色匆匆忙忙的人流，眼花缭乱而又喧闹。时装店橱窗里的模特身上穿着标价一万五千元的皮大衣，茶色玻璃的咖啡屋里透出咖啡香来，饭店餐厅张灯挂彩在举行婚宴。一些来旅游的老外当街摄影。……在鲜花店里买了一束花带着爷爷坚持让带的康乐养生液，素雅就去医院了。

戴家鼎脸青肿着，头、臂、腿都绑着绷带独住一间小病室。房里到处是花束，桌上堆满了礼品。他的披肩长发没有了，看来那是个假发套。素雅来后，他很高兴，笑得露牙，说："啊呀！真想不到您会来看我。"素雅将花和养生液递给护士，大方地在离床较远的椅上坐下说："爷爷让我代表他来看看你。""谢谢，谢谢！"戴家鼎连连拱手。

但这时，听到了敲门声和少女的笑声，护士将门开了，两个穿得十分时髦的少女满面脂粉口红一前一后用舞蹈步伐走进了病室。一个像只花蝴蝶，一个像只祭红花瓶，脖颈上都挂着金项链。"花蝴蝶"的黑眼睛顾盼生辉，一边斜着眼打量素雅一边打情骂俏地嘻嘻哈哈对着戴家鼎说："哈哈，你从'大腕'变成大肿痛（总统）了！大难不死，必有后福呀！"说着，拉"祭红花瓶"一同在戴家鼎床边上坐了。

戴家鼎马上同素雅介绍。素雅只听见那黑眼睛的"花蝴蝶"名叫周小妮。她明白，如今像戴家鼎这种人围着转的漂亮女人多的是。戴家鼎至今未婚，并不意味着不接近女人，单身更自由而已。戴家鼎向素雅介绍周小妮说："这是有名的广告模特小姐，你可能在广告中见到过她的。……"素雅想起，是看到过周小妮给一种化妆品做广告，裸着上半身，风流得很。她觉得该走了，起身礼貌地对戴家鼎说："祝你早日康复，我还有事，再见！"戴家鼎似乎想留她，但素雅已经走出病室了。

素雅在回家的路上不禁想："同这样的人，认识是可以的，深交是不必的！……"可是想不到，半个月后戴家鼎出院后，却在一个晚上来敲门了。他也许是窥测着素雅的行动的，现在又拣爷爷外出不在家时来拜访素雅了。他像一只开着瓶塞的开水瓶，站在那儿热气腾腾。

他带了鲜红的玫瑰来，还带了一大盒意大利的 Ferrero Rocher 巧克力。头上仍有绷带，脸已消肿，只是有些萎靡："真谢谢你上次到医院看我。爷爷带给我的康乐养生液我还真的服用了。我一般不吃这类东西的，但看到上边写着滋补之王、营养快餐，终于吃了。""效果怎样？""哈哈，您不知道吗？这是假药，今天报上登了，说是假的营养剂，全靠广告胡吹！""假的？""一点不错！不过这也不稀奇，如今民谣说：'要发财，假药卖！'为了发财，有人这么干也可理解。"他突然叹气："唉！看来您不知道，爷爷也不知道。我真不该告诉您。"素雅抱歉无语，心中想：糟透了！既对不起戴家鼎，爷爷他老人家如果知道了不知会怎么难受呢！

素雅正独自在家作画，她有心在毕业后就与王梦茜开个二人画展，她必须要画满一百幅，今天，她在书房大桌子上画一幅新作，是一只石狮子。石狮傻头傻脑龇牙咧嘴一脸不满的神态，素雅用她那别具一格的娃娃体毛笔字题在画右上方的四个字是"如今嫌少"，墨迹未干。电灯金黄的光晕中，她放下笔，找着话说："令尊在鲁南还要住一度吧？""快了！老年人思想有点僵化，出外看看也许能开点窍。"说着，戴家鼎已经走到画桌前欣赏素雅的画了，说，"哈哈，这石狮子可真像我那下台离休了的老爸，又傻又有不满，他干净倒是干净，却一无所有！您真会观察世事呈现世态，只可惜这样的画我老爸那样的人也许欢喜，却不适应一般人的心态。当然，您可以改一改，民间认为石狮镇邪祛灾，是守护神，您将石狮画得金碧辉煌威风凛凛写上点祥瑞的话，人会欢喜，会买的。"

素雅脸微微红了，勉强笑笑说："我的画并不都想出售。"

"我知道。我也只是说说。说真的，我始终没有放弃过我第一次来拜访您时谈过的那个意向。"素雅回眸看他，仍是打了一个"？"，他看看她用图钉钉在墙上的一幅新作《红绿灯和人脸》，画面上十字路口的红绿灯和附近的霓虹灯闪烁，灯下灯旁的人都变幻着红的面孔、绿的面孔。还有一幅画《春夏之交乱穿衣》，画上是春夏之交的景色氛围，男男女女衣着不同，有的已很单薄，有的尚是冬衣。他赞叹了，说："我始终认为您是不可多得的画才！您的笔触风神不同于一般。所以我想，也许有一天我们会很好合作的。你的画将由于我们的合作而成为高价。"他的话说得含混，似是有意用含混来表达一些难以出口的心思。

素雅没有答话。自从去医院看过带了坏印象回来，就不想深交了。她改换话题："你做书生意很发达，何必搞别的呢？"

"嘀！您不知道，书生意是越来越难做了！"戴家鼎叹了口气，"我最近运气不好，出车祸还是小事，主要是经济上栽了跟斗。"他似乎找到知心人要吐露心声了，"我炒股票炒得迟了一步，但赚得也不算少，真真切切玩了一回心跳，谁知偏偏股市风浪太大，受伤躺在医院不能动弹的十几天里正是股海惊涛骇浪大起大落，我进的股票没有脱手，原先赚的泡了汤，老本也搭了进去，如今，我真是快成乌江边的霸王啦！"

"有这么严重？"素雅明白有一种下海的人，要摆阔时乱充富豪，要装穷时也比谁都寒酸。

"确实严重！"戴家鼎似笑非笑说，"我干了这么多！"他伸出左手五指翻来翻去，素雅也弄不明白是多大的数字，就未作声。戴家鼎说："我当然不会灰心。历来做事总有两手。如今，股票是不好做了，书生意也不好做。'堤内损失堤外补'，我真可能想做个都市新画商了。现在书画市场赝品充斥，我早已买了几十种有关书画鉴定的书，力求做到成为内行。我也要虚心向您求教。如果我们真能合作，我愿全心全意奉献自己。像一首朦胧诗所说的：'雾打湿了我的双翼/可风却不容我再迟疑。'……"

诗真朦胧，素雅微微笑笑，对这样精明的诗商，无法捉摸他的脉搏和思想。但却不知为什么，她突然觉得对他发生了一种好感。

话题又变了，居然，戴家鼎谈起了郁大为，说："您对郁大为了解吗？"素雅不能也不愿说了解郁大为，侧着脸问："怎么呢？""没怎么！我并不是个在背后议论人的男子汉，我奇怪的是您这样一位优秀美丽智商绝对高超的女画家怎么竟会同一个庸俗低能懒散只知享受不知进取的'乡下大少爷'交往，很谈得来吗？"

　　素雅不爱听他说出这么一连串对郁大为的尖酸刻薄的评价来，脸色有些表露出这种感情，稍一冷静，又觉得这评价并非毫不中肯，何况，她想：我同郁大为的关系仅仅不过是五十度微温。我们并非在热恋。那么，听听戴家鼎的评论有何不可？郁大为比较"闷"，不大听他多坦露心声，多增加些对郁大为的了解有什么不好？这么想着，她反问："你很了解他？"

　　"当然！"戴家鼎玩弄着腰上的一串钥匙链，"下了海的人首先要识人，不识人的人要想经商必败无疑。你知道他这自费大学是怎么上的吗？"

　　"他大姨妈出钱让他上的。"

　　"不，我是说，他来投考时带了一笔钞票送礼请客，有个朋友长得跟他相像替他代考又付了高昂的学费才走读成了大学生，其实他这大学生是假的，我虽未上过大学，他不及我一半！"

　　素雅想：他这是贬郁大为抬高自己，目的是博得我的好感，想使我同郁大为分开吗？

　　戴家鼎观察着素雅平静的表情说："他本来上大学就是混，功课是根本跟不上的。好在他也没有想刻苦努力学好的雄心壮志，大姨妈言而有信不断寄学费和零用给他。他也常制造种种理由写信讨钱。上海处处有诱惑，他吸洋烟喝洋酒，跳迪斯科，唱卡拉 OK，看镭射电影，坐 TAXI，吃高级馆子，财大气粗，有时爱赌一赌。他的希望全建筑在出国梦上，听说考托福并不容易，也焦灼，但对我说：'船到桥头自然直'，'有钱能使鬼推磨'，买个护照或者出钱偷渡我也能去美国。……"

"他这么想?"素雅吃惊了,她没听大为说过。

"我何必造谣呢?"戴家鼎说,"郁大为他不懂得诱惑是处处有的,但要实现诱惑中的理想需付出辛勤的拼搏。可是他只是一个迷醉于诱惑而缺少踏实行动的'乡下大少爷'。"

"你把他挖苦得太厉害了!"

"不厉害不厉害!我是看不起这种'乡下大少爷'!本来是吃得苦受得穷的人,可是有了点钞票来了大都市就四体不勤了,就好像自己是人上人了,就只知享受不愿苦干了。这样的人,这几年来我见过不少。短短的时间,就变了一个人,什么勤俭、发奋、刻苦、上进都没有了。有的是懒惰、散漫、不劳而获、坐享其成!"

"是的!其实都市大少爷也有!"素雅笑笑说,"其实你不也是花天酒地的'大腕'吗?"

听到素雅的话里不无讽刺,戴家鼎摇头依然雄辩老练,说:"我可不同。我当然有交际,我同'乡下大少爷'有时也在饭店歌舞厅碰见,但我是生产价值,他是单纯消费,在浪费生命!你可能不知道吧?他在乡下本来有个女朋友,有了钱就甩了人家。那女工来找过他,哭着被他赶了回去。"

"这事我大致知道。"

戴家鼎端详着素雅的眼睛。那双长睫毛的眼睛里流露出的神态很难捉摸。戴家鼎继续说:"那天,你来医院看我,记得那个广告模特小姐周小妮吗?郁大为是跟她很好的,上礼拜,两人一块游了苏州,听说是参加'乘帆船观鱼采珠游',在苏州近郊的金鸡湖中心乘帆船玩得十分高兴。"

提起周小妮,素雅眼前浮起了那双勾人的黑眼睛,想:原来那"花蝴蝶"广告模特是戴、郁两人的朋友!以为郁大为朴实,倒没听他说过呢!感到不能一言不发了,出自内心地说:"诱惑是客观存在。错在只把诱惑无限扩大,使自己变形就很糟糕,从诱惑到现实,是一条曲折漫长的路，需要你去攀登跋涉而不是躺着不动或成了梦中的幻想。"

戴家鼎看着素雅那两束纯洁如花的目光，说："您说得真好！"却忽然摇摇头说，"唉，您看，我今天发的是什么疯！自己的事儿还愁不完哩，却在为一个'乡下大少爷'发愁。说了这么多有什么意思呢！您可能也听腻了吧！我得走了！"他真的说走就走，向素雅尊敬地微微颔首，说："告辞了！耽误了您宝贵的时间。我的话如果您不爱听，那就当我没说。"

素雅送他到门口，他转身要上楼前，突然说："我讲的合作的事，可不是开玩笑，请好好考虑一下，好吗？"说完，脚步声"托托"上楼去了。

素雅关上门进来，心里乱得像塞了一团横七竖八的毛发。戴家鼎为什么今天要来说这些呢？她把种种可能方方面面都想了一想。对郁大为，戴家鼎确有败坏的动机，郁大为也确无可取，但戴家鼎又是个什么样的人物呢？是的，他看来有一种想在社会上开拓进取的干劲。他善于找出路，努力想赚钱，如他所说的有两手准备。但这个下了海的诗人，身上总有一种使她觉得"邪""歪"的气概。同郁大为在一起，觉得窝囊；同戴家鼎在一起，好像没有安全感。怎么"合作"呢？是情感的合作还是金钱的合作？像戴家鼎这种"大腕"，对女人很可能似乎就是一种玩物。对我这个学绘画而且将来必露头角的女人，他是否是想找一个玩物兼一棵摇钱树呢？

想着想着，心里痛苦，却又想起自己画了送给郁大为的画来了！迷宫啊迷宫！郁大为在糊涂的迷宫中！戴家鼎在金钱的迷宫中！我奚素雅不也在混沌的迷宫中吗？……但不知为什么，戴家鼎谈郁大为的话在素雅身上竟起了作用。她决定同这位"乡下大少爷"减少来往，停止发展关系了。

后来，爷爷回来了。原来爷爷就是为知道康乐营养液是假药的事去找那个介绍人的。那介绍人代表药厂请爷爷去苏州时，保证说一定正派可靠。鉴定的，厂方用的确是真有营养价值的液体。谁知鉴定后，就换了配方成了有心作假的"营养液"。由于厂方大肆宣传，引起有关部门注意，又由于厂里职工写信揭发，假药遂露了原形。爷爷心情极坏，搔着白头发说："真气得我要死！我一直对自己要求很严。他们施展骗术花了一笔招待费、几斤螃蟹和吃食外加一点酬劳费，就把我这个专家收买了！真是上当呀！真是教训！真是教训！……"

素雅同情爷爷，连连劝爷爷宽心。爷爷连晚上爱看的电视剧也不看了，叹着气说："钱这个东西，是会害人的！'打假'一直在进行，就有些人为了钱继续干坏事，这家药厂这次是没好果子吃的！干坏事决不能让它占便宜。……"直到回卧室去睡，规矩本分的爷爷一直心情不好，愣愣地发呆。

六

郁大为常给素雅打电话，邀素雅到这里那里见面游玩，都遭到了素雅拒绝。除了上课，除了和同班的好友王梦茜一同谈谈，偶尔逛逛街或去写生，她总是在家埋头作画。

梦茜的父亲早先在沪、宁、北京几家出版社做编辑出版工作，后来是市新闻出版局的一位副局长，可能是家庭熏陶，她政治上敏感，又是个积极上进的少女。学绘画，不但刻苦用功，而且注意钻研，注意变法与创造，常发表些精辟见解，认为笔墨与色彩都是相对、变化的，要打破陈腐观念，以发展眼光看待笔墨，对中西文化要知己知彼，分析、比较才能客观。她毫不讳言主张中西结合用绘画架一座让世界人民能互相理解的桥梁。素雅爱同她切磋绘画。梦茜大大咧咧，洒脱随便得像个男孩子，穿衣也随随便便，时间却安排得很紧张，宣称自己将来要成为一流画家。素雅认为她既有天赋又努力，待之时日定会达到目的。素雅在绘画上也赞同走中西结合的道路。中国绘画借鉴文学，画中有诗，重意境；西方绘画借鉴建筑，强调形式，重视觉。绘画是视觉艺术，不重视觉，就很可能成了文学的附属。所以她同梦茜将毕业后合开画展列为谋求将来出路的第一炮。她画得十分投入，投入到把郁大为几乎全部抛在脑后，但却没有能丢掉戴家鼎的追求。

戴家鼎重买了一辆红色的新摩托，每天总听到摩托进出的"啪啪啪"声。他似乎焕发了对素雅的追求热情。令素雅有点感动的是有一天素雅表露了对他的女式披肩长发不感兴趣，第二天他竟告诉素雅："那长发我已送人了！您不会再看见它了！"他开始来得多了，那魁伟刚健的身子每次出现在门口，必带鲜花来，仍尽量趁爷爷不在家时来。有时爷爷在家他也来，总用一种有教养的诗人气质出现，尽量用谈吐表现出自己的文化层次。

那晚，戴之光从鲁南回来后第一次来素雅家看望爷爷，带了些土特产送给爷爷，戴家鼎也陪了来，两个老头高谈阔论，戴家鼎坐在一旁只听不说，乖顺谦虚而有礼，爷爷很欣赏他这一点。素雅让爷爷陪着他们谈心，自己依然到书房作画，却能听到外边谈话。

穿蓝羽绒衣的戴之光早已秃顶，嗓门很大，说："'大跃进'那阶段，我还是县委书记，大炼钢铁砍树砸锅，后来修大寨田，开山劈岑引水上山蛮干蠢干不知浪费了多少劳力资金。后来当了地委副书记，大事小事都管，割资本主义尾巴搞得老区面貌一直不变，百姓总脱不了穷。十一届三中全会后，农村渐渐好了，改革开放了，我离休了！常看电视解寂寞，电视里看到了外国，也看到了国内的变化，感慨很多。我总觉得愧对鲁南，心里十分失落，但老脑筋变得不多，加上社会上有些风气不正，关在屋里我常多不满……这次回去看了一趟住了一段，我却变了！""怎么呢？"爷爷问。"一路上看到的变化是真大，什么都在发展，都在繁荣，人都活跃得很，鲁南本来闭塞落后，如今变得我都不敢认了，又富又漂亮，通了火车，建了大厦，农村都有了程控电话，外商投资可不少，出中物资也不少。……叫人心服口服。当然不是没有问题和困难，但中央搞反腐倡廉风气也在扭转，两分法丢不得。我感到国家这下真的找到了出路，所以百姓也都有了出路。……"

老头儿谈得高兴，戴家鼎却离开沙发，走到素雅画桌前来了。

他看着素雅在画画的手，手指纤细白净，指甲亮晶晶的像贝壳，轻声说："您真勤奋！"又马上说，"告诉您一个关于我的好消息——"

素雅抬头看着他，似是问："什么好消息？"

"我做股票蚀掉的钱已经捞回来了一笔，其余的很快也会回来了！""是吗？"素雅点头，"你还在炒股票？""呵，不，现在股票不好做了！我是又找了窍门。"素雅笑笑点头："听说有人叫你'金钱发烧友''追钱族'，是吗？""哈哈，准是郁大为吧？其实这是人炉嫉败坏我。现在人们在沸腾的经济生活中暂时找到了精神支柱，即对物质利益的狂热追求，大多数人深感真正依靠自己能力生活的时代已经到来。生存的危机意识增强，大家都感到市场经济的强大压力，我下海，自然是为了要赚钱，这很正常，没什么奇怪！"素雅点头，听他说得是颇理直气壮，没有说话。

戴家鼎突然似笑非笑地说："您知道郁大为的最新消息吗？"素雅笑笑，两只清澈的眼睛闪闪发亮，说："我不是新闻记者，他也不是新闻人物！"

这时，客厅中戴之光那沙哑的大嗓门忽然音调高昂地说："说实话，离开鲁南回来我真舍不得。过一段时间我真想再回去住住。我在这儿不顺心，在鲁南可不同……"听到这话，素雅忍不住朝戴家鼎看看。戴家鼎听到父亲这么说，却好像一点没听到似的无动于衷，仍自顾自地说："听说您最近没同郁大为见面，是不？"见素雅未做表示，又说，"听说他跟周小妮——那个您见过的黑眼睛姑娘同居了！那周小妮，可是个尤物，上次香港名歌星叫作什么的来演出，她是追星族，在宾馆里抱一束花上前，'哑'的一个吻，连香港歌星都惊得脸红。……"

素雅头脑里"轰"地响了一下，脸微微红了。出乎意外，有一种自尊受到伤害的感觉，又恼怒戴家鼎：你凭什么监视我的行动？你是从哪儿知道我最近不同郁大为见面的呢？她怔怔地，一时什么也未说，却将画笔一再在水盂里洗刷，看着灯光下水盂里的涟漪一圈圈波动。

戴家鼎继续小声说："这个'乡下大少爷'的美国大姨妈几乎有求必应。听说，同意他结婚后将他夫妇一起弄到美国去，可惜她不知道这个少爷是个酒囊饭袋。"他的声调里有一种怪味，似是劝素雅不必遗憾，又似为素雅遗憾。

素雅镇定下来了，说："你告诉我这些干什么呢？我同他只不过是普通的交往，我是个不爱管人家闲事的人。"

两个老头儿仍在聊天，声音忽高忽低，有时呛咳，有时大笑。戴家鼎解释地说："我也只是随便谈谈。这些其实都是周小妮告诉我的。昨天我碰到他俩在淮海路上逛商店购买衣物。"

素雅说不出心里什么感受，暗忖：这也好！郁大为对我本来就是鸡肋。当然，我曾认为他人还老实，再说他代表一个出国的机会，但他并不是我理想的对象，断了不可惜！这么想着，她就不想再谈郁大为了，却没有想到，这时门铃响了，爷爷起身开门，素雅走出几步却大惊地发现进来的是"乡下大少爷"郁大为。天冷，他耳朵和鼻子都冻得通红。

白胖脸的郁大为打着红花领带穿件笔挺的西装大衣一进来叫了声"爷爷"，发现有客，又看到了素雅和戴家鼎，脸忽然失去笑容，站在那里不知如何是好。戴家鼎上前同他握手，素雅上前大方地请他坐下。戴家鼎识相地动员戴之光说："他们来客了！我们回去吧！"戴之光看看郁大为，又看看素雅，起身对爷爷说："那好，我谈得也不少了。下次，我们再继续谈。"

爷爷也没有挽留，他谈话有点疲劳了，说："好好！"忙着将客送走，客气地对郁大为说："坐吧！你们谈谈，我想休息一下。"他是有意让素雅有个机会同郁大为谈心。说着，就到东边自己卧室里去，掩着门。

郁大为同素雅在两只沙发上坐下，没等素雅开口，就说："素雅，你最近老是避着我，这是为什么？""避着？"素雅摇头，"我忙，同你不一样，没有那么多时间游荡。再说，我们之间的交往很正常，谈不上什么'避'不'避'的问题，你怎么这样说？""我怀疑你受到人挑拨了！"郁大为脸上激动。"挑拨？"素雅显然反感，说，"我会受什么人挑拨？""戴家鼎！"倒是一语中的，但素雅不想承认或否认，反攻说："听说你要结婚了！"郁大为既未承认也未否认，说："我大姨妈同我大姨夫终于正式离婚了，财产也已判定。如今她希望我尽快结婚然后想法让我先去美国，再把妻子也弄去。这样可以安慰她的晚年。""那很好嘛！"素雅说，"你应当照你大姨妈的话办。……"郁大为一反平日结结巴巴的样子，抢断话说："所以我今晚特地上门找你，希望你答应我的请求同我结婚。我们以后同去美国！"这实在又是出乎素雅意外了，素雅气红了脸直率地说："你胡说些什么呢？你不是已经同周小妮打算结婚了吗？"郁大为尴尬了一下，咳了一声，又咳了一声，叹气搓着白胖的脸颊说："唉！她是在拼命追求我。可是我并没有答应同她结婚！""你们不是已经同居了吗？""那是……她……主动的！"素雅笑了一笑，说："你应当对她负责！就别再胡思乱想三心二意了！"

空气像冻结了！但，一会儿郁大为皱着眉说："不！如果你同意和我结婚，别的我可以想办法。她要的不外是钱。她也想出国，但她不会外文，她父母都是老工人，独生女儿，舍不舍得她走难说。她条件没法同你比，我大姨妈是肯定看不中她的。"素雅摇头，说："郁大为，我再说一句，我同你交往关系不深你是知道的。你今天提出这个问题我很奇怪。就谈到这为止，好不好？""不！我知道你一定受了戴家鼎挑拨，周小妮是他介绍给我的！这姓戴的不是个好人，他对你有野心，我看得出来！""你说他挑拨，说他坏！可是你也在我面前攻击他，不管谁好谁坏，我心里有杆秤的！"

话是谈不下去了。郁大为激动，似乎一肚子话都未倒出来。但素雅那种矜持而又冰冷的态度使他只好闭上嘴不知所措。壁上那只猫头鹰自鸣钟这时"铛——铛"敲了九下。素雅脸上有决裂的神色，下逐客令说："请回去吧！我想休息了！"

郁大为很不情愿地站起身来，一言不发地由着素雅将他送出了门，外边，是一个静谧的冬夜。远处那家拉小提琴的人又在奏《梁祝》了。优美而哀绯的曲调，听来纷乱而令素雅觉得沉重。

郁大为一走，爷爷就从卧室出来了，显然，他并没有休息，是在关注着素雅同郁大为的谈话。爷爷一出来，发现素雅脸上有点苍白，说："怎么回事？"素雅对爷爷一向坦率，将事情前前后后讲了。爷爷点头说："你做得对！这个'乡下大少爷'，我是早就看不上的。别看他装潢漂亮，我总觉得他就像康乐营养液，是假货！现在倒也好，我看戴家鼎条件还是不错的，对你也蛮有意思，似乎很主动，你可以——"

"吹了一个，只剩一个，我就可以无挑选的余地了！是吗？"素雅俏皮地接着爷爷的话说。

"爷爷不是这意思！爷爷是说，不行的吹了好，行的你应当把握机遇。""可是，我想多了解了解多选择选择。""这我当然不反对。"爷爷说，"只是别延误时机，别舍近求远，好高骛远也不实事求是。""说真的，这种事是可遇不可求的。"素雅说，"而且当今这社会上离婚率这么高，还有越来越高的趋势，有人开玩笑说结婚证实际也就等于离婚证。我觉得做'单身贵族'也不错呢！"

这"单身贵族"是梦茜从香港报刊上看来的。她并不认为这好，但自己不愿早谈恋爱，她听素雅早先谈起"乡下大少爷"郁大为时，说："算了吧！一个国家要能自主自强，一个人也要能自立自强！这种青年你千万别深交。"对戴家鼎，她没发表意见，只说："我绝非独身主义者，但年轻事业未成，早早恋爱，何以家为？还是做'单身贵族'好！"现在，想到了梦茜的话，素雅脱口就说出来了。

爷爷摇头："有条件组织家庭，还是该组织的，那才正常。你说的了解、选择是有道理的。如果对方确实不错，情投意合，那是有幸福的，爷爷当年同你奶奶二十岁相识，几年后结了婚，一辈子同甘共苦互相体贴，所以，爷爷当然希望你找一个好的孙女婿，并不希望你做什么'单身贵族'！那也不符合中国传统。"

素雅被爷爷说得笑了。她问诸内心，有时心中确有一种孤单寂寞的感觉。如果有一个好的异性朋友她觉得将是甜美幸福的。现在，同"乡下大少爷"彻底分手了，该怎么对待戴家鼎的追求呢？迷茫得很！

郁大为说戴家鼎不是一个好人，话固然不能全听，但，戴之光有次对爷爷说过戴家鼎："他干的有些事我不满意……"指的什么呢？梦茜曾经到迷你文化精品书屋去看过，回来后告诉素雅："那里除了一小部分比较高雅的书装扮门面外，其实大量卖的也是地摊文学的货色。……"梦茜对戴家鼎印象并不好，这就促使素雅笑罢后说："爷爷，我知道您一直认为戴家鼎不错，但您发现不，他们父子关系并不好，这究竟是怎么回事？"

爷爷似也沉思了一下，说："唉，家家都有本难念的经！谁也弄不清。戴之光上年岁了，人老了难免不古怪，气头上讲的话是算不得数的。当然，还是你说的有道理，就再了解了解吧！急火是要煮生米饭的。我也是给康乐营养液害伤了心，假药多，假的人也不少，是该慎重！"

素雅不再说话了。也不知为什么，自从与郁大为彻底分手后，她对戴家鼎的雄辩、老练与努力似乎突然增加了几分好感，当然，还需要交往增加了解。她说："爷爷，不早了，睡吧！我已经两周没给爸爸妈妈写信了，前天收到他们的信该复了。我要迟点睡！"

爷爷去睡后，素雅开了台灯给爸妈写信。但这些事都没有告诉爸妈，信上只是抒发心中的思念，谈谈爷爷和自己的生活以及国内的情况、市容的大变化……写完信，她有些疲劳，慵慵托着腮，一动不动地在灯下看着自己画架上那幅未完成的《迷宫》，久久思索着。这幅《迷宫》是她在听了戴家鼎的夸赞后重画的。她觉得以前画的那幅送给郁大为是可惜了，自己应当画出一幅更好的《迷宫》来参加展览。

七

　　郁大为同黑眼睛姑娘周小妮发了精美的请柬给素雅，通知她：他们将在一九九四年元旦那天结婚，请素雅在他们的结婚日到宝瓶卡拉OK歌舞厅参加婚礼。晚上，戴家鼎也收到了请柬，特地来找素雅。爷爷外出散步了，戴家鼎征求素雅的意见：是否我们一同去？但，素雅微笑着拒绝了。戴家鼎穿得很帅，兔毛绒花呢的新长大衣式样摩登，一条金光灿灿的金利来领带闪闪发亮，说："去吧！我请您去跳舞去唱卡拉OK，你都不去，您也该生活得潇洒些吧？'宝瓶'是华丽高档的地方，大屏幕电视、卡拉OK混响器、电脑选曲遥控器、一流的乐队……"素雅发现他衣着漂亮，可是面容憔悴，神情也有些恍惚，猜想这人一定太忙碌了！笑着摇头说："我不去了！这样吧，你代我带一幅画去，作为我的祝福。我已约好同学，元旦那天同去龙华写生。""元旦还出去写生？"戴家鼎诧异地问，"送他们一幅画，那好高雅，要是我就十分高兴十分喜欢，就怕他们是牛，听不懂优美的琴声！"素雅笑了："那就没办法了！我只好既不去也不送画了！"

　　想不到戴家鼎却说："其实，我也不去，我两三天后要出差，有急事去镇江，回来当在十天后了。我打算先送份礼，我这人花钱像君子，在时间上是'小人'。"他话里有自我表扬与炫耀。素雅说："那你刚才为什么要约我同去？""如果您肯去，我怎么也要赶回来陪您同去的，您不去，我当然办事要紧。"说到这里，他忽然说，"素雅，我现在经商比

174

较得意。我想，我有足够的经济基础使一个我所爱的人幸福的。我现在像一首朦胧诗中说的：'我等得太久，已变成了一片山谷。'如果我向您表达一个愿望，送您一件小礼物，您能收下答应我吗？您聪明过人，当会猜到我说的是什么愿望。"说着，他从袋里掏出了一个猩红丝绒戒指盒，打开盒子，那是一枚晶莹跃目的钻戒。

他这明显是求爱了！素雅并没有思想准备，一时"怯场"似的脸红了，但镇静下来大方地摇头说："是不是别这样匆忙，这不像经商谈生意，你不是郁大为，我也不是周小妮，是不？"

戴家鼎像碰了个软钉子，看得出他克制住不满仍在微笑，礼貌地将戒指盒盖上又放进大衣口袋，告别时，素雅能感觉到他的傲气与心中的悻悻不平。他两天都没有来。第三天早上，素雅听到摩托车的"啪啪"发动声，从窗户里望下去，见戴家鼎戴着白色头盔骑着红摩托远去。摩托后边有个大提包。她明白他是去镇江了。

元旦那天，因为梦茜家中有事，未去龙华。隔了两天，两人去写生时，下起了纷纷扬扬的鹅毛雪。素雅和梦茜背着画架，拎着画具，穿着羽绒衣，冒着雪写生。雪大风寒，中午就踩着雪走路到公共汽车站打算回家。两人都冻得手脚发僵、鼻尖发红。戴着红绒线帽的梦茜淘气地用脚踢雪，在雪中大声唱歌，跳跳蹦蹦。她戴副黑边眼镜，羽绒衣厚穿在身上体形像只皮球，同她在一起，素雅觉得开心。一路上，起先两人叽叽喳喳天南海北地谈，后来就谈绘画。梦茜说："早上去你家里，你给我看的几幅画我都很欣赏，尤其那幅未完的《迷宫》，我更感兴趣。你是怎么想到画这样一幅画的？"

飘飘洒洒的雪慢慢下得更大了，更密了。银白的世界中，她俩的脚步把雪踩得扎扎直响。雪花落在脸上大朵大朵凉凉的。素雅掸掸衣上的雪花，用手拭脸坦率地说："我看到过一份国外的材料，谈起英国的迷宫之谜，说在遥远的中世纪，不知是什么人出于什么动机，在英格兰绿草如茵的乡间，修建了一个个蜿蜒曲折、扑朔迷离的迷宫，给后人留下了一个个难以破译的谜。相传在十二世纪，英格兰国王亨利二世曾把他心爱的年轻漂亮的情人罗莎蒙德隐藏在一座精心修建的迷宫中以躲避精明凶悍的王后。据说这个神秘的幽会之处就是现在位于伦敦以西的布莱纳姆宫。亨利二世和情妇认为藏在里边十分安全。可是最后王后还是找到了迷宫入口处，寻到正确途径抓到了她的情敌罗莎蒙德。罗莎蒙德却不知出口路径无法逃出迷宫，被王后处死。"

梦茜张大两只活泼淘气的大眼吐吐舌尖儿，说："好可怕又好神秘的故事哟！"

大雪下得迷迷茫茫，远处的车、人都有点模糊了。素雅说："雪下得我们也像在迷宫中了！我接着谈吧！大概就在罗莎蒙德成为传奇人物时，古镇萨弗伦沃尔登附近又有人建了一个巨大的同心环迷宫，是留存至今的英格兰最大迷宫，长达1.6公里，横宽30米，小路曲折，途中每个拐角都有一个马蹄形的棱堡，这迷宫到底派什么用场，无人考证得清。"

梦茜赞叹："真怪！天下的谜太多了！"

素雅继续说："传说十八世纪时，这里曾一度是个罗曼蒂克的竞赛场。美丽的姑娘站在迷宫中央，等待着第一个到来的小伙子。……"

雪花画着弧线飘扬，梦茜也像雪花似的旋转着身子跳来跳去，快活地说："好呀！这下我可抓到你画迷宫的谜底了！"她脚下一滑差点摔跤，鲜红的绒线帽掉在地上，她赶快捡起拍雪。

素雅一把扶住她说："你别捣乱呀！听我说完！姑娘是这样，等着求爱的男青年来找她。男青年却把这里当作较量智力和能力的场所。他们边走边拿几加仑啤酒打赌，看谁能进了迷宫先绕出去。现在，人们常把这里作为训练儿童智力的地方。"

梦茜点头，皱皱眉，翘着冻红的小鼻子，眯着近视眼似思索了一会，推搡着素雅往前走，说："嗨，我懂了！你以前送一幅《迷宫》给郁大为，说明你对他有爱，想做那个站在迷宫中央的美丽姑娘是不是？"

离公共汽车站已经不远。风雪天，冷，车站上没有人，雪已将站棚涂上了银白色，两人冒着风雪向车站走去。素雅摇头说："你真会瞎想！我是劝他别陷在享乐的迷宫中不出来，把迷宫当安乐窝！"

梦茜不睬素雅，认真地说："但坦率地讲，你这画不够好！英国的迷宫是谜，你这画家应当是个解谜的人。人生像个迷宫，在迷宫中的人有清醒有糊涂，无论进出都依靠清醒。不然，进去了就出不来，或者蹲在里边始终没法出来。说穿了，再神秘的迷宫，也挡不住智者的行动，关键是清醒不怕劳累去找到正确的路。不然，在里边糊涂地吃睡躺着或者转来转去，或者像那个亨利二世的漂亮情妇，糊涂地以为自己在里边万无一失能享福到老，却料不到变故飞来会送了命。……"

"话倒颇有启发，但我不是画政治画。我那参照了法国马丁的油画《画家的庭园》和法国尤特里罗的油画《蒙马特·圣·鲁斯提库街》……"

"我们并不是在画政治画。我也感到你可能也参考了荷兰画家 M. C. 埃舍尔的'智力图像'创作，参考了他的《正方形极限》《凹与凸》甚至《魔镜》，但就是现代主义及后现代主义也不排斥艺术需要的政治。我的意思是：你的《迷宫》除了色彩、构思、线条、光的运用、诗意、美感外，为什么不应当使人欣赏后对人生有更多的启示？"

风冷雪大，偶尔有路过的人都缩着脖子弓着背，素雅也拉紧了羽绒风帽，陷入沉思。风雪中两人已到了车站，将东西放在雪地上。但有没有车来呢？雪大路滑，汽车会不会抛锚在路上了呢？梦茜举起右手遮眼张望，朝着来车的方向说："糟糕！就怕没有车来！"

素雅说："不要紧！等上二十分钟，车不来我们就往前再走，决不死等在这白雪迷宫中，我知道前边不远处就可以叫到出租车的！"

远处新建起的高楼和尚未封顶的大厦上已积满了白雪与天空融会

成一色了。梦茜顿顿冻得发疼的脚，脱下黑边近视镜擦，说："素雅，有件事，我本不该告诉你，但又不能不告诉你。想了又想，我认为告诉你是可以的。生命中不会没有冬天，不会没有飞雪，有些事本很平常，不奇怪，你想听吗？"

"是什么事呢？"素雅问，她感到了梦茜语气中的严肃认真。

"是关于戴家鼎！"梦茜说，"你不该等在爱情的迷宫中央让他来找你了！他自己正陷在金钱的迷宫中出不来哩！你该清醒地走出来，你的白马王子不在迷宫中，可以在外边寻找。像你这样可爱的姑娘，迟早会遇到真正的白马王子的！"

素雅琢磨着梦茜的话，心里滋味复杂，说："太玄了！把话挑得明白些好不好？"

梦茜拼命"啪——啪——"用力拍身上的雪花，点头说："自从你同戴家鼎接触得多以后，我很关心这件事。去他的书屋也是为了想知道书屋的老板是个什么样的人。我又托我老爸要他为我打听一下戴家鼎是个什么样的书商，结果昨晚他告诉我：那不是个好书商，而是个不法书商！"

"不法书商？"

"他本来买卖书号代印代发发了财。如今，却在外地勾结个人承包的小印刷厂非法盗印北方几家出版社的畅销武侠小说，又在外地偷偷经营无证地下印刷厂私印了三千多套《金瓶梅词话》，是明朝万历版影印本高价出售，一下子就可赚到六十至一百万元。"

有一种遭到损害的痛苦，有一种感到不幸的割伤。冰凉的雪花融化在素雅的睫毛上，素雅俊气的眼睛浸透着忧伤，她并不想流泪，可是事情太意外。她气恼激动得脸都红了。她叹了一口气不由自主地说："梦茜！他这得坐牢！"

"当然！"梦茜亮着活泼的大眼，"我老爸不让我马上告诉你。其实，现在像这样的事也不是什么机密。为了听老爸的话我不该说，但为了你的幸福我不能不说。我知道你有自持力，但爱情有时是会使人失去理智的。我很怕你站在迷宫中央突然见他冲上来拥抱你，你也会拥抱他。现在，就当你没听到我说，一言为定，好吗？"

素雅此时的心境如同这白茫茫的雪地。她感激梦茜的真诚与友谊，点头说："你放心！我不会告诉任何人也不会随便拥抱人的！"

"一个连最聪明的人也要读错的字是什么字，你知道吗？"梦茜突然像个哲学家给人猜谜似的问。素雅想了一会儿，说："就是'错'字呀！对不对？""对！"梦茜咯咯笑了，"可见'错'这个字魔力有多大，最聪明的人也得读'错'！你当然是够倒霉的，碰上一个'乡下大少爷'，又碰上一个'金钱发烧友'，如果不是你自己有主见，就会出悲剧。所好，现在迷宫打开了，这是喜剧，你应当把这当喜剧看！今年刚开始，我祝你今年有好运！"

风小些了，雪也小些了。后来，她俩没等到公共汽车，有个路人冒雪经过，一问，嗨！这个旧车站早作废改到别处去了，新车站在前边很远的地方，两人连忙急急并肩向着新车站走去。人生中许多事都是料不到的。就是乘车的小事也常这样。

八

真正的寂寞，是心灵的寂寞。

是呀！梦茜说得不错，一个"乡下大少爷"，一个"金钱发烧友"，确实将素雅折磨得很苦。人总是患得患失，像被人开了场大玩笑，却也像一个溺水者侥幸被浪头推上了沙滩。素雅沉默了好几天。上课回来，干干家务，看看书报和电视，有时绘画，连爷爷都深感到她心中的不快。问了她好几次，她只说："我在思考几幅作品怎么构图怎么下笔。"

戴家鼎是在一月十一号回来的，但回来后未来过。有时听到摩托车发动声，有时听到楼梯上杂沓的皮鞋脚步声。只见他进出匆忙，有时好像也不住在楼上家里。爷爷记挂着说："素雅，他怎么不来了？"素雅闷不吱声，爷爷似乎感觉到了什么，说："你们现在这些年轻人呀！跟我们那时真是完全不同了！实在弄不明白你们是怎么回事！"

一天晚饭后，爷爷与楼上的戴之光一起散步回来，告诉素雅："戴老干部要去鲁南长住一段时日了！也不知为什么，父子吵了一场。""是吗？"素雅淡淡地问，心里却有些明白，"为什么吵呢？""弄不清！"爷爷摇着头，"我有种直感，戴家鼎好像出了什么事了，脸上跟霜打过似的，憔悴得很。再说，他又不来找你！戴老干部今晚一口一口叹气，吞吞吐吐，总是埋怨儿子把钱看得太重，许多事不听他的劝告，也不交心。老头是倔脾气，决定走，向我告别。……"

素雅听了，倒颇为这位老人伤心难过。这个老人是很不错的。现在看来，戴家鼎胡作非为肯定瞒着老人，老人只是察觉着一些罢了。也许现在戴家鼎心里明白要出事了，可能透露了些给老人知道。老人就下决心走了。……想到这里，素雅说："爷爷，你同戴老干部处得不错，他走，你该表示表示。上次爹妈托人从国外带来的咖啡、可可和巧克力你拿去送他吧！"

"他不爱吃那些洋玩意的。家里有人家送我的龙井和酒，我明天拿去送行。"

可惜，第二天爷爷练了香功回来，近中午时分提了礼物上楼去找戴之光时，门紧锁着，门上贴了张毛笔字条，上面写的是"本人已去鲁南长住……"下边是通信地址和邮编，署名是戴之光。看来，他一早就启程了，爷爷只好带着怅惘和纳闷回来。

这以后，戴家鼎的摩托车声未再响着回来过，但有公安人员上楼去查抄过。戴家鼎没有再回来，据梦茜打电话给素雅说："这还是个聪明人，他去自首了！这样量刑会轻些，书屋已经查封了。……"

爷爷知道后，叹气摇头，起先说："人都在找出路，不努力不行。

乱努力也不行!"后来,坐在沙发上久久不说话,情况同他听说康乐营养液是假药后完全一样。

这晚,七点《新闻联播》时,素雅陪爷爷看新闻。看到国际新闻部分,忽然听到报道了一月十七日凌晨四点三十一分美国洛杉矶发生6.6级大地震的事,说由于地震发生在人口稠密地区,几百处房屋被破坏,造成损害十分严重,死伤不少,素雅当时突然一怔,说:"洛杉矶!郁大为的大姨妈在洛杉矶!……"爷爷说:"看来,这大地震是破坏得很凶,停电停水露宿街头者不少,但郁大为的大姨妈不会刚巧在死的那几十个人里边的!"

素雅觉得也是。却没料到一个月后,在街上偶然遇到那个打扮得妖娆的黑眼睛姑娘周小妮,是她先招呼素雅的,说:"奚素雅!你好!"

素雅立定脚步,说:"你好!"她打量着周小妮,鲜艳的口红衬得周小妮那双水灵的眼睛仍旧那么黑那么勾人,长长的头发披洒身后如同瀑布,一件新式的小腰身的深墨绿色皮领大衣使得她那苗条的身材婀娜多姿,红色高跟鞋使她飘飘欲仙。她一定整过容了,鼻梁比过去高了。她表露得亲热活跃,说:"你知道吗?洛杉矶的地震使郁大为成了穷光蛋了!"

素雅皱眉,却被这个"悬念"钉住了脚步。

周小妮解开谜底说:"他大姨妈在大地震中死了!一幢价值百万美金的大房子也坍塌了!她大姨妈在医院死前临终遗言让把死讯告诉郁大为的。……"

"呵!"天下就有这样的巧事!那郁大为将怎样了呢?他想守株待兔不劳而获可是出路断了!他所依赖的支柱倒了!他已经过惯了大少爷生活,不能自主自强,今后会怎样?素雅出乎意外地怔着听着,心中像打翻了五味瓶。对郁大为她并无感慨,此刻却有了恻隐之心。她对周小妮说:"请代我向郁大为表达我对他遇到的不幸的慰问吧!"说完,她就要走。

谁知，周小妮笑着说："慢！奚素雅！这慰问我带不到啦！我同他已经 bye-bye 啦！"

她后来又说了些什么，素雅没有听清了，素雅已经匆匆走进五光十色的人流中了。

这天晚上，素雅在作画时，又在札记本上写创作体会。她致力于将现代绘画技巧与传统画法融合为一，但绝不放弃中国的传统去纯粹模仿西方的一切。她欣赏那种从西方重新发现东方的艺术观念，欣赏爱护传统而又致力于改造传统，甚至欣赏于中西绘画固有姿态之外创造一种新的艺术形式，努力使自己置身于时代的潮流中。但她也觉得，在走向国际化的同时如何保持它的民族性；在走向商品化的同时如何维护它的学术性；在走向当代化的同时如何进一步展示它的传统魅力……都是难题，都尚需实践和探索，她想得很多，于是写道：

"画家不是生活在真空中，而是生活在具体社会里带有社会的各种特点，带有各自的弱点和短处，问题在于能不能刻苦勤奋地努力去不断地画呀画呀，敢不敢坚持正确的创作方法和前路，敢于向各种弊端做斗争。画家在创作过程中是屈从于物质及金钱诱惑呢还是更多地忠实于自己的理想？这是最重要的。心中哪一个是战胜者，决定了画家的前途！（写到这里，她突然想起戴家鼎对她画的石狮子谈的那番话了！）人们每天都面对着善与恶的交锋，但心里应当明白，自己该让谁做胜利者。年轻的画家像幼小的植物，容易受到虫蛀和风雨的侵凌。但善于吸收阳光雨露，它有成为参天大树的可能。以前，我画画比较重感觉，《迷宫》就是想表现人在狭窄妨碍进出的世界中对时间、空间的感觉。现在愈来愈相信心智。我愿启迪人的心智用能够确切表达生活的画面推翻'墙'，发现新的视域最终起一点改变现实生活的目的。真正的艺术都是用心才能修得正果的吧！……"

远处那家人家的小提琴声流畅地一遍一遍拉《梁祝》，旋律波伏起落，袅袅地逗起素雅一种难以形容的情思。她突然想起了远在非洲异国工作的爸妈，好久没给他们写长信了！她决定明天写一封信，谈谈许多心里的事和话，一定！

按照王梦茜的建议，夜晚绘画时，素雅将未完成的《迷宫》做了大的修改：那个本来站在混混沌沌迷魂阵似的迷宫中央的美丽姑娘，如今正以探索的姿态奔向迷宫的出口，素雅奋笔蘸上碧绿的颜色，在迷宫的出口处画了一大片葱翠欲滴的景色与蔚蓝的天空。顿时这幅《迷宫》就活了，似乎昭示人们只要从思想上的迷宫里找到出路，将会有一个生气盎然朝气蓬勃的天地在等待着她或他，这张《迷宫》本是灰暗阴冷的调子，如今加上这片翠绿与蔚蓝，顿时变了！变得更引发人无数遐想了！……

后来，她睡得很迟，临睡前推开窗户，寒冷的新鲜空气流进屋来，使她觉得舒畅、快乐！稍停，她关窗上床，关了电灯，那些不愉快的事以前曾使她睡不好，现在却已无干扰，夜里她睡得很熟很香。

短短的尾声

素雅没有去打听过戴家鼎和郁大为的情况，正如太空中的行星，各自在自己轨道上运行，相遇只是倏然而过。只是听梦茜说："'金钱发烧友'从宽判了一些年的徒刑，送去劳改了！"那么"乡下大少爷"呢？

半年后的一天，素雅与梦茜合开了画展。天气也像支持两颗新星的画展，天天晴朗而有灿烂阳光。画展很成功，记者报道，有许许多多鲜花和赞扬，还有不少购画者。……那天傍晚夕阳如金，素雅回去，在美丽广阔的外滩又遇见了周小妮了！周小妮走路活像时装表演，仍在做广告模特儿，黑眼睛仍然美丽勾人，服装则不那么时新了，面容也有一种风尘憔悴，使素雅想到那种新潮女郎的生活艰难。

周小妮讲：听说郁大为回苏州乡下后曾得了精神分裂症，后来病愈了，高不成低不就，不文不武，不上不下，"卡"在那里动弹不得。同当年熟人见面时仍常喜欢回忆在上海时的阔绰生活，爱问人家：洗过啤酒浴没有？KTV包厢是什么样子见过没有？……但又听另一个人说郁大为已在乡下一家个体户开的餐馆里打工，那餐馆的老板娘就是当初被郁大为甩掉的在农机厂干过临时工的姑娘！听说郁大为打工很卖力，老板和老板娘对他还不错。……

人生的故事常多曲折起伏和跌宕，河西转河东，河东变河西；起点到终点，终点便又是起点。云云雾雾的岁月，又是冲浪劈波的岁月，有些事到底怎样，谁也弄不清楚了！

（原载《人民文学》）

兔丝女人

兔丝附蓬麻，引蔓故不长。

——杜甫

英国作家毛姆在他的小说《被诅咒的男人》中有两句名言，颇耐寻味：

"为什么美女总是跟庸庸碌碌的男人结婚？"

"因为，聪明的男人避不跟美女结婚。"

这话说得像开玩笑，有时却又显得相当微妙。拿唐姗姗的婚姻来说，似乎就符合这两句话。当然，唐姗姗的婚姻并不能全用这两句话概括。因为，她的婚姻所产生的根源，归结到社会风尚，也夹杂着她妈妈的价值观的影响，含义比较广阔深远，也使人深可思索。

我想，你一定很想知道唐姗姗的故事。

唐姗姗与钱百万

姗姗现在成了"名人"了！

她不但在熟识的亲友中出了名，而且她的事传播出去以后，在社会上也发生了影响。许多人在茶余饭后闲谈时，都谈到了唐姗姗那件可以轰动全市的新闻：

"听说没有？厅长的媳妇甩了自己的男人跟'钱百万'的儿子结婚了！"

这件事本来属于唐姗姗个人的私生活，不关别人的甲乙丙丁。但有不少人就是喜欢多管闲事，就是喜欢讲些东家长西家短的闲话。谁叫唐姗姗是民政厅厅长展志远的儿媳妇呢？谁叫钱百万是本市鼎鼎大名的"服装大王"个体户呢？

在常人的眼中，唐姗姗能做厅长的媳妇是不容易的，也是挺值得羡慕的。钱百万虽然有钱，社会层次却不高，讲起来总是个"独立的商品经营者"，比不上"工资阶层"容易求得社会在人格上的接纳和理解。

当然，既有人为唐姗姗惋惜，甚至对她摇头，用鼻子哼一声表示对她的鄙夷；但也有人抱着另一种见解：

一个个体水产户阿K吸着摩尔牌香烟说："个体户并不都是不三不四的'低档货'，那位展厅长听说就要离休了！'过时的凤凰不如鸡'，'十年河东转河西'，这种事有什么奇怪？"

一位社会心理学家W教授若有所思地说："这使我想到了藤。藤是一种喜欢高攀的植物。它必须攀附。做当官的媳妇是一种攀附，做富翁的媳妇也是一种攀附。由高攀权贵之门到高攀富贵之户，攀附的藤改了方向，这却使我看到了一种变化，一种社会价值、一种联姻价值观点的变化。"

有个民政厅的驾驶员小C，知道些内情，说："展厅长那个宝贝儿子展玉琪，庸庸碌碌，靠着他老子的面子才能在文化厅当办事员。平时是个'没嘴葫芦'，一声不吭。听说钱百万的儿子名叫钱国华，能赚钱，又会花钱，一张嘴能说会道，现在的人讲实惠，唐姗姗甩掉展玉琪又挑选了钱国华，就是讲实惠！"

诸如此类，什么样的议论几乎都有。这儿叽叽咕咕，那儿喋喋不休，从厅长的儿媳妇去做了钱百万的儿媳妇引起的话题，会演变成一场恋爱观、价值观、社会学、伦理学……方面的争论。

厅长的儿媳妇唐姗姗确实是个可以打八十五分至九十分的美人，有一双梦一般的黑眼睛，具有最美妙的笑容和一口洁白整齐的牙齿。五官、身材几乎无可挑剔，一头潇洒的黑发极有风韵，唯一美中不足的是皮肤略嫌粗黑一些。但现代的美容化妆术完全可以遮盖她的这点缺陷。正因她的美丽，四年前那个春天，当她在民政厅做打字员的时候，就被厅长展志远和他的老伴——在电影发行公司做人事科长的黄菊芬看中了。

黄菊芬是那种能干而又泼辣的女人。她设法从民政厅的人事处了解到了唐姗姗的家庭情况后，就决定要让唐姗姗做她那独生子展玉琪的对象。

她满意唐姗姗的漂亮，觉得找这样一个儿媳妇，儿子一定满意，带着外出也颇光彩。她又满意唐姗姗的家庭，觉得可以算是"门当户对"。

唐姗姗的父亲虽然已经在半年前患脑溢血病逝，但病逝前是从省军区副司令岗位上离休下来的一位五十年代时授过少将衔的老将军。她没有兄弟姐妹，母亲名叫雍丽萍，是教育学院外文系的副教授。老将军死的那年是七十五岁，雍丽萍只有四十八岁，唐姗姗只有二十二岁。老夫少妻小女儿，黄菊芬从这些年龄上可以揣摸出这种婚姻里的一些微妙的情况。比如，老将军一定有过前妻；比如，大学毕业而又美貌的雍丽萍能成为老将军的续弦夫人，很可能是追求老将军的军衔、地位和收入。……这些，是顺理成章、司空见惯的事，黄菊芬比厅长展志远小十多岁，当年展厅长是离婚后才同黄菊芬组成新家庭的。所以，分析估计到这些情况后，黄菊芬不但没有反感，反倒产生了一种同情的亲切感。

黄菊芬是把自己的独生儿子展玉琪看作掌上瑰宝的。儿子的相貌平常，甚至还因为鼻梁太低、眼睛太小而显得难看，这使她认为是终生遗憾的事。偏偏，展玉琪的天资又不高，读书很笨，高中毕业后，连续两年都考不上大学。后来，干脆向爹娘发脾气了："要我死我也不再读书了！……"于是，展厅长只好施展浑身解数，用"交换"的方式，接纳了文化厅龚厅长介绍来的一个大学毕业生，将自己的儿子展玉琪推荐到文化厅办公室去打杂，混成了一个办事员。

小展读书无能，找对象也无能，虽然父亲是厅长，却没有谈成过一个对象。据说，有的姑娘嫌他丑，有的姑娘嫌他没大学文凭，有的姑娘嫌他太闷，口笨心拙……终于，到二十五岁了，还无人问津。黄菊芬就感到自己是个做妈妈的，无论如何不能再不亲自出马了！

那一天，是星期六，由黄菊芬亲自导演了一出好戏。

星期六下午，展厅长找到唐姗姗，十分亲热而且慈祥地说："姗姗，等会儿，我有个重要文件要你赶打出来，你得加个班。是不是先打个电话回家告诉你母亲一声。晚饭你就到我家吃，晚上我派车送你回去。"

无可推辞，唐姗姗当然点头说好，就打电话通知家里，说有突击性工作要迟回去。

她坐在打字室里等待厅长将重要文件交来。谁知等到下班，别人都走了，厅长太太黄菊芬却出现在打字室门口了，说："姗姗，你展叔叔的文件还要费些时间才能拟好，你先跟我回家吃晚饭，吃了晚饭再说。"

黄菊芬具有相当出色的口才，容不得姗姗谢绝，她连拽带拉，一口一个"你黄姨喜欢你"，就将唐姗姗请到了家里。

一切当然是经过精心安排的，别说客厅和卧室等的布置做了炫耀式的精心安排，就连插在雕花玻璃瓶中的一束硕大的鲜红月季也是做过精心挑选的。展厅长回避不在家了，留在家里的除了黄菊芬就是展玉琪。展玉琪今天穿了一套新西装，人不招衣，衣却招人，显得比平时也帅得不少。至于菜肴，那不但丰盛，而且黄菊芬一定是做了调查研究的，因为桌上出现了好几只唐姗姗爱吃的菜——清炒虾仁、豆瓣鲫鱼、香蕈笋片、番茄鸡丁……唐姗姗爱吃什么，办公室的女秘书李素玉知道，看来，黄菊芬一定从李素玉处窃取了"情报"。

这餐饭，空气和谐，有录音机里播放的西洋轻音乐伴奏，黄菊芬表现得十分慈爱而风趣，一反她平日在人事科找人谈话时那种态度。展玉琪简直不说话，但脸上常有一种谦虚和好客的微笑。美国有位哲人说过："无言是谈话的最大艺术。"这晚，展玉琪给唐姗姗的第一面印象是比较好的。这种比较好的印象可能就是来自他的"无言"。他的沉默无言似乎使她觉得这个青年人有一种尊严、朴实、庄重的态度。这给他遮了丑，遮了拙，倒似乎平添了几分睿智。

吃完饭，展玉琪彬彬有礼地退席了，说是厅里有些急事要办，实际却是让黄菊芬有机会和时间同唐姗姗谈话。

黄菊芬扭动着发胖的身肢，陪唐姗姗在长沙发上坐着，给她端来了冲泡的雀巢速溶咖啡，亲切地握着唐姗姗的手，说："姗姗，说真的，你黄姨我真喜欢你。你展叔叔也十分喜欢你。有件事，我想开门见山同你谈谈。我知道，追求你的年轻人不少，但你到现在还没有挑定一个，你展叔叔和我很希望你成为我们家的人。我们就一个独养儿子，刚才你已见过了！我想，刚才你对他的印象一定是不错的。你说是不是？"她等待着唐姗姗的答复，希望从她点一点头或肯定地"嗯"一声上，打开缺口长驱直入。

但，唐姗姗并不缺乏八十年代青年人具有的那种老练和坦率。她毫不忸怩地说："黄姨，您想说什么呀？是说给我介绍对象的事吗？"她音调平静，态度老成，倒给黄菊芬一种认真的感觉。

黄菊芬脸上笑容更浓："呵，就是，就是，你知道，从你黄姨我的切身体会来说，就一个女性而言，走向满足的唯一方式，就是幸福的婚姻。我觉得，你展叔叔和我以及我们的玉琪，是能使你满足，使你得到幸福的。我们是这样喜欢你，你是不是现在就能给我一个满意的答复呢？"

"呵，不！黄姨！我年龄还小，还不想谈婚姻的事。而且，这种事，我不喜欢通过介绍，我觉得，首先还是要双方了解才好……"唐姗姗态度很和缓，但却使黄菊芬感到她想拒绝。

黄菊芬把唐姗姗的手握得更紧，说："也许，你已有中意的人了，但我认为与其嫁给你爱的人，不如嫁给爱你的人。我们家玉琪是会全心全意爱你的。讲门户，我们两家相当；讲学历，玉琪虽未上过大学，但你展叔叔说，只要你一点头，他就要让玉琪脱产去自费上财经学院，搞张文凭是没问题的。玉琪为人忠诚，来给我们介绍女孩子做媳妇的人可真不少，但偏偏你展叔叔和我同你有缘，只看得上你。这有什么办法？女孩子，青春并不长，找对象，你这年龄最合适。我和你展叔叔对你了解，你对我们也了解。你和玉琪的事成功了，你展叔叔和我会十分周到地为你打算的，会给你们安排一个美好的前程。这点用不着我多说，想必你也是会明白的。……"

像"拉锯战"一样，这谈话持续了有半个小时。黄菊芬的话对唐姗姗来说，不能不有一种吸引力。尤其是黄菊芬说的："就一个女性而言，走向满足的唯一方式，就是幸福的婚姻。"这使唐姗姗懂得：如果找了一个厅长做自己的公公，随之而来就是许许多多现在虽看不见将来却必然可以兑现的利益，那是婚姻能得到幸福的保证。唐姗姗早不想做打字员了，如果做了厅长的媳妇，调动一下工作岂非轻而易举？黄菊芬还说："与其嫁给你爱的人，不如嫁给爱你的人。"这话确实带有哲理性。唐姗姗的追求者中，有一个教育学院的助教，仪表不错，有点像电视片《上海滩》里香港那个著名电影电视明星周润发。唐姗姗确实有点暗暗爱他。可是，助教的家庭太差，父亲是一个县里粮食局的小职员，而且兄妹好几个，负担不轻。黄菊芬的这句富于哲理性的话，在唐姗姗理智的天平上起了一种权衡作用。这个八十年代的姑娘终于面临抉择，表现得态度暧昧似乎开始思索什么了。

谈话的结局是，唐姗姗说："我年岁小，这些事需要让妈妈知道。"

有些女孩子遇到了难以自己解决的问题总是会把问题朝妈妈身上一推求得解脱的。唐姗姗没有答应黄菊芬提出的要求，可是也没有拒绝，矛盾似乎"上缴"到雍丽萍那儿了。黄菊芬在亲亲热热地同唐姗姗告别时，打电话把轻工厂开皇冠的小车司机秦师傅找来，让秦师傅送唐姗姗回家。黄菊芬对唐姗姗说："我明天就去你家里看望你妈妈，同她谈谈你们的事。我相信，我们是会有共同语言的。这以后，姗姗，你要常来玩啊！……"

能够将感情与理智调配得很适当，使命运不能把他玩弄于指掌之间的人是幸福的。可是，唐姗姗也许太年轻了，也许她思维和内心深处有一些躁动的因素驱使着她去接受尚不可知的向往与追求。她要取得那种幸福，就不能不付出被命运玩弄于指掌之间的代价。

"女人，应该是创造丈夫的天才"

唐姗姗有一个美丽、宽敞、舒适的家。

这个家里的一切摆设，从家具到墙上悬挂的艺术品，从地毯到顶灯和壁灯，都是她的母亲雍丽萍独具一格地购置、安排和布置的。

雍丽萍一直以为，家庭必须保持美好，使自己迷恋，使女儿欢喜；而经常把家里的房间弄得美观、富丽堂皇，是使家庭温暖的重要工作。

自从同那个老将军结婚后，她就爱把家里打扮得令人吃惊的华丽。那时候，有些客人来时，有的惊奇，有的羡慕，有的在背后窃窃议论："喂，看到没有，那土里土气的老头儿从哪里娶了这么个风流女人，竟把家里打扮得跟美国资产阶级似的。……"

雍丽萍却有她自己的心得：既然嫁了这么个土里土气的老头，我图的是什么呢？我当然图的是他的地位和权势，当然图的是他的金钱和宽敞的住房及轿车。如果我不懂得在这些方面享受人生，那我就是天下最大的傻瓜了！老头在她心目中是很丑的，丑得她和他在一只大床上睡时，每每感到自己命苦。但，撇开老头，她要使家里的一切都能使自己顺眼，而且带来喜悦和舒适。有时候，她把老将军只当作是家中的一具摆设——一具唐三彩武士像或一幅钟馗图。她很少同他说话，她宁可白天同书本做伴，夜里同电唱机或电视机做朋友。

到老将军因病去世后，雍丽萍沾光仍住着原来的那幢"将军楼"的房子。只不过，房子退了一半，住得小了些。她将原先一切使她会联想起老将军的家具，包括那只大床和老将军爱坐的沙发、藤椅等等，连同老将军的衣物用具，全部卖光送光。老将军的照片甚至勋章，也都锁进箱子不再拿出来。然后，她又重新布置起家来，依然使家里既艺术、典雅，又豪华、光彩。她的家具是按国外规格和式样定做的，她的摆设是从工艺品商店和古玩店中挑选的。老将军当年离休后，追随风雅，曾经学过书法，有些书法家和画家送过不少作品给他。如今，雍丽萍将这些书画重裱，删去了老将军的名字依然挂着。在卧室里，面对她睡的大床，墙上挂着一幅大油画，画面上是蓝色的波涛汹涌的大海，这是她早年在青岛买的，这张油画，常引起她许多遐想和回忆。多年来，这张画是一个不变因素，总是悬挂在她的卧室里。春花秋月，炎夏严冬，她躺在床上时，总是会有意无意地瞅瞅这幅画。老将军以前躺在她身边时是这样。老将军现在早已火化，她仍是这样。

这一点，雍丽萍觉得她的女儿唐姗姗并没有发现。雍丽萍也不希望自己的女儿发现。就是亲如自己的女儿，做妈妈的也不能将自己的全部内心隐秘都公开端出来的。往事已矣，留在雍丽萍心田深处的那些人和事，都只能禁锢着，每当失眠的夜晚，才由她自己掏出来重新回味，使心头荡漾着辛辣和酸涩。难以遣走的痛苦，就渗透无法入眠的心。

今夜，当姗姗从展厅长家被用汽车送回来后，详详细细把经历的事同妈妈一讲。雍丽萍坐在卧室沙发上，听完女儿的叙述后，心里就像那幅画上呼啸奔腾的大海，再也无法平静了。

雍丽萍凝望着画上那神秘深邃的大海，看着坐在对面沙发上的女儿，心思很乱。

姗姗是美丽的，也到了可以找对象的年龄了！但妈妈是了解女儿的，女儿有许多弱点：虚荣、贪图享受、娇生惯养，甚至有点懒惰。她不是那种能艰苦奋斗具有事业心的人，相反，却是有点浑浑噩噩没有什么人生目的的人。她很少思考自己应当怎样去创造或安排未来，却仿佛这世界、这家庭必然会带给她一个五彩缤纷的前途。虽是高中毕业，却同书本分道扬镳。她的文化水平是很低的，知识层次也是很低的。间或翻翻报刊，那只是些电影、电视周报及地摊文学方面的小报。离开学校到社会上参加工作以后，姗姗做打字员，每月赚的工资还满足不了她的穿着打扮和吃零食的需要。社会风气的影响，使姗姗在追求时髦和交际上学会了一些本事。她能如背诵乘法表似的讲出各种时装的价格、各种化妆品的牌子和优劣；她能跳狐步、华尔兹、迪斯科；她能唱大批港台歌曲；她能应追求她的男青年之邀去豪华的宾馆跳舞并吃西菜，然后鄙夷地告诉妈妈："他不行，一点没派头！"一次约会之后就蹬了人家。……

面对这样的女儿，雍丽萍不能不有纷繁的考虑。她觉得姗姗必须有个依靠。姗姗自己是无法依靠自己的力量爬入上层求得富裕生活的，姗姗必须找个"靠山"才能有她的前途。

今夜，当听了姗姗的介绍，知道民政厅长要姗姗做儿媳妇，又听说明天民政厅长的夫人黄菊芬要来同她见面谈姗姗的事。雍丽萍觉得今夜必须同女儿把这件事商量定一个轮廓，免得明天无法对答。

雍丽萍点上一支香烟，悠悠吐出烟圈，沉浸在对往事的回忆与心头郁结着的痛楚之中。南窗开着，有轻轻的春风将窗台上那两盆夜来香的花香送入鼻息。她心潮起伏跌宕。她年轻时是不抽烟的。但从同老将军结俪后心情苦闷，就学会抽烟了！她的体会是：高攀权贵的婚姻从物质价值上说是合算的，但没有爱情的婚姻从精神上说是痛苦的。

这是她付出了青春年华、牺牲了情爱而得到的经验教训。但，如何把这向女儿讲呢？她像面对一道数学难题求不出解似的为难了。

雍丽萍认识到女儿不像她自己，她是一个有才华、有思想、有魄力的人，可是女儿只遗传了她的美丽，却没有得到她的天赋和素质。由于书读得少、教育受得少，尤其是由于社会风气的影响，女儿有时在她心目中似乎还带有不少蒙昧、糊涂与愚蠢。但既是掌上明珠，做妈妈的一方面了解女儿，一方面也只能原谅并庇护女儿。希望女儿有一个好男人，因而获得一个好前程，这就是她对女儿仅存的一点希望与要求了。

雍丽萍皱着眉，猛吸了一大口烟，终于开口了："姗姗，你自己的意见怎样？"

姗姗撒娇似的甩甩长发噘噘嘴："我让妈妈做主。"

雍丽萍觉得女儿其实是有倾向性的，从先前姗姗的叙述中，她发现姗姗对能做厅长的儿媳妇其实还是乐意的，只不过一则是对展玉琪的长相、个儿、学历等等还不顶满意，二则是觉得自己年龄还小也许将来会遇到更好的机遇因而犹豫。现在，姗姗把皮球踢到妈妈面前了，怎么能不拿主意帮女儿参谋并做出决策呢？

雍丽萍思索着说："姗姗，最能干的人，并不是那些等待机会的人，而是能运用机会、攫取机会、征服机会、以机会为奴仆的人。以你的美貌，妈妈希望你找到一位王子，但以你的知识才能，加上你的将军爸爸已经去世，目前有个厅长诚心诚意想要你做儿媳妇，我觉得还是可以考虑的。"

女儿虽然对妈妈说的"以你的知识才能"那句话不满，但不能不承认妈妈说的话有道理而且符合自己的心意，用两只明亮的黑眼睛看着妈妈，希望继续听妈妈再说下去。

雍丽萍用眼观察着女儿的表情，窥测着女儿的内心活动，说："对你的终身大事，我是思索得很多的。因为我是你的妈妈，我爱你。但说实话，做正常的女人不能不结婚，但结婚后能得到终身幸福的恐怕不是多数而是少数。妈妈是个过来人，却也拿不出一整套的理论来指导你的婚姻。但有一条是肯定的。你从小娇生惯养，如果因婚姻而陷入贫困，如果婚后堕落成为小市民，那样你既不会习惯，妈妈也不忍心。因此，说穿了，妈妈即使还有些其他体会，但接触到这最根本的一条，也只好不谈。"说到这里，她心情沉重，在烟灰缸里揿熄了烟蒂。

唐姗姗却从妈妈的话里听出了因由，要求道："妈妈，我要您谈，要您把那些其他体会讲给我听。……"

雍丽萍想讲什么，但没有讲。她心里酸甜苦辣咸五味俱全。此刻，心情十分复杂，她觉得在择偶上，走错一步是非常容易的。但如何引以为戒，她却还难以归纳。莎士比亚说过一句话："婚姻是青春的结束，人生的开始。"雍丽萍觉得确实适用于她自己。在她同老将军结婚以后，有一次，在一本什么书上见到一句话："只为权贵而结婚的人，其恶无比；只为恋爱而结婚的人，愚笨至极。"当时，她哭了一场。她不认为这话不对，但却又感到委屈。因为她确是为了老将军的权贵而以青春年华下嫁的，可是她自问并不"恶"。同时，她在实践了同老将军的共同生活后，发觉为了恋爱而结婚的人，其实也并非"愚笨至极"，只不过天下事总有一个规律：有得必有失，有失也有得。她自己依靠婚姻得到了老将军的权势和高档次的生活，却又失去了自己本该享有的爱情。得失之间造成的心情扤陧，谁能理解？向谁倾诉？

而现在，女儿唐姗姗的婚姻大事放在她面前了，女儿如何抉择？她这做妈妈的又如何抉择？人生为什么总是要面临这种难做决定而且关系到命运、前途的抉择呢？

雍丽萍深深叹了一口气，尽量使自己平静下来，看着姗姗那两只美丽的带着疑问的眼睛，说："以后找机会同你谈吧！今夜，我们该商量的是明天黄菊芬来如何给她回答。"

可是，唐姗姗却没有停止刚才的要求，更加执拗地说："不，妈妈，我一定要你把那些其他体会讲给我听。我总觉得您有些事老是不愿讲给我听。你说是不是？"

"你怎么会有这种感觉呢？"雍丽萍语气里带着不安和不快，又从桌上的烟盒里抽出一支烟来吸。女儿大了，早从老将军病重的时候，雍丽萍就察觉女儿心里放着不少问题似要寻求解答了。但像今夜这样坦率地提问，而且语气如此锋利，却还是第一次。她觉得应当像防止决堤的口子似的趁早堵住女儿的嘴，就又补上一句："我可不喜欢你这种态度！"

可是，姗姗用一种拖长的腔调毫不在乎地进攻说："哟！都八十年代了！做妈妈的还这么封建哪？其实，有些事，妈妈您不说，我也有点明白。现在，要解决我的婚姻问题了，妈妈您既然爱我，为什么有些话却要说又不说呢？"

雍丽萍有点生气，一个接一个喷着烟圈，用这来压低自己的火气，但她还是决定不说。自己的秘密，哪怕有些被女儿察觉了，也还是应当属于自己，她至少现在还不想全盘端出来放在女儿的面前，但她知道被自己娇惯坏了的姗姗是任性的。她只能用点手腕来对付，而不是用生硬的拒绝或呵斥来抵挡。

雍丽萍微微笑了，把眼面前尴尬的气氛用笑容来溶解，爱嗔地骂了一句："死丫头！哪来的一肚子鬼心眼！妈妈什么事瞒过你？你倒好像成了福尔摩斯了！全是疑神疑鬼、无中生有的事吧？"不容女儿张口，接着就说，"我有些体会本来是不想讲的，你既然一定要听，那就听吧！你说展玉琪模样一般，不爱讲话，这当然是缺点，但找个像电影演员那样的奶油小生也不一定就好。那样的人未必可靠。……"

唐姗姗插嘴说："所以，妈妈，您就愿意嫁给一个老头子嫁给了爸爸，是不是？"

雍丽萍像吃了只酸涩的青梅，只好不回答，继续说："你别瞎打岔。

我的意思是说，女人应该都具有一种创造好丈夫的天才！比如展玉琪吧！这方面有不足之处，你可以设法在那方面补足！改造他，创造一个好丈夫！"

"就这样的体会？"唐姗姗声音里带着失望地说。

雍丽萍不去理睬她。至少，做妈妈的已经把女儿先一会儿的问题引开了！那是刺痛妈妈内心的问题，是引起妈妈不安和痛苦的回忆的问题。为了掩饰这种心态，雍丽萍接着说："姗姗，你听听总是有好处的。你应当知道，女人嫁给男人，男人应该嫁给事业。……"

"不不不，妈妈，你的思想太陈旧了，还说什么女的嫁给男人！男女平等嘛！"

"姗姗，妈妈了解你！"雍丽萍语气加重了，"你是不可能做出什么大事业来的。你应当依靠男的，所以，像展玉琪，搞张大学文凭的事是十分重要的。这点应当是个条件。你懂吗？如果没有大学文凭，他爸爸就是厅长也难以提拔他！"

这番话倒是使女儿听得进了。唐姗姗突然问："妈妈，那您是同意这门婚事了？"

"不太理想，但可以考虑，不该立刻拒绝。"雍丽萍说，"至少，同你有过约会的那个助教我是不同意的。"说到这里，她又问，"讲了半天，姗姗，你自己的主见是什么呢？"

唐姗姗扑哧一笑："我没有什么主见，就按妈妈的主见办就是。不过，我可不愿意廉价处理！除了要展玉琪混张大学文凭之外，我要调动工作，不当这打字的苦差使。如果结婚，我可不愿意寒碜，大彩电、大冰箱、全自动洗衣机、立体声组合音响外，我还要录像机，家具也要新式的。再说，做他厅长的儿媳可以，住在一块我可不干。再有，五年里我不要小孩，他们想抱孙子我可不干。丑话宁可说在头里，他们不答应，就当没这件事。如果答应，我还得跟展玉琪交往一段。"

女儿胸有成竹地滔滔不绝讲了一通，倒使做妈妈的雍丽萍暗暗吃惊了！原来女儿并不像她想的那样幼稚、单纯、愚蠢呀！甚至，这使雍丽萍感到女儿比她自己年轻时还精明得多！不过，她并不为此喜悦，却反而心里有一种淡淡的哀伤。她也说不清这是为什么。

母女俩闻着已经不太感觉到了的夜来香花香，继续商量着明天黄菊芬来谈话需要注意的地方，然后，姗姗告别妈妈，回房去睡。

雍丽萍却失眠了！她独自静静躺在床上，心头有些燥热，呆呆地发愣。

同女儿的这番谈话与商议，明显地是使女儿又走上了妈妈走过的一条老路，一条攀附权贵以此交换婚姻的老路。这并不是她所希望的。她自己心中对这样的婚姻有过至今难以磨灭的隐痛。她甚至早不止一次地有过忏悔，总结过经验教训。可是，为什么今夜竟又让女儿去走自己走过的老路了呢？啊！啊！……她心酸地想：如果让女儿又走我的老路，会有幸福吗？但是，不让女儿这样，放弃这门厅长儿媳的婚事，她又会怎么呢？她同那个穷助教，那个家在小县城里、父亲是小职员的穷助教又会有幸福吗？……

雍丽萍得不到答案。她觉得唯一可以使她得到慰藉的是：展玉琪不是一个老头儿！而且姗姗同那个穷助教还没有火热到难舍难分的地步。这是女儿与当年的她不同的地方。

在这样想着的时候，她心情变得安适些了！在一种如烟如梦思想着往事的情况下她入睡了！入睡前，她始终静静凝睇着墙上那幅蓝色的大海的油画。入梦后，她又梦见了大海！那美丽而喧闹的大海，波浪滔滔的大海。

于是，在那蓝色的海边的旧事一时又随梦来到了眼前，醒来时，她发现枕上被泪水湿了一摊。……

没有爱情的婚姻必然不幸

唐姗姗的婚事发展得相当顺利。

展厅长和黄菊芬似乎铁定了心要娶这个儿媳妇，什么条件都答应。其实，有些条件姗姗就是不提出来，黄菊芬也早有安排。比如住房，黄菊芬早就在电影发行公司分了个一套二室的四楼住处留给儿子。比如调动工作，展厅长早有安排。比如家具，低价高质的木料早就买好，只要找新颖式样的图纸交给技术高超的木工去打就成。比如那几大件，经过张罗，也无问题。雍丽萍为了大面上亮得过去，答应给女儿和女婿一架录像机和一只冰箱，这就更减轻了展厅长和黄菊芬的负担……

这样，在展玉琪暑假后进财经学院脱产学习后不到一学期，利用元旦，唐姗姗就正式成了厅长的儿媳妇。

黄菊芬笑着对雍丽萍说："你多了个儿子，我们多了个女儿！"

但，雍丽萍并不这样想，唐姗姗搬走后，她感到更加寂寞了。

她常常爱背诵她在大学时代外文系上学时爱背诵的一首英文诗：

A thought went up my mind today
That I have had before—
But did not finish—some way back—
I could not fix the Year：

Nor where it went—nor why it came
The second time to me—
Nor definitely, what it was—
Have I the Art to say；

But somewhere—in my soul—I know—

I've met the thing before—

It just reminded me—'twas all—

And came my way no more.

(今天我心中有一个想法——

我曾经想过——

但没有想好——想到过去——

我说不清是哪一年——

也说不清在何处，也说不清为什么，

它使我再度想起——

它是什么——

我无法把它讲清；

但是在我心灵某处，

我知道——

我曾经遇到这件事，它提醒我——

就是这样，可是再也没有机会想起。)

    雍丽萍背诵起这首诗的时候，心里是凛清哀怨的。而且，不知为什么，就会想起女儿凄凄的婚事。

    有一天，姗姗突然跑回家来住，而且，雍丽萍看得出女儿的眼泡发红，明显是哭过的。

    "怎么？发生什么事了？"妈妈担心地问。

    但，姗姗摇摇头，什么也不说。

    雍丽萍了解：现在的年轻人结婚以后，把闹架当作家常便饭的并不少。做大人的有时胡乱插手并不好,小两口吵吵又会和好的;和好了也又会吵闹的。做大人的应当像俗话所说的那样:"不痴不聋不做阿家翁。"有些事只能明知而不问,装作看不见,听不着。

果然,吵过这次以后,隔了一天,姗姗又回去了。是黄菊芬来把她接回去的,黄菊芬笑着说:"打是亲,骂是爱!嘻嘻,我们年轻时也这样。……"

只是,这以后,风平浪静了一段时间,唐姗姗和展玉琪又连续吵闹过好几次。雍丽萍的耐心是有限的,终于忍不住问女儿了:"姗姗,你们为什么老是吵闹呢?"

姗姗沉默着不回答。

"玉琪他爱你吗?"雍丽萍问。

"不知道。"姗姗回答,她失神的眼凝望窗外。

"那你爱他吗?"

唐姗姗犹豫了一下,朦朦胧胧地又回答了:"不知道。"她低下了头,神情黯然。

雍丽萍心里像被针扎了一下,她没有再多问了,只是深深地轻轻叹了一口气。

是呀,关键就在这里呀!这样的婚姻没有爱情。没有爱情的婚姻必然是不会幸福的。

女儿现在又走上了妈妈走过的老路。

雍丽萍心里感到自我谴责:在女儿的婚姻问题上,我扮演了一个什么角色呀!我自己喝过这样的苦酒,为什么却又让我的女儿拿起同样的酒杯?而且,这酒杯还等于是我递到她手上的。她深深带着悔意。固然,当姗姗和展玉琪结婚时和结婚后,她也得到过安慰,听到过一些熟人用羡慕的神态语气说:"呵,姗姗找的婆家可真不坏!""展厅长那人可能还要被提拔的!黄菊芬是个'路路通',做他们的儿媳妇,是有福气!""展玉琪是展厅长的独养儿子,拿到大学文凭后他老子准会让儿子——哈哈，大展宏图的!"……但现在，雍丽萍却感到自己是个愚蠢的聪明人，似乎干了一件聪明事，实际却很愚蠢。

怎么办呢？没有好的办法。天下常多这样的事，左也不行，右也不行；进也不行，退也不行。当初，如果拒绝这门婚事，难道就是正确的吗？她还得不出这结论。但接受这门婚事是正确的吗？从现在的实践看来自然不是，如果联系雍丽萍自己本身的经历来看，就更不是了! 于是，只能像脚踩西瓜皮——滑到哪里就哪里了! 只要发现姗姗和展玉琪吵闹不和时，她就沉浸在一种阴暗的情绪中。

今夜，也正是这样。

姗姗来妈妈处吃了晚饭，表示今夜不想回去。外边飘洒落着潇潇的春雨，雨声同姗姗的啜泣声搅得雍丽萍心烦意乱。从姗姗说的看来，她同展玉琪这次吵闹并没有什么了不起的大事，仅仅不过是一个逞胜好强，一个沉闷阴冷，为了一点家务事拌了嘴。但演绎开去，却又可以发现两人性格上的差异和兴趣爱好的不协调。两人之间是缺乏理解的，当然更缺乏真正的爱情。

雍丽萍不答应女儿住在家里不回去。因为前不久黄菊芬来看望她时，曾经意在言外地说："其实，小两口闹点口角没什么。白天闹了晚上在一起就又会和好的。就怕白天闹了晚上不能见面，那样倒会产生大的矛盾。"雍丽萍明白：这是黄菊芬委婉地在提出意见，不让雍丽萍在女儿和女婿口角时留女儿在家住宿。所以，今夜，好说歹说，还是让姗姗穿着雨衣踩着泥泞骑自行车回家了。只是送走女儿以后，她孤零零坐在卧室的沙发上，吸着烟，听着淅沥的雨声，看着墙上那幅画上的蓝色大海，心情更加压抑。

她喷出的烟缭绕在空中，如烟的往事，不绝如缕地重新展现在眼前。……

人为什么要有记忆呢？那些往日有过的欢乐和痛苦，那些抉择中的得失与正误，随着霏霏的春雨刹那间都涌上了心头。

当雍丽萍在大学里攻读外文系的时候，她是系里被人注目的一个女学生，那是因为她明眸皓齿，长得美丽，聪明灵巧。谁第一面见到她，都会感到眼前一亮，站着的是个美人。她的功课又好，大学时代在一些报刊上就发表了一些她写的诗或她译的文章。虽然那时学校里不准学生谈恋爱，但暗中用爱神之箭射向雍丽萍的人却并不少。雍丽萍俨然像一个女神，使一些人倾倒。这使她变得既自卑又自尊，既自卑又骄傲。

她为什么自卑？那是因为她的父亲——一个旧社会税务局的旧职员，在"三反"运动中畏罪自杀了！到底罪有多大，由于人死已弄不清，只是，这却成了雍丽萍的沉重的包袱。

雍丽萍的母亲，苏州的一个小学教师，勤勤恳恳用自己的劳动所得支持女儿上学。生活当然辛酸。母亲含辛茹苦的希望是：女儿大学毕业后能找到一份好的工作，能有一个好的爱人。这种观念，对雍丽萍当然有影响。她知道自己出身不好，知道母亲的期望很高，知道自己必须努力学习，掌握工作的技能作为本钱，也知道自己的美丽是一笔"资本"。用这笔"资本"应该找一个好的爱人，使自己能有所依靠，能将自己不幸的条件和处境通过婚姻大事来一个彻底的转化。

外文系的一个男同学名叫司马永安，从二年级起就常对雍丽萍表示出不同寻常的好感。这种好感，雍丽萍是深深感觉到的。

天长日久，雍丽萍觉得司马永安不但仪表好，而且气质好。司马永安成绩固然拔尖，而且是高干子弟，父亲是S省的一位副省长。但他平时从不在这方面显示自己。他的英俊、潇洒、亲切，是通过平时谈吐间他对国家民族的一片责任心、事业心和他求学的一腔热诚透露出来的。于是，骄傲美丽的雍丽萍被爱神之箭射中了。她和司马永安之间的恋爱进程在大学四年级时加速了。同学们大多都知道他们之间的关系，有羡慕的，有妒嫉的。但就连妒嫉的也感到他俩是很般配的一对恋人。在青岛那海鸥"呕——呕"叫着的海滨，海浪拍击着沙滩，水天浩茫，一对陷入热恋的青年大学生海誓山盟，享受着他们从未有过的欢愉，直到毕业前夕。

恋爱的正常现象，最后必须以结婚来完成。偏偏司马永安的父母对儿子找的这个对象采取了激烈反对的态度。尤其是当他们知道了雍丽萍的家庭情况时，这种反对更加陷入了无法调和的境地。司马永安的母亲特地来到青岛，要同雍丽萍见见面。

雍丽萍鼓着勇气去了。

司马永安的母亲是省报的一个副社长，十分精明能干的一员女将。在招待所同雍丽萍见面后，表现得很热情、慈祥，只是她反对儿子同雍丽萍结合的决心是不可动摇的，尽管雍丽萍给她的印象并不坏。谈了一些闲话后，她突然从皮包里摸出一个玉雕的空心镂花环来，薄如碗瓷片，只有茶杯口大小。

"你看，这个玉雕的空心镂花环好不好？"她平静地问雍丽萍。

"好！可爱极了！"雍丽萍暗忖：难道她改变了对我的印象？改变了主意？要送我这个玉环？……

"是呀，是可爱的！"想不到司马永安的母亲忽然将玉环往地上一扔，"嚓"的清脆声一响，玉环碎成了几瓣。

雍丽萍瞅着司马永安的母亲那突然变得异常严肃的面容，被她这奇怪的举动惊呆了，真不知她为什么要这样，不禁"哎"了一声。

可是，司马永安的母亲脸如涂霜开口说话了："这个玉环，司马永安从小佩戴过。我和他父亲都很爱它。你刚才不也说它可爱极了吗？可是，你想过没有？我们爱它，能保护它，你如果爱它，就会损坏它，就像现在这玉环一样！……"

不用多说了！雍丽萍懂得"宁为玉碎，毋为瓦全"在这件事上的独特含义。司马永安的母亲的这一隐喻，以后多少年都像毒蛇似的啮痛着雍丽萍的心。

那次同司马永安的母亲的短短的见面和匆匆的离别，也正是雍丽萍与司马永安短短的相恋和匆匆的诀别。雍丽萍铁定了心，拒不再同司马永安见面。那时，住校的学生，男女宿舍分开，要见一次面必须预先约定。司马永安给雍丽萍写了好多信，雍丽萍都给他原封不动地寄退回去，以表示自己的坚定。她听到有的女同学说："司马永安最近丧魂落魄，头发不理，衣也不换，不知怎么搞的？……"她明白这是为什么，她内心对司马永安并无不满，而且还是深深爱着司马永安的。只是理智使她控制自己的感情。为了司马永安，也为了自己，她不愿再同司马永安保持关系。

偏偏，在这时，面临分配了，她听到一个传闻，由于司马永安母亲运用了权势的影响，她将被分配到江苏省苏北的一个小县城里去。……她明白，这是为了从地域上来拆散她和司马永安。其实，又何必如此呢？这不也太残忍了吗？这使她进一步了解到权贵的重要，却也进一步认识到自己的可怜与渺小。

就在面临分配命运莫测之时，一件意外的祸事闯进她的生活，以后又彻底改变了她的处境和命运。

那天下着夏季常有的那种雷暴雨，她在校门口遇到了司马永安的一个好朋友朱俊生。朱俊生拖她在传达室屋檐下避雨，并且递给她一个装着东西的信封，说："司马的父亲患急病来了电报，他匆匆回去了。这一阵子，你拒绝同他见面，他十分伤心，你把他的信都原封退还了他，他更难过。这封信请别再退了！你收下，他要你尽快给他写信。……"

信封里装的是去年端午节时，雍丽萍用金纸和彩线扎的一串三个粽子。一大二小。她送给司马永安时，司马说："美极了！我一定终生保存。"但是，信封里没有信。

雍丽萍把信封塞进口袋，心里发酸。天上的雷雨，那雷声似是她的呼号，雨水似是她的眼泪。她蓦然拔腿冲向雨中，想奔跑到海边去看看雨中那蓝色的大海。那海边，有她和司马留下的脚印；大海可以做证，他们曾对海盟誓要终生相爱。可是，如今一切都成泡影。这是为什么？为什么？……朱俊生拽不住她，看着她浑身淋着雨，身影消失在迷蒙的雨雾中。

雍丽萍很不幸，当她丧魂落魄地奔跑着冲过岩边一条柏油路时，正巧迎面驶来一辆小轿车。"嗞"的一声，轿车虽然刹车得快，却已将她撞伤甩在路边，晕厥过去。

当她醒来时，躺在一所部队医院的单间病房里，身边有医生和护士，还有一位军装笔挺的军人。原来，这位将军的轿车撞伤了她，她有轻微的脑震荡，小腿骨折有裂纹，一点外伤则是很快就能治好的。

病中，忠厚的将军对她殷勤得无微不至，关心她的一切，不断来看望她。在了解了她的情况后，甚至主动提出要让学校将她就分配在青岛外事部门工作。渐渐，她才知道将军一年前丧偶，一个女儿已经出嫁，远在兰州。她也发觉：将军对她，怀着的不仅是撞伤她的歉意，也不是她误解成的那种长者之爱，而实际却是一种凤求凰的两性之爱。这使她瞠目了！

雍丽萍面临抉择。

将军的年龄可以做她的父亲，但将军的权势可以使她富贵。人世的波涛，使她体会到"大丈夫不可一日无权"的含义。出身所造成的贫贱与被人歧视，以及司马永安母亲对她的排斥，使她产生了复仇心理！她想向上爬！想攀附将军的金色领章成为"人上人"！

嗨嗨，让你们瞧瞧我吧！看谁还能欺侮我、作践我！……雍丽萍决定付出自己应付出的代价，用自己的青春美貌来换取自己要获得的一切。

秋天的时候，她答应了将军的求婚，成了将军的续弦夫人。……

"厅长几个钱一斤?"

唐姗姗已经很难说清自己同展玉琪之间婚后这几年是怎么度过的了。日子过得太无味了!

回想起来,她觉得窝囊得很,她怎么能同展玉琪这样一个沉默寡言,唯唯诺诺,既无男子气概,又吝啬自私得要命的人成为夫妻了呢?她同他不合适,他也配不上她。

今晚,她很高兴。这样的生活,婚后还没有过。舞厅里眼花缭乱的灯光、震耳欲聋的喇叭、撕心裂肺的歌声、朦胧昏暗的环境,都使她感到新鲜而又神秘,都给她一种无可名状的痛快的感官刺激,在这里,她心里有些不安,但那种在家里与展玉琪同床异梦的困惑不安的失落感却消除了。

坐在她面前的,是鼎鼎大名的"服装大王"钱百万的儿子钱国华。

这青年人,个儿很高,足足一米八,脸上整过容,那双眼皮看得出是做过手术的,高高的鼻梁可能也垫高过。但总的来说,不难看。也许他身上那套漂亮棕色西装和那条花点红领带使他风度比展玉琪强得多。唐姗姗觉得他有点像台湾的电视剧《昨夜星辰》里那个演周建邦的男明星。

刚才,跳迪斯科了!舞曲疯狂,钱国华同唐姗姗随心所欲地扭动着身子。头上太空灯盘旋,频闪灯闪烁,脚下走珠灯跳跃,他俩同许多舞客一起,合着高音量的乐曲,时而双脚乱踏,时而双手乱挥,时而抖动屁股扭动腰肢,时而弯腰屈背,跳得真是自由自在、无拘无束,跳得非常洒脱富于节奏。两人都出着汗,喘着气,眼睛闪烁,神态亢奋。

"快乐吗?"钱国华问唐姗姗,并且又递过一罐可口可乐来,他自己则拆开一盒万宝路吞云吐雾般地吸将起来。

唐姗姗没有回答，却点点头，笑着看了他一眼，吸起可口可乐来。

　　她是在繁华的春光路上拍照时认识钱国华的。春光路上的春光摄影艺苑是钱国华开设的。他自己也亲自给顾客摄影。这家打着"特聘港澳名摄影师专摄各种艺术照"和"留下青春的美丽、留下美好的回忆"的招牌的照相馆，有它的神秘处。一是橱窗布置豪华艺术，陈列着不少外国人的照片；二是价格特别昂贵，简直高出于普通照相馆六七倍。可是也正因如此，却能迎合一些人的消费心态，觉得"便宜无好货"，越贵的东西越是精彩，来春光摄影艺苑摄影留念的人络绎不绝。

　　钱国华是到过深圳的，在那里的确拜过一位香港照相馆里的技师做师父。从深圳回来开了春光摄影艺苑后，让那位香港照相馆里的技师在春光摄影艺苑挂了个名，并且"示范"了两个星期。那人走后，钱国华的名片上一边中文另一边是英文，写的三个衔头是："春光摄影艺苑经理、香港华艳摄影中心特约摄影师、大陆人体摄影艺术研究学会副会长"。好在，这名片上的把戏现在并无法律可以追究，也无人闲得想去追究。香港本来就没有什么"华艳摄影中心"，大陆也还没有什么"人体摄影艺术研究学会"。好在这名片拿出去，是声威赫赫的。春光摄影艺苑的名声和钱国华的名气一起大振。钱国华自己也想不到会赚那么多钞票。晚报的一位女记者在春光摄影艺苑免费拍了一套放大十二寸的时装艺术照，在晚报上写了一篇专访，给钱国华和他的艺苑吹嘘了一通，招来的顾客更像流水。唐姗姗也就是其中之一。

　　唐姗姗想不到钱国华对她竟这么客气，亲自给她摄影的那天，就一再赞美她是多么美丽，宣称照片拍成后要选一张放大搁在橱窗里，希望唐姗姗能够同意。

　　照片洗出来后的次日，唐姗姗去取照片，想不到竟真的看到自己的倩影出现在春光摄影艺苑的橱窗中，与那些西洋美人的彩照放在一起。钱国华特意加放了一张与橱窗中照片同样大的彩照偕同其他照片一起赠送给唐姗姗，说："这是理应奉送的。唐小姐的玉照能放在我们的橱窗里，是对我们最大的照顾和支持。"

这使唐姗姗对钱国华产生了一些尊重。橱窗里陈列了照片以及钱国华的赞美，满足了唐姗姗的虚荣心，钱国华的热情与豪爽大方，加上他那讲究的西装，给了唐姗姗好的印象。双方谈了起来，熟悉起来。唐姗姗说她对摄影有兴趣，钱国华说欢迎唐姗姗来玩，他可以传授技术，而且以后拍了胶卷可以送来给他冲洗。握手分别时，钱国华说："唐小姐，橱窗里那张照片我认为拍得还不够好。我希望您能给我机会，最近让我再重拍一张。……"

唐姗姗当时微微笑笑，但隔了一天，唐姗姗竟就来到春光摄影艺苑找钱国华了！

这是因为唐姗姗把照片拿回家去以后，当展玉琪知道唐姗姗竟花了那么昂贵的价钱拍了照片时，展玉琪阴沉着脸十分不满地说："你发疯啦!?"唐姗姗其实是估计到展玉琪会这样的，所以明明钱国华没有收款完全奉送，却有意将照片的价钱讲了，将这笔钱扣下作为"私房"。听展玉琪说话难听，说后就板着脸生闷气，她也心里生气。两人拌了几句嘴，第二天下班后，唐姗姗就不回家，却奔春光摄影艺苑来了！

钱国华热情接待唐姗姗，替唐姗姗化妆，替唐姗姗重新拍照，一再赞美唐姗姗的美丽。为了这，他回绝了好几个顾客，请唐姗姗在楼上的休息室里喝咖啡。两人谈得十分投机。从摄影谈到工作、生活……

"你爱人在哪里工作?"唐姗姗不经意地问。

钱国华笑了："我还没有结婚，没有爱人。"

"那是为什么?"

"事业嘛!"钱国华充满了自我表现欲，"我早发誓，要有了几十万元的经济基础再考虑婚姻。再说，人海茫茫，知音难找呵!"

唐姗姗感到对方很有意思，忍不住又问："我看你这艺苑营业情况不错。现在你的经济基础该够有考虑婚姻的条件了吧?"

"哈哈，不瞒您说。"钱国华一直把唐姗姗称作"您"，这使唐姗姗满意，"专靠这个艺苑赚上几万块钱是十分容易的，但要赚上几十万元却还不行。不过，我现在户头上的钞票已经不止五十万了。那是因为我的老头子贴补了一点给我。我老头子可能您也知道，他就是'服装大王'钱百万。我是他的独生子！"

唐姗姗说不出听了这些话自己心里是什么滋味。忽然，心情变得阴暗起来。想起了自己那过早实现的婚事，想起了自私而又无味的展玉琪，想起自己这几年老是吵吵闹闹的夫妻关系和这几年平淡刻板的生活，甚而想起即将离休而现在已经退居二线了的公公，想起了虽然精明能干却已退休一年了的婆婆。更想起了由于物价高涨而引起的对未来的忧虑。……她默默无语，若有所思。

奇怪的是，钱国华扔掉手里刚吸了半支的万宝路烟，忽然又叼上一支烟，并从袋里掏出一张崭新的五十元钞票，摸出打火机，"啪"地烧着了钞票，却用燃烧着的钞票来点香烟。钞票点着了，烟也燃成了灰烬。看得唐姗姗目瞪口呆。

唐姗姗心里明白这是钱国华有意炫耀自己的富有，却忍不住下意识地"啊"了一声，说："你这是干什么？……"

"嗨嗨，没什么！钞票，不过是些花纸头罢了！没钱时想钱，有钱了又觉得没意思。钱多心不安，大把地花钱倒是一种快乐！"

唐姗姗默然无语，陷入深思，不无羡慕。

钱国华两只精明的眼睛盯着唐姗姗的黑色大眼，似乎要窥探她的内心奥秘，继续说："我老头子这一向一直要我赶快结婚。要是我结婚，他要专门给一张大额支票给我。可是，我能得到的，我不想要；我想要的，却得不到。"他的眼睛似乎会说话，看着唐姗姗，表达出一种唐姗姗能感觉到的热情。真是无言胜有言。

唐姗姗警觉到了这一点，一种内心的自我制约刹那间涌上心头，站起身来，说："呵，我要回去了！时候不早了！"

钱国华热情挽留，说要陪唐姗姗到金城宾馆吃晚饭："那里有海味可吃，三鲜鱼翅、番茄焗明虾比国宴上的菜肴滋味还要好。……"

但，唐姗姗谢了他的好意，同他告别。

临别时，钱国华深情地说："唐小姐，明天您就来看照片的样子好吗？要是您不满意，我就再替您重拍！"

唐姗姗没有说来，也没有说不来，含着淡淡的微笑向钱国华握手告别。天早已黑了，春光街上人群熙熙攘攘如同潮水。唐姗姗决定回去，但想起家里展玉琪那阴沉的脸和家中那沉重冰冷的气氛，就不想回去了。她在外边逛马路，然后在一家小馆店里吃了碗面条，也不知为什么，自己为自己悲哀，觉得自己本应是一个高贵的公主，如今却降低成了小市民的水平。厅长的儿媳妇算什么？尤其是已经退下来的厅长能值几文？嫁给了展玉琪，那真是"鲜花插在牛粪上"了！……先一会儿，钱国华在她面前的表演，钱国华的富有连同他的用钞票点烟，要请她去金城宾馆吃鱼翅和明虾，钱国华的言谈，都拨动了唐姗姗敏感的神经，给了她的心灵极大的冲击，使她的心情变得十分恶劣。

唐姗姗回去得很晚，那夜同展玉琪吵闹得很凶。展玉琪竟掷了一只玻璃雕花花瓶，唐姗姗则掷了两只热水瓶和一只装了她与展玉琪合影的金色镜框。"砰""乒"邻居们都惊动了！

次日下班后，唐姗姗干脆不回家了。她径直去到春光摄影艺苑。钱国华热情恭敬地迎候着她。真的请她到金城宾馆吃了精美丰盛的晚饭。一顿饭居然付出了唐姗姗半年的工资。钱国华真可说是"一掷千金，毫无吝啬"。然后，钱国华邀请唐姗姗去金城宾馆的舞厅里跳舞。去之前，他从西装上衣口袋中掏出一个丝绒戒指盒来。打开小盒，一枚白金镶的金刚钻钻戒闪闪发亮。他要唐姗姗收下，说："一点小意思，是从香港买的。金戒指太俗，又不值价。香港的上层太太小姐，都只戴钻戒。请一定收下。"

唐姗姗激动了，但却坚决拒绝了钱国华的好意。她不能不想到自己的家庭出身，也不能不想到自己是厅长的儿媳妇。这使她矜持起来。只是她对钱国华不能不有好感。她接受了钱国华邀请她跳舞的要求。而且，那晚，她跳得非常高兴。自然，回家以后，她同展玉琪的吵闹又继续发展下去。展玉琪开口怒吼了，一定要她如实说出："这么晚回来，是在外边干什么？"她却偏不说，同床异梦已经发展到势如水火。一场暴风雨的来临已经不可避免。

堤坝有了决口，是难以阻挡汹涌的洪水冲击的。自从唐姗姗答应了钱国华邀请她跳舞，有了第一次，就也有了第二次、第三次……共享着喷香的咖啡，交换着婀娜的舞步，无拘无束的自由气氛，爵士鼓的强烈节拍带来的甜情蜜意，满足了内心自尊的虚荣，发泄了过剩的精力，抚慰了唐姗姗哀怨而寂寞得疲惫了的灵魂。她虽然曾经由于钱国华是个个体户而难以排除自己那种"不要降低身份"的观念。但，现在随着钱国华的富有，随着一种拜金思想的树立，她彻底投降了。

钱国华有一次对她说："如今，钱能通神！有次我坐飞机，身边是个中央的部长，我穿的英国雪铁龙大衣，哈哈，他穿的半旧国产风衣寒碜得很。有次坐火车，花了钱，我照样睡软席卧铺。吃饭时，我在餐车里吃酒席，同房的三个人，一个厅长，一个教授，一个高工，都只敢啃自己带的面包冷馒头。清官无钱也无势，我们发了财的个体户却能有钱又有权。哈哈，时代变了嘛！……"

唐姗姗听了哑口无言，心里点头。

钱，能使唐姗姗快乐！与这个个体户一同寻乐，看他花钱，使唐姗姗满足。终于，唐姗姗在一天晚上，接受了那个钻戒，也接受了钱国华的追求。

"啊，姗姗！我可以使你（现在他改用你了）过公主一样的豪华生活。只要你同我结婚，我们的住处可以买一厅四室的，全部用新式组合家具，铺上镶花地板，装上水晶吊灯，安好空调，设置全套家用电器。你可以学会开车，让我老头子送辆小轿车给你做见面礼。我俩可以去四大名山、五岳仙境旅游度蜜月。……"钱国华富于诱惑力地勾画了一个未来生活的轮廓。唐姗姗听了自然不能不无动于衷。

"可是，我同展玉琪……"唐姗姗似自言自语，又似提出问题。

"离婚好了！现在的事，离婚还不容易？"

"我妈妈那里怎么办呢？"

"你去做她的工作。告诉她，八十年代了！老脑筋该改改了！再说，我们的事我们定！我们如果自己真要做主，谁也影响不了我们的！"

"我怕事情宣扬出去，压力太大！"

"不要怕！什么事不冒风险能成功呢？我老头子能成为'服装大王'就是冒了风险的。我开这春光摄影艺苑也是冒了风险的！再说，我追求你，也是冒了风险的，不然能成功吗？"

唐姗姗被钱国华的话逗笑了。只是心里的疙瘩并未消除。她有了同展玉琪离婚的念头，但并不坚定。他的文化心态使她懂得：婚姻出了问题，压力是很大的。况且，她明白：妈妈雍丽萍那里固然是一道难关，而婆婆黄菊芬更是一只拦路虎。黄菊芬不是个好对付的人，她一手操办的独生子展玉琪的婚姻，如果出了离婚这样的大事，她是不会善罢甘休的。

怎么办呢？唐姗姗不能多想，想了就要心烦意乱。

她的估计也没有错。

今夜，从金城宾馆跳舞厅里出来时，天上下着霏霏细雨。钱国华叫了一辆出租车送她到住处附近。唐姗姗从出租车里下车快步走向住处时，却意外地看到一个打着雨伞的人叫了她一声："姗姗！"

唐姗姗吓了一跳，定神一看，原来不是别人，正是自己的婆婆黄菊芬。她心里有几分明白了：我的行动，看来是被人在注意监视着了！要不，怎么下着雨的深夜，她会在这里守候着呢？刚才，钱国华在出租车上，可能被她看到了！真糟呀！……唐姗姗故作镇静地说："呵，是妈呀！您在这里干什么？"

"进去谈吧！"黄菊芬走上来移过伞盖，同唐姗姗合打一把雨伞一同走进家去。

这是一个非常非常难熬的夜晚。

回到家里，在由于电压不够又由于展玉琪节约而不肯用大灯泡的昏黄灯光下，唐姗姗看到不但黄菊芬的脸色十分难看，展玉琪的脸色更是乌云密布，两只眼珠瞪得凸出，像要吃人。

"你到哪里去的？"黄菊芬问。

"到妈妈那里去的！"唐姗姗紧张加上慌张，言不由衷。

"胡说！"展玉琪大叫，"我到你妈妈处去过了！你全是骗人！"

"好呀！我这点自由都没有啦！"唐姗姗气得脸色煞白，"我爱到哪里去，谁也管不着！"

"我是你丈夫！我怎么管不着？我偏要管！"

"我就不给你管！同你结婚并不是卖给你了！你别糊涂！"

黄菊芬本来气势汹汹，这时怕闹得太僵，说了一句圆场话："别闹！心平气和地谈吧！"

展玉琪突然坐在那里用手拍桌子又用手打头："我瞎了眼了！找了你这样的对象！我瞎了眼了！你这不要脸的东西！"

唐姗姗火了，心虚口硬地嚷："我怎么不要脸？你说！……你骂人可不行！……"

"别以为我不知道！你跟别的男人上金城宾馆跳舞！你还顾点脸面不顾？"

唐姗姗猜测到自己与钱国华的交往可能已经被展玉琪知道，但又估计他不可能知道全部详情，但一种厌恶展玉琪与黄菊芬的感情，连同一种破罐破摔的情绪同时支配着自己，她高声说："造谣！既然你们这样骂我！这样污蔑我！那我们就分手！……"

黄菊芬严肃而又怒恨地冷冷插上一句："别忘了你是展厅长的儿媳

妇。"她的话里也有运用权势压一压的意味。

但，出乎她意外地，唐姗姗鼻子里冷冷一哼："什么厅长不厅长！厅长值几个钱一斤？我不在乎！"

黄菊芬气炸了，哭泣着嚷嚷："好呀！你这没良心的货！我们待你哪点不好！你现在竟说这样的话！……你疯啦？……"

展玉琪风风火火跑上来，突然揪住唐姗姗的头发，"啪"的一个耳光重重打红了唐姗姗的左腮。黄菊芬要拦也没拦住。

矛盾激化了！

唐姗姗整整头发站在那里，泪水挂满了两腮，用左手捂住脸，大声说："好！你打人！我上法院告你！"一刹那，她那同展玉琪离婚的念头十分坚定了，她高声说，"离婚！一定离婚！……我不离婚不是人！……"

展玉琪突然像个泄了气的皮球似的捂着脸，回到原来的椅子上坐下，呜呜咽咽地哭了起来。

唐姗姗却不哭了，只是她嘴里一再重复着大声有决断地说："离婚！一定离婚！我什么都不要！只要离婚！……"她的眼里有梦幻的神色。

黄菊芬那样一个能干果断的女人也感到难以收拾了。她有一种预感：情况不妙。她含着泪水说："明天，明天我就去找亲家谈，找你妈妈谈，让她评评理！……"

历史的重演

一切都完全出乎雍丽萍的意外。

昨天，黄菊芬一把眼泪一把鼻涕来找雍丽萍讲了姗姗的事。这对毫无所知的雍丽萍造成了很大的刺激。她打电话到厅办公室找姗姗，接电话的人说："唐姗姗没有来上班！"

整整一天，她没去学校，心情寥落，像病了似的浑身无力。如烟的往事，常与姗姗的事纠缠在一起。

她觉得自己可以理解女儿姗姗的心情，但只是一部分而不是全部。女儿做厅长儿媳妇的这门亲事，现在看来并未给女儿带来幸福。可见一件事动机与效果常常是难以一致的。

自从婚后到现在，她无数次地发现小两口的龃龉与不和，却又感到无可奈何。归根结蒂，高攀厅长，图一个"厅长儿媳妇"的虚名，是难以补偿女儿的损失的。那就是因为小两口并不般配，没有爱情。

这正像重复了她当年的错误一样。

那年，当她同将军结婚时，虽然明知道将军的年龄可以做自己的父亲，却仍决断地"自投罗网"，为了从高攀中获得荣耀与生活享受以及政治地位的满足。但婚后不久，她就感到了心灵上的痛苦与感情上的歉疚了。

夫妇之间，除了两性关系外，要有感情，要有友谊，要有共同的志趣爱好和事业心才行。雍丽萍记得，那段时日，她很痛苦。虽然自我克制，却总是不能忘情于司马永安。而且，思念司马永安的心更浓更强烈。人总是这样的：得到了的东西常不稀罕，失去了的东西更觉珍贵。同司马在一起的许多往事总在眼前翻腾。

有一天，她忽然想起了那下着夏季雷暴雨的上午，在学校门口传达室屋檐下遇到司马永安的好朋友朱俊生的情景。朱俊生递给她的信封中，有那用金纸和彩线扎的一串三个粽子，当她被汽车撞伤时，是放在口袋里的。后来，从口袋里取出，她伤愈后一直珍藏着。并没有什么特殊的用意，只不过是私自作为一种纪念罢了。但今天，她忽然有一种奇怪的想法。那是因为她刚阅读了一本知识性刊物上的一则逸闻，题为《拿破仑的最后错误》：

　　拿破仑·波拿巴（1769—1821），是法国资产阶级政治家和军事家，法兰西第一帝国和百日王朝的皇帝。滑铁卢战役失败后，他被终身流放到圣赫勒拿岛。

1816 年，他收到自己密友托人辗转送来的一副由象牙和软玉雕成的象棋。拿破仑每天都拿着这精致的棋子玩赏，后来索性自己和自己下起棋来了。拿破仑死后，这副象棋曾多次高价拍卖。但是在不久之前，这副象棋的收藏家才发现一个惊人的秘密。他偶然发现一颗棋子的底部松脱了，里面藏着一个纸卷，上面有让拿破仑从圣赫勒拿岛潜逃的十分周密的计划。拿破仑完全没有想到这一点，尽管他成天拿着棋子玩，却没有把棋子的底部拧开过，一个详尽可行的潜逃计划就这样付诸东流了。

瑞典的《每日新闻》报道说：命运又一次把拿破仑·波拿巴"将"死了。

这触动了雍丽萍的思绪：

咦？雍丽萍想：司马永安托朱俊生把这串端午节扎了做玩意儿的小粽子交给我是什么意思呢？他是不会无目的地这样做的呀！他没有写信给我，也没有托朱俊生带什么话给我，却只用信封装了这串玩意儿给我，这是为什么呢？……

刊物上那则《拿破仑的最后错误》的逸闻，使她突然浮想联翩。

雍丽萍想：这串玩意儿我一直未曾好好看一看，我当时把它收在口袋里，不幸给汽车撞伤了。伤愈后，在那件上衣口袋里找到了它，就将它藏在我的一只废置不用的提包里。现在，那提包和一些杂物都放在那只五斗橱里。……在一种思念司马永安的绵绵思绪感染中，她迈步赶到五斗橱前，打开了橱门，拿起了那只旧提包。

那串用金纸缠上彩色丝线做成的三只小粽子又出现在她的面前了！

她仔细看着那三只小粽子。这彩色丝线是她缠绕上去的。当时，司马永安高兴而喜爱地收下她赠送的这串小玩意儿。曾说："我要终生保存……"既然要终生保存，为什么又退给我了呢？雍丽萍把玩摩挲着这串纪念品，忽然灵机一动地想：会不会司马永安有信塞在这三只小粽子里呢？……

怀着一种忐忑而又侥幸、紧张的心理，雍丽萍忽然发现那三只粽子中最大的一只上的彩色丝线明显是重新缠过的。

"啊！"雍丽萍微喟起来，因为确实这只重新缠过彩色丝线的粽子有点蹊跷！她急匆匆地用手扯散彩色丝线，那用金纸折成棱角的粽子散开来了！雍丽萍两眼发亮，发现果真在粽子里藏着一个小纸卷呢！

"啊！啊！司马永安！司马永安啊！……"

雍丽萍几乎要晕倒，心跳得像在擂鼓。她手抖颤着将小纸卷打开，一笔用蝇头字写的一封信呈现在她的面前：

亲爱的丽萍：

请相信我爱你的真诚。任何力量都不能使我不爱你。父母如果有伤害了你的地方，请你原谅，但不要迁怒于我。你为什么不看看我给你的那些信呢？难道你不想听听我的心声？不想通过我们的共同努力来完成我们美满的婚姻吗？

刚才收到电报，父亲病重，我立刻得回去，无法见到你。但我已决定：为了你我宁可丢掉我的家。我对我的家——我的父母已放弃了幻想。这是我给你的决定我们命运的一封信。我们结婚吧！一切后果都不必去考虑，只要我们能永远相爱！我们可以不顾一切。如你答应我的要求，请打个电报给我，电文就写"答应"两字即可。我收到电报后会立刻来找你，对一切做出妥善安排的。

我急切地等待你肯定的答复。请保重。

永远属于你的

司马永安

雍丽萍读完了司马永安的信，热泪涟涟，但，这是一封被延误了

218

这么久这么久的信！一封无法补救终生遗憾的信。

经历过汽车撞伤后的脑震荡，虽然后来痊愈了，雍丽萍也不能确切记得收到朱俊生交来那只信封时听到的话了，何况当时她是在心情枉陉中。

好像朱俊生当时是说过的："……这封信，你收下，他要你尽快给他写回信。……"

但，当时，拆开信封，没见有信，也未想到信是藏在这串小玩意儿里面。后来，就被轿车撞伤了！……一切都被延误了！一切都无法挽回了！……司马永安的情况如何？已不知道。雍丽萍同将军结婚后，曾故意把这消息让同学们知道，那司马永安肯定也是知道的了！他会怎样想？他会怎样难过？……啊！啊！可是一切都已太晚太迟被弄得太糟了！已经无论如何也无法挽救了！啊！啊！……

这正同拿破仑一样，是犯了一个致命的改变人生命运的大错误哩！

雍丽萍后悔莫及，却又明白：也不能全怪自己的疏忽和延误，主要问题还是自己曾在那种情绪和心境下自愿去追求一种攀上权贵之门的道路。恰好将军的轿车撞伤了她。于是，后来就……

唉，没有幸福的婚姻是多么痛苦！她在同将军结婚以后那种失恋后内心的寂寞是无法向人倾诉的。那真是一种难以言说的灰暗的生活呀！……

如烟的往事，使雍丽萍无限悲哀。但女儿姗姗现在发生的婚变，更使雍丽萍痛苦。雍丽萍的心情十分矛盾。让姗姗同展玉琪结婚，她觉得自己有责任；现在姗姗同展玉琪母子闹得不可开交，而且按黄菊芬提供的材料，姗姗变得非常浪漫了，雍丽萍又觉得自己不能说没有责任。

黄菊芬那张表情丰富的脸出现在她脑海中，那尖酸刻薄的语气使她心烦："雍大姐，我们是亲家，应当无话不谈。说老实话，当时挑选你的女儿，我们也是因为知道你的德行好。老话说：'娶妇须观其父母德器'‘择妻注意其母’，现在姗姗这样了，你得帮我们解决困难，好好教育她才是。……"

教育！教育！怎么教育呢？雍丽萍认为对姗姗当然是必须教育的！但教育能解决姗姗和展玉琪之间的爱情问题吗？能使姗姗幸福吗？可是，怎样才能使姗姗和展玉琪都能幸福而不痛苦呢？离婚？难道离婚就是好方法吗？听说姗姗有了外遇，是个什么样的人呢？她同这个人真有爱情？……她困扰得很。

天黑以后，雍丽萍倚在卧室的沙发上，百无聊赖，若有所思地背诵起了莱蒙托夫的诗篇：

> 离别，离别，
> 啊，谁能料想，
> 这两个字里，
> 竟含着这样的失望！
> 当你去了，
> 我的快乐死亡，
> 我的生命结束，
> 我的心受创伤……

当她朗诵的时候，她仿佛看到了司马永安那矫健、倜傥的身影出现在墙上那幅油画所描绘的蓝蓝的大海边，同她在一起，沙滩上有着两对足印，海边回荡着他们的笑声和歌声。……

她正闭目凝想，忽然听见姗姗的声音在叫她："妈妈！……"

原来不知什么时候，姗姗用她的钥匙已经开门进房站在她面前了。姗姗的脸色苍白，穿着比以前讲究得多了，发式好像是刚在美容厅里做过的。从神情看，似乎有心事，但从两只灵活的黑眼睛里，可以感觉到她有一种主见和决心。女儿并不像雍丽萍想象中的那样会颓丧、狼狈或忧愁。

"我给你机关里打电话，说你没有上班。"雍丽萍示意女儿在身旁沙发上坐下，"你到哪里去了？"

"我去美容厅了！"唐姗姗不经意地回答，马上就问，"他们来告过状了是不是？"

雍丽萍点头："妈妈想找你问一问、谈一谈。"她惊叹女儿在这种时候竟还会去美容厅。

"好呀！我也正要找妈妈谈一谈呢！"唐姗姗十分坦率地说，"我决定同那个丑八怪、自私鬼离婚了！这事谁也改变不了我的主意，包括妈妈您！"

雍丽萍不能不用手去摸香烟了，心里叹着气，点燃了香烟，猛吸了一口，说："发生了什么事啦？"有一种不祥的预感震撼着她。

唐姗姗把婚后的不满与不和全部倾诉出来，一直说到黄菊芬的监视和展玉琪的殴打。最后的结论是："妈妈，我去做这厅长的儿媳妇是大错特错了！我忍受不下去了，不离婚我除非自杀：活着我就要离！……"

雍丽萍忍不住了，问："听说你有外遇了？有第三者？"

唐姗姗出乎妈妈意外地老练："什么外遇、第三者那都是他们造的谣！八十年代了，还能不许男的女的互相认识来往？我是认识了一个男的，我觉得他不错，对妈妈您，我无须保密。……"

唐姗姗一枝一瓣地向雍丽萍介绍了钱国华。除了隐瞒了那些不能说出来的秘密外，其他可以说的而且在姗姗认为足以打动妈妈的心弦的事，她都说了。

雍丽萍抽着烟，耐心地静静听着。在她的感觉中，女儿姗姗确确实实已经百分之百倾倒在钱国华的富有和一掷千金的豪爽气派中了！女儿姗姗确确实实已经百分之百陶醉在与钱国华将来一同旅游，一同享受高档生活的远景中了！拜金主义的崇仰使这个"厅长的儿媳妇"坚定了离婚的决心。女儿的"人往高处走"的实践，追求金钱和物质的这种赤裸裸的态度，使雍丽萍听着听着连烟蒂烧疼了手都未发觉。

没有等妈妈开口，唐姗姗叙述完了关于钱国华的事，马上进攻性地问："妈妈，我离婚！再找我自己选择的人，你同意？"

雍丽萍先是沉默，但忽然出乎唐姗姗意外地摇摇头说："我不同意！"

"为什么？"唐姗姗问，脸上露出不满，带点撒娇似的说，"我是说，你们同我们年轻人之间总是有'代沟'的嘛！"

雍丽萍摇摇头，她觉得有许多话要对女儿说，真是千言万语，包括了她自己多年来直到最近的许许多多体会。但现在首要的是让女儿悬崖勒马。她用一种母亲对女儿无比关心的声调和态度说："一是我希望你注意名声。人的名声就像一只精美的瓷器，打碎容易，恢复就难了！（说到这里，她忽然想起了司马永安的母亲当着她的面砸碎那个玉环的事，不禁唏嘘地想：啊呀，这难道又是一种历史的重演吗？我怎么突然会想到这样一个例子来告诫女儿呢？……）你是展厅长的儿媳妇，现在突然去做钱百万的儿媳妇了！人们会怎么说、怎么看？……"

唐姗姗刚开口要辩解，雍丽萍阻止了她，说："别急，你再听我说。第二，你同展玉琪结婚感到不幸福，你同钱国华结婚就能有幸福吗？这点我是怀疑的。有个哲人说得好：'那些不能牢记着过去的人，命中注定要一再地重复自己的过去。'就算你同展玉琪结婚是个错误吧！说穿了那是因为当时觉得他是个厅长的儿子，取他这一点。现在，他父亲也就要离休了，既无权也无贵。你觉得钱国华是'服装大王'钱百万的儿子，钱能通神。但他是个个体户……"

唐姗姗愤愤不平地插嘴顶撞了一句："个体户怎么啦？放在美国，他们父子竞选总统都可以！"

雍丽萍无声地叹息了一声，继续说："我最怕的是你实际走的又是一条老路，你是个高干子弟、高干家的儿媳妇！钱国华除了有钱之外，哪样同你也不般配！你们真要结合了，也不可能有幸福！……"

唐姗姗摇摇头，说："妈妈，你那老一套不必再说了！说了也不能动摇我的决心。再说，时代变了！什么叫幸福？我有我的看法。我一直也没有说过，其实，我从妈妈您的身上看到过许多您自己不讲而我却能察觉的事情。也许我是走了您的老路，而且同展玉琪结婚也有您怂恿和同意的一份力量，但我不怪您。我只是遗憾为什么您当时年纪轻轻，一个那么美丽而有才华的大学外文系毕业生，不跟那位司马永安叔叔结婚，却偏要跟一个老头儿结婚？……"

唐丽萍将刚点燃的一支香烟在烟灰缸中揿灭，心里慌乱而伤感，嘴唇微微发颤。

唐姗姗却站起来了，说："我应当坦白，你同司马永安叔叔的秘密，我知道，因为我不但能记得小时候曾见过这个人，而且我在几年前就偷偷看到过您珍藏在一只旧提包里的那封信。……"

女儿说这些是什么意思呢？是为了反驳？还是为了堵住母亲的嘴？是希望用这来使母亲同情她支持她？还是……

雍丽萍像尊雕像那样呆呆地坐在沙发上凝视着女儿，抑郁地深思，咬着嘴唇，无法说话。只见姗姗用手拂拂头发，甩甩头，像抖落一身尘土似的，要走了，说："好吧！不说了！妈妈，有法律，我的事您由着我吧！反正，我同展玉琪结婚是不幸福的，以后，同他离婚了，再同别人结婚。凭着我的美丽，这几年我总能找得到幸福的！要是同展玉琪再混上几年，人老珠黄，那时，我就没资本也没这份自由了！……"

雍丽萍不禁感慨地想：她有她的幸福观！我的话苦口婆心，她也是听不进的。……

"您不必为我操心，也不必为我担心！"唐姗姗已经挪步走近门口了，"在你们那个年代，您同司马永安叔叔还需要秘秘密密偷偷摸摸；在我们现在这个时代，就不必那样了！你可以相信，我是不会像妈妈那样把一封秘密的信珍藏着几十年，还常常为这伤心落泪的。……"说到这里，女儿突然又走回来灵巧地在妈妈颊上一吻，瞬即带点撒娇地说了声"bye-bye!"就轻轻开门又关了门，脚步声"托托托托"地走远了。

雍丽萍的泪水湿了睫毛，刚才的一幕使她思绪纷乱，也使她情感复杂。一切都出乎她的意外。她本来想象得还比较简单，女儿来了劝上一席话，训斥加上说服，然后，和和稀泥，让小两口的生活恢复正常。谁知，现在一切都乱了阵，女儿并非如她想象的那样单纯、幼稚，在这方面，还有她想象不到的老练。她这做母亲的，已经没有能力去说服或阻止女儿去做自己想做的事了。哪怕就是十分正确的道理，女儿也是听不进的。

尤其在这窗外夜色紧裹、四下静悄悄的时分，姗姗刚才那些话，既触动了她的愁绪，招回了她的回忆，又刺痛了她的心，给她带来了羞辱之感。她呆呆坐着，吐着烟圈，一个又一个，看着墙上那幅蓝色大海的油画，一下子仿佛又回到了当年的情景中去了。

那是她婚后的第三年，将军要调动岗位了，在远赴 N 省之前，她为了怀旧、为了某种心灵上渴求得到的对寂寞的安慰。她在那个初夏的时节，在青岛过了闲散轻松的十多天。她到母校校园中去漫步，到海边海滩上寻找一些失去的记忆。

想不到，有一天，却在那熟悉的海边碰见了司马永安。

"啊，司马！……"

"啊，丽萍！……"

相对无言，旧情难忘。过去的已经过去，憾意却永远存在。司马永安还没有结婚，而且居然提出要雍丽萍考虑能否同将军离婚重新与他结合。但雍丽萍觉得木已成舟，她已怀孕，而且将军对她不能说是不好，加上社会舆论不能不考虑，司马永安的父亲——那位副省长已经病故，那位可怕的母亲依然活着。雍丽萍认为自己不应该也不必要再回到一种尴尬的处境中去。她只有怀着歉意拒绝了他。

那段时间，他们一起度过了好几次约会。有黄昏时的散步，有海味小馆店里的品尝，有电影的欣赏，也有月下的倾谈。……一次，走过一家拍卖行，忽然看见一幅廉价出售的油画，那画框陈旧已经不行了，但那幅不知出自哪位无名画家的作品，绘出的蓝色大海汹涌澎湃，却气势雄伟意境深远，发人遐想。

"丽萍，我发现你非常喜欢这幅画，是吗？"司马永安问她，他从她的眼里发现了喜悦。

她点头："是啊！这多像我们常常散步的那块海边啊！它会使我想起许多往事。许多甜蜜和辛酸。……"她脸上带着情思。

"我把它买了送给你。"他坚持。

"还是我自己买下的好。"她不同意。

最后，还是雍丽萍付了款。她坚持的事别人总是拗不过她的。

……他们后来分手了，却一直通信。为了便于表达感情，用的是英文。时间长了，将军也知道雍丽萍有个男同学爱用英文写信，有时说笑话似的揶揄："哈哈，为什么要用英文写呢？我是大老粗，看不懂！不是怕我看吧？……"

她不理会将军，但去信给司马永安时，说："以后请少来信，来信也请不要再用英文写。我们之间，并没有什么不光明正大的事，何必使人产生疑窦！？……"

很久很久，司马永安不再来信。一晃几年，有一天，忠厚的将军忽然对她说："你那个爱用英文写信的老同学来看望你了。我让唐参谋给安排住了招待所了。你去看看他吧！"

她感到突然：司马永安突然来到遥远的N省干什么？她带着不安与好奇带着已上小学的姗姗去招待所看望司马永安。

"丽萍，我离婚了！"司马永安告诉她，"结婚三年，实际是受了三年罪！我结婚没有告诉你，现在离婚了却要告诉你。她是个中学数学教师，我们性格不合，没有感情。当初结婚既是一场误会，也是一种任务观点。现在我自由了，不能不再来找你。我仍怀着当年同样的目的来求你……"

她大惊失色，但当着女儿姗姗的面，不加表露，平静深沉地说："司马，你不该来的！更不该提出那种不切实际的想法。错一次已经够了！决不能再错第二次了。……"

她礼节性地请司马永安到家里吃饭。但司马永安住了一个星期仍不走，每天都要来看她，表现得对姗姗也十分喜爱。她劝司马永安早些回去，司马永安的固执却达到了不能自拔的地步。到了那个星期六的晚上，将军回来了，脸色严肃，很不高兴，用军人那种快刀斩乱麻的态度对她说："你那个爱用英文写信的老同学，我已经请他回去了！也许是'张飞敬酒'吧！不能让他再来了！我的以礼相待是有限度的！"

雍丽萍察觉出来将军的神色、语态不对，明白了，又忍不住说："哎，你怎么……"

但，只见将军将一封信从口袋里掏出来扔在她面前的茶几上，说："其实，我是十分宽宏大量的了！这是他好几年前给你写的信，当时我收下的。汪干事早译给我看过了！"

那封信上，在雍丽萍的名字前，有"亲爱的"字样，信中也有几句热情得不很得体的话。

这件事引起了一场吵闹、一场风波。姗姗说的"你同司马叔叔的秘密，我知道。……我……能记得小时候曾见过这个人……"指的怕就是这件事吧？……司马后来再也没有出现过。许多年后，听说他在"文革"中自杀了！……

雍丽萍被不幸的往事搅扰着，简直想大声哭一场。她禁不住自我安慰地想：其实，真同司马永安结合了，就一定有幸福吗？也难说。幸福这种东西在想象中总是比在实际上美好得多的。但不管怎么说，没有爱情的婚姻是痛苦的，这条经验教训总归对的！为了崇拜权力、崇拜富贵而结成的婚姻常常是没有爱情的婚姻，这条规律似乎也早已被无数事实证明过。可叹姗姗在头脑发热的时候，不能冷静地听我细细说一说。……

她软绵绵懒洋洋地倚在沙发上，看着那幅蓝色的大海汹涌澎湃的油画，一颗心像浸在冰水里一样。该又是一个失眠之夜了吧？

尾　声

厅长的儿媳妇成为钱百万的儿媳妇的事，雷声大雨点也大。

唐姗姗和展玉琪的离婚果然很快成了事实。别说展厅长的权威有多大，他那点权威随着他的离休成为事实立即化为乌有。倒是钱国华的神通并不小，在一帮"哥儿们"帮着他给唐姗姗造舆论，帮着请律师，帮着……再加上唐姗姗对于她和展玉琪共有的那些什么电器、家具之类一样不要，弃如敝屣。离婚有法律条文可以依据，唐姗姗很快成了"自由女神"，也不去民政厅上班了。

离婚后的结婚，是火箭速度。唐姗姗很快就与钱国华去旅游结婚了！到哪里去，无人知道。据有的人说，唐姗姗对钱国华非常满意，心情也非常地好；有的人却说：钱国华曾经结过婚的事被唐姗姗知道了，钱国华在外面经常有约会的两个女朋友也被唐姗姗发现了，而且钱国华有偷漏税行为被罚了大笔钱，为了这，两人大吵过一场。确否？弄不清。不过，有人说：唐姗姗有一天喝了点酒，曾经说："大不了再离婚！活一天就乐一天再说……"

这些话传到了本文开头提到过的那位社会心理学家 W 教授的耳里，他又若有所思地发表感慨说："藤的攀附性有时是很可悲的。攀附在不可靠的物体上，比如一只朽了的木架或者一堵即将坍塌的破墙，不知在哪个风暴雨夕，你就会看到藤已经卷曲可怜地甩趴在地上。有一种类似藤的植物专门长在豆地里的，名叫兔丝，它很不寻常，可以断了根也能缠绕在一根小小的豆棵上生长。可是它是一种为害豆类的植物，因为它是寄生的，所以种豆的人总是不让豆类缠上兔丝。……"

　　唐姗姗的故事还没有完，爱管闲事的人都还关注着关于她的最新消息。

　　　　　（原载《上海小说》1991 年第 2 期，《新华文摘》连载）

江教授、"假洋鬼子"和"裘文婷"

一

女记者罗天天的日记，摘录一：

　　闷热！难受的高温。我却不能不到医院里去采访，闻那种医院特有的使人窒息的酒精掺和着药物的气味。

　　……罗丹在一八九七年雕塑了著名的《巴尔扎克》塑像之后，在法国引起了一场轩然大波。有人将他的塑像视为怪胎，有人则誉为杰作，总之褒贬不一、毁誉参半，争议十分激烈。罗丹第二年写了一封公开信，说："我不再为自己的雕刻战斗了，它已经老早就能自己保卫自己了。——我深知生命短促而任务巨大，因此我听之任之，搁下这桩公案并继续工作。"现实生活中的女医生裘静芬就是一个能放下苦恼而继续埋头苦干的人。我接受了采访她的任务。她的事迹是站得住的，正如罗丹的塑像一样是能"自己保卫自己"的。她现在处境不佳。一个将美送给病人的人，自己却得不到美。但她怕记者采访、宣传她，怕得见到记者犹如见到了瘟疫，真是奇怪！

　　她为什么要这么怕新闻记者呢？……

她最怕回家后就来客，偏偏今天回家后又来了客！

太热了，连续做了三个手术，加上挤电车，使她太乏力了。她浑身是汗，刚拖着疲劳的双腿累得浑身酥软地回到家里。跨进门，女儿小萍亲热地叫了一声"妈妈"，从她手里接过提包替她挂在衣架上；正在厨房里切菜的丈夫老冯，立刻给她递上杯冷开水，她"啪"地开了电扇，像散了骨架似的朝沙发上一坐，把头一仰，靠在沙发背上。忽然门上的音乐电铃响了！小萍去开门，一个打扮入时的陌生姑娘肩挎一只鳄鱼皮包站在门口："请问裘医生在家吗？"

啊，又是找上门来的！她真想好好闭眼休息一会，哪怕十分钟也好，谁知又像昨天、前天一样，唉！

听到小萍在问："你是报社的吗？"

"报社？……呵，不！我是想请裘医生动手术的！"

早就叮嘱过小萍，报社的记者一概婉言谢绝，因为她"怕"记者！但既然不是报社的，她担心小萍会将来人回绝，马上站起身来，走到门边，说："有事吗？……"她对病人总是带有感情的。

陌生的姑娘，风度翩翩，仿佛认识她，高兴地绽开了笑脸："裘医生，您在家？我是来找您的！……"

从职业的习惯，她看出，姑娘很漂亮，有风度，但却是单眼皮。现在一些姑娘总是漂亮了还要更漂亮。她敏感地明白陌生姑娘的来意了，她想说："你如果是想动手术的话，明天到医院里找我……"但这么热的天，人家求上门来了，她不好意思那么说。她就是有这么一种拗不过面子总是设身处地为人着想的优点。

她只好说："你是想动手术？"

"对了！"陌生姑娘是个"自来熟"，没等人请，自己就跑进门来，乐呵呵笑着从提包里掏出一本电影杂志来，指着封面上的一张电影女演员的照片，说："裘阿姨——"她为了表示亲热，一下子将"裘医生"

改口成了"裘阿姨"了！如今的年轻人，就有这种本领，"你看，你能使我的眼睛变得跟她一样吗？"姑娘眼里闪烁着一种异样的光彩，期待着她能点头给一个肯定的答复。

她请陌生姑娘在沙发上坐，倒了一杯冷开水递到客人面前，说："请喝！"就低头看起画报封面上那位电影演员的彩色照片来。她记不得这女演员是谁，但她好像看过这女演员主演的电影。平时除了专业，她很少花脑筋在别的地方。每晚总是她学外语、读医书的时间，电影电视都是很少看的。这确实是个美人儿，难怪陌生姑娘要拿她作为自己追求的目标。你看，这眼睛多么美，又大又亮，双眼皮的褶子线条多柔和，配着挺拔、俊俏的鼻子，真是没得说的。可是，这同眼面前这个虽然风度翩翩却是单眼皮的姑娘，是两种不同的美，怎么能一概而论呢？

裘医生凝视着陌生姑娘的五官，用一种诚实的态度摇摇头回答说："呵，对不起！我还没有这样的本领。再说，你已经挺美的了。你无须将你的美变得与她的美一样！"

"啊！"陌生姑娘讨价还价地试探着说，"裘阿姨，您技术高超，报上登过您的事迹。你是能创造奇迹的！"

报上前不久登了她的事迹，称她是"创造奇迹的人"，说她八年多前曾给三十六个孤儿整容，使三十六个"丑小鸭"都变成了"天鹅"；说她热心铲除"文革"遗迹，给K省两位被文面黥刑的中学教师恢复了容貌；说她有一双神奇的手，并且透露了她家里的地址。从那以后，上门来找的人络绎不绝，使她本已稀少的时间丧失得更多，使她每天疲乏已极的身体回家后想休息一下也变得几乎不可能了。这个陌生姑娘显然也是看了报纸才找上门来的……

但，裘医生不忍心使她失望。姑娘年轻，大约只有二十二三岁吧！正是风华正茂的时节，想使自己更美一点可以理解。不过能欺骗她吗？能使她抱着不切实际的幻想吗？不能。她将电影画报递还客人，平静地说:"啊,一个美容医生也许能够创造奇迹,却不会变魔术。对那些确信只要进行一下整容手术所有的问题就都会迎刃而解的人来说,结果一定是会叫人失望的。我说过,你很美,真的很美!你不必动手术!"

"把我的单眼皮变成双眼皮,如果嫌我的鼻子没她挺拔,把我的鼻梁再垫垫高,不就行了吗?"陌生姑娘急切地盯着她说。这两只眼睛确实是美丽的,流波生辉,光彩照人,即使是单眼皮,也很好看。

老冯在厨房里炒菜,传来锅铲声和素油的香味。小萍在里屋一定正伏在桌旁复习,听得到她低诵外文的声音。小萍今年高中毕业考大学,妈妈要她学医,她自己要报考外文系。预考她胜利了,分数不错。谁知正式高考时她的分数能不能出线呢?就是分数出了线,能不能录取理想的大学呢?……

裘医生终于知冷知热地说了:"如果你一定要动手术,我可以考虑,可是要你变得像这位电影演员,我可没有这种本事。在容貌上,毫厘之差,在美的要求上,是能相去万里的。在整容的过程中,在医生的工作无可指责的情况下,也会产生不自然、僵硬等等情况,使你感到失望。你长得已经够漂亮的了,要再替你增色是格外困难的。我不能不在事先把这点如实告诉你。"

陌生姑娘点头,说:"裘阿姨,我想,如果你同意,我很想听你讲讲你做手术方面的一些事情。您能同我谈谈吗?"

"你是记者?"裘静芬突然警惕起来。

"呵,不……不是!"陌生姑娘忽然发现裘医生淌着汗,脸色苍白,是一种过度疲劳、憔悴加上闷热造成的不适,说:"裘阿姨,您不舒服?"

裘医生闭着眼点点头。老冯和小萍都急匆匆走过来。小萍皱着眉说:"唉,妈太累了!上班累,下班回来还是累!"

老冯关切地绞了一条热手巾递给她,说:"静芬,擦把脸,闭眼躺一下。”

陌生姑娘感到主人下逐客令了，站起身来，叹口气说："那，裘阿姨，太抱歉了！我就不影响您休息了！"她看出裘医生脸上的疲劳与不适。裘医生已经不年轻了！老冯一再说过：今年十一月里要替她庆祝五十岁生日。虽然，她皮肤白皙，身材苗条，人都说她"不长年纪"。在医院里，穿上白衣戴上白帽，护士们都说"裘医生漂亮得像白衣天使"。可是，仔细端详，尤其她疲乏时，眼角的鱼尾纹和额上的川字纹，已经说明她早已是位快逾五十大关的女医生了。陌生姑娘歉疚地说："裘阿姨，您好好休息，我找机会再来麻烦您！……"

裘静芬擦了一把脸，确实感到舒服些了，见陌生姑娘要走，她被陌生姑娘脸上那种难以形容的带点尴尬的表情逗得过意不去了，点头说："行行行，倘若为你手术，我会尽力的。我想，美的分数比原有基数总是要提高的，只是，要达到画报上的高度，只有造物主才有这种本领，我还需要攀登……"

她礼貌地目送着陌生姑娘走了。女儿关上门，跑过来说："画报上的是潘虹呀！你不是看过潘虹主演的《人到中年》的吗？她真想得美！"

裘医生疲乏得叹了口气，笑笑说："爱美是人的天性！只可惜今天还没有点丑为美的神术！"她喝了点水，感到浑身舒服多了。这时，老冯正用托盘端了菜和饭进来，满面笑容地对她说："好一点了吧？一定又累又饿了，吃点东西会好些的。"

老冯在中医学院当讲师，他是从部队转业下来的。他是个乐呵呵的好脾气的男人。说实话，裘医生如果不是有这样一个支持帮助她的爱人，是做不好她自己的本职工作的。现在，家务活老冯都包了！一个标准的"家庭主男"。老冯总是体贴着她，关心着她，她回来只要看到老冯的笑脸，就消除了一半疲劳。别看她在医院里对病人和护士总是又耐心又和蔼，回家后因为疲劳性情常是急躁的，有时还要对老冯发发小脾气，但老冯总是笑着。他体谅她，理解她。有同事笑老冯是

"气管炎"，老冯不以为忤。回来一五一十告诉了裘医生，说："忍耐、谅解、关心，这就是爱呀，你说是不？"裘医生听后笑了，心里甜得要命！

现在，老冯端出菜饭来，摆了筷匙碗碟，大声说："快吃快吃！尝尝我今天的手艺：虾米烧茄子！黄瓜肉片！紫菜榨菜汤！"他讨好地对着裘医生，"都是你爱吃的。天热，先喝点汤开开胃吧！这汤我兑了冷开水的，温温的正可口。"

小萍帮助爸爸盛饭端饭，笑着说："爸爸又在拼命拍妈妈马屁了！"

裘医生笑了，老冯也呵呵笑了，掏手帕拭着满头大汗，说："刚才，我真怕又是一个新闻记者！我想，如果是记者，采访三小时，这顿晚饭不知要啥时候才能吃上。又想，上次报上发了那篇报导，害得你妈妈吃不好休息不好，添了那么多气恼！再来一个记者，怎么吃得消！幸好不是记者，这顿饭才算吃安逸了。"

小萍将一碗饭递到妈妈手里，说："要是记者，早请她向后转了！说：裘医生不在家！……同她'拜拜'！"

裘医生笑着开始吃饭。她确实感到饿了。清晨，是吃了泡饭去上班的。手术到午后，不想吃午饭了，喝了杯牛奶，接着又手术到回家，怎么能不饿？现在，家里的温暖使她逐渐恢复了精力。她脉脉含情地看着老冯，用汤匙舀汤喝。汤鲜辣，开胃，她很想吃点饭了。

这一家人对新闻记者谈虎色变当然不是偶然的。这种"怕"同那种胆怯的"怕"是有区别的。

裘医生的胆量是够大的，谁叫她学医呢！在未进医学院前，她同一般姑娘一样，也是一个胆小、腼腆的少女。刚考取医学院，听说有解剖课，要同死人打交道，还要用刀子在死人身上割来割去，吓得她哭鼻子恳求妈妈："我能不能不上医学院，明年再考？"那当然是不切实际的空想，考取了大学谁舍得平白放弃呢？她只好硬着头皮去了。但，后来，上解剖课的老师也是个女的，摆弄起尸体来就像摆弄一块衣料、一只冬瓜，很无所谓。她也就渐渐胆大，对尸体没有什么神秘感和恐怖感了，她甚至敢夜晚独自一人在解剖室解剖尸体写报告。

医学院毕业后，分配到了医院里，先在口腔整畸科做医生，兼做颌面外科手术，她胆就更大了。一次，枪决一个罪大恶极的杀人犯，杀人犯没有家属领尸，尸体拨给医院解剖用。为了试验开颅和进行颌面外科手术，她像宝贝似的分得了那个杀人犯的人头，浸泡在酒精缸里。她像考古学家仔细鉴定一件古物似的，小心翼翼将头颅各部分的皮肤、肌肉、血管、器官……做了剖析。杀人犯浓眉大眼，看着那个被福尔马林泡得发白了的人头，并不是不怕。解剖后甚至恶心得连饭都不想吃。谁叫她学了医，而且干的是这一科呢？为了提高医术，为了为病人服务得更好，不这样又怎么行？她得尽量忍受。她的胆量不是天生大的，是锻炼大的，自己强制着自己变大的。

但，对新闻记者的"怕"，却是另一番滋味了。

她本来也不怕记者，甚至对记者还带着一种主观上的好感。她始终认为这是一种神圣的职业！新闻记者，为民喉舌，能发现许多新的、美的、善的事物，能抨击、揭露那些丑恶、腐朽、邪晦的势力，能普及知识、宣扬真理、提供信息满足群众需要……当她三个月前接受一位新闻记者采访时，她并没有丝毫想炫耀自己或攫取名利的打算，她只是认为对记者的采访不该拒绝，应当说老实话，应当协助人家完成采访任务，应当……她这样做了，做得未免单纯而朴实。可是，谁料到这篇文章在报上发表后，竟会引起那么大的波澜呢？

从那，她真的"怕"新闻记者了！这两个月来，到医院和家里找她的记者有五六个，但她却采取了躲藏、婉拒、回绝的方式。她怕新闻记者会给她带来更多的苦恼与不幸。她是个喜欢平平静静专心工作的医生，不喜欢卷入是非、烦恼、斗争的旋涡。新闻记者既然会使她跌入这种可怕的旋涡中去，就成了她害怕的人物了。现在，她在一天劳累之后，在温暖的家里，与爱人和女儿平静地吃着饭，得以消除疲劳，恢复精力，她觉得这已是一种幸福。尽管上次那位记者采访后惹下的风波还未平息，她却至少可以暂时像在避风港里似的躲上一躲。此刻，吃了点饭，她觉得体力恢复不少，就想起了那个老话题："小萍，考虑成熟了吗？我还是主张你学医！"

小萍正用筷子在挑黄瓜里的肉片吃，笑着摇头："不，妈妈！我早对您说过了，任凭您把做医生说得有多神圣，有了您做榜样，我宁可考不上大学也不学医！"

裘医生叹口气："咳，我总觉得我的女儿还是应当学医，而且就学我这一行！"

小萍又挑了两片瘦肉："我不干！干您这行太苦了！从来也没见您跟爸爸出去逛逛公园或者逛逛商店。除了爸爸和我谁疼您？你们那个医院的领导呀！官僚主义！他们给过您什么？关心过您什么？落实政策与您好像是无关的！您这'裘文婷'就像条老牛，不声不响拼着命犁田。哪天累死了也没人管！报纸上稍微表扬了您一下，马上引起妒嫉；明明您干的，别人却要占有，真不害臊！您这一行，我坚决不干！"

裘医生不同意女儿这么说，加重语气地说："小萍，人不能靠牢骚来生活！你应当理解妈妈。妈妈热爱自己的本行。我也不是没有苦恼，但这种能救死扶伤使人得到快乐、幸福和美的职业，也使我快乐，使我可以忘却一切烦恼！"

小萍笑笑："忘却烦恼不等于没有烦恼！不靠牢骚生活不等于不该有牢骚！……"

老冯给女儿的话逗笑了，打圆场说："静芬，人各有志，别勉强吧！让她学外文算了！"

裘医生还想说些什么，忍住没说。她肚子里确实有一本难念的经呀。……

<h1 style="text-align:center">二</h1>

女记者罗天天的日记，摘录二：

　　……我知道了裘静芬给三十六个孤儿进行整容手术的事后，深深感动，事情已经过去快九年了，由于领着孤儿的父母都要保密，我费尽九牛二虎之力才找到了三个：一男二女。现在，他们都已有了爸爸妈妈，上着小学，幸福、健康，智力也好。一个女孩子还挺漂亮，是做过补唇手术的。由于做手术时仅两岁，补的痕迹很淡，不细看是看不出来的。谁如果看到了这些孩子，想一想他们的过去与现在，谁就会明了，裘静芬工作的意义。……一个将美送给病人的人，自己却受到不公正待遇，使我心里波涛滚滚。也许，裘静芬信奉这样的座右铭："不要磨砺你的牙齿，要保持锋利的是你的才智。"是这样吗？

　　她是个勇敢的拼搏者。但她只同那些丑陋的给病人带来痛苦的畸形、欠缺、歪曲等症状搏斗，没有时间和精力去同倾轧、排挤、妒嫉等搏斗。

　　她这样对吗？我思索着……

　　裘静芬本来是口腔整畸科、颌面外科的医生。她从未想到自己当年的老师——整复外科权威江惕森教授还牢牢记着她这个上学时门门功课优秀的学生，她也从未想到江教授会在"四人帮"被粉碎后的第二年，为了使美容术得到发展，决心重新组建整复外科，要调她到教授任整复外科主任的医院里，做整复外科美容医生。

　　那是裘静芬来看了江教授亲自做了几例整形手术后，在一天傍晚，江教授向她提出这要求的。

江教授看着她那双十指修长、对掌肌敏锐有力、伸屈肌柔软坚韧的手，对她说："我看中你这双手了！'四人帮'说美容术是为资产阶级服务的，胡说八道！他们砸烂了这门医学上重要的外科学，甚至连整畸都取消了，使得许多残疾和有缺陷的人不能得到疗治，有的甚至抱憾终生。爱美，人的天性。人类追求美的愿望几乎与人类历史同样悠久。早在纪元前二千五六百年，印度就已发明了最古老的整形美容造鼻术。当时印度对俘虏及不贞的妻子实行割鼻刑罚，造鼻术便应运而生。一七七六年，法国有了去除皱纹的美容设想。十四世纪，法国皇室御医蒙多鲁在医书中已开始论述整发、整颜以及乳房美容的整形。一九一〇年加拿大的瓦鲁士尼氏发明了石蜡隆鼻术。后来，意大利整形美容术也盛行起来，有了耳朵的整形。近几十年来，国外美容术已从皮肤、五官、颜面发展到骨骼、乳房、躯干、四肢，日本几乎有百分之三十以上的人经过大大小小的美容手术，在这方面，中国本来落后，由于十年内乱，落后更多，我们有责任快追上去！……"

　　面对着江教授严肃、苍老、两眼炯炯的面容，裘静芬动心了，她想起"文革"期间她遇到的一件事：一年轻的女电焊工，在一次氧气瓶爆炸事故中负了伤，沉积在一只油桶桶底的淤垢扑面溅到姑娘脸上。等到伤势痊愈，姑娘原先那张美丽的脸上布满了黑色斑点。姑娘找到医院，希望医治、去除这些黑斑，但医院里没有这一科，想不到姑娘竟因失望而在医院门口往一辆驶过的汽车上冲去，自杀在医院门口。当时，她曾惊心动魄，毛骨悚然……

　　裘静芬对江教授说："老师，我愿意调来！虚心向您学，勤恳地做个好的整复外科医生！"

　　"好！"江教授说，"你知道，裘静芬，我看中的不仅是你的基础知识、实践经验和你那一双灵巧、勤奋的手，更重要的是你有好的医德。整复外科并不是像有些人所想象的只是为几个电影明星、京剧演员开刀，让她们变得年轻漂亮。更重要的是为广大人民服务，给求医者解除痛苦，给他们带来精神上和生活上美的满足和享受。我这里条件并不好，一切并不尽如人意，但需要志士仁人来奋斗，我这做老师的欢迎你来。来吧，一起干！从下周起，你有空常来看我做手术，熟悉熟悉。"

这样，裘静芬在四个月后就正式调来了。

来之前，江教授说的"我这里条件并不好，一切并不尽如人意"的话并未引起她的注意，调来后，才逐渐有了明显的感觉。

十二月初，她到整复外科上班的第一天，正逢江教授到北京参加国际整复外科学术会议去了。整复外科副主任丛天星同她谈话。

丛天星长得五大三粗，穿件银色宇航服，胖得像个面包。他服饰入时，带着洋味，手势动作也带洋味。与其说他像医生，不如说他像个运动员，虽年过五十岁，依然壮得像牛。外科医生是需要有强健体魄的。他是那种自己吃了"左"的苦却又会用"左"来对待别人的人，"文化大革命"里，他没少挨整，也整过人。个人得失，他寸步不让。他为自己挨整和提拔得慢常愤愤不平，却又不喜欢看到别的知识分子受重用"翘尾巴"。对江教授，他一向面上尊敬，心里发酸。他看得出，如果江教授不在，取代的会是他。医界门户之见很深，他和江教授不是出自一个医学院，他就有意扶植自己的同学和学生来扩展自己的势力范围。知道裘静芬是江教授的学生，又是江教授调来的，他先就有三分气。同裘静芬谈话时，他脸上傲气逼人，摆出了副主任架子，教诫地说："我们这一行，是不太容易干的。美无止境，咳咳，一个手术即使你自己认为做得很成功，可病人也许还会不满意。一个美容外科医生，不仅需要一般外科医生具有的技巧和知识，具有神经医学方面的知识和修养，还需要艺术家一样具有很高的审美观点。咳咳，你考虑过没有？能干得了吗？"

问题提得尖锐，裘静芬也从丛天星的态度和语气中察觉到一种不友善的情绪，耐心地回答："我考虑过了，我想我干得了。"

"你有美学、艺术方面的修养吗？"

"我出身于知识分子家庭，从小对音乐、绘画等都有所爱好。"

丛天星笑笑，笑得带几分冷："你看过些什么美学方面的著作？"

出乎意外，裘静芬居然回答："看得不多，这类书都是'文革'前出版的，现在不好找，只看了《美学概论》《美学原理》《美与美学史论集》《美学向导》等一些很一般的书。"

丛天星不笑了，明白眼前这个身材适中、脸庞端庄，剪着短发，容光焕发的女医生，并非是个腹中空空的毫无本领、可以随便对付的人物。他板着脸说："那，行！我现在很忙，还有手术要做！咳咳，你就先在科里门诊上班。"

裘静芬点头，默默地到门诊部去上班。

门诊很忙，交班的胡玉良医生虽是丛天星的同学，人却比较善良，对病人态度不错，就是有点懒洋洋、慢吞吞。偏巧他同裘静芬是同乡——浙江杭州人，对裘静芬比较热情，使裘静芬把同丛天星见面时产生的不快消除了大半。裘静芬看胡医生做了些手术，自己也开始做手术了，先是给一个女工做双眼皮手术，又给一个女演员做去除皱纹的手术……她戴着薄得透明的橡皮手套，在无影灯下默默操作，镀铬的手术器械在乳白灯光下闪着寒光。做双眼皮手术时，她埋线、缝针、缝针、埋线……不用开刀，不用包扎，以后也不必拆线，单眼皮神奇地变成了双眼皮，一双本来不那么美的眼睛变得楚楚动人了……

裘静芬那种对人谦逊、朴实、真诚和认真负责、任劳任怨的工作态度，使得护士长和门诊护士们立刻喜欢上了她。她不摆架子，还帮护士们做事，跟护士们像对妹妹和女儿似的亲热。护士长郑冬青是个炮筒子脾气的直性人，对她说："裘医生，早听说你这把手术刀要来了！江教授对你寄的希望很大呢！现在你来了，百闻不如一见，果然你不但技术好，人也好。我要告诉你一点科里的情况，'假洋鬼子'他不喜欢你来。他这个人，有野心，是个武大郎！你以后要心中有数……"

裴静芬这才知道"假洋鬼子"是丛天星的绰号。丛天星穿戴洋气，喜欢炫耀一些美国、香港带来的衣物，喜欢不时讲点英语，卖弄点外国名词和见闻。丛天星有亲属在香港和美国，说也有趣，物极必反，原来臭得要命的港台关系、海外关系，一下子忽然又成了香得要死的东西。丛天星常收到海外寄来的杂志、书籍，技术信息灵通，又同一些香港、加拿大、美国医界人士挂上了钩。他得到晋升并且得到院领导重视和赏识同这些是分不开的。

　　江教授早年到美国留过学，丛天星的洋气、洋味和洋腔比江教授强烈一百倍。于是，不知啥时候起，他就得了这个绰号。

　　听了护士长郑冬青的话，裴静芬并未心里发颤。她是决心来踏实工作的。她认为"假洋鬼子"即使对她不欢迎，也还没有排挤打击她的必要和可能。她不想多管"假洋鬼子"的事，反正该怎么干就怎么干得了！

　　谁料，半月后，胡玉良来接班时，轻声对她说："裴医生！丛主任叫你去一下！"胡医生脸上表情特殊，那是一种不以丛天星为然的神情，接着就说，"有意思，老丛刚才居然找我谈话，嫌我对你太照顾了。这个人呀，门户之见太深！唉……"说完，直摇头。

　　裴静芬心里感谢胡医生的好意，感到一种欣慰：好人总是多的，一个"假洋鬼子"又有什么关系呢？

　　她到了主任办公室，见到了丛天星。丛天星请她在对面椅子上坐下，说："裴医生，你来十多天了！咳咳，听说工作已经有了头绪！很好嘛！现在，有个重要任务，交给你，希望把它好好完成……"

　　她安静地等待着丛天星布置任务，心里想：是调我去病房？还是有什么重要的大手术？

　　万万没想到，丛天星说："民政局通过市委办公厅交来任务：有一批被父母遗弃、由民政局收养的孤儿，多数是婴儿，最大的才四岁，总数是——"他看看手里一封公函，"三十六个，十个男的，二十六个女的，全部需要手术。有的是先天性腭裂，有的是兔唇，有的歪鼻子，有的一眼大一眼小，还有手脚有毛病的。大约正因为有这些缺损，才被丢弃的吧！目前，要收养小孩的人并不少，但健康的、相貌好的人人抢，这些次品没人要。政府想及早将这批孤儿整形美容，以使他们获得幸福！院党委把这事交给我们啦！你业务能力不错，江教授很赏识你。这个重要任务就拜托你啦，不会有什么困难吧？"

"就我一个人？"

"那当然！科里人手少，抽出你，胡医生还不愿意呢！再说，替这种孤儿手术，要求不高，也没有什么很难的大手术。就是做得不好，也不会惹来什么麻烦的。方便，无风险，你一个人，足以对付了！"

听丛天星这么说，裘静芬感到有些刺耳，却无可奈何。她首先想到的是这个任务很重要。她仿佛看到了三十六个孤儿，都嗷嗷等待着她去变丑为美。她感到激动，虽明知丛天星将一件挠头的差事给了她，但怎能忍心推辞呢？

她二话不说，爽朗地点头，不卑不亢地说："好！我接受这个任务！"

她去门诊办移交，其实大家早知道这件事了。护士长郑冬青气愤地说："'假洋鬼子'是把棘手的事甩给你一个人呀！这种事，没油水，既结交不了大人物，也结交不了关系户，更不会有什么人送礼上门，谁都不想干！他是'柿子拣软的捏'。要是江教授，准不会叫谁一个人干，一定他自己带着大家一同干！"

裘静芬听了，觉得郑冬青说的是实情。丛天星这样分配工作不合理，用心也不良。但她诚恳地说："我也想过，任务艰巨。只是考虑到三十六个孤儿的命运交到了我手里，我只有尽心尽力。假如这些孤儿经我做过手术，都能又有了爸爸妈妈，那该多好啊！"她说得这样诚挚，每句话都像从心里边流淌出来的，使郑冬青也感动了。郑冬青明白，裘医生说的这些，不是唱高调，是讲的心里话。

郑冬青忍不住说："裘医生，你这人真好！你真是个'裘文婷'！"

"裘文婷？"裘静芬一时听不明白。

郑冬青笑了："《人到中年》电影里那个女医生叫陆文婷，你多像她！你是裘文婷！哈哈！做手术时，我一定帮你忙！"

第二天，当裘静芬见到那批孤儿时，她真是大吃一惊。绝未料到手术的任务如此艰巨！有一个两岁的孤儿，男性，先天性缺损，上腭裂开了一个口子，足足三厘米宽，哼哼哟哟，还不会说话。吃下东西，常从鼻子里喷出来。做这样的手术，难度大，还担风险。因为出血会很多，要全身麻醉，小孩又受不了。还有一个孤儿，就是那个年岁最大的四岁的孤儿，女孩，头上一个大疤，疤上还有黑色素沉淀，看样子是孩子小时可能跌在什么有污染物的地方，伤好后，不但有了疤，还留下了嵌在皮肤里的黑斑。更有一个女婴，长得其实很端正，脸形也好，但一只眼是斜的，鼻梁像断了似的凹了下去。……

裘静芬信心有点动摇了。当晚，回到家里，唉声叹气，吃饭时将事情一五一十告诉了老冯。

老冯叹口气，说："静芬，这任务确实不轻！论理，是不该让你一个人来挑这副千斤担的。我看，江老也快从北京开会回来了，等他回来，有些难度大的手术，你好好向他请教请教再做。现在，你可以采取'先易后难'的方法，将那些比较容易的手术先做了。那些'老大难'，等江教授回来后，同他商量了一起干。"

裘静芬点头："你说得对！先易后难，确实是一个办法。一些难度大的带危险性的手术，国外一般要等孩子长到五六岁才动。现在这些孩子都很小，我确实有顾虑。明天，我就先从可以用小手术解决问题的孤儿开始。"

主意已定，她心里似乎宁静一些。全家吃完饭，她要老冯歇一歇，抢着去洗碗。洗着碗，心里仍记挂着给孤儿动手术的事。她决定先排个队，排定名单、日期，好进行这项"浩大的工程"。一边想，一边心里就嘀咕："文化大革命"里，批判整畸美容是"为资产阶级服务"。现在，谁如果再有这种思想，让他来看看这三十六个孤儿吧！她心里忽然呈现一幅幻景。那是动过手术后的三十六个孤儿，一个个都变得可爱了！他（她）们很快被人抱领去，不但有家庭的温暖，还受到良好的培养和教育。多少年后，他们也许根本不知道，也不记得是谁曾给他们动过手术。但那有什么呢？医生本来就该是做无名英雄的。……这样想着，她变得坚强而充满自信。她想得太专心，以致一失手，将一只翠绿的菜盘"乒"地掉在地上打得粉碎！

老冯走过来，好脾气地笑着说："还是我来洗吧！"

裘静芬嗔笑着说："不要！"但又说，"克勤，我想，我有能力也有信心独自把这三十六个手术完成。大家都忙，我不打算要任何人支援。明天开始，我就按你说的去办。我本来担心孩子太小，动手术有危险，但现在我想，江教授说过：孩子动手术时年岁越小，对智力发展、手术效果和说话能力的培养等等都有好处，担些风险值得。……"

看到裘静芬充满信心的样子，老冯又笑了，说："静芬，你放心干吧！家里的事你就先都别管！我保证带好小萍，给你一个安定的大后方！"

裘静芬说到做到，第二天就开始给孤儿动手术了！又隔一天，江教授从北京归来。当他从护士长郑冬青那里知道裘静芬接手了这三十六个孤儿的手术任务后，找到丛天星商量，意思是不能把这样重的任务放到裘静芬一人肩上，该调配力量一同干！但丛天星坚决不同意，认为任务并不重，而且目前抽不出人来。更重要的是他认为："裘静芬刚来，我这做副主任的既已安排了任务，不能朝令夕改丧失威信。"

江教授有些生气，但他对自己要求严格，又不爱同人家计较，找到裘静芬说："我想，这任务给你一个人是太重了。你别急，我再跟丛主任商量商量，再……"

想不到裘静芬摇头，说："老师，不必了！我一个人可以包下来！"

江教授面露欣慰："那，我来帮着你干！……"

裴静芬点头："好的，老师！您也非常忙，如果遇到了困难，我就找您，你就一切放心好了。"

江教授似乎觉察到裴静芬的性格了，这在他要调裴静芬来时是不了解的。他笑了，说："怪不得郑冬青说你是'裴文婷'呢！你可真有一股陆文婷的劲头！"

江教授同裴静芬分别时，叮嘱："静芬，你知道，常走崎岖路的人每每能练出飞毛腿来。我附带交个任务给你：给这三十六个孤儿做整容手术过程中，我希望你积累资料，完成手术后，写一篇论文出来。这论文，我可以推荐给学报去发表。"

这确实是裴静芬所没有想到的。江教授提示得好啊！

裴静芬激动地点头："好，老师！我一定完成任务！"

三

女记者罗天天的日记，摘录三：

……我白昼冒着暑热采访，夜里在灯下吹着电扇读原文版的《心灵的特征》。这是美国加利福尼亚大学出版社一九八五年三月出版的一本长达三百五十五页的书。姐姐出国进修后寄赠我的，说是它引起了美国社会学家极大的注意。作者是五个美国学者，他们花了五年同各阶层人士进行深入谈话后得出结论："极端个人主义已经危险地渗入美国社会。"我很欣赏书中这样一段话："我们认为，目前凡是能够加强人们之间的关系的事情，凡是能够使我们产生一种彼此需要感的事情，使我们产生融为一体的愿望的事情以及我们相互建立责任感的事情都是健康的。"

裴静芬与丛天星的事引起了我很多思索。读了《心灵的特征》，这种思索更深。个人主义的伸手派总比那些不声不响的埋头派占便宜，这公平吗？为什么中国有些知识分子偏要在"现代观念"的幌子下，热衷于感染舶来的极端个人主义，做新的"假洋鬼子"？……

整复外科门诊部总是那么拥挤，闹哄哄的，红的、黄的、白的、蓝的各种色彩、各种款式的衣服在这里展示。天热，香水与汗水都在挥发。这里没有空调设备，蒲扇、檀香扇、纸折扇都在摇动。随着"开放""搞活"，随着科学文化和经济的发展，随着人民生活水平的提高，人们追求心灵美的同时，对外表美的要求也越来越高。到整复外科来做整形、美容手术的人越来越多了！

看来，整形外科术在对象方面也在经历一场"静悄悄的革命"，它对长期来被排斥在美容大门之外的中国男子也打开了大门。一个眼睑和下颚松垂的五十多岁的男子，头发很长，穿一件丝光衬衫，笔挺的米色西裤，模样像个从事艺术工作的人，歌唱家？演员？画家？正向一个穿白衣叫号的胖护士打听："今天，裴医生的号挂满了吗？"

胖护士点头："早满了！你找别人看吧！"

"不，我只想找她！她的号怎么这样少？"

"病人多！"胖护士耐心地回答，"主要是她现在还要给外宾动手术！"

"外国人比中国人重要？"

"话怎么能这样说？"胖护士有些不耐烦了，"我们是对外开放的医院，国际友人和港澳台湾的同胞来，总得有人给他们动手术呀！"

那人有点失望地走了："那我明天再来！"

他刚走，边上一个穿褶裥自由式新潮流时装的漂亮姑娘挎一只鳄鱼皮包过来了："打听一下，裴医生在吗？"

胖护士回答："正在手术室里。"她已经认识了，这个姑娘这几天老在医院里转来转去，听说是个新闻记者。

"郑冬青在不在？"女记者问。

"护士长吗？看，她来了！"胖护士手一指，郑冬青正匆匆从西边过道里走来，手里拿着一包消毒器械和些麻醉剂以及药棉、橡皮膏。

肩挎鳄鱼皮包的漂亮女记者谢了一声，转身去找郑冬青。她迎上前去："郑阿姨，你找得我好苦！给带来没有？"她来采访裘静芬医生，听说裘医生不肯接见记者，找了个老同学的路子做内线，同学的阿姨就是郑冬青。

为采访裘静芬，她在医院里已经采访了三天，找了些护士、医生谈过。昨天下班后，她去了裘静芬的家里，假作要动手术，向裘静芬提出问题，目的是试验一下这个出名的美容医生是否实事求是朴素真诚，抑或是哗众取宠吹吹嘘嘘。后来，裘静芬突然脸色苍白似要昏晕，使她只好打退堂鼓，今天她就又来医院继续工作了。

郑冬青点头："信是准备好了，小罗！可以给你看！但我现在正忙着呢，没时间再同你谈。再说，自从上次报纸上表扬了她以后，招来了许多不是。裘医生一直在烦恼。我是不愿让你们这些记者再给她添麻烦了！"

"不会的！不会的！郑阿姨，你多多关照！你忙，我知道。我现在只要求同你谈三分钟！三分钟！"小罗赔着笑脸，将郑冬青拽到走廊一边无人处："听说你们叫她'裘文婷'，这名字是从《人到中年》里的陆文婷那儿来的吗？"

郑冬青爽朗地笑了，露出一口洁白的牙齿，笑得很好看："一点不错！这绰号是我取的，叫开了！她呀，就像陆文婷，只知埋头干活，工作重，生活不怎么好，身体越来越坏，上周做完了手术一头晕倒在手术台旁。我看，当年的陆文婷落实了政策，如今，她这种裘文婷的政策该继续落实呢！"

小罗觉得郑冬青的话挺深刻，问："没人爱护她的身体吗？科里、院里不考虑这个问题？"

"唉，现在医生身体好、生活好的不多。像'假洋鬼子'那样，他行，工资高，又有稿费，又有外汇，吃得好，身体壮，又是主任，又是学会常务理事，又是市政协委员，一个月做不了一两次手术，有实利、出风头的事他不放；出大力、没油水的事他不干，有事动动嘴让人做就行。可是裘医生这样的人不行，一直是主治医生，工资级别不高，论理早该是科里的副主任了，'假洋鬼子'排挤她、妒嫉她，把她当牛用，只给草吃！"

"江教授不管？"

"江教授早做副院长了，架空了！主任位置让给了'假洋鬼子'。再说，你不了解江教授那个人。他对自己严格，对别人也严格，同别人只谈工作不谈生活。他关心病人疾苦，可是不关心医护人员的疾苦。他想不到关心人家的生活，因为他根本连自己的生活也从不关心，他自己从不向谁伸手要什么，他也认为人家也不应伸手要什么。如果谁真的向他伸手，他虽摇头叹息，倒是会给的。比如'假洋鬼子'吧，就懂得这窍门！……"

"'假洋鬼子'怎么？"

"'假洋鬼子'是喜欢伸手的，常常有求必应。比如吧，裘医生给那三十六个孤儿做完了手术，民政局来表扬信，'假洋鬼子'代表全科接受了表扬，名字上了广播和报纸；裘医生写了关于给孤儿做手术的一篇论文，'假洋鬼子'要审阅，据说动笔改了几个字又加了几个字，却将名字署在裘医生前面；江教授升了副院长，'假洋鬼子'立刻提出他应当做整复外科主任；前年北京又开一次国际整形外科会议，他提出必须由他去，将裘医生挤了下来；去年有次出国到加拿大考察的机会，他坚决要去，最后还是他去了；今春，入党的也是他！他早拿到了副教授，马上又要伸手拿教授了！可是'裘文婷'呢？连个副教授还遥远得很呢！"

"丛天星有真才实学没有？手术高明不？"

"本事当然有。现在，像'假洋鬼子'这种喝过美国牛奶的知识分子，排挤和打击起知识分子来格外巧妙，格外凶！原因在于他自己有学历，也有点学问，有点本事，动嘴能说，动笔能写，动手能开刀！谈起改革来，尽管没干什么却能一套一套，头头是道。哈哈！……"

"你是说，江教授是个好好先生，老老好？"

"他人很好，但也不是个好好先生。我觉得不但是他，许多领导都有这毛病，就是：爱哭的孩子多给奶吃，不爱哭的孩子只当他肚子不饿，就想不到喂奶！"

小罗笑了，不是那种高兴的笑，是一种有感触的笑："你是说，他们看到有些同志像裴医生这样，不声不响地埋头苦干，就以为他们没有困难，只给他们加重担，不问他们冷与热！而有些'伸手派'爱叫苦，嚷得高，吵得凶，反而能受到各方照顾，是不是？"

"唉，我说不清！"郑冬青放炮似的说，"有时，我觉得，做领导的也未必不知道人家有困难。但觉得你自己不提，我又何必捉虱子往头上搁！江教授确实是个好人，只是我认为他头脑里总有个错误的老框框，似乎一个人就应当是贡献、牺牲，这才是高尚的人，纯粹的人。你知道，《纪念白求恩》那篇文章他直到今天仍背得滚瓜烂熟。他是个清官！可是他自己级别高、工资多，他就不明白裴医生这样的医生的苦处，饱汉不知饿汉饥。他做清官，手下人就喝清风吃清水，在他手下工作，像裴医生这种人，一味干干干，一味苦苦苦，叫人看了寒心。太没干头！"

"你觉得怎样才好？"

"我也说不好，我也矛盾得很。反正，'假洋鬼子'自己伸手，他也代他那些亲近的人伸手，人家跟着他就有奔头。住房、福利、提拔、升级、职称、出席会议、进修、到杭州疗养……样样沾光。他不好，可是跟着他有实惠！江教授自己不伸手，也不赞成人伸手！偏偏裴医生这种人也是只知默默工作、无私贡献，从不伸手。就只能抱病受苦，什么便宜都得不到；荣誉不沾边，连她要入党，'假洋鬼子'都是她的挡头！气不气人？"

挎鳄鱼皮包的小罗还想再发问，郑冬青看看手表，说："你别耍滑头了！讲谈三分钟，一问就没完，都谈了六分钟了！要谈，以后再谈。其实，你多访问访问别人，也不妨访访'假洋鬼子'和江教授，更重要的是访一访裘医生本人！"

小罗点头："当然！"又说，"郑阿姨，现在，你把那些病人寄来的表扬信借给我看看，好吗？"

"可以可以！"郑冬青说，"你到护士办公室，找值班的护士小秦，就说是我叫你去拿的。"她说着，急匆匆地向门诊室里走去了。

小罗站在那里，思索了一会儿，理了理刚才听郑冬青说的那番话的头绪，从鳄鱼皮包里掏出记事本来，提纲似的记了些原话备忘，决定先读了那些信再去找裘静芬试试。

小罗匆匆向护士办公室走去，找到了值班护士小秦，拿到了一叠信件，就又上楼向手术室走去。她估计现在裘静芬还在做手术，她准备在手术室外一边看信，一边等着。做新闻记者苦就苦在这里，你要有股采访的韧劲才能完成任务，有时就只能厚着脸皮盯梢。

手术室外有一个身材颀长的青年在伫候，一定是他的妻子或亲人在里边做手术。他像个热锅上的蚂蚁，来回踱蹀，脸上心事重重。是呀，谁知手术后效果怎样呢？小罗找了个靠背长椅，坐着，将手中那叠信件打开慢慢阅读起来。

第一封信是从新加坡寄来的。写信的是一个贸易公司的总裁，信里说的是他的小女儿手术后情况很好，一点看不出腭裂的痕迹，非常感谢裘医生。现在他小女儿的国语和英语都学得挺快，并说他现在逢人就介绍裘医生。信上说："我相信自己的祖国，相信祖国的医生，在你们那儿动手术，医疗条件或许比不上国外，但是像裘医生这样的高尚的医术和品德是完全可以信赖的。她真是一位白衣天使……"信里还附了他的小女儿一张活泼可爱的彩色照片。

小罗又打开了第二封信。信是写给医院党委表扬裘医生的。来信的是辽宁某剧团的一位女演员。从信里看,她与她那位当演员的丈夫同行,婚后生活原来很和谐。但她成了两个孩子的母亲后,皱纹过早地爬上了她的眼角和额头,从此,她便产生了自卑感,她也感到丈夫嫌自己老了、丑了!她在舞台上也感到自己老了、丑了!后来,她得知南方有医院能动整形手术时,就到上海来求医了!遇到了裘医生,她没有诉说什么,裘医生就好像完全理解她的心情,精心替她做了脸部去皱纹手术,效果很好。女演员在信中说:"……我多想让你分享我和我丈夫的喜悦,真的,难以形容的喜悦……"

小罗叹了一口气。这是一种感动和同情,去除了刚才心中的压抑。读这些信,她仿佛看到了裘静芬默默地、勤恳地、踏实地成年累月在手术台边用她那双奇妙的手在给许多病人解除心理和生理上的痛苦,在用美装点人体面容,在用美装点社会……看了这些信,对裘静芬这个人她了解得更多了。

她埋头看信,一封,又一封,等待着裘静芬出来。

大约两小时后,她将二十多封信读完了。她看见手术室的门开了,裘医生戴着白口罩、白帽子,穿着消毒衣出现了!裘医生摘去了口罩,那年轻顾长的男子迎上去,没等人家开口,裘医生就笑着点头说:"手术顺利,已经完了!你放心吧!"

裘静芬甚至都没有看见小罗,就快步走了!她显然是去盥洗室的。小罗连忙快步追上去,叫道:"裘阿姨!裘阿姨!"

裘静芬回头一看,是昨天吃晚饭时上她家去的那个姑娘呀!她笑了,停住了脚步,说:"呵,是你呀?对不起,我要到盥洗室去一下,一会儿还要接着做手术!"

小罗急嘴快舌地说:"裘阿姨,请约个时间吧!好不好?我一心想跟你谈一谈。昨天，我见您实在太疲劳了，人不舒服，只好走了。今天，我等了您好几个钟点了！"

裘医生凝视面前这个姑娘漂亮的面孔，诚恳地说："昨天，我人不舒服，又是傍晚，没看得清。今天，见到了你，我的想法更坚定了。苏格拉底说过：'美就是协调。'在我做整形手术时，是非常重视外形与内在的统一，面孔与身材的般配，强调人的外部形象与性格气质的协调的，并不一定都要双眼皮、高鼻梁才算美！你长得很协调，很漂亮！我说的是实话，你的面容很美！我向来有个原则，对于本身没有缺陷，但对自己缺乏正确认识的人，我是坚决不做手术的，你只要化化妆就会美得叫人倾倒了！……"说到这里，她笑着移动脚步，和蔼地说："姑娘，听我的话，好不好？你不需要做手术！完全不需要，你很美，很美！"

小罗不能不说实话了，说："裘阿姨，老实对您说吧！我并不要求您动手术，我是报社的记者！我想采访您！"说着，她将一张印刷得很精致的名片递到裘医生手里。

谁知，裘医生像怕烫了手似的不接名片，连连摆手，说："呵，对不起！我没有空！没有空！……"她像见到了十分可怕的东西，趔趔着回身疾步走了。

小罗呆呆站着，见裘医生紧张忙碌而又对记者害怕得这样，实在不忍心继续穷追她，只好叹了一口气伫立在那里。

唉，裘医生呀！您为什么这样害怕新闻记者呢？……

四

女记者罗天天的日记，摘录四：

　　　　热得叫人难以喘息，我真想整天喝水降温。

我在整复外科继续采访了一些医生和护士。我应当说：中国的知识分子、医护工作者确实大都是好的。即使是同丛天星亲近的人多数也是公正的，他们不隐讳事实，不掠人之美，这使我欣慰。

古代给人在脸上文面刺字的酷刑，想不到在"史无前例"中也重新被坏人起用。知道了裘静芬给两个遭到这种不幸的人解除痛苦进行整容的事，我先是惊叹，后来却又明白了这位白衣天使为什么这样害怕记者。发现了这个秘密，我感到气愤！

裘静芬被叫作裘文婷，偶然吗？并不！是的，她的待遇从生活上看，如住房（是落实中年知识分子政策时老冯单位分给老冯的）比《人到中年》中的陆文婷已有改善，但在其他方面，仍待继续落实政策。看来，落实知识分子政策不应是一阵风，而应当是一项稳定的、长期的政策！何况，她这白衣天使在人间还有新问题！她面临着矛盾纷呈的复杂局面。把她遇到的面目可憎的人物，把她对医务生活的感受，与广阔的政治、经济和社会环境联系起来，会给人些什么样的启示呢？……

那场"史无前例"的"无产阶级文化大革命"，K省可算是闹得够厉害的一个省了！

这场浩劫过去了！可是浩劫中留下的后遗症却表现在各个方面，以致在"四人帮"覆灭后这么多年了，还时常可以遇到、看见、感觉到那场浩劫灾难的深重。

去年年底的一天，裘医生从医院回到家里，老冯和女儿小萍不知看了一份什么材料，正在那里喊喊喳喳议论。见裘医生回来了，小萍先跳起来，说："妈妈，爸爸想给你忙上加忙，再招徕个大手术，办点大好事。您看，你愿不愿意干？"

裘医生将围巾、大衣脱下来挂上衣架，说："什么手术呀？"

老冯兴致勃勃，拍拍手里那份材料说："省得你自己看了，你快坐下歇息！我来讲给你听……"

小萍给妈妈端来了一杯热茶，裘医生坐在沙发上接过来。家庭的温暖使她心情舒畅。她笑着听老冯叙述。

"是这么回事。"老冯讲故事似的坐在裘医生对面的藤椅上说，"十年内乱期间，K省两个中学教师徐文善和钱加庆被坏人非法施行黥刑，额头被刺刻上'反革命分子'五个大字，涂上蓝色化学墨水，使字迹深深浸入皮肉中，清晰显露。这种人格上的侮辱，使他俩在精神、肉体上受到极大的痛苦。……"

事情惊心动魄，裘静芬听了蹙起了眉头。那失去理性的疯狂岁月中的许多往事都涌上心头。那时，老冯在南京的一所军事院校任教，两派闹得激烈，老冯做了逍遥派回家来了。裘静芬在医院里沾着军属的光，没有受到揪斗，没被当作牛鬼蛇神，但却也被人贴了不少乌七八糟无中生有的大字报。那时"鸡毛要上天"，工宣队让护士领导医生。她除了在门诊上班外，要打扫卫生，要去洗衣房洗衣。为了强调做多面手，一会儿叫她去外科值班，一会儿叫她到内科门诊，武斗中重伤的人常常抬来叫她医治。有一次，一个武斗中跳楼搏斗的十五六岁的红卫兵，抬来就死了，那伙红卫兵动手揍她，说她没尽心治！一次，她抢救了一个心力衰竭的老人，却挨了工宣队训斥，说不该抢救，因为那老人是"死不改悔的走资派"。那真是一切颠倒了的、可诅咒的年月！……现在听到这样一件事，她不禁激动得绷紧了脸。

老冯继续述说道："这两个中学教师，冤案平反了，凶手也处理了。为消除他们额头上的蓝字，当地政府把他们送到医院，但无法进行手术。两个中学教师写信给报社，申诉苦衷。报社以负责的态度，将信件刊登在内参上。K省省委的领导同志和中央驻K省处遗工作组的负责同志看到内容后，很重视，要求省委组织部想方设法寻找名医，为受害者整容。K省省委组织部立即将领导同志的批示和两位中学教师信件的复印件，分送各地卫生厅、局和医学院、大医院。这是给我们中医学院的一份材料，论理你们医院也该有的，你没看到吗？"

裴静芬摇头："没有看到。"

老冯说："我看，你该去封信给这两位教师，表示愿意为他们整容解除痛苦。"

小萍在一边敲边鼓："妈妈，我拥护爸爸的意见。您又忙又累，但这个手术非同寻常。太有意思了！这两个老师太痛苦了！"

裴静芬从老冯手里接过那份材料，默默看了起来。这一向，她身体不好，心脏早搏，血压不稳定，有时低压很高，论理早该休息。但实在工作太忙，眼面前排着队的手术已经忙不过来，还去招徕外边的手术，她深怕被丛天星之流讥为"哗众取宠""多管闲事"，心里不胜犹豫。但见老冯和小萍那种跃跃欲试的劲头，她看完材料，笑了一笑，说："好呀，明天我拿到科里同上边研究一下再定吧！要是争取到上边同意，就去封信。"

第二天，裴静芬带了材料，决定去找江教授。江教授做副院长后，成了个开会干部，经常泡在会海里，院长办公室的同志说他出去开会了。裴静芬只好去找丛天星。

她听说丛天星最近忙着给一本外科杂志写论文，让他的一些同学和学生提供病例。这几年来，丛天星的主要工作似乎就是忙着写书、写论文。他尽量不做手术，利用工作时间给一个出版社写了一本《颌面外科手术》和一本《美容手术五十例》。裴静芬去时，丛天星大约正在写论文，桌上摊满了许多病历和病人手术前后对比的照片。见她来了，丛天星倒很客气，用手示意，说："请坐，有事吗？"

裴静芬将事情一枝一瓣说了一遍，最后说："是不是我们可以去封信寄两张入院通知书去，让他们来整容医治？"

丛天星哈哈笑了，说："这份材料我看到了！本想让门诊胡玉良医生写封信去，因为这个病例我有用处。不过，还没来得及跟他谈。这样吧，你去同胡医生说一说，就由你们合写封信去，病人来了也由你俩一同做手术，人多力量大嘛！将来，病历要写详细，要多拍照片留存，我需要。就这样，好吗？"

他倒很干脆，因为有用场。裘静芬打算要走了。

丛天星却说："哈哈，我正想跟你谈谈，嘿！裘医生——"他像讲课似的夹杂着英语说，"整形外科手术，在八十年代已经成为一种创造美的科学了。据美国全美整形与修复协会提出的一份报告指出：整容诊所在一九八一年至一九八四年间猛增了百分之六十一，成为美国医师增长最快的部门之一。现在，价值观的改变已经影响了妇女们对整容的看法。请问，你对这些情况有无了解？"

裘静芬有点厌恶丛天星这种"假洋鬼子"的腔调和提问方式。他不知从哪本美国刊物上觅到一点价值不大的东西就马上进行卖弄。她更讨厌这种考试和给人以难题式的提问。这不过是一种浅薄与炫耀式的手腕，她摇头回答："我不太了解！"

"呵，这是应当了解的！这同我们进行手术密切相关！中国是开放的，我们医生的思想观念也要跟得上！"丛天星一本正经地做着手势，继续夹杂着英语说，"现在，美国的女经理们，对于衰老固然表示忧虑，但那些刚刚踏进商界的年轻女强人却有着不同的担心。当她们同男人一起在商业场上竞争时，她们不希望自己看上去太漂亮，显得太女性化。这常被当作是无能和脆弱的象征。因此，迎合这种新的价值观，美容医师替她们整容时，开始把鼻子塑造成那种带有一点自信，较长，较为挺拔近似于清秀的模样，而不是单纯从女性美去考虑。你看看这本刊物上这张照片吧！"他拿刊物给裘静芬看，他为了独家掌握资料，刊物是从不肯借给人看的，至多这么在手里向你亮一亮，"你懂得我提醒你的这一点吗？这就是说，现在，从女厂长、女经理、一些个体户，这些女强人来手术时，这一观念无疑对她们是适用的，不应再用旧观念来对待了！……"

裘静芬瞥了一眼那本外文杂志。她明白：丛天星只要谈了这么一点话，下次写总结时，就会写他如何在科内及时传达国外最新信息和成果进行指导一类的话了。她回答："我历来做手术时，都是了解了对象的心理和要求，根据对象实际情况出发，然后进行的。……"她觉得"假洋鬼子"贩卖的这些洋货其实一点新东西也没有。这样回答以后，她如实地说："我还有几个手术等着，假如没有别的事，我可以走吗？"

丛天星耳朵红了，有些生气，尽量装得宽容大度地笑笑，尴尬地说："你忙，那就算了！下次再谈吧！其实，我同你谈的十分重要，美的观念必须丰富，更新……"

裘静芬没有听他再说。她急匆匆下楼，在门诊找到胡玉良。胡医生一口应承，说："我参与，手术你动！"他是个有名的懒人。信要裘静芬写，裘静芬答应了，匆匆赶去手术室做手术。

裘静芬写好信，办好寄入院通知书的手续。十几天后，两个额上刺刻着"反革命分子"字样的中学教师徐文善和钱加庆由K省来了。他俩愁眉苦脸但是满怀希望，额部像负了伤似的用纱布包着。打开纱布，就赫然看到额上"反革命分子"五个蓝黑的大字。裘静芬和胡玉良两人会诊，胡玉良感到棘手，推给裘静芬一人动手术："这种手术我没把握，你做你做！……"

裘静芬知道手术难度大，她选了徐文善额上一块地方，决定先试试，用一块磨石细细打磨起来，她那双奇妙的手灵活地似在抚摸平复徐文善心上的创伤。磨着磨着，在磨石打磨过的地方，刻的字迹消失了，露出了红嫩的鲜肉，说明字迹确是可以去除的。徐文善和钱加庆住了院。在一个多月里，裘静芬不厌其烦地给他俩先后仔细动了五次手术，她操刀的手，又是切，又是缝，又是挑，又是刻；她那用磨石的手又是擦，又是磨，终于，当伤口愈合，裹在两个中学教师额上的绷带拆除时，在场的人都惊叹起来：徐文善和钱加庆额上的"反革命分子"的字样都消失了!

徐文善从病床上一跃而起,含着热泪向裘医生深深一鞠躬,说:"裘医生,谢谢你!一千一万次地谢谢你!"

钱加庆握着裘静芬的手,流下了眼泪,抽搐着说:"本来我想过自杀!是你救了我,是你救了我的命!"

这件事,K省的报纸上先登载了,是根据徐文善和钱加庆的谈话写的一则报道,当然对裘静芬是备极赞扬,K省报纸一登,本市一家报纸也转载了,另一家报纸又派记者来专门采访了裘静芬,当然也在裘静芬推荐下又采访了胡玉良和护士长郑冬青及护士们。

但,谁料到,报上刊出了《白衣天使裘静芬》这篇特写后,当天,院里就掀起了一阵波涛。

丛天星拿了报纸去找院长兼党委书记宋树正,提出"报道与事实不符","没有通过党委也没有通过科主任审查","裘静芬只知个人出风头,把院里做的这么一件大事化为她个人的功劳",并且再三说明"做这次手术,是我丛天星首先做出决定的",认为胡玉良出了大力,被裘静芬一人"独占了光荣","裘静芬是品质问题……"

江教授知道后,表示了异议,认为报道基本属实,主要工作是裘静芬做的。新闻报道不是开中药铺,不可能甲乙丙丁面面俱到。但丛天星慷慨激昂,宋树正认为丛天星可以提出意见,加上丛天星这一发难,跟着他转的人也就更有恃无恐了,别的部门不明真相的人有的也指指戳戳,宋树正责成丛天星调查和处理这件事。江教授心想:真金不怕火炼。调查就调查,你丛天星也不可能整倒裘静芬,于是采取了看你怎么办的态度。丛天星拿了宋树正的鸡毛当令箭,调查的过程当然变成了使裘静芬难堪的过程。

比如,他与裘静芬就有过这么一段微妙的交锋:

"……你说K省报纸上的报道与你无关,那么,本市报上的报道总是有关的吧?"

"记者来找，很难拒绝。"

"那你不该突出个人，一人独占光荣呀！"

"这篇报道，谈到了院领导，谈到了院里科里医疗工作上改革的成绩，也谈到了胡医生和护士们，实际，我谈到的别人比记者写的多，我建议记者访问别人，对自己我谈得并不多。"

"嗬，你还嫌少吗？"

"我不是那意思，我是说，应当实事求是。我从来没有认为工作是我一个人干的，也从不想把人家的劳动占为己有！"

丛天星似乎感到被刺了一下，虽然，裴静芬说得无心，他却听得有意，生气了，说："好吧！那我问你，报上只登了你的照片你知不知道？"

丛天星脸上的表情难看。裴静芬心里突然想：我能用手术使许多丑脸变美，可是他这张脸，谁有办法使他变得美一点吗？她说："当时，记者要拍照，我不同意，我正同手术室的护士们站在一起，他已经'咔'的一声拍了。后来，听说他也给胡医生拍了照片。但登出来时，只有我同护士们的那一张。"

"够了！没有经过党委和领导审查，这是不可能的，你知道吗？"

"我不懂。这属于记者考虑的工作范围吧？"

"群众的舆论你听到没有？意见很大哩！"

"我于心无愧！有些意见未必符合事实。"

"用高标准要求自己，你不认为就当反省吗？"

"……"

"为什么不说话呢？"

"有什么必须说的呢？我太忙了！不愿再在这种事上浪费时间精力，这种事我可以听之任之，但我的工作我不能马虎。我想，以后，如果有记者来找，我不会再接见了！这一点，我是能做到的！"

五

女记者罗天天的日记，摘录五：

依然是闷热，下场暴雨才好。

我依然在医院里徘徊，但算是逐渐认识了江教授、"假洋鬼子"和"裘文婷"这三个人物了！

我也许无法根本改善裘医生的处境，但我绝不会无动于衷！

我还缺乏对现实和社会真正严肃的思考和批判。但我正在苦思冥想要找到这次采访能够得到成功的支点。

丛天星这种人是头上盘着隐形封建长辫的"假洋鬼子"。他干的事并不触犯党纪国法。他也在做出贡献，他也有人支持欣赏，但他身上显然存在着一种消极因素。纠正和指出这种与高尚、道德对立的缺点错误，我认为是新闻工作者应有的神圣责任。假如没有记者经常不断地呐喊，一般的是与非、正与邪的舆论是不会强大的！从这点说，裘静芬对记者的态度是不对的。

江教授做副院长还如何做他的整复外科主任？何必将学术技术上有成就的知识分子一律封成"官"？他是个好医生，但并不是个好的院领导。我的寓言对他好像有点震动，可惜他老了，他将退下来，对他岂可奢求？我不能不拿丛天星与江教授比较。在对待裘静芬这样的人上，他俩谁好谁坏是显而易见的，但江教授实际上对裘静芬关心了多少呢？不关心好同志的官僚主义领导太多太多了！

今晚我应约与江教授同到裘静芬家，出乎意外地白跑一趟，她女儿说："这是难得的！爸爸妈妈年轻时都爱听音乐，今天，爸爸买了票，硬拽着妈妈去音乐厅了！"我听了心里发热，看来裘医生有个好丈夫、一个幸福家庭，支持着她全心工作，将一切烦恼抛在脑后，这个人物面临坎坷却并不畏惧和苦恼，她让一切都正常，有顽强的生命力，恐怕不能说她就是个逆来顺受的人吧？也许这正是她生命的光点所在？我还需要好好了解她，通过采访。

我和江教授约定明晚再去。

不能急躁！我相信狄慈根富于辩证法的话：某一事物终止之处就是另一事物开始之处，某一事物的终止就是另一事物的开始，每一个开端同时是一个终点。岁月之舟，在人的感觉上驶得既快又慢，有时甚至呆滞，也是同这有关的吧？新闻记者对这点应当有更深的体会。我的工作都是刚开始，我的工作永远不会完，我还得继续在医院里徘徊……

新闻记者小罗从整复外科主任丛天星的办公室里走出来，心里有一种十分复杂的滋味。

她觉得"假洋鬼子"世故，老练，有能力，有手腕，也有魄力和技术，是个使她凭一次采访很难捉摸透的人物。她进办公室找他时，他正在写一篇论文，是给国内一个权威刊物写的。桌上摊满了资料和病历。她同他谈了足足两小时。前一小时，是听他摆功，谈在他领导下的整复外科这些年来取得的成绩。他有许许多多数字，也有许许多多材料，他更有在国内外杂志上发表的一系列论文，挺唬人的论文。还有一本十分精致的照相本，本子上贴着他到加拿大考察和做学术讲演的照片，贴着他去加拿大途经香港在一些医院访问的照片。此外，还有他在北京参加国际整形外科学术会议时与许多洋人——白皮肤的、黑皮肤的、棕色皮肤的……合拍的照片。

丛天星指着几张照片，说："倘若你们要刊登照片，这些照片可以拿去。……"

总之，给人的印象是，他确是"权威"，是在中国整复外科上做出巨大贡献的人物。尤其难能可贵的是他说他有去美国和香港的机会，到那里去定居。但他为了在国内尽自己一个知识分子的力量，他坚决拒绝了这种机会。

他确实像护士长郑冬青说的，是一个"有学历，也有点学问，有点本事，动嘴能说，动笔能写，动手能开刀"的人！

对人要一分为二，这点小罗也懂。现在，丛天星展示在小罗面前的当然都是他的优点、光明面啰！人同人之间的了解，有时几十年来都未必能做到。她，小罗，一个大学新闻系毕业涉世未深的稚嫩记者，她能在两小时内就完全窥察清丛天星的内心？

听丛天星谈了一小时，小罗觉得谁给丛天星起了"假洋鬼子"的绰号倒是绝妙的。丛天星说话时老爱神气活现地夹点洋文和舶来新名词。这本来没有什么不好，只是以此炫耀渊博与洋气就可笑了。他的西服、领带都讲究，金壳手表、金丝边折叠眼镜，甚至桌上那只三截式金属茶杯也是舶来品。谈话间，他拿出一本又一本印刷精美的进口杂志来，口若悬河地介绍美国的整形外科和美容情况，滔滔不绝。

小罗觉得这个人从优点方面来说，从他自我介绍的情况来看，给他做整复外科主任不能说不合适。但，他为什么有那些使人反感、使人不满甚至使人鄙视他的做人之道呢？

丛天星一定是误会了！他以为女记者采访他是准备要在报上宣传他，而不明白小罗是为了采写裴静芬而来的。他集中介绍自己的一切，谈了一小时后，当小罗提到了江教授时，他似乎怔了一下。小罗向他了解江教授的情况，请他谈谈。从他的谈话和神态中，小罗似乎感触到了一些什么。

"江教授嘛！哈哈，他现在是副院长。他是有过贡献的，但他老了。应当让他得到应有的荣誉，咳咳，他是全国政协委员，哈哈，我只是市的政协委员。现在，江教授不宜动手术了，眼睛和手都不行。自然规律么，不可抗拒的。……"

有贬，有嫉，听来又像挺尊重似的。

小罗问："江教授这个人怎么样？他现在的院领导工作做得怎么样？"

"嗨，这，对不起，这我无可奉告！"丛天星摇摇手，"我是不能背后臧否人物的。而且江教授，咳咳，怎么说呢？他已超龄服役了，因为照顾他的名声才暂时未退的。他现在会多，常不在家，院里的事，主要是我们的院长兼书记宋树正管，他这业务副院长很少管事。哈哈……"

"听说，整复外科的事他还是管的。整复外科是他筹建起来的吧？"

"呵，你很了解我们院里的事呢！"丛天星突然似乎有了点警惕。

看来，他是不想多说江教授什么好话的。

他用的是劣选法，尽量不说人好。小罗有点意会到了，但又忍不住要提到裘静芬，来采访的目的正是写裘医生嘛！刚才耐下心听丛天星说了那么多，对小罗来说，这种采访只是打外围，现在才是真正的攻坚战了。

小罗说："是不是可以请您谈谈裘静芬的事迹？"天热，她不断用手帕拭汗。

丛天星耸耸肩，双手一摊，确实洋味十足，像个美国人，摇摇头，突然似乎更警惕了，问："你是要写她？"

"想写谁现在并未决定！"小罗察觉到对方的不快，灵活地说，"我刚开始采访，对整复外科这一行，比较生疏，希望对人对事都了解得尽量多一些！"

"呵！"丛天星点头，眼珠在镜片下闪烁转动，"裘医生嘛，咳咳，前些时报上宣传过，不过，那篇东西不太真实，在我院影响不好。这你可要注意，采访还是通过做领导工作的来谈，比较妥当，不能随意听本人吹嘘……"

小罗不喜欢丛天星的语气，插嘴问："裘静芬的工作好不好？听说表扬她的病人特别多?"

"要问工作好不好,我可以回答你,我们科里的医护人员工作大都是顶呱呱的。"丛天星跷起大拇指,"裘医生是有过些表扬信。但,怎么说呢? 有的人喜欢哗众取宠嘛!"

"听说人们叫她'裘文婷'?"

"不知道! 没听说!"

"您说前些时报上那篇报道不太真实,具体说是些什么问题?"

"过去的事了,我想,为了避免引起不必要的麻烦,我就不说了。反正,她自己已有了认识,她表过态再也不同记者夸夸其谈了!"

小罗单刀直入:"裘静芬这个人可不可以宣传,你认为?"

丛天星耸耸肩:"哈哈,我看你可以去问问宋院长,我无权表态。"他说得机巧,也好像对小罗突然产生了一种隔阂。他看看放在桌上的记者名片,说:"罗天天同志,咳咳,我想,就谈到这里吧!"他看看手上的金表,"还有二十分钟,我就要去开一个会。"

小罗待不下去了,同丛天星握手,出了他的办公室,丛天星手上的汗使她不能不掏出手帕来擦拭右手。

现在,小罗决定上三楼院长办公室去找江教授。她匆匆走着,被医院里特有的那种消毒药水味熏得直皱眉。病人来来往往的很多,经过放射治疗室,又经过化验室⋯⋯她上楼向院长办公室迈着疾步。

她现在头脑里像一团乱麻理不清。一个新闻记者是不能听任某个采访对象摆布的。应当从自己掌握的材料,包括采访谈话记录,根据正面、反面以及上下左右提供的一切加以分析,得出应有的结论。她的采访,到现在为止,不算成功。这些天,她从一批医生、护士处了解到不少裘静芬的情况。在采访丛天星之先,她似乎是有主见的,她将裘静芬放在正面,将丛天星放在反面。但同丛天星谈话后,她一方面对丛天星抱有反感,一方面却又觉得他并不就是一个反面人物。不能不承认他是整复外科方面的一个人才,一个可以做主任的人物。他也有优点，也有技术。说他是"假洋鬼子"，也有不恰当之处，从国外取得信息与可以应用的新技术、新观点是好的，嘴上说点外语穿得洋气一点也无可厚非。郑冬青说他处处伸手，伸手本是有辱斯文，但他"伸手"的是他应当得到的，比如职称，比如开会的权利等，这不算错！而裴静芬的"谦让""清高"，甚至明明是对的事，如报纸表扬，她都采用拒绝见新闻记者来对待，这能说是优点吗？这也难说！什么时代了！许多观念正在起变化！那么，如何看待丛天星这个人呢？她感到没有把握。这个人就像一个浮在波涛中的葫芦，忽浮忽沉，半露半没，抓不住它！小罗深感自己稚嫩，水平太低，她有些急躁不安。

但，她立即使自己镇定下来，信心充足起来，她在大学新闻系时就被同学们起了个绰号"雅典娜"的。得到这个绰号是因为她容貌优美中又含有男性性格的刚强。她曾在大学四年级时提出过毕业后的"三年目标"：第一，三年内要成为有影响的女记者；第二，三年内不谈恋爱、不结婚；第三，三年内要除英语外再掌握日语和俄语。她干什么都有股劲头，都有个性。她认为，必须坚持采访，先找江教授，最后还一定要找到裴静芬。同这两个人谈话后，摸到他们的脉搏和灵魂，才可得到一个比较全面深刻的见解。

她一边想，一边上了三楼到了江教授的办公室前。门锁着，她敲敲，没有回声，她心里一惊：别又不在！正这么想，一个穿灰派力斯裤子白衬衫的秃顶老头恰好从背后走过来，和蔼地问："找谁？"

她一看，正是江教授，她早从照片上认识他了。她笑着递过名片去，说："好极了！江教授，找您！"

江教授掏钥匙开门。这是一间临街的南房，明窗净几，写字台上堆着文件夹和医书、杂志，还有一盆绿葱葱多姿的文竹。墙上挂着病人送的镜框、锦旗，还有两个镜框里放着会议集体照。一个锁着的玻璃橱，门边有一架人体骨骼模型……他对小罗说："坐，请坐！"顺手就开了电扇，电扇呼呼吹起风来。

小罗坐下来，隔写字台端详着江教授。这教授没有架子，虽是美国留学生，却没洋味儿，反带几分土气。他确实老了，那秃顶，那脸上的"电车道"，那动作的迟缓，都说明了这一点。他坐在一把软转椅上，问："有什么事吗？"

小罗开门见山了。她看看手表已经指着十一点十分，不能再拖拉了，说："我是想了解裘静芬医生的事迹来的，想得到院领导的支持，尤其是您的支持。"

"呵，是这样！"江教授点头，"那可以么！你到整复外科找她谈谈。她工作不错，是个好医生！"

小罗见江教授态度鲜明，心里有三分高兴，说："她拒绝见记者，大约是上次记者采访她后，引起了一些什么麻烦，使她一见记者就摇头。"

"呵，是这样！"江教授点点头，"是的，可能的！可能的！"

"请问江教授，你认为丛天星主任这人怎么样？"

"他已是知名人士，学历、技术、能力与他的职务比较相称，院党委很重视他。我如果退下来了，接替的显然会是他。"

"他的缺点是什么。"

"缺点当然是有的，而且也不少。但这不适宜由我来向记者谈。"江教授对这问题封门了。

小罗进攻："听说，裘静芬把人的价值看作是在于奉献，而丛天星则是一个想做官、想抓权、要求名利的人，是吗？"

江教授究竟是朴实的，不想讲也还是讲了，说："裘静芬确实是你说的那种人。至于丛天星，我和他年龄不同，他年轻些，有观念上的不同。他确实有时也表现出一种较强的个人欲望，但他也在做出贡献，比如他热衷于自己写书写论文，谁能说这不是贡献？裘静芬给孤儿做了手术写了论文，他要署名。事实上，他看了论文有过很少改动，但你不能说他一点没改，完全不能署名。有些私欲是难以说清或分清它的正邪的，特别是当这种私欲或明或暗，并未触犯国法党纪和基本原则，你说能怎么办?"说到这里，他摇摇头，脸上有些疲乏。

小罗不想再在丛天星的问题上紧逼江教授了，转了话题问:"我想请教，裘静芬到底怎么样? 是不是个值得宣传、表扬的好医生!"

江教授似乎不假思索就点头回答了:"当然很好! 在改革医疗工作中，她很尽心。其实，她早该提做整复外科副主任了。自从来后，她做了不下两千例的手术，其中没有一例是由于她的疏忽而失败的。她认真负责，埋头苦干，表扬信很多。"

"听说，大家叫她'裘文婷'，是吗?"

江教授微微一笑:"是有人这么叫她!"

"对这问题您有什么看法?"

江教授大惑不解，张着嘴，仿佛问:"怎么?"

小罗解释:"裘静芬的贡献很大，她一直抱病工作，甚至晕倒在手术台旁。可惜从来受不到关心照顾。她受排挤，甚至受打击。她的住房一厅二室还是她爱人单位分的。这些年，什么荣誉、出国、出席会议、进修、提级、提职、职称、疗养等等，样样她都没份。因为她从不开口、伸手，只会默默工作!"

"她向你反映了这些意见?"江教授吃惊了。

"不! 她拒绝同记者谈话!"小罗说，"这是群众反映，有的群众说您是业务院长，自己是清官，但你想不到别人的痛苦与难处。跟着你这样的领导干，没奔头! 还有人说你是'爱哭的孩子多给奶吃，不哭不闹的没得奶吃'。你关心病人，却不知关心部下!"

江教授大吃一惊了，脸上有沉思的神色，但解释地叹气说:"唉，倒也不完全是这样。归根结蒂是国家仍然穷，处处事事使人感到僧多粥少。当领导的是心有余力不足!"他掏出手帕来拭汗。

小罗也不知为什么，突然对江教授的话产生了反感。她不以为然地摇摇头说:"江教授，我想讲个寓言，请您听一下。"

面对这个青年女记者，江教授被这种别致的方式吸引住也惊讶住了，愣怔着说："说吧说吧，你请说吧！"

小罗朗诵似的说："有个老人在黎明时漫步沙滩，看见前面有个年轻人拾起一些星鱼抛回海里。他上前问：'为什么这样做？'年轻人说：'搁浅的星鱼如果留在沙滩上，太阳出来会晒死的！'老人说：'可是海滩一望无际，星鱼何止几千条？而且，只要有潮汐，以后还要不断有这种事发生。你的努力能有什么影响呢？'年轻人瞧了瞧握在手里的星鱼，然后把它抛到海里，说：'对这一条，以及我准备抛入海里的第二、第三、第四……条，却都有影响，而且是生死的巨大影响！'"

江教授静静听着小罗的话，双眼看着这个讲寓言的、有锐气的漂亮女记者，先是沉默不响，接着点点头，额上冒出汗珠来，叹口气说："我懂了，我懂！……"

"群众对您的批评，请问您有什么看法？"小罗语气和缓但问题尖锐。

江教授点点头："基本正确！"稍沉吟后，又说："当然，我还需要好好想一想。但有一点无须多想我也已经明确，那就是要多关心那些不声不响、默默忘我工作的同志，这些同志像裴静芬，也有个人利益，也有多种烦恼，只是他们觉悟高，不愿为个人的事开口。可是我们就以为他们没有困难，只给加重担，不问死和活。我过于注意让裴静芬这样的同志练出飞毛腿来，别的就不关心。这太不对了！其实，越是这样的人，领导越要主动关心。不要等到他们鞠躬尽瘁了再来惋惜。谢谢你提醒我！"

小罗被江教授朴实谦虚的态度感动了。这时，忽然有人敲门，进来了一个穿白衣的中年医生，说："江教授，外宾已经到了，院长请您马上就去。"

江教授点头应了一声："好，我就来！"

中年医生走了，小罗觉得无法继续谈了，站起身说："江教授，请约个时间，我想再跟你谈一谈，可以吗？"

出乎意外，江教授点头，说："可以！这样吧，今晚七点，我们在裴静芬家见面，好不好？我把她家里地址告诉你，我们一起谈！"

"她地址我有！"小罗笑着说，"问题是她拒绝见记者！"

"是呀！"江教授风趣地说，"正因为这样，我要亲自牵线搭桥呀！"他笑笑，"这样，你满意吗？"

小罗喜出望外了，说："太感谢了，那就拜托了！"她伸出了右手。

江教授笑着同她握手告别，说："不，应当感谢你！你知道，当你谈着群众的批评和讲那个寓言时，我出了一身大汗。我已超龄服役，本不想多管什么了。我不善于处理人际关系，没有纵横捭阖的本领。对这类问题，我常感到比给塌鼻子垫高、腭裂缝合等手术艰难。这需要另外一种手术，我不会的一种手术。可是，你今天的一番话，促使我省悟到了些什么。我退下来之前，有多少力要放多少能量，要尽量做些可以办到的好事！"

江教授会外宾去了。小罗离开医院，走到阳光下，回味着刚才一番谈话，余味无穷。对晚上的采访能有什么样的效果，小罗还心中无数。现实生活中就是有无数这种难以分解、难以理顺的难题。有些事看来好像可以有点解决的苗头了，其实离解决还远着呢！有些事看来是非快分清了，其实早搅成一锅粥不好办了！可是这个年轻的女记者罗天天呀！锐气很盛，而经验极少，复杂的事物在她思想中常常只是得到粗线条的反馈。她真以为新闻工作者是真理和主义的化身，真以为每一个人都在追求美好的未来，真以为口诛笔伐，可定天下呢！

她在灿烂的阳光下，轻松地向报社走去。……

（原载《十月》）

单行道上的女经理

生活中总会有些挫折，你要默默承受

有一双漂亮的眼睛的魏碧云同她丈夫丁森分手那天，显得特别冷静。不，不仅是她，西装整洁、衬衣领子雪白的丁森也十分冷静。双方似乎要尽量做到"好说好散"，因此，前一阶段的火爆"全武行"消失了。双方都变得"高姿态"起来，都变得"高雅""客气"起来。

丁森早把五岁的女儿娜娜搬回爸妈家里去了。他父亲是省军区离休的后勤部长，住处宽敞，回去住没有问题。法院判离婚时，双方共同财产本来判定一人一半，但这时丁森来搬东西了，魏碧云镇静大方地说："你要什么你都拿去就是。"

丁森则说："不，电冰箱、洗衣机什么的都留给你。我回去家里有。这样，你生活上可以方便些。"他现在倒好像替魏碧云设想得很周到了！

魏碧云摇头。她本来是不吸烟的，闹离婚后偶尔也吸了。她用修长的手指点燃一支摩尔薄荷烟说："用不着了！连娜娜都给你了！这些身外之物我会稀罕吗？都搬走吧！"

"女儿是你自己不要的！"

"是的！"魏碧云点头，"但将来她总会仍是属于我的。"说到这里，她捂住眼睛，泪滴像明亮的萤火虫从指缝间爬出来。她咬牙忍住了泪水，脸朝窗外，看着天上一群在飞翔的鸽子，坚强地喷了一口浓烟。

丁森摸不透她的话意，更猜不透她心里想的是什么。他知道，女儿娜娜平日是魏碧云的命根子。魏碧云爱娜娜要胜过他丁森许许多多。原先打官司时，开头魏碧云一定要将娜娜判给她，后来又提出不要丁森付哺养费，最后却又突然提出：她不要娜娜了！愿意将娜娜判给丁森。是什么原因使她变了又变的呢？丁森弄不明白。两人之间的关系早已破裂到无法谈心与交心的地步。既然离婚的判决已经下了，像一株繁花满枝的树木已被斧子拦腰砍断，像一只美丽的彩盘已被从高高的楼顶掷地粉碎，又有什么可以多说的呢？

丁森的三个哥儿们坐着一辆双排座的"一吨半"在楼下门外等着丁森，他们应邀来帮丁森搬东西。平日有的人都同魏碧云处得不错，自从丁森和魏碧云闹离婚后，他们有的最初做了些"圆场""调解"工作，后来看到事不可为就不愿多插手了！现在社会上离婚的事太多太多，离婚率以惊人速度上升。年轻人对这种事已经司空见惯。每每觉得这种事说不清也难加干涉。他们讲义气，要帮助丁森可又不愿得罪魏碧云，所以都赖在楼下不上来。

秦金河与丁森年龄相仿，与丁森是五金进出口总公司业务科的同事，他似乎很直爽，其实有历经风霜的世故、阴沉。他平时对魏碧云印象不错。在离婚这件事上，他埋怨过丁森，说："碧云脾气是不好，个性也强，可是这次离婚怪不得她，要怪你！好端端的一个家，本来可以非常幸福的！如今像豆腐被刀子切成两块，团不拢也合不成了，多叫人心里不是滋味！"

留着兜腮胡的袁梦强，爱穿黑色皮夹克，是丁森初中时代的同学，这些年做个体户，买了辆小车自己做出租车司机。凡个体户和司机这些行业容易感染上的毛病他都有。他虽当面不想得罪碧云，背后却同情地怂恿、安慰丁森："离就离吧！比碧云好看的女人有的是。男子汉还能在一个女人的腿上拴死？我是喜欢自由自在享受快乐的，最讨厌女人像头狮子。哪个女人要指挥我、限制我可不行！"

彭通身材壮实，一张孩儿似的天真笑脸，使他原本平凡的五官变得讨人欢喜了。他文化层次比较高，是丁森和魏碧云高中时代的同学，在高中时是丁森的好友，后来上过大学中文系，毕业后分在出版社当编辑。因为住处离得近，就常有些往来，同丁森、碧云都处得不错。他自己结婚后的最深体会是："婚姻生活中最重要的事对双方来说都是忍耐。"可是，朋友们常笑他"气管炎"。他在丁森闹离婚时，一再劝丁森和魏碧云："你们曾经相爱过，为什么现在要闹得不可开交呢？还是和和睦睦多为孩子着想，别上法院的好！"这种话对丁森和魏碧云丝毫不起作用。逐渐，彭通了解到：丁森确已在悬岩上勒不住马了，而且，碧云既无法忍受也不愿再欺骗自己了，彭通也就不再劝解了。他在家里悬挂着一个镜框，是结婚时一个编辑朋友送的结婚礼物，白绸上有红丝线绣着萧伯纳的名言：

> 结婚后夫妇间的关系并不是单方面的要求和给予，必须各尽所能，各得其所，才可以发挥爱的极致。
>
> ——萧伯纳

自从丁森和魏碧云闹离婚后，每当他晚上睡觉看着迎面墙上镜框里的这句名言，心里就有一种难以形容的感受。既有庆幸，也有怅惘。庆幸为自己，怅惘为友人。

今天，丁森邀他来帮着搬东西，主要是搬一套乳白色的组合式家具和些家用电器。他本不乐意来，又不能不来。他默不作声地坐在省军区卡车司机身旁，闷闷吸烟，等丁森在二楼同魏碧云谈妥后打了招呼再与秦金河、袁梦强一同上楼去抬东西。

一会儿，听到丁森在二楼窗口里露头叫喊了："嗨——，你们上来！……"

彭通懒洋洋地跟随秦金河和袁梦强下车走进门洞上楼。对丁森和魏碧云的离异他心里感到酸楚。秦金河虽然当头在走，嘴里轻轻哼的却是一支舞厅里流行的带着悲伤的歌："……我们曾经拥有，现在却只能擦肩而过。踩着相同的脚步，走向不同的归处，明天是个未知数……"

袁梦强在他背上捅了一拳："别乱唱！"

秦金河停止哼哼，叹了一口气。

二楼丁森家的门开着，三人到了门口，只见屋里物件凌乱不堪，魏碧云大约在里屋，只有丁森独自在外屋吸烟。见哥儿们来了，他说："搬吧！"用手指点着，"就把这套家具抬下去算啦！别的我都不要了！"

实际上，早在两人上法院之前，丁森就已经把碧云的金首饰、存折连同他自己的细软衣物都带回自己家里去了。一只二十一寸的松下彩电，也早趁魏碧云去上班时，他找大胡子袁梦强开了车来帮他抬走了。但如今，他确是有点"良心发现"，抛弃了他在法庭上那副穷凶极恶索要物件的姿态，有心把一些应该属于他的物件像冰箱、洗衣机都留给魏碧云了。

秦金河听丁森这么说，表示赞赏，说："对！像个男子汉！"他又转过头去对袁梦强说："来，大胡子，我们搬这大橱，这最重！"

袁梦强瞅瞅那只屋角的冰箱，歪歪嘴笑着轻声说："早是古董啦，卖了也不值几个钱。不要比耍聪明！夫妻离婚仁义在嘛！"

彭通听了反感。他本该同丁森一起去搬那只书橱的，却禁不住迈步走到里屋门口朝里张望。他是想看望一下魏碧云。碧云一定十分伤心。无论如何，在彭通思想上魏碧云确是一个好女人，一个贤妻良母，这次离婚，他的同情是放在碧云一边的。过去，他来到丁森和魏碧云的小家庭，受到过碧云一次次的热情款待。今天，这个"窠"翻天覆地了。他既然来帮丁森搬东西，怎能对碧云置之不理呢？丁森和碧云即使离婚了，碧云也仍是嫂子仍是老同学呀！

彭通发现魏碧云倚着窗百无聊赖地朝外张望，悠悠吸烟。一头乌油的黑发有些凌乱。床上的被子乱成一团，墙上的照片框架早已卸走。一只绿色小沙发歪放着，一把镀镍的转椅躺倒在地上，床上、茶几上、桌上都堆放着些零星杂物和衣服。这时正是傍晚，夕阳余晖淡淡射进房中，气氛和景象凄凉异常。

"嫂子，你好！"彭通在门口叫了一声。

魏碧云把视线从窗外收回，转过身来，怔怔地看着彭通。在这深秋季节，她穿着一套宝石蓝的裙装，强打精神，朝向她招呼仍旧叫她"嫂子"的彭通勉强含笑点头。她不是一个爱修饰得浑身有光彩的女人。自从有孩子后，常常忽略打扮，但自有天生气质上的高雅，尤其是那双难得的黑眼睛十分出色，总体来看，总是非常美的。现在那笑里，含有悲哀和憔悴。彭通看了心里难过。

彭通嗫嚅地苦笑着说："我们来帮丁森抬东西来了，您别见怪！"

"怎么会呢?"魏碧云摇头装着毫不介意地说，"你们是他的好朋友，理应如此。"

"不不不！"彭通解释，"也是您的好朋友嘛！以后……"他善良地说，"我们也仍旧会来看望您的。"

"不必了！"魏碧云扔掉烟蒂，在拼花地板上用脚踩灭——平时她是决不会这样做的，"我想把过去画上一个句号了！"说完，转过身去，依然孤寂地凝望着窗外。窗外有汽车驶过的声音，那是临街的南窗。此刻，那条两旁有树的比较热闹的街上正是人潮滚滚，有喧嚣的市声隐约传来。

话谈不下去了。彭通理解碧云的心情。叹口气回过身来同丁森一起去抬家具。丁森的表情里有一种憾意，但总的还算平静。彭通明白：丁森颇像个"花花公子"。失去魏碧云，他理应歉疚和遗憾，但他既已感情另有所钟，自会取得心理上的平衡。刹那间，他对丁森产生一种厌恶感。他板着脸不再说话，同丁森抬着五斗橱下楼，心里却在思索。

他想：借着温和与耐心，借着安宁稳定之道，不去招惹那些对于双方能产生损害和不快的事情，而是努力去寻求对于双方都能得到好处增进爱情的事物，才能建立起一个美满快乐的家庭。他历来觉得自己这样做是对的，现在从丁森和魏碧云夫妇关系破裂中更体会到了这一点。

那套漂亮的组合家具和一些该搬走的东西，很快就搬走了。原先摆家具的地方现在空落落只有灰尘，地上还有些碎纸和烟蒂。魏碧云木然站在窗口，像尊铁定的塑像。直到听到外边"乒"的关门声，又听到楼下汽车发动声，然后，一切归于平静，她才醒悟到：一切都告结束！曾经有过的甜蜜、温馨而难忘的那段同丁森结合的共同生活，如今镜花水月似的破碎、消逝了！这儿已像一片废墟，是一个被丁森抛弃的家。她最爱的女儿娜娜也失去了！一切都得从零开始，过去的再也不会回来了！

她绝非爱流泪的懦弱的女人，相反，她是一个要强的有个性的女人。此刻，楼下街边一家出售录音带的小店正在播放歌曲。那是一支她熟悉的歌，歌词此刻正合她的心意："城市生活中你曾失去什么，拥有是什么？城市生活中总会有些挫折，你要学习默默承受。忙忙……认清一个正确选择。心中的抉择，好好自己把握。……"

静静听着那高昂悠扬的女声独唱，心弦触动，她两行热泪珍珠似的流坠下来。俗话说："泪是心的血，伤了心，泪就流出来！"她也说不出自己为什么这样伤心。面对空荡荡的四壁和零乱的屋内物件，受到命运的拨弄与损害，她那倨傲的心产生出抗拒的激情。她猛地扑向床上，额头抵在左手背上，抽搐着放声痛哭起来。……

女售票员用莎翁名言给灵魂裁制了迷人的外衣

好的婚姻，不管怎样，男女之间必须有爱情。如果爱情受到损害、侵犯，如果爱情减退，婚姻就谈不到什么美满了。

魏碧云和丁森的婚姻起初并非不是美满的。他们曾是高中时期的同班同学。后来都未考取大学，但都生活在改革开放的好时代。丁森有一个好家庭，离休了的高干父亲，退休了的和善慈祥的母亲。由于两个姐姐结婚后远在外地，他就成了紧偎在父母身边的"独生子"。父母对他娇惯得百依百顺。既未考上大学，就给他设法安排在市里一个区武装部里当干事。干了一段，他"跳槽"到了省军区后勤办的一家招待所当经理。同魏碧云开始恋爱正是在这阶段。

那时，魏碧云考上了市里最豪华的锦华大宾馆当服务员，由于她风韵楚楚，不媚不俗，宁静秀气，聪颖勤奋，办事能干，总经理认为她是可造之才。为了提拔、培养她，先是让她参加市里第三产业方面办的外语训练班，接着又让她短期脱产去进"提高迎宾人员素质训练班"。她做工作总是使旅客和领导满意。比如做迎宾小姐时，穿上大红织锦缎旗袍站在宾馆门口，笑吟吟地一站八小时，脚肿了也不乱挪位；做花园餐厅招待员时，能用甜润的嗓音为来餐厅举办婚礼的新郎新娘唱上一首祝福歌，或为来庆祝寿辰的宾客献上一曲《祝你生日快乐》；一个美国旅游者丢失了一只装有二千多美元的皮包，她拾到马上交到经理室。……因此，她很快被提升为一楼餐厅的经理，而且是一个称职能干的女经理。

丁森和魏碧云交往渐渐频繁，那真是最自由最没有负担的时光了。本来就有的同学友谊加上交往中形成的爱情，像经过相当时间栽培的花卉开放并吐露出芬芳。

一个春天的深蓝色的神秘夜晚，远处的树和房屋只剩下黑色的剪影。在美丽的锦江边上散步时，丁森昂首挺胸，神采飞扬，勇敢地说："嫁给我吧！碧云，我们马上就宣布结婚！"

不知哪里有一阵淡淡的幽香从花丛传来。魏碧云的一双黑眼睛带着迷茫，睫毛颤动像两只鸟儿的翅膀："你家里会同意吗？你该知道，我并不想高攀，我喜欢得到的是平等对待。"

魏碧云出生在一个中学教师家庭，自小丧父，寡母是个中学语文老师，含辛茹苦地带大了独生女，去年因尿毒症去世。碧云实际已经没有亲人。她被丁森约到家里去过，感觉到那种高干家庭的显赫，发现丁森的老父倒还平易亲切，丁森的母亲却比较矜持，盘问似的提出一个又一个关于出身、亲属情况方面的问题。碧云敏感、聪明，很能体会到"门当户对"的含义。虽然对丁森已萌发爱情，但觉得爱情里面掺杂了和它不相关的顾虑，就缺少了"根"。自然使她犹豫。

丁森大大咧咧地说："不会有任何问题的。是我结婚，又不是他们结婚。我早独立生活了！谁也不可能反对！关键是我爱你爱得实在太深了！比海还深！你怎么能不答应我呢？"

"我最稀罕的不是你爱得深，而是要爱得长久！"

"那还用说？当然我会使我们的爱地久天长的！"

有小虫在绿草丛中长吟短唱。月亮从都市高楼后边缓缓爬上来，像只透明的气球缓缓地往天上飘。锦江在皓月照亮了的沉沉夜色中缓缓地流，静得连水波偷吻沙滩的声音都听得清。

他俩就是在那个蓝色的夜，使爱从自然而然中产生，并决定建立神圣的契约，使心灵吻合，使爱心永恒的。只不过，那已像一个遥远的故事了！

从恋爱到结婚顺利得同平常一般人没有什么不同。婚后初期的新鲜和甜蜜也同一般新婚夫妇没有什么不同。虽然，有时也不乏为无聊的小事争吵，有时也会忽而喜极而拥抱、忽而略有厌倦而沉默，不过总的说，一切都比较正常。丁森的父母反对过这门婚事，由于丁森的坚持，老夫妇俩让步了。正是这样，魏碧云婚后很少去公公婆婆那里请安，非常忙也是事实，一种感情上的疏远是保持距离的主要因素。好在，丁森的父母并不做有损于儿子和媳妇感情的任何事。只要儿子经常能回家点点卯，老夫妇已经心满意足。逢年过节，魏碧云随丁森带着大包小包的礼物去老人处吃一顿团圆饭。面上都过得去。生活，就像一支幸福家庭的进行曲，在演奏着。接着，娜娜出生了！丁森比一些封建思想严重的男人倒还强一些，并不太重男轻女。碧云的公公婆婆固然十分遗憾没有一个孙子，但对孙女也还算疼爱。于是，一切似乎平静无波，在丁森和碧云间，虽然双方都忙碌，但两个人既能相爱地互相凝视，又能并肩努力干自己的工作，一起齐向同一方向望去。两个人的收入都很不错，经济上并未见添了娜娜就拮据。老同学彭通一次在他们家里喝啤酒闲聊，夸赞他们是一对"欢乐夫妻"，甚至说："我羡慕你们！我与我的爱人也要效法你们！我相信，世界上有价值的东西只是——爱！"

谁能料到，当娜娜刚过四岁半，丁森和碧云之间就会出现那么大的矛盾与变化呢！

爱情代数上的三角形或多边形，都是危险的信号。

丁森和魏碧云之间的问题也离不开这个"怪圈"。

尽管碧云不是那种艳丽得招惹人的女人，但确实是美的。西洋谚语说："世上没有比快乐更能使人美丽的化妆品。"魏碧云在未发现丁森的秘密前，也就是说在未发现自己与丁森的爱情中出现裂隙将要坍塌之前，她是沐浴在幸福的爱河中容光焕发令人瞩目的。这位女经理，被记者采访过，写过专访，在报上登过风姿飒爽的照片。在一楼餐厅里举办宴会或进食的宾客们，都很欣赏这位穿着素雅套装薄施粉黛的既能干又标致的女经理。

是不是由于魏碧云的魅力，就使丁森能永远专一了呢？在社会生活中，这种专一在有的人身上能发生，在丁森身上却未能做到。

那个炎热的夏天，魏碧云带领一个小组去深圳、广州考察、学习，时间是二十天。这时，丁森已经放弃了他原来那个小招待所经理的职务，转到五金进出口总公司做业务员有半年多了。业务员的名义当然没有"经理"好听，收入却是可观。拜金主义，使丁森宁可去干业务员。他常常出发，忽而蛇口，忽而广州，忽而海南……在家的时间少了，家的观念，在魏碧云的感觉上，他也似乎变得淡薄了。他脑子里想得最多的是钱，有时他约他初中时代的好友"大胡子"袁梦强来家喝咖啡、看录像，谈的一些事和他从福建沿海买来的一些录像使碧云简直不能忍受。当着客人面她忍住未说。事后说了却引起了分歧。

魏碧云认为：争吵总是要尽量避免才好。以后，录像让丁森关着里间房门看，自己在家总带着保姆和娜娜在外间消磨时光。由此，她不喜欢"大胡子"袁梦强，也不喜欢丁森的公司同事秦金河。她不认为秦金河人坏，秦金河心地倒像是不错的，可是他干业务员的时间比丁森长，魏碧云觉得他抽烟、喝酒、跳舞、看录像样样都沾，穿五百元一件的雪豹牌皮夹克，一千二百元一套的高罗奇西装，六百元一双的老人头皮鞋。丁森在生活上正向他看齐。

魏碧云劝丁森："我看你的哥儿们，彭通是好的！那两个对你都没好处，你别向他们学！秦金河那么阔绰，他钱是哪里来的？"

可是丁森说："如今做人思想得开通些！你别什么都看不惯。袁梦强跟他老婆离了婚，那是因为他老婆脾气古怪性格跟他合不来。秦金河虽然爱耍，他老婆跟他一样，也爱耍。两人各耍各的，很少吵闹。我如今做这业务员，不在外面交际应酬怎么行？反正你放心就是，我对你的心不会变，你也别大大小小的事都看不惯，都要管着我！"

再多讲就要更不愉快了！魏碧云忍着气闭上嘴，心里并不平静。有一种不祥的预感似在袭击着她的神经和心灵。……

意想不到的事其实确是发生了。就发生在碧云带那个小组去深圳、广州考察的二十天里。在这二十天里，丁森结识了铁路售票处的一个年轻姑娘。姑娘年轻、鲜艳，长得有点像美国电影《欲网危情》中那个女演员姬莉·黛莎兰。据说她博得丁森的倾心，是在多次的夜餐和晚舞之后，两人已经情投意合。这个自称十分爱好文学的姑娘递过一张她用娟秀的钢笔字写着名人名言的硬卡给丁森。

丁森接过硬纸卡一看，上面写的是：

爱情进入人的心里，是打骂不出去的；它既然到了你的身上，就要占有你的一切。

——莎士比亚

对丁森这样文学修养很差却又有点爱好的原来仅有高中程度的人来说，朱莉莉这一行动，起了震撼作用。他觉得这姑娘真是可爱，不仅美丽，而且高雅，不仅高雅，而且风趣。据说，他当时兴奋得哈哈大笑，向朱莉莉表态说："你太可爱！为了你，一切金钱，任何美丽的女人，都可以舍弃。我爱你实在爱得太深了！比海还深……"丁森被喜新厌旧的情绪抓住了！

当然，朱莉莉是不知道丁森在向魏碧云求婚时也说过"比海还深"这样的话的。

有些事是难以完全弄清的，说朱莉莉完全是由于金钱而同丁森联结在一起，也许有百分之七十的确切，却未必有百分之百的确切。在百分之三十的不确切中，可能包括其他因素，比如丁森是高干子弟，丁森的外貌虽非十分英俊，也比一般人出众。丁森曾向朱莉莉违心地倾诉：我从妻子处从未得到过爱情上的满足……反正，朱莉莉缠住了丁森，丁森是陷进朱莉莉的爱之蛛网中去了！离开了爱魏碧云的轨道，走上了爱朱莉莉的轨道。也许丁森自己也难以清楚他自己为什么会有这种出乎情理之常的转变。

隐蔽的事总是不能长久的。魏碧云感觉到了爱的倾斜。一天，到餐厅来的一位经营服装生意的黑胖个体户长客，龇着黄牙轻轻告诉魏碧云："魏小姐，知道吗？你先生陪一个很风流的年轻小姐到我的紫罗兰时装店买过两次今年最流行的套装。嘻嘻，只是关心你，才透个信儿。可不要说是我告诉你的哟！"

这阶段，正是碧云最忙的时候了。大宾馆实行承包，她作为一楼餐厅的女经理，也实行了承包。忙于商量安排餐厅的装潢打扮；忙于使餐厅在晚间成为歌舞厅以增加收入；忙于订立新的规章制度，从改革、开放、搞活到一楼餐厅的生存死亡、与人竞争，都在魏碧云的脑海里日夜翻腾。她肩上的责任太重了，心里的事儿也太多了！在这种时候，一个幸福和谐的家庭，会像沙漠中的甘泉，涌出宁静与安慰，使人怡情悦性、洗心涤虑；而一个不幸的、不美满的家庭，则正像一位哲人说的："坏家庭无法养育我们纯洁的灵魂，倒有可能成为我们自掘的墓场。"

魏碧云从盘究丁森开始，得到的是否定的答复和不愉快的面容。这并不出乎魏碧云的意料。当一方用谎言欺骗另一方，又用行动使另一方感到疏远、厌烦与猜疑时，事情就必然向更坏的方向发展。

魏碧云开始做起"女侦探"来了。她太忙，自己想去"大海捞针""跟踪追击"十分困难。她不可能像美国电视剧《神探亨特》里的女警官麦考尔那样行动。幸好，餐厅里的一位招待小姐告诉她："魏姐，现在有地下私人侦探了！你出二百元，我可以帮你找个侦探给你查找得一清二楚。"那"地下私人侦探"是个待业青年。

一周后，瘦削、蓄小胡子的地下私人侦探将几张照片送给魏碧云并且索取了胶卷费和洗印费。照片上，有丁森和朱莉莉并肩出入青春歌舞厅的照片；有朱莉莉在售票处同丁森说话的照片；有丁森陪朱莉莉去月亮美容室的照片。……魏碧云看了，轻轻发出令人心悸的呻吟。

丁森变成了一个脸上彤云密布、心情沉重、怨气冲天的丈夫。魏碧云变成一个难以装聋作哑、悲伤痛苦的妻子。吵闹成了两人见面时唯一打发时间的方法。充满了彩色与梦幻的一场婚姻不能不走向终结、走向彻底破裂了！

她那墨玉般的眼睛，闪耀着坚毅的光

有人说：女人的天地主要在家庭。婚姻与家庭问题上的失败与挫折，比一切问题上的失败与挫折更伤女人的心。

往日，魏碧云并不心服这种说法。她认为这样的女人有，只是她绝不属于这种女人。她宁愿挨生活的鞭打，也不愿委屈自己的心。现在却不然了。当酝酿离婚时，她觉得日子是这样灰暗无光，命运是这样坎坷！当她把所有的爱都付给丁森时，她曾感到富有；如今，当丁森辜负了她而将爱给予朱莉莉时，她竟也像普通的女性一样感到怅惘、痛苦，甚至绝望……

彭通劝解过她："嫂子，爱就是无限的宽容！您应当学会宽容！"

魏碧云怎样也穿越不过丛生在心中的那片荆棘。她发现自己无法宽容！不能容忍在爱的内容里掺有一点渣滓。

秦金河劝过她："现在这种事外边多得很，不足为奇。你该把丁森吸引过来，别把他往那边推！男女间的事，要提得起放得下，有些事睁只眼闭只眼算了！"

说得倒轻巧！碧云接受不了秦金河的"理论"。她不能宽恕丁森的不忠实。不被人爱，她痛苦无比，无法去爱丁森，更使她悲悒欲绝。

想挽回已经濒于崩溃的爱情，是一种非常愚蠢的想法。魏碧云清楚地认识到：她和丁森的婚姻关系，就像一只腐烂的橘柑，即使能吃到嘴里，也不会甜蜜芬芳了。

有时，一件事即使痛苦和悲伤，仍必须要做。比如截肢和割盲肠，动手术是不能避免的，就是流血、剖腹，也不能拒绝。在深沉的痛苦中，魏碧云这个坚强的女性，有时出现了想使爱情快速灭亡的欲望。

经历了无数次的吵骂，在明白了丁森已经不可能同朱莉莉断绝往来的内心秘密后，她下定了决心同丁森一刀两断：让我们和和气气地分手吧！

那是一个寒冷的深秋之夜，窗外的街灯晕黄的光亮也带着寒气。她夜间失眠，悄悄在被窝里流泪。那日子像断了线的风筝，她心头感到空飘飘的。早晨起床，她揉揉酸涩的眼皮对着镜子梳那一头乌黑油亮的长发。娜娜这一段由于她同丁森不断龃龉，已经送到丁森父母那里去了。丁森一连多日已经从不回家与她照面。窗外，下着寒雨，落了叶的树杈和常春树上都沾满亮晶晶的水珠。缕缕寒气从下身向心口袭来。热水瓶全在吵架时被丁森掷破了。用冰凉的冷水洗了脸后，她穿上大衣披着雨披下楼骑自行车去法院。淡淡晨雾笼罩，雨云低矮、压抑，缓缓地掠过头顶。她去提出起诉，要求离婚。

她爱娜娜。娜娜那么小，那么活泼有趣，又那么善解人意。看到爸爸妈妈吵架，娜娜竟会说："爸爸同妈妈要是不吵架就好了！"她本来觉得既然失去了丁森，绝不能再失去娜娜。她要求离婚提出的唯一条件最初就是要求将娜娜判给她抚养。至于共同财产如何分割，她并不在意。后来，她表示：只要有娜娜，她不要丁森付抚养费。因为她要逞强地让人看到：她依靠自己的力量能把孩子养大。她要表现出她的坚忍和出众的耐受力。甚至想象着，当娜娜长大后，她要告诉娜娜：负心的、抛弃我们母女的是你的父亲丁森，他为了一个名叫朱莉莉的女人背信弃义，残忍无情地欺骗、坑害了我们。……

可是，好些个日夜的冷静思考，她的想法改变了。是突然改变，也是慎重的改变。她竟委托律师代表她提出：要求将娜娜判归丁森抚养。至于财产，她愿意什么也不要。

"大胡子"袁梦强吸着橡皮头键牌烟对丁森说："魏碧云这一手绝招厉害啊！看来，她是想再结婚，带了个女孩的女人怕人家不要啊！"

秦金河不满地说："你胡说些什么！"

"大胡子"袁梦强顶撞说:"怎么是胡说?女人的心眼儿我明白。魏碧云是'一箭双雕'!她要嫁人,又想害得丁森娶不成朱莉莉。我看丁森要是留下娜娜,朱莉莉愿不愿意就难说了!这是给丁森设下路障!"

彭通当时没发表意见。他并不同意"大胡子"袁梦强的看法。丁森的父母喜欢孙女,他们是会抚养娜娜的,除了两个老人身体不好,无论感情上和经济上都没问题,这不可能是故意给丁森设下"路障"。可是,魏碧云为什么有这样的突然变化呢?

找机会,彭通去看望魏碧云时,问起这事。

碧云起先不答,后来像触动了心弦,伤心落泪了:"彭通,你对我坦率,我对你也坦率。现在打离婚就像喝可口可乐那样方便。我将来老了,也许会找个老头做伴,但现在和今后很长的年月里,我不会再结婚。失去娜娜,我舍不得,可是我只能这样做。"

"为什么?"彭通同情地看着高中时代的女同学,明白她心灵上正掠过哀伤,喉咙口正泛着苦涩。

魏碧云叹口气说:"我深深了解到,一个女性必须自立和自强!如果我不是还能自立,离婚对我来说,我就更可怜了。可是现在,对我来说,光自立是不够的,我还必须自强,创造条件!正因如此,为了爱娜娜,我现在只能暂时放弃她。"

"暂时?"彭通皱眉问,不太明白。

她的手和心都在发抖:"是的,暂时!你要知道,我们锦华大宾馆的周围,现在出现了好几个劲敌:华丰、美奂、金宫、白玉兰……我们已经不能独领风骚了!由于营业额急速下降,承包很不顺利。今后,事业上的风险也许会使我也要跌跤。我将更忙,我将拼搏。如果为了娜娜的现在,我应当同她相依为命;如果为了长远,我需要冷静和理智。……"

彭通顿时开窍了。碧云流着泪说的话使他看到了一个纯净的天地。那天他原本似有些混浊,却被一个女性和母亲的心怀所发出的神奇力量弄得清澈透亮，像一泓碧水。

看着魏碧云墨玉玉的眼里，闪着坚毅不拔的光，他觉得他能进一步理解她了。他心底里产生出一种敬意，用什么恰当的话来安慰一个伤过心而变得坚强的女人呢？似乎什么语言都是无力的。他相信：创伤给魏碧云带来的哀痛是凝重的，但她会用生存的勇气和拼搏的姿态迎接未来。她会有这种力量的！流行的一句名言说："人是要有一点精神的！"彭通觉得老同学魏碧云就是这样的女性！

这夜，彭通回家，把魏碧云的事和她讲的话都告诉了妻。最后，找出一本书，翻出一段歌德的话念道："爱情如果不是生根于对社会共同的信心与事业的志趣上，那是浮萍的爱，极易随风飘去。而单纯靠感情冲动所造成的爱，则仅是建筑于泥沙上面的塔一样，总是要倒塌下来的。"

他的妻刘小玉是省图书馆的职员，一个贤妻良母型的女人，听了说："这段话，前一半似乎可以送给碧云，后一半似乎可以送给丁森。"

彭通用手搔着他那大脑袋上的黑发，叹口长气说："唉！可是现在一切都太晚了！"

两位不速之客，走进了锦华大宾馆

魏碧云曾经向往、追求、捕捉美丽的爱情，现在落得的是遍体鳞伤与心灵的苦痛。这一年的深秋，很少见到阳光。她整天感到强烈的失落，无边的空虚。一颗心总在大海上漂荡，有时受风暴吹打，有时搁浅在礁石之间。……

崇奉纯情主义，把爱情看成至高无上，一旦这种信念和爱情被生活玩弄或受到毁灭性的打击，就会出现悲凉、消沉和脆弱，把人生看成是一场戏或一场梦，颓唐得可以使自己去死。这样的女人并不是没有。可是，魏碧云幸好并不是这种毫无精神支柱、不能战胜现实痛苦的悲剧主角，虽然她的心里有很多说不出的怨怪，有许多理不清的牵绊。她的性格，使她在这种灰心丧气的时刻，想到了"女人应当争气"！她不甘心就这样被人笑话！何况还有可爱的娜娜！电视荧屏上无数次出现过的亚运会上拿金牌的女运动员的拼搏劲头，在国际上拿到金奖的女杂技演员的高难动作，获得荣誉被人称羡的女企业家的强悍气魄……陆续在她心底里埋下的钦羡的种子，这时都发芽、开花了。她想起小时候跟妈妈回家乡去。家乡住处的那个园子里，有一种俗名叫作"跑马根"的野草，生命力特别强，每一个基节都能长出根来钻进土里，满地铺开如跑马一样。此刻，自己是太需要像"跑马根"一样的韧劲了！她欠缺坚定执着的政治理想，却有坚韧不拔的人生理想。这时，为某种事业百折不挠去奋斗的抱负海潮般涌起在心头。

愿意发疯一样地努力并不意味着就能马上取得成果。在这世界上，没有一件事情是轻松或者随便可以换来的。

自从承包后，碧云所在的锦华大宾馆面临与一些强手竞争，局面似乎很难占到上风。她这一楼餐厅的经理，肩上担子重，压力很大。

本来，有些菜肴，名字起得合乎一些海外侨胞、港台同胞以及个体户和商界人士的心意，比如竹笋炒小排骨叫作"步步高升"，发菜炖猪蹄叫作"发财到手"，冬菇摆在青菜上叫作"金钱满地"……曾很能博得顾客欢心，每次来吃饭，总要加点这几个菜，但天长日久，又不行了。

前一阵，有的老顾客不常露面了。再来时，对她说："你们得要变一变了！没有拿心的新招是不行的。你们必须有自己真正的看家本领，拿出吸引顾客的玩意儿来！"这话当然对！

生活紧张、艰难。魏碧云苦思苦想，与餐厅里的姐妹们反复商议，在菜的花色品种上下功夫，在价格上下功夫，在服务态度上下功夫，在清洁卫生上下功夫，不能说没有改进，但仍不能给人面目全新之感。她心里苦闷，抽空去华丰、美奂、金宫、白玉兰……几处餐厅悄悄观摩，想把人家的长处取经取来改进营业。华丰的菜滋味好；美凫是薄利多卖价格便宜；金宫在晚报上广告登得多，以"名特小吃"招徕生意；白玉兰餐厅用"白味火锅"欢迎顾客，打的招牌是"口味独一无二，货真价实"。各家都有"拿手好戏"，那么，锦华呢？怎么办？

终于，魏碧云同大家一起创立了"锦华婚礼席、喜庆席"，既寓有吉祥喜庆含意，又有特殊风味，全席一共十只菜，一只汤，三道点心外加一只冷盘。

十只菜是：一品锅、二面黄（虾米烘蛋）、三鲜鸡、四喜肉、五味羹、六色鱼丝、七星丸、八宝鸭、九转肥肠、十味豆脑。

三道点心是：百果酥、千层糕、万字饼。

冷盘由松花皮蛋、咸鸭蛋、卤鸡蛋、虎皮蛋外加蔬菜搭配而成。如是婚礼席，沿边就放一圈十只大红喜蛋，名叫"娃娃冷盘"；如是喜庆席，则把大红喜蛋改成十只鸡肫，冷盘名叫"丹凤朝阳"。

说来有趣，顾客每每有一种爱新奇爱虚荣的心理。婚礼席和喜庆席设立后，生意兴隆，锦华竟名声远扬，来订席的人络绎不绝，餐厅生意十分红火。

魏碧云又琢磨：宴会的菜肴是否应当大胆革新一下呢？正式宴会的菜式多少年来变化不大，总是几个冷盘，做成工艺菜，总是几个热炒、几道贵重的大菜，然后是汤和甜咸点心，千篇一律。每每总要吃剩许多鸡鸭鱼肉。她主张改一改，设立一种"革新席"，席上多增加一些绿菜、豆制品，少一些参肚鲍翅的大鱼大肉；多一些精致美味的小品，少一些大块文章，价格适当下降，味道做得更佳，颜色调得更美。果然，"革新席"也受到了爱吃清淡口味的顾客的欢迎。

这天，晚报有位记者名叫戴沛的，是个瘦高个儿，一头怒放的长发贝多芬式地竖起，带了朋友来吃饭，递了张名片给魏碧云。魏碧云看了名片，机灵地说："欢迎光顾！戴先生，包您价廉物美！您能不能在晚报上写篇小文章宣传宣传我们锦华？"

戴沛倒是个热心的中年人，一口答应，还邀魏碧云坐下谈谈，给她介绍自己那位从北京来的记者朋友——戴深度近视镜的韩达人。

"认识您很高兴，请多多关照！"魏碧云同韩达人握手后坐下用征求意见的口吻说："你们二位见多识广，是不是能对我们的服务提点建议？"她内心热切地希望听听新闻记者的批评，好开阔一下思路得些启发，也有心想结交点新闻界的朋友。

戴沛和韩达人也不客气，诚恳地谈开了。

韩达人说："无论干哪一行，要成功都得有创造性。比如比利时著名的杨森制药有限公司，现在产品销售全世界，在欧美、日本有几十个子公司。创办时仅一千美元资本，是由于研究开发了几百种重要药品和特殊化学品被评为欧洲一百家最有成效的发明者之一。"

戴沛点头，说："老韩的话我完全同意。菲律宾金龙制药厂的创始人张裕昆，看到万金油行销大、用途广，他创设了药厂，自制金龙油，现在行销全菲，人说他'金友飞遍菲律宾'，如果不是发明了金龙油，知名度是不会这么高的！这次我去北京，老韩拿了稿费请我在崇文门的北京巴黎马克西姆餐厅吃西菜。这家老字号的法国豪华餐厅，在世界许多大都市都设有分店。到过那儿，再上您这儿，这儿就太寒碜。当然，我不是主张完全学他们，那里太贵，一般人享受不了。我是说，那里气氛妙极了，很值得学一学！"

魏碧云饶有兴趣地说："您把那儿的情况描述一下我听听。"

韩达人下巴棱角分明，鼻梁高挺顶着眼镜，是个有学问样子的人物，说："用'宽敞幽深'四字形容就很恰当。穿过落地玻璃门进入幽静的门厅，左面是一座旋转而上的楼梯，上楼梯后，四壁巨大的明镜使二楼豁然开朗。灯光柔和，从镜中看去，人变得异常年轻美丽。"

戴沛沉思时，严肃中隐约透出内在的英毅之气，他温和的笑容给人一种浑厚的亲切感。他接着说："沿镜墙蜿蜒右斜，是一所优雅的咖啡厅。深褐色的小桌四周是古朴的圆椅。桌上摆设着古典式的金属烛台。烛光闪耀与镜墙上的壁灯汇成十分浪漫的情调。镜子周围环绕着浮雕花纹，人影与灯影在镜子里朦胧叠射，人就像置身万花筒中一般。"

魏碧云点头："我能想象到这种气氛。"

韩达人做着手势往下形容："咖啡厅南侧是酒吧，各种颜色的美酒琳琅满目。酒柜上方是一幅巨大的古典油画，两侧各有一幅描绘酒神酿酒的绘画，有一种西洋古典美。从这里，穿过挂满名画的走廊就是宽敞的大厅。小舞台上，钢琴家演奏轻松柔美的乐曲，餐桌上摆着鲜花和烛台。一切都像一个中外文化交流的高级沙龙。"他说完后，向四周环顾，摇摇头，眼神似说：相比之下，这里太平庸、太暗淡无光了！

魏碧云能体会到这两位新闻记者顾客的好意。她心想：靠关门苦思苦想，是找不到好的办法的。好的办法只能从顾客中采撷。后来，闲谈着，她说："谢谢你们使我开了眼界和思路，你们使我懂得了怎样使餐厅提高层次增强文化气氛。按我们的经济实力和服务对象，不能全拿马克西姆的一套机械照搬，但精神可以采用。我们会注意的。"

她的话要言不烦，戴沛、韩达人表示欣赏。戴沛忽然问："魏经理，能容许我问您一点您的私事吗？"

她笑笑："你想问什么呢？"

戴沛也笑笑："我来您这里吃饭已不是第一次了，发现您是一位很有能力的女经理。但听说您离婚了，也离开了孩子，这很不好理解。您这么漂亮，这么能干，家庭生活理应幸福。放弃您的人岂不是天下最大的傻瓜？"

魏碧云想微笑，却笑不出，只说："他并不傻！我只愿意告诉您，同他分手，我就像丢掉了一只掉了跟的鞋子，因为它使我摔了一跤！"

韩达人插嘴说："您说得太好了！但我想问：离婚没有带给您心灵上的创伤吗？"

魏碧云坦诚地说："那当然不！不过，现在，我已取得了心理上的平衡。我已能像一只在海上的小船似的做到不因阳光而欣喜，也不因风流而呻吟。"

"您的话使我感动。"韩达人说，"您是一位有个性的女子，祝您幸福！我也祝您工作顺利！"

瘦高挑的戴沛带着同情地说："我希望您能干出点名堂来。到那时，我一定专写一篇文章，向社会上介绍您。"

魏碧云后来忙着去处理杂事去了。戴沛和韩达人结账离去时，她送他俩到门口，说："希望你们常来。"

戴沛笑了，说："今天您优惠了我们。凭我们的工资收入，这里是不能常来的。但很高兴认识。以后，虽不常来，您的情况我仍是会知道的，我们会关心您的事业的。"

他说到"我们会关心您的事业"时，那个北京记者韩达人也在一旁点头。

这样的顾客，魏碧云以前还没遇到过。这两个记者长得都不好看，心地似乎都很善良。他们说的话很真，使魏碧云心上感到温暖。人世间好人总是多数，两个新闻记者谈的关于马克西姆的种种，使碧云产生一些激动。她有心要把餐厅里的气氛改变一下，过去似乎只在"吃"的上面想点子。其实，来"吃"的人同时希望可以享受到文化氛围和意趣。她要在不花太多钱的条件下进行些装修，把深色的家具和摆设换成明朗的浅色，使顾客情绪开朗。当然，她也明白：光靠气氛还无法使锦华的餐厅取得辉煌成功。靠什么才能使餐厅取得辉煌成功？她还想不准也想不出。

深夜，结束工作后，她独自回到住处。开窗眺望，一丸明月挂在楼群之上，星星稀疏，四下里黑黝黝的。她胸膛里积淤着委屈、怨恨，婚后这几年的光阴恍若一梦，五味俱全。她像是多少明白了一些，又像是什么也没有明白。她无法懂得历史的玄机、生活的奥秘，只觉得异常孤单、悲苦。

失落与寂寞，离婚后常有，今夜更浓。稔熟于心的回忆如星辰般升起，这使她又深深想念起女儿娜娜来了。夜，冷得透心，她关上窗户，挡住了寒气。上床后，开了床头灯，拿起一本席慕蓉的散文来看。对于书刊和报纸，是离婚后才又恋上的。她可以从中领略到快乐，书刊和报纸的世界有时使她倾心、惊奇和喜悦。但今夜被褥冰凉。看了几篇短短的优美散文，她关上了床头的台灯，让自己沉浸在黑暗中，闭上眼想使自己立即入睡。工作重，明天一早，她就又要去上班了，却睡不着。

上月，她曾恳请彭通代她去探望过娜娜，并给娜娜带去玩具和食品。彭通照办了，回来告诉她："娜娜一切都很好。"

"她想我吗？"

彭通两条修眉下一双明亮的眼似乎在斟酌该怎么回答。

她敏感地说："娜娜一定很恨我。"

事实确这样。彭通去看娜娜时，问她："你想妈妈吗？"谁知道娜娜竟说："不想，我恨她！她不要我了！"这显然是丁森的灌输！大人的矛盾为什么要扩延到孩子天真无邪的心灵上去呢？彭通当时忍不住对娜娜说："娜娜，别恨你妈妈，你妈妈是很爱你的！她让我来看望你的！……"但娜娜竟将玩具和吃食丢在地上哭起来了。

彭通无法如实地告诉魏碧云，他怕碧云太伤心，又不能撒谎，脸上带着孩子似的尴尬笑容，保持沉默，等于默认了。

现在，魏碧云又想起了这些，心里凄楚。上初中时，她在家里的书架上，发现过一部爸爸喜爱的托尔斯泰的小说《安娜·卡列尼娜》，那时，她对人生和男女婚姻等等都简直不懂，但安娜同卡列宁分居后，偷偷回去看望孩子那一节却给她留下了极深的印象。母亲和孩子间的感情，是一种既纯洁又美好的感情。现在，连这种感情也遭到了亵渎和践踏，多么叫她伤心！她在心里面高喊：我一定要创造条件，使娜娜回到身边来！心里面这样高喊的时候，是夹伴着呻吟的。她不能不想起晚上在餐厅里接待戴沛和韩达人时听到戴沛说过的那段话。

戴沛说的别的话都不刺心，唯有他说的"听说您离婚了，也离开了孩子，这很不好理解"的话使碧云在当时和事后都受到刺激。按现在法院判决离婚的一般情况，为保护妇女儿童权利，只要母亲坚持要自己的孩子，孩子总是会判给母亲的。同丁森离婚时，倘若她坚持，娜娜也是会跟随母亲的。给不明她内心深处的想法的人看来，她岂不是一个狠心的母亲？……怎么对得起孩子？……

想到这，她的眼眶湿润了，泪水珍珠似的涌出来，湿了枕巾。自己那么喜爱那么熟悉和亲近的娜娜失去了，她觉得是一种抱有歉疚的错误。心里慌乱，好像一个明知错了，偏只能错下去，可又没决心错下去的人那样心神不定，是一种心碎肠断的心神不定呀！

无数次，她想起娜娜，仿佛看到前年春天带娜娜去公园看桃花时的情景。桃花盛开美如红霞，有个游客摸摸娜娜的脸说："孩子，你比桃花还好看！"娜娜娇声地叫着："妈妈，我要去坐碰碰车！……"可是，现在她眼前浮现出的却是孩子寂寞的面容了。

她又仿佛看到一次娜娜整个靠进她的怀里，又用双臂环拥着她说："妈妈，你亲亲我！我要你亲亲我！"现在，听不到娜娜好听的声音了，一切都成为迷惘的记忆了！

离婚后，她多次到娜娜进的那个幼儿园附近远远张望。每次等了许久，总看不到娜娜。去省军区大院里张望，进去也不方便。此刻，睡着冰凉的被窝，她多么希望有娜娜在身边哟！她会亲着她，抱着她，一直睡到天明。但，一切都不可能！一切都是虚幻！一切都只能等待将来。太忙了！工作实在太忙了！现在，魏碧云决定明天一定抽空去幼儿园附近远远张望。她不愿搅乱女儿的心，只想远远看上一眼，也就心满意足了！

女经理的生涯中，又多了一个难忘的人

自从离婚后，魏碧云开始爱打扮了。她将自己修饰得十分美丽，目的在于自己使自己振作，自己使自己从美丽中得到鼓舞和信心。当听到人赞叹："魏经理，你真漂亮！"她感到宽慰和高兴！青春宝贵，人总希望青春长驻。

时间在前进，一个月，两个月，三个月……由深秋进入冬天，岁月过得并不轻松。

在餐厅做经理，接触人的面是广的。魏碧云解悟：只要你勤奋工作，生活中的机遇总是不少的。

戴沛真的在晚报上给发了一篇消息性的短文，题目就是《锦华餐厅和它的女经理》。这等于为餐厅做了一次义务广告，吸引了不少新的顾客来临。餐厅的改进和特色引起了顾客的注意。

也许因为她这个女经理引人注目，她离婚的事四下传播。来的常客有的找机会总爱询问她，有关心，也有好奇。有一个姓黄的中年个体户，经营电器的，似乎另有所图，常常来请客，有时单独来点上几个昂贵的好菜独酌。穿的是日本三泰衣料株式会社的正规名牌西服美尔雅隐花方格绅士西服，炫耀这在日本每套要九万日元。手指上戴着好几个戒指，有钻石的，有翡翠的，也有纯金的。他邀请魏碧云去跳舞，被婉谢了。又邀魏碧云去海南岛游览，也遭到了婉拒。这天，他凝视着魏碧云漂亮的黑眼睛，干脆提出："魏小姐，我想聘你给我做个帮手，我可以开个餐厅并设卡拉 OK 餐座，请你做经理，一切由你做主，给你的待遇比在这里高几倍，还能分红。干不干？"

姓黄的也许并不吹牛，也很诚心。只是魏碧云并不单纯被金钱吸引，更不想去做这种帮手！她心里明白：做这种"帮手"，是要付出代价的，于是说："谢谢，我不能离开这里！凭你给的条件，我想你能找

到比我合适的人选的。"

姓黄的脸色黝黑，留着长发，健壮得像拳击手，听了她的回答，带着酒意，慵懒地斜倚在椅子上，淡淡而疲倦地笑着，说："你可能不知道吧？我认识丁森，也认识朱莉莉。他俩最近就要去昆明旅游结婚了，听说还要去桂林逛漓江。……"

"那跟我有什么关系？那很好嘛！"魏碧云脸上平静，语气并不平静。

"没有别的意思。"姓黄的连忙摇手解释，"我只以为你还关心这些事，想告诉你一点信息。而且，我认为你现在最重要的是要有点钱！……"

"我早不关心那些事了！"魏碧云礼貌地微微笑笑，款款地移步离开了他。她瞧不起这种乘人之危想捞一把的人，也讨厌这种脑子里只有金钱以为有钱就有一切的人。只是她做经理，不愿得罪顾客。

不过，有一天，突然降临的一个机遇却险些使她惊心：

一段日子里，有个穿着华贵、仪态优美、惹人注目的中年妇人，接连来了三次。第一次是陪同两个老外来，她请客吃了晚饭。第二次和第三次，是她独自来。她雍容端庄的神态、苗条优美的身段、黑褐色光洁的圆发髻，连同身上名贵合体的时装，显得十分有魅力。她静静坐在那儿，魏碧云感到她的目光老是在注视着自己，似乎是在研究、端详些什么。为什么这样呢？碧云无从解答。

那晚，她又姗姗而至，还主动邀请碧云陪她谈谈，碧云表示乐意，心里盼望着揭开闷葫芦。

"晚报的记者戴沛向我推荐了您。"美丽的中年妇人说，"我名叫石丹红！是画家、时装设计师，我也是一个时装表演的组织者。我从法国考察刚回来。"

魏碧云想不明白：戴沛向她推荐我干什么？只好静静地认真听着。

石丹红凝望着碧云。碧云是精心修饰过的，淡淡的化了妆，施了粉、抹了唇膏，但很自然。她说："你这餐厅很久以前我来过，很平庸，没有文化气息。如今我欢喜你这儿的气氛：一种幽雅洁净舒适和谐的艺术气氛，凭这气氛，愿意来，也愿多逗留一回。陪外宾来过，他们也很欣赏。我瞩目到，是您开拓和创造出来的这种气氛。"

魏碧云想：啊！顾客是精明的！餐厅每一点改进他们都会灵敏感受到的呢！墙的色彩和墙上的画及壁挂，顶上的灯，桌上的鲜花，素雅的餐具，两侧的屏风……都是上次谈过马克西姆后改进的。有石丹红这样的顾客欣赏，太令人高兴了！……

石丹红坐在一簇雅致而鲜艳的石竹花前继续说："我连来三次，都注意着您。您很美，当宽肩高腰的夸张套装在街头广为流行的今天，您不去盲目机械地花钱追随时髦，却是充分利用往年的衣衫大胆地创造出自然流畅的衣着形象，表现出较高的穿着品位和较深的艺术修养，也有效地发挥了服装对于人的衬托作用。您的衣着装饰，正如同这餐厅里的打扮一样，一切都表现得很自然妥帖，没有做作和刻意的痕迹。使我感到：一个热爱追求艺术美的人，无论从事什么工作，都会得益于艺术营养，做出与众不同的贡献来。我很欣赏您这一点。"

"但是，我仅仅不过是爱好点文学，过去也每每爱看看画展什么的。对艺术实际并不懂。"

"有时，天赋很重要。日本一个农家姑娘，插花艺术比许多专业的艺术家高明。有些气质特好的外国女明星出身贫寒，也未受过艺术专门教育。我欣赏您这种天生丽质。从您的工作、穿着上，我发现了这一点。您的形象使我感到您的内心一尘不染。您本身就像一件艺术品。"

"您希望我做些什么呢？"

"我正在设计时髦的时装，以实用的款式和鲜艳的色彩作为基调。从您身上，我看到了鲜艳和素雅，潇洒和朝气的结合。我希望您去做我的助手，帮我做时装设计，我需要您的形象作为我设计的时装的标志，我设计的时装投产和经销时，您可以做我的经理。同时，也不排除请您做我的时装演出模特儿。"

真像从天而降！魏碧云做梦也想不到会有这样的事。她犹豫着，思索着。

石丹红补充说："收入嘛，绝不会比您这儿少。如果您有兴趣，我们可以签一份合同，详谈一切。"

碧云虽然感到眼前有闪闪发光的诱惑力，但她是个有主见的人，既定的方针不会轻易动摇，于是，便坦诚告诉石丹红："非常感谢您对我的欣赏。但我在走的是一条不能回头离去的路。这里的事只刚开始，还有许多等待实现。这餐厅要设置高级音响播放优美乐曲，晚间将有乐队伴奏，八点半后，餐厅将成为高雅的舞厅并出售咖啡饮料。这里离不了我，我也离不开这里。"

石丹红表示遗憾，她的手托住脸颊，目光越过魏碧云，似在向窗外眺望。窗外，街景模糊，她说："戴沛推荐您是有眼光的。可惜我们缘分不够。天下事不宜勉强，好好干您的吧！你们这里生意不算顶兴旺，我祝您成功！努力不懈的人，在人们失败的地方会得到他们的成功。我相信您会是这样的人。"

石丹红留下一张有地址的名片给魏碧云，后来走了。看着她曼妙的身影飘忽消失，她的面容雕像般地镌在碧云心上。她先前的话语时刻拨动着碧云那要捕捉优美旋律的心弦。

碧云不禁想：在我的生涯中，又多了一个难忘的人。流水般的岁月可冲淡一切，石丹红这样的人，在我脑海中的印象，将不会消逝。

这晚，送走石丹红后，魏碧云突然发现彭通和秦金河两个出现在餐厅门口。彭通手拎一个纸盒装的大圆蛋糕，带点憨厚而又聪慧的脸上绽开着笑容。皮肤粗黑显得精明的秦金河在魏碧云同丁森离婚后，还是第一次见面。他定是被彭通拉来的。看到那蛋糕和他俩脸上的笑容，碧云立刻明白了：今天是我的生日呀！啊，啊，可我忙得早把生日忘掉了！

她请客人在角上一张空餐桌旁坐下，请招待长帮她拿两罐雪碧饮料来，笑着说："谢谢你们来看我。"她陪着在旁边坐下了。

秦金河发现魏碧云离婚后反而年轻了，似乎岁月匆匆和婚姻变幻在她身上没留任何痕迹。他惊讶地开口说："啊呀，许久不见，我怎么觉得你的精神面貌全变了。比以前更年轻了！工作很顺利吧？"

他说的符合实际。在经受过离婚初期的颓丧后，碧云觉得应当振作，首先要使自己年轻美丽起来。有人劝她去整容，说："你的五官都好，皮肤白皙，但到美容院去做个酒窝，养颜护肤，会使你更加好看。"她却认为无须，只是注意了美容化妆和服装修饰。化妆也从不浓抹，总是淡淡施点粉和口红。只是姿态动作加意重视。这点，她叮嘱招待长对全体招待员一律严格要求，务必给人洁净大方、高尚清新的感觉。她自己首先作为表率。她以前读过荷马史诗《奥德赛》的故事。故事里说到的美女海伦，是一个"青春常在的女神"，她就有心使自己容光焕发、青春闪烁。现在，秦金河的话验证了她的成功。她高兴地说："是的，谢谢，工作还算顺利。"她心里想让秦金河把她的这些情况反馈到丁森那里去。

彭通笑呵呵地说："今天，我们给您祝贺生日来了！记得去年今日，替您拜寿，您炒了好多个菜，金河都喝醉了。……"他没有往下讲，因为突然感到失言，对离了婚的碧云还讲去年未离婚时的事，岂不是太不恰当了吗？于是，他结结巴巴打顿了。

魏碧云察觉到这点，装作不介意，一种灼热的潜流向心田涌来，说："谢谢你们想着我。我衷心感激。"也不知为什么，心里发酸，说，"可是太抱歉了，我还在工作，不能陪你们去家里让你们吃点喝点，也好聊聊。"

秦金河说："彭通，点上蜡烛吧！我们就在这里给她过生日。"

彭通从口袋里摸出小盒装的彩色蜡烛，插上大蛋糕。秦金河掏出打火机点着了彩烛，说："彭通，你用最小的声音唱唱《祝你生日快乐》吧！只要唱得虔诚就行。唱完，就分蛋糕，我们三个吃后，余下的全部留下分给餐厅的全体工作人员。"

一把闪着银光的小刀放在蛋糕旁。烛光将碧云的脸照耀得更美。生日蛋糕，像梦中的一座塔，烛光飘动，又像火中的电光。

彭通朝着碧云轻轻唱起了歌。声音极轻，却唱得虔诚、尊重。精心设计的友情，使碧云心里产生了拂之不去的悲凉，感动得想流泪。

唱完，碧云吹灭蜡烛，用刀切割蛋糕。

彭通吃蛋糕时，突然说："蛋糕上点燃蜡烛，把烛吹灭然后切开蛋糕分吃这里有个故事，知道吗？"

碧云摇摇头，说："嗬，这倒不知道呢！"

彭通说："昨晚我爱人刘小玉让我今天代她向你祝贺生日，并要我把这故事讲给你听。"

"那太好了！你回去后给我谢谢小玉。"碧云说，"你讲讲这故事吧！"

"这一风俗同北欧的一个神话有关。"彭通说，"相传，古时候，丹麦有个贵族生了一个儿子。孩子出生那天，三位命运女神光临祝贺。当时来客太多，把其中一位命运女神挤得没有座位了。女神发怒，指着一支正在燃烧的蜡烛说：'让那出生的孩子寿命就像这蜡烛一样长吧！蜡烛燃尽，孩子的生命就完结！'说完她就走了。大家陷入悲痛之中，这时，另一位命运女神过来，'呼'地吹灭了蜡烛，说：'把这些蜡烛藏好，再也不要点燃。只要蜡烛不被燃尽，孩子就将永远活着。'于是，此后，开始是丹麦人，后来传遍欧洲和世界，在过生日时都要吹灭蜡烛以求长寿。"

秦金河咧嘴笑了，说："这故事还真有意思。不过我们中国人做寿点上一对大红蜡烛，让红烛一直点尽，不忌讳那些。"

魏碧云两只黑眼睛闪闪发亮，思索着说："是呀，其实欧洲人吹灭蜡烛来求得长寿，所象征的意义是消极的。生命像根蜡烛，熊熊点燃，发光发热，哪怕烧成灰烬，那才有意义。"

彭通点头赞赏了，脸上浮起孩儿似的天真笑容，说："对呀！这就是今天来祝贺你生日心里藏着的潜台词。祝您的生命红火火地燃烧。你一定会在事业上取得胜利、获得安慰的。"

魏碧云的心又被触动了，心上的阴云和熄灭了的灰烬似被拂开了，心变得明亮与炽热，强烈冒出生命的火焰来。

后来，他俩告辞。临别时，秦金河不知出于什么动机，突然说："丁森结婚了！在对待你这件事上，全是他错。你不要再想他。……"他也许是抚慰，也许是同情。

魏碧云笑笑："我和他，像是各自走到舞台上的两个陌生人，相识了，同台演戏，和真的一样；卸了妆，分了手，各走各的路，彼此连一点思念也不留。"

她虽这么说，心上都酸涩得想潸潸落泪。夜里回去后，睡到床上，听见一段凄凉嘶哑的口琴声，从对面的楼房里传来。那儿有个双目失明的女孩常吹口琴。她失明，弄不清时间，这么夜深了，仍在吹口琴。也不知为什么，这使她又想起了娜娜。

临睡前，她突然想到了在一本杂志上读到过的一个寓言：一棵美丽的果树，树上的果子都因果树的美丽而骄傲。不幸有一只果子被风吹掉在地上了。它悲伤哭泣，却已无法再回到树上享受那种美丽。泥土告诉它：别悲伤！更别哭泣！你就在地上生根发芽吧！你完全可以重新变成一棵树，重新恢复原来的美丽。……

她想：是呀！我不正在这么做吗？为什么不是这样呢？为什么不能这样呢？

北京来信

天空老是铅灰色的。人们心情也像系上铅块似的沉重。

魏碧云还是因为无法为锦华大宾馆的餐厅找到那个使餐厅兴旺的"钥匙孔"苦恼着。这种苦恼压迫着她，使她有时连思念娜娜的情绪都丧失了。她在餐厅里实施改革，增加了"风味小吃"，增添了粤菜、川菜中的一些脍炙人口的名菜，晚上使餐厅营业结束后变成了风格高雅的舞厅兼咖啡厅，营业额有所增加，承包有了起色，职工们因为多劳多得收入也有了提高。放在容易自满的人身上，也许就可以止步了，但魏碧云却觉得不行。那个"钥匙孔"找不到，她既不甘心又觉得至少暂时也不能高枕无忧。

"钥匙孔"的事，是魏碧云有一天从一本杂志上看到的。当时她大受启发，想得很多。她觉得韩达人说的比利时杨森制药厂和菲律宾的金龙油的发明者都是找到了自己的"钥匙孔"的成功者。

那篇文章说："一个人要使自己的事业成功，必须要找到一个'钥匙孔'！比如说：一个厂家，面临亏损，正在无计开这把锁，厂长忽然找到了一个'钥匙孔'：现在城市供电常有不足，停电时人民生活很不方便，能不能使我的工厂转产'停电宝'呢？'停电宝'可以充电使用。充了电在停电时它能大放光明，比蜡烛方便、明亮。这个'钥匙孔'找到后，工厂盈利了、得救了。"

文章最后说："所有热衷于事业的人，都应当努力去找自己从事的事业中的'钥匙孔'。要有一个思路。其实，找到这样一个'钥匙孔'的本身就是一种发明创造呀！……"

魏碧云相信文章中这些有启发性的论述。为这，像入了迷一样，盘算、思索，与人研究。可是，"钥匙孔"在哪里？似乎还在渺茫之间。

她无论如何想不到，当她为这感到十分痛苦时，这夜回家，却收到了一封北京来的航空信，而且是航空挂号信。

急匆匆地拆开了信，信很长，署名是韩达人。这个戴眼镜的北京记者，自从那次与戴沛同来吃饭分别后，碧云已经几乎要将他忘掉了。何曾想到今天会突然来信了呢？

信是这样的：

尊敬的女经理：

你好。

不知是否还记得我？也不知是否还记得我们曾祝你工作顺利，并且我与戴沛一同表过态："我们会关心你的事业的！"

现给你寄上一条塔斯社巴黎十月十二日的电讯，请仔细看看、想想。这是我与戴沛一同商定把它寄给你的。戴沛最近在北京，我们谈起了你。我们希望你从电讯中得到启发，能对你从事的事业有帮助。

下面是电讯全文：

昆虫——美妙的未来食品
法国出版的一本书的作者建议吃昆虫

如果午餐时给你端出一盘苍蝇或蠕虫，很容易想象你会做出什么反应。由于这盘菜的样子太异常，你多半会倒胃口。昆虫学家布律诺·孔比认为这很遗憾。孔比是这里出版的《美味昆虫》一书的作者。这位作家认为，显然，你成了自幼产生的偏见的牺牲品，"原民族宗教迷信禁忌"的受害者。

孔比坚持说，欧洲人和美国人拒绝吃蝗虫、甲虫，它们的幼虫和其他昆虫，损失很大。它们含有人体生命活动所必需的许多宝贵物质。关于这些生物的热值自不必说，蛋白质几乎百分之百。

孔比接着说，广泛繁殖昆虫可最终解决地球上的饥饿问题。例如蝗虫繁殖得非常快。从成品产量观点看，培养蝗虫比畜牧业的效益高两倍。作者认为，不利用这么丰富的蛋白质源实在是浪费。

除蝗虫外，还可以繁殖昆虫界其他有代表性的生物。美国威斯康星州大学的专家们发现了五百多种可食用昆虫。

这里说的是，食物资源基本上是取之不尽的，因为昆虫占地球整个动物界比重的五分之四。

让欧洲人相信苍蝇、甲虫和蝗虫富有营养并不难，鼓励他们吃这些肉食则复杂得多。

孔比认为需要的仅仅是做出努力和克服偏见。他在自己的美食著作的结尾向读者介绍了亚非昆虫菜谱和怎样使自己习惯外国风味菜。他写道，开始只要尝一尝比如说烹调好的蝗虫味道，咬开、嚼一嚼就够了，然后吐掉也可以。这位科学家建议一点一点地、不慌不忙地每天尝尝昆虫，这样你就会习惯新食品，并将从中体验到真正的乐趣。

我想你看了上面这则电讯后，也许会摇头，会当作我们在同你开玩笑，不！决非玩笑！我们是诚心诚意在向你提供一件新鲜事物——其实也不该说有多么新鲜。因为吃昆虫的事由来已久，我的家乡河北，从前闹蝗灾时，灾民都是吃蝗虫的。后来，沿袭下来，把蝗虫用油炸了或炒了吃，当作一种美味。我就吃过。把蚕茧里的蚕蛹用油炸炒了吃在河北、山东、江苏民间都盛行。吃了的人都很欣赏。因此，我希望你多琢磨琢磨，多开动脑筋，看看能否在你们的餐厅里供应一些别致的、富有营养的、特殊的菜肴和食物。当然，苍蝇是不行的！我们绝无要你让顾客吃苍蝇的意图。

倘若你把我们的这封信看作是两个记者朋友对你事业的支持，因为他们欣赏你的坚强和毅力，我们将十分高兴。戴沛的朋友彭通曾向我们介绍过你的不幸遭遇。我们为你身处逆境而能拼搏向上的精神感动。戴沛可能还有别的考虑要支持你。只要你是有心人，我相信，你会创造出些新东西来的。未来总是属于那些工作勤勉的人的，任何人都是自己未来的建筑家。包藏无限可能性的"未来的观念"，比之未来本身更为丰饶。希望之所以比所有、梦之所以比现实更多魅力，其故在此。

请让我，并代表戴沛，祝福你！

韩达人

魏碧云夜里回到住处，怀着恭谨和感激的心情，一遍又一遍读了这封信。韩达人那戴着近视眼镜的面容浮现在她眼前。她的心像轻舟荡漾在波涛里。这位说话声音稳重语调铿锵的新闻记者，信上的每句话都使她感到温暖。

她真想不到：原来戴沛是彭通的朋友，戴沛陪同韩达人来餐厅吃饭，很可能是彭通的话把他们吸引来的。可是彭通没有说，戴沛也没有说，这使碧云动感情了！她左手垫着腮颊，肩窝一起一伏地哭泣起来了。人，本来应该是有群体观念而且能互相帮助的高级动物嘛！人世间有这么多的好人，有的素昧平生却这样关心她，使她不能不感动。她哭着，带点歇斯底里，哭停后，心里却仿佛久雨放晴，灰云退去，日头出来，暖融融的，照着一片青山绿水。能得着这么一种心境，她觉得宝贵，而且满足。

认真读着韩达人的信，她觉得确有启发，现在的人，有种追求"新"的心态，在饮食文化方面，一方面从中国古代的"吃"上，开拓和挖掘出了许多古老的名菜名点；一方面却也在引进和创造一些新的饮食品种。昆虫这个领域，是一个大有可为的广阔天地，为什么不能去创造去发掘去创新呢？

看电视片《公关小姐》时，她就注意到了那个"小田螺"的事。在广州炒卖小田螺能吸引那么多顾客上门品尝，听说过去上海著名的"乔家栅"的烧田螺也是著名的创牌子、赚票子的小吃。那么，从昆虫食谱中去找出美味菜肴来自然不是异想天开啰！要给锦华大宾馆的餐厅寻找"钥匙孔"，这不正是一个"钥匙孔"吗？

像突然开窍了，又觉得还有一段很长的距离要跋涉。无论如何，苍蝇不行，甲虫和蝗虫怕也不行吧？正如这条电讯所讲的，孔比认为需要的是做出努力和克服偏见。克服偏见，至少是要使顾客看了食物或菜肴后想吃、爱吃，不能仅仅靠"蛋白质丰富"来号召。螃蟹的模样丑恶可怕，第一个吃蟹的人自然需要勇气，蟹肉是高蛋白，但如果不是蟹肉味道鲜美，恐怕也无法吸引人去吃它的吧？

那么，什么样的昆虫类的东西可以上餐桌而且富于号召力呢？

"钥匙孔"似乎找到了，实际还没有找到。

她给韩达人写了一封复信，把找"钥匙孔"的事告诉了韩达人，并向他和戴沛表示深深感谢。

这夜，魏碧云睡熟后做了个梦，梦见的是自己走进一座葱绿的大森林，峰峦起伏，像去寻找什么，走呀走呀，找呀找呀，寻来寻去，什么也没有发现，什么也没有找到。忽然看到许许多多五色缤纷十分美丽的彩蝶。追上去拼命捕捉，跑得疲乏极了，疲乏得简直要死。……忽然，听到了歌声，是一个纯正的女高音，唱的是：

哦！随风漫漫游，

飞翔在一个灿烂无垠的天空。

哦！曾有过一个梦，追寻那变幻无穷的彩虹。

……坚持信心到最后，

希望就在你左右。……

　　她醒了，房里黑黝黝的，窗棂在风中微微颤动。歌声还在耳际飞扬。这是新聘请来为乐队唱歌的女歌星苏兰今夜唱的一支新歌。碧云当时记住了歌词。苏兰才二十四岁，长得水灵灵的。为了谈唱歌支付报酬的事，她表现得门槛很精。但碧云喜欢她的坦率。她对碧云说："以前我一心想做个好人，现在仍不想做坏人，但完全做好人我办不到。有时，小坏一点点，我看也没什么不可以！"于是，碧云就笑着叫她"小坏一点点"。她年纪虽轻，已经失过一次恋离过一次婚了。她第一个山盟海誓的爱人出国去到纽约后就抛弃了她，接着她同一个电影厂的摄像师结了婚，可是仅仅一年就分手了。往事不堪回首，她只是摇头叹息地说："像做梦一样，真没劲！"她原来在省歌舞团是舞蹈演员，如今有志于做歌手，夜晚到锦华大宾馆唱一个半钟点的歌作为第二职业。她同情魏碧云，魏碧云也同情她。梦中响起了她的歌声，恐怕也是日有所思、夜有所梦吧！

　　梦醒了，哀伤激涌心头，想起苏兰，又想起了自己，魏碧云就像听到苏兰唱的一支歌里说的："翻开陈旧的往事，看见一身沧桑。……"

　　才三十二岁，为什么竟有这样伤感的情绪？思念娜娜的心又感到了刺痛。同时又不能不想到此刻丁森与朱莉莉也许正在欢度蜜月的旅途中。于是，她感到心上有了皱纹，酸楚与苦辣浸泡了心坎。她打开床头柜上香水瓶的盖子，嗅着那种她喜爱的淡雅的香水味，紧闭着眼，只希望能再睡熟，好用旺盛的精力迎接明天的黎明。每天，她都有许许多多事要做。何况，"钥匙孔"还没有真正找到。她是多么希望尽早找到这个"钥匙孔"啊！

春夜，冷雨潇潇

过年到春节，锦华的餐厅营业额大大上升。**魏碧云**像经历了一场十分激烈的战斗，忙得人都瘦了。……

终于，春天到了！虽然带来了春寒。

夜深，天黑云低，下着淅淅沥沥的冷雨。

门外，耀眼的霓虹彩灯熄灭了。魏碧云穿上雨衣，习惯地在餐厅里巡视一遍，然后骑车回家。纤细的雨丝中，渗透着不露声色的寒冷。路面湿漉漉的闪着油光。雨水打湿了她的雨衣、雨帽。她不喜欢这种雨声淅沥的黑夜。夜色和雨声更加会使她感到凄清寂寞。

市里正在举行全国春季烟油糖茶农副土特产物资交流会。大幅的广告从一些高层大厦顶上垂挂下来，平时，这时灯火早已稀少了。今天，即使是雨夜，也仍有不少灯火辉煌闪烁，只是透过蒙蒙细雨，看到的灯火是不断颤动的。

车辆如黑色幽灵，路灯及住宅楼层上的灯光如点点磷火。她冒着潇潇夜雨骑车驰向住处。路边高高耸立的幢幢大楼，投下巨大的阴影，相形之下，她觉得自己的身影渺小之极。

当她透过蒙蒙的雨帘走近家门时，忽然发现一个身影飘荡在面前，家门口有个人站在黑暗中，穿着黑色雨衣。

她猛地吓了一跳，从自行车上跳下来，扶着车退后一步，不由自主地轻轻呻吟了一声："是你？——"产生了一种见了鬼的惶悚感觉。

"碧云！"熟悉的声音响起在她耳边，"是我！"确实是丁森，灰蒙蒙的雨丝弥漫着，夜色中虽看不清他的容貌，但雨声中却听得清他的声音，"我等你好久了！"

魏碧云向后退了一步，血液在她脉管里膨胀沸腾。她莫名其妙地簌簌颤抖起来。雨这时变大了，雨丝冰凉地激溅着她的脸，她扶着自行车把，用手拭着脸上的雨水，想：他突然来找我干什么？……就在这时，她发现在附近停着的一辆出租车上，有个司机在吸香烟。虽然雨丝遮住了视线，夜的浓黑影响了能见度，她可以凭感觉清清楚楚地认出那就是丁森的好朋友，留着兜腮胡的袁梦强。袁梦强似在那里等候丁森，丁森一定是他开车送来的。

困惑迷茫的气氛在面前缭绕。魏碧云收敛住不安的心情，说："找我干什么？"声音是淡漠的。

"我，有件事来求你帮忙。"丁森语气带着恳求，看得出他的窘迫不安，"实在是出于无奈了！我想，你是会伸手救我一把的。"

实在是出乎意外，离婚不过半年多，从深秋过了冬天又到春天。本来已经逐渐平静了的心境又搅乱了。丁森出了什么事呢？什么事使他会想到又突然在落雨的深夜跑来乞求呢？

魏碧云的手和心都在颤抖，但稳重平静地说："其实，我们的关系早已经结束了！"

"不！"丁森掏手帕抹着脸上的雨，走近一步，说："我知道你为人好，你看到我有了困难不会不管的！要不是实在没办法我决不会来找你的。我实在像热锅上的蚂蚁了。……"

"什么事呢？"魏碧云伫立在雨中问，她不能不在看到丁森的同时想到娜娜。现在娜娜还同丁森在一起。有娜娜，她同丁森之间无论如何是不能说毫无关系的。有人说时光像一块橡皮，可以拭净过去的痕迹。但是她不这么感觉。深凹的记忆，痛楚的遭遇，任凭时光流逝，是抹拭不去的。

"我知道，你现在经济情况不错，承包餐厅有高收入。我最近工作中出了点差错，要赔一笔钱，时间紧迫，不赔，一切都将无法挽救。所以，我想向你暂时借一笔钱。会及时还你的！希望答应我。"

雨滂沱，魏碧云沉吟，心剧烈跳动，看样子，丁森是处在十分窘迫的境地中，不然，他的语气、态度不会这样可怜。该不该借呢？

"看在娜娜分上，拉我一把吧！"黑暗中，丁森的眼光像刀子一样割人，但话里带着哀求，"我最近太倒霉了！……"他跺脚叹气。

"你不去找找你的好朋友袁梦强？不去让朱莉莉帮帮你的忙吗？"丁森提起娜娜，触动了魏碧云的心，心酸了，碧云不能不脸上热辣辣地提到这两个人。她对这两个人印象特坏，认为如果丁森发生了什么不幸、出了什么事，都同这两人分不开。

她的言语刺激，丁森也忍住了，并不回答，说："碧云，少想想我过去的坏处吧！你不必在我身陷绝境时再来骂我了。朱莉莉已经离开我了。我现在是在求你救命。我知道，你生活得不错，你有能力帮我忙。"

魏碧云离婚后，十分节省。承包餐厅由于营业额增加，收入确实不低，是积聚了一笔钱的，但储存这钱是为了有朝一日接娜娜回来抚养用的，不能胡乱花掉。而且，听口气丁森需要的是一笔不小的数目。怎么办呢？她说："不行！我有点钱，但我打算把娜娜接到我身边由我抚养，我不能把这钱给你！"

"我也只会来求你这么一次了！只要过了难关，我就一切都顺利了。借五千元给我。至多一周一定还。至于娜娜，好办，你要她，我给你！"

数字不算最大，也不小，碧云淋着雨，斟酌着：该不该借？见死不救，于心不忍。但借钱给他，既弄不清是怎么回事，又不知丁森说话是否算数。倘若不还，怎么办？苏兰讲过："小坏一点点！"对丁森这种人，可不能太傻帽！要讲感情，感情早丧失干净了！爱已变成恨，过去爱得多深，离婚时恨也有多深。该不该再借这笔钱给他呢？何况，款存的定期，提取要损失大部利息。……天在飘雨，夜阑人静，她不愿在门外多耽搁时间，她说："这样吧！我再考虑考虑！明天你打电话到餐厅，我把决定告诉你。"

丁森哀求地说："就这样定了吧！时间紧迫，我明天中午取钱。今夜，现在，你是否先给我一部分，哪怕几百块钱也行。"他忽然又说，"我到你房里去谈谈，可以吗？"

魏碧云脸色苍白，语气严肃了："不行！"她忽然感到，一点不借将打发不了丁森，说，"这样吧！你等着，我楼上房里还有四百元，我去拿给你。其余的钱，明天再说。"她心里纳闷：丁森怎么会一下子垮得连几百元都要借了！此刻，她心里只希望快送瘟神，其他事明天再处理。说着，掏钥匙开门，把车推进去，"乒"地锁上了门，隔着门说："我上楼拿钱，你等一等！"她不愿给丁森进屋的机会。

后来，她匆匆跨进淹没在黑暗中的楼道，楼道上寂静无声。她上了楼，从房里拿了四百元下来，咿呀开门递给了丁森，厌恶地说："你拿去吧！"

丁森接过钱，脚步清脆地嗒嗒着，匆匆在雨中走向袁梦强那辆出租车。此刻，一个响雷，一道闪电，一阵骤雨，模糊了一切。她锁上门回到楼上房里，脚步声叩在水泥地上，反弹出剧烈的撞击声，听着汽车在雨中轧着水湿了的路面驶走的"嗞嗞"声，脱去雨衣，坐将下来，心里空荡荡的，感情上沮丧的曲线在叠加，想起了今夜苏兰唱的那支歌："我想要有个家，一个不需要华丽的地方，在我疲倦的时候，我会想到它。……"她也轻轻哼了起来。苏兰唱这支歌的时候，很动感情，她现在也很动感情。她凄清、孤单。这住屋的家具物件，少了不少，但床的摆设位置依旧。一切有如一个依稀的旧梦，会勾起她无数回忆。但她不禁又想：生活是在不断发展变化的，生活又是一门多么复杂的学问呀！丁森从离婚到与朱莉莉结婚，如今又好像陷在毁灭境地来求我拽他一把了！路是靠人走的，生活需要创造，一切都靠自己，无法埋怨谁，也无须埋怨谁！

窗外，树梢在风雨中摇曳，发出轻微的叹息声。她像走火入魔似的独自坐了很久，猜不透丁森遇到的厄运是什么。寒意在脊背上侵袭，她在床上总是辗转反侧。

第二天早上，细密如麻的雨丝仍在无尽无休地编织着剪不断冲不破的帷幕。她照例到餐厅去上班。夜里，她做了决定，看在娜娜面上，今天就借四千六百元给丁森，救他的急。但，她打算向丁森提出：在一周后还钱时，必得答应她将娜娜领回抚养。她计划领回娜娜后，找个小保姆专门带娜娜。小保姆该是初中毕业的，可以教教娜娜文化。她目前的经济能力可以承受这种经济负担。

当接电话的招待长赵素英叫她："魏经理，接电话！"她满以为是丁森打来的。

谁知，她拿起话筒，听到的却是彭通的声音："老同学，我有一件急事要告诉你。昨夜丁森同袁梦强大胡子找你了？是吗？"

魏碧云听得出彭通的语气严重，问："是呀，怎么啦？"

"他们找你干什么？是不是借钱？"

"是呀！"

"不能借！"彭通大声警告，"听到吗？不能借！"

"丁森出了什么事了？"碧云急切地问。

"他随袁梦强跟一伙人经常狂赌，输赢惊人，欠了一身债。像一只蜻蜓黏在蜘蛛网上脱不了身，倾家荡产也还不清。据说还盗用了公款。朱莉莉甩了他跟他分手了！能借钱的地方他都借过了。穷途末路昨夜就想到你了！"

魏碧云心头的那个千千结解开了，心上涌起一阵莫名的酸涩。对丁森早没有以前那种纯真深厚的情感了。听说丁森堕落到这步田地，又不能不从心里面发出战栗。丁森本是有很多好条件的，如果上进，何尝不能干一番很好的事业。可是，他先是自己毁了自己的家庭，如今跟着袁梦强赌博，竟走上了灭亡之路。有句外国格言说："不能创造幸福的人，是不配享受幸福的！"现在回想起来，丁森昨夜说的话尽管仍在说谎，他的处境危急是必然的了。

碧云把昨夜的经过一枝一叶地讲了。

彭通在电话中大为激动："是呀，昨夜他是拿了你那四百元又去赌啦！赌徒是十万元不多，一百元不少，越输越想扳本，越想扳本越输。交了袁梦强这样的坏朋友够他受的。"

魏碧云叹息一声，说："主要还是怪他自己，怨别人也无用。"

彭通解释："我不是要你别帮助他。老实告诉你：为了帮助他，我上星期就把全部积蓄都借给了他啦！我劝他别再赌了，想办法补补漏洞，重新振作起来。可是没有用。他是烂泥抹不上墙，骗了我，仍在狂赌。我怕你也把全部积蓄都给他骗去当了赌本。你积蓄点钱不容易，你还要抚养娜娜。所以，我急着给你打电话。"

魏碧云感到心悸，眼里闪着泪光，也说不明白为什么会这样。感情是复杂的。甚至想大声痛哭一场。她的头兀自疑惑地偏着，像是一直也没有放弃思索。彭通的友谊使她感激。她在电话中谢了彭通的关心和好意，说："也许，他完了！但你怎么知道他昨夜又赌了通宵？"

"唉！"彭通说，"昨夜公安局抓赌。一伙人中除了少数人，连袁梦强也抓进公安局啦！丁森逃脱了，他不知在哪里猫了半夜，刚才上我家找我，要我再筹点钱借给他找地方去扳本，并说今天你可以借笔钱给他。我劝了他，也拒绝了他。他一走，我就打这电话，怕你上当呀！"

啊！多么曲折变幻的命运！外边有风雨，像春天里的秋天。魏碧云似参透了很多世事，又叹了一口气。用一声长叹来画上句号。人的面前，总是放着路的，但人，只能走上进的路、奋发的路，决不能走下流的、堕落的路。彭通真够朋友，他对得起丁森！可是，丁森真是糟得不可救药了。先一会儿，她曾萌发并决定借钱给丁森，无论如何，丁森是娜娜的父亲，而且，何必离了婚就一定成了仇人？对一个陌生人都不能见死不救呀！此刻，她坚定了！对于赌鬼，你绝不能再供给他赌本。她把自己的想法和态度说了，再一次谢谢彭通的关心。她打算挂断电话了。

彭通却说："还有件事我要告诉你。你记得戴沛吗？……"

"呵，当然记得！"她自然忘不了那位好心的头发像刺猬的晚报记者。

"他让我今天陪他来找你。说要提供你一些信息，帮你出一些好的主意。"

"太欢迎了！"碧云两只黑眼睛里泛着喜悦，"你告诉我这件事比刚才那个消息有价值得多了。你们什么时候来呢？"

"下午。"彭通说，"也许我们晚上来你们餐厅吃饭！"

"好！欢迎！"碧云说，"就一定晚上来吧！我请客吃晚饭！你们一准来！"

后来，挂上电话，魏碧云就去忙着张罗杂事了。她一向勤奋认真，每天要亲自检查卫生，每天备料购进的虾、鱼、蛋、肉、鸡、鸭等连同蔬菜、豆制品等她都要仔细检查是否质量上乘而且新鲜。每天对餐厅的布置，从鲜花到桌上的摆设，都要看看合不合规格。……她忙忙碌碌，但有条不紊。今天，她做这些例行工作时心里老是摆脱不了丁森借钱的事，以为丁森就会打电话来或是亲自来找她借钱。

可是，与料想的相反，竟没有电话来，也没有见丁森出现。

猜不透这是为什么。

面对太阳时，阴影就会落在你的后面

中午，天放晴了！有一对住在锦华大宾馆九楼的台湾回来探亲旅游的老夫妇又下楼来餐厅进餐。这对老夫妇广东口音，在这里用餐已经好几次了。

男的七十多岁，像个乐天派，花衬衫、红花领带、蓝条纹西装，头发雪白，戴着变色镜，脊背挺直，红光满面，食欲旺盛，是个老饕似的人物，很会点菜。今天点的是石榴虾、东坡肉、宫保鸡丁、红烧江团、蚂蚁上树和一只海味汤。

那女的比男的约莫小十来岁，戴着假发套，涂着浓浓的脂粉口红，画了眉毛，显得虚胖衰弱，情绪低沉，每次都吃得很少但又特别慢。

夫妇俩感情似不太好。老头儿快乐地风卷残云吃一通，未等上汤，就总是先独自走了。今天，又不知去干什么了，丢下老太太独自在慢慢咀嚼。

老太太不知为什么，每次来吃饭，总是盯着魏碧云看。今天，碧云见她又这样，就微笑着走上去问好寒暄。见海味汤还没有来，派人催厨房里快些上汤。老太太笑看着碧云，十分亲热，要碧云坐坐，告诉碧云："我们是从台湾来的。"

魏碧云微笑："我知道。你们近几天常常光临，很感谢。"她递去一张自己的精印经理名片，表示欢迎，并且征求老太太对菜肴的意见。

老太太无意谈那些，突然说："唉，魏小姐，你太像我的女儿了！"她放下饭碗不吃了，凝视着碧云说，"你不知道，我的女儿死了，上月死的，在美国，波士顿！"说着，歇斯底里地摸出粉红色的软纸来拭眼泪。

碧云明白老太太话里必然蕴藏着一个悲惨故事，不然老太太怎会这么悲伤，但觉得不便问。这时，来上汤了。她替老太太用碗盛了一碗海味汤，说："伯母，请用点汤吧！很鲜的！"

台湾老太太谢了她，对她就更亲热了，看着她流下眼泪说："你真像我的珍珍！珍珍是嫁给一个美国医生做太太的。中国人同外国人结婚，不幸福！珍珍很漂亮，结婚后本来感情还可以。去年，美国人在波士顿有了个白种姑娘，就要同珍珍离婚，说珍珍老了，丑了！珍珍气疯了，驾汽车出去，猛撞在钢桥铁杠上，重伤送进医院就死了。我在台湾知道后，中了风，到现在身体也不好。……"说到这，老太太呜咽拭泪。

魏碧云也感慨，只好耐心安慰她。

老太太忽然问："魏小姐，你结婚了吧?"见碧云点头，她问："你幸福吗？"

魏碧云不愿如实回答，只说："还好。"

老太太摇头说："现在我们台湾，有些小姐只要孩子不要丈夫。她们认为结婚后，幸福的少，不幸的多。所以离婚也不当回事，离就离吧！反正，不好的男人就不要。只要孩子可以寄托爱心就行了。大陆恐怕还不这样吧？"

碧云被她的话触动了心思，一时想得很多，心上很乱。这时，那老头儿来了。他是去买香蕉、苹果的。回来见老太太眼哭红了，埋怨老太太说："我已经发现度过快乐老年的秘方：一切不愉快的事，都把它忘掉算了！而你，偏要一天到晚去想那些痛苦的事。"他付了账，匆匆带着老太太走了。魏碧云送他们走后，不禁想：人世间的不幸大量存在，怎么对待不幸呢？那老头儿说的忘掉的办法，能行吗？用消极，就只能被不幸打倒；用积极，才能支撑住并且前进。有本杂志上的一篇文章里说过："有人说时间是流逝的，其实不对。时间是停伫的，我们人才是流逝的。"确有些哲理，告诉我们不要让自己流逝，该让自己驾驭时间。看来，每个人在生活上也要寻找一个"钥匙孔"。那么，我在生活上算找到了"钥匙孔"没有呢？……

魏碧云又想：是呀！台湾老太太讲的事使我感到顺境里也有许多可怖和不称心的事，逆境中未尝就没有慰藉和希望。她深深觉得，放在从前，忙于小家庭和孩子，自己的工作决不会像现在这样发奋。看来，许多事，在顺境中未必做得成，在逆境中却能做得更完美、更理想。逆境能创造出奇异的力量。

她就是怀着这种心情在晚上接待了戴沛和彭通的来到。虽然，心里仍不免有些忐忑不安。那是因为丁森没有打电话来也没有亲自来。她并不希望丁森来电话或亲自来找她。但丁森不来，她心里不安。这是为什么呢？

餐厅里灯光灿烂，瘦长条子的戴沛和壮实的彭通来找魏碧云时，碧云已专为他俩在厅角安排了一张三副杯箸的餐桌。瓶里插着一簇淡紫色的鲜花秀美夺目。戴沛和彭通喜欢吃清淡的菜,她点了些清淡鲜美有特色的菜招待他们。备了三只透明玻璃高脚杯盛饮料,打算好好陪他俩谈谈。人是不能没有朋友的。经过这些日子的验证,她认识到彭通和戴沛都是好人。无论从感情上还是工作上,都需要这样的朋友。虽然,她同戴沛久不见面,却觉得联系一直是保持着的。

寒暄后,戴沛看着魏碧云说:"你还记得石丹红吗?"

"记得。"

"她一直还很关心着你。认为你的才能是多方面,说你如果在经营餐厅上不如意了,仍随时可去找她。她的事业很兴旺。但我告诉她:别指望碧云来了;她跟你一样,干一件事总是会干到底并且干出点成果来的。"

魏碧云笑了,说:"如果再见到她,请一定代我问好。说实话,我喜欢她,也很感谢她。"

三人又谈了点闲话,头发怒放像贝多芬式竖起的戴沛忽然从他带来的一只塑料提袋里摸出两个玻璃瓶罐头,对碧云说:"我给你带来了'千里马',看看你能不能做伯乐!"

魏碧云拿起罐头来,一看,印得很粗糙的五颜六色的商标上写的是"油炸知了猴",边上写的十六个字是:"滋味鲜美、香醇可口,营养丰富、明目强身",下边一行字是:"鲁南罐头厂最新产品",再仔细一看,瓶里装的是一只只茶褐色油炸的蝉的幼虫,像一只只拇指粗的虾,又像一条条拇指粗的虫。

碧云不禁想起了韩达人信上附来的那条电讯中介绍的吃昆虫的事来了。生活中有许多发现,发现往往离不开寻找。看来,今晚戴沛来就仍是为这事鸣锣开道呢!她不禁"哎"了一声说:"这是什么呀? 是蝉的幼虫吧? 中药里有一味'蝉蜕',就是它脱的壳吧?"

戴沛欣然点头:"对对对,一点不错。蝉又名'知了',它的幼虫,山东人叫作'知了猴'。这就是油炸的知了猴。在山东，算是一种美味。尤其鲁南，美食家和老百姓都懂得知了猴不但好吃，而且营养丰富。现在，罐头厂已生产这种食品罐头了！"

碧云说："这东西脏不脏？"

"怎么会脏呢？"戴沛说，"这是最干净的东西了！它在地下只吸食树的根茎上的汁液。它全身都是蛋白质。"

彭通说："中午，戴沛带了两个这种罐头送我。在我家里，他亲自开了罐头用油回了回锅，加上糖醋酱油一喷，我是平生第一次吃，滋味真是天下一绝！"

碧云说："样子可不好看！"

戴沛笑了："其实跟虾很像。比螃蟹可美多了。"

"从哪里弄来这两只罐头的呢？"

戴沛说："从春季物资交流会上呀！这几天不正在开大会吗？我去转悠了一番，发现了这玩意儿，喜出望外。昨天，我自己吃了一罐。今天中午，让彭通夫妇尝了尝鲜。现在，带两罐来你尝尝。这罐头销路尚未打开，正是好机会。你这伯乐，如果满意，我建议你，就先拿这东西作为你们餐厅设置特殊菜肴的突破口！——也就是你给韩达人信上说的'钥匙孔'！……"

彭通说："一切都要掌握个'早'字！可以趁物资交流会，向这家罐头厂大量订货。由你包销，独家加工出售这道名菜。"

碧云绽开笑靥点头，想：戴沛可真是个有心人啊！虽然心里仍有些疑惑：到底这东西好不好吃？到底能不能吸引顾客？但她仍不住浮想联翩地说："对！先可以大量包销一批。以后，可以在本省和这附近发掘原料。就在这附近一些县境内，有成批果树和杨树的地方，肯定有蝉。有蝉肯定有知了猴的。每到有知了猴的季节就用新鲜的。那样，不但收购价便宜，可以降低成本，而且原料新鲜，比罐装的必然味道更美。"她说，"我马上让厨师开罐加工，我们一同品尝，好吗？"

彭通和戴沛同意。瘦高挑的戴沛站起身来说："碧云，来，我陪你一同到厨房去做技术指导。你们的厨师也许平生还是第一次烧这味菜呢！"

他随碧云一同进了十分清洁的厨房，找到那位胖胖的一级厨师裘天林。果然，小裘感到惊奇，说："哎哟！这是什么？"

戴沛把罐头开了，取出知了猴放入盘中，说："等会儿，全部用热油氽炒一下；然后一半用糖醋酱油一喷，就成了；另一半，除喷糖醋酱油外，外加蒜泥、姜末拌炒。两种味道都不错。……"他指手画脚地指导起来。

指导完毕，戴沛和碧云回到餐厅座桌旁，同彭通三人就又谈将起来。

临街的一排茶色玻璃落地大窗，透过珠罗纱一般的茶褐色网眼窗帘，可以看到外边熙攘的行人，可以看到彩色霓虹灯光闪烁，映满了夜的窗口，缀成了幻丽的夜景。此刻，厅的前台即晚上舞台由乐队占用的台上，空荡荡的。餐厅里的座桌上，来进餐的顾客却很踊跃。上座率是高的。

服务员来开始上菜了。第一个菜是翡翠鸡丝。

彭通举起饮料罐说："碧云，你干得真不错！我祝你顺利。"

魏碧云微笑，也举杯说："有句外国格言说：'面对太阳时，阴影将落在你的背后。'我用希望在治疗自己的'病'，用努力来换取信心。这中间，有好朋友们包括你们的帮助。我谢谢你们！"

戴沛诚恳地望着她，与她碰杯说："你讲得真好。你不容易。失败者的失败不偶然，成功者的成功也不偶然。你会是一个成功者的。"

他的话富于哲理，魏碧云听他讲到失败者，不知为什么又想到了丁森。是呀！丁森的失败又岂是偶然的呢！他的问题将会如何解决？

服务员又来上菜了，三人喝着饮料，吃起菜来。这次上的菜是番茄虾仁和清炒鱼片，菜的滋味很好。

碧云听到戴沛又把话题转到"钥匙孔"上来了。戴沛说："韩达人寄那条电讯给你时，我正在北京。后来，我请假去山东探亲，那里有我一个高龄的舅爷爷，我去探望他是给母亲了一件心愿。我是鲁南人，多次回过老家。这次去，由于韩达人那条电讯的启发，我就想到了吃知了猴的事。其实，鲁南一带，除了吃知了猴外，还吃一种豆虫。"他用筷子指指盘中的虾仁，说，"你们绝想不到，那豆虫是长在豆地里的，每条有食指粗，翠绿的，但用剪刀在头上剪个口子，用擀面杖一擀，雪白的肉就离皮挤出来了，把挤出的肉朝沸水里一氽，就像一只虾仁，雪雪白，用什么佐料配了吃都行，滋味好极了。"

　　魏碧云和彭通听得津津有味。

　　碧云差点要拍手了，说："好极了，这豆虫倒是可以算一道名菜的，别叫豆虫，就叫'豆虾'如何？"

　　彭通吃着虾仁笑着说："干脆叫'绿虾'吧！更美一点。豆腐能叫'白玉'，豌豆苗能叫'龙须'，鸡蛋花能叫'芙蓉'，豆虫叫'绿虾'，也不为过。君子远庖厨，眼不见为好。反正，别把豆虫放到餐厅里给人看，看了没胃口，不看胃口就好。"

　　戴沛笑道："看了其实也不一定没胃口。活蛇照样放在吃蛇的店门口展示。我也不爱看豆虫那模样，可是吃过一回后常想再吃。这叫作货卖识家。你放心，无论知了猴还是豆虫，都准有吸引力，打得响。将来，准有不少顾客为吃这专诚光顾锦华大餐厅。来！"他举起高脚玻璃杯："让我们为预祝碧云的成功喝一口！"

　　情绪极高。这时，两小盘糖醋知了猴和蒜味知了猴端上来了！胖厨师裘天林亲自来上的菜，他做了个十分得意的表情，跷了跷大拇指，说："了不起！了不起！真是了不起的美味！请原谅！我忍不住揩油都尝了一尝。真是好吃！我想：这准能成为一道名菜！我起的菜名是'糖醋飞天'和'香酥飞天'。你们看如何？"他望着魏碧云说："经理，马上就上马！好不好？"

真亏他的，自己尝了后，竟想出了这么好的菜名，既含蓄，又有诗意，把蝉叫作"飞天"，多精彩，正像把果子狸烧蛇叫作"龙虎斗"，把鸡脚叫作"凤爪"，把猪耳叫作"顺风"，把炒青蛙腿叫作"炒樱桃"，有异曲同工之妙了！大家听了笑起来，一起伸筷去夹知了猴尝。

　　碧云先尝了一只糖醋的，又尝了一只蒜味的，两只黑眼睛闪闪发光，这下真的折服了。的确好吃，尤其是颈部有块厚肉耐咀嚼特别香醇，倘若闭上眼吃，很易误会吃的是油炸的糖酥大虾。加了蒜泥姜末的，更有一种扑鼻的异香。她点着头，眼睛像湖光一样闪烁，高兴地对着等待答复的胖厨师裘天林说："依你的！你真是个'伯乐'呢！你起的这个菜名极好。如果用了，要按照合理化建议奖励条例付给你奖金。小裘，以后这两道菜就统一由你掌勺，好不好？"

　　胖厨师欣然受命，点头说："经理，快把这罐头订它五千到一万罐！我敢保险，准打得响！今后独家经营，除了上餐桌，可以作为零食出售。就这么一个好主意，不但创了牌子，赚钞票更无问题。"

　　生活，真是广博、精深，充满智慧呀！

　　魏碧云请彭通和戴沛吃的这顿饭，轻松愉快。接着，来了素炒什锦、鸳鸯蛋，外加一只白玉玛瑙榨菜肉丝汤吃饭。三人边吃边谈，碧云不但决定打出"糖醋飞天"和"香酥飞天"，也打算打出"香菇烩绿虾""清炒绿虾"，并且决定在餐厅门口做大广告，实事求是地介绍这几个有风味有特色有营养的名菜。

　　戴沛用手压压自己怒发冲冠般的头发，说："你们敲锣打鼓开始时，我一定写一篇文章在晚报上发表，介绍你们如何化平庸为神奇。绝不仅仅是替你们宣传，而且我要谈一下食物品种的开拓，谈一下世界上在食品走向上的信息。更重要的，是要在我们这样一个大国发掘民间的那些尚未得到推广却对人健康大有好处的好食品。"

　　魏碧云陶陶然、醺醺然，有一种非常深沉的快乐。

　　接待过一波一波的顾客，餐厅营业结束的时间舞厅开始营业。他们三个人谈兴正浓，仍在絮絮叨叨。旋转的灯光，迷人的音乐，舞客们优雅的舞姿，令人目眩眼花。这时，在电子音乐的烘托下，大大的眼睛里流出忧悒的苏兰已来演唱了。今天，这位"小坏一点点"穿一套黑色与白色反差交织极其强烈的套装，打扮得十分素雅、潇洒，用圆润的歌喉唱的是：

> 遗忘掉心中失败的懊恼，
> 坚持走前面每段路，
> 难忘是失败时刻的劝告，
> 不气馁，路仍继续走。
> 今天的光阴莫要虚度过，
> 身边的欢呼作引导，
> 飞奔于风中不论天空有多高。……

　　苏兰唱这歌时，似乎精神挺振作。歌声中有悲戚，却更有希望。昨晚，她告诉魏碧云："魏姐，我们 bye-bye 了！我决定跟一个港客结婚了！"她伸出指头，"这是他送我的钻戒！让我跟他一起去香港。我过些天就不能来唱歌了！"

　　碧云感到突然，说："这人可靠吗？"

　　"谁知道！反正我也提防着！小坏一点点我也有嘛！跟他去了香港再说，他丢我，我也能甩他！"这个"小坏一点点"，似乎有心眼，碧云却觉得她仍是缺少心眼。

　　碧云坦率地说："苏兰，靠小坏一点点怎么行呢？多了解了解对方再说吧！"

　　苏兰笑笑，那种笑容里藏有自以为聪明的"小坏一点点"。……

　　现在，魏碧云听这歌时，想：苏兰是在唱她自己，但怕她走的又是条错道呢！……

戴沛因为要回去赶写一篇新闻，站起身向碧云告辞。他那瘦高的身影在门口隐没后，彭通忽然皱着眉头说："我不能不很难过地告诉你一件事。"

看到他眼光异样，魏碧云问："什么事？"

"今天上午，可能就是我给你打电话的时候，丁森和秦金河都被捕了！"

像给兜脸泼了一盆凉水，碧云惊问："怎么啦？"

"弄不很清楚。听说，牵涉贪污和盗用公款的事。他俩是一条线上牵着的两只鸟。一个出了事就牵连另一个。丁森被捕，当然不仅仅是赌。临近中午时，领导上找我谈话，要我提供情况。我才知他们出了事。但，我对他们贪污和盗用公款的事，并不知情。"

碧云摇头叹息了："唉，我也不知该怎么说了。我并不鄙弃一切有错误缺点的人，但我鄙弃一点美德都没有的人。许多坏事，在蓓蕾初开时，都能轻易把它压碎。如果任它成长，力量越来越大了，就难以制服了。丁森正是这样。……"

彭通也叹了一口气，点头。

碧云接着说："彭通，有件事我想拜托你。现在，也只有拜托你了。"

"你说吧！"

"娜娜的事。"碧云叹气说，"我本来想等工作状况再好一些然后收回娜娜。现在，丁森出事，这事必须办了。听说，娜娜的爷爷奶奶身体都不好，带娜娜也困难。我想：你去做做工作，让娜娜现在就回来跟我，我雇个好的小保姆带着她。两位老人如果想念娜娜，我会随时把娜娜送去给他们看看陪陪他们的。这点他们可以放心。我现在收回娜娜，主要是希望娜娜得到母爱，而且愿意在经济上负担娜娜，也帮助两位老人解决些实际困难。"她的话诚恳而有理。

苏兰又在唱另一支歌了：

如果你说我的生命是一种期待，

请别把它当成绝望的无奈。

……不在意人心的伤害，

不烦恼世界的变换，

天空依然是蔚蓝……

那歌声使人像看到春天澄澈的夜空，有一道流星拖着长长的尾巴倏地划过，转瞬消失在天边。

彭通点头答应："好的，我一定去办！"见魏碧云神情沮丧，睫毛湿了，他这时忽然说："老同学，我想告诉你一件事。如果我说错了，你不会生气吧？"

碧云回眸看他说："你说吧！"她猜不出彭通要说什么。

彭通几个指头轻轻敲击着桌子，脸上又浮起了孩儿似的天真笑容，诚恳地说："你看戴沛这个人怎么样？"

碧云有些意外，她心里有点明白了，心灵上掠过一丝哀伤。她从没有往那方面想，这时说："你把想讲的都讲了吧！"

"戴沛这人是大学毕业生，有水平，有能力，为人诚恳朴实，有广阔与深沉的胸襟，比你大六岁，长得虽不帅，但心地善良，思想气质层次高。他爱人前年病逝了，没有孩子。给他介绍对象的人不少，他只想找合意的，拖到现在，据我所知，他对你印象很好。"

"我明白了！"碧云点头，亲切但是婉转地说，"彭通，你应当了解我。"她扬起弯眉毛，牵动嘴角，冷静地说，"你是好意，我谢谢你。但我现在心绪刚安宁，工作又这么忙，我实在无法考虑这种事。以后再说吧，好不好？"

"你不觉得一人生活很累吗？"

"觉得的！但我刚跌倒爬起，再外加一些什么，或再有一个波折，那会更累的!"

她没有答应，也似乎没有完全回绝。她两眼的睫毛颤动。彭通明白：她心上的霜还没有融化。她坐在灯影里，头发像黑色的雾霭，很美。他不好多说什么，他明白她的个性。

彭通后来走了。这夜，她比平时骑车回家早。到家后，倚窗坐着，望着满天的星星。星星在可以任意闪耀的无限空间里晶亮晶亮，自由自在。她想：生活是永远向前的，逝去了的便永远逝去了。爱情仅仅不过是人生交响乐中的一支小小的插曲。我未让一支插曲代替了整个交响乐的演奏是正确的。虽然，我也并不是不要爱情。但那可遇而不可求，让它在我身边轻步滑行，慢慢再看吧!

今夜，她问自己："钥匙孔"找到了吗？似乎找到了! 她为此心情较好，生活里毕竟有许多美丽的色彩，靠人们自己去捕捉。但她也明白天下没有一劳永逸的事。找到了，也没有找到! 找到了，又必须再去找新的"钥匙孔"! 事业上这样，生活上这样! ……

孤零零地躺着时，她想：不久，身边就会躺着可爱的娜娜了! ……

睡熟后，她做了一个梦。她又钻进以前梦见过的那片神秘、陌生的大森林，走来走去都走不出去。只是大森林里是明亮的，充满了生活气息，开遍了五颜六色的鲜花。阳光从高耸的树枝间金线似的穿隙披洒下来。绿叶春风，都像记忆中的风景。树上挂满了纷垂的青藤，有许多美丽的彩蝶又在飞舞了。她忙着又追赶着捕捉。……

梦未做完，又醒了! 黑暗中，她披衣起坐，那梦犹在眼前。她也说不出这梦有什么意思，更想不出为什么会做这样的梦。也许是说，要走出大森林路还很远很远吧？她想：有许多事、有许多感情是说不出来的。也许是语言太贫乏了! 也许是因为感觉到的东西并不是都能说得出来的。正如音乐有时能抚慰自己心灵的创伤，有时能激励自己的情绪，而语言却不能。……

坚强地接受生活的赐予，并努力去同那些痛苦、不幸及艰难做斗争，昂首挺胸地走下去！她是能同云谲波诡的命运抗争的。这是她此刻醒来后思索所得的体会。……

往事又如潮涌，在她眼前浪花飞溅。突然，她眼前闪出戴沛的身影，那诚挚的话音和朴实的表情。为什么会想起他呢？她说不出。

但，她又睡下了。明天一早，还要去餐厅。她想：事儿还多，许多都等着要办。对了，还有苏兰，我要同这个"小坏一点点"好好谈谈，留她下来，我要把我的感受都告诉她。……

明天，明天的路还摆在面前，等着她去跋涉。……

（原载《上海小说》，原题为《昆虫酒家创业人》）

香 姨

一

我是不该到苏州去看望香姨的。越想我越觉得不该去，但偏偏我却去了！而且是在那么一个先下苦雨后又飘雪的日子，这使我如今留在心头的，就不仅是苦涩而且是彻骨的寒冷了。

我为一本诗词鉴赏辞典的出版，由济南到上海亲自校对付印，特地抽空到苏州看望香姨。香姨七十岁才结婚，两年不见，她已是七十二岁了。她老年结婚，婚后生活究竟如何？心情好吗？身体好吗……我确实常挂念着她。我已经五十多岁，老长辈里香姨是硕果仅存的一位了！想起她就会勾起许多往事的回忆。想起她，就会想起已经去世十几年的母亲。来看望香姨，实际我是求得一种心灵上的慰藉。倘若我到了上海，不去苏州看望她，我心里是会不安的。

抵达苏州那天中午，下了火车，迎面就碰上纷纷扬扬的冬雨。夏季时那种柔软的江南煦风，在这十二月底的日子里变得凛冽刺脸了。地上湿漉漉的，皮鞋踩上去吱吱叽叽响，我的白发上呢大衣上一会儿就沾满了晶莹的水珠。天，灰溜溜的，我最怕这种阴沉的雨天。但看来，雨不但停不了，还有变成雪花的可能。顶着寒风冷雨，缩手缩脖子地，我在火车站附近的一家饭馆里吃了碗熏鱼面，又在商场里买了些吃食和水果，马上叫了一辆三轮车，去城南三元坊看香姨。

古代苏州，水巷纵横，人家枕河而居。这一独特风貌，至今多处可见。今天的苏州，是一座经济发达、风物清砺的富庶之城，人们把它与无锡、常州合成一个地区，认为将来会成为中国大陆的一条"小龙"。它更是一处瑰丽雅洁、充满东方文化气息的旅游胜地，坐在三轮车上，随意游览经过的街道、店面、人群……虽在寒雨之中，我仍然喜欢苏州特有的那种江南风情的气氛与意境。

香姨住在这个"绿浪东西南北水，红栏三百九十桥"的江南名城之中，我觉得真是种福气。还记得那是"文革"期间，作为"文艺黑线人物"被打倒后，我所在的地方两派武斗，蔓延到我所在的大学里，为了逃避厄运，趁无人看管，我逃回江南，到母亲和萍妹处藏身。路过苏州时，忽然想到荒凉无人的地方走走，于是去游灵岩山。在那里先看到吴王夫差建馆娃宫藏西施于此留下的吴王井、玩月池、西施洞等古迹，又看到山之南麓有南宋抗金名将韩世忠与梁红玉夫妇的合葬墓。我曾发遐想：倘若能避开这混战的人世，与妻带了女儿一同来住在这里，静静地生活，无声无闻，死了就埋在这山野之间，该多么好……但事实证明人想要什么并不是就能得到什么的。苏州当时也不是安静土，两派也在开枪武斗。我有两位早年在中学时代的老师都住在苏州，他们都是早年的文坛名流。可是一打听，两位老人都被当作"牛鬼蛇神"挨了整。一个受不住折磨自杀了，一个被折磨得病故了。美丽的苏州，当时在我心目中立刻就成了侧目之地。我不想久留，噤若寒蝉般地很快离开了苏州。……但"文革"结束，改革开放以来，苏州又似江南大地上的一颗明珠，使人心向往之了。当香姨离开上海去苏州结婚定居后，我总常想到那年游灵岩山时曾经有过的那种感情。我觉得香姨能在苏州安度晚年是非常好的。听说她的家离沧浪亭、网师园都很近，我觉得她与史伯伯结婚后一定常会去那些迂回幽深、亭阁错落、画楼掩映的园林中散步。两个老人白发相映，那真是悠闲风雅、神仙般的生活了!

　　只是,人生经验告诉我:世界上绝对完满的事恐怕是不会有的。香姨一直单身,七十岁突然结婚,她能适应吗?能得到完全的幸福吗?那位"史伯伯",我还没有见过面,他是个怎样的人呢?是的,香姨去年给我寄过一张她与史伯伯的合影,彩色的,一对老人都微微笑着。就是不知道为什么,感到史伯伯的笑是真的,香姨的笑容里带着凄怆,似乎掺了水。他们穿得都体面,生活似乎相当舒适。彩照上的五颜六色呈现出一种喜气洋洋的气氛。可是,为什么香姨的笑容带着凄怆呢?

　　苏州这几年来,随着海内外旅游者的大批来到,变化太大了,新建的房屋大厦极多,店面摆设华丽,街边人流拥挤,热闹繁华的气象使我有陌生之感。三轮车工人飞快地踩着车,天上的雨这时忽然变成小雪了。雪花飞舞,严寒使白雪马上覆盖住了湿淋淋的地面,屋顶、树梢、街边无人处,顿时变成一片银白了。我按照记住的地址门牌号码,找到了香姨的住处。是一幢灰蒙蒙的半旧了的临街工房宿舍,四层楼的房屋。在这寒冬的北风中显得陈旧而寒碜。于是,我走上二楼,找到香姨住的那套房的门牌,揿响了电铃。

二

　　我是不该到苏州去看望香姨的,但偏偏我却去了。……为什么呢?是一种寻找心灵上的慰藉,还有,难道是为了探视香姨去解剖我这位七十岁才结婚的姨母的婚后生活和心态?……说不清!说不清!

　　当我揿拎后,门开了,扑面而来的是一股红烧肉的香味,我看到开门的是一位精神矍铄的老头:中等个儿,脸上有一种机警灵敏的神色,下巴很尖,眼神精明,头发稀疏,但看来是用了"发宝"之类的乌发药染过的,头发黑中泛黄,鬓角却仍露出白色。他穿一条笔挺的藏青色呢西裤,穿一件中式对襟新灰棉袄,是个保养得脸色红润的男子。

一看到他，我就认出他是谁了。我礼貌地叫了一声"史伯伯!"并且做了自我介绍。香姨给我寄的彩照上，她和史伯伯并肩站在苏州狮子林池旁盛开着的盆菊花中。菊花云蒸霞蔚，香姨与史伯伯悠闲潇洒、风雅可人。照片背后，香姨题了两句诗："露湿秋香满池岸，由来不羡瓦松高。"这是唐代诗人郑谷出名的咏菊诗，诗人借菊自况，因为自己高尚而感到自豪，借菊以画性情。香姨一生做了几十年中学语文教师，平日是个爱欣赏诗情画意的人。从照片上看，我虽为她笑容中泛露的淡淡的凄怆不安，却又似乎感到她对婚后生活也颇满意，心中自然为她高兴。但现在见到了这位史伯伯，眼前的印象却不如照片上那样气质高雅，他虽与香姨同年，却很强壮，不知怎的，动作和说话的神态使我感到有几分市井气。就在史伯伯客气地说着："请进! 请进!"我迈了几步看到了香姨的身影。有趣，香姨怎戴着老花镜，桌上有几只猪蹄。她手里捧着一只雪白的猪蹄，正用铁镊子在拔猪毛呢! 见了我，她放下手中的猪蹄，脱下老花镜马上热情地请我进房坐，脸露出乎意外的喜色，关切地说："啊呀，真想不到是你! 你看! 下着雨雪找来，身上湿了没有? ⋯⋯"她忙着要我在一只小沙发上坐下，又忙着对史伯伯说："老史，快泡茶，你用碧螺春泡，我这教授外甥不爱喝花茶。"接着，又说："我得洗洗手!"听到她去盥洗间洗手的哗哗声，一会儿，她出来了，马上去开五斗橱拿出些采芝斋、稻香村的糖果、松子等吃食来，又将桌上的一盘苹果和橘子端到我面前，仿佛我是个贪吃的小孩似的。

住房小而挤，那种一厅一室附带盥洗间的住房，煤炉是放在封闭了的前阳台上的，炉上正炖着红烧肉，甜腻的猪肉香中掺和着煤味。厅很小，我坐的这间实际是卧室，放了一只大床和写字桌、衣橱、五斗橱外，仅能紧凑地放下一只小沙发和一只藤椅，有些书和盆罐等塞在床下。史伯伯替我泡了茶来，自己就在床上坐下了，笼着手，笑笑的，陪着我。

开始了寒暄。不外是问我吃了午饭没有，又问问我一家老小的近况。我问了他们的生活情况。史伯伯很健谈，滔滔不绝地讲苏州这个小城市的优点：名胜古迹如何多，老正兴面馆的鳝丝面、黄天源糕团店的松子糕怎么好……

香姨似乎嫌他喋喋不休了，说："仲方，你别老坐着说那些了，你出去买些点心来招待我这教授外甥好不好？"

史伯伯眼神里闪过一阵不悦。

我连忙诚恳解释："我午饭吃了不久，不吃点心。主要是来看看谈谈。"

但香姨仍逼着把史伯伯打发出去买点心了，说附近一家店里的香菇虾肉小笼包子多么多么好，一定要我尝尝。见史伯伯有几分不愿意地端着提盒打着黑布伞外出，我心里歉疚不安。史伯伯却立刻又满面笑容表现得很乐意这样做，十分乖顺地要我坐着同香姨谈谈，他就走了。

他一走，我感到自然得多了。无论如何，同史伯伯总是陌生的，不比我同香姨从小就那么熟悉。于是我鼻子里闻着煮得喷香的肉味，开门见山地问香姨："香姨，生活得很好吧。"

话问出口，却后悔了，何必这样问呢？如果好，无须问；如果不好，问了徒然增加她的苦恼，我又能对她有什么帮助？我这人活了这么大一把年纪，怎么竟这样冒失无知？

香姨是母亲的堂妹，但同母亲感情自小就好。我记得很清楚：香姨年轻时是很美丽的。我童年时，她爱穿白色的衣服。夏天时，白色的旗袍、白色的高跟鞋、白色的洋伞；冬天时，她戴一种自己编织的白色绒线帽，上身穿的白色兔皮短大衣——那不是什么高贵的皮货，穿在她身上就显得特别美丽。她在大学里读的中文系，毕业一直在上海一所有名的女子中学任教。后来，听母亲说，香姨年轻时，追求者多得要命，她眼界高，这也拒绝，那也摇头，高不成，低不就，终于，蹉跎青春，成了老小姐。本来，五十年代有希望同一个年轻有为的工程师结婚的，偏偏那人又成了右派，发配宁夏，两人也就断了，年岁越大，香姨条件不是越低，却是眼界越高。不少年中，运动频仍，她几乎无法谈婚事，尤其是看到她的一些同学和同事们，婚后幸福的少，不幸的多，她就索性抱着独身主义的思想不去考虑什么结婚的事了。母亲活着时，常关心她这个问题，可是她对母亲虽然亲热，谈起婚姻大事，总是抱着自己的主见。于是，岁月如流，她做了老处女，没有谁再来同她纠缠婚姻问题了。

可谁又想得到：在她七十岁的那年，在她当年的同学、同事、故友大半都已去世的时候，她却突然又结婚了呢？人世间的事，无常到这一步，总是令人诧异惊奇的吧？

现在，听到我问她生活得如何时，她忽然看看桌上放着的那几只雪白的肥肥的生猪蹄静静叹了一口气，苦笑笑说："怎么说呢？有时就觉得好像在做梦……"

她的话什么意思？看到香姨那消瘦的身材和面容，我隐隐感到她的生活确实不会是太顺心。香姨虽然婚前不是个胖子，但人是丰满的，现在确是瘦了。香姨婚前是个老太太，她腰板挺直，眉清目秀，头发虽白依然浓密，两只眼睛也依然明亮。如今，她瘦了，也仍然好看，风度和气质决定了她的美丽，那是区别于年华及脂粉所赐的美，却是真正的美。恰似一棵老树，树干虽老，雅致却别有风韵。只是她确是瘦了，我仿佛能从她的瘦削中揣摸到她心中有什么不释。

这间小房间的书桌上，引人注目地放着两张用一式木框放着的黑白照片，一张是香姨年轻时的，一张是史伯伯做话剧演员时的。香姨年轻时的照片我早年就看到过。那是她穿着白旗袍拍的一张全身照，脸上带着向往的神情。如今看来，发式与服饰倒颇像电视剧《阮玲玉》中的女主角，很美。史伯伯的半身照，我是第一次见到，使我十分吃惊，真想不到他年轻时竟是这样一个英俊修伟的美男子。他既俊秀又富于阳刚之气，神气得很。穿着西装，潇洒挺拔。

我不禁说："啊，香姨，史伯伯年轻时真帅！"

"是啊！"香姨微微一笑，笑得带点苦，"演员嘛！他年轻时是很漂亮的。"说着，她忽然又叹了一口气，"我不是告诉你：有时就觉得像在梦中吗？这些——"她指指那桌上的两张照片，"就早都是过去的梦了！"

我不禁想：是呀！青春和美丽，无论是男人或是女人的，早随着时光的流转消失了。留在照片上的当年的青春和美丽，也许会存留在人的记忆之中，但无论怎样，它也早就是同梦境一样遥远、虚幻了。香姨桌上放着的这两张照片，不正表示着这两位追求晚年甜美幸福的老人，对如梦前尘的回忆与憧憬吗？凭这两张照片的陈列，不正说明两个老人的生活有时仍有如在梦境中那样的感受吗？

于是，我只好岔开话题了。我带着安慰的心意说："香姨，我看史伯伯这人不错，对您挺体贴。好像很听您的话呢！"

香姨笑了，说："他是个演员，有时是演戏给人看。只要我一死，他就又会找别的老太太结婚的。"她这种笑很复杂，讲的话也使人无从判断是什么意思，却又似乎能体味到她的笑是一种"无可奈何花落去"的苦笑。

于是，我沉默了……

三

我是不该到苏州来看望香姨的。越想越觉得不该去，但却犯了这样一个错误，简直使我无从解释也无从原谅我自己。

香姨七十岁结婚，确实是一件在熟人间引起"轰动效应"的事。我当时也是既出意外，又感到纳闷的。

两年前的那个秋天，我因左眼视网膜脱落，在上海做儿科医生的萍妹让我从济南来上海，到她工作的那所医院动手术。萍妹是个直率、热情的人，五十多岁头上尚无白发，她梳着时髦的发髻看上去好年轻的。我手术完毕出院前，萍妹同我谈起了香姨，告诉我：香姨很关心我的眼病，多次要来医院看我，是她做主挡了驾。因为香姨年岁大了，心脏最近不大好。萍妹要我去看看香姨，还告诉我一件秘密，说："这秘密香姨对别人都没说。"

"秘密？是什么秘密呢？"我诧异地问。

萍妹说："香姨年轻时有位同事章曼玲。章的丈夫早年是个小有名气的话剧演员叫史仲方，同香姨也熟识的，后来史仲方错划了右派，失去了联系。改正后，断了的联系恢复了，章和史都住在苏州，去年，章曼玲病故了，史仲方常给香姨写信，他一笔好文字，最近忽然向香姨求婚了，香姨竟动心了，征求我的意见。我当然说：'只要香姨同意，我当然同意。'但香姨似乎还有顾虑，怕你不同意。……"

我感到香姨七十岁了，做了一辈子老处女，忽然却要结婚了，真是不可思议。

我问："香姨为什么突然在七十岁时会想起结婚的事来了呢？"

萍妹说："这种事别人怎么说得准？我也不好多问。只是香姨说：'我已经七十岁了，这一辈子还没有过家庭生活。史仲方这个人是老朋友了……'"

萍妹引用香姨的话，引起我的思索，也打动了我的心。香姨是坦率真诚的，她活到七十岁没有享受过家庭生活，确是一种遗憾呀！香姨是有主见的人，到七十岁人突然"思凡"决非偶然，说不定她在年轻时对史仲方的印象就不错，才有现在这个决定，她到晚年，想尝尝结婚组织家庭的人生滋味，确实令人同情。她为什么不应当在老年过一段幸福的家庭生活来补足缺陷呢？这是她应有的人身权利呀！刘禹锡诗说："莫道桑榆晚，为霞尚满天。"纪少瑜的诗说："残灯犹未尽，将尽更扬辉。"我对香姨的这件出乎意外的举动，真的从心里产生出赞叹，感到只应支持、促成，决不应有任何使她犹豫的言行了！

于是，我在出院的当天就去看望香姨。特地到工艺品店买了两件寓含祝贺的礼物带去：一件是两双嵌装在猩红缎盒里的景泰蓝象牙筷；一件是一对七彩的雅而不俗的苏州刺绣枕套。这两件礼物，暗示我已知道她想结婚的事，并表示我的支持。

我到第一福利院去看望香姨，她在那里养老已经好几年了。这是宋庆龄创办的一个老人院，条件极好；美丽的花园，宽敞的西式楼房，里边附设有供应丰富的小卖部，有医护人员齐全的医务室。能有机会进这个福利院颇不容易，除了本人具有一定的条件符合规定外，还要有空额，更要经过批准。几年前，香姨能进去，多亏萍妹对她的照顾和奔跑。萍妹是名医，办起这类事来比较方便。萍妹虽然工作、家务都忙，仍照例每周都去看望她，给她带些吃的，陪她聊聊天。香姨同一个华老太太合住一室，华老太太近八十岁了，有个女儿在美国，成了美籍华人，要接她去美，她不愿意。华老太太有点怪僻，每天早晚念《圣经》，冬天要敞开窗子睡，自己的任何东西不要人碰。她年轻时是个资本家的填房太太，资本家死后，有一子一女，儿子在香港经商，接她去住过，但八年前儿子嗜赌负债累累，生意倒闭，自杀了，她遂回上海居住。女儿嫁了个医生定居美国，六年前回沪看望过一次母亲。华老太太除了同人打麻将和桥牌时显得有点高兴外，总是板着脸。同香姨合住一房，两人矛盾并不公开化，只是各人都有自己的一块天地，"楚河汉界"互不侵犯，互相基本不来往，更不谈心。

我去看望香姨时，见她与华老太太合住的那间约有二十平方米的房间，干净得一尘不染，布置得很雅。华老太太去文娱室打牌去了，桌上瓶中一束木香花浓烈的香味在整间屋里游荡。小桌上有一本翻开着的精装《百家唐宋词新话》，估计是香姨在读的。

香姨见到我，十分高兴。先是关心地问问我的眼睛手术情况，然后问了我妻和孩子的情况，接着见到我带给她的礼物，却忽然摸出手帕来拭泪了。见她这样，我倒难堪了。

我连声说："别这样！别这样！"……说真的，我好像明白她的心，又好像并不明白。

香姨眼望着那两双装在红缎盒里的景泰蓝象牙筷，忽然说："我的事你知道了？是你萍妹告诉你的？"

我点头说："香姨，这是喜事，也是好事，你应该有一个美好的老年。"

她停止了流泪，说："你们这两个外甥，真比人家亲生的子女还体贴，平时一直关心着我。我感谢你们。"

我说："我离得远，对香姨平日照应太少了，听萍妹说起了香姨的事，我很赞成。这筷、这枕套，有一半都是送给史伯伯的，是我的心意。"

她忽然叹息一声，说："我住在这里四年了，这地方也不错。不过，集体生活，自由差些。天气冷了有时吃的饭菜到手已经凉了，想吃点热腾腾的汤菜就很困难。前些日子，心脏不适，夜半醒来，听着心跳，觉得就这样突然死去，没有亲人在身边太凄凉。与这位华老太太同住，她是个一言不发的古怪人，睡着和醒着没什么不同，她比我年长，哪天夜里睡着了，醒不过来了死在我床边也很可能……"

我忽然注意到：香姨的床头墙上有一小幅用绢裱好的扇面配着镜框挂着，那一看就知是香姨自己用毛笔写的小楷。她从年轻时就练《星录小楷》，能写一笔秀丽的小字，参加过好几次书法展览。仔细一看，写的是李商隐的那首名诗《嫦娥》：

> 云母屏风烛影深，长河渐落晓星沉。
> 嫦娥应悔偷灵药，碧海青天夜夜心。

我忽然从诗中感染到了香姨的独处凄寂、长夜不寐的情景，记得有人评点李义山这首七绝名篇时说过诗意谓嫦娥有长生之福，无夫妇之乐，岂不自悔。……那么，香姨裱挂这首诗的心意，自然是可以窥见的了，此刻，听着香姨的话，她没有说完就煞车了，但言外之意，是表露得十分明白的。

我说："是呀，香姨说得对，所以，萍妹和我觉得香姨的思索是对的。我们赞成！只要您自己考虑成熟了，我们就坚决支持你同史伯伯在一起组织一个家庭。"

她面上的表情忽然很特别，沉吟了一会，说："唉！对你，我什么心里话都可以说，我还在犹豫不决呢！老史对我表现得不错。他也很可怜，生活坎坷，埋没了青春才华。有一个儿子前年病故了，媳妇改嫁了跟他断了来往，他也是个独身。但这样的事，草率不行。太慎重又不行。我年轻时，就是太慎重了，蹉跎了岁月，可是到今天，反其道行之，来个草率，似也可笑。"

我思索着说："您对史伯伯是有了解的呀！"

她点点头："他年轻时的印象当然还有。人，有思想，思想是会变化的，所以，人是很怪的，有时候，对自己都很难了解，何况是别人。"

"史伯伯会对您好的，我想。"我这样说，是为了给香姨一点鼓励。

香姨笑笑："现在当然是这样，像一盆火。但谁知以后呢?"

我说："老年人跟时下的青年人不同，是稳定的，他既然对您像一盆火，我想他是真诚的。"

香姨又笑笑，玩笑地说："也许吧！但报上登载时下老年人的离婚率也不低呢!"又笑笑说，"只愿他会像你说的那样。"

那天，这件事只谈到这里，香姨是个主见极强的人，我觉得她自己的事自己会拿决断，无须别人出主意或规劝。说话到这一步，表了态就行了，所以也就不再多说。那天余下的时间，是谈了她在福利院里的生活情况，她告诉我："这里医疗条件较好，楼下就是医务室，日夜有医生值班，定期给大家查体。"她心脏不太好，血压有时也波动，但属于老年人的慢性病，坚持服药效果挺好。她带了我到楼下花园里逛了一逛，看到她走路那么爽快利落，我觉得她无论如何不像七十老人，她确实是一位漂亮的老太太。有老头子爱她是不奇怪的。

闲谈了一个多小时，她留我吃饭，说食堂里可以加菜招待客人的，但我怕麻烦她，推说有事，就同她告别了。

临别，我诚恳地说："香姨，我等待着听您的好消息。"

香姨脸上像开了花，笑容是明朗的，说："莎士比亚说过：'一生抱独身主义的女人，等于自己杀害了自己，死后应该让她葬身路旁，不让她的尸体进入圣地，因为她是反叛自然的人！'这话给我很深的印象。但尽管如此，也许有好消息，也许没有……"

从她的眼里，我感到她说的是真话，人在决定一件大事时，总是不免这种犹豫不定的。每件事的成败，也每每总是两种可能同时存在的。

我只好带感情地说："香姨，希望您幸福！"

她眼里忽然泛上了泪水，睫毛湿了。可能是我这句话打动了她，抑或是她心里在想着逝去了似水年华和老来的孤单寂寥？……

但，那次别后，隔了几个月，我在济南家里收到了一封信，信是香姨发自苏州的，信上说："我前天就离院来到苏州了，因为我曾有过太多的寂寞，太多的痛苦，太多的压抑，太多的犹豫。所以，现在我做了一件七十岁的人一般不肯做的事。也许对，也许错。但我是真诚的。这件事放在以前，我不会做。现在做了，也许是改革开放后使我的观念起了变化造成的吧？现在人讲现实，我也应当现实些，图什么虚名呢？我为探索和寻找幸福而无悔，也许我向往的幸福并不理想，但我已控制不住自己，做出决定后，我感到一种自由了的快乐。'彼日月之照明兮，尚黯黮而有瑕。'我就是遭人议论，也毫不在乎了！感谢你们兄妹向香姨表达的善意，香姨铭记在心。仲方问你好！以后来信，请寄苏州，地址是……"

我清楚地记得，收到信时，是在一个炎热的夏日的上午。我将信看了好几遍，眼前仿佛看到了香姨，虽然她头发白了，却青春焕发，她那种追求幸福的意愿，火辣辣地使我激动，我将信给妻看，我说："爱情能使人焕发青春，你看，香姨哪像一个七十岁的老太太呢？她的信写得多么年轻。……"

四

　　我是不该到苏州去看香姨的！但我却偏偏去了，而且是在那么一个先下冷雨后又飘雪的日子！

　　那天，史伯伯刚出去买点心，香姨就把我拖上街了。她到阳台上将锅里炖的红烧肉取了下来，放上一壶水，将火封了，要我陪她去沧浪亭，说："难得下雪，雪天逛沧浪亭更有一番情趣，你陪我走走散散步，也陪我谈谈。"

　　我说："史伯伯还没有回来，而且，你上年岁了，下雪天去那里合适吗？"

　　香姨豁达地说："不要紧的！"又说，"老史他就喜欢像只偎灶猫儿似的蹲在家里烤电炉取暖。我们走我们的，我留个条就行。"说着，从桌上取了纸笔，写了句："我们去沧浪亭赏雪了。"留在桌上，她穿上大衣围上灰围巾抬步就走。

　　我拗不过她，只好没奈何地跟她走。

　　外边极冷，西北风使我缩手缩脚，纷纷扬扬的雪花随风碰撞着、嬉戏着、扑打着，飞舞在我的眼前，披洒在我的发上、肩上，顽皮地钻进我的脖颈和大衣袖子里。静静的空间都成了白雪玩耍的场地。屋顶全白了，树枝上也挂满了雪花。地上，除了人踩踏过的黑色脚迹外，也是一片白茫茫。热闹的街道上，因为下雪，路人少得多了。远处的房屋、树木，在弥漫的雪的烟雾里变得迷蒙难辨，天地一色了。

我扶着香姨，说："该打把伞出来的。"

香姨笑了，说："打伞就没味了！这时候的雪不会沾湿衣衫的。到了沧浪亭，你就会知道雪景有多么好看！"

我怕她滑跌，扶着她，说："香姨，您走好！"

她点头说："有你保镖我不怕！"七十岁的老太太，走起路来不颠不颤，还一步一个脚印哩！

我们绕一条小巷向沧浪亭走去。这里风小，雪花飘落下来，缓慢轻盈，呵一口热气，似乎就能把眼面前的雪花全部融化。

我说："香姨，您兴致真高！我可绝对想不到，在这么一个下雪天会陪您来游沧浪亭。"

她朝我看看，说："是呀，我也想不到呢！要是你不来，老史是不会陪我到沧浪亭看雪的。他只希望把我拴在那间不到十五平方的房间里，给他烧吃的，把这看作是同他长相厮守，不给我自由。他是个以自我为主体的男人，俗得很！"

我忽然下意识地想到了香姨在福利院时房里的花香、桌上的诗集和现在屋里的红烧肉和桌上的猪蹄。我不禁笑了，说："年岁大了，下大雪了来逛，确也要注意，跌了跤就不好了。"

香姨摇头说："我说他俗，你懂吧？他这人，的确是俗。以前我对他的了解不过停留在表面上，停留在他年轻时演话剧那会儿的气度和风采上。一同生活了，才明白，他不是那种我所向往的男人。你知道什么叫孤独吗？跟俗人在一起，两个人也很孤独，还不如一个人！"

我觉得不好搭话，也很不明白香姨这"俗"指的是什么。我说："我感到史伯伯对您还是很不错的。您看，您叫他去买点心，他不是不怕雪大乖乖地就去了吗？"

香姨微微笑了一笑，说："那是因为你来了，当你的面，他好意思不去吗？做样子也得去呀！人到老了，就变成精了！未结婚前，他许诺我的事，几乎一样都没办到！"

我不好问香姨史伯伯许诺的是些什么事，只能和稀泥地说："你俩在苏州一起生活，还是很不错的。苏州地方好，你们又能互相照顾，老来有个伴，是幸福的事！"

香姨不置可否，似乎想说什么又没有说，只是用手指指前面介绍说："沧浪亭快到了！这原是吴越时广陵王元璙的花园，宋朝庆历甲寅年，诗人苏子美在其中始建沧浪亭。南宋时成为抗金名将韩世忠的住宅，是苏州历史最悠久的一所名园，古朴幽静，善于借景，富于山林野趣。只是到底像人上了年岁，有些衰颓之感了。我每每到此，就有这种感觉，只是想到，如果雪里来游，这里被雪一打扮，也许能美一些，变得年轻一些。"

我们很快就到了沧浪亭，我在门前购了门票，女售票员孤零零地低头在结绒线。雪大，好兴致来观赏雪景的人极少，门可罗雀。我扶着香姨向前走。苏州园林，大多以高墙四周自成丘壑，不借外景，但沧浪亭则外临清水池，用曲栏回廊装点，布置着假山古树。未入园内，已有引人入胜的感觉，我扶香姨走着，门前曲桥上，刻有"沧浪胜迹"的石坊，书法挺秀，石坊左右圻，沿着清水塘，围栏数十档，此刻，小朵小朵的雪花柳絮般在树影水光间轻轻飘扬，白雪映目，有三两只觅食的麻雀"吱——喳"飞过，一片凄凉寂寞的景色。

我扶着香姨进园门厅里，置那些碑刻于不顾，循走廊东行到"面水轩"，又出"面水轩"东行，走在一道曲折上下的复廊上，廊壁花窗多扇，图案精美。这里有一对年轻的男女并肩观雪，用自拍机摄影。女的倚在男的怀里，男的个儿很高，用左手搂着女的左肩，两人笑着面对镜头，旁若无人。男的穿黑皮夹克，女的穿紫罗兰色大衣，戴顶火红的尖帽子，在银装素裹的雪景中显得分外妖艳。

他们沉醉在幸福中，忽然亲吻起来。

香姨笑笑，说："爱情首先应当属于年轻人，别去打扰人家，快走吧！我带你去看一副非常好的楹联。"

冒雪穿过复廊沿假山小径上行，便是沧浪亭了。香姨吃力地走了十来步，摸着心口，说："心跳得太快了，停步歇一歇吧！"她忽然自言自语地叹息一声，对我说："这可能是我最后一次来这里看雪景了吧？"我听得出她声音中的慨叹与伤感。那是迟暮的伤感。

我安慰她说："不，香姨，您身体很好。说实话，要是陌生人，谁也不相信您七十开外了，您走路毫无老态，今天我陪您来这里，一点不觉得您老。"我说的是真心话。

冉冉雪飘中，远处、近处的雪，含有淡蓝色和银色那样柔和的光泽，在灰色茫茫的天空背景下，我看到白发的香姨温雅、忧郁，她有些落落寡欢的样子，脸上忽然也有困倦神色。她似乎不去理会我的话，却说："我读到过刊物上的一首新诗，有这样的句子：'搓揉一生的线，钓不出梦想中的梦想。'挺有意思的。今天看到这里雪中的清水塘，我就忽然想起了这两句诗。我也忽然觉得我就像这如此古老的沧浪亭。只是沧浪亭会存在下去，而我，确实老了，我是不会再活很长的。"

风将雪花吹来扫去，我惶悚于她的话，说："香姨，您别那么想！您一定会长寿的！"

"不，我心脏不好。"香姨摸摸胸口说，"人说'七十三、八十四，阎王不请自己去！'我也许只能再活几年了！"

我懊悔不该在这大雪天陪她来游沧浪亭，我说："不会的，不会的！香姨，再休息一会儿，我们回去吧，您是不是感到太劳累了？"

她笑笑说："我很乐意到这里来。这样的机会，丧失了会后悔的。当然，来了，又觉得意思不大了。"她忽然若有所思地苦笑笑，"这就像我的结婚。婚前，我怕丧失了机会要后悔。婚后，却感到多此一举了。那天看报，看到在天上的几个苏联宇航员，去年五月送上天去做科学实验的，可是做梦也想不到苏联发生了惊人的变化。八月事件、苏联解体，当他们在宇宙中工作时，苏联已消失了。他们现在还在天上未回来。他们的心情我都似乎可以体会到。我自己现在就有一种悬在天上的感觉。"

我听得出她话里是对婚后生活的不满，但既不了解她的内心，又觉得不能冒昧，我只能嗫嚅地说："香姨，我看您生活得还是很幸福的嘛！"

"不！"她摇头说，"完全不是那么回事，我现在十分怀念过去了，那时候还是很不错的。世界上两座分开的山是不能聚在一起的，两棵不同季节的树是不能嫁接的，我自以为悟透了某种禅机，其实不然。我是个要强的人。我不愿向人们陈述我的失败或咎由自取，这全是我自己造成的，我只好对人说我生活得还不错。其实，想起我婚前的福利院的生活，安全、清静、安定，从不为家庭生活琐事烦心，那还真是快活。我起先以为那儿不自由，其实现在才更不自由。人的麻烦都是自己去找来的。"

我说："成了一个家，当然会有许多麻烦，但史伯伯这人我看还是挺好的。"

她笑了，说："我不是说他俗吗？我是出自真诚的，他却未必。一个信奉'食色性也'的俗人。他只想有个老伴，有个服侍他的护士或女佣，有个解寂寞的女人。而这，却不是我向往追求的，他得到了他想得到的！而我得到了什么呢？"

我说："香姨，你是不是太清高了？清高得脱离了实际呢？"

香姨用手抹掉眉毛上和脸上的雪花，摇头说："怎么说呢？我也说不清。我对我做过的事从来都不爱后悔。这件事也这样。别见我刚才对你说了那些话，你就以为我后悔了，不是的。我只是对你说一点真实的想法，因为除了你我无处可说，连你萍妹我也还没说。我们离得远，你在济南，我在苏州。我知道我对你说了，你是不会传给别人知道的，所以要说，不外乎是说了比闷在心里强，舒服一些。"

雪花更紧密了，我扶着香姨说："您能走吗？我们到亭子里去避避雪吧！"

那雪粘在她发上、眉毛上、身上，使她看来显得龙钟了。

她点点头，由我搀扶着缓步走着，继续说："我一直在探索着人生，似乎懂得不少，却又其实常常并不懂。但有一件我懂了，当我很少为自己考虑时，我清醒而且生活得坦然，即使全心奉献一切，付出重大牺牲时，也是安心的。但当我主要为自己考虑时，我就糊涂了，而且生活得很累。'剪不断，理还乱'，总有那么多的不满足，总有那么多的遗憾。现在，也正是这样，吃穿是不愁的，顶多好点差点而已。可是，生活，这一个'生'字和这一个'活'字却不那么简单。我也很难叫谁这么理解我。我说的，你懂吗？"

其实，我不太懂，但我当时点头"嗯"了一声，我体会到香姨婚后生活得并不幸福。我想，是呀！现在年轻人的婚姻常常不幸，离婚率那么高，老年人的离婚率也不低，这些事怎么说得清？……

我们踏着乱琼碎玉到了沧浪亭前。方形的亭子，建筑古朴，匾额上"沧浪亭"三字是清代俞曲园写的，亭外假山的东面，四面古木森森，藤萝蔓挂，笋竹遍山生长，封满了竹石。此刻，白雪拥抱，树上、竹子上不时有雪团、雪片松散崩落下来。

香姨指着亭上那副楹联给我看，说："瞧！多好的一副楹联呀！"

楹联刻的是"清风明月本无价，近水远山皆有情"。

我被这副楹联所写的意境感染了。在这四周静谧雪花飘飞一片洁白遮住大地的环境里，我更加感到这副楹联耐人寻味。

但，忽然听到香姨"唉"地叹了一口气，似要吁出胸中的许多郁闷。

我觉得香姨做了一辈子老处女，七十结婚却不幸福，心头涌起同情，劝解地说："香姨，您该心情放宽些，千万不要自己折磨自己，其实生活就是有快乐也有不快乐，有好也有坏的。"

我们进了沧浪亭，亭子为我们遮住了风雪。

"我做了一件糊涂事。"香姨摇头说，"主观的婚姻或仓促的婚姻可能都很难美满，有些事我难以同你讲。我不安于原来的生活，进行了一回尝试，但失败了。我想再回到原来的生活中去却不可能，我很痛苦呵！"

我问："想再回到原来的生活中去？"

"嗯！"香姨点头，"我曾想再回上海，进福利院去，我悄悄地背着老史联系了，但那里我离开后他们已接收了别人，没有空额了。我做了过河卒了，后路已断。看来只好像现在这样了！"说完，又是一声长叹。

我又想起了她说的史伯伯的"俗"，忍不住又说："香姨，您是否太清高了？脱离实际清高自持往往是会痛苦自己的……"

她苦笑笑，没等我说完，打断话说："我知道，自己习惯了的那种生活方式一下子要改很难，自己必须学会适应。我也努力做了。所以，你是看到的，当你来到时，我正捧着猪蹄子拔毛，那是他最喜欢吃的东西，而我则从不吃这种庸俗之物。可是，我原来向往着的生活并非如此。我丢弃了原有的生活中我认为好的那些东西，却没有得到我向往的好的东西，这使我痛苦！"

我仍是劝解着说："生活要改变是很难的，您不要对生活丧失信心。"话当然像在打官腔。

她点头又叹息一声："重要的是我们的追求不一样。比如今天到这里来赏雪，你用棍子打他来他也是不来的。他会说：'发疯了！下大雪去干什么？'"

我笑了，有意使空气轻松些，说："其实，猪蹄子也满好吃！下大雪来赏雪景，雅则雅矣，滑跌一跤就不好了，这也不能说就是俗。"

她摇摇头，说："这种事当然不可勉强，我连他的抽烟、喝酒、打麻将都不干涉，那些在我看来都是俗事，在他则是称心事，是他的上帝。我讨厌的是他这个人对钱太计较，一心只想掌管我的钱。我不想谈什么细节了。我要告诉你的是我甚至在想，如果我每个月没有四百几十元的退休金，如果他不是知道我有些积蓄，他会不会当初写那么多信要我同他一起生活……"

我眼前出现了史伯伯那两只精明的眼睛，但我仍只能继续劝慰地说："香姨，天下没有十全十美的人，也没有十全十美的婚姻。罗曼·罗兰说过：'你应该是要求对方的五全五美，再加上自己的五全五美，去凑成十全十美。'把一切想得太理想化了，总是不切合实际的。"

香姨说："也许，你说得对！但我常想着恩格斯的一句话：'如果说只有以爱情为基础的婚姻才是合乎道德的，那么，也只有继续保持爱情的婚姻才合乎道德。'"

我感到了香姨话中的严重性，难道她同史伯伯之间已无爱情了？风吹来，我感到寒冷，我不禁想，人要改变生活好难呀！原来的生活未必美满，正因为想改善就有了改变，可是改变了，却又未必都如意。于是，产生不满就是必然的了！……

这时，雪小了，天空仍阴暗。忽然看到先前在"面水轩"见到的那对青年男女，依然偎抱着慢慢在雪中向沧浪亭走来。女的头上那顶火红的尖帽子映着雪景美丽极了。他们正沉醉在爱恋中，好像这世上的一切都与他们无关，在这种情绪热烈的时候，未来究竟会怎样，他们是不会思考的，有的只是狂热的爱的追求。

五

我绝对想不到从沧浪亭回来后，在香姨和史伯伯之间会爆发那样一场龃龉。

回去时，进屋看到的先是史伯伯那布满愠色和不满的面孔。他不说话，也不招呼，更不笑。这使得他那双精明的眼睛看起人来更加目光如锥了。桌上盘子里放着早已冷却了的小笼包子，那些生猪蹄子依然带着未夹去的短毛横躺在原处。早先泡给我的那杯茶毫无热气地放在小沙发的茶几上。直到这时，我才注意到左侧墙上有一幅拓下的郑板桥写的"难得糊涂"的四字碑帖。我不明白这是史伯伯挂的还是香姨挂的。房里仍开着电炉，却因史伯伯冰冻的脸，使我觉得房里凉飕飕的。

偏偏香姨进房后，就朝小沙发上一倚，然后去掏茶几上药瓶里的药吃，史伯伯在一旁坐着，视若无睹，冷冷地动也不动。

我说："我给您倒开水。"

香姨摇头说："含服的，不用开水！"

史伯伯开口了，语气生硬："怎么，又服硝酸甘油了？心脏不好？"

我不安地问香姨："要紧吗？要不要去医院？"

她摇头："不要紧的！"说着闭目养神，似乎想静一静。

我有心让她休息一下，就不吱声了。

史伯伯却余气未消地开口了："自找的嘛！这么大的风雪，这么滑的路，去什么沧浪亭呀！无事找麻烦嘛！算什么风雅呀！"

香姨忽然睁开了眼，语气虽然平和，心里并不平静，说："我这点自由都没有吗？你如果关心，怎么看到我的留条不去接一接或在门口迎一迎呢？你如果关心，现在为什么还要绷着脸说话来气我呢？"

"嗬！倒反而好像是我错了！"史伯伯摇着头，语气激动，"你叫我去买小笼包子，我就去了。这哪点不对？可我回来，你却走了，你根本眼里就没有我！你也太自由了吧？"

"反正，板着脸像凶神恶煞样的关心，我吃不消。我一辈子自由惯了的，总不能大事小事天天都叫人管着，看人脸色！"香姨反驳。

史伯伯似乎对我陪着香姨去沧浪亭也有不满，回脸对着我，似乎解释又似发泄："这么大的雪，你们去沧浪亭，那是拿老年人的性命开玩笑！出了事后悔莫及！……我本来约着人去有事呢！你们居然玩到这么晚才回来！"

"我明白你为什么生这么大的气！"香姨忽然睁大眼说，"你是因为耽误了你的牌局才发火的，是不是？司马昭之心呀，谁不知道！"

史伯伯窘迫了，说："你！你……"

"你可以打牌，我就不可以赏雪吗？何必互相牵扯呢？你要打牌可以马上去隔壁张家打嘛！"

"你是'狗咬吕洞宾，不识好人心'！你这样子，我怎么去打牌？"

"我心脏有点不适，倒不要紧。你呼五喝六板脸埋怨，我却生气！我的心脏犯病就总是被你气的。我要人尊重，不喜欢看你的冷脸！你竟连我的教授外甥第一次来苏州看望我们也不给点面子，你太专制了！"

我在边上心里抱歉了，说："没什么，没什么！你们二老不要……"我念念叨叨不知说什么好。

史伯伯并未回心转意，依然绷着脸说："平时，我总是让让让，什么事都迁就，可是怎么样也改变不了你。我的耐心也算够好的了！"

"要我改变得像你一样可能吗？我怎么不迁就你呢？猪蹄子我都捧在手中给你夹毛，还要怎样？但你要独裁，完全牵着我的鼻子让我做保姆，那是不行的！"

两个人吵得像小孩子了！像一把琴上的两根弦，不和谐地在颤动，发出的是噪音。我简直不知如何是好。尤其是看到史伯伯铁板着的脸，我更不知怎么办了。这使我想起了一个西方哲人说过的一句名言："婚姻是一次长谈，难以争辩。"我不禁想，唉，如果要挽回婚姻，夫妻双方都要努力恢复互信与沟通，何必攻击对方呢？要求积极改进，具体指明改进什么，然后直接答复批评，不要反唇相讥多好！谈话如限于目前的情况，不去揣测动机或指责性格，能留心倾听，努力原谅对方，那就好了！可是，要做到当然是很难的……

史伯伯怒气未消，看来他绝不是个温和的老头。忽然，他用手指着香姨说："你说过你是为怜悯我而同我一起生活的。可是你怜悯了我些什么呢？我觉得你可能太愚蠢了！我自己也太愚蠢了！我是权利减半，义务倍增，白结这次婚了!"

他这话委实是出格了，使我吃惊，但却使我哑口无言。

想不到，香姨忽然说:"老史，你说得对! 我的确太愚蠢了! 但现在却变得聪明些了，不会再上骗子的当了，我是知道我会怎么干的!"

"你打算怎么?"

"这你不必问!"

史伯伯两只精明的眼里闪烁着一种异样的光芒，忽然真的像个演员似的脸色改了，由满脸愠色变成了笑脸，叹口气赔笑地说:"唉，说不闹又闹了。其实，有什么事呢? 一点也没有。我不过是为了你的身体嘛! 怕你去赏雪犯了病或跌了跤。这不，好心成了坏意啦!"说完，又叹息一声。

我见局面缓解下来了，心里高兴，看窗外，飘着的雪花已经停了，我说了几句打圆场的话，见气氛平静些了，问:"香姨，您好些没有?"我是想赶快跑了，我无法介入他们的纠纷。

香姨点头:"好些了!"

我马上说:"那，你们二老歇着吧! 我要赶回上海去了。"我说了种种必须立刻赶快回去的理由，并且站起了身。

香姨不安又遗憾地说:"怎么要走了呢? 茶没喝一杯，点心没吃一口，饭也不吃一顿，光听着我们吵架来了……"

我说:"陪香姨到沧浪亭赏了雪，这就比什么都高兴。雪也停了，我得赶快坐夜车赶回上海去。票还没有买哩，我马上去火车站。"

后来，我就告别了香姨和史伯伯，要他们保重。香姨坚持要送，想到她心脏不好，我坚决不要她送。她走到门口，满面遗憾和歉疚地看着我走，说:"有机会再来，一定要再来的哟……"我走远了，还听到她的声音。

我后来上了夜车回上海，在火车"喊咔喊咔"的行驰声中，不知为什么，一直在想着香姨在沧浪亭讲过的那些话，心里十分放心不下。

当然不仅仅是不放心她的身体。喜剧是怎么变成悲剧的呢？……

六

我在上海是住在一个大学时代的同学家里，他也是个教授，妻子是医生，夫妇二人一同赴美探亲了，把房门钥匙留给了楼下的邻居，他预先打过招呼，我去住，钥匙就给了我。家中一厅三室的房子里，布置一体如同他们在家时一样，电视、冰箱、录音机、电炉、烤箱俱全。客厅沙发、卧室床铺，把遮着的塑料布一拿，被褥、拖鞋都是现成的。住在那里非常方便。

回上海后，因第二天忙于图书馆查明一个资料，我还未同萍妹见面，万万想不到就在第二天夜晚，萍妹突然匆匆赶到我的住处找我来了。

开了门，她进来后，我就发现她那张平日开朗乐观的脸上神色不对。

果然，她伤心地递了一封电报给我，边脱银灰色太空服边说："你看！香姨死了！"

"什么!?"我几乎叫出声来，"她死了？这可能吗!?"

我明明刚从苏州回来，还陪她去沧浪亭赏雪的呀！我看到的是一个活生生的香姨，她送我到门口时脸上那种遗憾歉疚的表情也就在眼前，怎么一下子就会死了呢？

我急急打开了电报，电报写的是：

> 香姨与你兄踏雪游沧浪亭因感冒触发心脏病今午十二点十分抢救不及猝然逝世望速来料理后事等待你们来后火化史仲方

"唉！你怎么无事端端想起陪香姨去踏雪游沧浪亭的呢？"萍妹直

率地责怪着我，两颊泛出愤怒的绯红说，"她那么老了！你怎么不考虑她的身体状况呢？"

萍妹的话刺耳，这封电报的电文我看了更刺眼，电报中明明是将香姨病逝的责任安到我的头上了！而且电文中是饱含不满的责怪之意的。萍妹的怨怪必然也是这封电报造成的呀！

我真感到懊悔极了！我是不该陪香姨去赏雪游沧浪亭的呀！我怎么对得起她呢！我一时觉得无从解释，也不该解释，心里难过极了。但略一镇定，我又觉得事实的真相又不仅如此。香姨的死，难道就仅仅是因为受凉感冒而心脏病猝发吗？她心脏不好，史伯伯却同她发生那么激烈的龃龉，难道不会影响她的心脏造成她的猝死吗？而且，谁知我离开苏州后，他们之间又继续发生吵闹没有呢？按照香姨自我吐露的内心活动与苦闷，按照我目睹的他们二人的情况，我走后，他们之间又爆发一场争吵，这完完全全可能！香姨脆弱的心脏是经不住折磨的！

萍妹坐在沙发上流泪，我在她对面的沙发上坐下来，详详细细向她谈了苏州见到香姨后的全部情况。她对我似乎谅解些了，流着泪说："香姨如果在福利院，医疗条件好，犯了心脏病也许不至于会抢救不及。史伯伯早先说他在苏州医院里认识的名医多，后来香姨告诉我其实是他吹牛。"

两人颓然枯坐，最后，萍妹说："无论如何，得到苏州去一次，明天就走，你跟我一起去。"

第二天清晨，我同萍妹上了火车去苏州。路上，我们不停地议论着香姨的这次结婚和她的不幸。

萍妹说："香姨曾告诉我，说她脑子里留下的是史仲方年轻时当话剧演员的形象，可没想到老了以后在现实生活中的史仲方，与她印象中的完全不一样。当初，她的好友章曼玲与史仲方结婚时，她曾羡慕过。其实，羡慕的东西每每是海市蜃楼。结婚后，史仲方对香姨并不好，她是上了演员的当了！史仲方多次觊觎她的存款，但她对我说过：'我要留一手！'"

我问："留一手是什么意思？"

萍妹摇头："谁知道呢？"又叹气说，"香姨的这次结婚，仍没有脱出《围城》的主题。其实，她过着原来生活可能快乐得多！"萍妹并不常看小说，她是看了电视剧《围城》才发感慨的。

我说："你看过比利时名作家梅特林克的代表作《青鸟》吗？青鸟象征幸福。樵夫的两个孩子为了寻找青鸟走遍许多地方，历尽千辛万苦去找青鸟。结果发现，原来青鸟不用跋山涉水去寻找，它就在家里，就在身旁。而且，只有甘愿把幸福给别人，自己才会得到幸福。"

萍妹叹气说："唉，如果史仲方待她好，又确是她理想中的人，那也许不会是悲剧；如果她或双方能做些挽回的工作，婚姻还是可以维持得比较圆满的。"

我说："可是，理想中的人不会那么多呀！'维持'本身就是一种不幸。偏偏人总是又有结婚成家的愿望。像香姨这种狷介清高而又要用高标准要求对方的人就只好品尝苦果了。"

萍妹和我都叹息起来。

我们是上午到达苏州后就搭公共汽车赶到三元坊去的。苏州的好处之一就是"不出城廓而获山水之怡；身居闹市能得林泉之趣"。但这次来苏州是为料理香姨后事，那种闲情逸致一点也没有了。公共汽车穿过闹市，看到的也只是比肩继踵的人流、熙来攘往的车辆，使纷乱的心绪更加纷乱。我们下车后，脚步匆匆，就到了三元坊。

进了香姨的家，仍旧是那带点阴暗的一厅一室的房间，却有一种使人萧瑟悲凉的感觉。史伯伯不知正在翻找什么东西，房里大乱，像被兜底颠倒过。桌椅沙发全挪了位，连放照片的镜框都拆开了。香姨那张年轻时代穿白色旗袍的黑白全身照，也扔在一边地上。照片上的香姨脸上罩着向往神情……这很使我吃惊。香姨的那只"青鸟"真的飞

350

走了！她死了，这个狠心的男子竟连她的照片也不要了……

史伯伯正孤独地坐在沙发上，没有悲伤，却有气恼，皱着眉心，见我和萍妹来了，冷冷地坐在那里点点头招呼着说："你们这么晚才来?"他那态度似乎已把我们视为殡仪馆的工作人员了，不带感情，更不带一点亲切。

我解释："昨晚收到电报，今晨就启程来了。"

我同萍妹打量着屋里，床上也是乱成一团，被褥全翻了个遍，但不见有香姨的遗体。

萍妹先问："香姨呢?"她的语气有点尖锐。

史伯伯无表情地说："送到火葬场去了。"

萍妹不快了，说："不是电报上说'望速来料理后事，等待你们来火化'的吗?"

史伯伯表情异样，冷淡地说："谁知你们来不来? 谁知你们会来得这么晚呢? 说实话，如果不是陪她去沧浪亭，她是不会死的!"

话是冲着我来的，这显然有点不讲理了，但我想，他遭遇不幸，香姨又已去世，同他顶嘴辩白有什么意义呢? 又想，也别怪他了，房间小，就一只床，再说，见了遗体也伤心，何况，他怕万一我们不来呢? 这么一想，我沉默了。

但，萍妹流泪了，说："已经火化了吗? 难道我们连最后一面都见不到了吗?"

史仲方皱着眉说："那你们快去火葬场吧!"他从桌上杂七杂八的零乱物件和纸张中找出了一张纸片递过来，"这是火葬场的地址，你们去了，也许能见一见她，火化了，骨灰我也就拜托你们了。"

听到"骨灰我也就拜托你们了"这句话，我就觉得史仲方对香姨已经不存在感情了。他是不想管骨灰的事了，叫我们来的目的恐怕就在于这呢! 真是"人在人情在，人去人情空"呀!

萍妹拭着泪不受用了，提高声音说："史伯伯，你对香姨的骨灰打算怎么处理呢?"

"我没任何意见。"话剧演员说,"你们存放在火葬场也行,拿去保管也行,反正,火化的钱我已经托隔壁张家的儿子付过了。"

我的预料没有错,他是打算卸包袱了,眼前又浮起了青鸟的故事,我想,也只能这样了,我们做外甥的尽这点责任也是应该的,犯不着争吵,我对萍妹说:"那我们赶快到火葬场去看看香姨吧。"

想不到,史仲方突然把手做了个拦阻的姿势,说:"还有件事,我要同你们谈一下。"

我和萍妹都愣了,我转身看着他那两只精明的眼睛,那里面似有火焰。

史仲方说:"你们可能知道,你们香姨有笔存款,数目多少,我不清楚,但反正不太少,是个大数字。但她生前不肯告诉我存单放在什么地方,她又突然死了,我翻箱倒柜也没找到……"

我这才恍然大悟,房里被抄了家,是他在找香姨的遗产。

史仲方有点激动了:"好不容易,在她照片框的照片后面,我找到了一张邮局汇票收条,数字是二万四千五百元,背后有写好的字:'今日将捐赠福利院之款寄出',原来早在十二天前她就背了我自作主张把这笔钱汇走了!怪不得那天我去打麻将,回来时她不在家,原来她瞒着我去干这件事去了!这是共同财产嘛,她这是错误的……"他充满人财两空的情绪。

见这位当年的名演员脸上并无丧妻的伤感只有失财愤激,我心里波涛汹涌,却感到香姨干得很对。我不愿继续再听他讲下去,对萍妹说:"我们走吧,好吗?"

萍妹突然拾起地上那张香姨年轻时穿白旗袍的照片,珍贵地拂拂灰尘,点头说:"好,我们走。"

我已记不清我们离开时是否同史仲方打招呼了,但他确是既未理我们也未送我们。我走到街上,心里充满失落感,这是一个阴冷的下午，心情的沉重使我脚步踩在马路上也沉重得自己可以听清。

萍妹在我左边默默走着，忽然叹息着对我说："你现在懂得香姨说的'留一手'的含意了吧？"

西北风吹来，脸上冰凉，我拉起大衣领子，点点头，陷入沉思之中。我没有去想那"留一手"的事，我想的是，人总不满于现状，所以就有了追求自以为值得羡慕的东西的要求，其实，心里向往着认为是幸福的东西，未必就是美好、美满的东西。香姨这个寻找青鸟的故事，里面有人之常情。月有阴晴圆缺，蜜月期结束后，在实际体会中，如没有能互相使对方稳定情绪依然新鲜满意的生活，人必然还会怀念过去……

萍妹忽然问："你在想什么？"

我没有把想的说出来，因为我还在想……

（原载《老年文学》）

隐私权

第一章

真是一个不愉快的星期日。

为什么天下偏多不幸的巧事？

正像驾驶一辆旅游车过铁路，偏偏与火车相撞；正像到草丛里翻开石块寻找蟋蟀，偏偏钻出一条毒蛇咬了一口；正像请了病假去电影院看电影，偏偏碰到了本单位的领导……

……

唉！唉！

黎晓文绝对不该陪白林莽来看画展的。

即使要来，事先也该了解一下是谁的画展才行呀！假如知道这个"青年画家四人展"里有江梵的作品，黎晓文无论如何是不会来也不该来的。她有意回避江梵，恰切些说是回避田虹，已经快两年了！

她不想见到他们。尤其不想见到那个尖嘴泼辣不讲理的田虹。为了这，她心里常想离开上海。倒不是她不喜欢上海，而是她想离开他们远远的，越远越好。她只想使自己那颗曾经受过创伤的心不再刺痛，能平静些生活……能不再被人污蔑、作践……

谁料到，今天这个画展竟又会使她像穿了一身洁白的新衣突然跌入泥淖，遭到如此尴尬。

一切都碰巧了！

当她和白林莽到静安体育馆去看艺术体操比赛，漫步路过文化广场时，白林莽看到了"青年画家四人展"的广告，马上跑到售票窗口，买了两张入场券，说："走，晓文！先花半小时看看画展，时间还来得及。"

她就糊糊涂涂跟着白林莽跨进画展大厅里来了。

走着，走着，当黎晓文陪同白林莽看到第三个青年画家的作品部分时，她猛抬头，不但看到了那幅显眼的写着"江梵"名字和小传的宣传品放在引人注目的地方，还看到了江梵画展中的第一幅画就是她的半身油画像，署题是《望美人兮天一方》。

画中的她，气质高雅，从面容到衣饰都富有质感，色彩华美和谐，笔触轻松流畅，在出色的色彩与线条的表现中，充分地刻画了人物自然美和聪颖、庄重的性格。

黎晓文立刻倒抽了一口冷气。无端端的我怎么看他的画展来了呢？为什么偏偏让我看到他给我画的这幅油画像呢？

还是两年前的那个春天里，江梵替她画像。

那是一个晴朗的春日，上午八九点钟的阳光从东边窗户射进画室里来。

光线太亮了。江梵将天蓝色的窗帘轻轻拉上一半，让她手里捧着一束绯红的杜鹃花坐着，笑笑说："我这幅画，要把人物描写在环境中，使人物突出和增加生气；在你的动作、姿势中，注意典雅和自然；在精细地绘出服饰的同时，不使它们喧宾夺主和影响你的形象的表现……我特别要画好你的两只美丽的大眼睛……"

她为了让他画像，按照一个固定的姿势，一连坐了好几次，每次都整整坐上两小时。

可惜，这幅画后来没有画完，就中断了！

可是，今天，这幅油画像却画成了，并且陈列在江梵的画展中作为开头第一幅。画中的她，显得风华正茂：她在凝眸遐想，两只大眼睛仿佛会说话。

她是在想些什么呢？

这幅画，用色之澄净，用笔之驾轻就熟，显示了江梵的绘画功力已经很成熟，真是"士别三日当刮目相看"啊！

黎晓文站在自己的画像面前，不禁唏嘘地"啊"了一声，感情是奇异、复杂而玄妙的。她自己也说不清一声"啊"里包含了多少哀怨，包含了多少缠绵，又包含了多少痛苦。

白林莽是反应敏捷的聪明人，在她一声"啊"里，似乎已经觉察到了什么微妙之处。

他用两只一贯富于思索神情的眼睛扫了一下她的神态，轻声地问："晓文，怎么了？"

"啊，没有什么。"她躲闪着他的目光，强自克制住心里的波澜，为了掩饰，装得若无其事地说，"刚才，右臂突然好像是神经痛，针似的一扎，现在好了！"

白林莽似乎是相信了，安慰地说："现在不碍事了吧？"见她点头，忽然打趣地说，"晓文，你看，这真像一幅你的画像，尤其两只美丽的眼睛，完全是你的。要是这画出卖，我一定把它买回家去，作为你的像挂在墙上。"

黎晓文心里又一惊：是呀，是十分像的呀！本来是我作为模特儿给江梵画的像嘛！那幅画中断时，两只眼睛是已经画好了的呀！只是，一切早已逝去！早已遥远！早已不堪回首了……

她摇着头木然违心地说："不像！一点也不像！"

白林莽没有同她争辩，同她并肩又顺着画廊里陈列的画框，往下看去。

黎晓文心里想走，有一种不祥的预感，似乎怕遇到谁，又似乎怕发生什么不愉快的事。但是，见白林莽那种兴致勃勃的样子，她不忍扫他的兴。而且，不知是一种什么心理驱使，她本来爱好欣赏美术作品。此刻，她的脚步跟着白林莽的脚步往前移，白林莽和她都迅即被前边一张巨幅的画吸引住了！

　　在巨画面前，聚集着一圈人，看样子，是什么艺术学校的男女学生，正在听一个头发花白的人——也许是他们的老师，在分析这幅画。看得出，是一幅引人注目的画。

　　白林莽捏捏她的手，赞叹地说："呀，一张多么美的油画呀！"

　　她的目光也在画上扫来扫去。是呀，她不能不从心里边发出赞叹，确是一张出色的油画。油画匠心独运地表现了一个年轻少女的美丽和纯洁，创造出恬静、典雅、抒情的诗一般的境界。

　　画的题名叫《纯洁》。

　　画面上是一个年轻女子穿着洁白的睡衣，身材窈窕，风姿秀雅，意态娴静，美得惊人。她披着一件薄如蝉翼的轻纱睡衣，半裸着身子躺在床上，样子似乎不胜慵倦，大概是午睡刚醒。明丽的阳光，斜斜地射进室内，还有蚊帐仿佛在随着户外吹入的清风轻轻飘动。最引人注意的是设色：四周的墙壁，微动的纱帐，床上的被褥，身上的睡衣，全是纯净的白色，但整幅画绝不因此而使人有表现力单薄之感。它全靠用光、用层次来表现。它结构简洁，色调澄净，在流畅、高雅与曲折的韵律美中见到画家的才气。

　　但是，令黎晓文更加吃惊的是：她又在这张画上看到她自己了！尤其是那两只深情、凝视、黑色的大眼睛。

　　别人即使不注意，黎晓文自己是意会到的，画上这位睡美人，画的确实是她呀！眼光、神韵、表情、姿态、身材都是她！

　　真气人！江梵为什么又将这个美女的脸孔和身姿画得这么像我呢？为什么要画得半裸……她的脸不由自主地红了！

　　当然，黎晓文是理解美术的。画家画的艺术品，不能将艺术与道德混淆起来。不能将艺术品看作完全是真实生活的摄影的翻版……但，唉！这显然是难堪的事。

　　黎晓文突然意会到白林莽也似乎看出了这一点。白林莽仔细地在欣赏着画，看得那么出神，那么集中精力，那么专心致志。白林莽在琢磨些什么呢？她猜不出，可她却实实在在地感觉到了。只是，她发现白林莽有了"发现"不曾说出来罢了！

她决心快点离开这幅画。四周，嗡嗡嗡在低声议论这幅画的观众不少，一个高个儿的穿白色香港衫的中年人，用脑袋挡住了她的视线。她拽一拽白林莽的手臂，说："走吧！人太多了！"

白林莽从人丛中挤出来，沉默着。他在想些什么呢？黎晓文猜测：白林莽一定觉得画上的女人画的又是我！……她想：不能让他知道这些秘密，不能让他增加烦恼！……

黎晓文想赶快离开，看看手腕上的西铁城石英表，说："走吧！看艺术体操表演要迟到了！"

后来，黎晓文曾想过：唉，为什么那天不早几分钟走呢？早几分钟走，也许不会遇到以后的事了！唉，天地间完美无缺的事难见，可是，遗憾的事总是常有的，遗憾每每无济于事。正像喝醉了酒闯了祸的人在闯祸以后再懊悔不该喝酒已经无济于事一样。

那天，就在白林莽和她一起离开那幅题为《纯洁》的画时，谁知她迎面正好看到穿白色西装的江梵在向她行注目礼。

黎晓文和江梵双目相对。

看到江梵向她点头，态度十分友善，也非常诚挚，恰如一个画家在展出自己的作品时得到观众青睐而予以回报的那种应有的身份和态度，以至于在慌乱之间，她不由自主地也点了点头，礼貌地回报了他的点头。

江梵挺拔的身材迈步向她走近了。她一时胆怯，不愿看江梵的脸，只看到江梵打着的那条鲜艳的有白点的红领带闪烁着光彩似的离她越来越近。她听到了江梵的声音：

"啊，来看画展？您好吗？"

她不想同江梵答话，可又觉得何妨大方些，决定摆脱困境，索性抬起头来，用两只坦率、明亮的眼睛望着他，说："啊，我介绍一下，这是我先生——白林莽。"她又朝着白林莽说："林莽，这是江梵，画家！"

白林莽同江梵握手，应酬式的握手。互相笑笑，都没有说话，有点微妙，也有点距离。第六感官在发生作用吗？他们各自心里在想些什么呢？黎晓文似乎能猜得到，又似乎说不清。握完手，白林莽马上移步去看一幅老人的肖像画去了，看得十分专心，仿佛是在研究那幅并不出色的肖像画上有些什么值得发掘的特点似的。

黎晓文暗忖：林莽也许是装作去看画的，便于让江梵好同我谈些什么，很难猜测这是好心还是恶意。反正，林莽也不该走！他如果不走，不去看那张平庸的题名为《老人》的画，也许不会使事情发展到不可收拾。可是，林莽为什么偏偏留下了我和江梵两人单独站在一起呢？

于是，在千钧一发之间，黎晓文预感到的不幸发生了！

那是田虹！那个火辣辣的女人！

田虹像幽灵似的突然出现在黎晓文的面前，站在江梵和黎晓文的中间。她穿着一件通红通红的无领破胸连衣裙，长发梳得像个花瓶似的盘在头上。她脸上带着那种充满嫉妒和憎恨的佯笑，眼里露出多疑、刻薄的凶光，忽然尖厉地大声说："不要脸！以为我不在这儿吗？"

"'不要脸'这三个字是随意可以骂的吗？真是侮辱人呀！"

黎晓文一怔，意会到田虹误会了！也明白面对这个泼辣且充满醋意的女人，自己已经陷身在虽无可洗刷却又难以洗刷和说明白的境地了，便只能解释地说："你……你别误解！……"但感到即使有十张嘴，此时此刻也是说不清的，嗫嚅着说，"我……我是同我先生来看画展的……"她想：抬出白林莽来，也许会使田虹的怒气平歇下来，采取冷静一点的态度。

可是，田虹不是那种能克制的温柔善良的女性。她忽然泼口诟骂起来，既是骂江梵，也是骂黎晓文。尽管黎晓文做了解释，尽管江梵愁眉苦脸地轻声央求劝解她："别，别这样！你跟我一起走，我给你讲清楚好不好？"

田虹却骂骂咧咧："别当我傻！我可知道有些不要脸的人会干什么样的不要脸的事……"

如果地上有条缝，黎晓文早钻进缝里去了。如果面前有个洞察秋毫的法官，可以容许黎晓文申诉并给予正确权威的判决，她也一定立刻哭诉一切了！可是，没有！周围有的只是看热闹的素不相识的陌生群众。

黎晓文被人群包围，感到心跳加速，头里血往上冲，脸憋得通红，无言对答。她不会像田虹那样泼辣地骂人，更怕在大庭广众之间出丑。她意识到，田虹站在她和江梵之间几声刁钻的怪叫已经引起了来看画展的观众注意。无论在什么地方：街头巷尾或者公园、商店……中国有些人的习惯是喜欢管闲事看热闹，以填补精神领域的真空地带。现在，看热闹的人四面走来越聚越多。黎晓文发现：白林莽也不再看那张《老人》了！白林莽正昂起了头盯着田虹看。江梵这时正连求带拽地紧绷着脸在拖田虹离开，黎晓文也连忙闪身退出人群的包围，朝着白林莽身边走。

像心中互有默契一样，白林莽似乎懂得她的心理，也不作声，低着头同她一起匆匆离开画廊。"青年画家四人展"，实际只看到了第三个画家的一部分作品，第四个画家的画他们也不再欣赏了，只是紧张地想赶快离开画厅，走出文化广场，离刚才发生纠纷的地方越远越好。

外边，天空是碧蓝碧蓝的，飘浮着几朵似有似无的淡淡白云，使人扬眉吐气。马路上，车辆很多。一家出售冷饮的小店里，录音机正播放着轻音乐，那是约翰·施特劳斯的《蓝色多瑙河》，听了使人有一种行云流水、维也纳的异国情趣，既轻松愉快又夹杂着一种淡淡的怀古幽情……也不知为什么，圆舞曲轻快的旋律，没有使黎晓文轻快一些，反令她忽然心里发酸、眼皮发涩。

她想哭。刚才那件糟糕的事，使她有受了欺侮和污辱的感觉。真是从天上掉下来的祸殃呀！谁能料到今天会偶然地遇到江梵，谁更能料到今天会又同田虹狭路相逢！天下之大，难道连一条平坦的小路也吝啬得不肯给黎晓文走吗？

黎晓文悄悄观察着白林莽。

白林莽的脸色沉重，表情严肃。也难怪呀！刚才的一幕，他一定全都看在眼里了！他会怎么想呢？会在他心上留下什么问号，结下什么疙瘩呢？应当怎样向他解释呢？

太难了！太难了啊！

黎晓文像在做一道十分复杂的求不出答数来的数学题，心里充满了焦灼、彷徨与不安。

应当主动向白林莽解释吗？

黎晓文不愿意，是多么难以启口的事哟！她早已不愿旧梦重温了！

她是个有个性的女人。当心头遭受创伤时，她只恨自己的无能与懦弱。她决心要从自己的记忆中抹去这一段悲伤的经历。她不需要人再用过去她的创痛来责难她、误解她，她也不需要任何人同情或怜悯。

她觉得：有些人为什么这样冷酷、自私？为什么这样残忍、无情？为什么要将自己的欢乐奠基在人家的痛苦上？为什么要以损害人作为一种满足和享受？

她觉得：白林莽是爱我的。但是，我同他有约在先。当确定关系的时候，她向白林莽说过："我有不幸的过去，我不愿意再提那些事。你能答应我不向我追问那些事吗？"

当时，白林莽慷慨大度地说："我没有落后的、狭隘的封建思想，我可以做到！"

他的眼神是诚挚的。他像个正派的男子汉。

……

可是，今天的事多么蹊跷！白林莽能视若无睹、听而不闻吗？

先是一张肖像画！又是一张半裸卧床的引人注目的《纯洁》！为什么江梵要这么做呢？难道这不是引起田虹更加嫉恨的原因吗？……然后，是江梵的出现。从白林莽与他握手的态度看，白林莽对江梵是冷淡的，说明他心头存有一种直觉上的芥蒂。然后，是田虹的出现与诟骂。唉，唉……真像是白昼遇到了恶鬼！奇耻大辱！为什么这样倒霉呢？

阳光灿烂，六月天午后的太阳炙人已经很厉害了。黎晓文觉得自己有一种眩晕的感觉。脸上、身上都冒着汗。看到身边沉默着在迈步的白林莽也用手帕在拭着汗，她忽然对他感到一种歉疚，又不知说什么好。

最怕这种沉重、凝滞的局面！谁也不知谁的心里在想什么，谁也不想打开僵局。似乎有什么骇人的暴风雨正在各自的胸膛里酝酿。那是大雷雨快要袭来前的可怕的沉寂。

稍停，黎晓文看看手表，用征求意见似的口气说："林莽，我人不太舒服，想回去睡一会儿。艺术体操比赛我不想去看了，好吗？"

她只想独自回家去休息，安静一会儿。

她感到白林莽轻轻叹了一口气，点头说："好，我也不想去看了！我们一起回家去吧！"

白林莽的表情和语气都很含蓄，看不出他是在生气。但黎晓文明白：他心里一定在生气。刚才的事给他带来的不快一定是够多的了！白林莽是个开朗、明快的人，平时很少发火，结婚以后，对她体贴入微。同她在一起时，总是滔滔不绝话很多的。可是，现在，他变得沉默寡言了。不正常的沉默意味着他心里有包袱。他是一个有才华的青年专业作家，具有现代人的那种头脑敏捷、思想活跃、反应迅速、理解力强的特点。他不是一个"木瓜"！刚才的一切他怎么能没有触动？怎么能没有疑惑？

黎晓文忽然觉得：她宁可见到他发火，也不愿见到他沉默。因为发火毕竟是心灵在碰撞，而沉默却在拉开心灵上的距离。人同人之间，心灵上有了裂痕，是最可怕的事。

路边，一家百货商店正在举行"八六年新潮款式毛巾浴衣展销"和"八六年新夏装展销"。电影广告栏里张贴着波兰彩色故事片《复杂的感情》《夜半歌声》和《南洋富翁》的招贴画。卖《新民晚报》的一个老头被一群球迷围住了。世界杯足球大赛在墨西哥举行后，每天的电视、报纸都成了球迷们瞩目之所在……

放在平时，她也许会去商店里逛逛，也许白林莽会说："去看一场《复杂的感情》吧！"他俩也许会买一张晚报看看球讯，也许……

可是，今天这一切都被刚才那场不幸的"雹灾"毁掉了！何必再看什么《复杂的感情》呢！感情早已够复杂的了。

他俩本来是向静安体育馆方向走去的。原本打算搭一段公共汽车，现在，折回头来向住处去了。他俩在建国西路的一幢工房里住，四楼上一套一厅二室的房子，光线明亮，环境不算喧闹，但生活方便，据从深圳回来的朋友说，这房子除了不在海边以外，决不比沙头角特区海涛花园出售的海滨高等住宅差。那里的二房一厅的房子，售价要十多万元。虽是八年分期付款，也是一般人买不起的……

现在，黎晓文心情杌陧，急着想快点回家。她真想往床上一躺，她已心力交瘁了。她愿意让脑子空空荡荡地躺在那里，不说话，也不吃不喝。倘若，就那样死了，离开人间，倒也不失为一种解脱。

是一种奇怪的想法，此刻她被这种想法攫住了，摆脱不开。人心上的伤疤如果刚结好痂又被撕裂开的话，那是一种致命伤，是格外刺痛，格外不易平复的。

黎晓文觉得此刻没有一个人会理解她，连白林莽也不会。一定不会理解的。她又有一种不祥的预感。预感到在她和白林莽之间，可能要有一场不幸的龃龉。对男人，她不能算了解得很多，也不能说了解得很少了。江梵的那种罗亭式的"说话像巨人、做事像矮子"的性格，牟远的那种绝顶自私的杨朱哲学，已经使她尝够了人生的辛辣滋味。白林莽是一个不错的男人，可是究竟相处时日还不长，互相之间的了解也还有限。他能"宽宏大量"到什么程度？能毫不计较她的过去？能完全信任她而无丝毫"动摇"？能不违背诺言放弃探查她那不愿意重新触动的过去？

啊，啊！谁知道呢？

她忽然觉得很希望白林莽能如她理想的那样，气度恢宏，豁达倜傥，摒弃嫉妒，懂得爱情，对她无限信任，为了爱她不计较一切。可是，白林莽能做得到吗……

黎晓文明显地觉得白林莽现在头脑里一定是满满的问号，一定是一个又一个的大问号。所以，白林莽闷闷地抑郁地走着，既没有像平时那样挽着她的胳臂，也没有像往日那样殷勤关切。黎晓文的不祥预感就是从这来的。她忽然有一种变态的心理：倒想急切地看看他会怎样？她沉默着，心里在等待着"爆发"。

会是怎样一种"爆发"呢？对于已经经历过创伤的女人来说，有时既害怕这种"爆发"，又不是很在乎这种"爆发"的。过去的事已经过去了，谁如果抓住过去的事不放，要将今天的幸福植根于过去的不幸的土壤上，那么，这种苦中作乐式的幸福不要也罢。见白林莽沉默着，她也保持着沉默。

像去迎接一场题目尚不可知的考试似的。黎晓文和白林莽都拖着沉重的脚步，忐忑不安地默默地走着……

第二章

放弃了在静安体育馆看全国艺术体操比赛，白林莽不无遗憾。

他兴趣爱好广泛，但不喜欢庸俗，不喜欢过分的"下里巴人"。星期六，翻开《文汇报》广告想安排星期天的文化生活时，他对那些节目：越剧《主奴联姻》《双珠凤》，川剧《潘金莲》，大型滑稽戏《土裁缝与洋小姐》《趁你还年轻》，沪剧《黄梅戏女王》等等，虽然听说有的节目也很精彩，他却不屑一顾。最后，他征得黎晓文的同意，去看艺术体操表演。他喜欢看男女运动员们健美的体魄、多变的舞姿、充溢着青春气息的技巧。谁知兴冲冲的一个星期天，落得这种煞风景的下场，多泄气啊！

黎晓文回家以后，上床闭眼静静地躺着。她在想些什么？谁知道。反正总在想先前在画展大厅里的事吧？她有些什么隐私呢？是难与人言的秘密？还是不堪叙述的肮脏事？谁猜得到呢？

白林莽采取克制的态度，不冒火，也不询问，虽然心里既在冒火，也是十分想问一问的。只是，他觉得自己应当有教养，应当姿态高一些，应当做事留个余地。倘若黎晓文自己同我谈一谈，不是比我自己来问要更好吗？

他揣着个闷葫芦，点燃了一支香烟，心里沉甸甸地拿起那本快看完了的英文版的著名的反映香港社会的畅销书《望族》，百无聊赖地阅读起来。

这是一本国际畅销书，白林莽好不容易托朋友在香港铜锣湾商务印书馆里购到手的。自从中英两国关于香港问题的《联合声明》发表后，香港前途明朗，关心香港的人更多了。"香港学"成了一门时新的社会科学。《望族》的作者詹姆斯·克拉维尔是著名的影剧作家和制片人，也是多部畅销书的作者。白林莽去年一月在北京看内参片时，看过他创作和导演的影片《大逃亡》，那是一部精彩的影片。《望族》以历史悠久的斯特鲁安商行和新兴的美国跨国公司帕康工业公司之间的一场吞并与反吞并斗争为主线，反映了香港社会中变幻莫测的商业气候和弱肉强食的社会现象。小说所揭示的社会剖面，有商界巨头间的新恩旧怨、纵横捭阖，也有金融风潮中的尔虞我诈、幕后交易；有豪门望族的穷奢极侈和买办家庭的沉浮破落，也有贫苦市民的金梦幻灭和船民娼妓的悲惨身世；有西方间谍机构和苏联克格勃之间的渗透和争斗，也有香港警方和黑社会势力的角逐和勾结……

白林莽本来是将阅读这样的书作为一种享受的。今天不同，他心绪纷乱，情绪烦躁，阅读时，他被书中那些钩心斗角的黑暗面搅得心上波澜迭起，人情之险恶，使他忽然同先前在画厅里发生的一些难以解决却可以猜测的怪事纠合起来，使敏感的他不由得痛苦地看着躺在床上的黎晓文暗自思忖：我对她是这样地深爱着，可是她，她对我能像我对她一样地深爱吗？今天是考验她的时间到了！先一会的事，像一块试金石，她对我是真爱还是假爱应当有个鉴定了！难道她是一种不可信任的女子？像那个穿红色连衣裙梳花瓶头的女人所骂的——"不要脸"的女人……

他看着书，脑子里胡思乱想。楼下弄堂里一群小学生在唱电视剧《济公》的主题歌："鞋儿破，帽儿破，身上的袈裟破……"

白林莽本来不喜欢这支歌，尤其不喜欢"南无阿弥陀佛！南无阿弥陀佛！……"这些小孩都被培养成佛教徒了！前些日子，他为这同黎晓文笑着抬过杠，他听到弄堂里小孩唱这支歌，笑着说："这支歌我真不爱听!"

黎晓文笑着说:"你不爱听并不意味着人家都不爱听!小孩子爱唱,就说明小孩子爱听。"

他也笑着说:"叫小孩子都来信佛,有什么好的?"

她仍笑着说:"人们喜欢的不是别的,是济公!是喜欢济公活佛抑恶扬善'哪里有不平哪有我'嘛!"

他也仍笑着说:"打抱不平事靠他靠不住,得靠我们自己!"

她退让了,不再说什么。他却想:她说得不是没有道理。靠我们?我们又算什么?我们有那么大的力量么?于是,只好出现了神化的理想寄托所在的济公!

他明白:她是有个性、有思想的。由于他俩的感情好,她不愿僵辩下去造成不快才让了步的。

是的,他们婚后的感情非常好。虽然,他们之间的结合,确实还颇有点浪漫,有点奇妙,说出来人家也许会难以想象。可是,男女之间的爱情这件事,本身有时就是浪漫、奇妙、无可理喻的。谁认为有一定的模式可遵循,应该怎样,不应该怎样,或者可以像天气预报那样,能确定晴阴雨、晴间多云、阴转雨、雨转晴等等,那不仅是迂腐可笑,而简直是违背爱情的规律的。那么,他俩之间的结合,就用不着多解释了。反正他们就是在极偶然的邂逅中成了夫妻的。

白林莽,应当说是一个条件极好的单身汉:长得虽然说不上是百分之百的漂亮,但打上个七十分还是受之无愧的。个儿一米七九,五官端正,满头黑发,身体健康。学历是大学本科外文系毕业,好的是气质,给人一种清雅、聪颖、精明强干的印象,高中毕业后短期在农村插过队。大学毕业后,本来被分在市文化局工作,可是由于他在创作上表现了特殊的才能,在中短篇小说上两次在评奖中得到了全国性的奖。随着,又有两部长篇、一本中篇集和一本短篇集出版,成了颇有点名气的文坛新人。

终于，一年前，白林莽成了专业作家。他在上海，在择偶问题上，应当说是既具有条件也具有机会的。但在这方面却并不幸运。

他那原来在大学里教书的生父，一九五七年被错划成右派后，死在劳教农场，他的母亲就改嫁了。六年前，他在美国原来做医生的八十一岁的老祖父突然回国，带了一个美国老祖母回来旅游观光，知道他母亲早已改嫁，对他这个孙子却抱有感情。要他去美国，他不干。给他美金，他不要。唯一沾了光的是由于他有这个海外关系，两年前，给他分了一个一厅二室的单元工房。

插队时，他不想在农村结婚成家。大学时代，有过一些女同学对他加以青睐，但他挑肥拣瘦，没有看得中的。毕业后，他忙于事业，潜心写作，拿起了拼搏精神爬格子，常常无暇顾及这方面的问题。

一度，有过一个在银行工作的上海姑娘经人介绍同他"耍"了一段时间，逐渐发现话不投机，双方的兴趣爱好迥然不同，很难捏到一块，就散伙了。

散伙时，上海姑娘为了表示自己"高贵"，无情地对他说："你是四川人，我是上海人，光凭这一条，我就看不起你！"

嗬！倒给白林莽一大刺激。他明白：尽管会说上海话，在上海求偶，竟还有这样一个弱点！

他母亲的家在四川成都，继父原是省府的一个副厅长，离休后正在养老。母亲三年前亡故，继父与他同母异父的妹妹住在一起。妹妹结了婚，夫妇都是医生，在华西医科大学工作。他不必负担家庭，经济上宽裕。上海姑娘的话伤了他的心，也触动了他的乡思、乡情和乡愁。

他像从梦中醒来似的发觉自己已经三十一岁！时光流逝何其迅速！但他是写小说的人，对人生有自己经过思索而得到的见解。凑合的婚姻他宁可不要，在茫茫的人海中，他总觉得要找一位知音，要找一位情投意合的异性。而这，当然是可遇而不可求的。别人给他介绍过两个女大学生，他看了照片就不顺心，也就没有交往。事业与爱情，他固然都要。事业，他总是放在第一位。于是，他除了继续潜心写作外，只能有限度地目光四射、耳听八方地关切着自己的对象问题……

半年前的一天，白林莽偶尔从书报亭里买了一本《东方瑰宝》杂志来看，发现里边在名为《爱之桥》一栏中，有二十则征婚启事。这种启事尽管许多报刊都有，可是他以前是从不在意的。这次，他在淮海中路一家咖啡馆里喝咖啡时，逐一阅读起这些启事来了。他并无在这上面找对象的打算。他听说过这种启事里常有掺水掺假的成分。但是，今天，有一则与众略有不同的"启事"，使他忽然心头一亮，感觉到了浓烈的兴趣。

启事是这样的——

我友，女，三十岁，大学中文系毕业，刊物编辑，身材、体格、品貌均好。曾离婚。四川人，游子思乡，茫茫人海，愿觅知音同走人生之路。条件：同乡最好，学历、年龄相当，有道德修养，通情达理，真诚善良，事业心强。来信附近照寄上海403号信箱晓文收转。

白林莽一是被启事中的"四川人"和"游子思乡"、"同乡最好"所打动；二是被启事中的"身材、体格、品貌均好"所吸引；三是被她的"茫茫人海，愿觅知音同走人生之路"的措辞所共鸣；四是被"曾离婚"这三个字的坦率所感动；五是觉得对方提出的条件，自己完全符合，而对方的条件，自己也很满意。

像他这样的人，当然自己是决未想到会在看征婚启事上去找对象的。可是，有一种好奇心和兴趣感驱使着他：不妨逢场作戏嘛！写一封信去，见见这位女性，看看究竟是怎样一位女编辑？假如启事中所说的都属实，必然是一位条件不错的女性，如果条件都是胡编的，说不定也会是一个短篇小说的题材哩！

在这种心理状态诱引下，他夜里写了一封应征信去，只是没有附照片，只写了一段文字形容了自己的面貌。信上提出希望约定日期见见面，理由是："照片每每容易虚假，看得到脸，看不到脚；看得到外形，看不到内心。何况我们是同乡，见面谈谈不好吗？"

果然，复信来了，一笔娟秀的钢笔字，约定见面的地点很有趣，是在锦江乐园。时间是星期日下午两点，在沪闵路、虹桥西路交界处锦江乐园门口见面，为便于辨识，双方各自手里拿一张当天的《解放日报》。

白林莽带着好奇和兴趣，如约前往。

他决想不到见到的竟是这样一位合乎自己理想的美人。如果说有一见钟情的事，那这就是真正的一见钟情了。

天气还寒冷，她穿着黑色的独具风格的呢大衣，围着淡灰色宽大的羊毛围巾。她身材窈窕，肤色白皙，满头黛云似的黑发起伏多姿，有一种天然的毫无雕饰的美丽。她那秀美的脸庞，表现出一种丰富的感情和品尝不完的意味。见到这样脱俗的女性，白林莽一时竟局促了，手里扬着那张当天的《解放日报》，走上前去："请问贵姓？"他确实还不知她的名字呢，他用成都话问。

对方微笑，用上海话说："我叫晓文！"

他"哎"了一声，原来，来的是晓文，不是她！启事上说，她是晓文的朋友。但，会不会就是晓文自己玩的花样呢？

他忍不住带点失望地也用上海话说："她没有来吗？"

晓文点点头，扬扬手里的游园券，说："票我买好了，进去看看谈谈吧！"她的态度矜持而并无拒人于千里之外的感觉，用眼睛上下打量着白林莽，从感觉上说，白林莽给她的印象一定不错。

白林莽注意到她在打量自己，心里不断琢磨：是她让自己的朋友晓文先来看看我试探试探呢？还是晓文实际就是她自己呢？

不便问。白林莽见她已经买好了票，歉疚地说："呀，我来迟了！我本来应该先到先买好票等着的。都是因为在徐家汇上车时，车又临时抛锚，耽搁了些时间，真对不起。"

　　他说得真诚，她似乎满意，说："一样的！我先来，先买票，同你先来先买票都一样。"

　　两人谈起来了，都是她先问，他回答。从家庭状况到个人爱好，从学历、工作到性格特点，从对现实的看法到未来的理想，从对家乡的记忆到阅读书刊的范围……简直无所不谈。她一再发问，他也像她一样坦诚自然地进行了反问。

　　两人有共同的语言，话多得谈不完。谈得这样的融洽，相处的气氛是这样的和谐，使白林莽吃惊地觉得自己为什么竟有这样幸运的奇特遭遇。

　　白林莽本来是无可无不可地来的，带着猎奇的心理来的。现在，却感到面临的是一个千载难逢的机会了。内心充满喜悦和激动，感到爱情之花在心上开放了。

　　终于，他带点狡猾地问："您的朋友同您是不是一个人呢？"

　　她笑了，说："如果是，怎么样？如果不是，又怎么样？"她的纯朴、明净，犹如蔚蓝广阔的晴空。

　　他也笑了，说："如果是，当然最好。如果不是，我怕那将会'曾经沧海难为水'，使我失望。"

　　她摇摇头，仍旧是微笑，带点哲理性地说："不要轻易就满意或失望。完美的人也许是没有的。"

　　后来，他们准备玩一玩。站在一边看"空战机"进行空战，又看"超级秋千"将游客座舱交叉地抛向三十米以上的高空，旋转的速度每分钟可达十三米。这些游戏，看了也使人惊心动魄。走着走着，走到"单轨缆车"旁了。

　　白林莽问她："您怕吗？敢不敢坐上去玩一玩？"他怕她纤弱的模样

也许不能适应这种玩意儿。

可是，她笑笑，说："试一试吧！"

他俩乘上了"单轨缆车"，轨道远离地面，全长有四百几十米，行驶时须两人齐心协力同时用脚踏。上兜一圈，能把整个乐园的各项游乐设施尽收眼底，大有高瞻远瞩之感。

黎晓文确实是害怕了！他不由得像伸出翅膀护着她似的用健壮的男子的臂膀将她揽住。迅速兜了一圈，下面纠察的哨音响了，两人下来，走到地面上，黎晓文的脸红扑扑的，剧烈的心跳还没有平歇。

黎晓文掠掠黑发，忽然用乡音说："吓死人了！好吓人呀！要我再试一试，我可就胆怯了！"

他觉得她一言一笑都可爱。刚才，在"单轨缆车"上他紧紧揽住她的温暖感还在心头臂弯间未曾消失。经历过刚才"单轨缆车"上惊险的一刹那，他觉得同她的情谊已经深了一层。他已经肯定这"晓文"同那个"她"就是一个人了。

那晚，他俩找了一家供应川菜的饭店吃饭。他点的菜是：麻辣肚丝、棒棒鸡、豆瓣鲫鱼、鱼香肉丝。她说吃不了，坚持着退了一只麻辣肚丝，说："两人吃三只菜，足够了！"却抢着付了钱。白林莽觉得她很朴实，与社会上一般女人不同。

他叫了一瓶啤酒，她不会喝，他就独自饮用了。吃川菜，引起了两人对童年往事和家乡的许多美好的回忆。

后来，谈话间，她笑着说："其实，我早见过你了！"

"是吗？"他诧异地问，"怎么我没有见过您呢？"

她秀气的脸，明亮生动的眼睛，微微翘着的嘴唇，自然鬈曲的黑发，给他一种柔美的感觉："那次北京发奖时，你上台领奖，我见过你。我坐在台下角落里，你在台上，是得奖者，当然看不到我。"

他哈哈笑了，喜欢她的风趣，说："相见恨晚！相见恨晚！那您对我给您写的信上所做的自我介绍，是可以相信的了？"

她点头，说："我还读过你一些作品。人说文如其人，我有点相信，不然，我就不约会你来了！"

他说："你的启事登出后，收到的信不少吧？"

她笑笑，自我嘲讽地说："我很后悔，其实，只是一时心血来潮登了带有玩笑性质的。现在背上包袱了，来了一大堆信和照片。"

"您打算怎么办呢？"

"从我开始后悔的时刻起，我就不再拆阅那些来信了。"

"我给您的信是在那时以前到达的吧？"

她点点头，黑眼睛里有一种异样的神态。

他双手合十做出祈祷的虔诚表情："阿弥陀佛！"

她咯咯地笑了，笑得很开心。

他觉得这真是"无心插柳柳成荫"了，问："明天再见面，好吗？"

出乎意外地，她摇摇头，忽然紧锁双眉，说："你的条件太好了。我在想，我们是否还是就此打住的好。"

他大惑不解："为什么呢？"

"在天平秤上，我也许只有你的重量的二分之一或三分之一，我怕不平衡会使幸福倾斜。"

他激动了："唉，为什么那样想呢？我还怕配不上您呢！何况，爱情是无法用砝码来测定重量的。爱情并不是商品，它不需要用爱情以外的东西来等价交换。爱情历来是互相给予的。只要互相都爱，我用全部的爱情换你的全部的爱情，分量完全相等，如此而已。"

"你对我还不够了解。"

"不，人同人相处有时一辈子互相也不会了解。有时在一刹那间却能非常了解。我觉得，从我同你接触以后，我同你之间心上的灵犀就是相通的。"

她摇摇头，蹙眉说："让我思索一下，我还需要有足够的时间冷静思索。"

"明天给我答复吧!"他说,"不答复也不要紧。我们明天再见见面。"他感到他从未见过这么对他有吸引力的女人。

"不!"她微喟地叹息一声,"我还要考虑考虑。"

后来,分手时,约定下星期天中午在复兴公园见面。他有点怅怅,同她分别后,他伫立街边,看着她远去的背影直到消失,久久不曾移步。回去以后,他给她写了一封求爱的信,写到深夜。

但,谁知,第二天午后,两人竟又见面了!

由丝绸公司、对外贸易总公司举办的日本著名的高级时装设计师川岛一郎时装表演会上,白林莽以一个作家的身份想去见识一下,黎晓文是文化生活杂志《东方瑰宝》月刊编辑的身份去为刊物编发一组四季时装选的。

川岛一郎先生设计的一百六十多件服装,由中日两国模特儿穿着同台表演,其中一部分是根据中国面料的特点设计的东方女性时装,一部分是川岛一郎从参加巴黎时装表演会的时装中挑选出来的。川岛一郎还同上海的时装设计师进行了学术交流,讲授了时装设计的新观念。

那天午后,当时装模特儿正在表演的时候,白林莽蓦然发现黎晓文袅袅婷婷地走来了。黎晓文今天仍旧是素色打扮,寒冷的天气,除了一条牛仔裤外,穿了雪白的滑雪衫,雪白的却尔斯登绒线帽,雪白的兔绒围巾,简直像一个高山滑雪运动员,同那些扭扭捏捏的美丽时装模特儿相比,她显得特别纯洁,特别引人注目,仿佛万花丛中一朵亭亭玉立的白兰花,使人遗憾她怎么竟没有参加时装表演!?

白林莽喜出望外地迎上前去,笑着说:"我真高兴今天就又见到您!"

黎晓文也出乎意外,但看得出她心中的喜悦。她两只美丽的大眼变得光辉熠熠了,点着头说:"啊,想不到你也在!"

他走近她,同她坐在一起,轻声说:"昨夜,我给你写了一封信,很长。今晨寄发的。我想，也许下午您会收到。"

她眼角流露出感动的神情，没有回答什么，也不问什么，岔开话题说："我来，是有任务的。《东方瑰宝》上要发一组川岛一郎先生的时装。"

他摸不透她想些什么，说："我给您写篇短文配合这组时装好吗？写得不好你可以扔进字纸篓。写得好您能看中就用，不必署名。怎么样？我只是想为您出点力。"

她笑了，笑得很开心，学日本电视剧《阿信》中那位阿信的语气，笑着说："请多多关照。"

当天晚上，他俩又在一起吃饭谈心。

那是家扬州馆子，但白林莽特别又点了两个菜要求放上辣椒，说："让我们再吃点家乡味吧！"

他是想用乡情来打动她？

两人谈得很高兴。她觉得他的知识库是如此丰饶。饭后，他要求送她回去。她住的是杂志社的宿舍：南昌路上一条弄堂里三号的二楼亭子间。她没有拒绝他送，到了三号门口，却没有请他上楼去坐。他要求第二天再见面，她仍旧回答："不！过一天再说吧！我还要考虑考虑。"她的眉际飘荡着愁云。

但，第二天，他打电话到她办公室了，问："我的信收到了吗？"

她平静地回答："收到了。"

"观感如何？"

她笑笑，俏皮地说："尚未研究。"

他约她出来吃晚饭，她犹豫了一下还是答应了。那晚，谈到那封信时，她只发表了一点感想："我认为你的情感是真挚的。"但拒绝回答他信上所提出的求爱的问题。

但，谜仍旧是谜。

这样，一天又一天地见面。两人之间的感情更深了，谈话的范围也无限地扩大了。只有一个"禁区"，就是她那启事上的"曾离婚"，包括她过去的爱情生活。她没有说过，他也不敢去触动、询问。

白林莽明白，这是一个十分敏感的"禁区"。作为一个男子汉，应当气度恢宏。只要他真心爱她，他头脑里对这个问题决不计较。也正因为他爱她，他觉得提到这个问题无异是亵渎了她。他宁可回避，他不觉得她那件离婚的事情里会包含着什么损伤他和她的爱情的因素。

有一天，他又再次向她求爱提出结婚的问题时，她依然说要考虑。

他不禁坦率地说："您还要考虑什么呢？您难道还不相信我是这么深地爱着您吗？"

她忽然眼眶湿润了，出乎他意外地说："你知道，我曾经有过不幸的婚史，草率结过婚，后来离了婚……"

他明白她的心迹了，说："这对我来说，不但不成为问题，而且我正愿意用我的爱使你加倍得到幸福。"

她有感激的神色，沉吟了一会，说："你不嫌弃这些？"

他摇摇头，坚定地说："别把我当作世俗的人看吧！我不封建，会对你好的。"

她潸潸地流泪了，稍停，说："你要答应我两个条件。"

"二十个条件我也答应！"他高兴地说，"你快讲吧！"

"我不愿再回想噩梦似的过去。我希望你答应不要向我询问或者追究我过去在这方面的私事。"

"这当然，我一定做得到。"他诚恳地说，"第二个条件呢？"

她说："我告诉过你，我那原来是工程师的父亲在'文革'中死了，剩下母亲跟随妹妹仍住在成都，我每月都要固定给母亲寄钱的。我希望你同意。"

他笑了，说："您看，您把我看成守财奴了！这当然可以，应当给她老人家多寄些，不但用您的名义，该用我们两个人的名义。您的妈妈就是我的妈妈。"他说的确实是真心话，心里想：这算什么条件呢！

又恳求说，"晓文，答应我吧！我要把你引进一个充满爱的世界！"

黎晓文反悲为喜了，笑了起来，心里想：他的嘴好甜呀！可是，看得出来，他说的不是假话。她想：我应当爱一个好心肠的男人……人间那幸福的光环在她头上闪着迷人的光辉。她这时显得特别好看。

两个月以后，白林莽和黎晓文结婚了。采取旅行方式，沿着沪宁路从苏州、无锡到南京，畅游了几天。

他们开始了甜蜜的新婚生活。三个月来，互相都关心爱护。他正努力在完成一部写当代大学生生活和心态的长篇小说《生活的折光》。在被邀请参加了由市委书记主持的文艺创作座谈会后，他觉得自己事业、爱情都春风得意，精神振奋，意气风发，一心想使自己在到几个大学深入生活将近一年的时光里积累的素材和感受倾注在《生活的折光》里，使这部长篇拿出手后，能打得响，成为一部有影响的作品。

为了针对那些泛滥于文学市场上的凶杀、侦破、惊险、言情小说，他想将《生活的折光》写成一部格调高、远离庸俗、情景交融、意境深远，表现美与善，有可读性又使人有阳春白雪之感的纯文学作品。

黎晓文的降临，使白林莽感到灵感像潮水般地涌来，笔头更流畅了，思路更开阔了。他每天都要写作八个小时以上。

可是，现在，白林莽的心乱了！

陪黎晓文从画展上回来，他的心情黯然。看到黎晓文神魂颠倒、怅然不悦的变态表现，他心里像打翻了五味作料瓶，说不出是什么滋味。弄堂里一伙小学生，带着童音，唱电视剧《济公》中的主题歌，唱得没个完，一遍又一遍："鞋儿破，帽儿破……"他的情绪被这种他不喜欢的歌声干扰得更烦恼了。

占据着他头脑的，是一个又一个的问号：名叫江梵的画家，他同晓文是什么关系？当然不会是一般的关系。可以断定那张《望美人兮天一方》的肖像画，画的就是晓文！还有，还有那幅《纯洁》上的半裸的女人也是她！为什么画的是半裸的睡在床上的她呢？啊！画得确实是惟妙惟肖，不但形似，而且神似，尤其那两只美丽的大眼！如果不是亲密逾常、魂牵梦萦中的人物，他能将她画得那么酷肖吗……

是的，她向我介绍了江梵，我感到她的态度和感情极不自然。我并不是封建思想严重的人，并不在乎她和他过去曾有过什么瓜葛。但是，后来那穿红衣的泼辣女人突然出现了，而且当众辱骂她，又是怎么一回事呢？看来，红衣女郎是江梵的妻子！江梵后来连劝带拽地将她拖走了，可是骂声却萦绕在我的耳边。我听得很清楚，骂的是"不要脸！以为我不在这儿吗？"骂的是"别当我傻！我可知道有些不要脸的人会干什么样的不要脸的事……"

红衣女郎为什么敢在大庭广众之间这样羞骂她呢？她为什么不理直气壮地对付那红衣女郎呢？她心虚？……

是的，依晓文的性格，是不会同人家在人丛中吵闹的。她是个有教养的人。可是，她忍受了羞辱，一言不发。从那开始到现在，她也不跟我说一句话，这是为什么？她应该明白：我是这件怪事的全过程的目击者。我的心情，我的烦恼，她应当清楚。那么，为什么她不应该向我解释解释呢？……

也许，她有难言之隐。人有怕被别人知道的隐私，只有遮遮盖盖掩掩饰饰闭口不言……她的隐私究竟是什么事呢？她离过婚，难道就是她同江梵之间曾有过什么纠葛吗？抑或她曾是一个作风不正浪漫无羁的女人……

是的，婚前我答应过她条件。当她提出"我不愿再回想那噩梦似的过去。我希望你答应不要向我询问或者追究我过去在这方面的私事。"我答应她："这我一定做得到！"只是，她过去在这方面的事，是些什么见不得人的事呢？我同她结婚了，感情如此亲密，难道她不应当像个透明体似的将一切都告诉给我知道吗？难道她还有必要神秘地保留着某些肮脏的包袱不打开来吗……

正因为我爱她，我应该完完全全无保留地了解她，她也应该无保留地全盘让我了解。尤其是她的隐私，她可以不向别人说，不被别人知道，却应该向我说，必须让我知道。谁如果说，爱情不是一种自私的行为，是违心之论。这类问题上，她不把她的心连同她的隐私一起交给我，怎么可以得出结论说她是真正的全心全意地爱着我呢⋯⋯

白林莽想着，想着，钻进了牛角尖。越想越觉得自己有理，越想越觉得不是滋味，越想越觉得烦躁不安。

白林莽将手里拿着的那本《望族》往桌上一放，回过头来，想对黎晓文说些什么，转念间，主意又变了。他想：何必我先开口呢？应当先开口的是她，不是我。我应当耐心等待⋯⋯

这样想着时，白林莽决定不说什么了。他明白黎晓文并没有睡着，他也无从猜测黎晓文心中想的是些什么。他有意重重地叹了一口气，目的是让黎晓文听到，好催促黎晓文先开口向他倾诉些什么。接着，他走到放录音机的床头柜旁边，取出一盒录音带来，开了录音机。

录音带是他自己新录的欧洲流行乐坛的冰岛"乐天者"乐团演出的民歌和流行曲。这个乐团前些天在上海举行音乐会，演出了欧洲、北美一些国家的优秀改编民歌和热情奔放的流行曲。在轰动一时的音乐片《凉爽的爵士和可可豆》中扮演女主角的首席女歌星拉佳和男中音歌星奥拉夫的演唱，深深感染了观众。黎晓文和白林莽都喜欢这些演唱，所以录了下来，现在白林莽放这录音带，是表示对黎晓文的爱抚和安慰。他希望音乐和歌声会促使她情绪好些，然后开口同他说些什么。

音乐美好的旋律回荡在卧室里，可是黎晓文仍旧静静、默默地躺着，一动也不动，一声也不吭⋯⋯

第三章

　　六月上旬，夜里不冷不热。白林莽、黎晓文结婚三个月来，还是第一夜如此不冷不热，疏远而有距离，没有吻，没有拥抱，没有笑声，没有甜蜜的话语，没有缠绵的情意。

　　半夜时分，辗转反侧的白林莽忍不住了，终于先开口了："晓文，你睡着了吗？"

　　黎晓文淡淡地应了一声："没有。"

　　白林莽说："晓文，告诉我，白天在画展大厅里发生的是怎么一回事？"

　　黎晓文没有回答，只是轻轻地叹了一口气，她觉得讲不清也不想讲清。

　　白林莽有点生气了，说："你认识那个画家？"

　　"唔！"黎晓文答应了一声，声音里似乎说：这还需要回答吗？

　　"他那张《望美人兮天一方》和另一张《纯洁》都是用你做的模特儿？"

　　"你问这些做什么？"黎晓文反问。她不喜欢白林莽这样追问，也不喜欢他的语气。

　　白林莽更生气了："我怎么不能问呢？你应当明白，现在，你是我的妻子呀！"

　　"可是你曾经答应过我，我不愿再回想那噩梦似的过去。我希望你不要向我询问或者追究我过去在这方面的私事。"黎晓文的语气也显得生硬。

白林莽语塞了，心有不甘地说："是的，我答应过。可是……"他觉得有许多理由可说，却又忽然不想说了，气得背转身去侧睡，用脊背对着黎晓文。

黑暗中，两人都睁着眼，谁也看不清谁的表情，但都听得到对方的呼吸。他不满意她竟这样薄情，这样不懂得他的心意。她也不满意他言而无信。在她心上，创伤重新被人揭去痂盖时竟不加安慰反要查询。

这是两人婚后第一次不和，表面看来并未吵闹，实际在内心却迸发、喷溅着剧烈的冲突的火花。

僵持到天明，白林莽早早起床后，叹着气摊开稿纸想爬格子，拿起笔来却毫无情绪，笔头凝滞得几乎一句文学语言也写不出。

然后，黎晓文起床了，漱洗后，像往常一样地办两个人的早点。

白林莽发现黎晓文的眼圈是红的。夜里，她一定偷偷哭泣过了。她调奶粉冲牛奶，发现开水瓶里昨夜没有准备下沸水，就去点煤气煮开水，从冰箱里拿出面包圈和饼干来。

白林莽心软了，准备再试一试，说："晓文，你觉得我爱不爱你？"

黎晓文没有回答。她在大穿衣镜前笑着梳头。那一头长长的如黛的黑发，绾成S形，梳成一个髻放在脑后，天热，梳这种发型凉爽。她还年轻，这种发髻一般是上了年岁的人梳的。可是正因为她年轻，梳了个"老气"的发型，反倒格外标致，格外楚楚动人了。她听了白林莽的问话后，稍停，点了点头，意思是：你是爱我的，我知道。

白林莽得到了她这样的回答，说："是呀，晓文！不要对我隐瞒什么事吧！只要告诉我，什么我都可以原谅你……"

他想不到，话未说完，就被黎晓文打断了。黎晓文放下手里的梳子，打断他的话说："林莽，我不爱听你这样说！倘若我认为必要，会告诉你的，倘若我不告诉你，我不喜欢你逼我告诉你，我不需要任何人原谅我什么，更没有什么事需要人原谅。婚前我就说清楚了的，你应当了解我，也了解我的个性。"

说这话时，她的神情语气都是严肃的，有一种凛凛然不可侵犯的态度，脸色因为激动白里透红。眼睛里明晃晃的像涌满了泪水。

白林莽再一次地失望了。他懂得她的个性，勉强是无用的。他确实从心底里爱她。他一时也说不明白他爱她的是什么。反正，无论外貌，无论谈吐，无论见解，甚至她的倔强的性格，这一切的一切，他都觉得合他的胃口。有了她一同生活，像菜里有了盐和味精。他喜欢她，即使这中间有一些盲目性，他也不愿失去她。如果说有不满，就是她现在不肯将自己的隐私坦白告诉他，造成了他感情痛苦的一个强烈悬念。她为什么要这样呢？他认为她确实是爱他的。既爱我又不肯对我坦率，这就是不可理解又不可谅解的了。但，能用生硬的方法取得她的坦率吗？看到她严肃的眼神，他只好暂时退步了。

他佯作写稿，埋下头去，用笔在稿纸上慢慢地一个字一个字地写，缓慢而艰难，自我安慰地在心里想：她不会是一个坏女人的！她决不会像红衣女郎讲的是什么"不要脸"的人。从我同她的相处来看，她不可能是那种人。你有什么必要自己这样烦恼自己……

这样想时，他略为感到轻松了一些。

黎晓文叫他吃早点，说："喝牛奶吧！"她按照每天他的习惯，将美国麦氏速溶咖啡舀了一茶匙加在牛奶里给他提神。这咖啡是一次他们从电视上看到了广告，白林莽说："这咖啡倒可以尝尝。"第二天，她下班就给他买了带回来的。他喜欢喝，说味道不错。

现在，白林莽应了一声"好！"过来，同她一起吃了早点，又像往常似的看着她将一只托人从深圳带回来的鳄鱼皮挂包背在肩上，走出房去，轻轻关上了门。听着她的脚步声在楼梯上消失，一切都同平时差不多。只是，她没有说话，没有告别的微笑，没有眼波的依恋。

在她走后，白林莽又趴到写字桌上想爬格子，心里更乱纷纷了。

黎晓文的事仍旧困扰着白林莽，使他心里像大雷雨前的闷热而无法排遣的夏夜，难受得异常。他不能不想到那张半裸的睡美人取名为《纯洁》的油画。不能不想到那长头发美俊的画家江梵，不能不想到那高声诟骂气势凌人而又蛮横尖酸的红衣女郎的面部表情……更伤心和难以忍受的是黎晓文从昨天下午到现在离他而去的隔膜与冷淡……

他不但无法将《生活的折光》继续写下去，而且觉得已经写好的几章完全不能要，都写得太平、太俗、太浅，也太实了！"实"，是他写东西最大的毛病。一切含蓄的、抽象的美，启示性的哲理，富于想象的余地，都被他的"实"毁得干干净净。艺术和美是最忌讳这种"实"的。它将一切人们可以利用神思驰骋的天地都堵死了，将一切"触一发而知全身"和"一滴水能反映海洋"的技巧都摒弃了。他想写些使人看得懂而又想不透的东西，但心里纠缠的全是男人和女人之间的庸俗纠葛，好像老听到那个红衣女郎的声音在骂："不要脸！不要脸……"

啊，实际生活和要写的东西之间距离何其远呀！他怎么写得出好的篇章呢？于是，他深深陷入苦恼中了。

他泡了一杯浓茶。头脑里总摆脱不了黎晓文的事。手里的钢笔在稿纸上吐不出墨水来。

他忽然想起了英国大数学家、著名哲学家罗素讲过的那个剃头匠的故事来了：

某山村的一个剃头匠宣布：只给那些不给自己刮胡子的人刮胡子。试问，这位剃头匠给不给自己刮胡子？倘若他给自己刮胡子，他便违背了自己的诺言；倘若他不给自己刮胡子，那他就应该给自己刮胡子。总之，无论怎样作答，都要陷入自相矛盾。这就是罗素提出的蜚声逻辑史上的"剃头匠悖论"。白林莽是深深陷入自己的"悖论"中了！

他答应过黎晓文的条件：不向她询问或者追究她过去在这方面的事情。他不能违背自己的诺言。可是他又不能不像那个剃头匠需要给自己刮胡子似的询问或追究这方面的问题。

他怎么能不深陷在痛苦的矛盾中？他怎么能静得下心来创作？

这样痛苦地自己煎熬着自己，毫无灵感地在写字桌前吸了一支烟，又憋了一个多小时，稿纸还是空白的。白林莽终于决定停笔不写了。他有了一个新的想法：一定要弄清楚黎晓文那不肯揭露出来的隐私是怎么回事。倘若她自己坚决不讲，我也不是不可以设法弄清楚的。这一个秘密所造成的谜，悬念是如此强烈，使他感到倘若不弄清楚这个谜，自己就无法安心工作了！他是个做事情历来有恒心和信心的人，一件事每每喜欢想了就做，说到就做到！

他突然感到：我要用秘密对待秘密！你黎晓文匿藏着秘密不肯讲，我白林莽就用秘密调查来弄清你的甲乙丙丁！

此时此刻，他感到这是一着妙棋，一着使自己摆脱"悖论"的妙棋。至于这会引起什么后果，他想不到也没有去想。他觉得：我只是为了爱她，而且也是为了使她爱我，才这样做的。合乎人情之常！

白林莽起身，用冷水洗了一把脸，给自己在汗衫外面加上一件短袖的白色T恤衫，决定去窥探、调查黎晓文的秘密。

到哪里去呢？

白林莽决定到昨天下午看画展的地方去，在那里，他要仔细再看看那两幅画，然后，他要找到画家江梵，像个男子汉似的同他谈一谈。

倘若，能遇到那个红衣女郎，就更好。也要找她谈一谈。红衣女郎如果不在，可以打听江梵家里的地址，然后去找她。

白林莽意会到：如果黎晓文知道我在这样做，也许是会不高兴的。但我可以秘密进行嘛！她不会知道的！神不知鬼不觉，就可以把秘密窥探到手的！悬念这样强烈，他不能克制自己不选择这样的手段。

外边，天阴欲雨，倒还比较凉爽。他搭乘了一站电车，又走了一段路程，到了文化广场，买了一张"青年画家四人展"的参观券，迈步走进画厅去，径直走到了摆设江梵作品的部分。首先触入眼帘的就又是那张《望美人兮天一方》的肖像油画了！

　　江梵确实在这幅肖像画上将黎晓文的美集中在一身了，使她的形象更富有生气更华美了。色调是如此和谐，使人看了赏心悦目。人物的表情是有性格的。从眼神到嘴角的线条，都透露出黎晓文特有的那种柔中有刚的性格。手，白皙细嫩的肌肤，透明而富于弹性和质感……

　　为什么用《望美人兮天一方》这样一个画名呢！难道不是说明他对她依然怀着情愫因失去她而怅惘吗？

　　白林莽张眼四望，想看看江梵在不在，但是不巧得很，江梵的影子也看不到。白林莽又移步踱到《纯洁》那幅巨画前面来了。

　　上午，参观画展的人不多，但仅有的一些参观者中，被吸引在《纯洁》画前的仍有四五人。白林莽感到：画上的美人确实也画的无疑是黎晓文。这样的画高低之分在于是庸俗还是高雅。眼前的画如果不能切题，不是给人纯洁之感就失败了！可是画上是给人庄重的美感的。半裸的美人并不会使人产生丝毫的邪念。只在富有感染力的白色氛围中给人以玉洁冰清般的纯洁印象。

　　白林莽在黎晓文身上所发现的美，在这幅画上有了惊人的表现。他不禁想：倘若江梵不是深爱着黎晓文的话，他是无论如何画不出这样动人的画来的。给这幅画起名《纯洁》是什么意思呢？显然，在江梵心目中，黎晓文是纯洁的。要不然，江梵不可能将她画得这样纯洁呀！

　　从两幅画的题名：《望美人兮天一方》到《纯洁》，白林莽忽然有了一种新的解悟：看来，黎晓文同江梵之间并没有什么"不要脸"的行为。不然，画家是不会想出这样两个画名来的。作为一个作家，他觉得自己善于透过表象观察人们的内心活动。这种揣测是不会错的。可是，为什么红衣女郎要那么诟骂呢？为什么黎晓文要如此隐讳地不肯解释又怕人提及呢？难道清白的人会这样吗？真是神秘的谜呀！这促使他又决定按照原来的决定往下走了。

白林莽将江梵的画展全部匆匆浏览一遍，仍没有见到江梵的影子，使他失望。他决定找画展的工作人员打听江梵的住址。

一个戴眼镜的穿银灰衬衫的瘦高个子，约莫三十岁，是画展四位画家中的一个。正陪同两个教授模样的人参观。白林莽冒昧地跑上去向他打听江梵的住址。这人拿起笔来在白林莽的小本子上龙飞凤舞地写下了地址，说："离这里不远！转个弯就到。他一会儿肯定要来的！"

白林莽谢了他，跨步走出画展厅。他不想等江梵来，心里想：我就做一次家庭拜访有何不可？他像找矿者恨不得马上发现蕴藏丰富的矿层，不愿多耽搁时间，宁可快步马上到江梵家去。

走出画展厅，外边已经下起了霏霏细雨。马路上湿漉漉的那些日本进口的载重车、面包车和轿车驶过，车胎发出嗤嗤的溅水声。

白林莽后悔出来时太匆忙，忘了带把雨伞。昨晚因为黎晓文的沉默，他连每天固定的电视气象预报节目也没有看，不知道今天要下雨。他本来犹豫了一下，想在画展厅里等一等，心里又想：还是去吧！下雨天，倒也好。他们不会出去。就按照小本子上的地址冒着雨向永嘉路跑去。

他找到江梵的住处了。门沿着街，江梵家在三楼上。

白林莽揿了一下门口那个注明"三楼"的电铃，看到三楼临街的窗"啪"地开了，露出一个梳花瓶头的年轻女人的头来。

白林莽淋着细雨仰脸认出，就是昨天下午骂人的红衣女郎。

楼上的问话声传来："谁呀？"

白林莽淋着雨仰脸回答："我！"

其实问和答都是多余的。问话的人并不认识答话的人，答话的人也未讲清自己是谁。但，经过一问一答，楼上的窗"乒"地关上了。看来，女人下楼来开门了。

一会儿，门果然开了。昨天那个泼辣的红衣女郎出现在门口，上下打量着他，露出似乎不认识而且带着警惕的陌生眼光。她今天穿的是一件浅蓝花条纹睡衣式的连裙衫。上海的女人夏天时在家里为了图凉爽许多人都爱穿这种连裙衫的。

白林莽取出一张名片递过去，说："我叫白林莽，我是为黎晓文的事来拜访的。"

一说黎晓文的名字，对方似乎立刻明白了，态度变得客气起来，看着名片，说："啊，我知道！我知道！你是黎晓文新结婚的……是不是？"见白林莽点头，又说，"请上楼坐坐吧！我叫田虹，江梵是我爱人。"

白林莽跟着田虹上了三楼，到了一间类似画家工作室的客堂间里，就像又走进了一个窄小的画厅。这里，墙壁上，地上，一层层地挂着、放着、叠着油画和画框、画架以及涂满各种油彩的画布，散发出一种画室里特有的颜料加木头等混合的气息。

这间屋里的画，也许是参加画展挑剩的作品，有的是未完成的画，有的也许是画家早期习作，使人眼花缭乱，目迷五色。在这里，看不到画展上画家那种娴熟的技巧和精心绘成的杰作。

白林莽在一只藤椅上坐下，问："你爱人他不在家？"

田虹应了一声："他出去了！"说，"我给你冲杯冰橘子水。"

白林莽刚要说："不要客气……"但田虹已经忙着去到隔壁房里冲橘子汁了。一会儿，端着一只装冰橘汁的玻璃杯来，递到白林莽手里。

田虹陪白林莽在对面一只藤椅上坐下，说："我人不舒服，今天上午请假了，下午得去上班。"那意思是催白林莽有事情快说。

白林莽问："你在哪里工作？"

田虹笑笑："原来跟黎晓文、江梵我们都是一个单位的，都在出版社。难道她没跟你说过？"

白林莽点点头："她说过。"

其实，黎晓文虽然说过，却从来没有提到过江梵和田虹。她只是轻描淡写中偶然提到过："我过去大学毕业后，先在广播电台工作，后来到出版社里做编辑，再后来，离开了出版社，到了杂志社。"

　　白林莽从田虹的表情和语气中，似乎能察觉到田虹对黎晓文的敌意，心里想：了解情况，应当兼听嘛，问："昨天，你见到黎晓文时，说那些话，可以告诉我是什么意思吗？"

　　田虹忽然咯咯笑了，笑得是虚假的，突然问："可以让我先问一问你来的用意是什么吗？是要找我算账？还是想了解尊夫人过去的情况？"

　　白林莽坦率地说："不不不，请不要误会。我决不是来算账的。我只是想了解一下，为什么昨天会发生那样的事？你知道，她回去后很难过呢。我觉得，应当了解一下实情。"

　　"昨天你不是也在场吗？我好像看到过你。"

　　"在场的。"

　　田虹又笑了，显得为难地笑笑，说："啊呀，这我能说些什么呢？现在，加强法制教育，大家都在学法律，说话可是要负责的呀！"她那态度是非常了解内情，只是不肯说的样子。

　　白林莽解释说："请不要有顾虑，我只是想了解一下我自己的妻子。不会连累别人的。"

　　田虹那张挺漂亮但是略带几分俗气和心计的脸上掠过一阵牵强的笑意。她脸上薄施粉底，涂着淡淡的口红，两只眼睛灵活得有点狡诘，说："唉，其实，这些事也不是我一人知道，你也不必一定找我来打听，你可以去找别人嘛。我是不能当你的面把你妻子的丑闻如实说出来的，那是不道德的。"

　　白林莽更舍不得放弃机会了，说："别处我再去，我想先听听你的，你说了我也不要你承担什么责任的。"

　　田虹摇摇头："反正，男女之间的事，你是作家——"她看到白林莽那张名片上在"白林莽"的名字下方括弧里有介绍身份的"作家"二字，所以这么说，"应当比谁都了解！有些事是不便说出口或摆到桌面上来的!"

白林莽掏出香烟来抽。他很少吸烟，除非写作时遇到了困难或心情不好才吸上一支。这时，他默默点上了火，喷出了蓝色的烟圈，尽量使自己安静地听着田虹叙述。

田虹忽然说："啊，请原谅。黎晓文的事我不能谈。我只能简简单单将一个坏女人的故事勾个轮廓、打个草图让你知道……"

想不到面前这个女人竟有这样的本领。为了怕负法律责任呢？还是要使她的表达更有魔力？她竟用了这样技巧的手法，用讲"一个坏女人的故事"为幌子，实际讲的是黎晓文的事情，来刺激黎晓文的丈夫。

白林莽被迫就范了，只好点头说："好好好，请讲吧！请讲吧！"

田虹微微笑起来，是一种苦笑，先叹一口气，说："有一个女的，大学毕业，才貌都有，就是心术不正，作风恶劣。她到了一个出版社工作，结识了一个女伴。这个女伴对她好得无微不至。可是，她却恩将仇报。女伴有个对象，是个画家，她见这画家很有才华，存心想夺走这个女伴的对象。由于她的无耻的勾引，请注意，是无耻的勾引，几乎酿成她女伴的悲剧。但结果，也几乎使她自己身败名裂。后来，画家同她的女伴结婚了，但由于她的继续勾引——我不是说过了吗？她是有才有貌的，条件不差，始终威胁着女伴家庭的和睦。她实在是不要脸的……"

白林莽沉重地叹了一口气，感到嘴里的香烟味道苦涩，揿灭了半截香烟，他不能相信黎晓文是这样的女人，却又觉得田虹说话时的态度是真诚的。

田虹继续说："我可以给你看一样证物……你等一等！"说着，她突然快步走到隔壁卧室里去了。一会儿，过来了，手里拿着一张照片，说："看看吧！这是画家结婚后同她的合影。"

白林莽看到的是黎晓文和江梵的合影。只不过，那时的黎晓文显得更年轻美丽；那时的江梵头发没有现在长，穿的是中山装，不是西服。他俩并肩站在枝条披垂的柳树下，态度亲切而神采飞扬。

白林莽黯然，没有作声。

像发射一颗子弹击中了靶心，田虹将照片收回，捏在手中，说："你看，我并不是要告诉你黎晓文的事，这张照片你就当没有看到算了！我给你讲的是一个不要脸的坏女人的故事，与尊夫人无关。你愿不愿意再往下听？"

欲罢难休。白林莽太佩服面前这个女人的"手腕"了！这个女人，就凭她这种讲故事的方式，就说明她不是等闲之辈。她是工于心计的。她这样的讲法，既可以不负法律责任，又可以随心所欲，既使你听了难受，又使你不能不想继续听下去以窥全豹。

白林莽只好像被她牵住鼻子似的说："请讲吧！请讲吧！……"

田虹忽然叹了一口气："她那女伴的家庭，由于她的原因，常常发生口角与纠纷。画家为她画过一幅半裸的模特儿画。假说是凭想象画的。实际呢？鬼才相信！不要脸的人就是能干出不要脸的事来的嘛！"

白林莽感到痛苦。这种痛苦的感情很复杂，想不尽，也说不出。

田虹突然又神经质地笑笑："不过，作风坏的女人总是要有报应的。她忽然同时又勾引出版社的一个编辑，并且闪电式的结了婚。结婚快，哈哈，离婚也快。人家嫌弃这种品行恶劣的女人。结婚不到三个月，就分手了！于是，这个女人更加臭不可闻。只好离开出版社，调到一个杂志编辑部去了。"

白林莽心里既不想完全相信田虹的话，他从观察田虹的表情并审度田虹的叙述来说，觉得面前这个不寻常的女人，很可能有发泄私愤、添油加酱的行为。可是，又不能完全不相信田虹的故事，这故事似乎也不像是凭空杜撰的。要不然，江梵和黎晓文在画展相遇，怎么会点头说话，怎么会那么不自然？田虹怎么会当众破口大骂？江梵的作品中怎么会有《望美人兮天一方》和《纯洁》的出现？黎晓文怎么会有曾经离婚的经历？黎晓文又怎么会抱着隐私不放一言不发……

正因为这样，白林莽听完田虹的"故事"，心里像翻江倒海似的极不好受，简直不知说些什么好了。

田虹端详着白林莽的眼睛，善于掌握人心理状态地说："好了好了，你看我说得这么多，够了吧？其实，有些丑事是说不出口的，只好不说。而且，我何必说这么多呢！我是不该说的。说这些，我心里是不痛快的。我该让你去找出版社里的别人去谈。别人谈了，也许会更使你觉得客观公正些。"

白林莽忽然问："你能告诉我，黎晓文后来同出版社的编辑结了婚又离了婚，那个编辑叫什么名字？"

田虹摇头又摆手，说："啊，我可得再声明一句。我刚才讲的故事仅仅是故事。它与你的夫人黎晓文不是一码事。可不能混淆！我不想惹上什么麻烦。现在，有些人动不动就可以控告人家诬陷、诽谤什么的。所以，关于尊夫人的事，我是不愿谈也不敢谈的。我不想把虱子往头上抓。不过，你问到黎晓文结婚和离婚的那个人的名字，我倒是没有理由不告诉你的。他名叫牟远！上海人！在出版社一编室做编辑，你可以找他谈谈。那是个老实正派的男人。"

白林莽在小本子上记下了"牟远"的名字，点点头。

田虹不咸不淡似有意又似无意地说："牟远离婚后有一次对我说过：'是我不要她的！这种女人！……'他这是什么意思，我也没多问。其实，你的夫人因为长得漂亮，当作一瓶花摆在房里看看还是蛮舒服的。再说，我初认识她的时候，对她印象不错，她很会讨人喜欢的。"

她这是什么意思？怎么又夸起黎晓文来了？白林莽揣摩不清，但又体味出用意来了，是大骂小帮忙呀！看来是"夸"，实际是"贬"呀！

田虹好像不想多说什么了，闭上了嘴，说："就谈到这里吧！好不好？你的夫人的事你应当叫她自己对你说。当然，说真话总是很难的。但我看，你是应该有权这样做的。我还要烧菜、吃中饭。下午要上班的。其实，热心人招来是非多。我刚才说了那些话都是不必说的。"说着，她站起身来。

像是下逐客令了，白林莽也站起身来。

田虹突然说："慢！我把牟远的电话号码告诉你。他的电话号码是313811。你不妨同他联系联系，听他谈谈。"

白林莽拿钢笔在记事本上记下了电话号码。然后，向田虹告辞。

走到外边，雨仍在淅淅沥沥地下。白林莽淋着细雨走在街边，他心事浩茫，情绪低沉。如果说来时心里的苦闷与烦恼是一百公斤的话，现在足足有一千公斤了！

对于黎晓文，在白林莽印象中，本来像一朵洁白的荷花，虽有不幸的婚史，出污泥而不染。被田虹一说，却像用许多污泥和脏水洒遍了花心、花瓣，将一朵洁白的荷花彻底毁坏了。

他痛心于心中爱物的被毁，又不能不相信这些泥浊水的存在，他痛苦得难以自拔了。应该怎么办呢？

时间对于他，是这样的宝贵。他在过去许多年里，从来不肯把时间浪费在任何无聊的不出成果的事上。他不逛马路，不打扑克，不下棋，不看不值得去看的电影戏剧和书籍，衣服、被褥尽量保持整洁以求少洗，吃饭力求简单以求节约精力。甚至本来在恋爱问题上都怕去花费时间。为的是拿出时间来，全身心地放在创作上。可是现在，他却不能安心写作了，拿起笔来，由于心里苦闷烦躁感到力不从心了。头脑里摆脱不开的尽是难以形容的懊丧和不快了，怎么办呢？

白林莽本来以为，经过调查了解，很快会使心灵平静下来，很快会使问题明朗化，很快会使自己的情绪恢复正常。何曾想到：仅仅刚开始进行调查，仅仅或明或暗地窥视了一下黎晓文的"隐私"，就使自己像陷入了一个难以自拔的大泥潭。

烦恼加剧了！苦痛加深了！问题似乎变得更复杂了！心头上的七情六欲五光十色和各种味感变得更复杂得难以表述了。他不知自己这样做，是对还是错？是得还是失？是应该还是不应该？是聪明还是愚蠢……

白林莽丧魂落魄地向回家的路上走。

前前后后的人有男有女有老有少，他一时都好像不在眼里，迎面碰到一个熟人，好像是在海关工作的，同他打招呼，他也没有回礼。直到人家走过去了，他才感觉到。

他头脑里充满了比来时更多更大的问号。耳边回荡着田虹牵强的笑声和尖刻而有技巧的话声。眼前出现着田虹做作的表情和狡谲的目光。怎么样也摆脱不了。

白林莽心里明白：我是跌入感情折磨的深渊中了。有无危险？能否挽救？是否值得？一切都仿佛在不可知之中。

前些天，他同黎晓文夜间一同欣赏过一些朦胧诗，她说她喜欢，他说他不喜欢，她说她懂，他说他不懂，有那么一首很容易记得的小诗：

> 两个自由的水泡
> 从梦海深处升起……
>
> 朦朦胧胧的银雾
> 在微风中散去
>
> 我像孩子一样
> 紧拉住渐渐模糊的你
>
> 徒劳地要把泡影
> 带回现实的陆地

当时，他确实领略不了诗的意境与内涵，此刻，不知怎么的，他忽然想到了这首小诗，而且感到凭自己现在的感情能理解了。

难道刚获得的爱情将成为泡影？难道虚幻的遭逢正如泡影……

白林莽神情恍惚，意态消沉地在雨中踉跄走着。

第四章

　　黎晓文估计到在自己同白林莽之间会有一场不快，但想不到不快会这样严重。

　　她为自己想得多，为白林莽想得少。

　　她只觉得那些已经过去了的不幸的遭遇，已经折磨得自己够痛心的了，她不愿再被往事折腾。她觉得既然我同你白林莽已经结婚了，而且如此幸福，一些早已过去的事情总有一天可以慢慢说清弄清。你应当相信我对你的爱和真诚！如果连一点起码的信任都没有，那怎能谈得到什么爱和永久的幸福？

　　她觉得既然婚前有言在先，你答应不去触及我那些痛心的往事，你就应该像个男子汉大丈夫言而有信。她不喜欢一个男子汉敏感多疑，气量狭窄，听了风就是雨，自我寻找烦恼。那样是自私的、没出息的男人。正因为黎晓文觉得自己清白，更不喜欢白林莽早晨那种质询的语气和目光。

　　由于这样一些想法，黎晓文认为白林莽正确的做法是如约不去追问往事，而且尽量抚慰，表现得宽宏大量，使她在他的爱情中疗愈伤痛。那么，她也许会主动扑在他的怀中，哭泣着，将一切伤心的往事都告诉他，承认他确实是她真正理想的爱人，值得她为他献出全部永恒的忠贞爱情。

　　可是，她没有料到，白林莽也正是为自己想得多，为她想得少。

两人的想法不同，招致了两人的做法不同，各人沿着自己的轨道行驶，情感上未能相聚，反倒离得越来越远了。

　　黎晓文整天忙于处理稿件，又接待了一位作者谈一篇稿件的修改问题。埋头在工作中，她的情绪倒好了不少。

　　她中午照例是在杂志社附近的一家小食店里吃饭。晚上回家前，心里琢磨：不知林莽现在怎样了？其实，我就是把我同江梵、田虹之间的往事连同与牟远离婚的事立刻都告诉他也没什么。不过，他又何必为这么一件事就表现得那么不耐烦那么不能容忍呢？到底双方的了解还是很不够呀！到底他对我的信任还是很不够呀！其实，我对他总的来说是很满意的。他应当了解我是如此地爱他。那么，他为什么对昨天偶尔发生的这样一件事就耿耿于怀呢？为什么先是保持缄默接着在今天早晨就会盘根究底地诘问呢！

　　无论如何，那种诘问总是怀疑、不信任的表示，也不是爱得深爱得真的表示吧！

　　她觉得自尊心也受到了伤害，她不想可怜巴巴地向白林莽倾诉什么了！一种女性特有的自尊心促使她不愿做任何低声下气的事，她宁可保持住自己的清高、孤傲，甚至宁可被人误解。她想看看白林莽的耐心、气量与风格。她不认为白林莽不应该有缺点，但她不喜欢男人有这方面的缺点。

　　正因如此，她在婚前犹豫过、彷徨过、踌躇过。然后，提出了条件，"君子一诺"，她不允许白林莽褊狭得言而无信。她在强自平复自己重新受到的伤害后，抱着一种主观上认为白林莽不会过于计较的想法回家来，心想：早晨，他的脸色和语气是令人难堪的。经过整整一天，该转变了吧？昨天的事，他该已经抛开了吧？对我的信任应该恢复了吧……

　　这样，在回家的路上，她像往常一样地从菜场上买了些盆菜带回家去，准备晚上好好地给白林莽做顿饭吃。

她踩着湿漉漉雨后未干的地面，裤脚管上溅满了星星点点的泥浆，回到家里已是傍晚。

进了门，见电灯未开，看到的是坐在藤椅上的白林莽那阴云密布的面孔。那憔悴难看的脸色比早晨厉害得多。她心里立刻一沉，一种她在与牟远结婚后对男人所产生的反感顿时涌上心头。

像牟远那样可恶的男人，结婚前是不露真形的，结婚后就什么丑恶的灵魂都暴露出来了！白林莽啊白林莽，难道你也是牟远那样一类的男人？

黎晓文本来的打算改变了！她本来想：如果回到家里，看到的是白林莽热情的笑脸。那么，她会办一顿丰盛可口的晚餐，两人会有一个愉快甜蜜的夜晚。

可是现在，白林莽不快的脸色昭示了一种不幸。她那本来松弛含笑的脸色不能不紧张严肃起来。她收敛了笑容，想讲的话也不再讲了。挂好了鳄鱼皮提包，将盆菜放进冰箱，她去盥洗间洗手，换掉脏了的长裤和湿了的皮鞋。

换鞋时，她忽然觉得自己不办饭是不对的。无论如何，饭总是要吃的嘛！她也觉得白林莽平日是可爱的，不理不睬他也是不对的。因此，又改变了主意，在盥洗室里对着外面说："你今天写了多少字？"

平时，黎晓文回来，常常是这样问白林莽的。如果她不问，白林莽有时也会主动得意地告诉她："我今天写了多少字，你猜？哈哈，不多不少写了八千字！"他那得意的表情，有时会像一个考了一百分的孩子。

谁知，今天不同，白林莽竟没有回答，碰了他一个钉子。

黎晓文不作声了，有些伤心，不想再说话，去冰箱里拿出盆菜，进厨房里去炒，又拿了三个鸡蛋打算将昨天中午煮好剩下的米饭炒成蛋炒饭，再做一只虾米榨菜汤。

进进出出时，她悄悄觑着白林莽，只见他皱着眉，低着头，似乎满腹心事在思索什么。

床上的被子是乱的，看来下午他睡过午觉。黎晓文心头不好受。昨天下午，遇到江梵和田虹时，那件不愉快的事触动着心上的伤疤，使她心情抑郁起来。但她心肠软，蓦然觉得昨天的事主要应该怪田虹无理取闹，确实也有使白林莽不愉快的理由，不妨再作点让步，搭讪地又找话说："中午，你又吃的方便面吗？"

白林莽"嗯"了一声，算是答应了，仍没有说话。

黎晓文闭上了嘴，下定决心再不开口找白林莽说话了，一门心思地炒菜、办饭、做汤。一会儿，将饭菜和汤碗端到小圆桌上，冷冷地招呼了一声，说："吃饭！"

这下，白林莽倒是从藤椅上起身了，走近圆桌坐了下来，拿起筷子吃饭，又忽然停筷，用相当严肃的口气说："晓文，我认为你对我应当坦率些，真诚些。"

黎晓文明白了：在白林莽的心里，怀疑敏感的毒汁正在起作用，封建思想的残渣也正在浮起。她淡淡地回答说："怎么？你对我有怀疑？不信任？"她味同嚼蜡似的嚼着碗里的蛋炒饭。

白林莽脸有愠色地说："也许，正是因为你对我不坦率、不真诚，所以，会造成我的怀疑和不信任。其实，昨天下午的事情发生以后，你是应当主动开口同我谈的。"他憋了一天，越想上午的田虹谈话的事越气恼。终于，忍不住破口而出了。

黎晓文听了这样的话感到刺耳，抬起头来，还嘴说："你应当知道！我不喜欢怀疑和不信任我的男人！你答应过我不过问我的一些往事的嘛！你的诺言难道不算数了？"

白林莽针锋相对："如果襟怀坦白，有什么隐私不能对人说的呢？尤其是对自己的爱人，不肯说，不愿说，不让人过问，不是怕见不得人又为了什么？我觉得你不应当辜负我对你的爱！"

话的分量很重，使黎晓文几乎承受不了。她头里很乱，放下筷子，不想吃了，辛酸地说："有些事，并不影响你，也不影响任何人。不想讲，是一种做人的自由。如果连这种自由都没有，我办不到。"

白林莽更加气恼，反驳说："怎么能说不影响我，也不影响任何人呢？别以为，有些事隐瞒会持久的。纸包不住火，我也不是什么都不知道。"他也放下了筷子。

黎晓文静静品味着白林莽的话，伤心了！饭是吃不下去了！她觉得白林莽话中有话，心想：他说的是什么意思呢？忽然，好像有点明白了！难道白林莽在进行调查？找了江梵还是田虹？

刚才，在盥洗间换裤子和鞋子洗手时，看到白林莽的一双沾满泥浆的皮鞋放在地上，一套湿淋淋的衣裤放在澡盆旁的洗衣机上，这是完全可能的。

黎晓文心头升起一把无名火。你不但言而无信，而且你对我缺少起码的信任和尊重。你还是那种自私狭隘的男人，一切从我出发！原来你和牟远也是一路货……

黎晓文随口气愤地回答："既然你知道，又何必问我！你就抛材料吧！"

白林莽声调放高了！一张端正聪颖的脸此刻有点变形了，说："还没有到时候，我还不想讲！我是要问你，希望你自己说出来，把你心里最不愿意给人知道的事说出来。如果你爱我的话，你应当这样做！"

"你要我坦白交代？你要我像'文革'中那样挖出思想上三线的东西来换取你的饶恕？"黎晓文语气里带着讥讽和严重的反感。

"如果你这样认为，也可以这样说吧！总而言之，你不应当对我再隐瞒什么。你应当坦白地对我说。如果你不说，我也有权利进行调查！"

黎晓文恨透了！"四人帮"粉碎虽然已经快十年了！"文革"给她的创伤一旦戳及，依然十分疼痛。她痛恨那种"左"的做法和要求任何无辜的人都被强迫不断"坦白交代"，不断"深挖三线"。那时候，被平白无故打入"牛棚"的人，被不断派出人去"内查外调"，去收集材料，去罗织罪状，要什么材料就可以有什么材料。他们在逼供之下，一次一次地要"坦白罪行""交代思想"，要把一切"隐秘"都交出来。她记得很清楚：爸爸就是这样被整死的。当时，爸爸那个单位的造反派要他"深挖三线"，把"反党反社会主义反毛泽东思想"的"黑心"自己一起"挖"出来。爸爸起先说："我确实没有这方面的坏想法！"但是，过不了关。一次一次逼供、批斗。最后，有一天，爸爸做了一个梦，梦见自己突然会飞了！一飞，竟飞出国境飞到了一个不知什么国家去了！这梦使他惊恐万状，不知该不该交代。第二天，在批斗交代中，经过逼迫与启发，他万般无奈坦白交代了自己这个奇异的梦。造反派头头要他坦白地写出来。写下来以后，他就得了一个"想叛国投敌"的罪状，大会小会要他承认自己想叛逃。他熬不住批斗，最后干脆照样承认了。于是，他被渲染成了想偷越国境叛逃的危险人物，居然遭到了逮捕，结果，瘐死在监牢里。

事实上，"文革"期间，被逼得"深挖三线""思想交底""坦白交代"成为"反革命"的又何止成千上万。有不少鸡毛蒜皮的小事，男女之间的交往，都作为"隐私"要"揭露"出来。什么通信自由也不存在了，私拆、检查信件，抄家攫取私人日记，成了家常便饭，目的是想用这种手段取得人们的隐私。

倘若这种"隐私"，真正属于违反国家民族利益、真正属于损害人民利益、真正违犯法律的，那倒也罢了。实际不然，绝大部分所谓"隐私"，都属于个人的应当允许保留的"秘密"。她的一个高中女同学，有"家丑不可外扬"的观念，一向不喜欢自己的家事被人知道后说三道四。她的父亲死后，叔叔同她母亲结婚。这件事本来既不损害别人的利益也无须让别人知道。她从不愿谈起也不愿被别人拿来当笑柄。可是由于她有"面子观念"。在"文革"中，她的这种"秘密"，被另一派的人从她的日记中拿到"凭证"，用大字报抄了张贴出来后，闲言碎语，飞短流长，掀起了一股邪风，她就离校出走了，是自杀？不知道！只是直到今天，谁也不知她去哪里了！

现在，白林莽居然谈什么"你不应当对我再隐瞒什么，你应当坦白地对我说。如果你不说，我也有权利进行调查！"黎晓文怎么能不越想越气！黎晓文简直不能忍受了。她产生了一种反常心理，心中像有一包炸药要剧烈爆炸。

黎晓文绯红了脸，说："我可以告诉你，我是一个问心无愧的人！我也要再次告诉你！我不喜欢言而无信的人。我也反感谁用强迫的方法逼迫我交代什么我不愿意讲的私事。我反感！你懂吗？希望你不要做使我反感的事！"

白林莽并未让步，反问："如果你并不是什么问心无愧的人呢？如果你确有不可告人的事呢？"

这话太伤感情，尤其是白林莽说这话时的那种冷冷的态度和语气。

黎晓文打了个寒噤，站起身来，离开座位，高声说："也许，我又认错人了！我只认为你不是那种世俗的男人，你也许高尚一些，胸襟宽广一些。谁知你还是那种斤斤计较自私自利的男人！我真是瞎了眼！"

白林莽也气红了脸，冷笑着说："你不说就不说，可是，不要骂人！你不说，我一样可以知道你的过去。你有你的自由，我也有我的自由。"他一直觉得自己是温和、率直、平静的，没想到自己也会这么暴躁。

话谈到这里，实在是谈不下去了！

黎晓文庄重地说："好吧！如果你违背自己的诺言，如果你用你的自由来剥夺我的自由，那我永远不会饶恕你！"说这话时，她的泪水迸出双眶，说完，她双手遮住脸踉跄地走到床前，扑身倒在床上，抽泣起来。

她觉得自己的心在绞痛，自己的心冷了，真的冷了！

黎晓文许久没有这样哭泣过了。同白林莽的结合，曾给她带来难以想象的幸福。正因为这样，今天她就更加伤心。

　　她讨厌白林莽那种不信任的目光、戒备的心理、苛刻的要求、冷漠的感情、自私而过分的做法。

　　白林莽见黎晓文扑在床上啜泣，本来突然想上去温存几句，但不知为什么又想起了那幅江梵画的《纯洁》了！那幅半裸躺卧着的画呀！想到这，一种无名的嫉妒布满心田，使他更苦恼烦闷了！他不想再说什么温存话，独自苦苦地叹了一口气，怀着委屈情绪，推开饭碗，呆呆地去沙发上坐着，凝望着窗外那一块黑黝黝的天空，痛苦地吸起烟来。

　　黎晓文的抽泣声，使他难以忍受。他突然歇斯底里地站起身来，狠狠用拳"嘭"地打了一下桌子，然后，跨步向前，"乒"地推开了门，又"乓"地带上了门，离开家走了！

　　外边，夜色正笼罩着城市，他的心空荡荡的。他懊丧地叹着气：在爱情的沙场上，我为什么成了一员败阵之将呢？夏夜的热风，在他感觉上也是凉飕飕的了。

第五章

外边，是黑黝黝的温暖的夏夜。天上有几颗暗淡的、偶尔闪露出微光的寂寞的远星。

街上，金色的街灯光芒下，有在法国梧桐林荫道下散步的青年男女。满眼看到在青年男女身上的各式流行时装：富春纺衬衫、树皮皱牛仔裤、格子裙、健美裤、男涤麻西装……

有偶尔悄声驶过的轿车。一家三层楼的临街窗户里叮叮咚咚传来钢琴声，奏的是格里格的 A 小调钢琴协奏曲。走了一段，离开了家，被风一吹，听到跳荡奔涌的旋律，白林莽心里却有悔意了。用这种方式处理矛盾，不是存心激化吗？

但，马上回去，似乎不合适了。他决定找个地方坐一坐，然后再回去。

这种时候，多么需要温暖的友谊啊！

他忽然想到了乔光。乔光住处的窗户就在弹钢琴这幢高楼的六层楼上。

乔光，这是个婚前他常喜欢接近的诗人朋友，为人忠厚，老成持重。虽然白林莽与乔光只是一年多前在杭州一次笔会上结识的，但白林莽对乔光的印象特好。

乔光模样虽然有点颓废，刺猬般的长头发，不剃的络腮胡子，爱穿破烂的雪花牛仔服，但诗写得极好，还重友情。同他谈话，风趣而内容充实，富于哲理的语言常使人能有所得。乔光是到黑龙江插过队的老知青。听说那会儿在北大荒时为救人去拦拽一匹惊马，险险送了命，落下了严重的腰伤。去年，为在马路上救一个险险被摩托车撞倒的小孩，自己又差点送了命。结果，在医院里抽掉了一根肋骨。

乔光三十六岁了，父母双亡，他单身一人与姐姐、姐夫合住着一套公寓房。他占了一间，白林莽未结婚前，有时写东西写得累了，夜晚出来溜达时，就到乔光这里坐坐，谈一会再回去。今天，同黎晓文闹了别扭，就又想到了乔光。决定到乔光住处去，把心里的苦恼告诉他，得到朋友的一点同情和安慰。

白林莽走过那幢灰色的大楼，不愿乘电梯，自己飞快地跑上六楼。

他揿响乔光的门铃，乔光来开门，说："嗬！是你？来来来！"

乔光将白林莽带到那间大约十五平方米的房里时，白林莽看到马康成坐在那里笑着同他点头打招呼。原来，乔光正同马康成在喝酒下围棋。

一盘围棋密密麻麻正杀得难解难分。一瓶红葡萄酒和两只高脚酒杯旁，有一碟卤牛肉。

马康成，白林莽熟悉，是大学时的同学。沾着这点关系，见面总是亲亲热热，不过不是知心的朋友罢了。马康成是个记者，神通广大，交游广阔，搞关系学上是个路路通的能手。托他办事，一般没有办不通的。

"改革"中，听说马康成跟些朋友搞了个什么开发公司。前些时，听说有件什么经济犯罪案件涉及他。这案件听说弄清了，他没什么事儿，所以今天白林莽见到他时，他容光焕发、精神饱满、春风得意的样子。

"是什么风把你吹来的？"马康成笑着露出牙齿问，"听说你找到一位美人，新婚以后，生活幸福。好呀，这么大的事，对我一点也没有表示表示呀！"

白林莽笑着叹口气，心里又酸又苦，想说点什么，却又没有说。如果只有乔光一个人在，他开口就说了。

乔光给白林莽也斟了一杯通红的葡萄酒过来，说："喝一点！"又说，"你好久不来了！生活过得美满吗？"看来，他用一双诗人犀利的眼睛似乎已经洞察白林莽心中的苦闷了。

人到十分苦闷的时候，就想把苦闷倾倒出来。白林莽终于不想掩饰自己的心事和感情了，端起酒杯说："你们也不是外人，我也不瞒你们。我碰到了不如意的事，现在连动笔的情绪都没有了……"说着，他将事情的原原本本简单扼要地讲了。最后，用征求意见盼望支援的目光看着乔光和马康成，说："你们看，我现在该怎么办？"

乔光和马康成的围棋是不下了。白林莽的事情给他们带来了一个有兴趣的话题。

马康成是个直性子的人，先开口说话了："原先我听说你同一个登征婚启事的女性结婚了，我曾想过：白林莽呀！你的条件不差嘛！怎么也走征婚这条路呢？征婚启事上边，骗人上当的事不少，有问题的人物也不少。你准没好果子吃！"马康成大口嚼着牛肉喝着葡萄酒说，"可是，不瞒你说，你那位夫人我是见过面的，听说是个很棒的女编辑。人都夸她漂亮、工作出色。虽也流传着一些关于她的风风雨雨，但据我所知，是真是假也很难说。因为只要是漂亮的女人，差不多总会有人编派些什么来说东道西的。我听说，她早先在出版社工作时，人太单纯，所以吃过亏上过当，但她的为人是不错的……"

白林莽听他这样说，不禁抬起眼来注视着他。

但，马康成话音一转，说："我在婚姻问题上自己的看法是：现在是八十年代了！爱情至上那一套早过时了！结婚离婚都可以很自由。年轻人，既不必在一棵树上吊死，也不必把这种问题看得很严重。做现代人，拿老传统的思想和方式来应用，是适应不了的。能在一起生活感到幸福，就生活下去。实在不能一起生活下去了，就 bye-bye！千万不必自己苦恼自己。"

白林莽听了，心里不受用。一小口一小口地品着酒，不作声。酒甜而不腻，爽口，有点刺激。马康成的话无法使他开窍，反倒使他对黎晓文微抱歉意了。

马康成可能说的是坦率的心里话。这是一种自命为现代派的青年人都有的想法。所以现在离婚率如此之高，而且常常一对年轻人一相见就相爱，一相爱就结婚，一结婚就离婚。像儿戏，也像家常便饭了。

可是，白林莽觉得自己并不是这样的现代派的年轻人。自己虽然同黎晓文一见钟情，而且很快结了婚，可是并不是抱着随随便便就可以离婚的观念在生活的。正因如此，他才痛苦。因为白林莽觉得他爱黎晓文，爱得很深。如果不爱，如果认为随随便便就可以离掉，也许他就不这么痛苦了。白林莽脸上露出尴尬的神情，心里企盼着能听听乔光说些什么。

乔光老是在喝闷酒，似乎看得出白林莽听了马康成的话不受用，便说："马康成他上个月离婚了……"

马康成笑笑点头，喝着酒解释说："我前些时差点栽跟斗，她就同我分手了！其实，西方流行'试婚'，我觉得挺不错的。我其实也等于试了一次婚！哈哈！"他态度轻松自如，没事一般。

乔光没有理他，叹口气说："唉，林莽，别人说的话你都只能作为参考，对不对症，合不合你的心意，合不合乎实际情况，都要你自己拿主意。我们劝归我们劝，怎么办，你自己去想！"

马康成连忙插嘴声明："对，我刚才说的那些，你都该当作一家之言听一听好了。大家老朋友，想到什么说什么，说错了也不要紧，是吧？"

白林莽对他点点头，表示同意他的意见，说："乔光，你往下说说吧！"

乔光呷口酒，说："我问你，结婚后她对你怎么样？"

白林莽诚实地说:"不错,应当说,很好!"

乔光说:"你觉得她对你好是真是假?"

白林莽说:"不像是假的!"

"你对她呢?"乔光问,"你爱她吗?"

白林莽点头说:"那还用说!"

乔光恳切地说:"那这件事也就好办了,我劝你不要再做庸人了!"

"怎么?"

乔光坦率地说:"'天下本无事,庸人自扰之!'既然你们如此相爱,已经有了幸福,为什么还要自己去招惹不幸,破坏已有的幸福?"

白林莽差点要叫起来:"你叫我逆来顺受,安于天命?"

马康成插嘴说:"其实,那也没有什么不好!国外现在有一种流行的看法:如果配偶有了外遇,最好是不闻不问……"

乔光说:"我说的可不是你那意思!"

白林莽"唉"了一声,说:"不幸不是我招惹的,它是自己找上门来的呀!我原来并没有想去调查了解.可是现在,刚刚了解,就形成这种使我负荷不了的局面了!你说叫我怎么办?"

乔光说:"你可能只知道我现在是个独身者,不知道过去我曾经结过婚,更不知道我是怎么成为独身者的。今晚无事,你又这么苦闷,我就愿意讲一讲我的故事了。"

白林莽确实没有想到过乔光结过婚,更不知道他怎么成为独身者的,好奇地瞪眼看着乔光。马康成同白林莽也一样,饶有兴味地看着乔光,说:"嗬,老乔的这段罗曼史我也不知道呢!"

乔光语气带着沉思,棱角和线条分明的脸上含着回忆的神态,说:"林莽,那我就谈谈我的教训吧!"

他将杯上残留的葡萄酒仰面一饮而尽,说:"我爱过一个女同学,我们曾在黑龙江一同插过队。我们相爱着,爱得很深。但插队时,我同她不在一处。后来,'四人帮'粉碎后,我们回城了,幸福地结婚了。

那时，我父母还没有死，我们同父母住在一起，生活得很好……

"有一天，在一个偶然的机缘中，我听到一个熟人讲起了一件关于一个上海女知青在黑龙江插队时的事。这当然是一件涉及男女关系的不名誉的事。这使我痛苦。熟人没有提到她的名字，但从一切的一切，从地点、容貌、年龄直到其他，都使我感到这件不名誉的事中主角就是我的妻。我简直要疯狂了……

"我捕风捉影对她产生了怀疑，希望她如实向我坦白求得我的宽恕。可是她很生气，拒不承认，并且认为我不该胡乱怀疑她，龃龉就发生了。

"我实在忍无可忍，就决定进行调查，林莽，你说这跟你像不像？谁知，不调查还好，刚一调查，有人就去告诉了她，她更生气了！她是个烈性子的女人！大家年轻气盛，这天同我大闹了一通，她竟服了一瓶安眠药，就在这张床上……"

乔光用手指指那张放在房里现在由他一人独自睡着的空荡荡的大床。大床沉默无语。白林莽突然感到身上凉飕飕的，马康成也望着大床惊愕地张大了嘴。

乔光继续说："那夜，我同她都睡在床上，可是互相生气，都不说话。要是我们没有吵架，我找她说话，那一定会发现她的异样。可是，我不理她，她不理我。第二天早上，当我发现她出了事将她送去医院时，已经太迟了！

"她就这样死了……她留下了一封遗书给我。写得很简单，我可以背给你们听……

"她遗书上说：'我爱你！但有时候为了一口气，人可以活也可以不活！你不该对我怀疑敏感。不该无中生有。我去了！以后，请将你的大好光阴用在事业上，不要用在这种无聊的烦恼上吧！祝你幸福！'"

说到这里，乔光动感情了，眼眶发红，像个孩子似的呜呜哭了起来。

白林莽和马康成都被他的"故事"打动了心弦，默然呆坐，无法劝解似的说不出话来。

　　白林莽只好喃喃地怀着歉疚说："乔光，请原谅我不该触动你这段伤心的回忆！我很难过……"他心里懊丧得想流泪。

　　乔光摇摇头说："是伤心的，确实是伤心的。因为——"他拭干了泪水，"她死后，我才弄清，那个熟人讲的一个人，不是她，是另外一个人……"

　　"唉！就不是别人又怎么呢？那是十年内乱，当时的历史条件造成的呀！那是一个被侮辱被损害的女孩子的悲惨遭遇呀！是只该同情不该苛责的事呀！只是，对她来说，一切都是莫须有！可是一切也都已经晚了！我想去调查她的隐私实际是多此一举！实际是一种狭隘的大男子主义在作怪！"

　　白林莽冤屈而理直气壮地说："可是，我调查的情况不同啊！我不是对你说了吗？我调查到的情况我认为并非无中生有！"

　　乔光不以为然，说："你自己这样调查，情况就能摸准确吗？不见得！天下事物是复杂的。而且，如果她不愿意同你讲，也不愿意你过问，总有她的原因。我知道一件事：去年，我认识的一个女青年自杀了！原因是她为了挣钱给妈妈治病，曾悄悄到美术学院做过裸体模特儿。去年结了婚，有人向她丈夫说了这件隐私。她那封建的丈夫发了火，甚至打骂了她。她就上吊了！其实这算什么丢人的事呢？"

　　白林莽愣在那里。

　　马康成"咂"了一声，说："她为了妈妈治病去当模特，她丈夫应该夸奖她！"

　　乔光自顾自地又说："法庭上审案子，有关个人隐私的案件，是不公开审理的，为的是保护受害人的声誉。涉及个人隐私的案件也是不公共审理的呢！这里的'隐私'，是指当事人不愿意把个人私事公开，是允许的。你有什么理由婚前答应了她，婚后又非要追根究底查她的隐私呢？她不同意你了解，你偏要去调查。实际不但不合情理，也不合法！"

白林莽想说："她是我妻子，她同我之间该有什么隐私可言呢？她的事我应该了如指掌！"但一想，这话似乎有点大男子主义，也有点封建思想，而且确乎违反法治观点，就未出口。

马康成却说话了："最近，有件麻烦事缠到了我的身上，逼得我不能不好好研究研究法律。主要是研究刑事诉讼法。现在，感谢上帝，麻烦事过去了！法律我也学了不少。刑事诉讼法上，认为证据是证明案件真实情况的一切事实，收集证据必须按照法定程序进行，严禁用非法的方法收集证据。像过去搞运动时动不动就可以将人关起来，逼供或者随便代行司法机关职责的做法都不能再那么干了！凡知道案情的人，都有做证的义务，但伪造证据等，要受法律追究，就是因为提供证据的人有的会别有用心。林莽，你能认为你找到的那个画家的老婆给你说的都是真的？"

白林莽摇摇头，说："我也不完全这样想，她也许会有私心杂念。但，她说的一切，我觉得也绝非无中生有。"

乔光情绪激动，说："我的教训当然主要是我自己的教训。但你也不是不可以从中感受到点什么的。我们社会主义国家，只要不是那种违法乱纪损害国家民族利益或者涉及重大政治、经济问题的事，也应该允许个人有某些不愿被人知道的秘密的自由！你在对待你爱人这件事上，是不是也有些'左'？是不是也是我们民族的一种应当鞭笞和淘汰的同封建思想有关的劣根性？"

白林莽觉得乔光的话直率得刺耳，摇头说："我主要倒不是觉得丢人！我是不满她对我有保留！我想不通，她为什么不肯好好同我说一说或者解释一下？她越怕提起，我就越是想不通。其实，就是她真的有什么不好，我也不是不能原谅她。但她滴水不漏，我就难以原谅她了！"

马康成自己从瓶里又斟了一杯葡萄酒一饮而尽，带点酒意地说："唉，隐私也有各种各样的嘛！谁没有自己的私生活呢？谁没有隐私呢？好人就没有隐私吗？当然不！就是伟人，挖他的隐私，也必有许多不必告人或不可告人的。我一直不爱看人物传记，原因就是这类书中经作者的妄自杜撰，真事少、假事多。当然，像邓肯、郭沫若等也许比较坦率一点，自传中还写了点隐私，有些人则只写冠冕堂皇的神化、英雄化，根本不让你看他的庐山真面目。就拿你说吧，白林莽，你就没有自己的隐私吗？你就爱把你的隐私向大家到处宣扬吗？不见得吧？'己所不欲，勿施于人！'哈哈……"

房里烟气缭绕。白林莽不喜欢马康成说话的揶揄语气，却不能不承认马康成的话倒也老实，心里想：他问得倒尖锐："你就没有自己的隐私吗？"怎么可能呢？人的思想活动，人的言行，有时候，是会超越轨道的。超越轨道时，就不免会成为一种错误，一种被人看不起或讥笑的事，一种不宜拿来公之于众的事。这种事，每每会被自己作为隐私埋藏起来。多数埋藏在心中，有时对某一个人或某几个人会透露，有时甚至一个人都不讲。我有没有这类事呢？当然也有。在大学考试时，为了使分数好一些，我作过弊；大学毕业前夕，为分配的事，我给系里的有关老师等送过礼；插队时，同朱丹谈恋爱那次，我同她在树林里接吻拥抱山盟海誓过，但后来我不想有累赘，又嫌她不够漂亮，性格不好，就同她吹了。那是在大学快毕业的前夕，一个月光皎洁的夜晚，和同班的女同学郑莎莎有过一段不像爱情的爱情，那是一种难于出口的放肆……一切都早已恍若隔世……我的第一部长篇小说《深不可测的眼睛》出版后，为了有人吹捧，我请了十多个报纸、刊物的评论、副刊编辑在红房子吃西餐，希望他们帮帮忙。……这些事有的一个人也不知道，有的仅个别人知道，我自己是从来不想提的。同黎晓文结婚后，我既没有谈过这些事也不准备谈这些事……唉，能说马康成的话没有道理吗？

白林莽头脑里很乱，充满了矛盾，布满了一种进退维谷的感觉。

今晚，在谈话前，他本来想从乔光处得到些什么启发和排解的，可是，乔光所讲的那个亲身经历的悲惨故事，使他听后心里发怵，颤抖不已。现在，马康成一段坦率锋利的话，更刺激得他坐立不安。

白林莽意马心猿：现在，要他承认自己错了，承认应当就此偃旗歇鼓，停止再过问黎晓文的"秘密"，他觉得无论从思想上还是从感情上来说，他都办不到。他还需要好好思考，他还需要冷静地分析。

只听乔光大口吸着烟思索着说："林莽，我的一些想法同马康成有相同也有不同之处，我想的是：你思想里在夫妻关系上存在着一种强烈的私有观念。有了这种强烈的私有观念，往往使男女的关系中含有'全部占有'的心理。当个人主义发展到极点之时，如果要求绝对、完全占有的欲念得不到满足，那么，爱往往会变为恨。这是不是符合你的实际呢？"

白林莽无言对答，乔光的话戳到了他的心坎上，似乎是准确的，又似乎不完全是那样。他低下头来，也深深地吸着烟，皱着眉……

他的内心弥漫着一种难以捕捉的心理状态，一点也不比来时轻松。

窗开着，六月上旬的夏夜没有凉月。端午节快到了吧？楼下街边有人在叫卖："豆沙粽子！火腿粽子！……"

白林莽忽然感到心里异常烦躁，不想再多坐。揿熄烟蒂，将杯中的一些残酒仰脸一口喝尽，说："你们下围棋吧！我要回去了！"

乔光和马康成都没有留他。

但，乔光像个老大哥似的说："林莽，和好吧！别对男女之间的隐私如此感兴趣再搞什么调查了！不要打两伊战争，不要使吵闹升级，太没意思了！你有那么多的小说要写，被闲言碎语纠缠，被面子问题弄得心烦意乱百念俱灰，死要面子活受罪，太不值，太不值得了！"

白林莽没有表态。

乔光送他到房门口，继续说："好像是巴尔扎克吧，说过一句话：

'结婚必须要和吞噬一切的恶魔搏斗，这里所说的恶魔就是世俗习惯！'其实，回去，几句话，一个吻，就可以解决问题的！有了感情，感情深化了，就是真有隐私，她也会愿意告诉你的。可是你如果要把自己作为一个福尔摩斯，那就是另外一种情况了！回去吧！听我的话！"他拍拍白林莽的左肩。

白林莽下意识地点点头，心里并没有"听话"的意思。

从六楼匆匆下来，走到街上，在暗淡的星空下，白林莽拖着疲惫的步伐往家里走。

头脑里非常非常乱，白林莽忽然想起了先一会儿乔光所说的关于"民族劣根性"的那段话。

这真是耐咀嚼的了！过去，他在写的一个短篇小说中，曾用笔鞭笞过一个窝囊的汉子：为了给女儿找个好工作，尽管女儿被知青办的主任糟蹋了，却心安理得甚至沾沾自喜，还感动得继续恭维、巴结那个坏透了的知青办主任。当时，他笔下要写的，是这种小人物那种可怜巴巴、随遇而安、无条件接受并无限度地承担生活窘迫的耐力，指出这正是我们民族应当淘汰的一种劣根性。白林莽是借这类人物向着整个社会肌体皱褶里的积弊宣战。

可是，现在，在对待黎晓文的态度上，乔光指出他"左"了，指出他的褊狭、多疑、关心隐私、讲面子、死要面子活受罪的与封建主义思想有关的一种民族劣根性。他暗自思忖：能不认为这话有点道理吗？

这使白林莽觉得自己也是个窝囊的男子汉了！他迈步走着，听着自己那"笃笃"的脚步声，身上出汗，却惶惶惑惑不知如何是好。

离家越来越近了，白林莽心里想：回去，黎晓文一定仍躺在床上。我该怎么办呢？他拿不定主意。

但是，他认为黎晓文一定在家并躺在床上的估计是完全错了。

他回到家里，掏钥匙开锁。推门进房，房里墨黑。他"啪"地开了电灯，见房里没有人声，床上也没有人，静悄悄的。

他意识到出了什么事，心里打着鼓，到处找了一圈，包括盥洗室里，都没有黎晓文的踪影。

黎晓文哪里去了？

他发现少了一只黑色镀镍的小提箱，那是黎晓文出差去广州买的。衣橱里，挂着的黎晓文的衣服少了一些。盥洗间里，黎晓文的漱洗用具等也不在了。

白林莽心里隐隐着急，顿时有一种少掉了什么似的空虚失落感。

在他放稿纸的写字桌中央，他看到黎晓文正在看的一本绿色封面的《朦胧诗选》翻开平放着，上面压着一只墨水瓶。

挪开墨水瓶，看到翻开的那页是第一百四十一页，上面是一首朦胧诗——《赠别》。

那位诗人写的这首诗，只有短短十二行，六十三个字：

今天
我和你要跨这古老的门槛
不要祝福
不要再见
那些都像表演
最好是沉默
隐藏总不算欺骗
把回想留给未来吧
就像把梦留给夜
泪留给大海
风留给帆

啊！白林莽唏嘘了！

难道这就是她用来留给我"赠别"的心里话？

她的意思是指"让我们和和气气地分手"吗?

　　白林莽不喜欢朦胧诗,常说看不懂。这首朦胧诗此时他觉得似乎比较容易理解,但仔细斟酌,又觉得极难理解。

　　啊!难道就这样分手了?白林莽惆怅地摸出香烟来。

第六章

黎晓文大学毕业后，先在广播电台工作，后来又转到出版社工作，她有一段哀怨悱恻的私生活。

这对一个女青年来说，自然是一个不幸的故事。

她自认为：她是在一个错误的时刻被分配到一个错误的单位，错误地认识了一些人，又办了一些错误的事情。

因此，在同白林莽结婚之前，她一直认为自己会遗憾终生。

同白林莽结婚后，她过了三个月比较幸福的生活，对"会遗憾终生"这点，看法有了些改变。但自从参观了江梵的画展，遇到田虹惹来那场无端的侮辱以后，她发现这件事在白林莽身上产生了强烈的反响。发展到由白林莽去调查了解、抱着极端不信任的态度追问，而且将婚前的诺言完全违毁。

从白林莽身上透现出来的那种封建意识、褊狭多疑、喜欢听信流言蜚语、潜心于追究妻子过去的隐私、一切唯我大丈夫男子汉的做法……使黎晓文十分反感。

她忽然感到这三个月的甜蜜，只不过是一场已经逝去的梦，"会遗憾终生"的想法又坚定地树在脑海中了。

如烟的往事，又梦幻似的重现于她的眼前……

"喂，你是黎晓文吗？我是田虹，做编务工作的，欢迎你来出版社！我一见到你就觉得喜欢你！以后，我们一定会成为好朋友的。"田虹满面笑容，使她那本来带点凶恶的眉眼变得和善了。

她穿着通红的羽绒滑雪背心，戴着一顶潇洒的绒线帽，颇有风度，也颇灵活能干。初见面时，给了黎晓文很好的印象。觉得这位热情的跟自己年龄相仿的姑娘，今后会成为自己的好朋友的。

她俩开始结识，互相介绍了自己的情况。田虹高中毕业后，插队了几年，从东北"病退"回上海后，就参加了工作，工龄已经很长了。在黎晓文的眼中，田虹是既亲切又非常老练泼辣的。

第二天，碰巧社里开大会，各个编辑室和各个部门的人都来了，聚在大会议室里，闹闹嚷嚷，足足有九十多人。黎晓文坐在一个穿西装留长头发的青年人旁边。青年人本来吸着香烟，黎晓文在他身边坐下后，他就主动掐灭了烟头，为怕弄脏了地板，将烟头和烟灰裹在一张纸片里捏成一团抓在手里，黎晓文不禁注意起这个人来了！这个人很有教养呀！

她朝这个人看了一眼，发现是一个很秀气也很英俊挺拔的年轻人。在会议结束时，社长宣布：新由大学分配来了两个应届大学毕业生，并进行介绍。

黎晓文被介绍时，站立起来向大家笑笑，坐下时，发现这个年轻人盯着她的脸看，仿佛在欣赏一件珍贵艺术品似的，她有点不悦，想：他怎么能这样盯着看我？一会儿，这人似乎一惊，发觉自己的失态了，不再看她，却轻轻向她自我介绍说："我叫江梵，是美术编辑。我想……假如以后您能同意，我想为您画一张像。"

她没有说可以，也没有说不同意，心里顿时明白了：刚才他那样看我，说不定是我有什么地方引起了他的艺术上的灵感或触动了他的创作欲望？这么一想，自己忽然脸红起来。

第一次邂逅，她对他留下了很好的印象。他对她呢？也一样。他一心想替她画一张肖像。

可是，黎晓文并不知道田虹正暗中在偷偷热恋着江梵。

开大会后的那天下午，田虹觑着一个机会，来给黎晓文送稿件，悄悄亲热地对黎晓文说："下班后，我来找你。你上我家吃晚饭陪我玩玩好不好？"

黎晓文家在四川成都，上海没有亲戚。新到出版社工作后，住在那幢花园洋房式办公楼的三楼上一间极小的房间里，一共只有七平方米，放下一床一桌一椅就满了。但上海是寸土寸金之地，对这样"优待"她还是很满意的。她是个比较随和的人，见到田虹热情的邀请，客气了一下，推辞不掉，也就答应了。

下班后，田虹果然来邀黎晓文回家去。她家在汉口路上，住在一条干净的里弄中的二十一号的二楼。父亲是郊区一个大化工厂的人事处长，母亲是电影制片厂的宣传科长。她是个独养女儿，娇生惯养的掌上明珠。家里条件优越：一切家用电器从冰箱、录音机、彩电、全自动洗衣机到微波炉、录像机……应有尽有。田虹招待得十分热情。田虹独自有一间寝室，布置得豪华美丽，地上铺着猩红塑料地毯，顶上吊着玻璃麦穗灯，墙上挂满了中外男女影星的大幅彩照，贴面捷克式衣橱里满是各式流行时装，桌上和玻璃框里摆满了各种各样的工艺品、洋囡囡……看得出她生活的舒适与奢侈。

饭后，田虹一边在录音机里放小提琴协奏曲《梁祝》，一边陪黎晓文聊天，东扯西拉。忽然，田虹问："你对江梵印象怎么样？"

黎晓文心里一动，她怎么突然这样问？说："印象？什么印象？"

田虹媚笑，笑得带点刁钻："哈哈，别以为我看不出。昨天开大会时，你们坐在一起，我可注意到了。他对你印象好像不坏呢！平时他是从不主动找异性谈什么的。我见他盯着你看，又见他找着同你说话。你呢？你还红着脸！"

黎晓文没想到昨天在大会上自己同江梵的一举一动田虹都在注意，说："他也没有说什么，他只是向我做了自我介绍。"

田虹笑笑，也不知她为什么要那种笑法，说："晓文，我是把你当知心朋友看待的，如果你对他有兴趣，我来搭桥好不好?"

黎晓文老实地把头直摇，太出乎她意外了，她毫无思想准备，马上说:"我到这里刚开始工作，哪能就谈恋爱! 我这人有时自甘寂寞，不合群。要是想谈恋爱，在大学时早就谈了，在电台时也……"她不想炫耀，过分的炫耀，对年轻女性并不是美德，于是便不再往下说了。

说这话时，黎晓文想到在大学里时，同班的郭星文一直在追求她，历史系的黄天明也追求她。给她写信的陌生者更多。但由于她对这种事，面部表情显得"冷"，而内心又抱着"淡"的态度。更主要的是和同学们经常生活在一起，见到的机会多了，听到的事也多了。总觉得这些男同学缺点很多，左也不称心，右也不如意。郭星文绰号"书呆"，烟瘾大得要命，老是穿得邋里邋遢的。黄天明比她短半个头，自己花钱很阔绰，对别人却特别吝啬，怎么般配……在电台时，人家要给她介绍朋友的不少，可是她一听对方的条件就没兴趣了。工作忙，她又想写些译些东西，有时夜里躺在床上才想到这个问题还是应当在大学里时解决为好……谁料刚到出版社里不久，田虹马上就拿这介绍对象的事来试探她了，这使她感到不安。

听黎晓文回答时，田虹两只灵活锐利的眼睛紧盯着黎晓文的眼睛看，仿佛要窥探黎晓文说的话是真是假，这时说:"大学时代不谈恋爱，并不意味着永远不谈恋爱呀! 江梵这人，我对他也并不太了解。但有机会时，互相了解了解也可以嘛!"

当天，关于江梵的话，就谈到这里，黎晓文也并未介意。

两天后的一个傍晚，下班了，出版社里的同志都回家了。住在社里的人很少，黎晓文晚饭后独自在园子里散步，没想到正巧遇到江梵。

江梵是特地来找她的，还是碰巧留在社里有事未归遇到了她? 这不清楚。

江梵见到了她，表现得极愉快，上来搭讪着说:"您散步?"

黎晓文笑笑，点点头。

江梵迎上来了，忽然指着那幢办公的三层楼房屋说："你注意没有？这幢房子的式样像一条轮船吧？"

　　她注视着房子，果然觉得是像一条轮船，说："呀，是有点像呢！我太麻木了！"她笑笑说，"你们搞美术的，眼睛观察起事物来到底不同凡响！"

　　江梵也笑了，说："您没注意到吧？这幢房子的外墙上的花纹是波涛形的。房屋里的墙壁是海蓝色的，也有波纹。如果夜晚，坐在房里，点上一盏不很明亮的台灯或点上一支蜡烛，就有沉浸在海水中的感觉，仿佛墙上的水纹也成了波动的海浪了。"

　　黎晓文点头说："是呀，是呀！"感到年轻美术编辑的话说得很有趣。

　　江梵更得意地讲开了："你还注意到没有？这幢房子内壁上有些装饰品和图案，都画的是海上船只上的东西，诸如锚呀、救生圈呀……造型都很精彩。"

　　她说："是呀！我住的三楼上的装饰就是救生圈。"奇怪地问，"这幢房子为什么从外形到装饰都这么别致呢？"

　　江梵像讲故事地说："早先，这是一个英国船长的房子，他娶了一个中国妻子，就盖了这样一座洋房表达爱情。房子是他自己设计的，后来，中国妻子死了，这幢房子也卖了。"

　　黎晓文站在草坪上，凝望着这幢被风风雨雨侵蚀得已经陈旧了的洋房，一时被江梵所讲的关于这幢洋房的历史吸引住了。

　　讲的这些并没有太多的启示或令人感动之处，江梵显然不过是为了同她在一起熟悉起来而来扯闲篇的，现在，他的目的达到了。同她站在一起散步了，他的这些话也就讲完了。看到黎晓文望着洋房遐想的姿势，他突然说："可以容许我为您画一幅油画像吗？"

　　黎晓文仍旧不着边际地回答了他，先是一笑，然后说："等以后再说吧！"又道歉地说，"对不起，你介绍的关于这幢房子的历史很精彩，但是，我还得去看一会书，你请继续散步吧！”

由着江梵失望地站在那里，她撇下他就走了。

可是，她未想到：星期天，她竟同江梵堂而皇之地又见面了，而且，是田虹的安排。

一早，田虹来找她时，她正在洗衣服。

田虹兴高采烈地说："晓文，走走走，快！马上到我家里去！"

"去干什么呀?"她问，一面搓洗着用肥皂粉泡洗的内衣。

田虹神秘地说："去了你就明白了!"又说，"以后呀，你的衣服别这么洗，积起来，礼拜天拿到我那里用洗衣机洗。多方便！用手搓把你那双雪白的小手都洗粗了！"

黎晓文推说有事，不肯去。她是个怕麻烦别人沾人光的人，别人对她过于关心了反倒使她不安，但田虹自有她的手腕，先说父亲住在厂里这个礼拜不回家，母亲出差去南京了，家里没人；又说吃的玩的一切都已准备好了，不去不行，热情地连拖带拽，终于把黎晓文拉到了家里。

想不到，到了田虹家里，在那间小而精致的铺着地毯的摆着绕壁式沙发的会客室里，黎晓文竟看到江梵坐在那里正在翻阅一叠画报。

见到黎晓文来了，江梵彬彬有礼地站起身来，脸上出现了兴奋的微笑。从他眼睛里，黎晓文明白，他是十分激动的。

是怎么一回事呢? 黎晓文猜得到，江梵准是田虹邀请来的。是替我搭桥吗? 黎晓文不便问，只能心里明白表面装糊涂。当然，她也还是高兴的，也说不出是什么原因。她当然决不懂得在人世间有一种人善于利用假借别人的名义去替自己办事，因为这种手法，比自己赤裸裸地替自己谋取利益要技巧得多。

田虹现在就正是这样。

她其实心里早在黎晓文来到出版社之前就喜欢上江梵了。她不但爱这个年轻美术编辑的仪表和身材，更爱他的才华，爱他的青年画家的身份。她不太懂得绘画，但从人们对他的交口赞誉中，她明白江梵在绘画上是前途无量的。

田虹是个进攻型的女人，可是当她正决心要"进攻"江梵时，黎晓文来了！田虹突然发现江梵对黎晓文似乎有一种令她感到不安的表现。她就更不愿意迟疑了。

她试探过黎晓文对江梵的印象，未得要领。但不必管那些，她要办的事就一定要办成。她颇有心计地公开用替江梵介绍黎晓文为由先将江梵、黎晓文同自己拉拢在一起，下一步就是将江梵和自己捏在一起，一脚将黎晓文踢开！她对恋爱之道可谓老手。插队时，她同农场上的一个"营长"谈过恋爱，关系已经很深了，使她得到过很多"照顾"，但后来各走各的路了。回上海后，一连被她踢开过两个对象。第一个是她的中学同学。两人耳鬓厮磨一年多，关系早非泛泛，可是她感到那人没有大专文凭"没出息"，找到了第二个有大专文凭的目标以后，就毫不心慈手软地将第一个扔掉了。这第二个是大学法律系毕业的，分在法院工作，同她的关系也白热化了，只是由于在审理一起刑事犯罪案件时，因为秉公执法，一天夜里突然被不知姓名的歹徒用刀划伤了面部，留下了伤疤。田虹心上那杆秤，觉得摆不平了，就又采取了"吹灯"的办法。

她善于使用手腕，也善于飞短流长，踢掉了男方，她就造出了一通舆论。第一个被她说成是"不求上进"；第二个被她说成"为人丑陋粗暴"。她鼓动起三寸如簧巧舌，能将死的说成活的，能将鹿指为马，能将黑说成白。

她办一件事需要达到个人目的时，能用心计、笑容、美貌、甜言蜜语、小恩小惠……来作为手段。现在，对待江梵和黎晓文也正是这样。她怕自己公开主动追求江梵，江梵未必接受，还可能形成一种对自己不利的舆论，万一失败也下不了台。她策略地用替江梵介绍黎晓文的方式出现，既可堵住外界的舆论和视线，又可初步博得江梵的好感。她可以在烟幕掩护之下进行自己的活动，自信会达到目的，自己会是胜利者，一切都要在她的导演下进行……

这以后，田虹、江梵和黎晓文三人常常来往并聚会，聚会有时是在田虹家里，有时是在外边公园里或者电影院、剧场、展览厅和咖啡店、西菜馆里。三个人真正像是非常亲密的好友，一起谈心，一起拍照。

在田虹，目的非常明确，她是为了进攻江梵、取得江梵的那颗心。她用尽一切心力，施尽浑身解数，想征服江梵。只是她渐渐发现：江梵对她也有感情，但不如对黎晓文好。对她，似乎是友谊；对黎晓文，似乎才是异性之间的情爱。这是她那颗女人特有的敏感的心感受出来的。

江梵在田虹和黎晓文之间做着比较。

田虹在进攻他，他心中有数。田虹关心他的一切，包括他的冷暖，亲手给他编织款式新颖的毛衣，给他买适合他使用的色彩鲜艳的领带。……田虹给他悄悄送去杏仁巧克力、咖喱牛肉干等他爱吃的零食。田虹长得也自有她的魅力，她的热情能灼人心肺。她又大胆泼辣，是个外向的女性。

有一天，田虹性感地偎近他，大胆地对他娇滴滴地说："江梵，难道你不明白？我哪里是给你介绍什么黎晓文哟！我是在拿这个书呆子做烟幕掩护我自己向你冲锋呀！"

又有一天，田虹直率地说："江梵，也许我的条件有比不上黎晓文的地方，但也有比黎晓文的条件好得多的地方吧？你告诉我：你到底是爱我还是爱她？"

江梵没有给田虹满意的答复。他总是用手推开田虹，诚恳地说："都在一起玩玩不是很好吗？为什么提出这种叫人难以回答的问题呢？"

田虹窥察出江梵对黎晓文是迷恋的。

是的，江梵拿田虹同黎晓文相比，自己也说不出什么理由，总觉得黎晓文可爱，远远超过田虹。

他发觉，田虹是在猛烈追求他，黎晓文却没有。黎晓文有点内向，甚而在熟悉后他向她又一次提出要替她画像时，又被她婉言谢绝了。江梵只觉得，心里有话，他愿意告诉黎晓文，同黎晓文在一起，他话就说不完；同田虹在一起，话常常由田虹一人包办。他对田虹的热情心中感激，但这决不是爱情。

三个人相好了一段时间，忽然发生了一件平常而又不平常的事。

三月上旬，为了一本写苏州园林的散文书稿，编辑主任让黎晓文到苏州去找一位老作家修改，并让江梵一起去为这本书的封面设计及插图等做些实地考察和写生，并听取老作家的意见。

在去苏州的火车上，江梵心情极好，谈了不少关于自己的事。

他告诉黎晓文："我知道，要成为一个出色的画家，只有一条路，就是握紧画笔，不断地努力画！"他又告诉黎晓文，"我总是睡不够，因为每夜要画到十二点以后。白天，总靠喝浓茶、喝咖啡来提精神。"在绘画上，他说，"我只想直接写生，很不喜欢临摹。因为临摹是跟着人家的脚印走，那就只有总是落在人家后面。我凭自己的真情实感，想走自己的路，能走多快就走多快。"说到这地方时，他又一次向黎晓文提出，"答应我给您画一张肖像吧！我曾寻找过许多许多人，想从中找出一个人来让我给她画一张肖像，可是从没找到像你这样使我倾心的人！我相信，我一定能画出一幅杰作来的。只要您答应！"

黎晓文感到不好再推辞了，微笑着点头说："如果你确实能由此产生一幅杰作，我怎么能不答应？但是，我怕我别成了美国画家惠斯勒讽刺过的那个被画者！"说完，她掩嘴笑起来。

惠斯勒一次给一个人画肖像，被画者后来看到了惠斯勒的作品不满意，皱眉看着自己的画像傲慢地问道："你把这叫作一幅好艺术品吗？"

惠斯勒"嗯"了一声冷笑地回答他说："你认为尊容是大自然的一

件好作品吗?"

江梵哈哈笑了,他喜欢她的风趣。他想不到她竟如此熟悉一些画家的逸事。这说明她对美术方面是有修养的。是的,她的朴素自然的美与良好的文化修养,岂是田虹所能比拟的呢?

两人在苏州办完了公事。那位老作家建议说:"邓尉香雪海的梅花全都开了,你们是搞文学艺术的,该去探梅赏花才对。那真是人间美景,不可丧失机会。"

两人兴致来了,决定乘长途汽车前去。一个多小时到了光福镇,然后沿着公路信步走去。一边走一边赏梅。大半都是雪白的梅花,被阳光照着,白得像一片雪。王安石诗说:"遥知不是雪,为有暗香来。"确实,如果不是有梅花的清香随风传来,真会让人误以为是在信步踏雪了。

一路上,江梵讲起了自己的身世,说:"我父亲是个画家,不出名,但是很有才能,一直在中学里教美术,不幸冤死在'文化大革命'中。他的全部作品也全毁去了,一幅也未留下来。他死不久,妈妈也郁郁病故了,我是靠一个姨母抚养资助长大的。我从小就决心像父亲一样做个画家。"

他的话,使黎晓文同情。她问:"你父亲怎么死的?"

"他临摹过一幅意大利十六世纪独树一帜的画家彼特·勃鲁盖尔的名作《瞎子引路》,那幅画您知道吗?"江梵问。

黎晓文点头表示知道。这幅画引用的是《圣经》里的一句话:耶稣对法利赛人说:"他们是瞎眼引路;若使盲人领盲人,二者必皆落入坑中。"黎晓文问:"怎么一回事呢?"

江梵说:"事情很简单,由于他临摹过这幅画,画面是一个瞎子领着一些瞎子走。结果,说他'含沙射影''攻击无产阶级文化大革命和无产阶级司令部',罪证就是这幅画!不断批斗,又抓入监牢,终于死在牢里。"说着,他情绪黯然。

黎晓文心灵上掠过一丝哀伤，喉咙口一阵苦涩，觉得自己同江梵有类似的遭遇，心里产生了对江梵一阵难以形容的感情。亲近、同情、怜爱？都有。

　　后来，到了香雪海，看到了四面都是梅树的马驾山，看到了清朝巡抚宋荦题在崖壁上的"香雪海"三个字，就回来了。

　　这次游览，看梅花竟成了次要的事了，留在两人记忆中的主要是互相那些喁喁的亲切话语，谈理想抱负，谈人生志趣，谈坎坷经历。

　　江梵吐露了爱的要求，黎晓文没有表态。她有点矛盾。她确实喜欢江梵的才华和为人，包括江梵的仪表。她也同情江梵的身世和江梵的努力。但她感到田虹在爱江梵，她在这件事上，有一种宁可退让做出自我牺牲而不能攫取占有的想法，她很善良，觉得田虹对自己不错，自己不能伤害田虹的感情。她就不能不犹豫了。她产生了两种情绪：渴望和害怕。对从天降临的爱情感到害怕，又想亲昵地尝试一下这爱情中是否会有十分甘美的东西。她被这种复杂的心态所羁绊，当然，她并没有把心里的这些想法告诉江梵。她只是淡淡地说："啊，我现在还不能考虑呢！……"

　　从苏州出差五天归来，编辑部里不知从哪儿传出了一些小道消息，说江梵和黎晓文好像是在谈恋爱了。

　　偏偏，从苏州回来以后的第二天，是星期日。一早，江梵就请黎晓文给他当模特儿，由他画一张肖像。黎晓文既已答应了，只好在八点多钟就到社里江梵那小小的画室中坐下，由江梵给她画像。

　　画像的时刻，是两人非常高兴的时刻。

　　窗外的阳光射入画室，汇成一种闪烁的光圈与气氛投在黎晓文美丽的面部和身上。

　　没有人干扰，一切静悄悄。江梵专心地画着，在调色板上调色，一边还同黎晓文谈着心："我要画出您的自然和率真的风度，毫无矫饰；含蓄而具有内心深度的表情，朴素清新；还有那一双美丽动人的大眼睛……"

他的话里充满了信心。

黎晓文笑了，说："哪来那么多花里胡哨的词儿？难道你还真想完成一幅《蒙娜丽莎》？"

江梵一本正经地点头："是的！"他正在勾黎晓文的那只右手，说："我想画一只最美的手！"

《蒙娜丽莎》的右手，被誉为美术史上最美的一只手。

黎晓文打趣地说："我担心你别是一个中国的 Titian！玩弄了绘肖像画的虚虚实实的艺术，将我当作西班牙国王腓力二世！"

Titian（提香）是十六世纪意大利的名画家，他有巴结讨好国王的绝技。西班牙国王腓力二世是个丑八怪，但提香给他画肖像时，刻意为他隐丑。据说，与腓力二世订婚的英国公主，爱上了提香画的这张肖像，认为腓力二世长得很英武。

黎晓文说起提香给腓力二世画像，引得江梵哈哈大笑了……

突然，门"砰"地开了。田虹出现在门口，那娇柔的女声，含妒含嫉地说："啊，这么高兴呀！"

很显然，她为江梵星期天在替黎晓文画像感到意外，也感到不快。她那两只好看但是生气时露出凶光的眼睛里，像飞出一种看得见摸不着的火焰。

不过，她立即使这种火焰消失了，眼光变得和善起来，笑着说："你俩苏州之行玩得不错吧，没听到外边的喊喊喳喳吗？我在一味帮你们辟谣呢！"

黎晓文纯粹出乎意外，田虹的话使她一怔一惊。

江梵生气地说："我历来不怕人说三道四！谁爱说什么就由他说什么。"

田虹笑笑，看着江梵说："我可不愿意被人家坏了名声。你不知道吧？也有人在扯我同你怎么怎么呢！你不在乎？我可在乎！我们还是

430

三个人在一起玩吧!"

她为什么这样说?江梵和黎晓文一时都还想不清楚。其实,田虹确实帮江梵和黎晓文在辟谣,她不喜欢给人一个印象:黎晓文和江梵在恋爱。她希望人们印象中是她和江梵在恋爱。这样,就便于她将黎晓文踢出去甩在一边。所以,她说"也有人在扯我同你怎么怎么",实际是她自己在放出风声。她对江梵说"你不在乎?我可在乎!"意思是说:人家既然在说我田虹同你江梵在恋爱,你江梵就要对此负责任!她说"我们还是三个人在一起玩吧",这是要自己插入在江梵和黎晓文之间,努力将江梵夺过去。

田虹心里加强了警惕性,从她那种女人特有的敏感上,她发现江梵和黎晓文由于苏州之行,突然关系密切起来了。画像是一个明显的信号。不,不单是画像,更重要的是他们之间的情绪、态度,连一言一笑,看一眼,让一让,都明白地表露了不平凡的感情。

田虹暗下决心,一定要先下手为强!在最短期间,用最迅雷不及掩耳的手段,达到自己潜藏的目的。

当天,她怅怅离去,但第二天,第三天,江梵在下班后给黎晓文画肖像画时,她都来了。呆呆地看着江梵画,像个参观者,也像个监视者和干涉者,一点也不怕破坏江梵的创作情绪。

一个傍晚,田虹耐心地等到天黑以后,迟迟不肯离去。江梵怕黎晓文坐累了,说:"今天就画到这儿吧!"田虹就随黎晓文到三楼上她住的小房里去谈心。

田虹东弯西绕十分亲热地同黎晓文说家常,也听黎晓文谈了苏州之行的一些情况。在有意无意之间,把心里要说的话都说了,大意不外是:"晓文,你看不出来吗?我对江梵,江梵对我,都是早已心有默契的了。没有他,我简直无法生活。你在这件事上可要支持我啊!我本来曾经想帮你介绍江梵的!但后来,我发现你对他没什么兴趣,他对你,也不像对我亲热。爱情这东西,神秘得很,勉强是不行的。靠别人搭桥也不行。现在一切全靠你支持我了！……”

黎晓文觉得无话可以对答，田虹说的话并不合乎事实。但田虹坦率地提出："你在这方面可要支持我啊！"那还能怎么办？

她觉得田虹好像在用一种手段，封上了她的嘴，又强迫着她按照田虹的意思去做违心的事。

黎晓文有点伤心。第二天，当江梵在画室等待她去续画时，她没有去。她独自外出散步去了。

江梵走出画室，在附近碰到打扮得比平时更加娇艳的田虹。田虹热情地说："走，江梵，到我那里去！今晚，我会使你非常非常高兴的！"

江梵情绪不佳地问："什么事能使我非常非常高兴？"

"跟我走就知道了。那里，有一个美丽的女神在等待你！"

江梵想不到田虹说的"美丽的女神"是她自己，还以为田虹说的是黎晓文，暗想：原来晓文被田虹邀到家里去啦！怪不得未到画室里来。江梵带着一种渴望见到黎晓文的神秘心理，随田虹去到她的家里。

田虹的父母都不在家，田虹笑着说："今夜我们可以完全自由！老头不回来，我妈又出差了。"桌上，摆设着丰盛的小吃和美酒，但江梵不见黎晓文。

江梵关切地问："晓文呢？你不是说晓文在这里的吗？"

"我说的是女神！"田虹迷人地笑着为他斟酒，"过一会儿，你会看到美丽的女神的！"

她强迫江梵喝酒。让录音机上放出了缠绵悱恻的广东音乐。她突然说："江梵，晓文告诉我，她不可能爱你！她决定拒绝你的追求！"

江梵感到像晴天霹雳，愕然问："为什么？"

"她是个怪人！你爱她是不会幸福的！她不可能像我这样爱你！"

江梵将信将疑，一种失去黎晓文的愤激之情立塞胸臆，他端起酒杯，一杯一杯地饮着闷酒。

音乐浓，酒也浓，田虹的温柔与媚笑更浓。……当田虹发现江梵脸色变红，神经摇荡的时候，她换上一张四步舞的唱片，走过去要江梵陪她跳舞。

　　悠扬的乐声，摇晃着的身子，倾斜的舞步。田虹贴在江梵耳边轻声说："难道你没有看到美丽的女神在你面前吗?"

　　江梵不该喝那么多的酒！他还没有经历过这样的诱惑，电灯"咔"地关上了，一片漆黑！

　　田虹娇媚地在说："不准别人看到我们！你属于我！我属于你……"

第七章

婚后，白林莽是第一夜独自一人孤单地留在新建成的舒适的小"家"里。

昨夜，尽管他同黎晓文没有说话，黎晓文还实实在在躺在他身旁。他可以清晰地听到她轻微的叹息声和依稀感到她的体温。

可是，今夜，她走了！

黎晓文似乎就是喜欢朦胧。那晚，她问他："你知道三岛由纪夫的《金阁寺》的故事吗？"

"不知道！你讲给我听吧！"

"有一个小孩，生长在一个金阁寺旁，小时候便听大人讲金阁寺的故事。后来懂事了，天天看那金阁寺。上学以后，天天路过金阁寺。长大了，进金阁寺做了和尚，看见了金阁寺里种种事情，有些是很不好的事情。一夜，他放火烧了金阁寺。然后，跑到山顶上，看着金阁寺被火燃烧，那就是他心目中永远保持着美丽的金阁寺……"

"啊，这故事是什么意思？要说明什么？"

"何必说呢？需要你自己去想，自己去体会。"

"是吗？……"他觉得她就是喜欢朦胧。许多事不喜欢讲得太明白，好像无须讲明白才够味儿。

白林莽随身躺在床上，关上了电灯，闭上了眼，在黑暗中，有一种像沉浸在海底里的那种奇怪的感觉。

翻来覆去睡不着，他头脑里老是在想：她出走到哪里去了呢？她会不会去自杀？我应不应该出去找找她？难道我错了吗？

什么结论都没有想出来。白林莽烦躁地又拉开了台灯，让绿色灯罩的台灯那幽幽柔和的光辉洒满全房。

放在平日，这时正是他文思涌发、下笔千行的时候。今夜，写作是无论如何进行不下去了，尤其他想写的是那种意境深远、格调高雅，使人精神境界在心灵美之间得到升华的纯文学作品。可是，自己如今却深陷在市民生活的庸俗琐事中不能自拔，哪里谈得到去写什么格调高尚而充满了美的文学作品呢？

啊！人的私生活看来系身边的琐碎事，实际却关联着事业、工作。如果千家万户都因这些事而骚动不安，何来的安定团结、长治久安哟！

白林莽想尽量使自己冷静下来，看一会书。床头柜上那叠书，面上一本是美国心理学家埃文斯的《夜的风景线》。

这是本原版书，一个朋友从美国回来时带了送给他的。他在大学外文系毕业后，一直没有丢掉英语，总爱看点进口的英文书报杂志。埃文斯在书中说："做梦，是人类在下意识状态下进行的思考，有时可以解决我们在清醒时无法解决的难题。做梦能使醒着时开始的工作继续下去。"他又揭示一种理论："梦并不是由于睡眠受到干扰而把一些幻觉毫无目的地拼凑在一起，它是一种对人们的精神生活至关重要的功能，人类需要做梦。"

白林莽记得：大约就在一周之前，有一夜，他刚翻阅这本书时，他向黎晓文介绍了埃文斯的"理论"时，黎晓文笑了，笑得那么恬静，笑着摇头说："我可不觉得需要做梦，我不喜欢梦境，那是缥缥缈缈的东西。我常会做一些使我悲伤的噩梦，再现一些不幸的遭遇，排除了噩梦，我会幸福得多。"

白林莽说："我感到你喜欢朦胧，朦胧的意境同梦境难道没有一点相似吗？"

"啊，无可解释！朦胧的诗或意境有时给我美感，使我能通过思索得到欣悦，可是梦没有，梦从来不能给我快乐。"

她是笑着讲的，听了却使得别人心里恻恻。

她那夜谈到关于梦的这些话时，白林莽体会不深。今夜，孤单一人想起她谈的这段话时，他觉得体会深了，能理解她一些了。

是呀！她有过不幸的遭遇，我是否在做伤害她的事呢？

但是，他心里气恼的巨量喷泉并没有停止迸发。他想：假如夫妇之间不能谈心，你不能将心全部交给我，我不能将心全部交给你，那算什么夫妇？妻子的秘密，丈夫总该有权利知道吧？

这样一想，他继续对黎晓文的隐私进行调查的决心又坚定了！他决定找牟远弄个水落石出。牟远是黎晓文离了婚的前夫，向他去了解黎晓文的隐私和为人，该是比较可靠的，他觉得自己在婚前没有去了解，现在了解，补一补课，没有什么不应该。

这一夜，白林莽像在床上烙饼，翻来翻去，烦躁得很，似睡着又好像没有睡着。好不容易熬到天亮。同黎晓文过了三个月舒适正常的婚后生活，一旦变成了单身汉，觉得毫无快乐可言。本来，照例，清晨黎晓文起身后，会干净利落地做好简单而又可口的早点，同他一起吃了后，她就匆匆去上班的。照例，他可以看到她那美丽隽永使他心情舒畅的微笑，听到她那清脆柔和而关切的声音说："我走了！你别老是坐着写，也要起来活动活动……"

今天，生活规律打乱了，一切都好像变得很遥远了！都突然没有了！往日的温情，难忘的笑语，都幻化成眼前的凄清。房里留下的是寂寞的令人窒息的气氛，处处都仿佛还有黎晓文留下的痕迹：一件挂在衣架上的墨绿色短外衣，一本摊在桌上的《朦胧诗选》，几根她买来插在瓶里的孔雀翎毛，一盆她喜欢的放在窗台上的水横枝……可是，人去楼空，她走了，无影无踪了！

白林莽起身后，带着惆怅和一种落寞的心情呆呆坐在藤椅上发呆。

天有点燠热，他开了落地式转页风扇，扇了一会，感到凉爽了，去小冰箱里寻找"剩余物资"。有一罐吃剩的午餐肉，有几只圆面包，有几只煮熟的马铃薯和鸡蛋。他冲了一杯速溶咖啡，吃了一只面包和两块午餐肉，琢磨着上班后就打电话给牟远，同牟远约定时间见面谈谈。

好不容易等到了八点钟，白林莽下楼到附近一家小烟纸杂货店里借用公用电话，付了费，拨动电话后找牟远讲话。

一会儿，一个沙哑的男声在话筒里响起了，语气不可亲近："喂，谁呀？"

白林莽客气地问："你是牟远同志吗？"

对方答："是呀，我是牟远，你是谁呀？"声音变得温文尔雅了。

白林莽自我介绍了一番，说："我妻子就是黎晓文，我们刚结婚不久，我很想了解一下关于她的情况。所以冒昧地找你，是不是可以马上见面谈一谈？"

牟远似乎有点出于意外，沉吟了一下，忽然说："你想了解什么呢？"大约他身边有人，所以他有些话想讲而没有讲。

白林莽坦率地说："什么都可以。我对她太不了解。我想听听你对她的评价，也想……如果可能的话，了解你们分手的情况。这似乎有点冒昧，但请原谅我，我对她的过去应当有所了解。我想，请你不要介意。"

牟远咳了一声，嗓子变得更轻柔了，忽然说："啊，我们这里办公室里人多，声音嘈杂，电话听不清楚。这样吧，你把电话号码告诉我，我马上换个地方给你打电话去。"

显然，他这是托词，他不愿意他讲的话被边上的人听到。

白林莽将公用电话的号码告诉了他，挂断了电话，守候在电话机旁。果然，一会儿，电话铃声响了，是牟远打来的，两人又接上了话。

牟远轻声细语地说："你们的事，我不应当介入。再说，她的事你可以叫她自己交代，我是不想多说的。我想，我们不必见面谈了，我就简单在电话里讲一点吧，好不好？"

他的语气平和，似乎是个十分老实、十分和善的男人。

白林莽觉得不便勉强，只得说："好吧！请你讲一讲吧！"

牟远忽然叹了一口气，说："唉，怎么说呢？一部二十四史！我是不愿意在分手后再说她的坏话的。其实，事情也很简单。她是个美丽的女人，但'美丽'与'好'是两回事。有个外国人说过一句格言：'与一个好女子结婚是生命的暴风雨中的避风港；与坏女人结婚则是港中的暴风雨。'嗨嗨，我同她结婚后，发现她并不爱我。这我很惭愧，据我了解，有个有妇之夫还爱着她。于是，这样的女人，只有分离。过程就是这样。"

像一声惊雷，炸得白林莽头昏眼花。白林莽仔细听着，对牟远的话似明白却又不甚了了，说："可以说得再具体些吗？"

牟远又叹一口气："唉，不必了吧！现在，你既然同她结婚了，又来了解她的情况。看来，你同她之间感情上是有距离的了？"

白林莽感到不好回答，说："我是想了解一下那些她不肯自己说的事。"

牟远笑了，笑得有点阴丝丝的："不瞒你说，其实，我对她还是有感情的。她没有向你谈过我和她吗？她在你面前没有骂过我？"

白林莽老实地说："没有！绝对没有！正因为这样，我才向你来了解的。"

牟远"啊"了一声，说："啊，是这样，那我也不必说她什么坏话了。我这人一向是忠厚待人的，宁可天下人负我，我是不负天下人的。"他说到这里，叹了一口气向白林莽说，"对不起，就谈到这里吧！我不愿做一个特殊的第三者！我们就不必再谈了！"忽然，又像想到了什么似的说，"如果你不满足，不妨找一找我们出版社总编室的一位女同志，名叫田虹的去问问。田虹同黎晓文本来是好朋友，可能田虹能告诉你不少有关她的事情。"也没等白林莽再说什么，牟远"咔"地挂断了电话。

白林莽放下电话听筒，感情上沮丧的曲线在叠加，心里翻江倒海。

不打这个电话也罢，打了这个电话，听了牟远阴阳怪气不咸不淡的话语，总的印象是黎晓文"不是一个好女人"。虽然牟远没有多说什么，说的也不具体，但听话听音，一切尽在不言中，反而使白林莽更觉得听了不受用。牟远说的"有个有妇之夫还爱着她"，显然指的是江梵。是呀！怪不得江梵的画展上，第一幅就是她的肖像，还有那幅《纯洁》……唉！什么"纯洁"呀！简直是肮脏！看来，田虹生气和辱骂，绝不是无风起浪的！从牟远的话里听来，离婚的主要责任是在黎晓文……

白林莽浑身血液加速了流动，耳根都红了。这是"天下本无事，庸人自扰之"吗？他对乔光劝他的话心里不服。他几乎是失魂落魄地回到家里的。

进房以后，白林莽失神地坐在藤椅上，怅然地看着窗外那一块浅蓝灰白色的天空，久久地、久久地陷入一种更苦闷、更烦恼、更伤心的绝望心情中，他觉得自己像是受到了欺骗，受到了侮辱，受到了意外的打击。

有一种压抑不住的狂怒在血液中流来流去，白林莽觉得自己像一个氧气瓶，只要谁擦根火柴点燃火星，就会爆炸。

人，每每是这样的：只要不能清醒地认识、克制自己，不能正确处理和对待矛盾，就常会自己给自己过不去，自己给自己找烦恼，自己给自己找些圈套来套上，自己要使快乐变成悲伤，自己要使安定和平静的生活变成纷乱动荡。

白林莽原来只以为自己进行调查，了解了黎晓文的隐私，会使自己变得轻松，变得心里坦然，能改变自己的处境，谁料，越调查在烦恼中就陷得越深，越调查越在愁眉怀疑的牛角尖里钻不出来了。

了解许多问题的存在，却无力去改变或控制这些问题，这使他感到异常痛苦。

该怎么办呢？黎晓文已经走了，感情的联系仍在，余味还浓。理智的昭示，却将他推向另一个方向。他觉得婚姻就像一把剪子，理应结合无间，但当它有相反的动向时，那夹在中间的人就要受到被锋刃剪伤的惩罚了！

白林莽吸着香烟，呆呆地坐着，忽然想起一句西洋谚语："经不起不幸乃不幸之最。"这使他略为振作了一些，他想：唉，事已如此，我要面对现实！

正在想，忽然听到门上有人"笃笃"敲了两下。一会儿，又敲了两下。

白林莽起身，心想：是谁呀？难道她回来了？当然不像！她是有房门钥匙的，她也不会这样敲门！白林莽起身去开门。

门开了！站着的是一个穿西装、长头发、挺拔英俊的年轻人。完全出乎白林莽意外，不是别人，这是画家江梵。

有意思，此时此刻，江梵竟会上门来了！

他来，干什么？是来找黎晓文……

白林莽压制感情，很有风度地同来客点点头，说："啊，是你！你找黎晓文？"

"不，我是专诚来拜望你的！"画家用手掠掠长发，"我可以进来同您谈谈吗？"他的脸上有一种不安的表情。

"请进！"白林莽伸出左手延请客人进屋，说，"她不在家！"

"我知道！"江梵进了房，在一张小沙发上坐下，看着白林莽去冰箱里拿出一罐橘汁来待客，这使他的不安开始消失了。他觉得谈话也许是可以顺利进行下去的，说："我听说她离开了家，听说你们之间发生了一些不愉快的事，我觉得……"他接过白林莽递过来的橘汁，谢了一声，说，"我应当来向你做些必要的解释。"

白林莽压下心中的不快，强颜微笑着说："好呀，请说吧！"

"我听说您找过我的爱人田虹了解情况，也想找牟远去了解情况。我要诚恳地对您说，他们的话您听不得。"江梵脸上布满愁容。

"为什么呢？"白林莽心里想：我找田虹和牟远他全知道了！消息传得真快呀！现在真是什么事都保不住密……

江梵叹口气说："我是一个画家。我临摹过法国画家莫罗画的《莎乐美》。我要坦率地对您说，我的爱人田虹，她是个莎乐美那样残忍的女人。英国作家王尔德，在名剧《莎乐美》中写过《圣经》上莎乐美的故事。莎乐美因为善舞，赢得希律王的欢喜。她因为恨圣者约翰，就不顾道德的准则要国王杀了约翰。田虹因为妒嫉黎晓文，迁怒于黎晓文，简直要把黎晓文置于死地。她对您和黎晓文之间发生不幸，有一种变态的高兴。您可千万不要相信她的话。至于牟远，这是一个绝顶自私的卑鄙小人，伪君子！黎晓文同他结婚，是极大的不幸！……"

"你说牟远是一个绝顶自私的卑鄙小人，你怎么知道？"白林莽吸着烟问。

"黎晓文和牟远结婚以后，牟远就暴露了他的本性。他们后来离婚时，我关注着。法院里有我一个熟人，谈起牟远亏待黎晓文的事使我震惊……"

白林莽打断江梵的话，说："你是不是可以谈谈你同黎晓文的事呢？"他刚才听到江梵的话，也不知为什么，心里涌起一种反感。他觉得即使田虹、牟远的话不能全部相信，你江梵的话我又怎么能相信？！你同黎晓文究竟是什么关系？

江梵点头，说："我应当坦率承认，我爱过黎晓文，爱得很深……但我们之间是纯洁的！"

"你不是同田虹结婚了吗？"

"那是我上了她的当！我对不起黎晓文，我没有经受住考验。"

"那你结婚以后，还在热恋着黎晓文，是吧？"白林莽脸上堆着乌云，语气生硬。

"没有！我主要是觉得太对不起她！我同她之间是清白的。我觉得她是一个纯洁的好姑娘！而我，优柔寡断，意志薄弱，我已经无法求她谅解，我只有把痛苦与歉疚压在心底。可以向你保证的是：我对她从来只有尊重，而没有任何亵渎她的圣洁的举动。"

白林莽弹弹烟灰，笑了一笑，当然是冷笑，说："那你的画展上的两幅画又怎么解释呢？我如果没有记错的话，一幅是她的肖像，题为《望美人兮天一方》；另一幅所谓《纯洁》是半裸卧床的。"

江梵点头说："是的！是有这样两幅画，但您是作家，应当懂得，这是艺术品，艺术来自生活。正如您写小说。小说也许有人物的原型，但它绝不就完全是真人真事。我婚前曾给黎晓文画过肖像，没有完成。但她的气质高尚优雅，她的智慧与庄重和她那清澈如水的眼光，促使我不能不完成这样一幅艺术品。因为想到我当年曾对黎晓文有过追求，而黎晓文又是兰桂一类的芳草似的女性，所以就用了《望美人兮天一方》的题名。至于那幅《纯洁》，画的并不是黎晓文。当然，我在画时确想到了黎晓文的面容，尤其她那双纯洁的眼睛。但那确确实实是幅艺术品，并非写生画。虽是半裸体，我目的在于用白色的基调来表达《纯洁》这样一个主题。这只能说明她在我心目中是纯洁的神圣化身，丝毫没有亵渎她的任何邪念。她以前曾劝过我：'安心作你的画吧！'正因如此，我才……"

白林莽耐心听江梵解释，他不能说不理解一个画家绘制艺术品的剖析，但感到不能满足，心里想：世界上打着纯洁幌子的事每每并不纯洁！……终于，打断江梵的话说："你对她的评价很高，但是，这跟我了解到的并不完全一致！"

江梵点头："是呀！一场'文革'，虽然过去十年了，很多人都懂得'谣言千遍成真理'的道理。现在加强法制了！但造谣诬蔑这类事还多得很。用的方法技巧一点、策略一点，也不犯法。很难叫被毁谤者追究他们的责任。我来，不是为撇清我自己来的。我只是觉得你们应当过得幸福。黎晓文是无辜的，我很怕莎士比亚《奥赛罗》中'雅古'那样的一类人物出现，害得一对令人羡慕的爱侣分离。"

白林莽笑笑，说："我看黎晓文决不是无辜的苔丝德蒙娜，我也不像奥赛罗。我总觉得天下事，是真的假不了，是假的真不了。"他的态度有点拒江梵于千里之外。

江梵摇头，说："不，在现实生活中，总有那么一种人，喜欢无中生有，俗话称为'舌头长'，爱拨弄是非。遇到头脑清醒的人不一定奏效，而听到风就是雨的人，就容易受骗上当了。比如男女关系这种事吧，常常不是一下子就能查清的，被'舌头'压死的人还是有的。不能不警惕！"

白林莽也摇摇头，说："那真奇怪！如果黎晓文纯粹是冤枉的，她那天在画展上可以反驳，也可以向我明说嘛！她何必守口如瓶，更何必出走呢？她像现在这样做，不适足是'此地无银三百两'了吗？"

江梵叹口气，说："是呀！我如果遇到她，我是会劝她这样做的。但你应当理解她！在这些事上，造成了她极大的痛苦，精神心灵受到严重伤害，她必然是不愿触及过去的。您何必偏要去戳她那早先已经伤痕累累的心坎呢？再说，她的性格你应当明白，她是一个清高孤洁的人，不屑与低层次的人泼妇骂街式地吵闹。在一些外国，一个无故辱骂别人的人，只要对方提出控告，就要受到法律的惩处。在我们这种社会主义国家中，论理也该这样，但法制尚不完善，'文革'的遗风尚阴魂不散。无辜受到诽谤的人，常常只能默默背着'黑锅'，忍气吞声。社会上还没有形成敢于与'精神伤害'做斗争的风气。黎晓文是个有教养的人，那么地善良。你没看过日本电视片《阿信》吗？阿信的那个帮助她摆地摊的朋友阿健，两人并没有任何不正当的瓜葛。她是纯洁的。可是阿健的妻子来大骂并动手殴打时，阿信既不回骂也不回打，她是无声无息地离开东京回她的老家去了……"

白林莽皱眉思索起来。他不能不承认江梵说得有些道理。同黎晓文婚前的热恋与婚后的甜蜜相处，使他回味无穷。他一方面对黎晓文怀疑责怪，要调查她的隐私，一方面却又愁肠百结剪不断的情思绵绵。他直率地说："你的意思，是说你同她之间，完全是纯洁的？"

江梵肯定地点头，态度那么坚决、真诚，说："是的！我想，你应当完全相信她，也相信我！"

"她为什么会同牟远结婚呢？为什么结了婚很快又离婚了呢？"

江梵轻轻叹了口气说："事实上，从我与田虹结婚后，同她之间就没有接近了。在我，是觉得对她有愧，而且心中懊悔；在她，是有意回避我。后来，她结婚了，当然更不可能接近，互相都避免。田虹又是那么个多妒的女人！她总是无理取闹，说我还爱着黎晓文，就老是无端端地骂黎晓文勾引我。她是个什么秽语都说得出口的女人！我在想：黎晓文匆匆结婚，也许同这也有关系。可是，不幸得很，她很快又离婚了。我知道以后，很难过。她不久就调离出版社到杂志社去了。有一天，在路上，我遇到了她。我同她站着谈了一会，表示我对她的婚姻不幸而难过，向她致歉，并祝她振作起来。谁知，偏巧遇到田虹走过来，这就不得了啦！田虹在街上大庭广众之间就大吵大闹，骂得不堪入耳。回去后又大吵大闹。从此，家无宁日，她总是无中生有地污蔑黎晓文。这次画展，我拿出了《望美人兮天一方》和《纯洁》，就像火上泼油！其他的事你也大致知道了！"

白林莽叹了一口气，他认为江梵的话不像是编造的。从画家的谈吐中，他感到这是个比较诚实的人，可惜他不能全相信他。他对江梵的了解毕竟太少了。他只能模棱两可地说："一切让事实来说话吧！我现在对听到的一切，都很难做出判断，更无法就下结论！"

江梵点头说："是啊，我也不奢望我的话一下子使您完全相信。我来的目的不是想说我如何如何，我是想告诉你：黎晓文确实是一个非常值得您爱的人。您同她的结合是应当十分幸福的。我希望您牢牢把握这种幸福，好好体谅她了解她。有许多使得家庭间感情发生恶化的原因，本不起因于谁不爱谁，只是起源于无端的猜忌，不能谅解，又未能好好地处理这种矛盾，于是误会加深，疙瘩越结越紧，无法解决了！"说到这里，他站起身来，说，"我要说的话基本都说了。我要走了！如果说，您目前苦恼有哪些是属于我给您造成的，我向您致歉，请您原谅！"

说着，他迈步走到门边。

白林莽也不留他，将江梵送出了门，点头告别，双方谁也没有想伸手握一握的愿望。关上门后，听到江梵的脚步声下楼了，白林莽在房里踱起步来。

在爱情的沙场上，我为什么成了这么一个败阵之将……

他一向有点自信，可又有点优柔寡断。现在，心里更乱了，像一团乱麻找不出个头绪来。忽然想到刚才该问一问江梵：黎晓文住在哪里？人在什么地方？可惜，一时竟忘了问。当然，这也不要紧，真想了解，可以打电话到出版社找江梵再问的嘛！再说，打电话到《东方瑰宝》杂志社也可打听到的嘛！现在，白林莽并不觉得有知道的必要。知道了，不去把她找回来，反倒好像于心不忍。去把她找回来，则又心有芥蒂。向她道歉求她回来，似乎还无必要。何况，思想上的不痛快与种种疑惑，尚未得到妥善解决，就是把她请回来了，也是不会愉快的……

这一想，他倒觉得他和黎晓文双方现在都暂时分开，未始不是一种暂时解决矛盾的方法了！

莎士比亚有过一句名言的嘛："爱，和炭相同。烧起来，得想办法叫它冷却。让它任意燃着，那就要把一颗心烧焦。"

他同黎晓文之间，现在的矛盾，说到底也还是由于爱造成的呀！如今，不能再在已经燃烧着的心上加热了！让它冷却一下吧！双方拉开距离，做一下冷处理，也许是比较合适的……

事情已经越办越尴尬了！情绪也已经越来越低落了。许多复杂的问题还并未能水落石出。田虹说黎晓文是个坏女人，江梵却说她是个好女性，纯洁、清高……调查的结果是没有结论的。白林莽更痛苦了！创作的思维是冻结了、枯竭了！搅得地覆天翻了！女人造成的烦恼竟会这样严重！

如果说，江梵没有来之前，他觉得自己想爆炸的话，那此刻他简直想自杀。也不明白这种没出息的想法是从哪里来的。反正痛苦得不想活了，满腔真情感到无所寄托。想哭，没有眼泪；想高声大叫，自己又没有发狂。苦闷与烦恼想发泄，他忽然感到想寻找刺激，在这寂寞的、处处留有黎晓文痕迹的家里，他忍受不了。他决定找个地方，独自去喝点烈性酒，让那种平时他并不喜欢的辛辣的液体同他体内储藏郁结着的烈火汇合在一起，求得那种火辣辣的凤凰涅槃似的升华。

他写小说时，写过那种醉鬼喝酒买醉的场景。但那只是凭自己的想象。现在，他却渴望自己真的从"买醉"中，能得到几许解脱。

他看看手表，离午饭时间已经快近了。他去五斗橱上开了抽屉。那里放着全部本月家用的钱和他新收到的一笔刊物给的稿费。他才发现：黎晓文走的时候，这些钱她动也没有动。这个倔强清高的女人哟！这倒使他产生了一点难以形容的爱怜和不忍。他取了一厚叠钞票，装在兜里，决定出外找个地方"买醉"。

到哪里去呢？

白林莽决定到靠近郊区的那家新开张的第一流餐厅——海滨故居去。

前不久，他听一位文艺界的朋友说起：这家新开的海滨故居，是家以经营海鲜菜肴为主的高档山东风味餐厅。

当到处掀起一股"洋"风时，这家海滨故居却独辟蹊径，装饰成一座具有中国民族文化情趣的海边乡村式的馆店。这就深受中外顾客的好评。

446

在海滨故居里，可以饮酒，可以吃饭，可以喝茶和饮料，听播放中国民间乐曲……

白林莽本来曾同黎晓文约定，拣哪一天，两人同到海滨故居去欣赏欣赏山东海边乡村的风味。黎晓文还说过："早在二十年代时，著名女作家庐隐写过一篇名作《海滨故人》。这个海滨故居的名字，不知是不是从那儿来的？……"现在，白林莽心里烦闷，真想离开这喧嚣、吵闹的市区尘寰，到海边上去看看蓝色的大海、辽阔的天空……真的海当然见不到的，那么，到海滨故居去吧！也许那种布置出来的海边乡村风景，会给人一些美的和舒畅的享受……

他到了海滨故居，有点失望。

虽然，餐厅门拱的造型，像破浪前进的两条并行的海船船首，迎街的四扇落地窗户，像四座以海草漫顶的渔村茅屋，但看不到大海，总是心里压抑。餐厅里的人不算太多，有空的桌位。从四壁的布置来看，窗帘是用山东蓝印花布制成的。窗玻璃上贴着的都是民间剪纸。墙上没有名人字画，悬挂的是潍坊风筝、沂蒙山的民间泥塑……每张餐桌上方的天花板下，分别垂着串串料器葡萄和葫芦。吊灯的灯罩是用胶东渔民戴的六边形斗笠组合成的，一种渔家风味确实扑面而来。录音机里正在播放一支古琴曲，声声弦响，余音袅袅，令人有一种无风海涛的感觉。

有空调冷气，凉津津的，白林莽掏出白手绢拭去在外边太阳下晒出来的汗水，正在打算找一个既安静通风又在角落里隐蔽处的空位，忽然听到一个银铃似的悦耳的女声在招呼他："喂！——"

白林莽猛地回过头来，想不到见到的是她！她吸着烟，手执香烟和吐着烟圈的姿势很好看。他带着兴奋地说："啊，夏冰！是你啊！你一个人在这里？……"

夏冰笑笑，甩掉香烟，拿着手里罐装的可口可乐将吸管含在嘴里。

她本来就长得白皙，今天打扮得十分俏丽：穿一件凉爽的红、白、蓝三色镶嵌的骑士式白上衣，下边是条雪白的超短裙。涂了淡淡的口红，显得更加容光焕发，那潇洒多姿的一头乌发，发射出光彩。她是坐在那里，如果站起来，一定更加美。因为她的身材是高高的，该细的腰部细，该宽的肩膀宽，该隆起的胸部隆起，苗条而丰满，充满青春气息，任何无生命的艺术品同她相比都要逊色。这样的女人，谁看到了都会感到是一种美的享受，她没有说话，但用左手指指自己身旁的座位，示意白林莽坐下。

她的手指像有魔法，白林莽立刻不由自主地坐下了，自嘲地幽默着说："夏天，坐在冰冰的身边真凉快！"

白林莽同夏冰是两年前在电影制片厂的一次春节宴会上认识的。那时，制片厂招待宴请一些剧作者和外请演员，白林莽正在给修改一个电影剧本，所以受邀了，夏冰则是作为外厂的几个女演员的陪客参加宴会的。他们坐在一桌，就认识了，当天谈得挺高兴。夏冰玩笑地叫他"白白"，故意把"白白"念成英语里的"bye-bye"，白林莽则叫她"冰冰"。

那天，夏冰半真半假地笑着说："白白，你能为我专门写一个适合我演的剧本吗？"

白林莽也半真半假笑着说："可以！因为优秀的演员是能演各种不同的角色的。所以不管什么剧本都能适合他演！"

夏冰咯咯笑了，说："可惜我不是优秀演员呀！有些剧本我就演不了。"

但实际上，夏冰这两年拍了三部片子，有一部还是主演，在观众中挺走红的。她主演的这部《绿色的冬天》就是白林莽专为她写的本子。所以两人交往不少。说实话，白林莽对夏冰印象很好，可惜迟了一步，认识之前，夏冰已经结了婚。

夏冰找的爱人名叫朱颂平，比她大七岁，是个管理科学研究者，去年底到美国考察，已经半年多了。演员一红，谣言就起，朱颂平出国后，白林莽就听电影圈子里的人传说夏冰是位"风流人物"，同《绿色的冬天》那部片子里的男主角如何如何。白林莽也懒得多管闲事，听了也就算了。早些时日，听说夏冰又接了一部新片的任务，到青岛拍外景去了。没想到今天却碰巧在这里遇到她！

白林莽问："冰冰，你一人在这里干什么？"

夏冰笑笑。她同黎晓文恰恰是两种截然不同类型的女人。黎晓文素净淡雅，像一朵幽香的茉莉花；夏冰却浓妆艳服，像一朵芬芳的红玫瑰。她叹口气，忽然两只大眼露出哀怨寂寞的悲伤的神色，说："你从我的眼里，能看出些什么来吗？"

白林莽看着她两只可以吸人魂魄的眼睛，叹口气，说："你好像很不愉快，遇到了什么不顺心的事了吗？"

夏冰幽幽地叹一口气，用美丽的眼睛瞅着白林莽说："你看出来了吗？"

白林莽点点头，他确实从她两只会说话的眼睛里，看到了她的悲愁、孤单、彷徨与痛苦。

夏冰突然点起一支香烟，吐着烟雾，说："我苦闷极了！我是出来找快乐来的……"

不识相的侍者，穿着洁白的上衣来给白林莽摆上了一副碗筷，问白林莽吃些什么，打断了夏冰的话。白林莽刚接过侍者手中的菜单，夏冰已经给他做主了，说："我已经点好了两个菜，不吃饭，只喝点葡萄酒。我看，你也这样。天热，你加一个菜，也来杯葡萄酒吧！"

白林莽说："好好好，那——"他看着菜单，"我点一个炒海螺片吧！"菜单上的菜价都很高，他点的是一个贵菜。

夏冰说："可以！同我的菜不重复！今天，我请客，我点了一个炒虾仁，还有一个清蒸黄鱼。"

"这儿你常来？"

"不是万元户，哪能常来？这种地方是敲人竹杠的，我慕名已久，今天是头回来!"

侍者恭敬地取回菜单回身走了。白林莽看着夏冰说:"你继续说吧!"

天风海涛般的古琴乐声轻轻在空气中飘荡。附近座位都空着。远处有几对年轻的情侣在谈悄悄话,也有一对老年的西欧人模样的旅游者在喝啤酒、吃菜,拿着筷子沉重得就像拿着老虎钳似的。

夏冰又郁郁叹口气说:"唉,有些事并不像人们说的那样,有人造我的谣,散布了我许多桃色新闻,仿佛我只要往那里一坐,男人就会蜜蜂似的叮上来。其实不然,我在这里坐了一个多小时了,先喝冷饮后点菜,并没有人主动来同我搭讪的。现在碰到你,还是我主动请你坐下的。可见,一个女人真要想找个男人消愁解闷寻求快乐也并不容易。"

她似乎有点反常。白林莽听她说了这样大胆坦率的话,心中暗暗吃惊,猜测:她一定遇到什么非常不幸的事了,所以才这样颓丧苦恼出来寻求快乐的。给她这一说,又看到她满脸凄恻,白林莽反倒感到自己心头的块垒消散些了,压得不那么沉重了!也叹了一口气,劝解而又自慰地说:"冰冰,你那是危险的想法,不该有这种念头的。你跟朱颂平不是挺幸福的,对吗?"

夏冰苦笑笑:"幸福?我想寻找,但从未找到!你能给我吗?"

白林莽一刹那间,很想在感情的波涛中无顾忌地遨游,皱皱眉,吸着可口可乐。那种带药味的饮料,倒很爽口提神。听了夏冰的话,他不知为什么突然想起了黎晓文。

婚后有一次,他和黎晓文一起喝可口可乐。黎晓文叹口气说:"唉,我们这个国家,能像我们过这种生活的人有多少?就是我们的收入也不够天天大喝可口可乐呀!引进技术,引进迫切需要的东西,我双手赞成,但大量引进食品,引进这种可口可乐、百事可乐,我就想不通了!我们的外汇为什么要用在这种东西上!我喝过四川的天府可乐,青岛的崂山可乐，都不错嘛！听说，现在连做这种饮料罐的原材料我们还制不成，都得靠进口。如果引进制造原材料的机器设备和技术，自己生产饮料，那岂不更好！"

说这话时，黎晓文那种忧国忧民的表情洋溢在脸上……

白林莽听到夏冰的话，神经末梢像被刺了一下，拉回远去的思绪，答："你希望我给你什么样的幸福呢？你应当知道，我现在非常不幸，也许比你要不幸得多，正因为不幸，我太痛苦了，我今天也是出来解闷寻求快乐的！"

夏冰媚丽的眼睛突然好像放光了，说："啊，你也遇到不幸的事了？"她要求道，"白白，讲一讲吧！告诉我吧！什么事？"

白林莽如实地将自己遇到的苦恼一五一十地讲给夏冰听。人在苦闷到极点的时候，是十分希望有人倾听他倾诉自己的不幸的。白林莽一枝一瓣地讲，看着夏冰专心地谛听。

侍者端盘子来上菜，并送来了两只盛满鲜红葡萄酒的高脚玻璃杯。

"碰杯！祝你快乐！"夏冰举起了酒杯。

"祝你快乐！"白林莽同她轻轻碰杯。

他们边吃边谈。菜的滋味很鲜，红色的酒很甜。

听白林莽谈完了同黎晓文之间发生的苦恼，夏冰忽然变得沉静庄重了。先是用筷子一只一只夹着虾仁吃，接着就又举起杯来，像背诵台词般地说："强烈的私有观念，往往使男女的关系中含有互相'占有'的心理。当个人主义发展到了顶点的时候，如果要求'绝对占有'的欲念不得满足，于是冲突爆发，双方便会产生敌视和疑惧的心情……"

白林莽听着夏冰像朗诵似的说着，好像觉得她的话是指着他同黎晓文的事来的，马上辩解地说："不，冰冰，别以为我这是个人主义发展到了顶点。我的观点是：人就是人，而大同世界的关系是一种人同人的关系。那么，你就只能用爱来交换爱，只能用信任来交换信任。如果为维持一种婚姻而维持，其中抽掉了爱和信任，使婚姻变成了一场漫长的逆来顺受与同床异梦，那就使人再也不能忍受了。"

夏冰当然是听到他说这些话的，但表情上似乎根本没有接受他说的这些，好像朗诵台词地又说："我认为，借着温和与耐心，借着一种寻求安定的要求，你该寻求对于你们双方都蒙受益处的事物，只有考虑到自己，更考虑到对方，才有可能会建立起一个快乐美满的家庭。"

白林莽夹着海螺片吃。炒的海螺片火候过了，又是冰箱货，不但老，而且没有鲜味。他忽然觉得夏冰这番话倒很有见地，心想：我是否考虑自己太多，而考虑黎晓文太少呢？我是否在做一种并非对双方都有益处而是对双方都有害处的事呢？……这样想着，他的眉心纠结起来了。

夏冰忽然好像从怔忡中醒来似的，脸上变了一副表情，卖弄地笑着问："白白，你看我美丽吗？"

白林莽想：她问这是什么意思？他感到夏冰今天很反常，与以前每次见面都不同。今天似乎一直是在挑逗着，难道她真是随意放荡，想寻欢作乐？

白林莽不能不承认夏冰确实是很美丽的。他点点头说："当然，你很美！不仅美，你很有魅力！"

他对夏冰这种隐含的挑逗与放任，有一种想入非非，也有一种矛盾的感情。他虽然苦闷，也想寻寻刺激与欢乐，但不是想出来风流的。一方面是有一点遗憾，他不喜欢一个女人这样浪漫；但另一方面，却又觉得对方确实美得醉人，而今天这种苦闷到极点的情绪下，他忽然觉得很愿意同夏冰接近。唉，大家都苦恼，大家都需要找点快乐，如果能互相都使对方排除、驱散一点痛苦，有什么不好呢？

放在平时，也许白林莽会摇摇头，对她这种大胆的挑逗与放任进行规劝，说："冰冰，你今天有点两样！让我保持着过去对你的美好印象吧！酒，你就别再喝了！我本来想对你谈谈我的苦闷，让你劝解劝解我，帮我出出主意的，但现在，我感到，需要劝解的反而是你，再吃点菜，我们就走吧!"

但，现在，白林莽没有这样说。在感情面前，理智常常是会战败的。他感到精神空虚却想在夏冰那里得到些什么来填充了! 他喝了一点酒，脸微微发红，反倒凝睇着夏冰的眼睛和嘴唇，那眼睛像深不可测的两汪温泉，那富有诱惑力的嘴唇为什么这样像黎晓文的嘴唇?

白林莽觉得自己是在将一种脉脉的感情，只可意会不可言传的感情通过眼睛在传送给对方。

这样沉默了一会，忽然夏冰笑笑，笑得很特别，使人猜不透她心里想的是什么。她一口喝干了高脚玻璃杯里的红葡萄酒，说:"走吧，白白，到我家里去坐坐! 我要好好跟你谈谈。还要给你看封信，我的雅马哈在门口，我带着你去。"

她指指身边的一张椅子，这时白林莽才注意到有一只红色头盔放在夏冰身边的椅子上。

这个平时爱骑着雅马哈到制片厂去上班的时髦电影演员，此刻她的邀请使白林莽没有一点抗拒能力。

见白林莽没有回答，夏冰笑了，说:"怎么? 以为我醉了? 以为我是个风流人物，不敢去?"她咯咯笑了，笑得十分洒脱，说，"跟我去吧! 哈哈，不要紧的!"

第八章

　　《东方瑰宝》杂志社是在一幢大楼的三楼上，一共是六大间办公室及会议室。

　　黎晓文离开白林莽后，同杂志社的领导谈了自己的情况，住在杂志社编辑部的一间办公室里。

　　一起做编辑的好友叶娜是个离婚已经三年的女人，心地挺好，对她亲热。比她大六岁，待她像个大姐姐似的，叶娜兼管《爱之桥》那一栏，就是叶娜硬劝黎晓文写了征婚启事放在《爱之桥》里发表的。叶娜同出版社里的人有熟识的，她听到田虹又在散布白林莽如何进行调查等等的"新闻"，往黎晓文身上抹黑。她同情黎晓文，劝黎晓文到自己家里去住。

　　黎晓文怎么也不愿意，好在天热，生活可以简单化，晚上睡大沙发，用一床带来的毛巾被一盖就行。办公室里风扇、热水瓶等等的一应俱全，用自来水也很方便。她明知这样住着不是一个办法，但又想不出比这更好的办法来。

　　黎晓文做了两种打算：一种是白林莽会回心转意，来看望她，"请"她回去，披肝沥胆地向她道歉。她想：我实际上对他并无隐瞒，我告诉过他我离过婚。我对他更没有虚伪，我确实全心全意地爱他。爱，只能用爱来换，用调查等等手段是只有换来恨而得不到爱的。如果他回心转意了，她就会感动得将过去的事全部告诉他。那些事本来并不是见不得人的。只是她的个性是如此，既然不愿触及，不愿旧事重提，就反感人来揭她的伤疤！既然有约在先，那就应当遵守约定。怎么能一点信义不讲？何况，她从心里面厌恶那种自私的大男子汉作风，那种丧失信任未经她同意就在秘密进行"调查"自己妻子的"隐私"的做法。你既然不信任我，你既然要调查，我说什么你也不会相信我的！她希望的是有平等的爱。这是一种夹了大男子主义同女权思想的冲突。

黎晓文的另一种打算是：白林莽不会回心转意了！那样，就让这场婚事变成再一场玩笑吧！把它结束埋葬掉！如果上海能住得下去，就继续在上海工作、生活，实在从感情和生活上都觉得不可逗留了，那么，就设法调回四川去。她早已向往成都那个四季常绿、春天有花会、过年有灯会，古老建筑和现代化布局杂陈的城市了！望江楼畔的薛涛井，武侯祠里的刘备墓，浣花溪旁的杜甫草堂……梦中有时她也向往。那么，像一只铩羽的小鸟飞回家乡去吧！当然，这样想的时候，她的内心是凄凉酸楚的。

叶娜热情地来陪她谈心，劝她、安慰她，还特地一次再次烧了可口的菜来送给她吃。

叶娜离婚后，带了一个六岁的小女孩回到父母身边住。那男的是宝山钢铁公司的一个技术人员，离婚不到一年，就重新又结婚了。

叶娜对离婚是有遗憾的，劝黎晓文说："婚姻生活中最重要的事就是忍耐！当初，我和他如果都肯忍耐一下，也许就不会离婚了。现在，苦了的是孩子！听说他重新结婚后也不如意，仍常常吵架。有句外国谚语说：'婚前睁大眼睛，婚后半睁半闭。'看来，也不是毫无道理。你就忍一忍，耐心对待吧！"

听叶娜说，她同男的离婚其实也并没有什么了不起的事情。只是由于双方性格不太相同，工作都忙。起先由于家务的负担等等，常常计较。那个男的，不爱干家务，接着有了孩子，麻烦更多。偏偏叶娜为了孩子十分辛苦的时候，又风闻男人与一个女同事来往密切，一同逛过大街、看过电影，龃龉遂起。男的说"冤枉"，叶娜不相信，终于发展到不可开交，上了法庭。据后来了解，男的确实没有那种暧昧的事，那当然算是一场误会了！

黎晓文对叶娜"现身说法"的劝告并不以为然。她认为：正常的婚姻，必须两人之间有爱情，有信任。没有爱情和信任，靠忍耐有什么用呢？何况，人的忍耐总是有限度的，总是受理智支配的。黎晓文同牟远的离婚就是因为实在忍耐不下去了才离的……

当然，黎晓文没有把心里想的这些坦率对叶娜讲。她不愿再伤叶娜的心，叶娜对她的劝解纯属一片好心。她记得有个法国的思想家说过一句话："互相研究了三周，相爱了三个月，吵架了三年，彼此忍耐了三十年——然后，轮到孩子们来重复同样的事，这叫作结婚。"这话说得既俏皮又尖刻，意思不外是说婚姻实际总是痛苦的。相爱的时间很短，吵闹与忍耐的时间则很长，需要付出很大的耐心。只是黎晓文总觉得这种话片面性也很大，世界上婚姻圆满的也很多。当一对夫妇志同道合、互相信任，互相都有高尚的道德，都有各自承担的责任感，男女关系之外还有崇高的友谊，常常都是能幸福的，都是能白头到老的，这同将"和好"纯粹归之于能不能忍耐有什么相同之处呢？

叶娜又絮絮叨叨讲了一通："唉，夫妻之间，不要像赛排球似的你来我去一定要决胜负。你胜了又怎样？他胜了又怎样？你在家里是个'铁榔头'又怎样……"

最后，叶娜回家去了，办公室里静悄悄的，只留下了黎晓文。她坐在自己那张办公桌上，开了台灯，随手拿起一张当天的报纸来看，但心事浩茫，看着报感到无聊，放下报，又呆呆地望着窗外那已经暗下来的苍穹，神思天马行空般地飞驰起来……

她想起了留给白林莽的那首朦胧诗中的句子：

今天

我和你

　　要跨这古老的门槛

　　不要祝福

　　不要再见……

当她默诵到下面这些句子：

　　把回想留给未来吧

　　就像把梦留给夜

　　泪留给大海

　　风留给帆

　　她的眼眶湿润了！她喜欢朦胧，白林莽却相反。而现在，她相信：他一定陷在朦朦胧胧的苦恼中，而她自己，也朦朦胧胧想不清楚了。

　　黎晓文为什么要同牟远结婚？现在想起来，尽管心里懊悔，却又觉得当时那样做并不是不合情理的。

　　那时，江梵积极地追求她，她也开始对江梵产生了一种初恋特有的纯洁的爱。可是谁料得到，江梵突然来了一百八十度的大转弯，忽然避开她了。

　　她看到田虹对她的态度忽然变了。而且，田虹到处对人说："我和江梵就要结婚了！"

　　为什么这样？她弄不清。她有一种受了欺骗和戏弄的感觉，常常，夜里独自在床上悄悄流泪，做着一些奇怪的噩梦。

　　田虹突然不理睬她了，见到面时，像不认识，甚至用两只凶狠狠的眼睛瞪着她。别人悄悄告诉她：田虹到处在散布流言蜚语，说："黎晓文不怀好意，想破坏江梵和我的关系，做第三者……"

　　黎晓文感到常常在走路时，背后就有人指指点点戳着脊梁不知说些什么。

那是一种失恋夹杂着受辱的感觉，使她简直抬不起头。

不久，江梵果然同田虹旅行结婚了。两人到杭州去了一趟，回来后，田虹到处散发喜糖，见到黎晓文也仍是不理不睬，但却故意让人带了一小袋喜糖给黎晓文。糖是甜的，但这袋糖是"酸梅糖"，她一定是故意恶作剧的，或许是田虹在示威，表示一种醋意。

江梵很少露面，听说他婚后整天只是画呀画呀……头发很长，胡子也很长，黎晓文很少在外面溜达，轻易见不到他，也不想见到他。

就在这时，牟远看准时机出现了！

这个上海青年，一个大学历史系的毕业生，与她同年，长着一副挺斯文的外表，脸上常有一点笑意，略带沙哑的嗓子说起话来慢条斯理。从外表上看，是挑剔不出什么大缺点来的。他常来找黎晓文谈谈，讲一些他听到的关于田虹毁谤黎晓文的话来给她知道，用一种同情、安慰的语气和亲切的态度同她聊天，奉承她是一个完美无瑕的女性，鼓励她不必怕人家飞短流长，应当勇敢地面对现实。

这可能是属于"乘虚而入"的一种战术吧！黎晓文清高淡雅，有一种超脱于平凡的气质美，更不必说工作能力、业务水平和学历等了。在牟远的天平秤上，他这是"最佳选择"！

反正，在这种黎晓文最苦闷的时期，牟远的有心亲近，是掌握了"雪中送炭"的好时机了！

可惜的是几乎很多人都会相信人的外貌，认为人的心地总是和人的外表一致。外貌好的人心地也好。黎晓文犯的错误也在这里，她开始在心中蕴含了对牟远的好印象。

有一天，十分偶然，下班以后，黎晓文要出去买些茶叶、牙膏之类的杂物，恰巧在院子里走廊边的紫藤架下碰到了江梵，她心里一颤，低着头想赶快走开，远远离开江梵。

谁知，江梵急急追上来叫住了她："晓文，晓文，你等一等！……"

她的脚步停住了，也说不出是怎么的，心里委屈得直想流泪。

江梵面对面地同她站在一起了。好些日子不见，他仿佛苍老了，额上有了皱纹，人也瘦了！他歉意地说："晓文，我对不起您！我是个没出息的人！我上了当！我并不希望你饶恕我，但我必须要向您道歉。道了歉，我良心上才好受些。我要将我的心让您知道，虽然我已不可能再获得您的爱，但请相信我，我永远不会忘记您，也永远会感到对不起您。我现在痛苦极了，虽在绘画，却难以安心画出好作品来！……"

她不愿意再听江梵说下去，忍着心痛坚强地说："安心作你的画吧！你已经结婚了，请不要再说那些过去的事了！……"

她刚要启步走开，料不到田虹像幽灵似的突然出现在她的身后。她看到田虹杀气腾腾的横眉竖眼的面孔，也听到田虹在破口高骂，骂得那么难听，声音那么响亮，似乎要让人人都知道她黎晓文是一个"不要脸的女人"。连传达室的老传达，素来不爱管闲事的孟家伯伯都听到骂声走出来看热闹了。

黎晓文后来只知道自己是匆匆忙忙离开现场的，她并且好像看到江梵生气地动手打了田虹一个耳光。她踉跄地像逃跑似的跑开了！她感到羞耻，感到冤屈，感到受了侮辱。但是怎么办呢？她了解田虹的泼辣，无中生有是田虹的拿手好戏，田虹的一张嘴能顶十张嘴。同田虹，有什么道理可以说清呢？

江梵和田虹后来如何收场的她不知道。只是第二天，牟远告诉她：田虹到处在败坏她，说黎晓文如何如何充当"不光彩的第三者"角色，"破坏了江梵和我的关系！"……

"您能接受我最诚挚的爱吗？"那一天，牟远像个出色的演爱情戏的演员似的向她求爱了，"老实告诉您，我早就深深爱上您了！您是如此的美丽，如此的高尚。只是，那时见你同江梵常常在一起，我只有……"牟远文质彬彬地用一种温柔而和缓的语调向她吐露心愫，脸上的表情是十分诚恳神圣的，叫谁看了都会被他的虔诚与体贴感动，"我的父亲是医生，'文革'中死了，母亲原来是护士，去年也病故了。我是独生子，现在住着他们留下来的两间房子。我们结婚，一切都是现成的！我会给你幸福的！"

当黎晓文寂寞、孤单、痛苦、烦闷达到极度的时刻，她是多么需要人同情，需要人给予温暖呀！她当然需要幸福。而牟远说："我会给您幸福的！"牟远的求爱，不能不使她动心，不能不使她考虑了！

她想：看来，这是个诚实、可以信赖的人，为了阻挡田虹再到处散布那些无根据的流言，为了封住那些爱管闲事说三道四热衷于传播男女之间琐事的人们的嘴巴，黎晓文想：我如果结婚了，是用事实给了答复，该是可以说明我的清白无辜吧？

她在一天傍晚答应了牟远的要求。

其实，答应的时候，她并没有强烈的幸福感，也没有浓厚的欢乐，反倒是心里发酸，眼眶里涌出了泪水。

她自己也说不清她当时的心理状态是什么。她有过的那种初恋的真诚感情已经丧失，似乎再也不会恢复。她是在既清醒又糊涂，既愿意又不太愿意，被动而毫无主动的情势下同牟远结婚的。其实，她对牟远并不了解，短期相处使她看到的牟远只是浮面的一些假象。而内心，是看不到的。

人要是能把那些悲惨、痛苦、肮脏、不幸的事都忘却多好呢！可为什么能忘却的东西那么少呢？

今夜，她坐在窗前，呆呆地想起了同牟远结婚和婚后的那段经历，心里有一种吃了一种什么腥臭难闻的肮脏东西的感觉。想起来会恶心作呕……

那自然是一段不堪回首的惨痛的遭遇。

也许就有一种自私的男人，用虚假的欺骗手段将女人骗到手后，妻子就是他泄欲的玩物，除此之外，尊重、关心，共同的事业，身体的健康……一切的一切，都是零。

也许就有一种自私的男人，一切从"我"出发，要妻子像奴婢般的侍候他，饭来张口，衣来伸手，自己拼命享受，妻子却受虐待。

也许就有一种自私的男人，自己的收入自己花用，妻子是他的赚钱工具，收入全部要由他支配。他吝啬、精刮，即使妻子动用的只是自己的劳动所得，也会遭到他的反对和干涉。

也许就有一种自私的男人，妻子只能服从，不能自主，婚前他会假意奉承，婚后就会专制粗暴。占有以后，打骂也会成为家常便饭。甚至封建得变态，要剥夺妻子的自由……

"黎晓文，你本月的工资呢？"结婚后的第三天，牟远早已将她的全部存款八百多元一齐拿了去。这时是结婚后第一次发工资，当天，牟远就赤裸裸地责问。他发现黎晓文下班后曾到邮局寄了一部分工资到成都给母亲。他的脸色难看，阴云密布。

黎晓文告诉他，工资已经领来，并且讲她每月必须寄钱回去给母亲。

牟远将黎晓文余下的钱取来塞进口袋，板着脸用不容置辩的口气说："你现在结婚了，以后不能这么花钱，下个月的工资归我去领。"

……

"我以前一点也不知道你这么爱抽烟喝酒呢！你能不吸烟不喝酒吗？"黎晓文意外地发现牟远很会独自享福。抽的烟喝的酒都是高档的，常为自己买下酒菜带回来享用。婚前，牟远说他烟酒不沾，那是因为他在"追求"的阶段，需要伪装。婚后，他原形毕露了。不但烟抽得凶，每晚总要喝酒，喝了酒拿出一些不知从哪儿弄来的黄色进口刊物看，这就变得猥亵庸俗，难以形容了！他有使她难以言说的从精神到肉体的缺少人性的不可容忍的践踏她的方式方法。

……

"以后，不准再同你们编辑室的小高讲话！你平时打扮得也太漂亮了！结过婚了嘛！要注意到我的忌讳！"牟远一天晚上喝着酒说。

"我又不是卖给你的，怎么连起码的自由也要剥夺，小高同我合编一本书，怎么能不讲话！你说我打扮得太漂亮，其实，我很朴素，你应当看得到！"黎晓文气得脸色煞白。

"不准你做的事，你就不准做！"牟远带着酒意，"以前你和江梵的来往，我还没有好好追究哩！总有一天，我要查一查的！……"

"你胡说！"黎晓文忍耐不住了。

牟远"啪"的一个耳光打在黎晓文的脸上，留下了通红的五个指印。

……

有一天，有一个面容憔悴的近三十岁光景的女人来找牟远。牟远同那女人大吵了一顿。黎晓文才吃惊地知道：牟远在四年前曾秘密和一个女同学发生了关系，后来，他采取了卑鄙的手段抛弃了那个姑娘。那个姑娘患了精神分裂症被送进了精神病院，迄今也还在那个精神病院里治疗，来找的是那姑娘的姐姐。

……

黎晓文也憔悴了，更忧郁了！她觉得灵魂受到了鞭笞，心灵受到了禁锢，自由戴上了镣铐，思想披上了枷锁，天天在遭受凌辱、奸污和糟蹋。

牟远仿佛是个毫无人性用全部冷酷无情和残忍自私的污秽材料铸就的角色。他有两副面具：对外一副，对内一副；婚前一副，婚后一副；人前一副，人后一副。他的亲昵，黎晓文感到都是肮脏的。在中学时代，黎晓文读过一个外国故事《蓝胡子》，写的是一个蓝胡子的人，将女人弄去囚禁着加以摧残杀害……读后使人惊心动魄，毛骨悚然。

同牟远结婚以后，黎晓文感到自己就像那被蓝胡子囚禁了的女人。难道同牟远一结婚，自己就手脚都上了奴隶的镣铐就这样被牢牢捆绑起来听任牟远玩弄和欺侮了？难道牟远用结婚这块合法的招牌就可以在我身上为所欲为了？

一天，她提出：我们分手算了！

牟远却狠狠地阴沉着说："没那么容易！"他在夜里甚至威胁地说："你要再有这种想法，小心我杀了你！"

黎晓文痛苦极了！甚至有一次走到外滩黄浦江边萌发过跳到江里去自杀的念头。遭受过同江梵、田虹那段曲折，又碰上人面兽心的牟远，她觉得自己确实被毁掉了！

能怨谁呢？抉择是她自己做出的嘛！她真是欲哭无泪了！

一个家庭的内核已经分崩离析，她同他之间存在着一条断裂的深沟。

黎晓文终于不能不向领导说出全部实情，并且诉诸法律，提出离婚，她要摆脱这种不道德的婚姻的桎梏。

经过许多周折，总算达到了目的，她好像从精神到肉体，从事业到经济失去了一切。剩下的是一个遭尽折磨的躯壳和被牟远和田虹用污言秽语损害过的名声。

她心如死灰般地想法离开了出版社，调到了《东方瑰宝》杂志社工作。随着岁月的流逝，从工作中，从周围一些比较善良的同事中，她才逐渐像被冰雪覆盖过的小草样地复苏过来，恢复了生意。

而后，有了同白林莽从邂逅到结合的遭遇，她只以为失去的幸福像小鸟一般又飞回来了！何曾想到，往事的阴影会幽灵似的跟随着她走，她想摆脱也是摆脱不掉的呢！

黎晓文心里懊恨，原来她估计离家出走，白林莽是会来追寻她的。如果追寻，她的单位——《东方瑰宝》杂志社一定是白林莽首先查询的目标。但昨夜白林莽没有来。今夜，到现在也还是不见白林莽来。

黎晓文很失望，她心里发酸，忽然想起了俄国诗人蒲宁一首诗中的几句：

随着时光的飞逝，

悲哀和惆怅也会消散，

回忆将会变得像

一片蓝色的

虚无缥缈的梦幻……

结婚，也许就像三岛由纪夫的《金阁寺》讲的那个故事？看到上一辈和同龄人都在结婚，男的和女的都在结为伉俪，似乎这是一件美妙、神奇、秘不可宣的事。但，等到进入了婚姻的殿堂，就会失去了美感，看到了丑恶。

她曾放上一把怒火，烧掉了她同牟远的婚姻！现在，是否又再放一把火再来烧掉那神秘美丽的金阁寺？

还是让我远远离开它，用火毁了它再欣赏它吧！只是，那次"放火"，她舍得！这次，要她烧掉"金阁寺"，她却舍不得！

朦朦胧胧，她有这种体会。

她忽然又浮起了同白林莽初相识时那次在锦江乐园玩"单轨缆车"的情况：兜上一圈，需要两个人齐心协力同脚踏。那天，白林莽与她合作配合得多协调多开心呀！

那天，她有些害怕，他用男子的粗壮有力的臂膀紧紧将她揽住……

现在，这一切都好像不存在了！为什么男人在追求时会好话说尽，结婚后要坏事做绝呢？怎么办呢？把它当作人生交响乐中的又一支插曲吧！

黎晓文沉浸在一种浑浑噩噩因痛苦而变得有点麻木了的感情中。忽然，听到门上有"笃笃"的敲门声。

她心里一怔，难道是白林莽来了？对，很可能是他！她决定去开门！门上"笃笃"的敲门声又响了！她走到门口，问了一声："谁？"

"我!"回答的是一个沙哑的温文尔雅的声音。这声音,她一听登时心里战栗起来。

不是白林莽呀!这是牟远!

黎晓文没有开门,但仿佛已经看到牟远站在门口白净脸上那副带着虚伪微笑的温顺模样了。她无法想象为什么一个有一张文雅白净的脸面的人,竟有那么一颗残忍卑劣的心!

自从同牟远结婚以后,黎晓文才发现这是一条披着人皮的狼,不是人!他那种文质彬彬,那种从说话到一举一动都温顺恭谦让的样子,全都是伪装。她不能忘怀同牟远一起生活所度过的那种难以忍受和难以言述的苦日子!

黎晓文眼里闪过一丝怨恨和惶遽交集的愁绪,带着怒气地问:"你什么事?"

门外,牟远毫无火气地回答:"晓文,开门吧!我有件要紧的事要同你谈。"

她觉得不应当在牟远的面前表现得有一丝一毫的畏惧与怯懦,走到写字台旁,将一把剪刀取在手里,悄悄藏在自己坐的藤椅垫子下,有了这件防身的东西,她胆壮了一些,然后走去开门。

门一开,她看见牟远西装笔挺、衬衫雪白地站在面前。门一开,牟远就迈步进房来了。

黎晓文在自己的藤椅上坐下了。牟远也在一张小沙发上坐下,并且掏出香烟来,自己用打火机点上一支烟来吸。

黎晓文催他说:"有要紧事请快说吧!我很忙!"

牟远笑笑,和善而谦恭,喷着蓝色的烟雾,说:"你的情况我都知道。白林莽正在了解你的过去,到处进行秘密调查,也找了我……"

黎晓文心里生气,脸都绯红了,她不能不相信牟远的这些话。

牟远用两只机灵的眼睛窥探着黎晓文的表情,说:"我什么都没有同他说,他要我同他见面谈谈,我拒绝了!我说了你一些好话!……"

黎晓文直率地说："你无须讨好我！你也不必拒绝他找你！你可以同他谈嘛！你怎么说我都不在乎！"

牟远摇头，好像十分诚恳地说："不！我可以坦率地告诉你。自从离婚以后，我很后悔，有些人给我介绍对象，我都拒绝了！'曾经沧海难为水'嘛！我一直想复婚，可是，偏偏你又同白林莽结婚了。今夜，我来，也是抱着这个目的来的。白林莽既然这样不信任你，同他在一起，你是不会有幸福的！我了解你的个性，同他离婚算了！我等待着你！现在办离婚手续就像旅游一次那样方便。你同他离了婚，我们可以马上复婚！过去，我有许多不对的地方，以后，我可以改！这不好吗？……"

实在出乎黎晓文意外，牟远夜间来访，原来竟是抱着这样的卑鄙目的！听他滔滔不绝啰里啰嗦，黎晓文觉得心上全是皱纹，胸里冒着火焰，气得简直要晕倒了，像一座岩浆在胸中蹿滚而忍受着风雨欺凌的火山，终于要爆发了。黎晓文打断了牟远的话，冷冷地问："你的要紧话说完了没有？"

牟远吸着烟："话是说不完的。但我的心意已经表达明确了！白林莽同你已经决不可能和好！据我所知，田虹已经向他说了许许多多关于你的坏话。白林莽对你的成见已深，你们之间的关系已经不好处理。而我和你，让我们互相宽恕互相和解吧！只要你答应，我会痛改前非的！我一定会给你幸福的！……"

黎晓文将桌上自己的一只玻璃杯用力朝地上"乓"的一扔，炸得碎片四溅，她的手不由自主地摸出了藤椅垫子下那把亮晃晃的剪刀，她高喊起来："滚！你马上给我滚！……"

牟远有点狼狈，将烟蒂扔在地上用脚踩灭，转身走了，但咬紧牙根狠狠地说了一句话："你会后悔的！"

黎晓文昂首回答："你去胡乱造谣毁谤吧！我永远不会后悔！你这只野兽！"

说这话时，由于激动和仇恨，黎晓文忽然觉得自己仍是年轻、富有魅力的。她能自立，能重新安排生活。她能争气！这种感觉在她同牟远离婚时曾经有过，现在则更强烈了！人生大道在自己面前，一下子似乎宽广起来。既然无畏，她就什么都不在乎了！

　　牟远已经走远了，留下了咯咯的皮鞋脚步声回荡在楼道里。

第九章

一个黄山姑娘般的小保姆，用福建漆的托盘送上了两杯碧螺春茶，放在客厅沙发前的横条茶色玻璃茶几上，就轻轻挪步走了。

这是个宽大的摆了两套沙发、铺着绿色地毡、挂着白纱窗帘的极为富丽堂皇的客厅。

夏冰正陪白林莽在欣赏墙上挂的那些贝雕、羽贴工艺品和一些钢架镜框里的西洋绘画作品。

白林莽绝对想不到，在夏冰家的会客堂里看到用镜框挂在墙上的竟会是戈雅①的那套题名为《狂想曲》的铜版画中的几幅。

这套画，在外行看来并不美，也不好理解。夏冰家挂的也不可能是真迹，它全是印制品。但夏冰却把它挂在很显著的位置。

白林莽忍不住问夏冰："你怎么挂这些画？"

夏冰用一种游戏人生的眼神望望他，说："尊敬的作家，这个问题如果由一个对绘画或历史完全不懂的门外汉来问，那并不奇怪；由你来问，就太奇怪了！"

"为什么？"

"你应当知道，我佩服戈雅的无私无畏精神，在西班牙的黑暗时

---

① 戈雅（1746—1828），西班牙大画家，被美术史家认为"近代欧洲的绘画是从戈雅开始的"。他是一位热情的爱国者、反封建的斗士、同情劳动人民的民主主义者。

期，他是敢于用自己的作品向与封建势力相勾结的宗教裁判所挑战的最突出的一位画家。这套《狂想曲》铜版画中批判性地反映了宗教的伪善、残忍，揭露了僧侣们的愚蠢贪欲，表现了人民的苦难与不幸……"夏冰用她美丽的眼睛看着一张画上那个受审的妇女裸着上身，绑着双手，戴着高帽在士兵押解下骑马游行的场面，说："这样的画，叫人看了是不会不动感情的。"

也不知为什么，看到了戈雅的这些铜版画，白林莽就想到了"文化大革命"。他是了解大画家戈雅向宗教裁判所战斗的那段历史的。

西班牙的宗教裁判所，在欧洲是以最残酷而闻名的。有人统计过，到戈雅侍奉的查理四世时期，三百年间，百姓被宗教裁判所用火刑烧死的达三十几万人。为了让人们坚定忠诚地信仰天主教，宗教裁判所不但排斥一切异端思想，惩治一切"异端"行为，而且不许传播外来文化。宗教裁判所鼓励教徒检举揭发一切人，包括夫妻互相揭发、子女检举父母、亲友互相告密。宗教裁判所可以任意抄家，对人进行检查，而调查案件都是在秘密中进行的。这就给诬陷者开了方便之门。宗教裁判所审判的目的，并不是要使人们道德高尚，而是为了让教徒们绝对遵守教条，被审者要戴高帽子裸身游街。犯宗教罪的人，五代以内不准从事高等职业和担任公职……

夏冰站在画前，说："白白，你对这幅画一点感受没有吗？"

白林莽有点明白，又有点懵懵懂懂，说："感受……那当然是有的。我……不禁又想到了十年内乱！……"

"是啊！正因如此，我的爹老头儿才同意我将这些画挂在这里。"夏冰语气感慨，忽然笑了一笑，笑得很甜也很奇特，"但，我是带你回来让你受受教育的。看看这些画，是对你进行教育的第一步！"

白林莽真是搞糊涂了！这个漂亮的女人，确实有些奇怪。先一会儿，在海滨故居里时，她是挑逗型的。她的眼波，她的笑容，她的苦闷忧郁的面容，她的富于文学性和引诱力的话语，都是带着挑逗，活像一个出来寻欢作乐的浪漫女人，以致使得白林莽不能不神魂动荡想入非非，不能不被挑逗得想由她摆布。

可是，后来，不一会儿，跟着她骑上她那辆雅马哈一溜烟"啪啪啪啪"地来到她家时，她好像突然变成另外一个人了！她变得庄重起来了！眼神、表情、手势、语气……都变了！同在海滨故居时完全不同了。是怎么一回事呢？而，现在，她又说什么"我是带你来让你受教育的"，这又是什么意思？

白林莽思绪像天马行空，奔驰在辽阔的天空间，他一直不知道也没有问过夏冰她家里是干什么的。他还是第一次跟夏冰到她家里来。

现在，到了夏冰家里，他就意识到夏冰一定是个高干的女儿。在这复兴西路武康路口这么大的一幢有着大铁门和围墙的大花园洋房里，住着的肯定是一个不同于一般的大人物。印证起夏冰的风度、谈吐、教养和举止、仪态，她是个高干的女儿当然绝对是无疑的了。

他不好意思问夏冰的家庭情况，但他来之前的想法和此刻的想法，完全变了。原来，他有点误会了。当他极端苦闷渴求找点解闷的途径时，遇到了同他一样苦闷一样希冀寻欢作乐的夏冰。夏冰的那些话，都曾使他一度想入非非。他听人传说过有关夏冰的一些风风雨雨的逸事。当她约他到家里来时，他以为这是那种诱惑的继续。在因黎晓文的事情造成了心灵上的寂寥与痛苦以后，他忽然希望得到慰藉，他就情不自禁地跟着来了。但现在，他突然明白，无论是夏冰的态度，还是这一个高干的家里，都同他原先设想的一点不同，他有点像坠入五里雾中，忍不住反问："对我进行教育？"

"是呀！"夏冰笑着说，"在海滨故居听你介绍了你自己调查黎晓文隐私的故事，你不觉得你就像一个宗教裁判所吗？"

白林莽一愣。

夏冰说："你是不是想要使你的夫人也像这张画上的这个被剥光上衣戴上高帽的女人一样游街示众？"

白林莽哼了一声，心中像被针一刺。

"你为了调查她的隐私，不惜找到她的情敌、她的前夫，你是不是在给诬陷开了方便之门？你认为你是黎晓文的丈夫，你就可以随便侵犯她的人权，你就有权调查她的隐私，不顾她的创痛，也不顾她有无难言之隐？你不是在婚前答应过她永不向她提出询问或提及她的那些难与人言的旧事的吗？你为什么言而无信？你们之间的爱不平等！不是吗？"

白林莽站在那幅戈雅的铜版画前，听着夏冰这些尖锐而凌厉的责难，不禁微喟起来了！啊，原来她叫我到家里来，目的是这样"教育"我的啊！这个漂亮的怪女人！这个条件优越正在逐渐走红的电影女演员！她竟将我比作"宗教裁判所"了！……是啊！……

白林莽心中涌出一些悔意，僵立在那里，思绪纷乱，既有思索，也有忏悔。

夏冰走过去，将茶拿了递过来交到白林莽手上，说："你生活的旨趣是什么呢？我看过你一篇写爱情的作品，你不是说人活着在于给予吗？现在，并未要你给予，你却已经觉得受到巨大的损失了。你正在伤害人家，伤害一个弱者呢！你用夫权、用无谓的索取在伤害她！怎么？不嫌我直率吧？白白！"

白林莽苦笑笑，有点笑得莫名其妙的样子，回答："我喜欢直率，那么，能容许我也直率吗？"

"怎么不可以？"

"你是怎么样的一个人？"

"我吗？一个八十年代的现代人：讲求实际和效率，富于决断，事业第一！理智重于感情，凡事要审度利弊，很少忌讳，男女真正平起平坐！关心自己的国家和人民的兴旺发达和进步……"她带点自嘲和嬉戏地说，"你觉得我具备这些素质吗？"

白林莽摇摇头："我觉得你有时候似乎表里不一，有时候变化多端显得神秘，这是怎么一回事?"

"是吗?"夏冰咯咯地笑了，对白林莽说，"走! 坐着谈，坐着谈! 今天，老头儿和我妈妈都外出了，我们正好谈心。"她同白林莽在两只小沙发上坐下了，她问："你是指的我刚才在海滨故居里的言行和现在不一样，是吗?"

白林莽微笑着点点头。

夏冰居然拍起掌来了，说："如果你有这样的感觉，那就好了! 那说明，我的演技通过了你的检验，合格了! 别忘了，我是一个电影演员呀!"

白林莽喝着茶水，茶水苦涩，摇摇头说："难道，……你先一会儿是在演戏? 还是……你现在仍是在演戏?"

夏冰又咯咯笑了，说："你没听说吗? 我已经接了一个本子:《匆匆的黄昏》，让我担任女主角，这女主角是个电影演员。导演选中我时说，剧本中的电影演员应当长得跟我一模一样。"

白林莽好像有点明白，也好像一点也不明白，顺口问："电影剧本的故事是——"

"我讲给你听。"夏冰喝了口茶，说，"一个富于改革精神的年轻厂长甲，与一个女影星婚后本来很幸福。但女影星因与男影星乙合拍片子，被一些嫉妒和爱说闲话的人说三道四，造出了耸人听闻的桃色新闻，造成厂长与女影星夫妻不和。厂长对妻子不信任，百般折磨妻子、损害妻子的感情，厂长因苦闷影响工作，女影星因苦闷中午时分一人出外寻找快乐消愁解闷，在海边一家新开张的餐馆里遇到了过去熟识的一个制片厂年轻导演丙，二人叙旧，同游甚乐，过了一个十分愉快的黄昏。甲虽是改革家，但满脑子封建残余，又有大男子主义，本来要休妻，妻再三解释他也不肯原谅。此时，女影星告诉他:我愿同你离婚去与丙相爱。甲知道了，后悔不迭，不愿离婚，向妻攻击丙说:'致力于改革事业者受伤害，将精力和时间花在男女关系上者反倒从中得利。'女影星回答甲说：'既然你不爱我，有人愿意爱我，我为什么不能接受？''我愿在同你离婚后与丙相爱，是因为你太自私愚蠢了！我要证明我与乙并没有不正当的关系……'"

白林莽听到这里，感到嗓门梗塞，不禁咳了一声。

夏冰看看白林莽，继续讲她的故事："厂长甲忍无可忍，上法院控告丙是第三者，破坏他人婚姻，女影星说：'破坏婚姻的其实是你自己！你自命为改革家，实际自己的思想需要好好改一改！你连个家庭都改革不好，还谈得到将一个厂改革好吗？'这件事弄得大家都痛苦不堪，问题如何解决，留给观众去思考。"

白林莽仔细听夏冰讲完了故事，又觉得夏冰是在影射他和黎晓文的事，长长地叹了一口气，心里极不平静，说："这剧本并不精彩！"稍一沉吟，又喝着茶问："这剧本的主题是什么？"

夏冰说："目的是提倡健康正常的婚姻生活与私生活！改革陈腐观念。剧中的女影星说过一句话：'世界上没有绝对的纯洁，重要的是双方的真诚和信任。真诚和信任会使人变得纯洁！'可是，对这个剧本还有争议，作者还在做进一步修改。"

白林莽听着夏冰的话，觉得女影星的话对自己倒富于启示，思索着说："是的，剧本是有许多可以思索回味之处的。我懂得你讲这个故事给我听，也是为了启发我、批评我。"

夏冰活泼地说："这也许是巧合，我倒确实没想利用这故事来批评谁。我只是要回答你刚才提出的那个问题。"

白林莽眨着眼，又有点莫名其妙了。

夏冰笑着说："我这个人，当演员老是在演技上突不破。你可别给人家说我这说我那的。我知道，我们这个民族确有许多传统的美德，诸如勤劳、智慧、坚韧、节俭、克己、敬老等等；但也有某些传统的痼疾，例如嫉贤妒能、狭隘保守、苛求小节、无事生非、逢事起哄等等，经过十年'文革'，更有发展。所以，说我东道我西的事数不胜数。

谁叫我是女人，又谁叫我是出风头的女演员呢！”

白林莽说："是呀，我确实听人说起过你，说是在你爱人去美国以后，你怎么怎么……"

夏冰哈哈一笑，直率地问："白白，你相信吗？说朱颂平的谣言也不少呢！有人说他不打算回国了！有人说他跟我要分手了！有人说他想在美国找一个洋婆子好留在那里……"

"你相信吗？"

"可惜，我同颂平感情很好，互相信任。我是不信这些话的，我也不怕人胡说八道，扑面而来的什么风雨我都不理会。我按着做一个大写的人的航道前进！"

白林莽心里想：对于你的那些流言蜚语，我即使不能相信，也不能不信呀！他又想到先前在海滨故居里夏冰的表现使自己产生了情感上的冲动和飘移了，嗫嚅着说："冰冰，也许你的性格有时容易使人产生误会……"他这说的倒是真心话。

夏冰摇头，说："其实，对电影演员来说，出现在银幕上的形象，常常并不是她本人的形象，我是个不会吸烟也反对人吸烟的人。可是，剧情需要，先一会儿在海滨故居你看到我时，我是潇洒地在吸烟吐着烟圈的。我这人豁达一些，开通一些，但却决不是乱七八糟的女人。"

白林莽静静听着，没有作声。

夏冰说："我自己不做第三者，我也厌恶那些想做第三者的人！我认为凡是第三者一般都不会有好下场的，你不信？"她凝视着白林莽。

白林莽没有回答，他也不好回答。盯着夏冰那两只迷人而在此刻又显得端庄的眼睛看，他觉得夏冰说的话是真诚的，但却又是个猜不透的女人。不知她在弄些什么玄虚。

夏冰把话拉回来了，说："话扯远了，言归正传吧！接了这个《匆匆的黄昏》，我心理上思想上负担很重，很怕演不好。因为剧本中的女影星与我的气质、经历、环境、性格都不同，我很怕演砸锅。我过去一直在电影中演那种纯情的少女，很想通过这部片子，使我的戏路能够开阔，表演上能有新的突破，我珍视这次机会！我也喜欢这个剧本。"

白林莽鼓励地说："我相信你会演好的！说实话，先一会儿你在海滨故居时，你的眼神，你的表情，你的语言……现在回想起来，都使我觉得你能演得好这个剧本中的女主角。"

夏冰笑了："是吗？承蒙夸奖！那确是我的一次即兴小品的演出。拿你开个小玩笑，不介意吧？"

白林莽有一种受了愚弄的感觉，虽无芥蒂，脸上热辣辣的，表情尴尬。

见他这样，夏冰咯咯笑了，说："白白，不会生我的气吧？我让自己沉浸在我将要扮演的角色的感情之中，走到海滨故居，把自己假想为《匆匆的黄昏》中的苦闷的女主角，因为导演后天要试拍一段看看，我得酝酿酝酿。没料到，你来了，那正好！我就借你的东风吧！连我的几段台词都是电影剧本上的话。谁想，你竟谈了你的不幸遭遇。听到你的故事，我动感情了，我不能让我的戏再演下去，我只能匆匆结束我的即兴表演，请你到我家里来，我愿意为你和你爱人的和好尽一分力！"

白林莽"唉"了一声，说："你这人呀！真会开玩笑！我上了你的当了！……"他心里有一种又酸又甜又苦辣的感觉，话里有埋怨也有真实的感谢。

他们面对着面沉默了一会儿。

夏冰仍旧在笑，笑得带点狡黠，说："你们这些男人呀！多数我都能看穿你们。你刚才不是同意我直率些吗？我就再直率些说吧！你不是在逼你爱人坦白交代吗？那你也老老实实向我坦白交代吧！你说你上当了，是不是指先一会儿，当我在演剧中的角色时，你真的把我当成一个风流女人了？你是不是对黎晓文的忠诚发生动摇了？"

白林莽哑口无言，呆呆地望着夏冰，心里却是有些忏悔。他没有勇气和胆量说他不曾动摇，他没有勇气和胆量说他如何纯洁和如何正派。

　　夏冰看着他，温和地说："你这段私生活，也许也是成了你的隐私了吧？你打算如何处理这个问题？出去宣扬？还是向黎晓文去检讨求饶向她坦白交代？你对人向来都是毫无保留的吗？"说到这里，她哈哈地笑起来。

　　"那当然做不到，也不可能做到的。谁可能对别人一切都毫无保留呢？虚荣、面子、自尊等，一切都不会使人毫无保留地坦露胸臆。正如文明人是不可能赤身裸体一样。"白林莽终于坦率地说。

　　"哈哈，那就对了！如果黎晓文的保留并无损于人也无损于你，你斤斤计较什么？把她把你都弄得如此痛不欲生，这是为什么？"

　　"怎么能说无损于我呢？我是她丈夫！"

　　"你们是平等的，首先都是人！"

　　白林莽很懊丧，心里产生了一种对黎晓文的歉意和悔意。想：虽然这并没有形成什么严重的问题，但在我思想感情上是险险背叛了她的呀！没有什么理由可以解释或减轻我的这种失误，倘若我同晓文之间没有发生目前的不和，或者我们又和好了，我会把这一切都告诉她吗？是呀！事情落到自己头上就会不同了！我有什么理由责怪、不满晓文呢？想到这些，他简直无法自持，无法超脱。他想：道德最忌讳的是良心和感情的堕落呀！而我险险走近了边缘……

　　直到这时候，白林莽才感到对夏冰也有了更深一层的了解。从传闻看人或从浮面看人，常常是看不清或看错的呀！

　　白林莽叹口气说："冰冰，你这个女人呀！真是一个好演员！我应当预祝你主演《匆匆的黄昏》的成功！但是，对你同我开这么一个玩笑，你可使我吃不了兜着走啦！"

　　夏冰站起身来，亲切地说："别受不了，白白！我的戏演到这里完全可以说是结束了！我要同你严肃认真地谈谈你同黎晓文的问题。你也许不知道吧！半年前，黎晓文曾经在《东方瑰宝》杂志上为我写过一篇专访。我们后来虽然没有来往了，但那次接触，我对她印象极好。你有那样一个妻子应当是幸福的。我不想多劝你什么，也不想多同你讲大道理，你需要重新自我导航！为此，我倒想让朱颂平来同你谈谈，解决解决你的思想问题。"

白林莽又不明白了："让朱颂平跟我谈？……"

"走吧！"夏冰大大咧咧地说，"跟我上楼！到我房里坐！让颂平对你说一说。也许正好对症下药，可以解决一些你的思想问题。别看你是灵魂工程师！灵魂工程师有时也需要医生给他治病的！"

白林莽笑了一笑，笑得有点苦。今天同夏冰相遇到现在，他发现自己始终处在一种被动尴尬的地位，而遇到的一些事又都是连一个作家想编造都难以编造出来的。现在，夏冰要带他去见朱颂平，原来朱颂平已经从美国回来了！他心里不由得想：朱颂平会对我说些什么呢？

夏冰那婀娜健美的身形走在他前面。他跟着夏冰上了楼，到了一间模样像是书房的大房间里，这里布置得很雅致，是纯粹中国式的，墙上有钱松嵒的山水和王雪涛的花卉，也有刘海粟的一幅国画《飞流直下三千尺》和舒同的书法屏条，两大盆栀子花正盛开着，进房后扑鼻飘来清香。写字桌上，有一张一尺多放大用紫铜色相框立放着的夏冰和朱颂平亲昵并立的合影，那是在无锡梅园拍的彩照。……明窗净几，西斜的阳光从遮着纱帘的两边窗里透射进来，照得四壁生辉。

夏冰请白林莽在沙发上坐下，说："请等一等，我去找朱颂平！"

她袅袅婷婷地从书房的边门走进她的卧室里去了。一会儿，脚步声又响。她那穿着红、白、蓝三色镶嵌的女骑士式上衣的身影又出现了，她独自回来了，手里拿着一封航空信，说："我又开玩笑了，朱颂平还在美国！我指的是给你看他的来信，等于不见面的谈话。你看，我坦率吧！连情书都可以公开！……颂平动用了他的智慧库，如果要我复述，我不可能比他说得更确切。"

白林莽不能不又摇头苦笑了。将那封用薄薄的航空信纸写的信从那只与夏冰上衣颜色格调相仿的有红、白、蓝边框的航空信封里抽出来，一字一句地读起来：

亲爱的冰冰：

来信收到。我将你的信吻了又吻。你信很长，我还嫌短，很不知足。

来此这么久了，跑了许多城市。美国的一切跟我原来想象的差不多。物质生活当然是没说的，但是有一点 modern 社会共同的毛病——孤独。尽管这里人群如流，汽车衔接，却少不了孤独。这种孤独在国内是永远体会不到的。作为一个在美国的外国人，这种孤独寂寞感更加强烈。

我经常连做梦都梦见你，梦见上海。纽约简直就是个大了许多倍的上海，我一点也不喜欢。但在林肯艺术中心看了场芭蕾（花了二十六美元，最便宜的票），就是美国电影《转折点》中的那个剧场，还是真够享受的。我目前最喜欢美国的只是：博物馆、图书馆及厨房设备。我在此主要问题是没有汽车，简直跟没有腿一样。这儿的菜场当然是超级市场，东西多得令人眼花缭乱，但没有一样吃上去有味道的，都像是化学方法催出来的。我在州立大学食堂吃饭，有一天吃油炸干贝，竟与油炸面粉团差不多，我真想吃吃你那不高明的手艺做出来的中国味饭菜。

不要去相信人家对我的"隐私"的谣传，正像我也不会相信人家在我面前造你的任何谣言一样。我们是夫妻，更是好朋友，我同意你的意见，我正忙于我的事业，正像你正忙于你的事业，我们没有也不应有精力去花在这些无价值的勾当上。我在这里考察了八个月的科学管理，研究了一批美籍华裔物理学家成功之路，发现他们成功的重要原因之一是接受了一种观念——承认"隐私权"的社会功能。

美国人连见面的口头禅也没有"你到哪里去?""你去干什么?"之类的话。他们尊重"隐私权",人们习惯于不多干预他人,崇尚个人独立的精神。这大大减少了人们在无聊的争斗中被伤害的可能性。从事科研的人最渴望集中精力,避免那些无聊和无谓的消耗,把所有的智力和精力用于事业,从而获得成功。

我不是说凡是"隐私"就不可触动,犯法的"隐私"自有法律去干涉。我指的是那些与人无害也无涉的应属于个人自由范围中的属于民主范围中的"隐私"。

我们中国传统的封建社会,实行森严的等级制和家长制,个人的行为与意志要受周围无数有关或无关、有形或无形的制约,其个性和活力就难以发展。而每个人对周围过多的关注与干涉,就形成了滋生谣言和嫉妒的温床,其结果是人与人之间因议论、传播、互相揭发"隐私"极易引起无聊而又无谓的矛盾、猜疑与争斗。

令人遗憾的是,这种封建残余的传统观念至今仍控制着不少人的头脑。有不少无聊的人对人家的"隐私"最有兴趣,打听、传播、夸大、添佐料,不这样,好像生活就不够味。总有某些单位的某些人对于男女之间的"隐私"的浓烈兴趣超过了一切。一男一女偶尔接近,一同从事某一项工作的合作都可以变成耸人听闻的"新闻";火车、轮船上相遇,一同跑跑图书馆都可以变成耸人听闻的桃色事件。试想,在这种环境里,一个有事业心的人怎样开展他的事业?

要大讲共产主义理想和道德,要不断批判封建传统观念,我不是那种觉得美国月亮也比中国圆的人!但我以为也不妨引进一点西方思想,承认个人的"隐私权",尊重别人的"隐私权"。谁若老是窥探、干涉、调查、添油加酱地议论别人的"隐私",就应受到舆论的谴责。这就是我考察的初步结论。你以为如何?是不是还有点道理?……

朱颂平的信,后来白林莽是怎样读完的,他似乎已经记不清了!他是在一种受到刺激感到兴奋和激动的情绪下,同神秘而有趣的夏冰分别的。

他离开那幢花园洋房,走到马路上。

正是黄昏时分,不知什么时候开始,天在落雨了!灰蒙蒙的雨丝迷漫着道路。他突然想到夏冰快要主演的那部影片《匆匆的黄昏》。今天,这也是个特别的匆匆的黄昏呀!

他淋着雨,走到十字路口,街心的红绿灯正湿漉漉地闪烁着。他站在那里,思绪万千,再一次想到了罗素的"剃头匠悖论"。

无论如何,精神不能再空虚,他要尽快使自己宁静下来,使仿佛涸竭了的创作潮重新掀波作浪,去爬格子往下写《生活的折光》。他还需要去冲刺,不能让无谓的烦恼羁绊住精神和肉体。

他还没想好下一步该怎么办,该怎么处理好自己同黎晓文的关系,过去了的一切并不都是无法挽回的!但想挽回又不是非常容易的。他在思考与行动的矛盾中进退维谷,心头充满悔意。

他忽然想起那本放在床头的《夜的风景线》里说的:"做梦,是人类在下意识的状态下进行的思索,有时可以解决我们在清醒时无法解决的难题。做梦能使醒着时开始的工作继续下去。"

他记得书里有一个例子:长期研究缝纫机械化问题的埃里亚斯·豪在一夜梦见自己被一群原始人抓住,对他下了最后通牒:不发明出一台能够缝纫的机器就得被杀死。他交不出来,原始人就举起长矛刺杀他。在长矛落下时,他注意到每个矛头上都有一个眼睛样的孔,他从梦中惊醒了!醒后还记着这种位置奇特的孔。于是,他找到了答案,把缝纫机的针眼开在针尖上，而不是开在针的根部，缝纫机制成了！……

白林莽觉得自己尽管有过感情的波动，心里还深爱着黎晓文。也明白现在回到家里，黎晓文一定也不会已经自己回来。事情已经弄得够糟的了！黎晓文是一个有个性的心灵受过创伤的女性，她外柔内刚，有时甚至会过刚则折！如何来收场？能不能顺利收场？他都没有想好！他倒是希望今夜的梦能不能给他解决难题！当然，人要靠梦来解决难题，那就太渺茫太可怜了！

是的，白林莽想：我也许应该马上跑到黎晓文那里去，向她哀求，请她原谅，要求她给我一点悔过的机会，让我同她和好如初，但即使这样做，能有效果吗？谁知道，谁能说呢？福楼拜说过："真正的爱情是双方互相'无条件投降'！"我同她都能这样吗？……

啊！十字路口！爱情的十字路口！婚姻的十字路口！人生的十字路口！……

白林莽想：我是一个作家，在写作上有我自己的独特追求！在生活上，是否也这样呢？为什么要用世俗的眼光和脚步跟着人家的脚印走呢？我不能用自己应有的独特追求去找到幸福吗？……

一辆辆奔驰、皇冠、公爵、巴宁……在十字路上交叉驰过。

这里可以四通八达，可以分道扬镳，也可以并肩前进！

白林莽在蒙蒙的细雨中，站在十字路口，看着前边十字路口上方旋转着的那只通红的警灯，犹豫着，彷徨着……

未来，正等待着主人公自己去结束。

1986 年 6 月初稿
1989 年 7 月改定

后 记

这是一部由感而发才诞生出来的小说。

长期以来。听到过许多涉及"隐私权"方面的故事。日久天长，就产生了这部小说的主题，我不是个爱写"问题小说"和"爱情小说"的人，但对这部小说的写法，我却不悔。

这部小说的三分之一，曾在今年上海《连载小说》第一期上发表。《连载小说》印数较多，发的是头条，封面上用了杏子大的字标出标题，并由画家谢春彦同志配了插图，小说引起的反响是强烈的。我收到了一批信件，有人单纯从小说角度表示赞赏；有人却通过来信抒发痛苦，甚至提出一些具体问题希望我能帮助解决。《中外书刊》杂志将小说缩写以后发表。中国电视剧制作中心艺术处的鲁文洛同志（曾创作《海神》《千里跃进大别山》等电影及电视剧剧本）来信，征求我同意他将这小说改编为电视剧本以便拍摄……

反响的强烈，说明小说是吸引人的，有可读性的，而且是能引起读者共鸣和思考的。由于《连载小说》篇幅有限，它所发表的《隐私权》实际只是三万余字的一个故事，许多话意犹未尽，人物和情节也未充分展开，读者有些来信反映了这一点，并且建议我进行丰富和补充以及雕琢。所以，就有了现在这样一个约十万字的小长篇。我希望它会得到读者的欢喜，从中有所解悟和得益。

男女、夫妇间的事有时有许多是难以说清楚的，所以确造成"不幸

482

的家庭各有各的不幸"。男女、爱情、婚姻、家庭……这一切构成的故事之所以在创作上成为写不尽的题材和表达不完的主题，大概就是这个原因吧?! 但事情可以有时说不清，是非总是存在着的。它未必能使人解决问题，它却可以使人思索问题和认识问题。从这点上来说，我的这部小说自然不是一把"金钥匙"，它不可能也无须去在结尾打开僵局或指出迷津，但它却必然会在"隐私权"的问题上使读者明确是非，辨明爱憎，对那些因涉及所谓"隐私"问题所造成的男女、夫妇间的无谓的龃龉，起一点它应有的"去旧更新""冰化雪消"的作用。假如真的能起这样一点作用，那我就会感到不是在无病呻吟，而是在给许多各式各样的黎晓文和白林莽提供"咨询"了!

有人早就说过："观念是神奇的。"

观念，隐伏在人们的头脑和心灵中，往往，会支配和改变一个人的命运和生活，我这本写"隐私权"的爱情小说，实际就是在引起讨论一个观念。我希望小说所提出的观念有助于男男女女在面对类似的矛盾中，能寻求到明智而合乎理性的途径，能寻求到和谐而美好的生活，使人生中的一些情感纠葛和沉浸在失望中的情感低潮发生改变，使婚姻危机走向平复。

当然，小说总是小说，它不是也不应该是"灵丹妙药"。作者的主观意图有时未必能同读者的想法和做法一致。除了在"隐私权"这一观念上我在创作时有上述想法外，我着力想在小说中体现的是把美和善送给读者，对丑恶进行鞭挞。这稿写成后，我请一位同志阅读提提意见，他认为我的意图是在小说中体现出了的，但却又不满足地说："最好你再往下写，再多写些……"

可是，我感到这种"不满足"正是我的意愿。多留点余地给读者，多留点回味给读者，无论如何比把一切都写尽来得好。所以我就不想"画蛇添足"了!

我希望读者喜欢这个爱情故事。

我也等待着听取读者的意见。

作者
1989 年 7 月

众生百态

翡翠宝石项链

小 M 羡慕同事小 R。小 R 的丈夫"下海"后成了茂盛公司副总经理，小 R 不但服饰新潮，还有几串引人注目的珍贵而美丽的项链。小 R 不算顶漂亮，被评分顶多得八十，但会打扮，经常替换项链，穿黑时戴钻石的，穿白时戴七彩宝石的，穿浅灰时戴红色珊瑚的。……项链总使小 R 增添魅力。小 M 心里羡慕，并不表露，甚至从不问一声小 R："你那串项链是多少钱买的？在哪里买的？"当然更不会像莫泊桑的小说《项链》中的那位女主角一样，去向小 R 借项链戴，虚荣心使她将羡慕偷偷藏在心底深处。

小 M 比小 R 年轻，是广东人说的"靓女"。有人说她肩、胸、腰、腿……整体做模特儿都够格。可是，她独独遗憾于自己没有小 R 那些美丽的项链。小 R 那些精美的项链如果被她拥有，肯定比小 R 戴着漂亮……她独多这种小心眼儿，有了这种遗憾，就一心想"寻找自己的价值"。

于是，在追求她的人中，她有了选择"白马王子"的标准。终于，一个经商的年龄几乎比她大一倍的香港"白马老王子"倾倒在她脚下。几次交往，在她流露出"我最爱美丽华贵的项链"时，"老王子"立刻送了她一串从香港带来的极为珍贵的翡翠宝石项链。项链光华灿烂，她一看到，心里就"哟"地低呼一声，听到价格更使她大吃一惊，她的虚荣心得到极大的满足。良知提醒她：你不能接受人家这么贵重的礼品，除非你愿为此付出高昂的代价！但物质欲念又悄悄耳语：怕什么？

你拿青春赌明天嘛，为了财富与虚荣做出牺牲怎么不值？

　　心怀矛盾，她向赠送项链并要听候她答复的"白马老王子"说："让我考虑考虑……"在这同时，她却戴上了这串华丽珍贵的项链，配上一袭合身而昂贵的新套装，走进了梦想中的那片辉煌，上班时有意地在小R和其他同事面前莲步款款，炫耀自己的美艳。

　　一会儿小R过来，亲切地在赞美了她的美丽后，突然问："你这项链在哪里买的？"

　　她巴不得小R来问，矜持地答："一个在香港的亲戚送的！……"然后，故作平淡地从嘴角吐出了价格。

　　出乎意料的是小R听了疑惑地说："嗬，是吗？我还以为是假的呢？"

　　这下她七窍生烟了，不无讥讽地说："怎么？好像只有你自己才配戴真的！别人戴的就该都是假的!?"

　　"不不不，没这意思！"小R忙摆手，"我向来戴的都是假的，所以……所以我以为你的也是假的。其实，这种装饰品不一定非戴真的，只要美不就行了吗？……"

　　"什么！"她眼睁得大大的，"你平时戴的那些全是假的？"

　　"是呀，只不过，有的是托人在缅甸买的，有的是别人从非洲带回来送我的。"

　　她愣住了，半晌无言，感慨地想：有钱人戴了假首饰人家也当作是真的，反过来，你戴真的首饰人家也当作是假的！我太可笑了！要人家来认定真假干什么呢？主要是我自己的价值是多少？我的价值在哪里呢？……

　　能让一串项链拴住一生吗？不！……第二天，她认真地把那串翡翠宝石项链退还给那位失望而尴尬的"白马老王子"。

　　出乎意料的是滑头的"白马老王子"耸耸肩眨着眼提着那串项链说："看来你发现这是假的了！我是跟你逗趣的。不过，我一定买串真的给你，如果你答应了我……"

阿C阿C!

一个十八岁的西语系大学生，人叫他"阿C"或者"阿西"。他听了，不以为忤，反以为傲。

他崇拜的每每是他自己不懂、不理解或并不一定喜欢的东西，尤其是模仿西方的，他觉得才"时髦"。

比如看小说，他表示喜欢那些看不懂的、西式的。有篇"实验小说"，写的是无主题无故事无背景无人物无对话无动作的文字堆砌，没头没脑没尾巴，既不用标点符号，也不分章节段落。长的句子百把字，短的句子一个字。有人读了"不知所云"，有人根本读不下去，他却夸"写得好"。问他好在哪里？他回答不出，却玄而又玄地说："好就好在你们不懂而我懂！"

比如读诗，他表示越朦胧越好。有人拿了一首小诗给他看，那诗六句：

凄凉秋雨，黄褐色的铁锈，

南方是有着太阳和热和火焰的地方，

我赤裸裸来到这世界，

水好像凸凹的碧玻璃，

天空灰色的幔裂了一条缝，

在我的天空里星星不会坠落。

虽然别人都说看不懂，他却连声喝彩。拿诗给他看的同学向他坦白："这诗是我胡乱从六首翻译诗中各采撷一句凑成的！"他听了，明知上当，却说："这不奇怪！每句诗之间并不一定要互相关联。美丽隽永的句子凑到一起，构成一种朦胧意境，那也是诗。"

去夏，有几位年轻的时髦画家开画展。那是许许多多模仿印象派、野兽派……融会了当代绘画新潮的作品。他惊讶于色彩的鲜艳、构图的怪异，可是说实话，许多画却一点也看不懂。恰好画家之一站在一幅既像尸体排列又像五线谱交错更像拼花地板破碎的画前。他壮胆上去攀谈，问："这幅题为《世纪末》的大作，您能给我解释解释么？"想不到画家扶扶眼镜抹抹大胡子傲气地说："面对自然和时间，这是怪歌与悲歌的融合，是创作的'阻隔'和视觉的'阻隔'！权威消失在盲点里！……"

这就是回答吗？什么意思？他不敢多问，怕被画家视为浅薄，连连点头，表示大彻大悟。

去秋，戏剧学院排演荒诞派戏剧《等待戈多》，他千方百计购票欣赏。这戏十分乏味、枯燥，他却静坐一晚，耐心看完，满足于自己看了一出时髦的西方名作，同学问他观感，他毫不迟疑地回答："好极了！"

一方面，他肯定、崇拜、仰慕自己不懂、不理解或并不欣赏的"时髦"东西；一方面，他总是否定、鄙夷、轻视那些他应该懂得的中国传统的东西。对现状，他一律都深为不满，觉得"月亮都是西方的圆"；对父母，他懒得同老人对话，因为老人常说他："一概排斥西方的东西当然不对，可是像你这样崇洋的人，我们年轻时就看过不少！……"人说他这是不成熟的表现，他却说这是自己成熟的标志。在对待真理上似乎正巧可以借用一句西洋格言："因双方不了解而结合，因互相了解而分手。"

据说，同龄人认为他"高明"的也有，因而也在效法他。但许多人对他摇头，觉得他实际是幼稚得可笑。可是他身上穿着那件"皇帝的新衣"在街上行走，明明光赤着全身却还以为遍体锦绣无限荣光。

阿 C！阿 C！

"窕妹美容厅"花絮

随着美容时兴，那条繁华热闹的春光路上，一家挂着醒目招牌的"窕妹美容厅"应运而生。橱窗陈列得既现代化又有吸引力，一些叫不出名字的器械和化妆品五颜六色似在招徕顾客："来吧！请进来美容……"一些西洋美女的彩色巨幅画照展示着迷人的面庞、妩媚的眼睛、挺拔的鼻梁，也似在招徕顾客："我美吗？你想像我一样美就请进来美容吧！……"

透过茶色玻璃门的缝隙，可以看到这所谓"美容厅"其实很小，是称不上"厅"的，仅仅不过一间门面大小的房子，但厅里也像橱窗里一样，琳琅满目，既像"发屋"，又像外科手术室，白色的纱帘幕遮遮掩掩，增强了神秘感，使人神往。

然而，知道内幕的人也就不感到神秘了！所谓"窕妹美容厅"，其实一共才三个人。经理窕妹，独揽领导大权和对外公关，外加挂号、收款一切会计出纳事务，兼带采购。忙时也打打下手。她高薪聘请来的"高级美容师"秦月娥，本是某医院整形外科里一位不高明的医生，但会开双眼皮、会整高鼻梁（当然，会开会整是一回事，美不美是另一回事）。此外，就是一个本来给人家做小保姆的临时工爱月，她长得漂亮，聪明能干，打扮一下，俨然像个美容厅的高级护士，颇引人注意，因为她双眼皮、高鼻梁，逢人就说这是秦医生手术的恩赐，成了一个"活广告"，引起不少单眼皮、塌鼻梁姑娘的遐想。

宛妹，其实原名幺妹，开美容厅时，叫"幺妹美容厅"似乎不雅，一个摆摊专卖伪劣商品的滑头朋友给她出主意，将"幺"字改为"宛"，取"窈窕"之意，于是她索性将名字也改为"宛妹"了。有熟人见到她叫她"幺妹"时，她马上严正声明："我改名宛妹啦！窈窕的宛！"是呀！既是美容厅，一切当然该从"美"考虑呀！不过，我们的宛妹却是个并不懂得美学的女强人。何谓美丑？她只能从俗顺大流，比如现在，她只懂得鼻梁高就是美，双眼皮就是美，眉毛细长就是美，相反，就是丑。她也听人劝告说既经营美容厅，就该看些美学方面的书，就去新华书店买了批《美的欣赏》《美学初探》《自然美》和《美利坚合众国介绍》等书回来。不过，那是放在橱窗里摆样子的，她看不了也不想伤脑筋去看。

　　有一次，参加一个全市三十多家美容厅的同业会，听一个同行（那是个大学毕业生，男的，在市中心也开了美容厅，同香港一个女美容师合资开的）大谈美学。那人说："……奥运会上的短跑女健将美国的乔伊娜美不美？当然美！你不能笼统地说黑皮肤就不美。名歌星韦唯美不美？当然美！你不能说凸额凹眼就很丑，美是个很复杂的问题。整体协调就是美！你给人美容如果不注意人的整体和整个脸面，只是单独孤立地做一个双眼皮或高鼻梁，那么，效果也许并不是美，而是丑……"

　　宛妹觉得他讲得很玄，虽然似乎并不是毫无道理。不过，她认为：我们没那水平，我们收费低，何况秦医生早说过："我只会整形，不会美容。"只要有钞票可赚，别的又何必劳神费心？因此，为了竞争，"宛妹美容厅"的门口放了大幅招牌，上写：

　　　　三个服务项目：双眼皮、高鼻梁、纹眉。
　　　　三满意：价钱满意、服务满意、效果满意。
　　　　三不要钱：鼻子不高不要钱，

眼皮不双不要钱，

眉毛不细长不要钱。

果然，广告的作用不可低估，在美容热掀起的浪潮中，"姜太公钓鱼"，来上钩的人真是不少。宛妹、秦医生和爱月忙得恨不得有三头六臂才能应付。不过。拆成分账，收入多，虽忙也高兴。只不过，一个多月下来，顾客中有些属于比较满意和勉强可以接受的，有些却在"美容"之后，气得淌下眼泪来，甚至到"宛妹美容厅"门口来大吵大闹想大打出手的！

一个做双眼皮的服装业个体户女老板，兴师问罪："哟！你们这是什么美容呀！你们是糟蹋人！"她大声叫嚷，粉脸通红，"我这两只眼像什么啦？你们睁眼看看呀！"

天地良心，她这两只眼确实太难看了！那双眼皮做得太高太深了，像两只大眼上又加了两只小眼，比吊死鬼还可怕，能怪她淌眼泪气得脸呈猪肝色吗？

可是，要讲吵架，宛妹可不是外行。

宛妹也叫嚷："这是周瑜打黄盖的事嘛！一个愿打，一个愿挨嘛！你不是要做双眼皮吗？你找人看看吧！那是不是双眼皮！要不是双眼皮，我们负责！是双眼皮，我们可没法让母鸡美得变成凤凰！看看我们的爱月吧！你能跟她攀比？"

噎得对方欲哭无泪。

又一个做高鼻梁的宾馆女服务员来大骂："你们这是美的什么容？我这鼻子怎么整成这样了？我不管，你们得赔我的鼻子！不然，我上法院告你们！"

宛妹理直气壮："真是'羊羹好吃众口难调'呢！你不是要整成高鼻子吗？你自己说说这鼻子高不高！要是不高我们就赔你一个！要是高了，那怪谁？你上法院去告吧！法院也没本事叫你变成个大美人儿嘛!"

　　一场风波终于平息,对方挺着个难看的大高鼻子铩羽而归。……
这样的事,当然常有。

　　终于,有一天清早,人们发现夜间不知谁在"窕妹美容厅"门上贴
了张不署名的中字报(非大字报,也非小字报),上写四句打油诗:

　　　　窕妹美容厅
　　　　使人鼻眼新,
　　　　千万别光顾,
　　　　光顾要伤心!

　　唉,爱美之心人皆有之。可是,真正懂得美的人似乎确实并不多。
不然,又何至于有那么多的女士和小姐会蜂拥而去不问青红皂白地一
律做双眼皮、整高鼻梁呢?

无名火

离休后，郑家鼎发现自己特别好生气，一生气，无名火就冒得三丈高。

那天，传达室的新传达小陈在楼下高叫他去接电话："郑家鼎！郑家鼎！接电话！"语气生硬，很不耐烦，他从四楼跟跄蹒跚地跑下去，窝着一肚子火接电话，见小陈脸上那种对他轻视厌烦的表情，他不由皱眉板脸高声说："郑家鼎的名字是你叫的吗？郑家鼎干革命时你还没出生呢！人家都叫我'郑老'，起码也得叫我一声'老郑'！你怎么一点礼貌也没有？"说这话时，他不禁想起离休前做局长时的情景，那时谁敢直呼其名呢？谁不笑脸相迎呢？可是小陈是个愣头青，回答："这大楼里姓郑的老头儿不是你一个，不叫名字我怎么办？"话虽莽撞，却很真，他只好忍气吞声。

又一天，他早两天就按规定告知局办公室：今早九点请派个小车送他去市医院看望一位病重的老战友，可等到中午也不见车来，等到第二天才派了个大面包车来，不幸那位老战友在他到医院前一小时已经病故。他哭了一场，独自坐着空荡荡的大面包车去到局里，找那办公室主任评理。事后才知那天是小车司机忘了，怨不得办公室主任。他深深自责。

再一天，市委老干部科的科长来看望他，谈起最近因欢度国庆两次送过节目精彩的戏票给离休老干部，问他去看了戏没有。他又无名火直冒，他根本没收到过什么戏票，他明白：办公室那个指定分管老干部工作的年轻人，把老干部当累赘，对老干部没感情。那戏票肯定是给他做人情了！

另外一天，他病了，半夜由家属送医院，第二天，家属通知了机关。他是肺炎高烧，本以为病重，新任局长定会很快来看望。谁知三天后才见一个办公室的副主任带了点比鸭蛋大不了多少的广柑来探病。水果带不带他不介意，人不热情他却寒心。他无名火猛烧丹田，病情加重。当时他是没法起身打电话，如能打电话，他一定会对那个胖胖圆脸的新任局长说："嗨！老弟！你也是会老的！再说，党的政策观念你有没有？……"可是，事后冷静下来，他倒又原谅人家了。他们忙，局里离退休干部一年一年增多！人老病多，全要新局长看望，也没那份时间精力……

他离休后一直深居简出，很少与人交往。这次一病，来看望的老战友倒有一些。与人交谈，发现有的单位老干部工作做得好些，比较关心，有的则更差一些。物价高，收入少，离退休人员生活越来越拮据，可是国家也有困难呀！……一个修养好懂心理学的老战友劝他："千万别冒火，冒火容易进火葬场！千万别多提意见，多提意见每每更没人亲近你……"

发现这位老战友与自己处境大同小异，他的无名火倒是压下了。可是人家应该怎么对待离休老干部呢？是该轻视？还是该遗忘？抑或该厌恶？当然都不应该！老干部的贡献是不该否定和忘记的！重视不重视这工作关键在于领导！哪个单位的领导重视，下边就也重视。否则，就相反。他决定要提这个意见。可惜又遗憾，这会那会，会很多，却没见上边安排一个让离退休老干部提意见改进老干部工作的会。

当然，终于召开了一次这样的会。可惜会是二月三日开的，那开会通知由局里转来却是二月四日才收到！唉……

冯娜的"法宝"

　　到这单位独当一面做领导不久，就听说那位女秘书是前任领导蔡某的亲信和红人了。女秘书冯娜，人都说她挺能干。

　　他对冯娜心怀警惕。找个机会，特地同她个别谈话，想听听她对新领导的意见。谁知，冯娜出乎他意料用一种非常虔诚和崇拜的口吻说："啊，您是我遇到的领导中最好的一位领导了！"

　　她说了这句评语后，鸡毛蒜皮的意见也没提。听了这句评语，他心里痒痒地发热，对她存在的芥蒂顿时冰化雪融。

　　说来也怪，从此，她竟一变而为他的亲信和红人了！人家无从解释，他也无从解释。

　　可是，工作了不过一年多他就被调到另外一个大单位做一个职务相当而权力较小的工作了。心情懊丧，很长一段时间都不同原单位的同志来往。他明白：原单位换了新领导，"老部下"既无暇来看望，也无须再来巴结，包括冯娜。

　　他倒很关心冯娜的命运，因为冯娜是人所共知的他的"亲信"，他觉得换了新的领导，冯娜会不被重视，甚至会被冷落！

　　可是，找机会一打听，完全相反，人说："冯娜升成办公室主任了！""新来的领导可喜欢她啦！""她是新领导的亲信和大红人哩！"

　　一次偶然的机会，在某海滨城市开会，与他同房间住的恰巧是曾在原单位做过前任领导的蔡某，两人少不了要闲谈一些往事。晚上，在宾馆面海的阳台上，两人喝了点酒，谈得知心了，蔡某突然纳闷地问他：“真奇怪，听说冯娜现在仍是新领导的亲信和红人，你说她有什么法宝能把新领导又手到擒来？”

海在涨潮，海水哗哗地响。他摇头不解地说：“是呀，我也奇怪呀！”

蔡某说：“回想从前，我信任她是因为她对我说，我是她遇到的领导中最好的一位领导了！于是……”

他恍然大悟了：“啊！她对我也是这样说的呀！”他仿佛看到冯娜正坐在那位新领导的面前，非常虔诚、非常崇拜地祭起了“法宝”：“啊，您是我遇到的领导中最好的一位领导了……”

啊！为什么有些人总是喜欢那些赞扬自己的人，而不喜欢不为自己唱赞歌的人？难道赞扬真是所有声音中最甜蜜的一种？

他看着浩瀚的大海，听着涛声，微笑着摇摇头，陷入了沉思。

获得与丧失

同雨民十七年不见了！我们早先是成都荷花池的老邻居，从小一起长大，中学毕业后又一起待业。"文革"中，他父亲死了，姐姐去云南插队，方伯母帮佣养活雨民。幸运的是，后来雨民同一个与他一样由于出身不好而辍学待业的姑娘相爱。姑娘的姨妈在美国，姑妈在香港。最后，雨民与那姑娘一同在"文革"末期偷渡去了香港。方伯母如今有了宽敞的新居安度晚年，那是因为雨民经商发了大财。他每年总要回来几次。电视里我见过他与有关部门开新闻发布会的镜头。

十七年过去，我走过艰难曲折的路，依靠自修成才，如今到了图书出版进出口公司工作。这次为公司的业务到成都，想不到竟能见到雨民。往日的友谊在我血液里翻腾，我真激动。

晚上，我如约匆匆赶去看望雨民。但，方伯母歉意地告诉我：雨民太忙了，走了！雨民不住家里，住豪华的锦江宾馆。他失信，我不免失望，我们同过患难。"文革"中，那年严冬腊月快过年时，我给他家送去钱和吃食。待业时，有临时工的机会，因为他比我更困难，我总尽先让给他。他去香港后，托我照顾方伯母，我给方伯母买米、办事，体贴得像对自己母亲。直到我就业离开成都，才未能再出力。那时，什么知心话都能谈，他常说："你是我最知己的朋友！"往事依依，我又原谅雨民的失信了！对往日的好友，为什么要苛求呢？

友情，终于吸引着我去宾馆找雨民。我给他带去一件自认为他应该为我高兴而且能显示出我对他的情谊的礼物——一本我翻译出版的书《获得与丧失》，这是一本社会学著作，带哲学意味。里面有我的心血、汗水，也有我的一点成功的喜悦，我希望好友分享。但，去得不是时候。敲开房门，我就后悔了。富丽堂皇的房里有位异常摩登的女郎像位时装表演模特。西服笔挺的雨民非常不自然，连声说："呀呀，是你呀？怎么不先同我通个电话？……"语气似是亲热，却又生疏而略带责怪。是呀！我也自责：为什么不先打个电话约定个时间呢？

"来了那就坐吧！"雨民礼貌地介绍，"胡小姐！我的公关秘书！"女郎嫣然一笑，提着皮包走出房去，留下一阵刺鼻的香水味。雨民递过万宝路来，我说仍不吸烟。他自己点一支烟："我们做生意，不能不会吸烟。"然后，就谈起他的"忙"来了。是解释昨晚的失约还是讨厌我来打扰他？辨不清。我却觉得不能久坐了，忙把书拿出来，说："带本书送你！是我翻译的！"

他把书在手中掂了掂，既未翻阅我在扉页上题写的"送给我的挚友雨民"的字样，也未翻一下目录或说一声为我高兴，只淡淡地问："拿了多少稿费？"

我如实告诉了他，他摇头鄙夷地说："为这么点钞票费这么多脑力太不值得了！"我感到语塞，忽然很想快点离开。雨民却说："昨晚太忙，没能等你。听说你买了些蜂王浆给我母亲。其实你收入不多，不必花钱。她的补品我买得很多。蜂王浆之类有激素，我是不叫她吃的！"

我不知如何回答，忽然感到一种隔膜、疏远和不平等。雨民喷着烟，说："本来，我想照顾你一下，如果有什么合适的生意，你给介绍成功可以拿回扣的。可是，你那个单位同我无生意可做。你不该在这种没油水的地方干！"我又感到不想说话了，他完全变了！我说："来看看你是因为十七年不见了，所以来叙叙旧的。"

他打断了我的话："是啊，是啊！不过，过去的事我是不想的，当它一场噩梦。好的是我总算发财了。要是见到你我很寒酸，就难为情了！"他亮亮手上的大钻戒，"所好我现在还有面子，不坍台，是不？"

见我沉默，他忽然看腕上的金表，说："时间就是金钱，这道理生意人最懂。我还想大干一番呢！还有十分钟，我有个约会。这样吧，我们谈十分钟一同走。我让出租车送你回去！"

听他这样说，我忽然想起了一句外国谚语："你不可能富裕到不要朋友。"我识相地起身说："用不着了，我回去很方便的。"见那本《获得与丧失》被他随意扔在茶几上，我突然把书拿回来塞进了手提包。

他似乎并不介意，说："有电话吗？找时间我请你吃饭。"我告诉他住处没电话，婉谢了他的好意，他却一口咬定非请不可。移步送我出门时说："找空一定去看你！"

外边阳光强烈。走出宾馆，我吐出了压抑在心上的闷气。我拿出塞进皮包里的那本《获得与丧失》，将扉页撕去，忽然从书名得到了另一种启发：雨民"获得"了的是金钱，"丧失"的是什么呢？

"大腕"家风

太阳像一团火烤得人能出油,天热得要命。人来人往的春光路上冷饮店生意兴隆。

一个珠光宝气打扮入时的年轻妈妈带着个五六岁的胖男孩经过那里,胖男孩看到了蛋卷冰激凌迈不动步子了:"妈妈,我要吃蛋卷冰激凌!"妈妈摇头拒绝:"不!不吃!"

另一个穿得一般但显得颇有教养的戴眼镜的年轻妈妈牵着一个约莫也是五六岁的活泼可爱的女孩路过,女孩同时也在向妈妈央求:"妈妈,我热!吃蛋卷冰激凌!"戴眼镜的妈妈点头答应:"好!妈妈买!"

胖男孩见人家的妈妈满足了自己孩子的要求,自己的妈妈却不同意买冰,更不愿走了,带着哭声继续央求:"我热!我渴!就买一个我吃嘛!好不好,妈?"

正在掏钱给小女孩买冰的那戴眼镜的妈妈看到了,也听到了,见胖男孩长得挺逗,泪水满腮十分伤心,她心里不忍了,对店员说:"请拿两个蛋卷冰激凌给我!"当她从店员手中接过两个蛋卷冰激凌时,胖男孩仍在带着哭声缠着妈妈不放。那打扮入时的妈妈很生气,强牵着胖男孩的手要走。这时,意外地发现女孩的妈妈将一只蛋卷冰激凌递给了她自己的女孩,又笑着将另一只蛋卷冰激凌递给胖男孩,热情地说:"吃吧,小弟弟!阿姨喜欢你!"

胖男孩子看看冰激凌,又看看妈妈,似乎请示该怎么办。没想到打扮入时的妈妈脸涨得通红，用手挡住伸过来的那只友好的手，像受了侮辱，发火说："我男人是'大腕'，有的是钱，你何必这样！"

真是热心人招来是非多！女孩的妈妈看出这个"大腕"之妻虽富思想境界却不高，慌忙歉意解释："不不不，你想到哪儿去了！我只是喜欢孩子，我是个教师！"

"大腕"之妻仍在生气，耳朵上的金耳环乱晃荡："你当着我孩子的面这样做，你这不等于是笑我穷吗？"

"哪有那意思！"女教师突然感到传统的美德在这里遭到了很奇怪的挑战，正常的人际关系也被异化了！她明白自己竟无意好心办了错事，很惶惑。

但"大腕"之妻仍在瞪眼发牢骚："你冒冒失失，自己以为阔气，打发叫花子可以，对我，也得看看我是什么样的人！"

有人围观了。女教师也火了，怎么一件小事竟扯出这么多穷啊富啊的道理来了呢？她用手扶扶眼镜架，忍不住说："谁都有自己的道德准则，我没觉得自己有错！"她不愿吵架给孩子带来不好的影响，牵着女孩的手打算离去。

"大腕"之妻为了摆阔，突然招手拦住一辆的士，牵着胖男孩要上车，但回头又丢下一句话："我这孩子有肥胖症。医生不让吃冰激凌，懂吗？不是我没钱买不起，我男人喝瓶洋酒就一千块！"

领教够了"大腕"之妻的气派，女教师透过眼镜片看着对方的的士远去，心里五味俱全。炫耀富有，在一些发了财的幸运儿中似乎成了一种病症了！唉！

小偷和大盗

天下常有怪事。

钢铁公司行政处处长魏大同家三月九日失窃。他住在钢铁公司宿舍区58号楼下平房里，独门独户，有小院。被窃那天，他因基建事出差，女人带着十多岁的儿子睡在卧室。结果，厨房、储藏室被小偷翻了个遍。奇怪的是三月十日魏大同回家后，知道失窃，也知道自己的女人已经告诉过别人说是家里被小偷搅得天翻地覆，但他不但守口如瓶，未去报案，还禁止他女人在外"乱说"。甚至公开辟谣，说家里并未被偷，只是那夜风大，窗户搭钩坏了，风吹开了窗户，引起了他女人虚惊一场，如此等等。

有趣的是，三天后，市公安局长收到一封奇怪的"报案信"，署名是"阿里巴巴"。来信写了这样一些话：

"我是待业青年，听说市里招工，糊里糊涂从县里来了。钱花光了，没当上临时工，饿得难受。白天在钢铁公司宿舍区58号楼下平房门口，见往那家送礼的人多，又见这家的女人好阔气，手上耳上都是金子，跟邻居闲谈，说男人明天出差回来，她今天要杀鸡煮肉。明知做贼犯法，夜里我还是去啦！头回做贼，运气不坏，在厨房找到了鸡和红烧猪爪，一气吃光。打开锁进得一间屋，擦火柴一看，啊！天老爷！是个百货公司呀！烟酒糖茶、补品、衣料、冰箱、电视……啥都有！先一会儿鸡和肉吃多了，胃里不受用，擦火柴见屋角有只泡菜坛子，想吃点泡菜压压油！谁知揭开盖一看，里边没水，有个布包包重得很，取出打开，天老爷！全是金戒指、金链、金条宝石什么的，好吓人！我像阿里巴巴进入大盗的山洞里了！要不是大盗，能有这么多财宝？我找到个提包，把这些全装上，就开路了！天老爷！我心不安！我要是吞了这些钱财，我不也成了大盗、大贪污犯啦！我无路可走时顶多做下小偷，大盗、大贪污犯不做的！我想了又想，明天就回去，以后老实做人，财宝我全埋在钢铁公司西边清水塘旁老槐树下。你们快去取！不是说立功受奖吗？我写这信算立功吗？你们小贼要抓，可别不管大盗呀！"

年富力强的公安局长吸着烟看完信，喷出一口浓烟，不禁皱眉想："被偷的不报案，去偷的却来报案，全颠倒了！但，这是一个有良心的小偷，只可惜我们……嗨！……"

任玉玺的初恋

任玉玺和岳传芸、刘小红是中文系同班同学。任、岳是好朋友，岳和刘是热恋中的一对。现在突然岳传芸和刘小红之间为了一点小事争吵起来后，岳骂了刘，刘小红决定同岳传芸"吹"！任玉玺自告奋勇："我来去劝她！"

人都说平时任玉玺为人并不错，就是好占人家点小便宜。这次为了好友的恋爱，他却不怕破费，约刘小红到附近一家小咖啡馆里谈心。

刘小红如约来了，任玉玺诚心诚意地劝她同岳传芸和好如初。诚心诚意地替岳传芸解释，诚心诚意地代岳传芸向她道歉。总之，确确实实是岳传芸最好的朋友，衷心希望刘、岳幸福。但刘小红很"硬"，说了"吹"非"吹"不可，无论任玉玺如何天花乱坠地说得嘴干舌燥，也毫不动摇。谈话从下午两点继续到吃晚饭，刘小红回去了，任玉玺又同她约定晚上在校园西侧喷水池畔续谈。

也不知为什么，任玉玺突然发现刘小红长得很美。她是那种一眼看上去挺平凡越看越有味的少女。月亮升高树影婆娑，刘小红翩翩出现，任玉玺一味劝说，刘小红一味摇头。刘小红忽然说："换个话题吧！老是炒冷饭太乏味！"于是，两人热烈地坐在月光披洒的树荫下谈起文学，谈起《霸王别姬》和《北京人在纽约》，谈起港台歌星和"发烧族"，谈起旅游、月亮和鲜花……

也许正像拜伦所说："恋爱乃是青春期开放的情绪之花。"它会使人聪明，也会使人愚蠢。任玉玺突然越谈越感到自己是被爱神的箭射中了！他觉得岳传芸已无法再赢得刘小红的爱情，刘小红是不会回心转意了！我已尽到了做好朋友的责任。现在，命运之神将一个可爱的少女放在我面前，岂能坐失良机?!"命运操之在我"，法国谚语说："烤好的鹅肉，不会自己飞入口中。"他突然诚恳向刘小红表白："啊，小红，你难道没有发现？我已经深深爱上你了！你同岳传芸既难和好，你能爱我吗？……"他说得大胆泼辣，感到自己很像大丈夫男子汉。

刘小红吃惊了！月光下，两只如清泉的眼睛闪烁着迷惑不解的光。她究竟也不乏九十年代大学生应有的老练，克制住惊讶！露出了微笑："……嗬，真出乎我意外！岳传芸不是你最好的朋友吗?"她扑哧一笑，"难道今天从午后到现在，你不是为了他而是为了自己在打小算盘？……"她的眼神流光闪灼。

"啊，不，不，本来是为了他！确是为了他!"任玉玺结结巴巴，"但现在确是为了我自己了，你们既已不能和好，你又这么有魅力……珍惜我的初恋的感情吧……"

刘小红没有表示反对，但说希望任玉玺不要隐瞒这事，应当直率告诉他的好友岳传芸，好叫岳传芸受受"教育"，懂得他那样粗暴地骂一个他所爱慕的少女是要付出令他追悔的代价的。任玉玺拍胸脯：一定照办！明人不做暗事！

两人在月下分手，任玉玺约刘小红明晚再来这里见面，刘小红大大方方点头答应，忽又说："改在后晚吧！明晚我有事!"临别时，任玉玺感到小红对他是脉脉含情的。

任玉玺陶醉在桃色的梦中，"鹬蚌相争，渔翁得利"似乎确有点道理。他急匆匆当夜找到岳传芸，说："看来，小红是不会同你和好了！现在，我决定追求小红。我想，经过努力，她是会爱我的!"他当然也如实叙述了怎样为好朋友诚恳地尽心尽力的经过，希望岳传芸理解。

岳传芸脸色忽红忽白，最后握拳说："哼！人都说你好占人家便宜，看来一点不错!"

任玉玺脸像关羽,指着天说:"你怎么这样来理解呢?我确为你尽了大力,但……"但怎么呢?他自己也感到越说越是说不清了。

第二天,岳传芸一天没露脸,不知哪里去了。刘小红也不见踪影。任玉玺坐立不安。

第三天,他见到岳传芸,情绪挺好,但没有理睬他。找个机会,他碰到了刘小红,轻声悄悄说:"今晚,别忘了!"刘小红向他甜甜地笑笑点头,那笑真甜得醉人。

夜晚,在喷水池边老地方,他早早就等候着了,风轻轻地吹,树影朦胧,"隔墙花影动,疑是玉人来"。忽然,来人了,不是一个,是两个。借着月光一瞅,前面刘小红,后面岳传芸,他心一沉,"第六感官"告诉他:大事不妙!

果然,刘小红走上来,甜甜笑着说:"任玉玺,传芸昨天向我道了歉,保证今后决不再粗暴,我们讲和了。"

岳传芸上来,也笑笑说:"我向小红了解了情况,你干的事前百分之五十够朋友,后百分之五十像投机商。本来不属于你的东西你是不该攫取的!不过,你不够朋友,反倒促使我俩和好了,所以不能不一同来谢谢你!嘻嘻……"

任玉玺站在那里像泥塑木雕,心里打翻了五味瓶。爱神的箭射得太重,他被钉在那里动弹不得了!

粉红色的信笺

在闪烁多彩的激光灯影下跳罢舞后，他和她走到花园里找了一条空石椅坐下来聊天。真要感谢搭桥的团市委，给安排了这样的交往机会和地点。他和她本是无缘相识的，现在却已是四次交往了。他，大学本科毕业在啤酒厂技术科工作，刚评上工程师；她，中专毕业，在一家出版社当编务。今夜，恋爱交往到了关键时刻，他已向她介绍过自己。今夜，轮到她自我介绍了。

她美丽的脸上带着遐想，却看得出她毫不掩饰："既然你那样诚实，我就不应该有丝毫的狡猾。我们应该将心换心。我必须告诉你，我本来是一个'唯目的型'的少女，以前在我心里，港澳及国外舒适的物质条件一度取代了情爱的位置。"

他凝望着她。她的脸在月光下显得突然圣洁起来。

"最初，是我们有个邻居，我叫她斐斐姐姐，她其实长得并不比我漂亮，在一个偶然的机缘中，她认识了一个法国商人。她待业在家，同法国商人结婚后，就随他去了法国。后来，她回来探亲，穿饰简直像电影上的法国贵妇人。我想：我为什么不能这样？于是，我认为年龄差异大小、生活习惯是否接近、文化程度是否适合甚至有无爱情都不是问题，只要在国外或港澳的就行，有钱就行！"

她对往事的追思和忏悔闪过眉宇间："有人给我介绍了一个非洲国家留学生。但我不习惯黑皮肤，一见面就吹了。好不容易，人家又介绍了一个港商，年龄比我大得多。表面看人还可以，可第二次见面他就亲昵地说：'我有钱！我愿意花钱多多，只要你使我快乐！'我给他吃了一记耳光，就分手了！"

他轻轻唏嘘一声，继续听她讲述。

"第三个是日本老头儿，来旅游的。他问我为什么愿意找他这样的老头儿。这使我很难启口，我没说真话，他却嗫嚅地说：'要个爱花钱的老婆，男人只能做一件事，即拼命赚钱！我可不那样傻！'我这才弄清了：这老头儿在日本有家室，他在中国不是找对象，是找情妇。结果如何，可想而知。"

夏夜的风开始转凉了，他听着她的讲述，惊讶她讲这些事的时候竟是那样平静。

她专心致志地往下讲："从那以后，我认识到，婚姻必须有爱情。不过，我已经尝到了苦果。几经周折，几度反复，一晃已耽误了六七年光阴。"

说到这，她微微叹了口气，忽然站立起来，用手拂拂鬓边乌云似的黑色长发，拎起那只白色小提包，说："我的话完了！这也许会给你一种坏印象，但我觉得还是这样好，如你想到此为止，就尽快坦率告诉我。不然，下次周末舞会时我们可以再见。"

没等他发声，她已经姗姗走了，在月光下留下一个矫健美丽的身影。

第二天上午，她就收到了一封他亲自送到出版社里的信。天蓝色的信封使她感到一种纯净的美。但她犹豫了，想起昨夜临别时说过的话，他答复得这样快，显然是拒绝。她那多次受伤的心，已不堪再受创痛了。她拿起信欲拆又止，最后还是鼓起勇气撕开了信封。

抽出的是一张粉红色的信笺，上面写的是："……我已经等不到下次周末舞会了！我必须立刻告诉您，您给我留下的是格外美丽的印象。我想，婚前没有隐瞒，没有虚伪，必有助于婚后家庭生活的美满……"

眼的爱

倩倩死了！她那双美丽的眼睛却留下来，活着。……

那是倩倩心脏病急性发作后的第三天，陶漪老师到医院里去看望、陪伴女儿。倩倩坐在病床上，散开了长辫子，正用一把天蓝色的塑料长柄梳在梳理乌黑油亮的瀑布似的长发。倩倩沉静、美丽，穿着白衣纯洁得像个天使，只是白皙的脸上毫无血色。她甜甜笑着，一下又一下梳着黑亮的长发，酷似她寒假期间在家里临摹的一幅西班牙画家戈雅的著名肖像画——《伊莎贝蓄·德·波尔谢丽像》上那个光彩照人的少女。妈妈不禁想：医生说她的病不好治，难道可爱得像一颗金星般的女儿能会流星似的陨落？真懊丧呀！世界科学突飞猛进，电脑广泛应用，宇航员早能飞上月球……为什么医学如此落后？想着想着，心像浸泡在醋里，泪水就止不住了。

女儿却在用笑安慰妈妈："妈妈，您看，我挺好，吃得下，睡得香，我想给爸爸写封信让他放心。我不久一定又能回艺专上课了。……"爸爸是援外医疗队里的著名外科大夫，正在遥远东非的一个国家里工作，何曾知道爱女已经濒临死亡边缘？……她有意叫妈妈高兴，又说："妈妈，告诉您，我交了个朋友……一个女兵！"

"朋友？"妈妈停止流泪，用手帕拭着眼角，看着女儿可爱的椭圆脸和两条弯曲的眉翘下黑亮的眼睛。唉，呼吸这样急促，脸色这样苍白，这时候还谈什么交朋友的事呢？……妈妈懂得女儿的心。女儿是想岔开话题帮助妈妈排遣心头的不快呀！

"妈妈，眼科病房从云南部队里转来了一个跟我同年的姑娘，她在一项保密的科研试验中伤了眼睛。听说一眼要失明，另一眼也保不住。我昨天上厕所时见到了她。我扶她，她要扶我。一见面就谈得来，我真希望她的眼能治好。"

妈妈心里塞着乱麻，无心听爱女讲这些揪心的事了。听着，没作声，只是点点头。

有人说："医院是人类不幸和各种病痛的集中营和展览馆！在这里可以看到听到无数的惨事，有同情心的人在这里时时会蒙受心灵的创伤。"也有人更正说："不，医院是悲剧和喜剧同时演出的大剧场。病死的是以悲剧告终；治愈的是以喜剧的结尾谢幕。"妈妈现在是赞成前一种说法的，女儿病情不好，她心里本来凄怆，听女儿说了更感压抑。妈妈的胸怀肺腑已经塞不下更多额外附加的痛楚了。妈妈只有强忍住心疼默默地看着爱女，心想：看呀，她的心灵多像水晶——自己病得这样，想的却是别人的痛苦！……

后来，陶漪老师每次挤时间去看望女儿时，倩倩不时也总要用无限同情的语气谈起那个眼睛要失明的姑娘："啊，妈妈，她的角膜溃疡，肯定要失明了！""妈妈，您把这罐菠萝送去给她吃好不好？她母亲不在身边……"妈妈心情太坏了，虽然同情，却早被女儿日益恶化的病情折磨得精疲力竭。她总是默默吞泪，是为那个眼要瞎了的女兵痛苦，更是为即将离开人世的女儿伤心。

妈妈在倩倩的恳托下，送水果罐头去眼科病房给那姑娘时，女战士蒙着一只眼静静躺在那里，另一只眼也黯然无光。她悲哀地说："阿姨，我右眼一片黑暗，左眼也怕要丧失光明了。……"匆匆离去时，妈妈只能忍泪用习惯了的中学教师向学生进行开导的语气安慰那女兵："要坚强，医生一定会努力给你医治的……"这样的话，妈妈对倩倩也不知说过多少遍了。其实，心里流淌着苦涩的泪水。她明白：安慰仅仅是安慰，奇迹决不可能发生！人类在病魔面前常常太无能了！

终于，意料之中的最可怕的一天降临了！

倩倩垂危！那夜，下着淅淅沥沥的秋雨，陶漪整夜陪伴着她。女儿那双泉水般清澈深邃的眼睛仍旧异常美丽，但呼吸逐渐由急促变得微弱。女儿一直紧紧攥住妈妈的手。黎明时，忽然像想起了什么轻声继续地说："妈妈……枕头下有个纸条。……答应我……好吗？……"

"什么事？倩倩？"妈妈嘴角翕动，眼含热泪，"说吧，妈一定答应你！……一定！……"

女儿已经无力说话了，伸手向枕下去摸纸条。妈妈大声惊叫："倩倩！倩倩！……"女儿再也没有苏醒，十八岁成了她永恒的年龄。……

夜雨潇潇，一阵风起，窗外的白桦树叶发出窣窣的呻吟。展开爱女留下的遗言，像听到了来自遥远之处的声音：

> 亲爱的妈妈：我走了，别想我。
>
> 角膜可以移植，医院里没有，医生说：有些国家，医院可以处理遗体，中国没这习惯。为什么不提倡呢？无用的死变成有用的生不好吗？我走了，眼却活在别人身上，让她见到光明，多好啊！请妈妈将女儿的眼捐献给医院：指定送给她吧！
>
> ……

雨声沙沙沙，陶漪老师心头颤动，泪花模糊了眼睛。

这双眼使一个与倩倩同龄的女兵重新回到了部队。

爱，常留人间。在妈妈的记忆里，永远有这双活着的眼睛！这双瞳仁显得很遥远的、亮晶晶的美丽的眼睛……

牢　骚

离休后，他变得异常地忧国忧民了，常牢骚满腹，有人来，他总爱谈谈世态，谈谈听来的小道传闻，以一种无可奈何痛心疾首的姿态，真诚发自肺腑地摇头："不好办啰！这世道！……"

他反感的是社会上那股不正之风。一切都要讲关系，以权谋私的事耳朵里进得太多了。有切身体会的是他的小儿子想从那个亏损的大工厂调进局里，本来事情已无问题，谁知"半途杀出程咬金"，新局长的堂兄之子要从县计委调到省里来，一下子就进了物资局，占去了他小儿子的名额。他托过物资局刘副局长，那是他提拔起来的老部下，老刘坦诚地说："我这胳膊拧不过人家的大腿呀！只好以后再找机会了！"老伴苏溶说："算了吧！谁叫你老了离休了呢！……"于是，他只好忍气吞声，浩叹世风日下、人心不古。

他做局长那会儿，小轿车首先给他坐。离休后，用车难，他干脆就安步当车或坐公共汽车。物价涨，他和老伴苏溶心情浮躁。他们生活一直简朴，年轻时拿供给制，后来是低工资，爬到老正式工资不过一百八十元，苏溶的正式工资仅仅不过百元出头。好不容易积蓄下的几千元为怕贬值，老两口早早用来购了微波炉、吸尘器和全自动洗衣机。可是除了洗衣机，都不是急需的东西，偏偏洗衣机质量又不好，常出故障。"咳，这物价！这伪劣产品！真是糟！……"他常摇头。

离休后，局里好像将他忘了。头一年有次公家请客，还用车接他去吃了一顿，过春节、过老人节时，也派办公室的人来看望慰问，送了些蛋糕、罐头。以后，就没有了。请去开座谈会，只是清茶一杯。但他听说新局长常用公费请客，也用公费游山玩水。"这就是为政清廉吗?"只要一想起这些事他就火冒三丈，使劲搔白头发。

传说局里在岗的"隐形收入"多，与离退休人员当然无缘，他的收入现在随着物价高涨变得越来越少了。局里那些副局长甚至科长的工资也都飞快地提了上来。他觉得自己剩下的只有治病这一样权利了。他有些老年慢性病，忧国忧民之余，常常血压高、头晕胸闷。他先在中医院住院，后来转到疗养院。疗养院里不乏他这样的牢骚朋友，大家摆龙门阵、打麻将、想写什么就写什么，倒都很自得其乐。

他忧国忧民发牢骚，自以为是个革命者才这样的。谁知一晚他与邻室病友老张闲聊时，老张的大儿子是个记者来看望父亲。听他大发一通牢骚后，那青年竟不咸不淡地说:"问题或多或少存在，但一分为二也必要。牢骚太盛，其实是一种不健康的情感表现，现代社会并不需要!"这话似是劝慰他，又似是讽刺他。

他惊诧了，瞪大了眼愕然望着这个戴深度近视眼镜的青年人说:"唏，难道忧国忧民也错了?"他对"新潮"的青年人总不免侧目而视的。

"我指的是口头牢骚派!"青年记者吸着烟坦然说，"我认为中国要富强要美好，首先要每个人都有信心有能力从我做起来改革弊端、反对腐败进行自救，而不需要口头上的忧国忧民，不满这不满那，埋怨这埋怨那，甚至自己实际也浑水摸鱼。如果哪天所有人从自己出发，都是一个健康自强爱国的个体，都能行动起来帮助党和政府解决问题，我们的国家、社会才会充满生机。空洞的忧国忧民，发牢骚，谈忧患，没劲! ……"

对不对呢? 说不清! 但那夜，他失眠了，引起了很深很多的思考。

火车上的传奇

民工潮涌来涌去。火车硬席车厢里水泄不通，烟雾腾腾。张志和中午在南京上车，为了赶回天津，站着已经三小时了，脚底疼，腿关节酸，后悔坐这班车。这趟北上列车，都是长途旅客，有的到北京，有的到天津，最近也是到济南的，要站到何时才能有个座位呢？

他采用"运筹学"思考起"前途"来了！离他最近的座位只有两个。左边是个抱婴儿的年轻妇女，到北京的。右边是个三十光景的壮实大汉，有双浓眉和两只虎彪彪的黑眼，穿一件军大衣，像转业军人，是到天津的。这两个座位都不会早早空出来！"运筹学"失败，张志和只好丢掉幻想，咬牙站到天津了。

火车"喊咔喊咔"向北驰行，天渐渐暗黑下来，车已过徐州，窗外该是鲁南广阔的原野了。灯火星星点点，抱孩子的妇女轻轻发出鼾声，张志和站得真累，以至不自觉地微微呻吟，尽量用倚在座肩上的右臂撑持着身体，好减轻一点脚支撑的分量，忽然身旁那个壮实汉子和善地用手拍拍他的右臂，说："同志，您坐一下吧！"说着，缓慢地站起来让张志和坐。

"呵，不不不！"张志和十分感激对方的好意，从对方虎彪彪的黑眼里看到一种善良高尚的情谊，但越这样，越不想接受对方的好意，他说："谢谢，你是到天津的，远！我不累！"

"别客气！你有五十了吧？"

"哈哈，实不相瞒，五十九啦！"

"啊，早知道您这么大年岁，我在蚌埠就让您坐了！"壮汉缓慢地扶着座起身，张飞敬酒般地用粗大有力的手臂将张志和拉下坐了，自己却站到刚才张志和站立的地方，带感情地说："我父亲今年也五十九啦！可您，看上去这么年轻！"

给他这么一拉一说，张志和不能不坐下了，虽然心中抱歉、怀着感激，坐下后的确感到无比舒适。站立的时间实在太长了！对一个五十九岁的老人来说，已支撑到了极限，现在他心里充满美好的感情，不断地说："谢谢……"

但，对方沉默少话，只像做了件该做的事，摇头表示不必谢，朴实地站在那儿。

"是转业军人吗？"张志和友好地问。

对方点点头。

"在哪里当过兵？"

"云南。"

"上过前线？"

对方点点头，又沉默了。

火车"喊咔喊咔"前进，张志和太疲乏了，在一种舒适的状态下慢慢地睡了。

何时醒的，他也弄不清。夜间的车厢里安静些了，但仍那么拥挤，张志和猛地醒来，突然歉意地感觉自己占用那位壮汉的座位太久了。他见那壮汉右臂倚在椅肩上闭眼打盹，站得十分吃力。是呀，该快起身把位子让还人家了！张志和用左手拍拍站在身边的那位壮汉的右腿。然而，他像触了电，左手有一种异样的感觉。"呀！"他用手再去触摸，立刻明白地感觉到了：这是一条假腿！

张志和动感情了，他起身揿着壮汉坐到座位上，心里发酸几乎流泪，大声说："同志！你太好了！早知道你截过肢，刚才我怎么也不会

518

坐的呀！"

　　壮汉只露出了憨厚淳朴的微笑，什么也没有说。但对面有两个年轻人这时却异口同声大声招呼张志和说："老同志，我让您坐！"

　　刚才前前后后的情况，这两个年轻人一定都看在眼里听在耳里了！

"轮流受气"药方

　　陈丽宏护士常在一天中重复碰到这样的事：她受人家的气，也给人家气受。

　　上班的医院离她家实在太远，清晨天蒙蒙亮起床后她急匆匆去买炸油条和"锅盔"回来给爱人和孩子吃了上班上学。小店的个体户老板夫妇常不给人好脸子看，主要是顾客多不愁卖不掉，陈丽宏有时没准备零钱挨了"刮"，有时想等热油条受了气，然后，她回到家将昨晚的剩饭泡了开水配着榨菜吃了就去赶车，那16路车的拥挤真没法说，要用打架姿态才挤得上车。上车后，售票员在塞得满满的人丛中如入无人之境，胳臂肘撞着她的背："让开让开！"往哪让呢！她被撞得"哎哟哎哟"的同时，又被一个男乘客的大皮鞋踩在"鸡眼"上。可是，背后一个老太太却在推她："你少动动不行吗？我给你挤扁了！"

　　忍气吞声，到了医院在内科上班，有时，一些病人极难对付，要他叫到号码再看病，他都要"夹塞子"或纠缠着要抢先看病。有时，病人吸烟吐痰，于是，陈丽宏找到了发泄怨气的对象和机会，虎着脸训人："走开走开！""站好站好！""长眼睛没有？禁止吸烟吐痰的牌子看不见？"……发泄了一顿换来一点舒畅。

　　下班回家，急着去菜场买菜、打油……常又受到菜贩、店员的气。菜贩说："买不起就别买！"店员会不理不睬自顾自地闲聊，陈丽宏有一次对爱人说："真不知怎么了？人的火气那么大，服务态度那么坏！互相受气、轮流受气，真叫人受不了!"她爱人好脾气，是中学教师，说:"其实态度好的人还是大多数。不过，确有那么些人有的只讲金钱关系，有的由于自己不顺心，有的由于教养太差，有的有怨气和不满，因而在新的人际关系中变得性情冷漠，对别人只讲计较不讲谅解，有点鸡毛蒜皮的小事就要发火，在服务态度上不是笑脸迎人而是恶言相对，这是一种生活现象了，实在该改一改!"说到这，他突然幽默地问:"小陈，你在医院里对病人态度好吗? 哈哈……"

陈丽宏叹了一口气，没有回答。

隔天，她去医院旁百货商店买牙膏，两个女店员正聊天，她说:"我买牙膏!"没人理睬，她又说:"请拿支牙膏!"仍没人理。只听胖店员气愤地说:"……现在最好别生病，上医院就是受气! 护士态度坏透了!"瘦店员点头:"可不，我前天看妇科，错到了内科，一个女护士像吃了生米饭，把我病历一扔，说:'去去去，这里不看你那种妇女病!'边上的人都笑起来，我脸都气红了! 真是浑蛋!"胖店员说:"最好让这种人到我们这儿来买东西，来它个一报还一报!"

陈丽宏没敢再听，转身就走。她发现，那瘦店员面熟，原来前天确实挨过她的训。

"一报还一报!"陈丽宏走在路上，脸红心跳。不禁想:唉，我为什么也染了这种报复人、这种缺乏热诚和爱心的病了呢? 要解决这问题，恐怕只有从每个人自身做起，抱着"人人为我，我为人人"的态度才行吧?

刹那间，她忽然有了一种决心，仿佛觅到了一个治愈"轮流受气"恶性循环病的药方了!

文学学术报告

主讲人：……从前现代主义到后现代主义之间，并不存在某种类似生物进化的发展模式。……语境游戏颠覆了世界也颠覆了自我。……被人用媚俗的口吻称之为"新写实"的作品……那种被认为具有波普风格的准嬉皮士小说和老少咸宜的肥皂剧……大概是由此联想到了西方的"新新闻主义"。……诸如从认识论主题的本体论主题的转变，那是一种伪理想，从"自我确立"到"自我消失"的二次革命，以及不断变换的文本实验和某些特殊语义构成。……既没有一步到位，也决非循序渐进……都会形成其价值取向的自主性，一直回避或是抵拒来自各方面的流行价值观念。……这是一种自造的孤愤，自造的被围困感与受虐感。……正在进行某种结构性的调整……虽说是一个虚妄的命题。……长期以来就生于某种文化权力背景下，如果"背景"一旦消失，他们很可能成为那种挂起来的人。……不过，事情已经表明，在百无聊赖的时刻，他们会向社会发出某种古怪的信号，走向"家园精神"……

听众甲问旁边的听众："听得懂吗？"听众乙不懂装懂地："比较深奥，但比较新。……"

听众丙老老实实地："我水平低，听不懂，真不好意思。"

听众丁不满地："说的什么呀？比外国话还难懂！"

听众戊发自内心地："唉！……"

听众己站起身来："我要去洗手间了！"

听众庚："你看，他全是照稿在念，我敢打赌，他念的自己也未必懂！"

享受生活

他决定好好享受生活。

因为妹妹从北京给他来了一封信，信上说："你一定要多多保重，别再写什么书，书库里又不缺少你一本书！听我的话，学学希腊人。黑格尔说过：希腊人是接近自然的，他们想到如果明天上帝要召回自己，今天便享受生活。今人则不同，想到自己要死，怎么还有心思享受生活呢？所以黑格尔说，希腊人的纯真就像一个小孩子看见玫瑰花就嗅闻它的香味，从欣赏自然中获得乐趣。而今人见到玫瑰花，就像一个药商，企图从中提炼香精——如此功利主义！你应该学习超脱于当今人事之外，养花、看鱼，到公园散散步，到茶馆里坐坐（你们成都的茶馆是有名的），安静地享受人生。你已经六十多岁了！也离休了！又有肺心病，千万不要自己苦自己……"

妹妹在大学里教书，这封信触动了他的心弦。他不能不承认妹妹的劝告有点道理，也不能不想起自己为写作曾煎熬过多少个不眠之夜，曾经历过多少艰难险阻。"弄文罹文网"，现在这种顾虑是基本没有了，但过去……是呀！现在老了，又有病，是该享受享受人生了！妹妹的信似乎在他脑际擦亮了一根火柴，打开了一扇窗户。是呀！我是该出去玩玩了！还写什么书呀！现在出本学术性著作这么困难！不赚钱的书人家出版社都不要，我还折磨自己干什么？让它见鬼去吧！他将稿纸收进抽屉，将资料和参考书籍全部放进书橱，心里感到一阵轻松。

他到花市，想买点花回去盆栽。花市拥挤，一辆自行车险些撞倒了他，一个愣小子胳膊碰得他背上生疼。"唉！人比花还多！"他有点生气。问问花价，看得中的价高得吓人，看不中的他不想要。索然无趣地离开花市，到了卖金鱼的市场。那些彩色缤纷的小金鱼在盆中游来游去，蹲在盆摊边看鱼买鱼的人不少。他看看金鱼，觉得颜色好看，但鱼头和鱼鳞都难看。"水泡眼"的鱼眼、"珍珠鱼"的鱼鳞看了都使他浑身发痒。他还记得老伴当年同他结婚后养过一缸金鱼，可是她出差一个月，回来发现金鱼早都死了。因为那一个月里，他是早出晚归从未去看过照顾过金鱼，那是夏天，一缸水早都臭了！"年轻时都没兴趣干的事年老了哪还有兴趣做？"他又默默离开了金鱼市场。

他终于徜徉到人民公园里来了！

公园里人头攒动。初秋时分，不冷不热，老老小小都爱往公园里跑。瓜子壳、果皮、废纸满地都是。"人比树还多！"他想！兴致减了三分。"喂！走开！走开！"有人粗鲁地吆喝他走到一边去，因为要在他附近拍照。他向一堆人群走去，原来是一个青年在草坪上跳霹雳舞。他没兴趣，想找个椅子坐坐。偏偏所有椅子上都坐满了一对对情侣，两个人占三个座位，天王老子来也不让。好不容易，在假山石后冷僻处看到一只空椅，朝上一坐，上当了！是只坏椅，歪了他一跤，椅子上的钉子撕破了他的裤脚。爬起身来，他扫兴地在林荫道上踯躅。满眼的人使他从马尔萨斯人口论想到了马寅初，一个像时装表演模特儿似的中国女郎挽着一个挎相机的络腮胡"老外"，使他想起了艾滋病……经过公园里的茶馆，恰好有个空位，腿乏嘴渴，他决定像妹妹信上提示的去坐坐茶馆。泡了一杯花茶，可是茶碗不洁净，使他想起了肝炎。他不敢端起碗来喝一口。呆呆地听着周围茶客们叽叽喳喳，感到很无聊。一会儿，不远处有人吵架，大约是为了争座位，拥了一伙人去看，他很羡慕：这里的人多的是时间，为什么竟能那么悠闲！他枯坐了不到半小时，已经感到太浪费生命了！他不禁蹙眉沉思：唉，我这个人怎么这样不会享受人生？……

又过了十分钟，他忍受不了寂寞，终于又踽踽地走向归途。

回到家里，老伴问："怎么样，玩得还痛快吗？"他笑笑，没有回答。

他将稿纸又拿出来铺在桌上，将放到橱里的资料、参考书又理到桌上。也不知为什么，他感到无比舒适、愉快。

然后，他慢悠悠地点燃了一支香烟，又拿起了笔……

他感到：咳！这才是真正地在享受生活！

"朦胧美艺术照"

　　他是哥哥，热衷于摄影已经好几年了。虽然还没有摄影作品得过奖，但他自认为摄影技术是高超的。尤其是摄人像，能真实地拍出人物的面貌、精神、气质、表情……简直不差分毫。有一次，一个老头儿夸他："嗨，拍得真好！连我头上剩几根头发都数得清，连我皱褶里的细纹都纤毫毕露，真了不起！"

　　可是，妹妹喜欢让人家拍照，却不喜欢让他来拍。妹妹欣赏的不是哥哥而是弟弟的摄影技术。妹妹说过："哥哥，你自命为摄影艺术家，我可不敢领教，你给我拍的照片总是那么丑！一点也不像我！弟弟给我拍的，可就美得多！我宁可要弟弟拍，不要你这位大摄影家拍！"

　　哥哥听了，只有苦笑。他明白：自从上次把妹妹右鼻侧的一颗黑痣拍得很显眼后，妹妹便不欣赏他了！那次，妹妹把照片一撕，高声说："我就长得这么丑吗？这哪像是我?!……"以后，果然，爱找人拍照的妹妹总是拉着弟弟说："还是你给我拍好！我就爱你给我拍照！我是不讲究名气大小只讲究实惠的。我只要拍得美！倘若照片不美，我拍了干什么!?"

　　其实，弟弟学摄影不过才几个月，买了一只"傻瓜"照相机在摆弄，要讲摄影技术，弟弟还根本谈不上，还算是个"外行"。可妹妹就是欣赏弟弟的那一套，有什么办法?!

　　有一次他听到妹妹跟弟弟的一段对话：

妹妹:"弟弟,你一定要给我拍得非常非常漂亮。我这照片有特殊用途!"

弟弟:"你放一百二十个心吧!保险拍得你满意。我注意到了,你的鼻子有点像林青霞,侧影有点像刘晓庆。我会抓住你最美的地方给你'发扬光大'的!"

妹妹:"是啊!上次你给我拍的那张,虽然朦胧一些,没拍清晰,但人家说有点潘虹的风度。不过,也有人说不太像我。"

弟弟:"不是没拍清晰!是朦胧!朦胧本身就是一种美,懂吗?不像你本人没关系,只要拍得有点像林青霞、刘晓庆或者潘虹,那就是美!"

妹妹:"是啊!哥哥对我说:'要拍得真实,像你本人一样,叫人一看就知道是你,才是美!'他拍得也太真实了!连我鼻侧的一颗痣都要夸大!那算什么审美观点!"

弟弟:"我看,他的观点早过时了,现在没人吃他那一套!你信不信?我要是开个'朦胧美艺术照相馆',淡化人脸上的丑,强化人脸上的美!让每个来拍照的人,在朦胧中都变得像电影明星,准能发大财!"

妹妹:"我信!现在朦胧就是吃香嘛!……"

他不愿再听下去,有点生气地走了。

过了一段时日,他无意中发现:妹妹的照相本上,过去他为她拍摄的照片全部失踪了!放在照相本上的全是弟弟给她新拍的"朦胧美艺术照"。确实,有的有点像林青霞,有的有点像刘晓庆,有的有点像潘虹,有的有点像……不!也都不像!而且,最重要的是:没有一张真正像妹妹本人!

他当时不无感慨。但后来才发现:弟弟比他"红"得多!妹妹那些大学里的同学们,都纷纷跑来恳请弟弟给他们拍照。

茶　馆

　　我们这幢宿舍楼是东西向的。从西边三层楼的阳台望下去，居高临下看得最清楚的是小街对面那家有三开间门面的茶馆了！茶馆在一家卖啤酒卤鸭店和一家卖牛肉面、小笼包子店的中间，从早上八点开始营业，每每要到晚上十点后才歇业打烊，天热时打烊的时间还要推迟。我因为养病，闲来无事就只好在阳台上观景，那茶馆便成了我"品尝"的地方。这使我看到了正儿八经的个体户要谋生赚钱并不容易，也使我看到了生意兴隆和经营有道的关系。

　　从年初到现在，经历过春夏秋三季，茶馆换过三家主人。

　　最初的创业者是一对青年夫妇。像是待业青年，又像是农村里的有点文化想出来弃农经商的能干人。那女的来时已经怀着孕挺着肚子了，有张胖胖的笑脸。男的精瘦精瘦的，动作麻利，十分勤快。租下这简陋的三间门面后，男的一手操持，从铺水泥地到用石棉瓦盖屋顶都是自己干的。然后，摆设了七八张小方桌，四十多把竹凳，搭起烧水的锅灶就放鞭炮开张。这纯粹是本市传统的老式茶馆的章法，挂出一块牌子，上面写着茶价。白开水叫作"玻璃"，每碗只要一角，清茶二角，花茶三角，附带卖点花生和瓜子，供顾客消遣。

　　茶馆刚开，生意平平，但从早到晚，茶客倒也不断。这附近一带多是建造新楼的建筑工人，下工后来此休息喝茶聊天打扑克的不少。有的买上些锅盔、包子什么的，来泡上一杯茶，边吃边喝边休息。也有的是来谈生意的人，只看到用手比画着手势，抽着烟喝着茶，谈完就走。茶馆的男女主人起早睡晚，有客人时不停地斟水。我暗自替他们算算账，一天平均以六十杯茶算，每杯平均以二角计，是十二元，一月就是三百六十元，那么，去掉房租煤水以及交税，生活可以维持，却绝不富裕。果然，夏天时，那老板娘生了个胖儿子，也不知是人手不够，还是感到茶馆无利可图，有一天，茶馆停业，又隔了一天，见有两个女的来打扫清理，这才明白茶馆已经换了主人。

茶馆的新主人，是两员能干的女老板。一个瘦高个子戴眼镜的，约莫二十七八岁，一个矮矮胖胖相貌平庸的更年轻些。她俩似乎是会"改革"的"新派"，弄了一架彩电和一架录音机来。此外，除了用原来的方桌和竹凳外，还添置了二十来把小巧玲珑的竹靠椅。两人依然起早睡晚。而且从早上开始，就播放录音。录音机里有邓丽君、费翔、包娜娜的录音带，也有蒋大为、董文华、韦唯等的。到了晚上，就是茶馆的"鼎盛春秋"了，只要电视台播放武打片或古装片，茶馆保证客满。我从楼上往下数，三间门面的茶馆，密密排了五十张竹凳，茶馆外的街边边上又并列了近二十张靠椅。茶馆成了看电视的场所。两个女老板干得很起劲，也很活跃，对顾客总是面带笑容。那戴眼镜的女老板，似乎很想把茶馆办成个俱乐部，还购置了些象棋、军棋和扑克，供给茶客玩耍。我从楼上用数凳子和椅子的方法给她们算算账，茶馆的收入比原来那对夫妇至少要增加一倍以上。为了招徕顾客，茶馆门口挂了一块小黑板，预告晚上电视节目：那戴眼镜女老板的一手粉笔字写得也很流利醒目。

可是，也许是物价涨得快了？或是她们另有用武之地？抑或是……茶馆忽然在夏末又换了第三个主人。

这是一家中年夫妻店，外加一男一女两个青年，估计是中年夫妻的子女。中年夫妻整日厮守茶馆，子女只是偶尔来。他们盘下了茶馆原来的全部家具，而且也有电视机和录音机，但又进行了"改革"。在茶馆一角又添了小卖部，卖的是瓶装啤酒、香烟，还有挂面。那中年妇女看来是个会烹饪的，茶馆里还新添了臊子面、酸辣面，来喝茶的人，脚不出门吃吃喝喝俱全。茶馆店实现多种经营，生财有道，比前两任老板兴旺得多。只是发生过一次纠纷：隔壁卖牛肉面的店老板——一个络腮胡子的大汉，有一天在茶馆门口同茶馆店的中年老板吵开了。叫叫嚷嚷闹得很凶，后来被劝开了。估计是那店老板嫌茶馆经营面条抢了他的生意。但这种竞争也怨不得谁，更不能谁来限制谁。茶馆仍旧在兼卖面条。

如今已是冬季，茶馆里也不冷落。晚上挤着看彩电的人依然肩并着肩。有这个茶馆，给那些此地无家的单身建筑工人带来不少温暖。茶价涨了，茶馆门口挂的牌子上，一级花茶已提到每碗五角，"玻璃"也是两角一碗了！一般人喝的我想恐怕是三角一碗的清茶吧！

从楼上阳台鸟瞰茶馆，已经成了我每日的例行公事，排遣了我无聊的时光。其实，茶馆与我毫不相干，经营茶馆的个体户我一个也不认识，也不知道他们的名姓。但我同茶馆似乎已心心相通了。我关心着它的兴旺发达，而不喜欢看到它的衰败冷清。这也许就是一种人之常情吧？

"时间的小偷"

　　星期三下午，总仍是"法定"的学习时间。每到这天下午，处办公室里就弥漫着散漫、松垮、懒洋洋的气氛。门口照例挂着"学习时间、停止办公"的牌子。虽然有一度好像是传说以后学习不要占用工作时间，但并无下文。占用工作时间学习已是三十多年来养成的习惯了，谁也改不掉。这半天似乎是合法的"公休日""闲聊日""发牢骚日""信息交流日"……有人把这看作也是一种"福利"，当然也有人把这看作是"受罪"。虽然墙上从前年起就贴上了从深圳传来的"时间就是生命，效率就是金钱"的标语，但也只不过贴了摆摆样子的。谁也没有真正去联系实际思索一下这条标语的意义。不，这样说就太不公平了！这里在座的每个人都无可指责！因为他们要受"纪律"的约束，固定学习时间是上边定的，他们要反对也反对不掉。

　　孩子已经三岁的打字员刘娜娜最善于见缝插针利用时间，每星期三下午的学习时间只要准许她干"私活"她倒很欢迎。不是带了毛线衣来打就是利用这时间记英语单词。她用硬纸卡裁成一小块一小块的放在口袋里，硬纸卡上都写着要默诵记熟的单词，不时偷偷地从袋里摸出硬纸卡来背诵。她正读"夜大"，要弄张文凭，这半天学习时间她要充分利用。但每每却要被学习组长指责："喂，刘娜娜，你专心参加学习行不行？"在这种时候，她就提心吊胆地装出聆听文件或参加讨论的神情。但只要情势许可，她就又"故态复萌"！

打扮得像时装模特儿的许莺莺，每到星期三下午总要用一部分时间修剪指甲。她有一套美丽小巧的工具，从口袋里掏出来慢吞吞地用一种专心学习的表情和姿态来掩盖她那属于"美容"范围的勾当。待等把每个指甲都剪、修、磨得又尖又光后，她就开始用一只银耳扒掏耳朵。她有爱掏耳朵的习惯。掏了左耳掏右耳，脸上有一种舒适得飘飘然的神情。能一掏就掏一两个小时。每次学习，她都要来这么一套"例行公事"。但这好像不属于干"私活"，无可批评。好在学习本身成了一种"例行公事"，她这是"例行公事"中的"例行公事"，大家早就见怪不怪了。

被叫作"戴工"的戴念慈，实际是助理工程师，并不是党员，政治上倒挺积极。尤其对于学习。她已快要退休，是厂里的那种土"专家"提上来到所里工作的。原因是她老伴儿是所里另一个处的处长。她文化水平业务水平都不高，到今天思想还有点"左"。提起她年轻时参加一些政治运动的经历，还说得津津有味。学习会上，她喜欢抢着念文件，有时把"渗透"念作"掺透"，把"麝香"念作"鹿香"，把"懈怠"念作"解总"……好在多数人似听非听，思想开小差，有听到的或者忽略过去或者不去计较。她爱读就让她读呗！要说学习真正"积极"的，恐怕就数不着她了。她有句名言："学习时间可别做时间的小偷！"这是针对打字员刘娜娜讲的。有一次，她要刘娜娜赶打一份总结报告，刘娜娜不买她的账，结下了疙瘩。在学习会上，她就说出了这句名言。可惜，她学习虽"积极"，却从无扎实有分量的发言，也无独到的见解，反倒是闲扯的先锋。从开放能谈到"老外"的艾滋病，从改革扯到公关小姐拿奖金。但反正她发言积极，这就可嘉。学习组长对这样的组员是满意的，不然学习时间冷场，组长就太尴尬了！

组长最不满意的是"罗工"。组长苏小波是三年前从大学毕业分配来处里工作的。他对形式主义的学习也厌烦，但身在其位，只好希望大家支持。偏偏罗工在组长心目中是最不支持最消极抵制的一个"刺儿头"！罗工名叫罗晓康，处里的老资格了！自从苏小波同他一起学习，基本没听到过他发言。每到学习，他总是坐在自己的办公桌前，抽着烟，一支又一支，像闭目养神，又像做气功，任凭你们念文件还是讨论，都是一种与我无关的态度。他已五十九岁，即将退休。据说私下对人说过："这种学习我学够了！学了三十几年没变过样。要讲改革，我看首先得改掉这种形式主义的学习！好在我就要退休了！你不改，我自己解放自己！"苏小波并非不认为罗工的话毫无道理，可是，对罗工老是像哑巴似的"闷声大发财"他怎么也不感兴趣。

今天这个学习会上，倒是不但不冷场，而且十分热烈。从一开始，大家就抛开文件自发地叽叽喳喳了！"热点"是在物价上，从菜场上的菜价扯到家用电器，又从丝绸价格猛涨谈到香烟放开价格后的行市。谈起物价来，大家的嘴就像葛洲坝开了闸门，牢骚如波涛滔滔不绝。这一点自从"四人帮"垮台后有了极大的进步与改变，学习会上发几句牢骚不至于成为"反革命"或"反党分子"，心里有点不满释放出来了也就算了。戴工突然瞅瞅在一边默默吸烟的罗工，似要用进攻的方法逼他开口参加学习，显然罗工在她心目中也是个"时间的小偷"吧！她问罗工："喂，罗工！你是从哪年开始抽烟的？"

罗晓康喷出一口浓烟，随口回答："嗨，四十年了！"他不明白戴工问的用意，用两只近视眼迷茫地望着戴念慈，心想：她要做什么文章？罗工对戴念慈说出那句"时间的小偷"的名言后，在学习时间就总对戴工抱着警惕。

戴念慈忽然又问："你吸的这种黄果树牌香烟现在要两块钱一包了吧？"

罗晓康冷冷地回答："今天两块二了！不过平时我只吸得起一块钱左右一包的香烟。"

戴念慈说："罗工，我替你算一笔账吧！一天你吸一包烟，算是一块钱一包，一月就是三十元，一年就是三百六十五元。乘上四十年，我的天，吞云吐雾给你送掉了一万四千六百元！可以买彩电、冰箱、音响、洗衣机……还有余！"

给她一说，引起哈哈一阵笑声。罗晓康也微微笑了。有人在说："辛处长今天学习请假没来，他爱喝酒，听说十几岁就有酒瘾，如今仍是每晚要喝两盅，而且非好酒不喝，给他算算账如何？"

又是一阵嘻嘻哈哈，好几个人都在给辛处长喝酒算账。有这种算法的，也有那种算法的。算着还争论着，热闹得很。趁这机会，刘娜娜在拼命结绒线，许莺莺在笑着掏耳朵，组长苏小波既不能禁止又不愿跟着乱扯乱算账，只好拿起一张报纸看，由着戴念慈和其他一些人一本正经地用认真学习的精神算账。

罗晓康仍在闷闷地吸烟，烟雾缭绕，正如同他的思绪。他并不在作壁上观。他也在默默地算账，倒不是在算烟酒账，对他自己抽掉了一万四千六百元钱的香烟，他倒并不顶遗憾；顶遗憾的是他想起了年轻时读过的一句格言："时间是最苛刻的暴君，当我们步向年老的时候，它向我们征抽健康、肢体、才能、体力及容貌等的税项。"他觉得自己是老了，快退休了！但在过去的三十八年里，因这种学习浪费的时间太多了！他已无法算清这笔账。因为在正常情况下一周不过半天，而在过去搞运动的年月里，他曾一连几个月"学习"而不工作，如果再加上那场混战一场的"史无前例"，简直不知有几个三百六十五天是在"学习"中。这些时间，如果用金钱来计算，怎么算呢？遗憾的是现在这种浪费生命的"学习"仍在继续。要继续到哪一天为止呢？怎么就没有人来算算这笔大账呢？

他只能默默无言。发表"时间的小偷"理论的戴念慈还在起劲地算酒账，喋喋不休，大家也仍在嘻嘻哈哈。可是，他吸着烟在想：啊，你说时间是流逝的吗？不，时间是停伫而且永恒存在的，流逝的不是时间，是我们！……

他不能再说什么，心头荡漾着一种难言的悲哀，耳边仿佛听到那位著名的在新加坡定居的歌星包娜娜在唱："……三百六十五里路啊，从少年到白头……"

肚脐眼

S市第三化工厂厂长收到一封人民来信，是一位家长对厂幼儿园老师的普通话教学提出批评意见的，信上说：

> ……我的女儿在幼儿园大班，现在学了一口非常糟糕的"普通话"，叫人又气又好笑，比如说："脚踏车"念成"交达差"，"白猫"念成"拔毛"，"熊猫吃竹子"念成"熊猫吃桌子"，"我喜欢吃虾"念成"我喜欢吃花"，"我要喝水"念成"我要喝屎"，"羊有两只角"念成"羊有两只果"……我知道，幼儿园老师们的热情是很高的，也很辛苦，但不学好普通话就来教孩子是不行的。建议你们检查一下大班的普通话教学质量，予以改进……

工厂教育科的两位同志预先未打招呼，就到了幼儿园大班去检查普通话教学质量。

天气很热，幼儿园里树荫下，小班的孩子们由老师带着在玩积木、布娃娃、小熊打鼓、电动汽车等玩具。大班的孩子们正在教室里上课。

大班的邢老师，一个三十六七岁的妇女，看到教育科的同志来参观，热情更高，劲头更足。她刚给每个孩子发了一盒图片，这时说："小朋友，把你们的图片打开！"

她的普通话确实"二百五"，"图片"二字念得跟"肚皮"一样。

有些孩子听懂了，打开了图片盒，有的孩子却听岔了，把肚子挺了起来，掀开上衣露出了肚皮。

邢老师亲切热情地忙着上课，没有注意到露出肚皮的孩子。她问："小朋友，肚皮（图片）上有什么?"

一个好表现的男孩挺着肚皮大声回答："肚脐眼!"

《悲　剧》

　　老戏剧家胡霖尘的未亡人钱淑珍将一束鲜花呈献在胡霖尘的墓碑前的时候，意外地发现早在她献花之前，已经有人来献过花了！鲜花已经枯萎，看来是昨天或前天谁来献在墓前的。这是谁呢？答案迅即找到了！有一张名片压在那束枯萎的花儿下面，名片是出版社编辑钟建民的，上面写道：

　　　　《悲剧》姗姗来迟，终于出版了！我感到真是悲剧，请您原谅。在这清明节前，我将《悲剧》的样书献在作者灵前。

　　钱淑珍环视墓碑前后，并没有看到样书，估计是给常到公墓里来拾荒的孩子捡走了。看来胡霖尘就是没有福分享受他自己的作品的。但《悲剧》的悲剧却使在墓前的钱淑珍激动得热泪盈眶。今天清明，昨天，她接到出版社编辑钟建民的电话，告诉她："胡老的剧本《悲剧》已经出版，编辑部已经看到样书，过几天就可以将作者的样书和稿费送去……"她今天独自来纪念老胡，就是要顺便在墓前将《悲剧》已经出版的消息告诉已在黄泉下的老胡的。想不到钟建民已经先来过了！他可真是个有心人哩！于是，对这位编辑的责怪变成了感激。围绕《悲剧》出版的往事又浮现在钱淑珍的眼前。

　　那是五年以前，当胡老的剧本《悲剧》上演获得好评时，出版社负责戏剧类书籍的责编钟建民就同胡老接洽，考虑要将胡老的几个最精彩的剧本汇成一个集子出版，书名就叫《悲剧》。一是因为胡老擅写悲剧，选的几个都是悲剧；二是因为《悲剧》是胡老最新的一个剧本，反响也最大。钟建民并且说："以前，在极左时期，胡老的几个很好的悲剧都受过不公正的批判，仿佛写悲剧就是一种罪过，出版更不可能。现在，我们要使你扬眉吐气！……"

胡霖尘当然兴奋。他早已满头白发年满七十，二十七八年没有出过书，现在有这样的出书机会，怎能不高兴。可谁知书稿编好交到出版社，钟建民告诉他："我们不是专业戏剧出版社，每年选题中戏剧书所占比重较少，你的大作今年未能列入选题计划，明年争取列入，请不要着急。"

他问："那明年能见到书吗？"

钟建民搔搔蓬松的头发，说："现在生产过程拖的时间较长，一般发稿后要一年左右才能见书。发稿前我们实行三审制，我会尽快审毕交稿的，但二三审何时能审完我不好说，所以时间很难掌握。"

胡霖尘见过报上的一幅漫画，那是讽刺出书慢的。画的是一个年轻人写了一部书稿交到出版社，交稿时年轻人没有长胡子；等到看校样时胡子已经老老长，不过还是黑的；等到出书时胡子不但老老长，而且全部雪白！胡霖尘觉得急也无用，只有耐心等待，暗忖：明年出不了书，后年总可以出的吧？

他没有催促钟建民。交稿后隔了整整一年，钟建民来打招呼了，说："胡老，报告您个好消息，现在大作已由总编辑在终审了！审毕，我就交美术编辑设计封面然后发稿，请放心。"

又隔了一年，胡霖尘终于忍不住要问问情况，心想："稿子交去已两年，该是快出书了吧！"他要通了钟建民的电话，钟建民说："胡老，总编辑在刚要审读《悲剧》时恰好要他参加一个代表团赴美考察，回来后又忙着处理一些急稿，大作就压下了！现在好了！前天，稿子已由出版科发往工厂，这下，我心里总算一块石头落了地！您也可以放心了！"

还怎么说呢？胡霖尘有点懊丧，但也有点愉快，稿子到了工厂，出书总有希望！再等它一年吧！

到了满第三年的时候，胡霖尘又写信向钟建民询问《悲剧》何时可以出书。一个月后收到了钟建民的复信，信写得很客气，并且说明由于出差所以迟复请原谅云云，最后答复说："由于我社经济状况不佳，大作又属亏损书，故虽已排好校书，但今年无法付印，明年当努力争取。"

胡霖尘目瞪口呆，他明白：钟建明这个编辑虽然年轻，但为人还是稳重诚实的，说的是老实话。他也明白：目前出版业确实有一种不出亏本书只希望出赚钱书的倾向。但他不能不生气，他对老伴说："我真恨不得将书稿抽回不出算了！"可是，钱淑珍劝他："'行百里者半九十'，已到这一步，就再等一等吧！"

终于，又等了一年，整整满四年了，胡霖尘又长了四岁，高血压更厉害，血管硬化也更厉害。肝火旺，脾气大。这天，钟建民来看望他了，客气而坦率地说："胡老，我们现在开始实行承包了！所谓承包，就是我们整个出版社每年要向上边交利润七十万元，这样，我们每个编辑每年要上交四万多元利润。您的这本大作我是决心要让它出版的。但目前像这样的戏剧剧本，印数怕不会超过一千册。而印数要有一万五千册才能保本而有点盈利。您在戏剧界素有影响，能否请您包销五千至一万册？我再设法在征订上出出力，尽量使这本书少亏损些？您看如何？"

胡霖尘傻了眼，说："我不要稿费行不行？至于包销书，我没那么大的本事！"他发了火，把一肚子的不满和牢骚都说了。钟建民做些解释后走了。事后，胡霖尘很后悔，因为他明白：这怪不得钟建民，人家是一个比较负责任的编辑，更不是跟他开玩笑。他写了一封信向钟建民致歉，信上说："……我这《悲剧》七十年代写，八十年代演，难道书要到九十年代才能见？如果这样，那真是悲剧了！……"

确实是悲剧！

胡霖尘因脑溢血在半年前去世了！

《悲剧》现在出书了，印数仅仅三千册。对出版社来说，这确实是一本亏损书！对钟建民来说，这本书对他的"承包"和奖金也大有损失。

应不应该谢谢出版社呢？应不应该谢谢责任编辑钟建民呢？自然应该！

那应该怪谁呢？

说不清！说不清！

迷 信

　　机械厅的宋处长近十几年来有条不成文的"规定"：不管公私往来的人是谁，走时都不送行！举例来说，前年他那在香港经商的舅舅回来，虽已三十多年未见过面，走时他也未去飞机场送行；今年他大女儿出国考察，全家都到火车站欢送，他却也不到火车站去话别。……他这不给人送行的习惯，机械厅上下和他的至爱亲朋友之间几乎人人都知道。这是为什么呢？

　　原来，这里有个"典故"。

　　那是"四人帮"被粉碎以后不久开始的。那时宋处长还不是处长。在厅办公室工作时，迎来送往的事都主要由他做。结果，巧不巧的一连出了三件不幸的事。

　　先是送厅里的一个退休老干部回原籍去探亲。早上在长途汽车站握手分别的，下午噩耗来了，那位老干部不知怎的在中途下车上厕所过马路时被一辆拖拉机撞死了！

　　隔不多久，他送从中央部里来的一位司长去上飞机，小轿车在中途忽然与迎面疾驶的一辆大卡车猛撞。他安然无恙，司机也只是撞伤，司长却因坐在左侧被大卡车撞得头破血流，到医院后不久就咽了气。

　　又隔了不久，他亲自送一位厅里的女同志去外地疗养，不久，疗养院挂来长途电话：那女同志突然因为心肌梗死死了！

　　一连出了三件事，他就像"连中三元"似的，成了知名人物，厅里有的人说："嗨！以后谁出发千万别让老宋送，他一送，就把人送上西天了！"有的说："是呀！他姓宋，干脆改成姓'送'得啦！送人上西天的送！"……

"好事不出门，坏事传千里。"从此，出发不能让老宋送的事传遍了"千山万水"。一次，他要送厅里的篮球队去比赛，球员们有的惊叫起来，嚷嚷起哄了："别！别！千万别叫送！他一送我们就有去无还了！"一次，县里一家大厂的厂长来办公事，随身携带的物件多，他要送到火车站，那厂长苦笑着瞅着他，用请求的语气说："哈，这……还是不送的好！我们是不讲迷信的！可是……哈哈，还是不送吧！……"

老宋确是不迷信的，既不相信鬼神，也不相信阴阳八卦、因果报应、黄道吉日、风水时运一切的一切。可是，你不迷信，人家迷信，你又有什么办法？他明知：把那三个人"送"到西天怪不得我宋某人，更怪不得我姓宋，前两个人是怨交通事故太多，那个女同志体重一百八十多斤，平日就有高血压、心脏病。但人家都不要他"送"，把他看得比洪水猛兽妖魔鬼怪更可怕，那还能说些什么呢？干脆就只好不送算了！

好在，半年后，他就离开办公室，不再做迎送的工作了。接着，又当上处长，一般迎来送往的事也无须他做，可是，直到今天，他那送人上西天的典故却代代相传，连大学毕业刚分配到这里工作的青年都知道，有的还跟他开玩笑："嘻嘻，宋处长！听说你要谁死谁就不能不死，是不是真的？""嘻嘻，宋处长，'四人帮'为非作歹时，没发现你有这种特异功能。要不，派你给'四人帮'送行，一送，嘻嘻，都上了西天！"

宋处长起先十分厌烦这种迷信，却又不能不震慑于这种迷信形成和发展的力量。只感到无从反对，也反对不了！

可是，天长日久，宋处长也"见怪不怪了"！不但如此，而且也在不知不觉中跟着迷信起来，有亲戚朋友远行，自己总是声明："你走，我就不送了!"明知自己去送,未必会把人家送上西天,却又怕万一送上西天多么不好!多一事不如少一事!这就发生了连三十多年未见过面的舅舅远道而来启程时也未送行和自己的大女儿出国考察也不送行的故事了!

宋处长曾经久久思索过这个问题,无论如何,自己读过些马列的书,总还是个"无神论者",可是在这种唯心主义的迷信思想面前,自己却由反感和抵制到顶礼膜拜,这是为什么呢?他还想不出答案。

在胃！在胃！

上海著名的电影界新秀王××，在山东 C 城得了一个奇怪的绰号，叫作"在胃！在胃！"

故事和绰号的由来是这样的：

春天里，以王××为首的"东方之声歌舞团"到 C 城演出中外流行歌曲、霹雳舞、柔姿舞、美国西部牛仔舞等，受到了热烈欢迎，地区文化局行政科长张世杰鉴于王××是知名的明星，代表文化局热情接待，添油加醋，分外殷勤。除了在吃、住等方面招待得舒舒服服外，调动公家汽车还陪同游览了豹突泉、百佛岩、清明湖等等名胜去处。这使王××大为感动，一再说："啊呀，张科长，谢谢侬！将来侬到上海来，我一定陪侬白相上海格锦江乐园，还有豫园老城隍庙。啊，张科长，格趟伲来，太麻烦侬了，将来侬一定要到上海来，一定要来！……啊呀，张科长，我屋里向住在建国西路，侬到上海一定到我屋里向吃饭，我来做几样好菜侬尝尝。……"

听说山东人生性耿直，大多数人是喜欢说啥算啥的，山东人请你吃饭，他诚心诚意，你要是不吃，他会生气，你请山东人吃，他不会把你当作虚情假意，自然照吃不误，我们的张科长是道地的山东脾气，既然王××说得这样诚恳，他当然连声高兴地说："好好好！好好好！将来我一定去！哈哈哈，哈哈哈，一定去！"

"东方之声歌舞团"回上海以后不过一个月，我们的张科长恰巧有个出差的机会，兴冲冲地到上海去了。

到上海以后，张科长念念不忘的是到王××家里进行拜访，他先打电话，但一个语气冷冷的老太太总是说："王××不在家。"办完公事以后，张科长将早就准备好的一点山东特产礼品提在包里，就照王××留下的住址到建国西路去了。

果然找到了王××的家，但王××不在。一个冷面的老太太是王××的母亲，大约王××没有向母亲介绍过张科长，礼是收下了，茶也没给喝一杯，就下逐客令了："我女儿要很晚才回来，你不必久等了。……"

张科长一头没趣，告辞了冷面老太太，走出弄堂，正巧看见著名电影新秀穿着一件流行色的宽松蝙蝠衫裙袅袅婷婷地走回家来，那头黑色长发就像瀑布流泻，那红唇涂了唇膏就像鲜艳的樱桃。真是美极了！

张科长满面笑容迎上前去，远远就打招呼："哈哈，我来上海三天了！刚才在府上恭候大驾，等了快一小时，想不到这下真的见到你了！"

但，著名电影新秀的脸上表情是严肃、冷淡、陌生的！确实是陌生的！非常陌生，就像遇见了一个未见过面的生人一样，不明白是怎么回事。

真是贵人多忘事哟！张科长回味过来了，连忙自我介绍："哈哈，你忘啦！你的熟人多，看望你的人也多！是容易忘记的！哈哈，没什么！哈哈我，我就是C城文化局的张科长呀！山东的！我叫张世杰，哈哈，张世杰！……"

果然，王××脸上出现了依稀记起的神情了！果然，王××开始热情一点了！果然王××笑了，说："呵呵呵，对啦对啦！侬是张科长！一定是张科长！呀呀呀，侬到上海来啦？蛮好！蛮好！"她突然变得非常热情了！热情得跟在C城时邀张世杰到上海来时一样了，"蛮好！蛮好！侬可以好好白相白相上海了！"

张科长心里十分高兴，暗想：这下好了，这下她一定会热情地请我到她家里去了，这下她一定会请我白相什么锦江乐园、豫园老城隍庙了，这下她一定要做几样好菜请我尝尝了，这下她一定……

谁知著名电影新秀已经伸出手来了！

倒不是握手，而是把手招招，做出了"拜拜"的姿势，说："张科长，看到侬很高兴！我交关忙，再会！再会！"她笑着，"再会！再会！"

说着，著名电影新秀已经转身走了。

张科长留在那里，双脚像被钉住了一样，脸变成了猪肝色。著名电影新秀不愧是演员，原来她在 C 城说的那番热情邀请的话是在演戏呀！

上海人说"再会！再会！"在山东人听来，就是"在胃！在胃！"

张科长回到 C 城后，把这个"在胃！在胃！"的故事讲给他所认识的每个人听。

于是，著名的电影新秀王××就得了个奇怪的绰号，叫作"在胃！在胃！"

假 药

县供销商场的经理万永明心神不定。

从金坛县运来的一批给棉花治蚜虫的呋喃丹是假农药，县供销商场将这批农药卖出去以后，已有反响传来：农药不但杀不了虫，而且给棉花造成了卷叶、烧根的危害。

万经理心里打着小鼓，暗自思忖。这农药开头并不知是假，但后来卖出去的剩余部分无论如何是不该卖的。那时，农民已经反映出来，说呋喃丹失效，但为了经济效益，万经理仍咬咬牙硬着头皮把余下的呋喃丹全部卖出去了。现在想想，良心受到谴责。这种事一定不会就此了结，农民是一定要找上门来算账的，主要责任自然是那家制造假农药的黑心工厂，但万经理在知道农药不好的情况下仍将农药全部售出，也不能推卸应负的责任呀！

这是七月底，天气炎热，万经理额上的汗出个不停。早饭没吃，根本就不想吃，现在快到中午了，他也不饿。老像蹲在一座容易塌方的山下，不知什么时候会有石头滚下来，他心里噎得慌。

忽然，听到"哐叮哐"和"咚咚咚咚"的锣鼓声由远而近，那锣鼓声敲得万经理更加心烦意乱，但他仍忍不住迈出门去用眼张望起来。

真奇怪，那敲锣鼓的几个农民竟是冲供销商场来的！是为什么事情来找我们了呢？万经理那颗心跳得通通响，疑惑不解，皱眉看着越来越近的那几个农民，瘦长的脸上浮着愁云。

真有趣。那为首的一个胖的青年农民手里竟抬着一面奖镜。而且脸上是笑嘻嘻的，这边一个敲锣一个敲鼓的农民仍在出力地敲，"罄哐罄哐""咚不隆咚"……

万经理简直头脑里、胸里、肚里都像塞满了乱麻，挪不动步，也开不了腔，只见那为首的农民笑着走上来了，竟将那面奖镜往万经理手里一递说："万经理！给你送奖镜来了！"

万经理想起来了，这胖的农民是东乡张屯村的，三天前他来供销商场买过呋喃丹的。真糟糕！这种青年人什么怪事不会干，准是买回了假农药吃了亏，却用这种方式找我算账来了！万经理浑身是汗，结结巴巴地红了脸，说："啊，啊，是不是讽刺，是不是骂我？……"他简直语无伦次了！

青年农民哈哈地笑："万经理，是这么回事。三天前，我从你们这里买了呋喃丹给棉花治蚜虫，剩下一斤没用。可谁知前天我同老婆为点小事吵了一架，她一怒之下竟喝了你们卖的农药呋喃丹，她想自己这下一定是要死了，派人将我叫到身边要我料理后事，我家和她家都急得要命，马上将她送到医院抢救，医院一查验，呋喃丹是假农药，人平安无事，不能不来送面奖镜，表示感谢，你们就收下吧！"

万经理啼笑皆非：假药居然也有功！他和供销商场的几个职工面面相望，不知说什么好！这算不算讽刺呢？他一时还想不真切。

亲　情

"爷爷，你给我讲故事，好不好？"

爷爷望着三岁的聪明孩子强强爱怜地说："好，爷爷讲！讲个木碗的故事。"爷爷最喜欢这个聪明活泼的孙子！孙子的智力特别好，爷爷讲的故事有时嫌深，可是强强听了都好像懂得。今天讲的这个"木碗的故事"，爷爷觉得强强一定不容易懂，可是爷爷却想讲。望着强强那两只黑亮的眼睛，爷爷的思想与感慨一时都像春潮泛上了心头。

一晃已经是二十六年前的事了。那时，爷爷还是中年，爷爷的独养女儿——强强的妈妈那时还没有上小学，每天也要缠着爸爸讲故事。有一天，买到一本画书，上边有个木碗的故事，是苏联的。爷爷拿着画书就给强强的妈妈讲。那故事是：一个老人，年岁大了，女儿和女婿不孝。一天，老人打碎了吃饭的一只瓷碗，从此，女儿就和女婿用一只木碗给老人盛吃的。老人常常捧着木碗就哭。女儿和女婿有个五岁的独养儿子宝贝得像心头肉，这天，女儿和女婿下班回家，看见儿子拿了把凿子在凿一块木头，就问："乖儿子，你在干什么？"儿子天真地回答："我做个木碗将来给你们吃饭用！"女婿大惊，女儿哭了，跪倒在父亲的面前。……

这故事二十六年来，爷爷几乎从来没有想起过，为什么今天突然又想起来了呢？这故事对三岁的强强来说，确实是不太容易懂的，可是爷爷为什么却想给孙子讲一讲呢？

二十六年过去了，风霜雨雪，爷爷老了！爷爷退休了，身体也不好，常常会想到生命短促、人生艰难一类的问题，爷爷多年来将大部分收入和积蓄都花在女儿身上，但现在靠那点退休金，爷爷已经几乎不能给女儿什么经济上的帮助了。爷爷很内疚，但却无可奈何。正因为这样，在这问题上爷爷敏感得很。最近这个阶段，爷爷不断地深深地感到：自己曾经那么珍爱过的女儿对父亲的态度逐渐不如从前！感情冷落了，常常还要风言风语说些刺耳的话，仿佛这个做父亲的在钱的事儿上沾了她的光，弦外之音有一种把老人当作包袱来看待的思想。

　　啊！难道金钱比感情可贵！难道做女儿的应当这样对待一个历来父爱深重而思想品质高尚的父亲？这个父亲现在收入还是可以养活自己，只是无法像以前那样经济宽裕而已，可是却已遭到这样的对待，倘若真正到要依靠别人养活的地步，吃木碗盛饭的日子岂不就在眼前？……

　　也许，这是掺杂了老年人偏激、孤僻的情绪；也许，还掺杂了那种退出历史舞台的老干部特有的容易损伤自尊心的心态。反正，前天晚上，老人发火了，同女儿拍了桌子，于是，父女处在一种互不理睬的僵局中，老人特别伤心，崎岖的人生历程，生离死别的事，全都在夜晚躺在床上时掠过心头。这样，就诱发了藏在记忆深窖中的那个"木碗的故事"。

　　那时候，女儿天真亲热得多么可爱，她伏在爸爸的肩头，听完故事，做父亲的问："你将来用不用木碗给你爸爸吃饭用？"女儿一拧头，撒娇而又嗔怪地说："爸爸胡说，我将来用最好最好的碗给爸爸吃饭用……"

　　可是，二十六年后，竟是现在这样子，怎么能不叫老人伤心。

　　现在，强强吵着要讲故事，爷爷就给他讲这只大有所感的"木碗的故事"。主要是老人要发挥感情，讲这故事时，扑在爷爷怀里的强强，忽然好像幻化为二十六年前那个偎依在爸爸身旁的女儿了，老人陶醉在那种情深的往事的回忆中，心里发酸，讲着木碗的故事给强强听，睫毛不知在什么时候竟湿润了！

可惜，强强实在太小了，爷爷用最通俗的话来讲，尽管爷爷把故事重复讲了两遍，强强却听不懂，爷爷问："强强，你将来用不用木碗给爷爷吃饭用？"强强点头："好！用木碗！"他那无知的回答完全出乎爷爷意外。

爷爷不禁心里辛酸却又好笑：唉！我这是在干什么？给这样小的孩子讲这样深的故事有什么意思？向这样小的孩子讲故事来发泄自己的愤怒有什么必要？他在后悔，也开始自责。……偏偏这时候，强强的妈妈回来了。

强强高兴地大声叫"妈妈"。别说强强不懂，他竟会说："爷爷给我讲故事，讲木碗……"

"什么？"妈妈问，"什么故事？"

"木碗！爷爷吃饭。"强强逞能地回答。

妈妈像被什么一刺，脸色一下子有点变了，显然，她想起了什么，沉默着不说话了。

这天晚上，强强妈妈的态度有很大的变化。找着话给父亲讲，吃晚饭时给父亲一次又一次地夹菜，变得亲切起来，是这一向没有的，女婿看到妻子这样，态度也起了变化。

爷爷感受到这一点，有一点欣慰。当晚睡在床上后，更多的却是怅惘和忧虑。

怎么能不怅惘呢？靠这样一个"木碗的故事"来维持感情能长久吗？怎么能不忧虑呢？儿童心中无知，谁能担保二十六年后强强的妈妈不给强强的儿女再讲木碗的故事呢？他有一种无言的悲哀；没有比人生更难的艺术了！年事已高，却还不敢吹嘘说已经完全了解人生，更不能说自己养成了一种宁静的心情和善于用谅解使生活环境由恶化向美好转变的本领了。但是，人生的道路已经离终点不远了，要是已走过的那段长长的人生，仅仅不过是一次演习或彩排，或许好些。可是那又怎么可能呢？……

　　啊，木碗的故事，木碗的故事！……

年老与年轻

他不能不承认自己的确是老人，老了有时就会发生荒唐的笑话。

政协开会，他是特邀列席代表，住东星宾馆五楼 527 室，两人合住，开小组会时，要到四楼的一号会议室去开，那天下午，散了会，他该由楼梯走上五楼回房，可是头脑里老在想着会上谈的一些问题，却下了楼。他走到 327 室时，误以为这是 527 室（谁叫宾馆每层楼这种房间形式、大小、摆设都一样呢？）。开了门进去，见一个陌生年轻人坐在他的床上，他不知自己走错了楼层和房间，反倒以为这陌生年轻人可能是对面床铺那个九三学社政协委员的客人，两个互相点头后，他就在沙发上坐下，这时，怪事发生了：那陌生年轻人脱了鞋袜忽然掀起他的被褥躺上床去。他有洁癖，很不高兴，想：这年轻人好生无礼！我的被子他怎么拿起就盖？

"您贵姓？"他问，语气生硬。

"我叫张行光，青联的。您贵姓？"对方反问。

"周家林，文史馆的。"但说这话时，他忽然发现自己一定是走错了房间，因为自己的茶杯、挂在衣架上的手巾都不在，而且，他看到张行光打开床头柜时，柜里放的手提包等都不是他的。糟！他忙问："啊，这是 527 室吗？"

"不，不不！"张行光摇头，"这是 327 室！"

"呀！我走错了！"他起身，满面歉意，匆匆想走。

张行光倒怀疑了，高声说："喂，停！请把证件给我看看！"语气充满警惕。

他气恼得脸通红，从袋里掏出证件，说："看吧！我是在四楼开小组会的，散会后本该上一层楼可是却糊涂地下了一层楼。我快七十了，老得糊涂啦！"

张行光笑了，把证件还他，笑着说："哈哈，年老了也不一定都糊涂！"话似安慰，他听来觉得也有批评。

他懊丧地走出 327 室，懒得坐电梯，步行爬了两层楼回到自己 527 室，心情久久不能平静。

隔了一天，下午小组会散后，他刚回到房间不久，倒了一杯茶在喝。对面床的那位九三学社的委员尚未回来。忽然，门"呀"地开了，进来一个年轻人，他一看，原来是张行光！

以为张行光是来看望他找他聊天的。

谁知，张行光看到了他，猛地一愣，"啊"的一声，忙回身去看门上的号牌，突然哈哈大笑起来，连说："荒唐！荒唐！"

他说："怎么？"

张行光笑得脸上开了花，搔着满头黑发带点检讨地说："看来，年轻的有时也会糊涂！该下楼的我却上了楼啦！……"

两人前俯后仰笑起来。

美声唱法

　　络腮胡戴深度近视眼镜的金开平和头顶已经秃亮的毛国光在公园里相识了。

　　每天清早，他俩都要跑步，见得多了，开始点头招呼，后来，有时并肩跑步。金开平知道毛国光是科协的干部；毛国光也了解到金开平是化工设计院的工程师。又过了几天，大家都谈起问起家庭情况来了。毛国光听说金开平的爱人是小有名气的歌唱家刘瑛瑛，十分羡慕，他听过刘瑛瑛的音乐会和磁带。刘瑛瑛的女高音使他喜爱，尤其是用英文唱起那些他喜爱的歌曲像《红河谷》《甜蜜的家》，简直使他荡气回肠，浑身舒坦。他不禁搔着秃顶，用一种赞叹的口吻说："啊！老金！你真好福气！"

　　"什么好福气？"金开平用手扶扶近视眼镜架，眨着眼似乎不理解地问。

　　"你爱人的歌喉美极了！你是'近水楼台先得月'，岂不是好福气?！不像我家里那位，是干会计的。五音不全不说，每天下班回来还爱做个缝纫机，轧轧轧轧轧，叫你痛不欲生！"毛国光叹口气说。他有一张红润的圆脸，已经开始发胖。

　　金开平的络腮胡动了动，似乎想说什么但没有说，向毛国光笑了一笑，点点头，回转身来向他住所的方向跑去，说："我得回去'享福'了！"语气里带着揶揄，在毛国光听来却觉得是炫耀。

隔了一天，是星期六，清早跑步时两人又相遇了。偶然，又谈起了刘瑛瑛即将参加美声唱法大奖赛的事。毛国光又重复上一次的话用羡慕不已的语调说："你爱人的歌喉美极了！你真是好福气！"

　　想不到金开平哼了一声，苦笑着摇摇头："什么好福气！你明天有空吗？上午到我家里来'享享福'好不好？"

　　毛国光一肚子纳闷："怎么啦？"

　　金开平近视眼镜里透露出幽默的光，说："闻名不如见面，来吧！上午九点准时恭候大驾！阁下一定要光临！"说着，回转身来向他住房的方向跑去，还用手指指那幢六层楼的宿舍高声说，"明天上午九点！别忘了！"

　　毛国光带着好奇心理第二天上午九点准时去拜访金开平。走到三楼金家附近，就听到了钢琴声。叮叮咚咚的琴声，引起他的美感，启动他的遐想，转瞬，又听到了一个女高音的练唱声："朵——来——米——伐——梭——拉——西——岛——""岛——西——拉——梭——伐——米——来——朵——"

　　金开平笑着开门，热烈握手，请毛国光到小客厅坐下。这是一套三间的公寓式住房，琴声和女高音的练嗓声来自左侧房间。在未进门前听来柔和的钢琴声进屋后就感到太响亮了！女高音的尖厉练嗓声更是刺耳。小客厅布置雅致，但似乎因主人的忙碌显得凌乱。金开平给客人泡了一杯香茶，摸着络腮胡笑笑指指左侧房间说："老毛，坐一下，喝喝茶，近水楼台先得月，先听听练歌。我有点急事，要到女儿的老师家去一次，尽快回来。"说着，他竟真的开门走了。

　　金开平完全被动地坐在沙发上，听着钢琴声叮叮咚咚，听着女高音的练嗓声："朵——来——米——伐——梭——拉——西——岛……"

　　起先还好，虽然刺耳，还能忍受，半小时后，他被这种单调刺激的声音冒犯得难以忍受了，喝着凉了的茶水，茶水苦涩。他想：干吗老是练嗓子？唱支歌不行吗？……但是，女高音始终是在练嗓子："朵——来——米——伐——梭——拉——西——岛——"钢琴停了，练嗓子的声音更加响了，也更使毛国光的神经颤抖，初秋的天气并不炎热，他却感到秃了顶的头上冒汗，像在受刑罚。

金开平仍不回来，看看表，已经四十分钟了！女高音练嗓子的声音变了："呵——呵——呵——呵——呵——啊！——""呵——呵——呵——呵——呵——啊！——"单调地重复，更强的刺激！毛国光真是吃不消，不禁想："唉，受罪！比缝纫机的'轧轧轧轧轧'还难听！这个老金，他开什么玩笑！"但也从女歌唱家的苦练中体会到了一条真理：任何美妙的东西都要坚持不懈地付出艰辛和痛苦才能取得！

像条虫在沙漠上受干渴的煎熬，一直单调地听着女高音歌唱家练嗓子，好不容易，在神经被刺激得快要丧失机能变得麻木的情况下，金开平回来了。他脸带一种幽默的微笑，扶扶眼镜架说："老毛，怎么样？歌声美妙不？"

毛国光红润的圆脸上有点尴尬，嗫嚅着说："老金，你怎么去这么久才回来？"他看看表，"整整一小时零十分！"

金开平从毛国光的表情和语气中已经找到了答案，络腮胡一张，哈哈一笑，说："够'享福'的吧？你才听了一小时零十分就受不了啦？而我听了好多年啦！别以为跟女歌唱家结婚就天天听美妙的歌曲，不！完全不是那么一回事！我能听到的就是："'朵——来——米——伐——梭——'和'呵——呵——呵——呵——呵！'懂吗？一行不知一行苦！那些好听的歌她是唱给人家听的！"

西北园的鬼

你也许很熟悉韩莹莹这样的售货员吧？她打扮得摩登，长得也挺美，但服务态度糟糕，具体表现在冷若冰霜，不爱理睬顾客，从不向顾客显露笑容，骄傲得像个公主。有人悄悄给她起了个"不开口"的绰号。她是一星期前从市区被调到郊外西北园服务点来的。为什么调来？说不清楚。但她怨气冲天：为什么要把我的命运同西北园融化在一起呢？心绪不好，她的脸色更冷，常用白眼瞅顾客。

西北园是新建的工业区，夜晚稀疏的路灯远远望去像萤火，白天冷落荒凉，一间小店面临着马路开设，出售烟酒糖果等杂货。小韩独自一人，她写信诉当年初中的同学好友："……呀！多么空虚寂寞的岁月，顾客很少，有时鬼都没有！……"

已是肃杀的秋天了，从店门和玻璃橱窗里眺望出去，黄叶和灰尘常在马路上被西风吹得打转转，青春啊，青春！她感到枯燥烦闷的神经毫无冲动和刺激，她整天紧锁双眉，阴沉着脸，沉默地诅咒，哪个顾客来都得看她的白眼。门前不远处岗亭上值勤的民警小王，是个热情矫健的小伙子，来买烟、火柴，见她在打毛线衣，主动找她说话：

"你好！"

她白了他一眼。

"请拿包前门烟！"

她用手一指，潜台词是：自己拿！

"火柴有吗?"

她又是不抬眼皮,用手一指,脸上的表情是:你没有眼睛吗?

小王递过一张十元的钞票:"请你找一找!"这下,她开金口了:"找不开!"

"我没有零钱。"

她不理不睬,潜台词是:那你别买吧!

小王说了五句话,换回三个字和几个难看的表情。小王碰得一头疙瘩,算是领教过了。

一星期下来,小韩同顾客说的话恐怕不到十句,但从顾客中,她发现了一个容貌特殊脾气古怪与众不同的顾客。

这是一个矮瘦花白头发的老头儿,粗糙的黑脸膛,小眼睛,厚嘴唇。每天像掐算好了时间似的,一早店门刚开,老头儿总是穿着一件蓝涤卡上衣进来,脚步声很重,笑呵呵地说:"喂,拿包泰山牌香烟!"买了烟,他就横穿马路走了。

奇怪的是,到了傍晚小店快要打烊,老头儿也像掐算好了时间似的又总是突然出现,来买第二包香烟。这时他换了一件灰涤卡上衣,却不买泰山牌了,脚步轻轻,也不说话,总是用手指指银雀牌香烟示意要拿一包,脸却铁板着,看上去一点笑容也没有。

为什么老头儿早上穿蓝衣傍晚要换灰衣?

为什么老头儿早上吸泰山牌傍晚吸银雀牌?

为什么老头儿早上笑呵呵地说话,傍晚就板着脸一声不吭?

为什么老头儿早上脚步声重,傍晚要脚步轻轻呢?……

真是叫人琢磨不透,可是习惯成自然,小韩也懒得过问。

民警小王又来买过点心,说:"我要称一斤蛋糕。"

小韩正在看一本《大众电影》,似乎视而不见听而不闻。

小王找着话跟她讲,也想对她提意见,说:"这次我带零钱来了!请给我称一斤蛋糕。"

她懒洋洋地拿蛋糕，用秤称，用纸包。

小王笑着说："你贵姓?"

她白他一眼，不睬不理。

小王仍是微笑："人说你们干这一行应当有问必答，百问不烦。"

小韩又给他一个白眼，眼神似乎是说：你怎么，想提意见?

小王继续笑笑："我听说有的顾客给你起了个绰号叫'不开口'!"

这下，小韩又是撒娇又似发火，开口了："不要你管!⋯⋯"

小王见风向不对，拿起包好的蛋糕，连忙撤退。

次日早晨突然发生了一件完全出乎意外的事：

天上飘着牛毛细雨，那个矮瘦花白头发、黑脸小眼睛厚嘴唇的古怪老头儿又出现了，笑着脸向小韩买了一包泰山牌香烟转身急匆匆就走。

谁知老头儿刚出店门，碰巧一个八九岁的红领巾小姑娘正打着一把绿色尼龙伞横穿马路。这时一辆疾驶的卡车飞辗而来，老头儿见那红领巾危险，急忙冲上前去。卡车"吱——"地刹车已经来不及了！红领巾小姑娘被老头推向路边，绿伞飞摔得老远，老头儿自己却倒在车轮下了。

小韩从店门的玻璃橱窗里望出去，清清楚楚看到了这惊心动魄的一幕。她吓得"呀"地一叫双手捂脸，心跳得像要蹦出胸膛来。⋯⋯后来，老头儿被送去医院，她两眼再也不敢朝店外湿漉漉带血的马路上看。老头儿准是死啦！唉!⋯⋯

天上，滴滴答答、答答滴滴下着雨，时光特别难熬。小韩受了惊，心里绷得紧紧的像弓弦。到傍晚仍是忐忑怔忡神不守舍，心里老是在想：老头儿一定活不了啦！他死得真冤啊！天快要黑了，表针快要指向六点，快到打烊时间了，她已开始收拾盘点，忽见朦胧中一个打黑伞穿灰衣的人闪身进来，脚步轻轻，站到柜台跟前，也不说话，用手指指银雀牌香烟，示意要拿一包。

光线昏暗，一切朦胧迷离。小韩定神仔细一看，心里"腾"地一跳，汗毛直竖：老头儿，矮瘦，花白头发，粗糙的黑脸膛，小眼睛，厚嘴唇……铁板着脸，一点笑容也没有。……啊，神秘！恐怖！多可怕呀！吓死人了！他不是早上被卡车撞死了吗？怎么又像平常一样这时出现了呢？……"鬼！……鬼！……鬼！……"小韩簌簌发抖，张开双臂"哇——"地大叫，旋风似的逃出店堂，只觉得心里一闷，头顶一热，浑身冒汗，两眼发黑，在雨中晕倒在路边了……

清醒来时，她坐在店柜台旁的椅子上了。穿着雨衣的民警小王在她身边。

"你晕倒了，是个穿灰衣打黑伞的矮瘦老头儿把我找来的。你有美尼尔氏症吗？"

"打黑伞的老头儿呢？"

"走了！"

"走了？那是个鬼呀！谁有美尼尔氏症呀！……"小韩气喘吁吁头上冒汗把见到鬼的事说了一遍。

小王皱眉听着，犹豫地说："噢？不会吧？"

可是，小韩怎么也不信那不是鬼！唉！吓死人了！

小韩吓病了住进了医院，躺着起不了床。她浑身忽冷忽热，眼前老有灰色的影子，整日价心惊肉跳，把领导和她妈都急坏了。她一遍又一遍地向他们讲鬼的故事："一个古怪老头儿，天天早晚都来买烟的，早上被卡车撞死了！傍晚突然鬼魂又出现……"

大家不信有鬼，同病房的人有的劝慰她："不要怕，要相信科学！""你别死心眼，准是看花了眼！"……

小韩是个要强脾气，发着火嘤嘤又哭了！"谁说这是看花了眼？我是亲眼见的呀！……"

星期天上午，民警小王来看望小韩了。看来，这个热情矫健的小伙子，对小韩的服务态度虽然不满，却对小韩还有点什么别的好感。

小韩静静地靠在病床高高的枕头上。小王见小韩皱起眉头气色不好，心不在焉，笑眯眯地打趣说："哎，我是特意来看望你的。你怎么会吓得爬不起床来了呢？"

小韩情绪凄惶，咬着嘴唇，垂下眼帘，悲观惊恐地叹气："唉，见到了鬼，给鬼吓了，那么容易好？说不定我要变成精神病了！"

小王双手叉在裤袋里笑着摇头："哎，小韩，我是送灵丹妙药来给你治病的呀！什么时代了，你这个姑娘怎么还会相信有鬼呢？"

小韩惶惶然病恹恹地睁圆泪汪汪的眼睛又想哭了："我本来也不信，可是，这是我亲眼……"

小王扑哧一声又笑了："归根结底，还要怪你自己有迷信思想，又是个有名的'不开口'！要是你对顾客态度好，开口同顾客说说话，也许就发生不了这件事。"

小韩眸子闪动，脸气得绯红："不要你来教训我！"她又赏了小王一个白眼。

一缕阳光透过玻璃窗射进来，照射在小王的脸上，使他容光焕发，说："实话实说了吧！你见到的是一对双胞胎呀！"

"什么？"小韩愣神傻眼，恍然如梦初醒。

小王打着哈哈："我做了调查：穿蓝衣早上买泰山牌香烟的名叫庄世如，穿灰衣傍晚买银雀牌香烟的名叫庄世平。庄世如是照相馆的摄影师；庄世平是电厂的夜班锅炉工。早上被汽车撞伤的是哥哥庄世如，现在还活着在这医院三楼的外科病房里，傍晚去找你买烟的是弟弟庄世平！"

小韩"啊"地叫了一声，绯红的脸上一阵阵发烧，表情僵硬，像发"O"字音似的张着嘴。她想哭，又想笑！

经验之谈

"唉，想不到你也病了，老尹！我这一年来也在病中。同病相怜嘛！生病的人最知病人的苦，我不能不来看看你，医生不让人进，可我怎能不看望你呢？大嫂刚才叮嘱我少同你讲话，可难得见面，怎能不把我养病的经验同你说说呢？这样你听着，别开口，听我讲就是，那就累不着了。这是我的经验……"

（老尹衰弱无神地躺在床上，微微点头，他老伴在旁静听，显得焦灼。）

"对病嘛！还是要既来之则安之！千万别着急，急也无用！战略上蔑视，战术上重视嘛！我们都上年岁了，没有不生病的，千万别怕，怕无用，要同病斗争，我从不怕病，一点也不怕！……"

（老尹衰弱无神地躺着，微微又点头，他老伴有点坐立不安。）

"饮食和睡眠对病人最重要，只要吃得下睡得着，就无大碍，这是我的经验。哈哈，经验之谈，至于药物，那要少用！要少用！……"

（老尹脸上有难受的表情，挪了一下，叹了一口气。陪伴的老伴心里着急，面对一个不识相尽说废话的探病者不知如何是好。）

"可不要全相信医生的话！医生的话不可不信，也不可全信，这里边有辩证法，哈哈，医生说你的病不轻，可我看你的气色还可以。你可不要丧失精神上的抵抗力，我是给你来打气的！一个人的精神作用非常重要，这点我有实践。你人病了，精神上可不能垮！……"

（客人喋喋不休，老尹脸色渐渐苍白，似听非听，已无点头之力，老伴察觉到了，焦灼地连忙起身出房去找医生。）

"好好好，我再说一点！希望你病能好起来！所以一定要把我的经验亲口讲给你听。做做气功很有效的，还有散步也好。你现在躺着不能动不要紧，好些以后可以起床了，你一定要坚持做气功，天天散步，饭后最好走五百步……"

（老尹打了个嗝，眼往上翻。）

"咦，你怎么了？不要紧吧？我想是不要紧的！怎么啦？……你想闭闭眼？好好，闭闭眼养养神也好。我把最后一点体会说给你听吧！不要让太多的人来看望你。那样太劳累了对病人是不宜的。这点一定要注意，像我这样的老朋友，当然可以例外。一般的人，可以谢绝，对了，可以谢绝。……咦？你怎么啦？……老尹！……"

（医生、护士与老尹的老伴一起急匆匆进来。医生上前，试试老尹的鼻息，翻翻老尹的眼皮，大声说："休克！抢救！探病的人快走！"）

喋喋不休的探病者走出病房，无限关心地摇头叹气："唉，怪不得医生说他的病很重了哇！"他遗憾，还有许多有价值的关于养病的经验还没有谈。但马上又想：不要紧，过几天我再来一次！

寻　找

　　一个人，一直在寻找光明的出路，一直在走呀走呀，走呀走呀，可是再也没寻到一个一直不灭的光明，也没有寻找到一条一直不断的出路。

　　有人劝他去问问最有智慧的圣者：哪里有这样的光明，哪里有这样的出路？

　　他摇头想：天下哪有什么最有智慧的圣者！我不相信有什么能指点我前行的圣者！

　　他整天整夜地流浪，不管到哪里，总见到有黑暗，总见到有死胡同。

　　他越走年岁越老，终于老得越来越走不动了。但他为了要找永久的光明和不断的出路，仍旧只好走呀走呀！……也许一位哲人说得对："行踪飘忽的过客，只能永世在真理之门外流浪！"

　　有一天，他知道自己老得不行了！他累得已经挪不开脚步也张不开眼睛了。他只能躺下，等待着死神降临。

　　但，他忽然有了启悟：光明！我当然找到过光明！如果没有找到过永久的光明，我怎么能看得到那么多永久的黑暗呢？如果没有永久的光明，我是怎么在黑夜中也走了这么许多的路的呢？出路，我当然找到过出路！如果没有找到过出路，每次从死胡同里回过头来，我怎么会流浪着走了这么多岁月经过无数城市、乡村呢？何必要去找根本不可能存在的不灭的光明和不断的道路呢?

　　每一个人都有归宿,正确或错误每每决定于自己。只可惜我没有善于利用我身边的光明,我没有把握住我已找到了的出路!……

　　我将这故事讲给一位刚走上生活道路面对人生迷宫、有点曲折遭遇的青年人听,他忽然说:"我太像这个流浪者了!"但,我说:"不!还不太像,因为你还年轻!"他惶惑地看着我,思索着。

　　那是一个阳光灿烂的上午,窗外市声喧嚣,春风袭人吹来,可以隐约看到天际那种迷蒙的深沉……

满意的称呼

他姓傅，被提升成校长以后，人家都叫他"傅校长"，他对自己的姓不满起来了，心里老是窝囊！明明是个正的校长嘛，怎么偏偏姓了傅，就降成了"副校长"了呢？

天下又多巧事，上级派来了一个副校长，姓郑，人家都把姓郑的副校长叫作"郑校长"。

他听了，心里更恼火！好呀，姓"郑"的，就成"正校长"啦！

星期一上午，开全体教职员工大会，他讲了话，有一段是："咳咳……有件事要跟同志们说一下。大家都知道，我是正校长，偏偏姓了傅；而新来的郑校长，他是副校长，偏偏又姓了郑。这就产生麻烦了！前几天有个熟人来学校找我，说'我要找傅校长'，结果竟错找了郑校长！郑校长他是副校长嘛！到昨天，有人来学校找郑校长，嗨，不知谁把他指点到我家里来啦！这样，对工作太不利了，是不是！咳咳，我建议，以后要区别开！一定要区别开！……"

以后，学校里出现了"傅正校长"和"郑副校长"两个古怪别扭的称呼。

但，当人家叫他"傅正校长"时或听到人家叫"郑副校长"时，他非常满意，非常非常满意…

绰号的由来

作文课上，戴着近视眼镜的语文教师李玉芬，在课桌间走来绕去，看着初一学生写作文，黑板上的作文题是：《我爱小白兔》。

一个名叫张小军的男孩，突然举手站起来问："老师，'莴苣'两个字怎么写?"

糟！李老师脸一红，真要命！这两个字我也不会呀！其实，字典就在讲台上，一查字典也就行了！但她不愿让学生知道她不会。急中生智，她矜持地用手扶扶眼镜架，脸上显得特别严肃："张小军！你既然不会写'莴苣'，就要善于用别的词代替嘛！做作文就要学会这种用这个词代替别个词的本事。比如，用'竹笋'代替'莴苣'不就一样吗?"

"竹笋形状同莴苣不是差不多的吗?"说着，随手在黑板上写下了两个大字——"竹笋"!

作文课后，李老师收到的作文本中，包括张小军的作文中，大量出现了类似这样的话：

"可爱的小白兔最爱吃碧绿碧绿的竹笋……"

"一只小白兔跑到菜园里来吃竹笋……"

这件事传开后，李老师得了个绰号，叫——"竹笋"!

老 K 与小 K

一

地处西南的 C 城，这十几年来，还是第一次下这么样的鹅毛大雪。

纷纷扬扬的雪花天黑时下起，转眼就把改革开放后变得繁华美丽的这座大城市铺盖得银装素裹了。好些人都走上霓虹灯五彩缤纷流光闪烁的街头去看雪景，拿着照相机站在街心公园里拍下与雪合影的照片。孩子们嘻嘻哈哈，老人们也笑声欢语。打雪仗的、堆雪人的，这些在北方城市里才有的事如今在 C 城也出现了。夜色被白雪点缀得妩媚而纯洁，被白雪激动了的人们，在纷飞的雪花中，这里那里，快乐地都在活动。这成了一个难忘的夜晚。

夜不像平时那样宁静。

近郊区城乡结合部的一条本来偏僻的街道边，一些出来踏雪的大人和孩子，本来都高高兴兴地在走着，突然被一具尸体吓坏了！

是一具男尸，看不清胖瘦，夜色朦胧，又下着雪，雪片早已将尸首的面孔遮没，也将尸体覆盖成了白色，面容、衣服都看不真切。他，死在这儿可能还不太久，因为天黑前路过的人还未发现这具尸体。

他为什么死在这儿？怎么死的？是个什么样的人？都不知道。出来看雪的人，感到太煞风景，有的围观，有的赶快带着孩子走了，有的连忙跑去打电话报警。

警车"呜——呜——呜"地鸣着笛、亮着红灯飞也似的开来了，迅速跳下一些穿警服和穿白大褂的公安人员。附近被封锁起来，保护现场、搜索现场、验尸、拍照……移走尸体……忙到半夜才平息。

后来查明：死者名叫小K，是个无正当职业的闲散人员，曾有前科，二十二岁……

警察知道，"一具尸体都有一个故事！"

不错！这具尸体当然也有一个故事，而且是一个很合情理而又叫您听了会惊心动魄引起思索的故事……

二

最初，死者的父亲老K，因为经营一家好味道火锅大酒家发了财。好味道火锅品种齐全，有乌骨鸡、狗肉、羊肉、海鲜、酸菜鱼、肥肠等品种，强调色香味的美色境界，吸引了八方顾客。后来，火锅大酒家的生意依然红火，他又投资经营了一家豪华的金龙夜总会。在旅游热点的C城市，金龙夜总会用种种办法招徕了不少国内外游客光顾。夜夜笙歌，灯红酒绿，财源旺盛。有人估算过，老K的身价早在七位数以上，他自然是个道道地地的大款了。

老K十分精明，四十五岁，身强力壮，当年作为知青下过乡。虽然只读过高中，但不时能读点书报，补充自己文化上的欠缺，掌握时局的脉络，了解政策的界限。他能吃苦耐劳，发了财自己依然比较节约俭朴。更有一个特点：思虑周密，点子极多，与人竞争绝不手软。正因如此，在生意场上，他总是千方百计排斥他人，压倒对手，取得效益，常胜不败。也正因为这样，他很担心自己在生意场上得罪了一些人会来报复。

一天，风闻"同行是冤家"的黑牡丹夜总会的老板和醉仙火锅城的老板在合谋要联起手来对付他，甚至可能花钞票买杀手"放他的血"，弄掉他一只胳膊或一条腿。眼下，确有类似黑社会的渣滓在蠢蠢欲动。他听到过一些有关黑道上的事，虽是传说，却不能不战栗。他知道公安局打击这种黑社会性质的团伙和罪行很严厉，也不遗余力，但总感到头上像吊着一把锋利的剑，不知何时会落下来。这使他寝食不安，成了心腹之患。

于是，他用重金雇了一个会武功的保镖，朝夕跟随。保镖长得五大三粗，据说在少林寺学过武，拳法高超，刀枪棍棒娴熟，空手善夺白刃，气功能用脑袋击碎砖块。老K有了这样的保镖，心里那份担心才淡化了些。

此伏彼起。老K担心被人算计的事，找到了对付的办法，最担心的事却转到了二十岁的独生宝贝儿子小K身上。

自从老子发了财，越来越有钱以后，儿子小K起了大变化。老K夫妇感到自己从小都吃了不少苦，想使儿子过得舒服体面些，而且独生子人家都说是"小皇帝"，老K夫妇既然有钱，当然努力不亏待"小皇帝"。儿子从小娇生惯养，衣来伸手、饭来张口，要啥有啥，宠爱放纵，可是一年年长大后，在不知不觉间那种变化越来越厉害，变得既像"猪"，又像"狼"了！

像猪，是指的小K爱吃爱喝，懒得不想干正事，爱享受，爱睡懒觉；营养过剩使小K面色白里透红，肥嘟嘟的有点像得了肥胖病。有一次，小K过生日，请朋友和同学们赴生日宴，蛋糕定做的是三十寸大有四层的那种"巨无霸"，酒席是包的金辉大酒家的海鲜全席。大家同唱《祝你生日快乐》歌时，唱成了"猪，你生日快乐！"小K哈哈大笑，不以为忤，反而特别高兴，朋友们干脆背后就叫他"猪"了！

像狼，是指的小K脾气凶暴，在家动辄就甩碗甩杯子开口骂用人。他心肠也硬，父亲的苦口婆心，母亲的眼泪鼻涕，从不放在心上。他欣赏一句俗话，"狼走天下吃肉，狗走天下吃屎"，说："我是狼，我要吃肉，父亲有钱，我何必吃素!?"老 K 有次同朋友谈天，说"商场无父子"，"商场有利无情"。小 K 听了也很欣赏，说："对！要做狼吃肉就得这样！"小 K 用这种"狼吃肉"的理论在朋友中炫耀自己，于是，背后也有人叫他"狼"了！

三

　　老 K 生意太忙，操劳得很，生意越兴旺，也就越缺乏时间，他无暇顾及儿子。小 K 的母亲每天要到好味道火锅大酒家去管账，余下的时间又爱到美容店做做头发兼带美容，也难在多给钱之外多关心儿子。

　　小 K 高中时成绩一塌糊涂，从初中进高中就是花了几万元才成功的。高中毕业考大学时，录取分数线是五百几十分，他只考了二百分不到。老 K 决定花钱给他上自费大学，他坚决不肯去，说："明年我再考就是！"其实，他根本怕读书，而且认为："我老子没上过大学不是一样发大财吗？家里有钱我为什么还要去读书吃苦？"他在家里睡、吃、"享受高级生活"，在外边逛荡、游玩，"哪里好耍哪里去！"

　　三年前，小 K 不过跟几个坏朋友吸烟喝酒看电视，卡拉 OK 一番，胡乱花钱看戏上馆子，悄悄到老子开的金龙夜总会里去玩耍、看录像。后来却又有发展，他迷上了赌，麻将、扑克和牌九、掷骰子样样都爱。暗暗到交结的坏朋友处赌博，开始借了人家的赌债，用种种借口在父亲手里拿钱去赌。他交上了许多社会上闲散的坏朋友，二郎八蛋、三教九流他都不拒，把家里值钱的物件偷偷拿出去卖，母亲锁着的抽屉、藏着的皮包也成了他扒窃的目标。

　　老 K 不准儿子进金龙夜总会，一次，带点伤心地对老婆说："唉！我开金龙夜总会，是为了赚钱。其实我也知道进夜总会玩耍不是好事，会沾染坏习惯、坏嗜好，如果让儿子在我开的夜总会里学坏了，那我是自己给自己砒霜吃了！我可不愿意自食恶果！"他向小 K 凶狠严厉地宣布："你要是再敢偷偷去金龙夜总会，我就打断你的腿！"

肥嘟嘟的小K乖乖地保证："我听爸爸的！决不再去金龙夜总会！"其实他心里是在学程咬金——嘴上赌咒发誓，脚下在画"不"字。现在的C市，此处不让去，可以去别处。他跟一伙狐朋狗友到一些小舞厅里去起哄、斗殴。年纪不大，却爱上了黄色录像、拈花惹草。做母亲的溺爱儿子，明知问题严重，有些事却睁一只眼闭一只眼，有些事则帮助儿子瞒着老K。儿子一再要钱，她总设法帮助解决。小K终于越陷越深，被公安局拘留、罚款，已说不清有几次了……

四

"唉！我最担心的事如今不是我自己了！如今我最担心的是小K！你说怎么办……"夜里，睡在床上，老K常这么叹着气对老婆念叨。

"唉！是呀……"老婆也无奈地叹气，脸上愁云密布。为这，她常失眠。

老K想出办法来了："嗨！我请了个保镖以后，解决了心腹之患，不担心人暗害了！我们给小K请家庭教师，出高价，请好的！给他补习功课，给他讲道理，让他仍能上大学，你说行不行？"

"我看行！"老婆连连点头，双手赞成。

一周后，老K从某大学请来一位讲师做家教，亲自陪讲师来家里，当面叮嘱小K："你要听陈老师的！要好好跟着学！陈老师是数学系的讲师，但中文、英文都好，很全面。你要是不好好学，小心我收拾你！"

谁知，一周以后，陈老师辞职了，留下一封信说："……本人深感水平太低，无法执教……"从此再也不来了。老K揣摸出这"水平太低"四字话里有话，责问小K，儿子却说："他表达得不好，教不懂我怎么办？"老K想：也许请大学的教师教儿子不合适，就去中学物色家教。

同时请了两位中学退休的一级教师做家教。一男一女；男的教语文、英语、政治，女的教数理化；一个上午，一个下午。

谁知也是一周之后，两位退休教师又都不来了。老K把儿子叫来，火冒三丈地问："这是怎么回事？"小K说："我怎么知道？"老K亲自去找那位男教师，男教师面有难色地说："不是我失信，令郎说我教得不好，要我别再去了！"老K又去找女教师，女教师的答复同男教师一样。老K回来训子，小K说："你找些老头老太来教我怎么行！你不知道代沟吗？我们没共同语言！为什么不找年轻的教师呢？"

老K想：这倒也有点道理！请人物色了两个打工做家教的大学生，也是一男一女，男的教文，女的教数理化。但依然是一周后又不来了。老K找到那男的大学生，对方说："你儿子要我陪他去赌钱，要我跟他合伙欺骗你，不然就要揍我，我只好不干！"老K又找到女大学生，女大学生气恼地拿出一张纸条，上面写的是："我向你求爱！你陪我去跳舞好吗？"

老K回家拿起一根木棍要揍小K，做妈的坚决不让，说："你将他打伤了怎么办？报上不是说打孩子不是好的教育方法吗……"夫妻俩只好叹气又叹气："唉！许多人家的孩子都那么好！我们的小K为什么这么糟……""主要是我们老是忙、忙、忙，管他管得太少，又从小太溺爱！我们也不会管教……"夫妻俩又是一夜失眠。

老K把时间当作金钱，每天、每周、每月都在结账看盈余了多少，他的那个既像"猪"又像"狼"的儿子却把时间当作竹篮子打水，每天每月都是一场空。

反正，时间这东西，你不能利用它，它可绝不会怜悯你！

五

老K不得不更加"关心"起自己的儿子来了！他再忙也决定挤时间反复地将"一寸光阴一寸金"的道理灌输给儿子听。

可是小K是个"明日复明日，明日何其多"的人，又是个"有了好老子，我该潇洒过日子"的人，优哉游哉，根本不理会。有了保镖，老K感到平安无事，可是小K的表现不能不使他担忧恐惧，不能不使他产生了另一种更强烈的不安全感。

那天，有几个不三不四的人，结伙来到金龙夜总会找老K讨债，说："子债父还。""我们全有借条！"老K看看借条，全是小K的亲笔，还盖着小K的图章。借条十多张，有的三千元，有的五千元，有的一万元，更使老K吃惊的是有一张借条竟是三万元。这张三万元的借条上居然写着这样一段文字：

"如果这三万元我在一年之内不能偿还的话，那在我父死后此债除按月以银行利率付利外，并将本利总数加三倍归还。"

"好呀！他已经盼着我死了！他已经在乱花我死后的钱了！这个畜生……"老K一阵晕眩，险些栽倒。他注意到：这些借条有的居然都还经过公证。他奇怪的是：儿子平时的开支已很不小，现在怎么竟欠下了这么多的债务呢？他敏感地想：难道他除了赌钱，除了泡舞厅，他还沾染了更堕落的恶习？

他替小K还了些债务，气哼哼回到家中，找来了妻子，一枝一瓣把情况说了，说："我发现他欠的不仅是赌债，我看他最近脸色苍白，精神萎靡，我怀疑他是在吸毒了……"妻子哭了，结结巴巴地说："你猜对了！他已经吸毒成瘾了！老是来向我讨钱！你说怎么办……"老K听到这里，"哇"地大叫起来："你怎么早不对我说……"他霹雳火似的将儿子叫出，顺手拿起一根木棍将小K打得头破血流。由于妻子因溺爱儿子将这事隐瞒了许久，老K当着儿子的面又狠狠将妻子一耳光打得鼻血迸溅。

老K突然有一种感觉：自己成了"兵败乌江的楚霸王"了！他硬着头皮替儿子还了赌债，还了吸毒债。他勒令儿子戒毒。但不知用什么办法才能使儿子改邪归正。一棵小树，未曾修枝，已经长歪了，如何使它长得笔直成材呢？老K虽然生意经高明，虽然赚钱能心狠手辣，可是钱多了，儿子给他带来的烦恼更多！他懂得有了钱并不就有了一切，有了钱并不就能幸福！他也逐渐感到：大款的后代好的也多，未必一定都不孝；但不注意教育子女的大款，子女必定好不了！

六

没多久，一天夜里，倒霉的事发生了！老K的自备轿车出了车祸，被一辆大卡车撞翻在路边，正在轿车里的老K的妻子和保镖、司机都当场殒命，老K重伤被急急送进医院抢救。

"把……小K叫来……我要……见他！"老K呻吟着表达了弥留之际的愿望。

儿子被从一个朋友聚赌的窝点里急急找来站在父亲床前。老K痛苦地流泪挣扎，他明白自己不行了！他也明白自己的儿子也不行了。老K用力似乎想说很多很多话，却已说不出了。最后，老K断断续续呜咽地说："记住，儿子……最凶恶的杀手……是时间！你杀了你自己！当然你也是我杀的……"

话未说完，老K断了气。什么意思呢？

儿子似乎不懂得老子的临终遗言是什么意思。他毒瘾上来了，鼻涕口水直流，痉挛地打着哈欠，急着要赶快去过毒瘾，何况赌局未完，赌友正等着他去结账。老子和娘的死，他并不悲伤，欣慰地是老子留下的钱都归他所有了。那么多的钱岂能不使他高兴？他可以更好地寻欢作乐我行我素了！

只是，从来没有挥霍不完的财产。从古到今，无论中外，无数"巨富"的后代由于吃喝玩乐嫖赌吸毒堕落成穷光蛋、乞丐的很多很多。仅仅在又一年后的这个冬天，在这个白雪飞舞的夜晚，在繁华热闹的C城的近郊区那条僻静的街道边，人们看到了老K这个不孝儿子的尸体垃圾似的扔在雪中。

公安部门的调查报告上说："……死者有赌博、看黄色录像、斗殴、吸毒等前科，并曾计划参与去 W 省贩毒（因毒贩落入法网遂未实现），其父遗产为数颇巨，但均被死者胡乱挥霍一空。据居住元洪村 31 号死者之友人孙天学供称，12 月 26 日晚，死者至孙天学家借钱，后取出随身携带之毒品注射，不久即抽搐战栗倒地身亡。孙天学出于害怕及迷信心理，将死者尸体背到附近丢弃于路边。经检验及化验，死者确非他杀，而是由于注射了过量的可卡因致死……"

无人再记得这个生得糊涂死得也糊涂的不孝子了！但认识老 K 的人，对老 K 临死前说的那点似乎费解的话，却都似乎明白了，以致他们忍不住要把老 K 和小 K 的故事如实地讲给自己的儿女们听。因为这是一个真实又现实的故事。

丑　角

　　今年早春，大雪飘飘的一天夜晚，我从 S 市乘火车去 C 城。我坐的是硬席卧车，票号是三车厢十五号的上铺。硬卧每个号码分上、中、下三层，睡三个人。我对面——十六号上铺，是一个去 C 城部队里探亲的退休老工人，满头白发，有严重的气管炎，一上车就爬到上铺蜷缩着身子躺下睡了。我下面的中铺，是个风度翩翩的中年画家，上身穿中式咖啡棉袄，有一头潇洒的黑发。他坐在下铺上看一本《书法》杂志，看得很专心，边看边用右手食指凌空写画练字。下铺是个黑胖子，满脸络腮胡子，他同十六号的下铺——一个尖下颏的瘦子，同是化工机械厂的采购员。他俩是中途到徐州下车的，两人对面坐着，一副酒醉饭饱的神态，喷着酒气，打着饱嗝儿。除了这四个旅伴外，剩下的就是十六号中铺的一个二十来岁的青年人了：他剃的平头，有一双明亮的黑眼睛。眼睛下面是高高的鼻梁和轮廓分明的嘴，眉眼间总似乎微微含着笑意。他穿一套半新的灰涤卡棉罩衣，不言不语，跟我一样，摆着一副冷眼旁观的姿态，跟尖下颏的采购员并排坐着，不多说话。我听他回答那黑胖子采购员的询问，知道他是京剧团的青年演员。这个人本来并不引起我的注意。引起我注意的是那两个采购员。他们两人是能吵破天的"活跃分子"，也是两个"不拘小节的人"，旁若无人地大声说笑，"呸呸"地往地上吐痰，一支接一支抽香烟，乱喷烟雾，乱弹烟灰。火车"轰隆轰隆"刚开行不到半小时，他俩已经丢了好几个烟蒂，喷出的毒雾加上那画家抽烟助威，已经将空气污染得使人隔开三尺就看不清面貌了。我这不抽烟而又懂得吸烟危害性有多大的医生当然对这深恶痛绝。

车身有时急剧摇晃。十六号上铺那位去部队探亲的退休老工人"咳咳"地猛咳，咳得连心肺也要呛出来似的。做医生的我当然注意到这一点，三个吸烟者却无动于衷。京剧团的青年演员正捧着个保温杯慢吞吞地一口一口喝茶。那黑胖子正同尖下颏继续在高谈阔论，边谈边抽烟，大口大口往地上吐痰。他俩放声大笑，谈的内容从S市的饮食店谈到了庸俗低级的笑话。最后话题又转到了当采购的窍门上来，怎么递烟，怎么送礼……

我耳朵里像塞进了十面大鼓，又忍受着污秽的空气和车厢里太热的暖气的折磨，真想打开车窗透一透冰凉冰凉的新鲜空气。可是，这是飘着白雪的寒夜，玻璃窗上布满了霜花，车窗当然不能开。我心里想：火车上如果规定一条：卧车内禁止吸烟！该有多好！……

香烟的毒雾缥缥缈缈钻进大家的血管和心肺。睡在十六号上铺的退休老工人紧促地猛咳一阵后，从卧铺上伸出白发蓬松的头来，生气地对着下边嚷道："同志，请你们不要吸烟行不行？我有气管炎！咳咳……"他一嚷，我心里充满同情，可是，我看看在谈话的黑胖子和尖下颏，听而不闻，仍在那里有说有笑，吞云吐雾。退休老工人声音更大了，一边咳一边嚷嚷："你们别再吸烟行不行？……咳咳……"专心看杂志的中年画家是个自爱的人，退休老工人的"呼吁"提醒了他，他甩一甩黑发仰脸向退休老工人歉意地点点头，立刻掐灭了烟头，不再吸了。可是，那两个采购员依然在说笑、吸烟。黑胖子一支烟吸完了，将烟蒂在桌上揿灭，将洁白的桌布涂黑了一块。他"啪"地用打火机又点燃了一支烟，那表情似是说：我吸烟，你管得着吗？

退休老工人发现"呼吁"不起大的作用，气恼地又躺下去了，仍旧"咳咳"地咳嗽着。空气里少了画家的一支烟，可是两个采购员的两支烟仍在大量制造烟幕，盛气凌人的烟蒂飘起缕缕青烟。我忍不住了！一个医生的责任感使我张口了。我对黑胖子和尖下颏说："那位老人有气管炎，怕烟呛！你两位就别抽烟了吧！吸烟，对身体有害！……"没料到，黑胖子狠狠瞪我一眼，似是怪我多管闲事，恶作剧地两指夹着香烟在空中晃动，说："小弟抽烟用不着您老兄花钱，别心疼！"尖下颏在一边"嘻嘻"笑了。我说："我是医生！一口烟能喷出四十亿粒微尘，许多化合物都是健康的敌人，特别是尼古丁……"黑胖子不让我说完，喷出一口浓烟，像个舞台上的小丑似的，用两只卫生球眼睛瞪着我笑笑："气管炎我也有！我吸烟能治气管炎！"这显然是恶意笑谑。那尖下颏在一边哈哈笑着助威，半冷不凉地说："对对，气管炎就得这么治！"说着，故意朝天喷了一口浓烟。

我本想告诉他们："烟中含有尼古丁，能使毛细血管血流变慢，血球堆积，并能加重动脉硬化和冠心病的恶化。纸烟中的烟焦油在燃烧时有一种叫钋[210]的微量元素，经汽化后，可以聚集在吸烟者的肺中，发出放射线而致癌，烟中其他有害物质与肺癌也有直接关系……"可是说不出口了。我只能忍受着烟熏和气恼，涨红着脸，看着窗外黝黑的夜色，听着火车"咔嚓咔嚓"地前进。听着两个采购员以胜利者的姿态抽烟、聊天。

车身有时急剧摇晃。我们这六个人之间的气氛很不谐调。这时，只见那个嘴上像有一把锁始终默不作声的京剧团的青年演员忽然开口了！他眉眼间仍是微微含着笑意，忽然皱着鼻子深呼吸了一下，像是品尝烟味，对黑胖子和尖下颏馋涎欲滴地说："唉！真香啊！你们抽烟，我在这儿瘾得慌，真憋不住了！真想也抽一支啊！"

黑胖子找到知音了，示威地瞅我一眼，从蓝涤卡上装的兜里掏出一包凤凰来，嘴里叼着烟，将一包凤凰递过去，说："抽一支吧！咱不信邪！"

谁知，青年演员叹了一口气，表情像老了十年，摇摇头，脸露忧戚，说："谢谢，我真想抽啊！可是，不能抽啦！"

"怎么呢?"尖下颏好奇地问，大口喷着烟。

青年演员摇摇头，似不肯说，又似不愿说。

黑胖子好奇心更强了："老弟，你?"

青年演员又"唉"地叹了一口气，满脸凄凉，使人同情。他一口一声出人意外地说："我抽了好几年香烟，如今得了病了！"

黑胖子打破砂缸问（纹）到底："什么病呀?"

"唉！……"青年演员似不堪回首。

"气管炎?"尖下颏问。

"唉！癌!"青年演员摇着头，伤心夹着悔意，脸上凄恻。

"癌?"中年画家嚷出声来。包括我在内，大家都愣住了。虽未出声，人人有谈虎色变之嫌。

尖下颏脸上表情紧张："你年纪这么轻！什么癌?"

青年演员声音里带着唏嘘："肺癌!"眼圈红红的似要落泪。

我从医学角度心里明白：年轻人因为吸烟得肺癌的也并不少。我心里也不禁叹息。

大家默然无声，只有退休老工人轻轻咳嗽。青年演员脸上充满了忏悔的颜色："只怪我太爱抽烟了呀！你们一天抽多少？两三包吧?"他脸上带着询问的神态问黑胖子和尖下颏。黑胖子和尖下颏已经不能回答了。两个刚才还神气活现的活跃分子一下子像一人挨了当头一棍，给打闷了。

青年演员长叹了一口气："唉！那时谁劝我少抽一支我都不听！我是不信抽烟有那么大害处的！可谁知……唉!"

我看到：黑胖子像个泄了气的皮球，长嘘了一声，不声不响地把吸剩的半支烟扔在地上，用皮鞋踩灭了！尖下颏也下意识地将烟蒂用食指和拇指掐灭了。青年演员仍在自言自语："唉！谁不相信科学那是不行的啊！……"他打着呵欠，恢复了平静，彬彬有礼、满怀歉意地对两个采购员说："对不起，我扫了您的兴了！……"他似乎疲倦了，伸着懒腰爬上了他的铺位，叹一口气，侧身睡了，在周围留下了一片凄凉的气氛，静了很久很久。

乘务员来通知快要熄灯了，要旅客安静就寝。画家爬上了他的中铺，我也爬上了我的上铺。遥远的地方，有列车的汽笛声。窗外，雪仍在无声地降落。退休老工人仍偶尔咳嗽，两个采购员也不再抽烟了，躺在下铺上很快就发出了鼾声，我望望对面中铺上睡的那位青年演员，他好像已经安静入睡。不知为什么，我想起他有癌症，心里涌起很深的同情……

火车轰隆轰隆……第二天清晨，毛茸茸的白雪还在飞舞飘落。火车到达徐州，两个采购员下车了。我也起来了。见那位青年演员也早起来了。我们同坐在昨晚尖下颏睡的那张下铺上。曙光透过车窗射进来，照得他那双黑黑的眼睛格外好看。一种医生的工作习惯和责任感促使我对他关切地说："我是一个医生，这几年正在攻研肺癌，我想，也许能帮助你些什么。"

谁知，竟又出我意外，他诚实地笑着说："哦？哈哈，我没有癌症！"

"没有？"

"是呀！"

"昨晚你……"

"呵！"他笑出声了，幽默地说，"那是我的即兴表演！"见我莫名其妙，他说，"为了让那两个不讲公德而又不听劝告的人停止吸烟，我只好用自己的特殊方式那么做了。呵呵，你知道，我是一个——演员！"

"你骗了他们！"我恍然大悟。只是在这时，我才从他那年轻明亮的眼神里感到那么一点儿的调皮的神态。

他爽朗地笑着摇头："怎么说呢？我一开始就告诉过他们，我是一个——演员！再说，我说的也都是真话，吸烟致癌，应当大力宣传！"

我忍不住哈哈笑了，说："我是一个医生，我无法用正确的理论叫他们停止吸烟，你的即兴演出却不费吹灰之力就做到了。"

　　他也咧嘴笑了，黑眼睛发亮，目光中似有热情的火焰在燃烧，说："我只不过是用了艺术的感染力。这也许就是尽管有了种种科学却无论如何也少不了文学艺术的理由吧！"

　　我问他："你在舞台上是演什么的？生？旦？净？……"

　　他又笑吟吟了，笑得那么坦率、明朗，说："丑！"

　　我惊讶地说："哦，丑！丑角！"

　　"对！丑角！"他仍旧开朗地笑，"我可以在舞台上演丑角，却不喜欢自己在生活中演丑角！我厌恶那些生活中的丑角，就像昨晚那两位。可是，细细想想，我在他们面前的表演，演的仍是一个丑角……"他摇头，虽然在笑，却有些感慨。

　　我忍不住高声说："不，你昨晚演的不是丑角！你演的是一个可爱的正面角色……"

　　话没有说完，听见对面中铺上睡着的那位中年画家扬起脸甩着一头黑发说："对！你有一颗高尚、文明的心！"看来，他早把我同演员的谈话全听去了。

　　这时，上铺上的白发退休老工人伸出了半个身子，也说话了："年轻人，谢谢你！昨晚亏得你哪！"

"牡丹圣手"和他的儿子

这夜，我梦见了胡瘦石。瘦石在哭，哭得很伤心。这当然是我白昼的想象和感慨构成了梦境。梦醒以后，我心里空空洞洞的，恻然久之，很久都未曾舒坦过来……

也许，善于研究生活的人才能从凡人小事中得到启示懂得三昧吧？画家胡瘦石和他的儿子给了我什么解悟呢？我思索着，思索……

四天前的一个下午，由于患重感冒，我不能去文联上班，独自在家躺着。我寂寞地欣赏着窗前悬得高高的少女长发披肩似的吊兰和案头墨绿发亮的君子兰，心情变得宁静、安谧。忽闻敲门声"笃笃""笃笃"……开门一看，门口站着一个青年人。这就是画家胡瘦石的儿子胡继玉。

"陈叔，不记得我了吗？我是小继玉呀！"他边眨着眼睛说，边抬脚进门。

请他进屋坐下，婉言谢绝了他递过来的中华牌香烟，看看坐在面前的这个下穿毛料灰筒裤、上着雪白港衫的年轻人，起初觉得不太像。五年前，做邻居时，小继玉没有这么大的个儿呀！他没蓄小胡子，没留长头发，手上不戴金戒指，脚上不穿半高跟鞋呀！仔细看看，没错！确实是小继玉。那年最后一片冰雪被融尽的时节，瘦石落实政策带着儿子返回省城。一眨眼，五年不见了。但从青年人的眉眼神态中仍可找到小继玉少年时的痕迹；顾盼言谈间依稀也能看到画家胡瘦石的二三分音容。啊，瘦石哟！……

瘦石死去的前妻未生子女，续弦后就生了这么一个独子，珍贵得像心头肉。"文革"中受冲击，老伴郁郁病故，他更把儿子捧在心上。瘦石一心想把画技传给继玉，继玉那时刚上初中，老子把着手教儿子绘画，讲些"笔要放，法要严""以形见神，形神皆备"的道理。继玉调皮贪玩，不肯认真学，喜欢结交一伙街道上的朋友，打扑克、逛马路、抽烟、喝酒。瘦石疼爱儿子，舍不得严加管束。有一次，他发火，眼睛像两汪结了冰的潭水，却解嘲地对我说："唉，还小，只能慢慢来！……"现在，瘦石去世了，儿子长大了，我不禁问："你现在在哪里工作？继承父业了吗？"

椅子吱吱作响，年轻人挺着胸，喷着烟说："现在给工厂跑跑供销……"

父是画家，儿跑供销，我不无感慨。但想到丘吉尔的孩子当年用假票乘车被处罚，墨索里尼的儿子在父亲被处决后当了酒吧间的洋琴鬼……名人之后，常常无名，也就觉得无话可说了。跑供销难道不是一项重要的工作吗？关键在于是不是一个正派而有作为的供销员嘛！

年轻人抽着烟眨眨眼睛补充："画画，得下苦功，太难，画不好就不值钱。干那，划不来。"

我不禁想到瘦石。瘦石青年时代作画，恨见闻之不广，毅然出游，遍历名山大川，寻觅奇花异草。餐风宿露，步行跋涉，到过浙、闽、桂、黔、滇诸省，又专到山东菏泽、河南洛阳欣赏牡丹，鹑衣百结，历尽艰辛。他有一方鸡血图章，上刻"人勤画美"四字，作座右铭。他终生刻苦勤劳，有时一年画二十多刀宣纸，当我们同住在那个幽静的小院里时，他面对种着两棵翠绿高大的芭蕉的窗户，一天坐下来能画十多个小时不起身。有时一晚上能画七八张画稿。听说，他死前，虽然身体不适仍强支起床作了画。

我无法接年轻人的话茬，只能换题说："自从你爸爸调到省里国画研究院后，我常念叨你们。去冬，从报上看到他去世的消息，简直不愿相信……"

"老头儿年龄倒也六十多了！当然，要是多给留下点画就好了。现在他的画很……国外有些人喜欢，愿意要！"

我"呵"了一声，打了个寒噤，儿子语气中的冷漠和无情，使我吃惊。我只能自顾自地发表感慨："太可惜了！他是画牡丹的圣手，千姿百态，美不胜收。给我画的一幅彩色牡丹，于自然中求变幻，泼放中得神韵，我最珍爱了。本来裱了一直挂着。他去世了，舍不得挂，才收下来了！"

青年人突然眼睛发亮，一拍大腿："哈，好极了！陈叔，我今天来，就是为的这幅画呀！"

"怎么？"

"老头儿生前说过，给你画过一幅彩色牡丹。那时，他刚从牛棚里出来，画还不吃香，有的是时间。后来就再也没有花那么多的心血画过同样的画了。唉，这画是我们胡家的传家宝呀！"

瘦石是绘画世家，他父亲胡抱甕也是花卉名家。胡抱甕脾气古怪，一生作画不少，画成后不满意就动手撕掉，也不肯送人，所以留下的作品极少。瘦石珍藏了他父亲一幅牡丹、一幅葡萄，宝贵得像稀世珍宝，轻易不给人看。伤心的是这传家宝也毁于十年内乱中了……

"你的意思是……"

"这次特地从省里来，一是看望，二是想向陈叔讨回这幅画，做儿子的不能不……"

"啊，可这是你爸爸送我作纪念的呀，上边写着我的名字……"

"重裱一下去掉名字很方便的，不要紧！我只想把它收回。要是陈叔愿意价让，那也行，出个数，好商量！"他眨着眼睛磕磕巴巴企求。

听他说"价让""出个数"，我脸都红了。往事萦绕……瘦石生前，有次我游泰山偶然遇到他。那是秋天，扇形的银杏树叶已呈金黄，天上洒落着迷漾淅沥的细雨。两人在宾馆小酌长谈。我听着秋雨沙沙，望着远山被淡淡的云雾笼罩，真诚地说："你对继玉恐怕还是严些的好，该把画技传给他。"他，瞩望窗外在秋风细雨中翩然飘落的黄叶，叹息一声："是呀，可他磨磨蹭蹭不肯学呀！"稍后，又阴郁地说，"我现在多画一些，也能留点钱给孩子。继玉不争气，有点经济基础也许将来能好过一些！先父当年只给我传了技艺，如果也给了我财产，我早年的生活可能就不致那么艰辛了！……"听说，瘦石死时果然留下不少遗产。不知这种"攒钱"的想法是否影响了继玉，使得他在我这样的长辈面前出口就谈什么"价让"。当然，也可能是他跑供销习惯了这一套交易。我可不行。我连忙说："你拿去吧！拿去吧！"

有什么理由不把一位画家的呕心沥血之作还给他那意欲保存父亲杰作的儿子呢？

西窗外，无边的晚霞五彩斑斓，远处建筑中的一幢大楼罩在一片迷人的光色里。我虽发着高烧，仍毫不迟疑地到贮藏室里去抬箱子，取出珍藏着的那幅牡丹，用一种父辈对世侄的爱护态度说："原璧归赵！珍藏着做传家宝吧！"

年轻人眉飞色舞，揿熄了烟蒂，接过了画眨眨眼睛，咯咯笑得牙齿响，说："谢谢你了，谢谢你了，陈叔，以后有事要在省里办，言语一声就行！"

我不喜欢他的商人口吻，却也无可奈何。

门，猛地被弹开，他带着喜色步履轻盈地走了，我躺在床上遐想，心里有些怅然。失去了一幅好友赠送的佳作，瘦石那清瘦嶙峋酷似鲁迅的面容更使我怀念……他已逝世，所好人去画在，还有一个珍爱父亲作品的儿子。瘦石在九泉之下能得知自己心血凝成的画作在儿子心目中是什么价值和地位吗？……他该死而瞑目了！窗外，晚霞不知什么时候已经悄悄改变了颜色，夜幕降临了！

两天后，我病好了，到地区文联去上班。谁知，好几位熟人在文联见面，七嘴八舌不约而同地都谈到了同样的遭遇：胡瘦石的跑供销的儿子曾经逐家拜访，过程与我遇到的完全相同。被叫作"酒壶"的作家冯雪樵和满头白发的岳勋，还有干瘪瘦小的文联办公室主任金博文都是胡瘦石生前的老朋友，也都保存有瘦石赠送的作品。但现在，画全被胡瘦石的儿子索回做传家宝去了！只有绰号叫"顺风耳"的文化局艺术科长卞东明例外。他常到省里开会，知道胡瘦石的儿子胡继玉的底细。他大口吸着烟说："见鬼！我的画才不还给画家的这种不肖子呢！"

"为什么?""酒壶"冯雪樵喷着酒气眯着眼诧异地问。

"这小子吃喝玩乐，不求上进，不干正事。他老子在世时他给劳教过，老子死后有了遗产更不想正儿八经干工作了。劳动服务公司请他，他也不干，宁可永远待业。"

"名人之子，为什么常常不肖呢?"干瘪瘦小的金博文自言自语。

"也不尽然！名人之子成器的也不少！"卞东明捐着扇子摇头。

"看来，胡抱瓮比胡瘦石就是高明。传技艺能成画家，传财产就成阿斗了！"岳勋用手搔着满头稀疏的白发感慨地说。

"金钱并不万能！首先还是要传思想。"金博文说，"思想不好，一切皆空！"

我宽容地说："不过，胡继玉对他父亲的画总算还有感情……"

卞东明冷笑一声，不以为然地说："猜猜这小子把画拿去干什么吧！"

"干什么?"大家懵了，愣怔着问。

"真的是做传家宝吗?"卞东明谐谑地反问。

"不做传家宝干什么?"我的心像被灼了一下问。

"顺风耳"卞东明下撇的嘴角集中了蔑视："他这也是跑供销呀！拿了老子的画到广州卖给洋人和港商！"

"什么?""酒壶"冯雪樵张口大叫，气红了脸。

我一阵震颤，心上火辣辣的。

　　原谅是容易的，忘却则困难了，去体味一件事，就更费思索了。

　　初夏之夜，已渐燥热，久久难以入睡。但睡熟后，我梦见了胡瘦石。瘦石在哭，哭得很伤心⋯⋯

"时间小人"

西斜的阳光，把办公室落地茶色玻璃窗照得金灿灿的。无线电厂的书记兼厂长江元明，靠坐在弹簧转椅上，看了省里电子技术研究所来的一封公函，手支着落满白霜的鬓角，心里纳闷开了。

来信是向厂里了解技术人员毛玉涛的情况，省里电子技术研究所为了筹建一个技术科学研究室，想将毛玉涛调去。而这个被挑中的毛玉涛，本来在江元明的心目中却是个分量很轻的技术员。江元明起先曾想：看来毛玉涛说不定有什么后门!?……但找三车间支部书记老郭等做了深谈，才知决不是那么一回事。毛玉涛个儿矮矮的，又黑又瘦，一年四季上衣外面老罩着一件洗得泛白了的蓝帆布工作服，看来貌不惊人，可确确实实是个出色的技术员。江厂长不禁感叹：要做"伯乐"可真不容易啊！腾云驾雾的千里驹放在我这里，我怎么竟看成一匹蹩脚马了呢?……

吃完晚饭，江厂长刚放下碗筷，厂里技术科那白白胖胖的曹中鸣就来了。

江厂长待人亲切，家里各种来客很多。曹中鸣是一种"泡蘑菇"的典型。他是常客，每次来，总是这时候就到。在饭桌旁的藤椅上一歪，悠悠地摸出自己的烟来抽，一坐起码两小时。别的客人来了，他也"泡"着不走，总要"坚持到底"。说江厂长讨厌他吧，也不。曹中鸣来后，照例东扯葫芦西扯瓢地"侃"个没完。有时说的是"今天天气哈哈哈"之类的废话，或者日本美尔雅西服的款式、纽约酒栈里特色纱富翅和语言黄红观的特点，有时却像个"广播电台"，能使江厂长了解些情况。比如：车间主任黄振述的儿媳是人事厅长的大女儿啦，技术科新分配来的大学生王德忱认为厂里不关心知识分子啦，管仓库的尤老头昨天跟一车间的工人胡江为什么吵架啦。……这些情况，江厂长觉得听一听有好处。何况曹中鸣是个有心眼儿的年轻技术员，表现得彬彬有礼像个晚辈，开口闭口"厂长""厂长"叫得挺亲热。群众来靠拢领导，无可厚非，江厂长岂能拒人于千里之外。无事来闲坐的人本不是三个两个，这似乎是种社会风气了，单单苛责曹中鸣似乎也不公平。但要说江厂长不讨厌他吧，也不符合事实。江厂长很忙，时间老不够用。夜晚，有时想学习学习文件，看点书报杂志或者专业书，有时想思考思考工作中的问题，有时想出去深入群众，可是只要曹中鸣光临，这一晚就报销了！江厂长有时晚上疲劳，想休息休息散散步或者看看电视，曹中鸣一来，也就耽误了。江厂长不吸烟，怕闻烟味，曹中鸣一来，屋里就烟雾腾腾。江厂长的老伴陈兰，是个脸色苍白神态有点严肃的女干部，在教育局工作。有时希望老江帮着分担点家务，好让她挤出时间看看书，曹中鸣一来，"希望"也就成了泡影。陈兰对"泡蘑菇"的客人反感，还因为她的爱女吃过这类"泡蘑菇"客人的亏。那是去年，她在广播电视厅工作的独生女儿患心肌炎住进医院，陈兰特地赶去照顾，医生叮嘱病人一定要好好休息，谁知来看望病人的客人多数全是"泡蘑菇"这一流的，从"改革开放"谈到"做生意赚钱"，从"巩俐、张艺谋"扯到"麻辣烫和火锅"，海阔天空，几天下来，独生女儿得不到休息，由病重发展到病危，险些送命，现在仍然瘦弱。从那，陈兰对这号爱"泡"的客人就心中有气，曹中鸣当然不受欢迎。他一走，陈兰清亮的眼睛显得恼怒，常会用手指着他的背脊摇头说一句："烂板凳！"意思是板凳都叫他坐烂了！陈兰不欢迎，曹中鸣虽偶尔也有所感，但并不明确，又恶作剧地想过：万一你们厌烦了，也许会早点给我解决问题呢！因此照"泡"不误。他来，动机其实也很简单：他觉得厂里设备落后，效益差，技术上难搞出名堂来，俗话说"菩萨欢喜香火"，领导当然也欢喜巴结。他总结了有些人"走捷径"的"先进经验"得出的"诀窍"：多在书记兼厂长这里跑跑坐坐，亲近了领导，成了贴心人，政治上的进步，工作上的提拔，说不定都从天而降。最初他来，递烟带礼，摆出副善于搞"关系学"的"万能胶"架势，但碰了钉子，发现江厂长比较"正统"，不喜欢这一套，他就立刻紧急刹车，改"邪"归"正"。现在来，只是亲亲热热聊聊，磨磨蹭蹭坐坐，反映些厂长认为"听一听有好处"的见闻，投其所好。江厂长觉得曹中鸣谈话时信息灵通，又颇有些忧国忧民之心，当然对小曹也产生了一点好印象。一个月前，曹中鸣曾问："厂长，您看，我这个人主要缺点是什么？"江厂长不禁琢磨了一番：是呀！我对你的印象有好也有坏，可是，你的主要问题究竟在哪里呢？……江厂长说话办事比较慎重，说："我考虑考虑，考虑好了再谈好吗？"但一直没考虑好，也就未谈。

今晚，曹中鸣来了，照例在饭桌旁的藤椅上歪身一坐，摸出香烟慢悠悠地抽起来。江厂长只能歉意地朝陈兰笑笑，眼神中的意思是：碗筷又都得你洗了！……陈兰微微蹙蹙眉毛，没说话，扯了扯上衣的下摆，就起身忙着收碗筷进厨房。厨房里顿时传来了"哗哗"的水声，江厂长陪曹中鸣坐着，忽然想起：何不通过小曹这个"广播电台"了解了解毛玉涛？就说："小曹，你了解毛玉涛吗？"

曹中鸣坐正身子，眨眨白脸庞上两只机灵的大眼睛，猜度着厂长的心思，脸上浮着笑说："毛玉涛？……你问我可算找到知情人了！我俩是大学毕业后一块分来的！"

江厂长"唔"了一声点头表示知道，说："他很有本事？"

曹中鸣点头很潇洒地说："上大学时很用功，成绩还行。可是要讲聪明，不是吹牛，我比他还强一点。有没有本事，要看搞不搞得出名堂来。我搞不出什么名堂，他恐怕也伸不出三头六臂！在大学里，他就得了个难听的绰号叫'时间小人'，因为对待时间的态度不像'君子'，太小气！他专门强调'一分钟时间也不能浪费'，很古怪！"

江厂长"哈哈"笑了，他听说过毛玉涛有个"时间小人"的绰号，但不知来历，现在听来却十分有意思，忍不住问："怎么古怪呢？"

曹中鸣偏着头思考：奇怪！毛玉涛怎么会引起厂长重视的呢？嘴角带着善意的揶揄的笑意说："他与人不来往。我跟他是老同学也不愿找他玩。他原先与人合住在仓库附近，常常整夜开灯看书画图，把同住的人就撵跑了。二十八岁了，还没找到对象。有过两次，人家给他介绍对象，他也答应在公园见面了，可是约定了时间，介绍人和女方未准时到，他是'过时不候'，这样也就垮了台。从那，没人肯给'时间小人'介绍对象了。……"

江厂长哧哧笑了，说："是因为忙才'过时不候'吗？"

曹中鸣不以为然地撇撇嘴说："再忙，找对象的时间总抽得出的呀！'时间小人'就是古怪嘛！"

江厂长扬起眉毛说："我向三车间支部书记老郭他们了解过情况，说他工作上挺卖力，有股钻劲儿。三车间几项降低成本的革新项目都有他参加。只不过三车间技术力量强，老大学生多，领导心目中就数不着他了！"

曹中鸣昂脸摇头"哐"地冷笑一声："三车间的那些名堂算什么了不起的革新呀！'老王卖瓜自卖自夸'罢了！要我搞我也手到擒来，没啥稀奇的。毛玉涛能吃几碗干饭我心中有数，听说最近看大门的刘镇中向三车间领导反映过意见，说毛玉涛喜欢夜里外出，好几次深夜爬墙进厂。……"

香烟呛得江厂长咳嗽了。江厂长搔搔花白的鬓角，说："一定是大门锁上了！他深夜去哪里了？"

曹中鸣掐灭香烟，说："有趣！他古怪，又交了个古怪白发老头儿做朋友，是科技大学的一个教授，名叫林亚鲁。林教授同人也不来往，可是毛玉涛常夜里去找他！"

江厂长眉眼间略略流露出几丝惊讶，想：呵！这教授我听说过，是出席过省里科技大会的。……

曹中鸣舔着嘴唇继续说："小古怪见到老古怪，物以类聚，相亲相爱。那个林教授常把自己反锁在屋里，找他的人一看'铁将军把门'，都吃了闭门羹。其实，老头儿躲在屋里研究电子计算机呢！毛玉涛去，却受优待，'笃笃'一敲玻璃窗，林教授就'乒'地开了窗，扔出钥匙，让毛玉涛开门进去。林教授屋里挂着毛笔写的四个斗方大字：'清谈误国'，门上又挂着一张'敬谢来客'的古怪声明，上写：本人今年六十二岁，七十岁进火葬场不算短寿吧？也只有八年光阴了！需要分秒必争干点实事，希望来客'无事不上三宝殿'，有事谈了就走，千万不要浪费时间，谢谢谢谢。……"

江厂长咧嘴笑听，忽然有所感触了，用右手拍拍自己宽广的前额发自内心地说："呵，很有启发，林教授说得很深刻！我五十五岁了，对时间问题，也早有紧迫感了！"

曹中鸣对江厂长的话体味不深，自顾自地说："'无事不上三宝殿'是句贬语。一个人'无事不上三宝殿'总是不好的！有人说毛玉涛也是个'无事不上三宝殿'的角色呢！"

江厂长不禁想起了晚饭前三车间支部书记老郭拿给他看的毛玉涛写的入党申请报告来了。报告结尾有段附注，说："有些人说我'无事不上三宝殿'，又叫我'时间小人'，其实我搞革新，钻研业务，学外文，写论文……实在没有时间到处闲逛，不可能常常到领导或同事家里串门。我希望这会得到组织的了解，不至于说我太古怪或太不注意联系群众。……"江厂长当时看了，不太介意，现在，完全理解了，感到毛玉涛说的是真心话。一下子透过毛玉涛那其貌不扬的外表，似乎看到了这青年人那颗金子一样美好高尚的心灵。但他不想使曹中鸣太难堪，就没谈这些，却去桌上黑塑料提包里将毛玉涛写了发表在一叠全国性电子技术杂志上的论文递到曹中鸣手里，说："小曹，你恐怕也和我一样都想不到吧？毛玉涛他'无事不上三宝殿'，又有个'时间小人'的绰号，可是实践证明他对了，他做出了成绩！……"江厂长把省里电子技术杂志来公函的大意告诉了曹中鸣，说："这些论文大大引起了电子学界的重视了呢！"

江厂长的话像霹雳电火。曹中鸣惊奇地"哎哟"了一声，心上像挨了一击，捧着那叠刊物，脸色红一阵白一阵，一本一本地翻。论文所论述的题目、范围、内容都使他吃惊。他是相信自己总结出来的别人的"先进经验"的：过去有许多人是"泡"了蘑菇而得到一本万利的。他们用这种方式取得的成就是较毛玉涛式的人物取得成功更容易些的。但现在，毛玉涛这"时间小人"却远远跑到前面去了，这使他胸中充满了感情潮水，有股说不出的苦涩味哽在嗓子眼，怔怔地目瞪口呆，说不出话来。

水泥地上敲出韵律整齐的"嗒嗒"声，是陈兰的皮鞋脚步响。老江和小曹的谈话陈兰在里间厨房中全听进耳朵里了。这时她早已洗好碗筷，搓揉好洗衣粉泡着的衣服，又忙着灌满开水瓶提了出来。她本是个中学教导主任，前年调教育局，在中等教育科当副科长，是个搞教育的，出口就带着"教育"味儿，眼里闪着一种固执的光，插嘴说："浪费时间的问题，在中国太严重了，如今生活节奏快，大家都忙，需要提倡'无事不上三宝殿'！同志们来往，你看我，我看你，本来很正常，可是如果没有时间观念，影响了工作、学习和休息就不正常了。有事来找，谈完就走，无事不必老是串门。要不，串门也会形成一股不正之风！……"

江厂长怕曹中鸣难为情，笑着打岔："这话有片面性，比如离退休无事的，互相常来常往就不在此例。……"

曹中鸣带几分讨好地看着江厂长笑着说："你是厂长，同群众接触本来就是你的工作。你的来客确实不少，哈哈，确实不少！可是，也有必要！哈哈，也有必要！……”

陈兰神态沉静，声音却激动："我还没有说完呢，在有些人思想上，来了不多坐些时间，似乎不礼貌；主人不多陪些时间，也似乎不恭敬。于是，时间就在浪费，生命就在消逝。"

曹中鸣见江厂长连连点头，心里也感觉到陈兰话里有话，憋着肚里的气岔开话题强笑着说："哈哈，我们是谈毛玉涛的，现在跑题了！"

江厂长怕陈兰的话使曹中鸣下不了台，转个圈说："是啊，毛玉涛还有些什么情况，小曹，你再说说。"

曹中鸣摇头了，说："哈哈，我这一二年跟'时间小人'很少接触，该说的刚才也都说了。"说完，摸出香烟又擦火柴悠悠喷出一口烟来。

江厂长见曹中鸣又想烂板凳了，放在平日，仍得陪着，今天却有新的想法了，下决心地看着曹中鸣说："小曹，今晚我们倒没有浪费时间。但我还想看点书，我们就谈到这里吧，好不好？"

曹中鸣虽然聪明，但长期懒散惯了，时间在他思想上几乎是最无所谓的东西。自从跑厂长这里"泡蘑菇"，厂长是第一次下逐客令，但下得婉转，他倒也没有什么不快。压在心上的倒是毛玉涛的成绩震惊了他，使他摆脱不开。……

他走出屋子。天上轻云淡月，春夜的微风吹得他浑身舒坦，但心里却杂乱地堆起了个大疙瘩。他有一种梦里走了许多路，醒来还是在床上的感觉。万万想不到，毛玉涛这个"时间小人"，竟会像魔术师一样弹指之间变出了这么多名堂，心里酸溜溜，转动着烦恼的旋涡，散发出喟叹，有悔意，也有憾意。这几年，他感到许多事都在起变化！但"泡蘑菇"巴结领导的"战术"，他认为是不会"过时"的。他细嚼黄连不皱眉，并不承认自己是失败者，心想：哼！"只要功夫深，铁杵磨成针！"你毛玉涛有你的关门计，我曹中鸣有我的翻墙法！我决不使自己的努力半途而废。……

第二天，江厂长吃完晚饭，刚放碗筷，曹中鸣又来了！他在饭桌旁的藤椅上一坐，神态有点忧郁，悠悠地拿出香烟刚要抽，忽然眼珠蓦地一定，发现正面墙上添了一件新的东西——用毛笔写的四个斗方大字："清谈误国"!

曹中鸣又一次目瞪口呆！望着江厂长那张庄重和蔼的脸像在望一只陌生的面孔。

江厂长亲切幽默地笑了："哈哈，陈兰写的，我也同意！你一定觉得我也成了古怪的'时间小人'了吧?"

曹中鸣眨着眼，收起了那支未点火的香烟，嘴里像塞了个萝卜咽吐不得："呵，不!……"

江厂长走过来，两只深湛的眼睛看着小曹，热情地拍着曹中鸣的肩膀，说："你不是让我谈谈你主要有什么缺点吗? 你想过吗? 为什么'时间小人'做出了那么大的成绩而你还没有呢? ……"

曹中鸣感到自己所做的努力像豁嘴吹灯——白搭了力气，尴尬地怔在那里，用手背抹去鼻尖上的汗，面对这个完全出乎他意外的厂长，啼笑皆非。……

岁月手执画笔

他来到她家坐下了。

在窗户里射入的西斜阳光下，打量着她这不算华丽但颇为富裕的家。这该是她的卧室兼读书室了。她从前就喜欢文学，爱看翻译小说。如今，书橱里和桌上都仍放着五颜六色不少出版物，有些还是外文的。房里布置雅致，壁上有些现代派的彩色画框。电视机架旁和写字桌旁有紫色小陶瓷盆供养着文竹和仙人球。仙人球开着粉红色和蜜黄色的花，很美。但他注意到：没有她亡故了的爱人的遗像。桌上相框里的几张照片都是风景，好像是摄自苏州或无锡的照片，照片上没有人物，只有山水和亭园。

她已经没有丝毫当年的风采和美貌了！当年在大学外文系里时，她是有名的美人，有人把她说成是"校花"。可是数十年过去了，风风雨雨，霜雪侵凌，如今的她已是白发满头。她不胖，身材尚算匀称，但全身显得迟钝、忧郁。他呢？当然也是一样。岁月手执画笔，已经将他画成了一秃顶、凸肚、步履蹒跚的老人。他同她默默坐着，一刹那间，不知说什么好，感慨、伤怀、唏嘘都有，交谈过一些应景的话，就沉默起来了，似乎都沉浸在以往失去的梦中，似乎双方只有用沉默才能唤回过去的记忆，召回往昔有过的阳光和春风。

她丧偶已经十几年了，是在"文革"中，那是一个悲惨的故事。现在，她与儿子、媳妇住在一起，这幢双开间房子的三层楼其他房间均归儿子和媳归居住。她只保留了这间房作为自己的小天地。她告诉他：我生活得不错，大学英语教师的退休金不算少，女儿在澳大利亚常常寄点钱回来，在房地产开发公司工作的儿子和媳妇也还孝顺……每天散散步、看看报、看看电视、听听音乐、做做家务，偶尔也出去旅游旅游，时间很好打发。最后，哲理地用英语说："逐渐逝去的晚年是人生最甜美的时光之一。"

"是啊，我也差不多。"他答，"我也退休好几年了。只是目前还被朋友拉去帮忙在办一个改革开放的杂志，也算是发挥余热吧！"临了又说，"我老伴也去世五年了，我一直独自在生活。……"

谈这样的问题干什么呢？他是下意识地谈的，谈了以后，就感到完全没有谈的必要了。因为对方也是丧偶多年的人了，大家都这么大年岁了，就他的观察，她不会有寻找老伴的欲望。而他，也一样，而且，肾有病，还有胆结石和严重的关节炎。那么，何必谈这呢？

他同她重逢很偶然，有一个亲戚既熟识他也认识她，知道他们当年同是外文系的老同学，搭桥使他给她写信，通过一二封信，后来，在校友会上又见面了，就有了往来。多少多少年不见的青年时代的朋友，白发苍苍时重相见，奇异的感情是只可意会不可言传的。许许多多沉淀在记忆深处的往事都勾引翻滚起来了。他想起了她当年风华正茂美貌出众时代的许多片断情景。既有怀旧，也有伤逝。那时，她高不可攀！在她面前，他曾自惭形秽。细细追想，他那时确是暗暗在心里边爱慕着她的。只是追求她的人太多，他自忖没有条件去追求。她那时可真像《洛神赋》里所形容的："丹唇外朗，皓齿内鲜……特眄流精，光润玉颜。含辞未吐，气若幽兰。华容婀娜……"

可是，现在的她，像一件色泽褪尽、彩羽凋零的古旧物件了！时光何其残酷，往事岂堪回首？他今天特地来看望她，是想来完成一件心愿，是想来同她做一次诀别。可是他却沉默着，一时不知从何说起，只是心里同情她、怜悯她。也有一种伤悼。似乎寡老毁去了一件十分珍贵的稀世艺术品！但，伤悼之余，又感到自己也那么可怜！自己年轻时就并不英俊，现在更是老丑得像"哈哈镜"里反映出的胖老头了，何必可怜她呢？先可怜可怜自己不是更恰当吗？

但，由于回忆引起的对她的爱，却在心底里激烈萌动了。难道这是老年人的"回光返照"？她当年在大学时代的一颦一笑，一甩发，一挥手，如今都异样鲜明地又出现在他的眼前。尽管这是幻觉，却像电影"定格"似的固定在他的脑际。爱和怜是联系在一起的。此刻，他忍不住赞叹地说："啊，你当年在大学里的时候，是多么美啊！那真是无法形容的美！那时候，追求你的人真多，有人把你叫作'玫瑰花'！你还记得吗？……"

从窗口望出去，晚霞里，一幢漂亮挺拔的大厦正在建造，已快竣工。那是一个外商投资兴建的大宾馆，设计的风格、色彩都很怪，屋顶像彩虹一样呈弧形，纽约和东京倒似乎有类似的建筑形式，就像一个倒转来的祭红花瓶，也像一个紧裹暗红大氅的雕塑。……

她笑了！当年的明眸皓齿，如今已是一个老太太的惨淡的苦笑。她没有说话，只是摇摇头，似乎是说：还提那些干什么？又似乎是说：过去的早过去了，不值一谈了！……

只是，他却不再沉默了。他在此刻，对她丝毫不存在非分之想，更没有什么目的，他仅仅想在此刻了却那个心愿：把自己蕴藏在心里几十年的一个秘密告诉她。为什么呢？说不清楚。爱情上的事每每是说不清楚的。当他老到这把年岁的时候，几十年前曾蕴藏在心中的一股爱火，虽曾熄灭成灰，此刻忽然又像死灰复燃。他十分明白：已经无法实现什么再去爱她的愿望，但他却可以用吐露自己的一点真情，去温暖一下她的心，使她知道他当年曾爱过她。这样，既使自己感到一种实现了心愿的快慰，也可使对方得到一种因往昔的可以骄傲而满足的欣愉。有些话和事，年轻时是不能冒失做或说的，年老时却能纯洁无邪地坦然去做去说了，此刻，他就是这种心情支配着。他终于嗫嗫嚅嚅地说："有件……秘密，我一直没有对任何人说过，包括我死去的妻子，但这并不意味着我对她不忠实。今天我想坦率地告诉你。……"

她是个聪明人。此刻，从他的态度、语气、眼神里似乎敏感到了什么，忽然阻止他说："别……别说了吧！我猜你可能要说些什么，但那已经没有意义了！……"

"不，你别误解！"他连忙声辩，"我丝毫没有别的意思，只是愿意告诉你这样一个我在心里藏了几十年的秘密！"他想：如果她房里墙上或桌上放着她死去了的丈夫的照片，那我无论如何是不会说这些。那样将会形成一种亵渎，但听说她婚后同丈夫的感情一直不好……何况，我今天说这些，并没有想向她提出什么要求，我于心无愧，为什么不能说呢？因此，他说："你可能不知道，当年在大学里时，我是多么偷偷地爱着你，哈哈，有时，我悄悄在江边林荫道上偷看着你和一些女同学散步，有时，我梦中也梦见你。但，唉，我没有勇气给你写情书，更不敢冒昧追求你。后来，毕业了，好多年里，我仍常想念着你，只是不知你到哪里去了！……"

"你要告诉我的秘密就是这个吗？"她又笑了。这个"秘密"似乎使她想起了她的黄金时代。

他说出了心中要说的话，情绪放松了，心里舒畅了，点头说："是啊，你知道，年轻时不敢讲的心里话，到我现在老得快走向坟墓时却什么都敢说了！有机会告诉你，我感到非常痛快。人，真是奇怪，其实我讲这些什么目的也没有，讲了却这样快乐。也许是因为我觉得就是在讲这时，我是在将我的一种真挚的感情表露给了你。告诉你，当年你是多么地美丽，多么地让人崇拜！倘若这能使你在年老的时候因回首往事感到一点点的快乐，我就满足了。"

她又笑了，看得出她心里是高兴的，虽然笑容依然不免凄凉，说："谢谢你！我真的谢谢。我懂得你也许是在怜悯我，但你这是一种高尚的感情。老同学，其实你那时该写信给我的，我对你的印象不坏。你朴实、用功。记得吗？我们听莎士比亚课时有一次曾同坐过一个双排位子，我借过你的笔记抄。你的外文字写得好端正啊！"

"是啊是啊！"他回想着点头说，"是有这件事！"但不禁又想：她这可能也是在安慰我。其实那时她怎么会看得上我呢？不过，他感到得到了一种回报。这是人到老年时，友谊和爱情混合起来的一种情感上的交流，使他欣悦和愉快。他坦然地说："老同学，我也谢谢你！过去的事像水一样流过去了，已经不可能追回！但只要你和我都有这点纯洁的感情，我就感到幸福！我有严重的关节炎，走路困难，以后，也许不可能再来。我只希望你生活得好。我今天给你吐露的秘密，你能给我保守住吗？"

"那当然！"她笑着说，但笑容比先前开朗得多了。

外边，是个阳光灿烂的傍晚。

他后来同她告别。她亲切地送他一直到楼下才回去。走到街上，他心里有一种诀别的感情。但却因吐露了心底的一件秘密了却一件心愿感到轻松和快乐。他想：人总是不能离开爱的！当人到老得连路都难以行走的时候，在感情和心灵上将爱给予别人或从别人处得到一点爱的赠予，也一样是会使自己和对方都得到快乐的！用爱还爱，双方给予，多么好啊！……

正是下班时分，车如长龙。街上，匆匆赶回家去的人流摩肩接踵。空气中，似乎充满着一种温馨的气息。夕阳无限好！

看着那些生气勃勃忙忙碌碌的行人，他在人流中踯躅，忽然觉得先一会儿她说的"逐渐逝去的晚年是人生最甜美的时光之一"是句很耐咀嚼的话了！

彩虹湖畔的"女神"

一 出现了一位"诗"的女神

有了一位"女神",彩虹湖就更出名了!

乔冠群在去彩虹湖的途中,心里老是在想:"女神"是个什么样的人物呢?为什么她要隐姓埋名呢?人们为什么对她的事情这么感兴趣呢?……

彩虹湖在离省城不远的蒲山县,本来叫"彩虹水库",自从去秋一位敏感的记者发现了它,在省报上写了一则新闻,用生花之笔吹嘘了一番这里的风景如何如何美丽以后,立刻引起了注意,在一股旅游热的浪潮冲击下,省委某书记到这里转了一转,赞赏说:"可以辟个旅游区将来对外宾开放嘛!"大批旅游者抢先纷至沓来,尤其是省城里一些男女大学生,都穿着从省城时装展销会上买来的各式鲜艳的时装,戴着各色的遮阳帽,坐着敞篷车、骑着自行车来到这里"探奇览胜",仅仅不过半年多,这里的情况完全变了:有了不少个体户开办的价廉物美的饭馆,有了新盖成的五层楼宾馆,有了各式各样时髦的冷饮店、食品店、茶馆和杂货店……水库管理区更是当仁不让,正在大兴土木造更华丽的宾馆,也在彩虹湖里兴修一些亭台楼阁和名胜古迹,更购买了几艘汽艇、火轮,设置了大批脚踏游船和划桨的小船租给游人使用，省城里有些机关派了专人来实地考察后，正准备投资在这里兴建一些干部疗养院，在同县里有关部门进行着谈判。这个本来冷僻得寂寞凄冷的库湖，顿时成了一个人山人海的热闹场所。

平常的大水库不外是水天浩渺万顷绿波，彩虹湖却与众不同，面积八百多亩，是个曲曲弯弯、水中有岛、水边有山的大水库。乘船在湖里游弋，不断有"山重水复疑无路，柳暗花明又一村"之感。湖里水草丛生、鱼群跃游、野鸭成群，还常有一批批白鹤飞来栖息，库区封山育林已经二十多年，岛上山上怪树乱生，郁郁葱葱，禽鸟啁鸣，小兽出没，使人身临其境，心情神秘。不知哪里的"秀才"，给各个小岛和岛上的"名胜古迹"都起了优美动听的名字：凤凰岛上有个"红军洞"，传说当年有红军曾在此住过（谁知真假！）；霞光岛上有块"飞来石"，传说是宋朝时从天外飞来的（好在无从考证）；踏翠岛上有块"风动岩"，那是高处的一块险岩，随时好像要掉下来，刮大风时它也像会晃动；杜鹃岛上有个"一线天"，其实仅仅不过是石岩顶上的一条裂缝……但起了抓人的名字就很吸引人，谁也想离船上岛逛逛看看。

彩虹湖的名声传开后，当然也吸引着乔冠群，他是省出版社文艺编辑室一位三十八岁的诗歌编辑，既是诗歌编辑，当然懂得美，对彩虹湖心向往之。但他忙得没有机会去。现在倒好，忽然人们传说：彩虹湖出了一位"诗的女神"！有的说："'女神'怪得很，对谁都不肯说自己的真名！"有的说："她不但卖诗，还会写诗，听说写了许多许多诗。"有的说："听说约莫三十多岁，长得很美，独自经营一个诗亭，专卖诗集，诗亭的名字就叫'女神'！"有的说："彩虹湖有了'女神诗亭'，就有了文化气息，增色十分！"有的说："服务态度好极了，门庭若市，听说发了财喽！"……

头一天，总编辑李竹亭在社门口碰见戴近视眼镜的乔冠群，突然问："冠群，你听见关于彩虹湖那个'女神'的事了吗？""听见啦！""我看，你可以抽空去一趟，看看那位'女神'和她的诗亭！""干什么?""摸点新的信息嘛!不是说诗集没人买吗?你去看看读者爱不爱诗,我们的出版物销售情况如何?"

乔冠群终于兴致勃勃买了一张到彩虹湖的长途汽车票,一早上了路。一路上,青山绿水,他心旷神怡,平日在白天还要开灯的编辑室里埋头在稿堆里,老是头昏脑涨,出来呼吸点新鲜空气确实舒服,但又不断地想:女神,是个什么样的人物呢?一个卖书的女人怎么会名气这么大呀?……他是带着一个"谜"在上午十点多钟到达彩虹湖的。

二 "女神"她到哪里去了?

彩虹湖旁的生活点上游客拥挤,有在小吃店里吃汤圆、面条的;有找个体户拍彩色照片的;有在水果摊上买广柑、甘蔗的。……湖水波光粼粼,人群衣着五彩缤纷,人声鼎沸,笑语欢歌。乔冠群远远看到巨伞的大银杏树下那门庭若市的"女神诗亭"了,那是一个木制的方亭,漆成天蓝色和乳白色,精巧美观。金色的"女神诗亭"四个字中那"女神"二字是潇洒的郭沫若的字体。各色诗集的样本都用夹子悬空吊着,像轮船上挂着的万国旗琳琅满目。乔冠群习惯地用手托托眼镜架,走上前去。

一个四喇叭录音机正在播放一盘录音,是一个柔和的女声在做宣传:"……青年们,爱美的人怎能缺少诗呢?诗能使你永葆青春:旅游时买一本看看吧,能增进你的游兴!……"乔冠群想:啊,真会招徕顾客!但首先吸引他的是左边一幅招引读者的横条广告,写的是:"读一点好诗吧,它会使你的生活美好、思想崇高!"乔冠群注意到:围在诗亭前的读者,绝大多数是青年人。一个穿红色圆领衫的圆脸女青年指着诗亭上挂着的一本《抒情诗一百首》对一个瘦瘦的女伴说:"我要那本!……"女伴是个长头发穿筒裤的高个儿,说:"这本好,是《归来的歌》,你喜欢艾青的诗吗?"但转瞬间,有些人拥来,叽叽喳喳,淹没了话声。

大银杏树上的扇形绿叶沙沙沙。录音机正在继续播放录音："……买一本《勃朗宁夫人十四行爱情诗》赠送你的女友吧！买一本《飘不尽的绿云》去乘舟泛游彩虹湖吧！这是一本动人的山水诗集！……"

乔冠群只觉得眼不胜收，耳不胜听，一心想透过人群的缝隙找到那位"女神"，但失望了，只看到一个西装笔挺长得像相声名演员姜昆的青年人，在诗亭里收款递书。乔冠群想：咦，不说是"女神"吗，怎是个男的呢？

正好听到有人大声在问："喂，'女神'呢？怎么不在？"

穿西装的年轻人大声回答："她带着诗到翡翠岛和凤凰岛上去了，找她什么事？"

"联系开诗歌朗诵会的事！"

录音机仍在播放："你们看过《新诗选读 111 首》吗？让我们选播其中的一首诗：《泥土》……"

"'女神'去岛上干什么？"一个多事的青年人递过几本他挑选的诗集来问"姜昆"，并掏出一张钞票递过去。

"卖诗嘛！"穿西装长得像姜昆的年轻人用微型电子计算机算账找钱，说："我是个诗歌爱好者，替她义务在这儿守摊子的，她也快回来了！"

一个调皮的年轻人亲昵地开玩笑："你怎么长得这么像姜昆？给女神守摊子可别揩油卖书的钱呀！"

边上的人哄笑起来，"哈哈哈""咯咯咯"……

录音机里一个女声抑扬顿挫地在朗诵：

> 老是把自己当作珍珠
> 就时时怕被埋没的痛苦
> 把自己当作泥土吧

让众人把你踩成一条道路

……

大家静了一会儿，似是在听朗诵，有人问："这是'女神'朗诵的吗？"有人答："当然是她！"

但，录音放完了。

穿西装长得像姜昆的年轻人听人开玩笑，倒也不生气，笑着忙着给另两个人算账找钱，解释说："揩油？老实向你们坦白吧！我小小也算个小款。你们看，那就是我自己的嘉陵摩托！这诗亭整个送我也不稀罕。钱，要那么多干什么？我现在这个机那个机的都有了，缺的是这个——"他举起一本诗集，"懂吗？"

"不懂！"那个调皮的开玩笑说"揩油"的年轻人凑上前去摇摇头。看他脸上的神色真是不懂。

"蠢！"长得像姜昆穿西装的青年说，"我高中毕业回乡那会儿，一心想写点诗做诗人，可是生活困难，诗也没写成。现在，生活不愁了，就又做诗梦了！懂不懂？在写诗上，'女神'是我老师！"他用手指指右边一幅广告："看看这话吧，一点不错！够意思吧？"

乔冠群这时才注意到，右边那条挂在大银杏树干上的木牌广告上写的是："诗召唤未来，诗给人理想。"

阳光映得大银杏树上的绿叶金碧辉煌，冷风吹得大银杏树上的绿叶翻飞鼓掌，树荫下的光线斑驳晃动。

乔冠群不由得多看了那个穿西装的"姜昆"一眼，他觉得自己老是关在办公室里，实在有点孤陋寡闻。随着改革，随着放宽政策，随着开放，随着开创新局面，外边社会上的种种变化，听说了不少，也可在报上看到不少，但只有在实际生活中，才感受得更真切。他挤上前去，听到前边一个穿米色两用衫大学生模样的青年人正在问："有《勃朗宁夫人十四行爱情诗》吗？"

"姜昆"递过一本,说:"最后一本了!有点脏,但完好无损,我劝你赶快买了吧!不然,马上就是别人的了!"

大学生二话没说,掏钱就买,胜利地拍拍手里的诗集回头笑着看了一看。乔冠群发现近旁大树下,一个身材苗条梳披肩发的女青年也含笑与大学生交流着眼光。这正是沉浸在爱河中的一对,诗集也许是求爱的礼物?妙极了!这本诗集,乔冠群正是责编。他心里热辣辣的,就像自己受到了表扬一样。

乔冠群注意到:诗亭里储存的诗集已经并不太多。看来,销售很快,而诗集太少了!他不禁想:诗人们都在叫嚷:"出一本诗太难了!"有的出版社因出诗集赔本干脆不出诗集;管发行的书店有些掌订数大权的人更叫嚷:"诗集卖不脱!"看来,现在的生活中并不是那么一回事呀!

他决定找"诗的女神"谈谈,访问一下,遗憾没能碰到,不禁掏出工作证给"姜昆"看,打听道:"请问,我到哪里找'女神'?"

"啊,那难说,谁知她现在在哪里?"

"……"乔冠群发愁了。

未料到"姜昆"突然笑笑,手指着说:"来了来了!巧不巧,那不是她吗?"

乔冠群随着"姜昆"手指处一看,果然在停放着许许多多各种颜色的旅游车、客车、轿车、吉普车的车场旁,正有一个丰姿绰然的女人在走过来。两只精神的眼睛,两道修长的眉毛,穿一件时兴的圆领米黄色紧身上衣,穿一条藏青色的裤子,头发有风韵地梳向后边,穿得朴素,却有一种无法形容的美的气质,连她走路的姿势也特别好看。也不知为什么,乔冠群觉得这女人有点面熟,但说不出是在哪儿见过的。脑子里转了一转,在记忆的深井中找不到这么一个女人,他也就不再想什么了,跨步迎上前去……

三 彩虹湖畔柳荫下的诗话

"贵姓?"乔冠群笑着问,马上又想起人说"女神"从不肯告诉别人她的真名实姓。

果然,"女神"用手拂着被风吹拂在额前的黑发,两只精神的眼睛上下打量着乔冠群,没有回答,却突然冷冷地说:"有什么事吗?"她矜持而带着傲气。

乔冠群亮出工作证,谦虚地自我介绍,书呆子气地说:"想同你谈谈,了解一下我们出版诗集的销售情况,也想了解读者对诗集的反映。总之,想掌握点'信息'。"

"女神"不知为什么,竟"扑哧"笑了:"是啊,编辑老爷早该出来了解信息改进工作了!"

她举起手里的黑提包,包是空的,诗集大概卖完了,包里装了钱钞,忽然又冷冰冰地说:"我很忙,本来不想同你谈的,但你要谈的这个问题,我愿意谈!这样吧,现在只能谈半小时,我请人帮着照顾一下诗亭,要长谈放在以后约个时间,好不好?"

乔冠群当然点头。"女神"一阵风地走向诗亭,对着"姜昆"叫了一声:"小张!……"下边的话乔冠群没听清,但见那个像姜昆的穿西装的小张接过"女神"的黑提包,继续在收钱算账,"女神"却回身过来了,说:"开步走,到湖边树荫下去,那里风景好,幽静凉爽。"她脸色红扑扑,看来走路走热了。

乔冠群随着"女神"走,说:"小张同你什么关系?"别看他是编辑,做文字工作的,说起话来有时却书呆气,不耐听。

"女神"两条修长的眉毛一扬,冷冷地说:"什么关系?诗歌爱好者嘛!在这儿新认识的一个普通农民!"

"农民?"乔冠群先一会儿虽听过小张的自我"坦白",但仍难以把西装同农民联系到一起。

"女神"笑一声："编辑同志，别用老眼光笼统看今天的农民了！小张是懂科学有知识的一代新农民。他是高中毕业生，专业户，比你我富得多，是个养鸡养兔的能手！物质生活好了，文化生活就特别需要。人总是爱美的呀！诗，能给人美的享受。我这儿的诗每种他都要优先买一本。"

穿过五颜六色拥挤的人群，走到一座十二孔的大石桥上，人少些了，乔冠群问："现在农民真的都喜欢诗？"

"女神"态度依旧很冷："当然不能笼统那么说，但至少相当多的青年人喜欢，有的不知道到哪里能买到好的诗集，给他们方便，送诗时宣传一下，就都抢着买了。从我这诗亭开办到现在，四周农村的年轻人来买的可真不少。名诗人的诗读者欢迎，不出名的诗人的诗只要好，读者也喜欢。满足多种要求，百花齐放嘛！"她的语气像在批评谁。

两人走下桥去。桥下边清幽的湖边，是一片枝条重挂绿茸茸的柳荫。乔冠群觉得有启发，用手托托眼镜，说："你讲得很有意思，说实话，以前有些人老觉得诗歌读者少，出版社出诗赔本，我们出的诗集印数都不多，但你却……"他靠近"女神"走，仔细用近视眼打量着"女神"，觉得"女神"确乎很美。

"女神"冷冷地笑笑："恐怕你自己编诗却也被这些思想支配着吧！？"

乔冠群不明白"女神"为什么说话既冷又硬，想：这么个漂亮人，礼貌却差些，但既是自己找人家谈的，只好忍着，微微书呆气地笑笑，说："当然，嗨嗨，也有一点。不过……"

"女神"不听他解释，指指大柳树下！那儿空寂无人，游客大半都租小船到湖上去了，只有不远处树荫下有几个人在静静钓鱼。"女神"说："到那儿坐！"

他俩在柳荫下的青石上坐下。亮晶晶碧绿的湖水清冽得似能照见人的心灵和魂魄。

"女神"用两只精神的眼睛看着乔冠群，继续教训："我本来谈话喜欢含蓄，同你却宁愿直率！（乔冠群想：为什么呀？为什么？）你们该做出版家，别做出版商！出版商脑袋里只想赚钱，出版家却首先想到的是人民的需要。不了解人民的需要，闭着眼说人民不喜欢诗，就不出少出，逼得诗人想改行，逼得爱诗的人买不到好的诗集，怎么行？你这位编辑老爷！（乔冠群想：唉，怎么老说我是'编辑老爷'？）我看该——"她伸出右手食指转圈子做了个手势，说，"让思想追上形势！"

乔冠群皱皱眉，像吃了碗麻辣面条，掏出香烟，点燃吸了一口，说："我们诗确实出得不多，不过……"

"女神"仍不想听解释，一扬修眉，打断话说："你不是要了解信息吗？告诉你，富民政策不但给人的物质生活带来了变化，也给人们精神生活带来了变化，前一度，那些侦探、惊险、推理小说在青年中红过一阵。但现在呢！思考的一代越来越多的都不热衷于那些东西了，他们需要更高一级的精神食粮，看文艺理论，看'走向未来'丛书，看《第三次浪潮》，看传记和报告文学作品，爱诗的更是非常非常多，这些变化你们编辑老爷知道吗？"

一群女孩子在远处毫无顾忌地欢笑，笑得叫人听了也想咧开嘴巴。

但，乔冠群笑不出，有点惭愧。整天忙于埋头审稿编稿，调查研究工作做得太少。又不禁想：唉，难哪，我们出的书，还得靠书店卖，他们不调研，不给读者方便，死抱着"诗卖不掉"的老皇历，我们有什么办法？……

远处有一只脚踏游船，"扑通扑通"打着水花过来，激起阵阵绿浪，船上几个青年有的在唱：弯弯的月儿像小船，我要划它去台湾哟！

"女神"滔滔地继续说："我们诗亭，两个月前，来过两个人来买诗集，要我给他们各不相同的二十本。问他们干什么，说：送结婚礼！开了头，从此来买诗集送礼的人多起来了，都让我代挑选。一了解，很有趣……"

"怎么呢?"乔冠群深深吸了一口烟问。

"如今结婚,哥儿们都得表示表示。送什么? 水瓶,茶具,被絮……结果? 新郎新娘收的水瓶够用一辈子,收到的茶具够开茶馆,收到的被絮够开个旅馆用! 送书呢? 既高雅又有意义,何况,新郎新娘都有四条腿的书橱,生活在前进,谁喜欢在精神沙漠里过日子? 读点诗,谁都高兴!"

乔冠群一向比较严肃,也书呆气地笑起来,鼻孔里冒着烟,说:"有意思! 有意思!"

"女神"两只乌亮的眼睛带着感情,说:"诗,不仅是生活的明哲朋友,也是事业的忠实伙伴,理应受到人们喜爱。刚才你见到的那个小张,就是长得像姜昆的那位,别看他现在这样神气,三中全会前,他可是灰暗过的。曾经因为生活中的挫折,有一天突然动了自杀的念头。"

"是吗?"乔冠群扔了烟蒂,怎么也无法把刚才那穿西装的生龙活虎般的"姜昆"同"自杀"联系在一起。

"他确想自杀,而且已经买好了敌敌畏! 可怕的念头在他的心头闪耀。可是,他当时碰巧读到了一个刊物上的一首诗,叫作《大雁飞》。那首诗写一只受伤的大雁振翅上天。他在万念俱灰时读了这诗,豁然贯通,决定不自杀了。大雁尚且这样,人该如何? 他决定要像大雁一样飞,飞,飞! 从此,他更爱诗,现在成了我们诗亭的积极分子,我们正打算组织一个诗社哩!"

乔冠群越听对"女神"越有兴趣了,不禁问:"你是待业青年吗?"

"女神"冷笑笑摇头:"你又是老眼光了! 一见卖大碗茶或开书亭的就认为准是待业青年。其实不然!"

"你本来是? ……"

"无可奉告!"

"听说你赚了很多钱?"

"是啊,不少! 一个月去掉开支还能剩一笔钱,都存入银行。下个月我走后,钱全捐出来:文化站、诗社和诗亭各取一份做资金!"

乔冠群忍不住问:"你怎么想着来这儿开这'女神诗亭'的呢?"他奇怪,"女神"既不是为赚钱,又是为什么?

"女神"忽然用她两只美丽精神的眼睛盯着乔冠群,摇头说:"我不愿做一只丢了舵的小船,在生活的河流里打转、搁浅,我带着信念和疑问来到这里寻找答案,采取了一种特殊的深入生活的方式,在这里播种诗……"

乔冠群皱起眉头来了,书呆气地说:"唉,你说这些,使我似懂非懂……"

"女神"看他那书呆气太浓,扑哧又笑了,说:"编辑大老爷呀! (乔冠群叹口气:唉! 怎么又'编辑老爷'了呀!)这一向,我一直在收集信息,准备对你们提意见哩! 你应该最明白的嘛!"

"我最明白?"乔冠群摇头,"我更糊涂了!"

"健忘!"

"健忘?"

"女神"笑了,笑得很甜美,看来她本来绝非一个冷冰冰的人,她点点头,看看手表,说:"半个小时快到了! 我要回诗亭营业让小张回去了。我说过,以后长谈可以另约时间。"

"对了!"乔冠群突然想起无论如何也该问问她的名字回去好向总编汇报,就又说,"我还忘了问你尊姓大名!"

"我说你健忘嘛! 别人问这我不说,因为不愿让人知道我的情况,对你,我愿意奉告!"说着,"女神"从袋里摸出一个省作协分会的会员证,递过来善意地笑着,"看吧! 你该还记得吧? 过些时,我将寄一本新出版的诗集送你,书名——《快乐的浪花》!"说完,她收起会员证,笑了一笑,飘然地走了。

金色的阳光柔和地披洒在她身上，她真像一个"女神"姗姗远去，只在桥那边人丛中留下了一个小小的剪影。

乔冠群"啊呀"一声，望着"女神"闪忽着就隐没了身影，眯着近视眼仍在阳光下寻觅，愣在那里，嘴张得像个"O"字，半晌合不拢，掏出手帕拭汗，这位"女神"呀！大约一年半前，他确实见过的呀！……唉！唉！……

四　编辑一段脸红心跳的回忆

一年半前一个春光明媚的下午，乔冠群在出版社会客室里见到过"女神"。"女神"那天穿得很朴素，可说是"不修边幅"，穿的是一套旧灰涤卡衣。见面时，她拿出的就是这个红色的省作协分会的会员证。上边那张带有向往神态的一寸照片给乔冠群留下过印象。

"我是在浩瀚的江边长大的，如今在市文化馆里搞专业创作，编了一本我的诗集，叫作《快乐的浪花》，寄到贵社一年了，不知是否可以出版？"

"呵，丁蕾同志，你的诗集我们读过了，写得不错，只是我们每年只出很少数量的诗集，所以大作只能割爱，我们正想要退还给你。"

会客室附近正在盖宿舍大楼，有吹哨子和砸砸打打的声音传来。

"女神"叹息了一声，眉毛一扬："呀，能不能不退呢？只要能出，再搁一年我也愿意。你知道，我找过两个出版社，他们都不愿接受诗集，出一本诗真难呀！这是不正常的！我们的国家是一个诗国，人民爱诗。可是，这么一个大国……"

他因为忙，不想多听她啰嗦，习惯地用手托托眼镜架，打断她的话，说："丁蕾同志，现在，诗集多数赔本，印数少，书店反映卖不出去。我们一年安排的数量有限。你的诗集写得确实不错，我们斟酌过，但是实在困难呀！再压下去，还是怕没有希望，倒不如早点奉还。"

有卡车驰来卸料的"哗啦"声很响地传来，使人听了烦躁不安。

"你刚才不是说诗集写得还不错嘛！坏诗不应当出，好诗为什么不能多出些呢？"丁蕾嘴唇微微颤动，两只精神的眼睛里发出疑问。

"那是我的大实话。"乔冠群摸出烟来，点火抽着，书呆气地说，"我说要退给你也是大实话。诗人那么多，著名老诗人中的诗当然要优先，青年诗人的佼佼者，比如得奖成名的作者自然也要优先。这样，'僧多粥少'，就不好安排了！"

显然，丁蕾是个有性格的女诗人，冷冷地说："我早就开始写诗了。在中央报刊和地方报刊，先后发了近六百首，也得过奖。但出版诗集这么困难，几乎要动摇我的创作信心了！我简直想改行写小说了！"

"写小说也很好嘛！"乔冠群吸着烟想：出版小说，目前确比出版诗集容易些，他未曾注意自己这句话中含有的气味在丁蕾听来是冷漠的。

工地上哨子声、工人的吆喝声响成一片，喧闹地传来。

但是，丁蕾的声音锋利，咄咄逼人："我认为，你们对诗的看法是片面的。诗集是否没有读者呢？是否印数少就是因为没有人买呢？诗是否应当努力提倡呢？你们其实心中并没有数！我到许多书店跑过，发现想要诗的常常买不到诗！而且有人主观认为诗卖不掉，书架上的诗集很少。何况他们卖诗简直像'姜太公钓鱼'坐着等人来，不宣传不推广……我倒想研究这个问题了！……"

附近基建工地上水泥搅拌机开动了！轰隆隆的声音震人耳膜。

乔冠群想：也许，你说的有道理。可是我们只管出书呀！卖书，是书店的事，我们管得着吗？乔冠群想到自己桌上还摊放着的一本清样，要赶快看了交还出版科，只好谢客似的说："丁蕾同志，只有向你抱歉了。稿子我马上去拿来给你。以后，要是有出版的可能时，再同你联系。"说这话时，他倒是诚恳的。因为他被对方那种失望和遗憾的眼神感动了。但他心里依然没有把握将来会不会有再同这位不太出名的女诗人联系的机会。

只见女诗人痛苦地点头，黯然神伤，眉毛一扬说："好吧！请把稿子还给我。……"但就在刹那间，她又变得坚强了，她咬咬嘴唇，瞳仁黑亮亮地又冷冷自言自语："诗，是不会减少的！国家在前进，人民需要诗，我相信！……"

……

现在，坐在美丽的彩虹湖边的柳荫下，望着清幽幽明镜似的水面，乔冠群想起这段往事，心头酸甜苦辣咸五味俱全，不禁脸红心跳了。四周青山碧透。蓝天白云悠悠，远处有水鸟低回，小船剪开涟漪，满眼是醉人的翠绿。他头脑里很乱，也很复杂，他理了一下乱糟糟的思绪，心里却觉得比蹲在编辑室里时踏实了，他想得很多，准备把新的信息带回去，或是请"女神"到社里做个小型的报告……

他又点起一支烟，起身向"女神诗亭"走去，越走越近，看到灿烂的阳光下，诗亭前仍拥挤着选购诗集的读者。"女神"那米黄上衣、藏青西裤的身影在人丛间隙中光彩地时隐时现。录音机正在播放，那是"女神"清亮圆润的嗓音正在朗诵着一位诗人出名的诗句：

　　播种者呵
　　是应该播种的时候了
　　为了我们肯辛勤地劳作
　　大地将孕育
　　金色的颗粒

像有一股新鲜的热流迎面扑来。乔冠群觉得生活里到处是诗，饱含着诗情，他用手托托眼镜架，迈步向那位"诗的女神"走去。

绿色的小屋

一个十六岁的高中女学生，讲给我听了这个故事。

纯粹是感觉和想象，是绿色的感觉和想象。它给了我一种慰藉与喜悦，一种出于同情和美感的慰藉与喜悦。我喜欢这种绿色的感觉和想象……

从我住的这幢六层楼的三楼套房的西窗里望出去，可以看到对面那条小街尽头一间被绿色藤蔓覆盖，又被绿色植物和盆栽点缀着的青砖小屋。那条小街两侧全是平房，绿色的小屋是离我们这幢楼最近的一间平房了吧？正因为离我这朝西的窗口近，我在车祸中受伤、大腿骨折后，绑着石膏闲在家中，就常爱坐在窗口望着它出神遐想。你知道，像我这种年纪的高中女学生，功课的压力沉重地堆在肩上，而身体里面却渐渐地生出别有一种说不清楚的欲望的时候，心情是寂寞的。何况，我又伤了腿，这么倒霉！我常常有莫名其妙的情绪低潮，常常有一种闲愁，一颗心常感到孤独，多幻想，又喜欢寻找诗意。

原先，当我们刚迁来这幢新建成的大楼时，那小屋并不是绿色的，那只是一间简陋的灰溜溜的青砖小屋。记得我第一次看到它时，正下着瓢泼大雨，透过雨帘，见小屋在氤氲的雨气中门窗紧闭，屋顶上的中国式黑瓦，雨水打在上面溅起水花，有几处破损了。我怀疑那小屋一定是漏雨的。我很想知道小屋里住的是什么样的人，但小屋的门窗总没有开启，也不见人进出。小屋门前，两侧的小花坛里有隔年残存的枯枝败叶，有几个破损废弃了的旧花盆。看来，是原先小屋的主人留下的。主人是搬走了？还是死了？谁知道呢。

有一天，我早上起得迟了一些。吃了爸爸和妈妈上班前给我做好留下的早饭后，照例又挂着单拐拿起一本杂志坐到窗口的藤椅上去出神遐想。当我透过窗玻璃向下张望，竟发现那间小屋门窗开了。啊，小屋里住上人了。不错，我看到有一个花白头发的老太太，个儿不高，腰板挺直，正在擦玻璃窗；又看到一个年轻的女人进进出出，好像在拾掇什么，一会儿扫门前的地，一会儿又端着脏水往门旁的水沟里倒……

我感到兴奋！我估计搬来的是母女俩，但转瞬间，又看到了第三个人：一个黑头发的四五岁的小男孩，他正从屋里出来，手里拿着一个大梨在啃。远远看去，男孩长得挺逗，挺健壮，也挺活泼。我判断这一定是祖孙三代。我整整一天，饶有兴趣地俯瞰着小屋。晚上爸爸妈妈回来吃晚饭时，我告诉他们："窗下西边那间没人住的小屋，今天搬来人住了！祖孙三代，挺有意思的！我今天看了一天。"

爸爸笑了，手扶扶眼镜说："哈哈，你真是没事干了！有那看的时间，听听录音机，多背点单词不好！"他是个时间分秒都珍惜的大学外语系讲师，开口三句不离本行。

妈妈说："你怎么知道人家是祖孙三代呢？"她在医院当化验员，没经过化验得出的结论她不相信。

我说："凭观察和感觉呀！从观察进行分析，然后加以判断！"

爸爸和妈妈又都笑了，他们对这事不关心。他们关心的只是我快些养好伤又去上学。我也不想多说，他们不了解女儿的寂寞！我觉得我还要继续我的"观察"。一系列的问题还没有答案：这女人有丈夫吗？她丈夫是干什么的？她又是干什么的？他们家还有别的人吗？……

不论刮风、下雨、多雾或晴朗，我常看到那女人一早就骑着自行车带着小男孩去上班。可爱的小男孩一定是被送到幼儿园去的。那女人，走路挺精神，远看很有风度，身材苗条，皮肤白皙，是个漂亮的女人，也是个勤劳、和蔼的人，常见她对那男孩笑，也对她妈妈笑。傍晚，她回来了，自行车铃声总是"丁零""丁零"响两下，老太太就迎到门口。她的自行车上，前面带着儿子，后边带着些蔬菜，有时还有一盆、两盆石榴、茶花、文竹什么的。然后，总看到她忙出忙进，有时抬个浅绿色的洗衣机来，在门口洗一大堆衣服，居住条件不好，但生活并不寒碜。

她一定是在医院工作的，是个医生。有好几次见她戴着医生的那种白帽子，有一次还看到她骑车回家时脖子上套着听诊器。她的上下班时间也有改变，说明她有时值夜班，每到上夜班时，她骑车清晨归来，忙着送了儿子，然后她就进小屋去了。这种时候，老太太常常到外边来坐在门前小板凳上不知缝补些什么，有时又用小铁铲在门前花坛上翻土，或者戴上眼镜看报纸……

春天到了！风雨潇潇的一个清晨，我突然发现，不知不觉间，那幢小屋前已是染满了绿色。一丛丛芙蓉，叶子宽大，状如手掌，绿叶上跃动着明亮的水光。小屋前许多盆绿色的花草生意盎然，花坛里种植的茑萝、牵牛、爬山虎的藤蔓已顺着细竹竿搭成的架子往墙上伸展。而后，我又发现还有丝瓜的翠绿藤蔓……那简陋破旧的灰溜溜的小屋，此时已被装点成一间鲜亮的绿色小屋了。

随着春意越来越浓，绿色的小屋被青青的植物映得更绿。这绿色，仿佛能使人心里也充满生机和希望。我喜欢绿色小屋和这家人。

但，有一个谜始终在我心上：这个女医生的小男孩有爸爸吗？他是干什么的呢？……难道男孩的爸爸死了？离婚了？还是……有什么不幸的事？

春末的一天，答案好像来了！

那天傍晚，我偶然从窗口俯瞰那绿色的小屋，忽然看到一粗壮高大的年轻军人抱着那小男孩亲昵地在绿色小屋门口嬉耍，他一会儿将男孩用双手高高举起，一会儿让男孩吊在他有力的臂膀上荡秋千，男孩咯咯笑，老太太倚在门口也笑。

我想！啊！一定是孩子的爸爸！他一定是从外地，不，一定是从前线，战火纷飞的边境云南或者广西回来的。怪不得平时见不到他。现在他回来了，看，那男孩多高兴，那老太太多高兴！

我感到已找到了谜底。我倚在藤椅上架着伤腿，带着一种为他们全家团聚高兴的心情，欣赏着发生在绿色小屋前的情景。这时，妈妈下班回来了。

我兴奋地高声告诉妈妈："妈妈，那户人家……小孩的爸爸回来了！是个解放军！你快来看呀！"

妈妈将外衣和提包挂在衣架上，走到我身旁，也从窗口里向下张望。看了一会儿，忽然说："你怎么知道他是小孩的爸爸呢？又是凭观察和感觉吗？"

我笑着说："当然，没错！"

但妈妈望着窗外，忽然摇头纠正我说："凭我的分析，他不像是孩子的爸爸。"

"为什么呢？"

"你看——"自行车铃声"丁零""丁零"，妈妈同我一起看着绿色小屋前的几个人。这时那个女医生骑车回来了。妈妈说："女医生同解放军打招呼的样子像夫妻吗？不像，太客气了。你看，女医生正请他进屋坐呢！他们不像是一家人呢！解放军是个客人。"

是呀！我一边看一边想：妈妈的分析有道理，确实不像是一家人呢！解放军一定是孩子爸爸的战友。我浮想联翩：女医生的爱人一定在前线参加反击战，听说老山前线战斗时常很激烈……他安全吗？什么时候回来？……也不知为什么，我心里遗憾。我多么希望女医生的丈夫回来团聚，我对绿色小屋里的主人的命运已经是这样关切了。

妈妈的估计没有错。吃晚饭前，我见那个解放军戴上军帽走了。临走，他向老太太敬礼，同女医生握手，还亲了亲那个男孩，在那绿色小屋的门前。

我心里空落落的，好像失去了些什么。是什么原因？我自己也说不明白。吃晚饭时，爸爸回来了，一起吃饭，发现我有点怔怔的。爸爸问："小婷，你吃饭还在想些什么？"我没有回答。

妈妈却似乎懂得我的心理了，说："这个姑娘，如今好像跟那间绿色小屋结下缘了，人家有高兴的事她高兴，人家有不高兴的事，她就会不高兴。今天，那人家来了个解放军，她以为是小男孩的爸爸从前线回来了。可是，事实证明她错了。那只不过是个客人，她大概感到遗憾吧。小婷，是不是？"

妈妈问我她猜得对吗，但我没有回答她。我心里有点难过，甚至想淌眼泪。为什么？我自己也说不清。

爸爸从妈妈的话里听出了什么，对我说："原来是这样！小婷，人该有同情心，可是，不要脆弱！"他大约发现我是想淌眼泪了，所以这么说的，说着，他忽然起身，走到窗前去俯瞰，说："啊！这户人家挺不错的，一间破旧的小屋给他们拾掇得多美，一片碧绿。"

以后，我依然常常靠窗口坐着，俯瞰那间绿色的小屋，心底里盼着"奇迹"发生。这"奇迹"就是孩子的爸爸突然有一天会出现。可惜，一天，又一天，总是失望，总是失望……

初夏的一个夜晚，下着淅沥小雨，我因为睡不着，开着电灯躺在床上阅读报纸。四周静谧之中，忽然听到一阵急促的摩托车"啪啪"声由远而近。从方向上听出，正停在绿色小屋门口。听到了电信局送电报的小伙子的叫喊声："电报！加急电报！"又传来"砰砰"的敲门声。一个女人的声音答应着："来了！……"接着是开门声。我连忙起身扶着单拐走近窗口，外边漆黑，什么也看不清，只看到一盏摩托车尾部的红灯在"啪啪"声中远去，声音消失在远方。我熄了灯，回到床上，在黑暗中躺着，心里又浮起了思念：这个电报是什么事呢？这些日子，报上登载前线战斗频繁，会不会是什么不幸的消息呢？我为绿色小屋主人的命运挂心……

那夜，我睡得很不好，早上醒来时，爸爸妈妈早已去上班了！我将他们留在桌上给我的一杯牛奶喝了，匆匆拄着单拐又到窗口张望那间绿色小屋。雨后初晴，爬满小屋的绿色藤蔓鲜亮得滴水。丝瓜开着黄花，牵牛开着紫花，茑萝开着红色的星星般的小花，那一盆盆的月季、海棠，也开着粉红、猩红的花，美极了！小屋静悄悄，窗敞开，门敞开，却不见人影，无从推测发生了什么事。

一连观察了几天，看到过老太太，没看到过女医生和男孩。什么原因呢？无法解答。只是有一种预感，我觉得那个电报一定是带来了不幸的消息。报上常有前线战斗激烈的报道，难道女医生的他，在前线牺牲了？我不希望有这样的事发生，却禁不住老是在往这上面想。

终于，在第五天早晨，我突然又看见女医生了！她步行，提着一个包，手里牵着那个小男孩，像是从外地归来。我看到了她臂上缠着一条黑纱！她脸苍白，头发蓬松。走到绿色小屋前，当那花白头发的老太太迎出来时，她忽然掏出手帕拭泪，老太太迎着她就进屋去了。

啊！天哪！她一定是在接到了报告噩耗的急电后，匆匆带着孩子去到孩子爸爸弥留的地方去了吧？她的爱人一定是死了！……老天爷！你为什么这样残忍？你为什么这样残忍？……

我的心受到了撞击，真想飞下楼去，也进那绿色小屋里一把抱住她。她遇到了怎样的不幸啊，我真想用我的真诚的感情安慰她，并向那为祖国流血牺牲在南疆的勇士致我的悼念。我的心扉紧缩，我倚窗流下了酸涩的泪。

一连几天，我不愿再去张望那绿色的小屋，但我鼻子发酸地将这件事凭我想象地加以描述，悲戚地告诉了爸爸和妈妈。他们也都唏嘘叹息。

我的心情久久不能平静。绿色小屋里的人们会怎样生活？怎样平复创痕？

生活又沿着原来的轨道运行。女医生又恢复了正常，她骑着自行车上下班，接送男孩，买了菜带回家来，在那绿色小屋的门前洗衣、侍弄花草，有时同老太太和孩子挥扇乘凉。那块黑纱，不久就拿掉了。是呀，我想：为什么要让悲伤永远缠在身上呢？人是不能永远在悲伤中生活的。我愿意她幸福！我愿意她能摆脱悲伤得到快乐！

女医生一家，一定不知道这幢楼里有我这样一个人，这样不断地注视、关心着他们的命运吧？人与人之间如果没有一点互相关心，那有什么好呢？我以人家的快乐换得自己的快乐，以人家的悲伤与不幸换来自己心底里的波澜。我觉得人间的关系应当这样。我的伤渐渐好了！虽然还要扶着单拐走路。我心里有个愿望：哪天，我又能去上学了，一定要抽空到西边绿色小屋那儿，去认识认识女医生和老太太，去抱抱那个失去了爸爸的可爱的小男孩，给他讲故事，带些小人书给他……

那是六月中旬的一个星期天傍晚，天特别热，我偶尔到窗边张望，蓦然被绿色小屋前的一幅景象惊呆了！

太阳西坠，霞光在绿色小屋旁洒下斑驳的光影，小屋周围泛着金色的光波，闪着绿色的反光。我看到：一个英俊、挺拔的解放军军官正同女医生双双用手和臂搭成一个"轿子"，让那小男孩坐在上边，摇呀晃呀……男孩得意极了，又是笑，又是嚷！军人和女医生也高兴得要命，又是笑，又是说。那老太太靠着门框也是喜得满面是笑。他们说些什么，听不清。但可以估计到，说的都是些逗趣的话。从那军官对女医生和孩子亲热的态度来看，无疑他一定是女医生的丈夫，孩子的爸爸。

看到人家幸福，真是一种莫大的快乐，我几乎像发疯似的叫了起来："爸爸！妈妈！你们快来看呀！"

爸爸正在看书，妈妈正在厨房里忙吃的，都被我的呼喊声召唤得旋风似的来了。

我说："你们快看呀！女医生的丈夫，那个解放军回来了！"

爸爸妈妈都挤在窗口朝下看。

爸爸含着微妙的感情朝我笑笑："你不是说他牺牲了吗？"

我红着脸嗫嚅着说："我以为……他牺牲了，其实，那是凭感觉猜测。我一定猜错了，我宁愿我猜错了，宁愿我猜错了！……"

妈妈自言自语："咦，那，女医生上次为什么戴黑纱呢？"

我答："也许，是她的长辈或者兄妹里谁死了吧？"

妈妈笑了："你这又是凭的感觉吧？感觉，常常是靠不住的呢！"

我没有作声。我看到爸爸妈妈情绪很好地看着绿色小屋前那户人家的欢聚情况，都喜笑颜开。我心里满足极了！

可是，那军人过了些日子又走了。绿色小屋里的生活又恢复了老样子。时光流逝，再过了些日子，我的腿伤好了，重新开始去上学了。我没有去那绿色小屋里认识它的主人。我愿意留住那天傍晚女医生和她的军人丈夫在绿色小屋前团聚的美好的一幕，直到永远。

后来，有一天早上，当我偶然再去俯瞰那绿色小屋时，我吃惊地发现，那小屋和毗邻的房子都已在拆除。一片瓦砾。

女医生一家一定已搬到什么地方的新房子里去了吧？

妈妈说过："感觉是常常靠不住的！"我是全凭感觉得来的故事，但它在我脑际始终留下一片绿色，我相信它的存在……

她去看海

一早，她就走了！

她虽走了，留下的人却都想念她……

窗外，是几树雪白的槐花。这间阳光充足、散布着槐花香、粉墙雪白的小病房里，一共四张床位，从门口到窗口顺序 1、2、3、4 号一字排开。她本来就躺在最靠近门口的 1 号床位上。

她总该有六十多岁了吧？双鬓略有些银丝，但整个苗条的体形未变；面容有些苍白，但面部肌肤仍像富有弹性；有一双亲切动人的眼睛，脸上总是含着那平静的使人感到愉快的微笑。她穿着朴素，给人娴雅、聪慧的印象。只不过，她这种气质，不去接近她注视她并不是一眼就能发现的，因为她不显山、不露水，话不多，声不高，老是显得那么平凡。

入院的那天，听护士说，她是台湾人，从沿海的一个省份来上海治病的。人们觉得她挺有教养，知识分子气挺重。有时，来些看望她的人，举止模样也都不俗，讲话轻得叫人听不见。从来客谈话中断续听到：她在"文化大革命"里，有过不幸的遭遇，好像死了男人和孩子。现在是孤单一人……

她的邻床 2 号是位农村来的矮瘦的老太太，有七十多岁了。手术后带来了并发症，生活不能自理。老太太的儿子、媳妇在乡下，只有个当营业员的孙女下了班常来侍候。孙女或者护士不在的时候，她就主动照顾老太太。照顾得很细心，很周到，连侍候大小便端尿盆这样的事也干。

3号床是个新住进来的女青年，打扮入时：大波浪的头发，藏青喇叭裤，紧身的火红两用衫。据"大波浪"自己说，家里是"高干"，父亲刚刚"退居二线"。"大波浪"在无线电厂当出纳，因为乳部发现了一个肿块，所以住院来切除。医生诊断为"良性"，切除不过仅仅是为了防止病变，是个小手术。在医生眼里，不算一回事的。可是"大波浪"挺害怕，从入院时起，除了炫耀自己的家庭外，就是唉声叹气，好像即将大难临头。一会儿向瘦高挑的中年护士长诉苦："……我最怕开刀了！我连打针都怕！我怯针，见针就晕；开刀，一定更受不了！"一会儿又向左边靠窗口的4号床上那个戴眼镜的中学女教师诉说："我就怕医生诊断有错误！说是良性，万一是恶性的怎么办？"听说2号床的老太太手术后有了并发症，她既怕老太太死在她身边，又愁老太太的病会传染，心里直嘀咕，一再要求换床位换房间。但别的病室里没有空的病床，"大波浪"只能憋气留下。"大波浪"有个在民航公司工作的男朋友，长得仪表堂堂，一米八的个儿，不断来看望。一来就带来一大包吃食：牛肉干，华夫饼干，巧克力，话梅……什么都有。男朋友一来，"大波浪"就更撒娇。只听到那个"一米八"的男朋友哄小孩似的逗个不停，最后"大波浪"才破涕为笑。但只要"一米八"一走，"大波浪"又唉声叹气了，兜来绕去还是那些老话："……开刀，我一定更受不了！""恶性的怎么办？"

4号床戴近视眼镜的中年女教师病比较重，是动了子宫癌手术的。她是个有二十年教龄的政治教师，既有一定的理论水平，又养成了一种能耐心教育人的习惯。说话时，有那种老师对学生说话的口头禅，比如："懂吗""我告诉你""我讲给你听……""你必须知道……"只要"大波浪"向她诉苦，戴眼镜的中年女教师马上会劝慰"大波浪"："就是癌也不可怕，你必须知道，早期发现，没有关系。""你看我，就没什么。懂吗?"……女教师每次说话就像上讲坛,声音压低着,却做着手势,循循善诱地劝慰、鼓励,做思想工作。

"大波浪"要"诉苦",希望博得人同情,但不喜欢听人"说教"。因此,余下的时间,她常常看小说消遣。"一米八"给她送来一叠推理小说、惊险小说和文学期刊、电影杂志。她告诉中年女教师:"我爱好文学……""有时我也写点诗,我喜欢朦胧的诗……"然后,她似乎无所不晓地评论中外的名作家来。在这种时候,她就成了上讲坛的教师了。最后,是中学女教师昏昏欲睡了,她才戴上耳塞,独自静静地听她那架一喇叭的小录音机。

"大波浪"很不满意这间病房。四个人里她就觉得自己"富贵",其次是那个中学女教师还勉强可以匹配,那个身份不明衣着朴素的台湾人,那个近乎瘫痪的农村老太婆,在她眼里都是"小人物",既离她远,她也不想去搭理。那个台湾人,有一次见她害怕开刀,曾平静地带着淡淡的微笑安慰过她,她却仅仅只瞥了台湾人一眼,没有作声。这天上午,"大波浪"突然发现:1号床位的台湾人竟也有一架录音机,而且是王冠牌两喇叭的。台湾人也独自静静地躺着用耳塞在听。"大波浪"看看自己的"一喇叭",感到失了体面,暗想:哼!我一定要把家里那架四喇叭的录音机带来。……下午,"一米八"来了!果然,她缠着他,当天吃饭时,"一米八"就把那架"一喇叭"换成了"四喇叭"。"大波浪"有了一种形容不出的满足。

中学女教师对台湾人印象挺好,感到这人有礼貌。她见台湾人侍候那农村老太太,不禁会想起一句什么名人说过的话:"不管他的腰弯得多么低,他的精神是高尚的。"只是离得远,自己的病又不轻,就很少攀谈了。只在她的丈夫——教育局的一个科长来探病时,她向丈夫说过:"你看,那位台湾同胞可是个热心人哪!"

这天早上,中学女教师也许是感到太寂寞了,见到邻床"大波浪"耳朵里塞着耳机在听录音机,忍不住说:"你听的什么音乐呀?让大家一起听听吧！"大波浪"甩着长发扬着头笑了，炫耀地说："香港的原声磁带！你听听试试！喜欢不？"女教师将耳塞塞进耳朵，一会儿，又连忙拔出来，用手扶扶眼镜架"呵"了一声。那意思既有惊讶也带点不以为然，看来她是不喜欢什么"香港原声磁带"的，问："有轻音乐吗？或者健康一点的，比如《在希望的田野上》什么的……""大波浪"摇摇头，脸上露出鄙夷的表情，忽然像想起了什么似的，带着几分揶揄，指指1号床位说："台湾人说不定有，听听她的！"说着，侧过脸对台湾人说："喂，你那录音机有些什么磁带呀？放一盘让大家欣赏欣赏吧！"她笑着，笑意中含有轻视，仿佛是说："看你能拿出什么货色来呀！……"

台湾人正离床站起身子忙着帮助邻床的老太太往一把小茶壶里倒开水。刚才"大波浪"和女教师的谈话她全听到了。这时，她仍旧十分平静，带着微笑，娴雅地说："我只带了一盘录音带来……"

"放了听听吧！""大波浪"怂恿着，带着几分好奇，"是什么？"又补上一句，"要是地方戏什么的，我可不想听！"

台湾人喂邻床老太太喝完了水，回到自己床上，轻轻揿一下按键，美好的神奇的旋律顿时回响在小小的病室里了。病室里立刻洋溢着安宁、壮美、圣洁的气氛。……"大波浪"沉默了！太出乎她的意外，她也说不出这播放的是什么音乐，但衣着朴素的台湾人放出这样优美的录音带，却不能不使她目瞪口呆。中学女教师也沉默了。这也出乎她的意外。但她喜欢这美妙的乐声。她忍不住问台湾人："什么音乐？"

台湾人仍旧那么平静、娴雅，带着微笑："贝多芬的《第九交响曲》，这是第三乐章。"

中学女教师慨叹地说："太美了！听到这样的音乐，我感到减轻了病痛。"

台湾人听到了，既关切又诚恳地说："是吗？那我把它送给你。"

女教师连忙摇头："不不不，我只是说说，哪能要你送……"

“大波浪”惊讶台湾人这种做法如此“大方”，但又似信非信，炫耀地自言自语：“这种外国音乐唱片，我爸爸那儿多的是，人家从国外带来送他不少……”

　　但，她的话未引起任何人的回响，她也就不往下说了，反倒感到有点脸红。

　　接着，发生了一件意想不到的事。医生和护士临时来通知：“大波浪”马上要动手术。因为“大波浪”那个良性的纤维瘤是个小手术，不预约时间，插空进行。这下，“大波浪”突然紧张了。她那“一米八”仪表堂堂的男朋友不在身边，她吓得面无人色。她向医生、护士、中学女教师，也包括台湾人诉起苦来，不断拭着眼泪：“啊呀，这怎么得了呢？我紧张死了！”“万一我是恶性的怎么办呢？”“他不在我身边，怎么行呢？”尽管医生说：“你这是小手术，没关系的，别这么胆小！”瘦高挑的中年护士长也劝慰她：“宋主任是这儿的第一把刀！他亲自给你动手术，这机会再好也没有了！……”可她也还是唠唠叨叨，哭着又说着。

　　忽然，台湾人走到她面前来了，依旧那么平静、娴雅，含着淡淡的微笑，亲切地说：“别怕！把我当你的亲人吧！我陪送你进手术室，在手术室门口等着你。给你做手术的是宋主任，他是有名的专家。你该抓紧时间做。像你这样的手术，二十分钟就做好了。你不出来，我不走。上了麻药，保险一点也不疼，也不会破坏美观……”

　　像钥匙开锁，她的话句句打到“大波浪”的心里去了。她的笑容和乐观的语气起了镇定作用。“大波浪”乖乖地让她陪着上楼到手术室去了。

　　一小时后，当“大波浪”那“一米八”的男朋友来到时，手术早完毕了，“大波浪”已回到病室惬意地睡在床上，台湾人正在床边上微笑着轻轻同她不知在谈些什么，见到“大波浪”的男朋友来了，她才轻轻站起彬彬有礼地“让位”，微笑着走回自己的病床。

也不知为什么，此时，"大波浪"突然感到：自己应当学习台湾人在脸上有这样一种可爱的使人愉快的笑容。这种乐观的笑容是那么恬静，那么使人感到镇定得到安慰。

但是，谁也没有想到，第二天一早，出乎意外地台湾人就悄悄办理了出院手续走了！她临走，给邻床的老太太留下了几个水果罐头，微笑着给老太太的小茶壶里斟满了茶水。然后，微笑着同"大波浪"和戴眼镜的中学女教师点头告别。

"大波浪"惊讶地问："呀，你的病好了？"

她微笑着，但没有回答。

女教师问："为什么走得这么匆忙？"

她仍是报以微笑，没有回答。

她走了，大家都突然感到少了什么。老太太那当营业员的孙女来了，见到奶奶在流泪，一问才知道1号床位的那位台湾阿姨走了。孙女忽然也拭起泪来，轻声说："多么好的一位阿姨呀！我奶奶连夜里小解都靠她照应。可是我竟没有来得及对她说一声谢谢……"

"大波浪"听了，不知为什么，心里也酸溜溜地想哭。她忽然觉得自己太自私了！来医院这几天，从没有给别人做一点什么，还嫌邻床的老太太讨厌。台湾人确实是个讨人喜欢的人，对自己那么关心，可自己也没有向她道谢过……为什么自己见到人家的两喇叭录音机，马上要换了四喇叭的录音机来"盖"过人家呢？……

中学女教师沉默着，两眼望着窗外洁白芳香的槐花，似在思索，又似在怀念什么……

接着，瘦高挑的中年护士长带着一个护士来换1号床上的被单枕套，给中学女教师带来了一架两喇叭的王冠牌录音机和一张纸条。护士长神情严肃地说："1号床的那位女同志，让把这交给你！"

戴眼镜的中学女教师接过录音机发了傻，一看纸条，没有署名，上面写着娟秀流利的几行字："请收下这菲薄的礼物做个纪念吧，愿美好的音乐能使您早日恢复健康。"

女教师"哟"了一声，眼眶湿润了，问护士长："她的病怎么了？"

护士长摇头叹息，轻声回答："在这间病室里，她的病最重，早已经扩散，不行了！"

"大波浪"睁大了惊恐的眼：真想不到啊！这间病室里台湾人是病情最重的一个！我的病最轻，她却还照顾我！"大波浪"惭愧地叹口气说："是吗？她不是挺乐观的吗？你看，她每天都在笑，还老是照顾别人！也许她自己不知道自己的病情严重？"

护士长摇头："谁说的！她早知道了！她一切都知道！"

老太太的孙女红着眼眶问："她去哪儿了？是回去了吗？"

护士长叹口气点头："是啊，既然治疗无望，她就决定走了。她说：她想念大海，要回去再看看海。她还想写点关于大海的诗……"

"大波浪"越听心里越纳闷，忍不住说："看海，写诗！她会写诗？……"

护士长用不满的眼光看看"大波浪"："她是位教师，也是位女诗人！"

"大波浪"这才似乎明白过来，"哦"的唏嘘了一声，打着瞌睡的心苏醒了，脸红了，泪水涌湿了睫毛。

中学女教师也红了眼眶。为什么女诗人在时没有好好交谈一下呢？太遗憾了！她突然下意识地揿了一下录音机的按键。贝多芬《第九交响曲》的第三乐章那安宁、壮美、圣洁的旋律又洋溢在耳际。亲切而和谐的乐声，仿佛是从那位女诗人高尚的心灵深处流淌出来似的……

她在时，使病中的人感到愉快，感染到她的乐观，得到帮助。她回去看波光潋滟浪涛滚滚的大海去了，大家都像心上失落了什么。人们的感情在音乐节奏的潮水中起落。谁都没有再说话。人走了，她留下的音乐的声音仍在。听着神奇的旋律，闻着窗外飘进来的槐花清香，大家仿佛又看到她了！她就站立在眼前，脸上仍旧带着娴雅、亲切、平静的淡淡笑容……

　　啊，后天这时候，也许，她就可以站在雄浑博大的海滨，沐着天风，听着涛声，怀着悠悠的乡情，眺望那万顷滔滔了吧……

红枣的故事

……后来，这个真实的故事就从台北传到了大陆上的 Z 城，传得很广很广……

俞大昌急着要把万里迢迢带回来的一小袋珍贵的红枣亲自交到老同学潘永强的手里。热心肠的人，办这种事，会感到一种无法形容的愉快。在俞大昌看来，这种愉快，用金钱或是用任何其他手段，都是换不到的。此刻，不知为什么，他心头涌起诗意，突然想起了记忆中还留存着的一句诗："他像一只燕子，也许正像飞来得过早而没把春天带来的那一只。……"

中午，俞大昌从香港乘国泰航空公司班机抵达台北桃园机场。下午，在公司里办完公事，当夜，他带上那袋红玛瑙似的枣子，就匆匆赶到台北安东街看望潘永强了。这一带，在台北算是相当不错的公寓住宅区。林立的大楼，很气派。可是大楼之间、大沟旁边挤满着许多破烂的违章建筑物，居民大都以摆摊贩或帮佣为生，周围杂草丛生，垃圾满地。初夏的夜晚，臭气熏人。放在从前，俞大昌不会有太多的感受。这次，去了一趟大陆归来，俞大昌看到这些却也有了想法。是一种什么感受？说不确切！但他却皱了皱眉。他浑身出汗，找到了潘永强住的那幢公寓，乘电梯上了五楼，大楼里家家装有冷气机。他一进大楼，身上立刻凉丝丝的觉得好受了。

"丁零零……"揿了电铃，门上的一个活动圆闸开了！有一只呆滞的眼睛从里边张望着来人。一会儿，门"咔"地开了，头发花白、方额直鼻、戴眼镜的潘永强出现在他的面前。他俩都是七十一岁，不同的是潘永强文弱、瘦削、苍老，和俞大昌的健壮、魁梧、长着一头浓密的花白头发恰好形成明显的对照。天热，在家里，潘永强穿一件绛红色短袖运动衫和一条白色毛料短裤，趿着拖鞋，显得个儿更细更高。在柔和的灯光下，潘永强看着老同学那生气勃勃的圆脸膛，高兴地欢叫起来："啊，大昌！你回来了？……"他和俞大昌都像年轻了几十岁似的热烈拥抱起来。

俞大昌压低了嗓音，带着喜色回答："给你带了喜讯来了！还有一件贵重的礼物！"他用右手拍拍左手挟着的橘红色皮包，皮包凸出一块，里边放的正是那一小袋红枣。

里间屋内，传出电视节目的软绵绵电子音乐声。灯光中，露出了一些年轻人的身影，传来了絮絮的话语声，估计是潘永强的儿子、媳妇和女儿带了孩子们正在看电视。潘永强关上门，一把拽住俞大昌，神秘地说："走！到我房里去谈！"他多年来，乡愁缠心。在夜尽春残、冷雨敲窗的时候；在心头笼罩着惆怅、空虚的迷雾的时候；在独自神驰抚摸着灵魂上的创伤的时候……养成了悒悒寡欢的性格。自从妻子三年前病故后，性格上的冷漠同俞大昌的开朗、热情差别更大了。他摒弃了交游，厌倦了娱乐，把人生的一切，似乎都看成是沙漠里虚幻的海市蜃楼。……可是今晚不同了！他那戴眼镜的细长脸上显得异常兴奋，看得出心情十分激动。他将俞大昌带进了自己那间四壁书橱里摆满了精装医学书籍杂志的房间，让俞大昌在小沙发上坐下，又从电冰箱里给俞大昌拿橘子汁来。

俞大昌与潘永强不但是同乡，而且还是小学、中学时代的同学，从小要好得就像亲兄弟。考大学时，潘永强学了医科，俞大昌学了文科。大学毕业，潘永强从台湾去美国留学，得了博士学位，回来后在台北成了内科名医。俞大昌却因为失业改行帮人家行商，如今成了大茂贸易公司香港分公司经理。几十年来，两人的友谊像长流水，始终不断，随着年龄的增长，情谊更深。两个月前，俞大昌从香港来了一趟台北。也是一个夜晚，他来看老同学，悄悄告诉潘永强："我要回大陆Z城去一次呢！""真的？去干什么？""大陆海关宣布，直接来自台湾的产品，入口完全免税。我们大茂公司的电视机输入大陆的数量已相当可观，为了放大规模打进大陆市场，公司让我回去一次……""啊呀！……我真羡慕你啊！……唉，'无限乡思泛心头，两鬓白发愁更愁'……"潘永强说到这里，又忧郁起来了。俞大昌劝慰地说："我去Z城看看，有什么事要我办的吗？"潘永强叹一口气，伤心地摇摇头："母亲早就不在了！我在那边没有亲人，剩下的只是一颗思乡的心。你如果去看看Z城，回来告诉我些那边的情况，我就很满足了！"但两人分别时，潘永强却凄然地提了个要求："我的思乡之疾已经病入膏肓了。这样吧，大昌！回到祖国，请代我这个游子亲吻一下神州大地，如果到了Z城，请给我掬一把家乡的泥土带来……"

谁知，今夜，俞大昌给潘永强带回的，不是一掬泥土，而是一小袋鲜红鲜红的红枣。……

俞大昌接过潘永强递来的一杯金黄的橘汁，咕咕地一气喝了小半杯。放下杯子，脱去西装上衣，朝着坐在旁边沙发上的潘永强，圆脸膛上满面含笑地说："永强，猜一猜，我带了个什么喜讯来？"

潘永强摘下眼镜，掏出手帕揩揉着疲倦的眼睛，猜测着说："你把我要的家乡的泥土带来了！……"

俞大昌神秘地笑着摇头："不对，再猜！"

潘永强轻声地说："一定是那边的情况良好，你看到了许多值得高兴的事！……"

俞大昌点头说："倒也是！但——"他又摇头，唇边仍挂着一丝难解的笑容，"还是不对，再猜！"

潘永强急了，戴上眼镜说："大昌，别打哑谜了。我又不是你肚里的蛔虫，怎么猜得到？快说吧！"

俞大昌打开橘红色的皮包，小心翼翼地取出两个拳头大的一只白布包来，在手里扬了扬，献宝地说："我给你带来了一样贵重的药品，给你这位名医治思乡病来了！"

潘永强瞪大了近视眼："药品！"

俞大昌微笑点头："对，一包红枣！"

"红枣?"

"是呀，Z城的红枣！"

"呀！——"潘永强微喟起来，一把将一小布袋红枣捧在手里。霎时，心头因红枣涌起了无穷思念和感慨的波涛……

啊，已是儿时的旧事了！多么值得珍惜的天真的少年时代呀！家里那青苔留印、落叶有声的寂静院落中，有一棵多姿的枣树，枣子成熟时，像红玛瑙一样的枣儿挂满在翠绿的树叶间。他常用竹竿敲打枣儿吃。红枣在地上蹦跳，味道酸甜，他爱吃，总是吃不够。母亲怕他吃多伤了脾胃，常叫着他的小名："小强，别多吃了！娘给你晒干了留着，煮枣汤、熬枣粥、蒸枣糕给你吃！"他从小就与红枣结下了不解缘。

儿时的回忆，到了两鬓斑白之年想起来依然依恋。可谁会想到俞大昌回到大陆竟会带来了这么一包家乡的红枣呢？……潘永强脑际闪过往事，是逝去的时光留给他的美梦呀！他端详着手里的红枣，红枣用红线密密缝成的小包套着，还未拆开，但闻一闻，已经嗅到儿时熟悉的扑鼻幽香了。潘永强不禁颇动感情地说："大昌，谢谢你！谢谢你！"不知什么原因，看到家乡的红枣，他觉得自己的眼眶湿润了，一阵浓烈的乡愁又泛上心头。……

谁知，更出他意外的是俞大昌那张红润、健康的脸上仍旧浮着奇异的笑容，说："不要谢我！你猜枣是谁给的?"

潘永强茫然了，用大惑不解的两眼凝望着俞大昌，问："谁……"

俞大昌不忍心再折磨老同学了，怀着一颗火热的心，轻轻地用兴奋的语调一字千金地说："伯——母！"

"什么？"潘永强的心海中被扔进了一颗强力炸弹，爆溅起了一连串的波纹。他手里捧着的那一小包红枣"啪"地掉在拼花地板上，一股热辣辣的东西，从心窝爬到了嗓子眼，两串热泪挂满了腮，将信将疑。

可是，俞大昌激动地含着同情之泪伸出左手拍着老同学的膝盖说："永强，真的！真是伯母带给你的！想不到吧？她老人家还健在呢！……"

俞大昌从香港经深圳到广州，从广州去北京。他对一切都有"新鲜感"，发现祖国更可爱了，看到同胞们正满怀信心地为实现四个现代化而努力工作着，使他产生了自豪感。工作进行得异常顺利，他心情很好地到了家乡 Z 城探望，去寻觅流逝的梦。

啊，流逝了的童年和青年时的梦啊！……

在 Z 城已经没有亲属了，只是一种怀念故乡的感情促使他要去观光。到 Z 城时正是"风暖鸟声碎，日高花影重"的暮春时节。这个地处华山的原来近乎乡村城市的 Z 城，现在已是一个很大的都市了。有两边种植着绿树的洁净而热闹的街道，有新建的高楼大厦、美丽的公园，也有备货充足的百货公司、时髦的电影院和剧场，有富于地方特色的馆店，当然也少不了有气派的大医院、邮电局和银行……俞大昌高兴地看到市场上也在出售台湾产的电视机、录音机、电冰箱。而电视机就是大茂公司的产品。

在 Z 城，他受到了市委统战部一位副部长胡家昂的接待。这位五十来岁胖胖的"同志"像位长者，有张正直和善的圆脸，健谈、亲切，非常通情达理。起初，俞大昌还不免有"戒备"心理，但见胡部长真诚相待很快就释然了。他被招待住在一所讲究的宾馆里。胡部长说："不要叫我部长，叫我老胡吧！要办什么事，请提出来好了。能做到的，一定办到！"又说，"你想自己活动，请随意外出看看好了。宾馆可以提供交通工具，很方便的。"热心肠的人总喜欢人家也热心肠。宾馆的服务员以及街上的行人，凡俞大昌接触到的都感到很热情。俞大昌起初还有"少小离家老大回""儿童相见不相识"的感觉，很快就有了一种"在家里似的感觉"。

到达的第二天早上，他兴致勃勃，用一种怀旧的激情步行出外去寻找当年的故居和上过的小学、中学。跑了一天，当年的那些疏落的庭院，春天沉浸在槐花清香中的旧屋都不见了，代之而起的都是三十年来新建的楼房。多么遗憾哪！多么遗憾！……晚上，胡部长来看望，他说了白天的经过，提了个要求："能不能找一些有亲属在台湾的同胞见见面？"老胡说："好办！后天开一个见面会，也许能有你想见的人呢！"俞大昌笑了，说："不会吧？我七十一岁了！离开这儿几十年，本来也没留下什么亲戚，不可能有什么熟人了！"闲谈时，老胡笑着问："我是个统战部的副部长，你对'统战'两字不反感吧？"俞大昌见他坦率，圆脸膛上也坦率地笑着说："不管是'统战'也好！'联战'也好！在我们老百姓眼里是'唯恨其不统不联'。国家一统，人民联合，通信来往，有什么比这更好？至于这个'战'字，无疑听起来的确使我们老百姓有点心惊胆战，不过，这几年来，统得热闹，联得高兴！我们明白，这个'战'字，不是要流血，而是要统一！身为中国人，人人都要对历史负责，必须各尽一分力量，大家来弥合这一道国家的裂缝！……"老胡朗朗笑了，点头说："俞先生，我喜欢你的直率，你说得对！中国人都渴望着祖国统一早日到来，这潮流是不可阻挡的……"俞大昌觉得这个统战部长很可爱；他不隐讳自己在做统战工作，襟怀坦白，通情达理，使人觉得他有一颗真诚的心，使人觉得他同自己真正像"一家人"，是可以信赖的朋友。

隔了一天，"见面会"在宾馆的一间会议室里举行了。老胡请来的九位全是老人：五女四男，年龄最高的九十五岁，年龄最轻的也有六十五岁。俞大昌真想不到，别人他都不认识，那位高龄已经九十五岁的退休小学校长谭凤兰，竟就是潘永强的母亲！……

潘永强的父亲是个大学教授，早年前同谭凤兰因为性格不合离了婚，法院判决将十四岁的独生子潘永强判归父亲。从此，小强离开了亲娘。父亲再婚以后，小强跟着后母，却念念不忘生母。到高中以后，就同母亲一直保持联系，假期也常去母亲处居住。可是，一九四八年夏，Z城解放，到一九四九年初，潘永强随父赴台，母子之间从此天各一方断了联系。

音讯渺茫，到五十年代初，终于辗转传来了谭凤兰病故的传言……这些，俞大昌都是知道的。谁料想，如今出现在俞大昌面前的这位中等个儿白发苍苍而精神矍铄的老太太，竟真是潘永强的母亲谭凤兰呢！

俞大昌确实真有一种在梦中的感觉了！他清楚地记得：自己那时同小强都在谭凤兰做校长的小学里上学。他在学校见了谭凤兰叫"校长"，在小强家里见了谭凤兰叫"伯母"。谭凤兰都教他们国文课，批改过他的作文，学生都爱听谭校长讲课。她最会讲故事，讲起故事来两只眼睛格外漆黑、清莹，东北抗日义勇军的故事，文天祥、史可法、岳飞这些名字，俞大昌都是从谭凤兰口里得知的。后来，抗战爆发，Z城沦陷，俞大昌和潘永强两家都到了四川。抗战胜利，回到Z城，两人又在Z城上了中学，谭凤兰仍办起了小学，做小学校长。谭凤兰是个皮肤白皙、沉静朴素的女性，年轻时就梳了发髻，夏日总是穿一件浅蓝阴丹士林布的旗袍。俞大昌印象最深的是在小学里一天傍晚放学时，一个女同学过马路时险些被一辆马车撞倒，他看到谭校长像支离弦的箭"嗖"地冲上前去，惊险地从马车旁抱起那个小同学，避免了一场惨祸的发生。……

现在，这位白发苍苍嘴已瘪陷了的老太太，虽然已经龙钟，但从她那两只漆黑清莹的眼睛里，俞大昌似乎还能看到当年的丰采。俞大昌动感情了，走上前去，彬彬有礼地说："伯母，您老人家好！您还记得俞大昌不？我是小强的好朋友！"

谭凤兰站起身子，激动地伸出手连连点头："记得！记得！你是小强的好朋友！那时候，你上小学才这么高！你常到我们家里来玩的！后来……"

俞大昌凝望着睫毛上沾着泪花的老人，也忍不住了，眼眶里含着激动的泪水，攥着老人的手，热辣辣地说："伯母，回来之前，永强要我代他这个游子亲吻一下祖国的大地。现在，请允许我代他吻一吻他的母亲——您老人家的手！"

他深深地弯下魁梧、健壮的身子，在老人那枯皱的右手手背上亲吻下去。……

生活就像一本巨大广博的书，一页一页永远翻不完。仿佛是梦幻，又很真切。

那是留在记忆中最强烈的一缕光彩！潘永强眼前又浮起了母亲白皙、慈祥而沉静的面容，但老人的头发已洁白如雪。……喜讯带来欢乐，又带来伤逝之感。

"呵呵呵……呵呵……"从邻屋电视机里传来的歌声，是一个女歌星在唱一支哀怨抒情的无字之歌？

"那么，老人家现在独身一人怎么生活的呢？"潘永强已经拭去眼泪抑制住感情冷静下来了。

俞大昌啜着橘汁，说："生活得很好。无微不至地问了有关你的一切。当夜，我应邀到她住处去做客，受到了热情的款待。解放初，她收养了两个孤儿，一男一女，早都已经成家立业。男的在做中学教师，女的是化工厂的技术员，都是共产党员。她随养女住，六十年代初就退休了，拿退休金。现在，孙女、外孙都有，住一个单元三间房，生活不错。"

"呵，呵，'文化大革命'里没有受什么苦吗？"

"她本人倒没有。因为她退休得早。用她的话说：'十年浩劫期间做了十年逍遥派！'"俞大昌看着潘永强手中的红枣说，"我对伯母说：'你老人家要带什么东西给永强的话，我一定负责带到！'老人家是位有学问的人，我临走前，她到宾馆看望我，托我带这一小袋红枣。她说：'告诉小强，母亲总是想念子女的，五十年来，想念有增无减。我想说的话写出来恐怕不便，但都包含在这包红枣里了！小强从小就爱吃家乡的枣子，就请你把我的心带去吧！'……"

潘永强茫然盯着窗外漆黑的夜空，抚弄着手里的那包红枣，唏嘘起来，默默无言，泪水又从近视眼镜下顺着笔直的鼻梁潺潺淌下来。心头滋味复杂纷纭，说什么好呢？……

俞大昌接着说："那天的见面会开得很好。我是个多事的人，我想起唐朝贾谊的诗'人生岂得长无谓，怀古思乡共白头'，不禁有了感慨，最后我说：'你们各位谁要我带信，我负责带到香港寄往台湾。谁要打听在台的亲属，我一定尽力而为。过几个月，我可能还会再回来一次。那时，如果打听到了消息，一定如实奉告！'结果，有的托我带东西，有的托我打听在台湾的亲属。第一件事我到香港的当天就办了；第二件事，我准备抽空替他们办。我们Z市在台的同乡，你知道得比我多，你可以帮帮我的忙。……"

潘永强那戴眼镜的细长脸上表露出思索的表情，沉吟着，好心好意地轻声说："唉！政治气候你不是不知道！你总有点冒险家的脾气，你的行动自己可要加倍小心啊！……"

想不到俞大昌心热得像一团火，圆脸膛上露出了不无责备之意的表情，说："你呀！我不同意你那种冷漠和软弱！幸福从来不对弱者微笑！你的乡愁随着年岁的增长日渐加浓，我最了解。在台湾，思乡已经成了一种流行性感冒，你这个当医生的，难道不想一想用什么办法才能医治这种痛苦的疾病吗？我们为什么有家归不得呢？我们的'根'在大陆！你以为早已失去了的亲娘也在大陆！我们需要祖国的统一，亲人的团圆，来往的自由。……有这样的感情，愿为大家同样的心愿尽一分力，有什么罪呢？是做人的一种最起码的愿望嘛！当人同此心、心同此理的时候，有什么外力能禁止大家这么做呢？为什么要害怕呢？雪莱有一句诗：'过去属于死神，未来属于你自己！'……"

像给注射了一针强心剂，潘永强浑身的血沸腾了！是呀！"过去属于死神，未来属于你自己！"……唉！生活就是这样，不论在一个什么样的起点上，总是要往前走下去的。……他仔细地拆开了用细针密线缝起来的小包。小包里一共有五十颗通红通红的枣子。他数着枣子，像看到了慈母的心。假如世界上有不朽的爱，这就是极限了！他又泣然了！

蝉翼纱的花窗帘，轻拂着。走到窗前，透过敞开的玻璃窗，可以望见夜色正笼罩着万家灯火的台北市。……滔滔说着的俞大昌沉默了，他用手掠着满头乌亮的黑发，眼睛出神地望着远方，似要望呀望呀，望到海的那一边去。……

当夜，潘永强同俞大昌又谈了许久，健壮、魁梧的俞大昌讲了许多见闻和感觉给他听。俞大昌走后，潘永强却不能入睡。他孤僻地将自己锁在房里，脱下近视眼镜，淌着热泪，呆呆捧着那一小包母亲带来的红枣思索着、摩挲着、亲吻着，闻嗅着枣儿沁人心脾的甜香气息，直到东方露出曙光，天边出现朝霞。

三天以后，潘永强突然一反常例请客吃晚饭了！客人一共九个，有男有女，都在中年以上，都是他Z城的同乡，其中还有住在外地，从台南、基隆等地赶来的。潘永强让子女陪坐，恭敬待客。这时，俞大昌已经回香港去了，所以没有参加。在吃饭时，瘦削、苍白、头发花白的潘永强拿出这一小袋红枣，说了它的来历，然后，他那两只戴着近视镜的眼睛闪着向往的光芒，用深情发自肺腑的声音说："母亲没有给我写一个字，但我完全懂得她的心。她要说的话都包含在一包红枣里了！枣子是五十颗，说明我们母子已经生离五十年了！小口袋是用我小时候用过的一块手帕缝成的，说明母亲对我的爱念念不忘，我小时候用过的手帕她珍藏不弃！母亲缝的这个小包，细针密线，使我不能不想起古人'临行密密缝，意恐迟迟归'的诗句；我仔细数了数，母亲一共缝了九十五针，她老人家今年正好九十五岁！她是告诉我，她已经风烛残年亟待见我了！母亲不带别的给我，带的是枣子！为什么呢？当然，因为我从小爱吃枣子，可是还有更深的寓意呢！'枣'和'早'同音，母亲是盼望儿子'早'归呀！……"说到这里，潘永强已经泣不成声！他将红枣分成十份，一份五颗，自己留下一份，将其余的九份分给九位同乡客人，说："母亲带来的故乡的红枣，我不应一人独享！让我们分而食之，愿我们都能早归！……"

乡思绵绵，情系神州。他的话字字打入客人的心田，他的脸引起了"连锁反应"。在席上的客人们，一个个手捧红枣，都泪水纵横，同声而哭。……

失　信

又是秋天了，常飘落着动人感情的那种淅沥细雨。夜深人静，听着清脆的雨声，往事常常闯入心扉。去年此时遇到的那件怪事，总是仿佛浮在眼前。

我是一个不爱失信的人，去年这时，却失过一次信。现在，每当想起那次失信，一种歉疚、复杂的感情就油然而生。

那是九月底一个星期六的中午，下着沙沙的小雨，思华从北京图书馆回来，脱下水淋淋的雨衣，拂着湿漉漉的黑发，走进我的小房里来，说："唉！尹湄，庞老是白血病，怕不行了。下午我俩一同去医院看看他吧！"

正忙着从德文赶译一篇有关奥地利作家弗朗兹·卡夫卡作品的评论资料，学报编辑部催得很急。我抬起头来看着窗外的霏霏雨丝，对思华说："忙，又下雨，你一人去吧！他是你的老师，你应当去一下。他又不认识我，我就不去了吧。"

思华央求地说："去吧去吧，为了感情，也为了礼貌！我平时太忙，极少去看望他，太不应该。他是个人品很高尚的人，从前对我太好了，我们应当一同去看看他。再说，他又是孤身一人，在他离开人世之前，难道不应当给他一点温暖吗？"

我能不同意吗，只好说："行！"以前，听思华说过：五十年代他在上海 F 大学做研究生时，庞老很喜欢他。那时，思华家里穷，经济拮据，夏天连蚊帐都是庞老给买的。这许多年，庞老一直在上海任教，直到前年，因为他会满文，要清理故宫皇史宬的大内档案，才把他请来北京定居。但住处离得远，大家太忙，思华只是在春节时去看望过他，平时没有往来。从思华那明亮的眼神和诚挚的语气中我能体味到他的心意。我只能暂停我的翻译。下午，我俩买了一个美丽的鲜红玫瑰花的花篮，带了些水果和罐头食品，冒着细雨，就去医院探望他了。

我是第一次见到庞老教授，虽然对他闻名已是很久了：他是满族，早年留美，在哈佛大学学习文学与戏剧，得过硕士学位。回国后，三十岁出头就在上海的名牌大学里当了教授，讲课有极强的吸引力。他家学渊源，古文也好，还会英文、法文，又会满文，一肚子的学问，著作很多。但"文化大革命"中，被整得很惨。他没有子女，同他相依为命的老伴，就是在那"内乱"的悲惨岁月里，因折磨得病逝世的……

进他的单人病房之前，我暗忖：这是个什么模样的老教授呢？他年过七十，听说有高血压。是秃顶的？还是肥胖的？戴眼镜的？反正总是个龙钟的老头，一定奄奄一息躺在床上……

但，一进清洁明亮的病房，看到的却是一个中等个儿头发尚未全白的倜傥而有风度的老人。他老了，但也不算很老。他手里正捧着一本有朱批的奏折在看。那上边是曲曲弯弯的满文，我猜那一定就是清朝的大内档案。

他显得瘦削，发着烧的两颊有点潮红，本来有些病弱，见到我们后，忽然眼睛发亮，精神抖擞起来了。奇怪的是当我将鲜红玫瑰花的花篮放在他床头柜上，触及他那种特殊的目光时，我忽然触电似的感到一种不可言传的纳闷。

他凝望着我，脉脉凝望着我。当思华介绍了我，他同我握手时，紧紧握住我的手，仍旧一动也不动地看着我。我觉得他很失礼，怎么能这样看人呢？初次见面，虽然我已是四十六岁的人了，可总是女的呀！能用这样的目光盯着我看吗？我将手迅速地从他手里抽出来，避开他那令我难堪的目光，脸上因为气恼，忽然泛出了红晕。我瞬即又自己解释：他这样一定是一种病态！不正常的病态……我总不时把眼睛用来张望窗外，避免同他的目光交汇。窗外，有乳白色淡淡的雾气，有氤氲的雨帘，有几棵颀长的白桦树，叶片正在秋雨中不时旋转着飘坠，一片、两片……

思华同他轻声谈话，问起病情。他清醒正常，显然没有什么病态，说："病很重了，国家一天要给我花二百多元药费，我心里很不安。我知道，也许很快就要离开人间的。"讲得轻松，听了使人恻然。但就是在说这些话时，他也老是看着我。从眼神里，我感到有一种灼灼的表情，又有一种温馨的回忆和向往。为什么？解答不出。然后，他就找着话同我讲，问我的名字怎么写，问我喜不喜欢诗词，说："如果我精神好一些，我要写一幅字抄录一首诗词送给你。"

思华似乎发现病人很喜欢我，在一边说："庞老，尹湄在我们学校里有个绰号，叫'万年青'。她四十六了，人说她只像三十岁，还像年轻时那么漂亮。"他是在老师面前炫耀妻子。

我发现庞老教授仍在盯着我看。以后，他就不多说话了，似乎沉浸在什么遥远的回忆中，只是脉脉地看着我，看得我很不自在。

外边，檐头的水声滴滴答答传来。四周静悄悄，远处间或有汽车喇叭声悠悠传来。思华大约怕庞老累了，同我做了眼色，向他告辞，说："庞老，我们走了，改天再来看您。"

庞老教授却摇摇头，固执地说："不，多待一会儿吧，陪陪我。"他说话是对着我讲的，又转脸似征求思华的同意。怎么能违背或拒绝这样一个病重的老人的恳求呢？于是，只好再停留下去。我也仍旧处在尴尬的境地中，由着他的目光在我脸上扫来扫去。

幸好，又有两个来探病的客人来了，觑便我说："思华，我们走吧！"思华忙说："庞老，我们走了，您好好休息。"

谁知，庞老教授仍盯着我看，对着我伸出手来，握着我的手不放说:"请你,再来看看我。……"我没奈何地点头,他却继续说:"明天,请再来,好吗?"

思华代我回答:"好的,好的。"我心里有点不愿意,但急于想走,只好勉强点头,吐出一个字:"好!"

庞老似乎有点兴奋,说:"那一定,一定,请一定来吧!"他拉铃,一个身材修长、戴白帽子的白衣护士马上出现在门口。他彬彬有礼地说:"请代我送客人。"

出来后,走到外边,蛛丝般的雨线仍在飘洒。风将我绿色的风雨衣吹得飒飒作响。走在被雨水洗净了的林荫道上,我沉默着,心里有点不愉快,也很纳闷。有些思想感情是难以找出恰当言辞来表达的。我沉默着,沉默着……

思华似乎发觉了,说:"奇怪!尹湄,庞老似乎对你很有感情哩!"

我直率地说:"莫名其妙!哪能这样看人呢!我不喜欢人这样盯着看我!"

思华笑了,爽朗地说:"一个垂危的老人了……总是有什么原因的吧!"

我说:"反正,明天我是不去了,你去给我道个歉吧。"

第二天,我真的没有去。思华去了,回来后,告诉我:"你没有去,庞老很失望。……"

我仍在赶译德文资料,停止了在稿纸上书写的笔,问:"怎么?"

"他一再问你为什么不去,一再要我陪你再去看看他。说只要他精神好一点就给你写一幅屏条,送一首诗词给你。他的书法是很有名的,人们都很珍视他的墨宝。并且……"

"并且什么?"

"并且还提出:希望你送张照片给他。要我明天陪你去时带给他。"

我笑了。莫名其妙地笑了。德国文艺评论家瓦尔特·本雅明说:"卡夫卡总是带着惊讶的神情不倦地把人类纯真的姿态记载下来。"

……庞老那奇异的眼光是不是属于一种纯真的姿态呢？……我说："好吧。照相本上你拿张照片给他！但是，我不再去了！"

思华叹口气说："唉！去吧去吧！医生说，估计老人活不过三天了！"

我抖搂着手里的绿格稿纸说："好吧！真是个怪老头儿！不过，明天我实在抽不出空去。你去好了！你把照片先带去。后天，或大后天，我再去！"说这话时，我心里不禁想：这是怎么一回事呢？看来，还是一种病态！无论这是不是"爱情"，反正都是病态的！……但这事到底没太放在心上，忙着翻译，一会儿我就又将它抛在脑后了。

第二天，思华将我的照片带去送给了老人，回来告诉我："庞老教授见到了你的照片很高兴。但仍希望你去看看他。他说：'我恐怕不久于人世了，请尹湄再来看看我吧！'……"

"你不觉得这是件怪事吗？"

"是个闷葫芦，可是我又无从窥测他心灵的港口。今天，我走时，看到他精神很不好，医生的估计是有根据的。"

我突然感到有一种无言的触动。是一种油然而生的同情心和怜悯？我也说不出为什么要这样，我说："明天，我一定陪你一同去看看他。他也太孤单了！"

第二天下午，下着那种初秋常有的明亮而凄凉的霏霏细雨，雨丝飘扬游离，我和思华又一同到了医院。可惜，去得太迟了！到达医院进了病房，才知道，庞老教授已经在上午去世了，遗体已送往火葬场。

一个中年护士，个儿高高脸白白的，说："教授没有架子，病再重也在工作、阅读，存款和存书都捐献了，人真好！可是太孤单了！临死，他手里攥着一张女人的相片，也不知是他的什么亲人？……"

我心里"啊"了一声，急忙把脸转过去。我怕护士万一发现那照片上的女人就是我。

思华听到这里，也朝我望望。那眼色里有思索也有猜测。他问护士："那张照片呢?"

护士回答："给他带在身边一起火化去了!"

回来的路上,我们先都沉默着,后来,思华说:"我怀疑那照片就是你送他的那张。"

我违心地摇头:"未必!"其实,我心里想:看来,就是我的照片呢!……但这是怎么回事呢?是因为他"爱"我?——这太可笑了!也太难想象!一个垂危的老人了!还会有这种迟暮的烛光熄灭前的含泪的虚无缥缈的爱情?……如果不是这,又是什么呢?唉,复杂的人生,每每会有这种复杂的事呢……

后来,一个下午,参加了庞老的追悼会。那天又是下着淅沥的秋雨,这"谜"始终像氤氲的水气似的缭绕在我心上。追悼会上,庞老教授的故旧、学生都来了。思华同他们有了接触后,回来的路上,用动感情的声音对我说:"尹湄,你知道庞老教授为什么那样对你特殊?"

我斜睨着他,等待他揭示谜底。

"他死前告诉过他的老朋友。他去世的夫人年轻时长得跟你太像了!她也有过一件绿色的风雨衣。……"

"照片是怎么回事?"我咬着唇思索着。

"那是你的照片!'文化大革命'里,经过抄家,他夫人的全部照片都被拿走了!一张也没剩下!"

不知为什么,我突然感到激动和惭愧,睫毛湿润了!我一下子想得很多,也似乎懂得更多。非常遗憾!那天我竟失信未去看望他。……

人生在复杂感情中的许多谜都随他的消逝而消逝了!剩下的,只是我在秋雨时节留下的一种淡淡的失信的歉意。……

我是不该失信的……

《夭折》的诞生……

　　早春之夜，在县文化馆东侧那间只有两张办公桌和几把椅子的简陋办公室里，生着一炉通红的煤火，使人感到温暖。炉上蹲着一把铁壶，壶嘴正"咝咝"吟着小曲，水快开了。悬挂在办公桌上空的一盏六十支光的灯泡放射着金光。副馆长崔山柳正在灯下铺开稿纸手执钢笔伏案赶写他那篇配合打击走私的推理短篇小说。崔山柳三十多岁，长得粗壮魁梧，因为经常熬夜，整日显得睡眼惺忪、黑发蓬松。此刻，他专心致志，低着头正沉浸在创作灵感之中。忽然，门"吱嘎"一响，听到一个沙哑陌生的声音在问："请问，是崔山柳同志吗？"

　　崔山柳抬起头来，出现在面前移步过来的是一个穿棉袄戴一顶崭新藏青呢帽的黑瘦老头儿。他干瘪的身躯微微前倾，看样子约莫五十六七岁。老头儿黑糙的脸上皱纹很多，有着风霜之色，笑起来每条皱纹都带着苦味，外表是那种不显山不露水对一切都挺淡泊的人。崔山柳心里恼火，在这种时候他最怕人打搅，但既然已经来了人，又怎么办呢？只好捺下性子，站起来招呼："是啊，我就是崔山柳，你有要紧事吗？"他真希望三言五语赶快将来人打发走。

　　但，黑瘦老头儿似乎是想来长谈的，点头招呼，带着谦虚的笑说："那就好了！我是慕名专程来向你请教来的。"

　　崔山柳烦恼地想：唉，真糟！我不敢蹲在家里写，夜里一个人悄悄躲在这儿写，也还是有人找了来，真是人怕出名花怕盛开！……咳了一声，带点冷淡地摆出为难的表情说："呵，真抱歉，我正忙着呢！"他用手抖抖面前的稿纸。心想：把他打发走了吧！就既没上去握手，也没说一声"请坐"的话。

黑瘦老头儿似乎有点不识相，谦虚地压低着嗓子说："是的，很对不起，我估计你一定很忙。可是，我是来诚心诚意求教的。白天，捞不着时间来，只好夜晚来打搅你了。我名叫张昌盛，在县文物组工作。"

一听"张昌盛"这个名字，崔山柳心里怔了一下。

崔山柳这两年在本省和外省的文学刊物上发表过几个短篇小说，并且主编县文化馆不定期出版的文艺刊物《百花园》，在县城里已有点小名声了。他年富力强，水平不高却不妄自菲薄，写作上似乎前途无限。他有时不免夸夸其谈，喜欢"逞能"表现自己，显得浅薄，但也有一定程度的坦率。初学写作的青年人把他当作"行家"来向他求教的不少，他也总是捺下性子热情接待，或指点如何写老干部的遭劫，或指点如何写知识分子的苦难。……每一指点，常常获得初学写作者的点头哈腰，就更使他对创作之道信心十足。但今夜的来客是"张昌盛"，就不能不使崔山柳刮目相看了。崔山柳听说过：这个张昌盛早年在旧社会上过名牌大学，学的是历史，一九五七年以前，在南方一个大城市里做过编辑、记者，据说，见过世面，在报刊上发过些作品。不幸后来被错打成了右派，老婆也跟他离了婚，孤子一人，波波折折，七兜八转才淘汰到这小县城里来的。二十几年，他像是一个从生活舞台上消失了的人。四年前平反改正落实政策，他才像个"出土文物"似的被从煤建公司仓库调到县文物组工作。既然"此马来头大"，崔山柳立刻收敛起刚才的冷淡厌烦劲儿，放出热气，言不由衷地伸出手来握："呵呵呵，是老张同志啊！知道！知道！请坐！请坐！我年轻，在写作上还完全是外行，哈哈……"他这两年挺红，一得意说话时就养成了个"哈哈""哈哈"的习惯。

张昌盛似乎是个实在人，不爱听他客套。坐下身子，打断说话："你别客气，这一向，我手痒心动，忽然又想写点小说了。有一个人物，在我心里酝酿多年，激动得我不能不写。我觉得如果让会写的人写出来，满可以成为一篇好小说的。我多年以来从未动过笔创作，落后了。不知这样的东西，是否可以写，该怎么写才好？你主编《百花园》，是有发言权的。"

火炉上的铁壶盖发出"扑哧扑哧"声，喷着雾气，水开了！崔山柳一边嘴里说："不敢！不敢！"一边从桌上茶筒里掏出茶叶，洗杯子，沏了一壶茶，客气地给黑瘦老头斟了一杯，又给自己斟了一杯，心里想：呵！你来找我，是想在《百花园》上发表稿子来了！这一想，客气的态度之中，就又有了几分矜持。客气，是出于通常的礼貌，又因为听说张昌盛二十多年前有过"光荣历史"，现在改正了，党籍也已恢复，不宜怠慢。矜持，是因为感到自己现在正是风头人物，而张昌盛原来到底是个右派。虽然改正，在崔山柳心中，对这类人，总仿佛能看到他们头上还有个无形的帽子。何况张昌盛这二十多年坎坎坷坷，既不了解当前写作行情，也未必再能有什么作为。因此，崔山柳有风度地说："哈哈，咱随便聊聊，随便聊聊，哈哈……"他掏出香烟敬张昌盛。张昌盛说烟已戒了，一口一口喝着热茶，崔山柳就又细细打量起这个老头儿来。老头儿那两只已经浑浊但却不时射出犀利寒光的大眼，使崔山柳感到这是个胸有城府的人，崔山柳不禁心里起了几分戒备，暗忖：同他谈创作可要小心，万一"鲁班门前耍大斧"，胡吹海嗙，落个贻笑大方就不美妙了！但从张昌盛说话的语气和表情里蕴含的那种虚心求教的态度中，从张昌盛谦和得很实在的表情与态度上，从张昌盛那皱纹里含着凄苦和忧郁的笑容中，崔山柳仿佛能看到老头儿的灵魂曾长年被扭曲过。这就又使崔山柳不能不产生几分怜悯。崔山柳觉得：人家既然诚心求教，不还一点真诚，也说不过去，那就听他怎么说，我就怎么说吧！

两人寒暄既罢，张昌盛急着想开门见山，崔山柳也想早点打发走客人，一边喝茶一边就谈到正题上来了。

　　张昌盛叹口气说："我这个人哪，从五七年直到'四人帮'垮台以后，在我改正前总习惯于人家指着路叫我走。正因为这样惯了，自己就不会走了，这几年，我觉得对是非能做出判断了。自己也该有点主意了。可是写作之道长期不沾边，不能不找个人商量，请你给我指指路。你是有成就的，主编《百花园》，稿件的取舍你最了解。"

　　崔山柳见他话里透着真诚，不禁飘飘然，点点头说："老张，咱们不见外，你就啦啦吧！"

　　张昌盛端杯抿了一口茶：说，"好，我把想写的这个人物和故事讲一讲。……"外边月光很好，他眼睛望着玻璃窗外春夜蓝天上的一轮满月，布满皱纹的脸上露出回忆的神情："故事发生在一九五二年初大张旗鼓雷厉风行的'三反'运动中，那时，我在南方一个大城市的一家出版社做编辑，我们经理部的经理叫黄劲松。老黄三十刚出头，为人正直朴实，但是倔强，据说做地下工作时，好几次都出生入死差点丢掉了性命，是个立场坚定的同志。我们的社长兼支书那时还兼着编审部主任，名叫钱英，早先也是个地下党员。他是话剧演员出身，奉组织之命，后来打入国民党某军事机关干编译工作，暗中进行策反工作，可能同国民党军人接触多了吧?! 多少沾染点坏习气，他平日架子很大，要人奉承，把自己当作党的化身，是个老虎屁股摸不得的人。他不喜欢老黄，因为老黄办事认真，遇事好向他提个意见。'三反'开始，先从反官僚主义下手。当时，党号召共青团员打头阵，几个共青团员平日也感到钱英身上官僚主义气味儿太严重，决定在运动中帮助钱英改正缺点，他们去找黄劲松，鼓动黄劲松向钱英提意见。这本来很正常，可是共青团员中有个聪明小伙子名叫李应丰，有了私心杂念，跑去向钱英告了密，说是某人和某人在黄劲松支持下，正要反你的官僚主义。钱英一听，大发雷霆，马上找共青团员谈话施加压力，又召集

654

团员开会，要团员们'擦亮眼睛谨防上当'，一面就决定在运动中打击黄劲松……

"钱英在运动中马马虎虎地检查了一下自己的官僚主义和浪费以后，马上宣布：'这次运动重点是反贪污！'要求有贪污问题的人赶快自己交代，党员要带头，接着，又宣布'深山密林必有老虎'。这句口号可了不得！所谓'深山密林必有老虎'，就等于是说凡经管钱财的一定是老虎，管钱越多的老虎越大！黄劲松是经理，这一来，矛头当然马上直指黄劲松了！……"

崔山柳听得有点兴味了，睁大了两只眼睛瞅着张昌盛，摸出香烟"嚓"地点上了火。

"黄劲松当时认为：经理部的出版科长于瑞祥是个小商人出身的留用旧人员，他已经注意到于瑞祥平日工作中有可疑之处，可能是贪污分子，应当审查。他这个揭发和估计是不错的。不久，工作组来到出版社，工作组长年武城思想极左，对城市情况不熟悉，在他心目中只觉得到处都是敌人！他既忠心耿耿，又好大喜功，做了工作组长，一心想打出个大老虎来说明自己工作有成绩。钱英要打击黄劲松正好也迎合了年武城的需要。而年武城的极左，已经无须钱英在打击黄劲松上添油加酱了！于是，黄劲松被孤立起来。他们先打于瑞祥。于瑞祥确实有贪污事实，一打马上缴械投降，但他们不满足，用挤牙膏的方式将于瑞祥由'小老虎'打成了'大老虎'，于瑞祥大约贪污了一千元不到，可是层层加码，加到了两万元！这时已经很'左'了，年武城却说：'太右了！'工作组在出版社里先搞'反右倾'大练兵！既然'深山密林必有老虎'，不把黄劲松打出来，那自然是右倾了！年武城向大家说：'黄劲松一定是大老虎！他在运动一开始就蒙骗一伙共青团员搞钱英，是心中有鬼，想转移斗争目标！'钱英向大家说：'黄劲松揭发于瑞祥，是要让于瑞祥做自己的替死鬼！这种手法是司马昭之心路人皆知！'结论是：'决不能让大老虎黄劲松漏网！'年武城十分强调：'左'

是思想问题，右是立场问题！人人过关检查了自己的'右倾思想'后，大家'左'了又'左'，参加了打虎队高喊着口号宣誓：'大张旗鼓打老虎！雷厉风行反右倾！''大贪污犯黄劲松不投降就叫他灭亡！'对黄劲松展开了总攻击！……"

崔山柳听得更有滋味了，啧了一声，说："哈哈，你这个故事节奏挺快，还真有点吸引力哩！我年轻，没有经历过'三反'，听来挺新鲜的！"

张昌盛继续说："那时，出版社里都贴满了大幅漫画，有的画着人头虎身的黄劲松落入了人民巨掌；有的画着人头虎身的大贪污犯黄劲松乔装打扮戴上共产党员的假面具企图蒙混过关。……总之，还没掌握证据就已经给黄劲松下了结论，接着，内查外调的人四处活动，根据大胆假设，去收集需要的罪证，一些平日与经理部有来往的私营造纸厂的资本家和纸商也被叫到出版社来讯问。到处贴着'坦白从宽、抗拒从严''拒不认罪、死路一条'的标语，黄劲松这时已像于瑞祥一样给隔离起来，关在楼上一间小房间里由打虎队员日夜看守并且勒令他写交代了。可是，他坚持说：'我可以向党担保，我确实没有贪污！'这就开展了车轮战术进行'帮助'！"

崔山柳年轻，"三反"那年才五六岁，还不知事，听到这里，问："车轮战术？……"

张昌盛感到热了，将呢帽子脱下来放在桌上，露出稀疏的白发，说："这是工作组长年武城看《说岳全传》得来的创造发明，就是日夜分班斗争审讯，名曰'帮助'，每三个人一组，四个小时换一班，车轮战法，不许他睡觉，让他站在那里，一连战了他三天三夜！……"

崔山柳"哦"了一声。

张昌盛面部毫无表情，接着又说："我同老黄平日相处不错。那时我是个单身汉，还没结婚。老黄这个人，干地下工作的时期是以经营出版社的文化人面目在蒋区活动的。家里摆设风雅整洁，他爱人在卫生局也是个中层干部，两口子就一个小孩。那时，我们都是供给制，生活很苦，可是他过去有积蓄，小孩可以拿津贴，他又不吝啬，逢年过节，总亲切地把我们一些年轻的没有家的单身汉邀到家里吃顿饭，让我们改善改善生活，勉励勉励大家好好工作，我和李应丰都常做他的座上客。这本来是同志之间的正常关心、阶级友爱，无可厚非的。谁知，运动一来，李应丰首先揭发老黄拉拢腐蚀青年放射'糖衣炮弹'！把这变成了老黄一条罪证——你不贪污，哪来钱请客？同时，这也成了到他家去吃过饭的单身汉的一个包袱了！年武城要我们揭发老黄，同他'划清界限'，李应丰第一个自动大杀回马枪，当然马上成了积极分子。我当时觉得无可揭发，就成了'右倾''立场不稳'，虽然勉强让我也参加打虎队，可是对我是另眼看待的，我内心确实有看法，认为老黄不是个贪污分子，更不会是大贪污犯。但，不几天，我的认识一下子突然来了个一百八十度的大转弯了！……"

崔山柳夸了一句，说："这个起伏很好！有意思！"

张昌盛苦笑，端茶品了一口，继续说："在轮到我值班参加车轮战法打老黄之前，工作组长年武城和钱英把我们值班上阵打虎的三人小组成员叫到办公室去。我们的组长是李应丰，钱英告诉我们：'黄劲松是贪污十万元以上的大老虎！如果再不坦白，马上让公安局逮捕法办！'我一听，心'咯噔'一沉，太突然了！他能贪污这么多吗！但我脸上刚露出一丝惶惑，年武城就拿出一叠整整齐齐的书面材料来了，说：'现在人证物证俱全，你们可以看看！这是于瑞祥盖手印的坦白揭发书，上面交代了他与黄劲松勾结贪污的全部经过和数字！这是几个同黄劲松有关系的造纸厂资本家和纸商的坦白认罪书，上面有他们向黄劲松和于瑞祥行贿的日期、手法和数字，铁证如山，给你们看一看，是让你们中立场不稳的人反掉右倾、增强信心。这些材料不能抛给黄劲松知道！现在是看他自己交代不交代了！负隅顽抗死路一条，愿意坦白还可考虑适当从宽！……'我站得离年武城的办公桌最近，弯腰低头认真看了看材料，心里不禁被阶级斗争的复杂性惊呆了！白纸黑字的书面材料上盖着鲜红的手印和图章，具体写下了黄劲松受贿的日期、数字……顿时，我对黄劲松的印象坏透了！啊！我真看透了大老虎黄劲松的真面目了！他那种'正直''朴实''亲切'的假面具撕光了，露出的是狰狞、凶恶的贪污犯的真面目。我知道年武城说的那个'立场不稳'的人就是我，我忏悔！我确实是右了！我觉得自己太单纯、天真了！一种上了当的气恼、懊丧感折磨着我的心。我决心撕开情面，同老狐狸黄劲松展开面对面的斗争！……"说着，张昌盛挥舞着那只满是老茧指头扭曲着的右手。

崔山柳从创作角度出发，赞了一声："好！这个转变倒是合情合理，也很自然！"

张昌盛放下右手，沙哑着声音说："轮到组长李应丰带我们接班上阵时，是夜晚八点钟，我们要由八点打到十二点。如果这一夜再打下来，黄劲松就被打虎队用车轮战法打了三天三夜了！可是大老虎十分顽固，大家都认为他自知罪太大，承认了怕掉脑袋，所以老是为自己辩解，赌咒发誓说自己清白，老是说应当'实事求是，有就是有，没有就没有……'我们上阵前，上一班的组长交班时向我们说：'黄劲松死顽固，一个字也不松口！……'我那时年轻气盛，窝着一肚子火像个法官似的上了堂。我们三个并肩坐在一排桌前，黄劲松穿着供给制发给科长级干部的蓝布棉大衣站在那儿。我一看，他突然老得多了！看上去像个老头儿似的。他耷拉着头，眼也睁不开，身子有时摇晃，脸色发灰发青，两只手垂着发紫发黑。车轮战法太厉害，他站在那儿不动，又困倦又疲劳，似乎只要一倒他就能打呼噜。他的手发紫发黑，是因为站着不动血液淤积造成的吧？何况天又那么冷！……唉！我又有点右倾同情了！但我硬了硬心，板脸坐着，狠狠盯着他看。李应丰一拍桌子，敞着板凳用炸耳的嗓子火爆地喊：'黄劲松，交代！'黄劲松摇摇头，恳求说：'让我睡一会儿吧！'李应丰说：'交代了就让你睡！'

黄劲松痛苦地摇摇头说：'我可以拿共产党员的党籍保证！确实没有贪污！……'李应丰怒拍桌子，骂道：'不要脸！'黄劲松像没听见，说：'同志，我是党员，要说真话，实事求是！这是党性原则，没有的事不能胡乱承认，我不能自己把水搅浑，使党看不清真相！'他这一说，我可也发火了，想：你这家伙！死在眼前还装着像个圣人！我也'乒'地一拍桌子，说：'可耻！谁是你同志，不准你往自己脸上贴金！你这个大贪污犯，再不坦白，逮捕你！'黄劲松听清是我的声音，忽然抬头面容严峻地看了我一眼。那闪电似的一瞬，我到今天也忘不了。他的眼光似乎是说：'啊！是你？你也这样？你怎么能这样说呢？……'我当时噎了一下，但转眼我的立场又坚定了。我想：不能心慈手软！我们坚持夜战了四个小时，虽然毫无收获，但打得黄劲松跟跟跄跄，面无人色，站在那儿似乎随时会栽倒了。……"

崔山柳揿熄烟蒂，没作声，听着张昌盛又往下讲故事。

"我们也没想到，黄劲松给打了三天三夜，还是硬得像钢铁，不肯交代。终于，发展到高潮了！过了几天，竟在市政府大礼堂开了大会。参加大会的有一千多人，气势宏大，各个市直单位都有代表，我也去了。这种会后来就叫作'宽严大会'，当时是这内容却还没这种名词。会上，先由主持会议的一个干部讲了开场白。接着，贪污分子于瑞祥上台坦白交代并检举揭发。他是属于从宽的典型的。他上台走到麦克风前时，黄劲松由几个公安人员押着来到台前坐在第一排上听于瑞祥坦白揭发。我心中明白：黄劲松今天是要倒霉了！心里不禁带点遗憾地想：唉！你这个人呀！指你一条生路你不走，如今你是彻底完了！我和大家一样，都屏息着听于瑞祥怎么讲话，只见于瑞祥在麦克风前双手颤抖着稿子说：'我是××出版社经理出版科科长于瑞祥，现在坦白交代我的贪污罪行争取从宽处理，并且检举揭发我们经理黄劲松这个大贪污犯的贪污罪行。……'他一口气念完稿子，礼堂会场上顿时像刮起一阵五级风暴，到处都不平静了！大家议论纷纷：'真不得了！

于瑞祥贪污的数字就惊人了，黄劲松是六十万元以上的大老虎啊！''刘青山、张子善判了死刑枪毙了，黄劲松枪毙了还该杀头！''……这里，沸了锅似的议论着，那里，主持会议的人已经高声宣布：'把大贪污犯黄劲松押上台来坦白交代！'只见两个公安人员将黄劲松押到台上站在麦克风前，这时领呼口号的人领着大家叫口号了：'坦白从宽！''抗拒从严！''拒不交代、死路一条！''大贪污犯黄劲松必须坦白交代！'……口号声山呼海啸，静下来后，我像大家一样，静听着黄劲松的坦白交代。啊！用这么大的火力进攻，他能不投降吗？……"

火上的水又开了！崔山柳给张昌盛将凉茶泼掉，又斟上了热茶，问："交代了吧？"

张昌盛摇摇头，说："奇怪之至！黄劲松走近麦克风，竟然面容严峻只说了一句话：——'我是一个共产党员！我没有贪污！'说完，就闭嘴不吭声了！……"

困惑的思绪在崔山柳的眉宇间立即突起一个"！"，崔山柳诧异地说："怎么？……"

张昌盛说："台下顿时大乱了！有人气愤得举手高叫：'枪毙他！'有人发狂似的高叫：'将黄劲松逮捕法办！'……只见两个公安人员上来，'咔嗒'一声将黄劲松戴上了手铐，揪着衣领就推拥着下台押上警车'呜'地开走了。"

崔山柳在往火炉里添煤，摇头说："悔之晚矣！他一定是破罐破摔，知道贪污得太多，就是坦白交代了也免不了被逮捕吧？"

张昌盛自顾自地往下讲："散了会回家，我见当天报纸上也刊登出报道来了！原来早决定逮捕他了！这是记者事先采写好的新闻，经过年武城审查通过的。消息登在第一版上，用的铅字有指甲盖大：'大贪污犯黄劲松受贿逾十万，拒不坦白认罪已被逮捕法办'……

"我心里乱纷纷，为黄劲松惋惜，也不满自己右倾幼稚，觉得钱英、年武城他们确实立场坚定，搞运动有魄力有办法……唉，谁知，又有出乎我意外的！四天以后，黄劲松忽然出现在我面前了！一辆吉普车开到我们出版社，公安人员将他原封不动地送回来了！"

崔山柳诧异地唏嘘起来："真是一波三折，怎么回事？"

张昌盛苦笑笑，说："原来，公安局复查，认为'证据不足'，黄劲松既不认罪，贪污的赃款也找不到下落，决定送回单位继续审查。黄劲松又独自住到他那间二楼的小房间里与于瑞祥做邻居来了！……"

崔山柳大口抽烟，有滋有味地笑了："真玄！怎么的呢？"

张昌盛也不回答，一本正经按着自己的思路讲："唉，打击错了不得了！表扬错了有时也不行，这时候，年武城、钱英都已受到了上级领导的表扬，我们正在每天开会庆祝打虎光辉胜利，总结打虎经验，外单位也有来参观学习的。黄劲松被送回来，颇有点煞风景。但表扬既不可能收回，打虎成绩也不应当抹杀。黄劲松的问题成了一个'谜'了！"

崔山柳说："哈哈，真是一个好的悬念！真成了一个'谜'了！"

张昌盛摇头："其实，这个'谜'说简单也很简单，全是逼供造成的。主要问题是我们单位搞运动时既未给群众民主，也无法律可以依据，一些极左的违法乱纪的做法没有得到批评和处理。在运动中，似乎'左'总比右好！有些人搞极左，主观主义、形而上学猖獗，甚至掺杂了各种个人目的，水就被搅浑了！这种人像微生物，像病毒，在运动中起了极坏的作用，被整的人，如果是货真价实的，倒还罢了；如果是冤枉的，势必自己不能为自己辩护，别人也不能为他辩护，当然要出大问题！所幸，党有政策，政策像明矾，可以使浑水澄清！但一些极左分子或者个人野心家以党自居，手拿着明矾不往浑水里放，水还是清不了！正确的口号被接过来歪曲使用问题就更严重。比如黄劲松的事，后来明白原来是这样的：年武城等将一些私营纸厂的资本家和纸商找到出版社来，关在小房里，轮流派李应丰等逼供，李应丰甚至违反政策动手殴打。打到最后，资本家们讨饶了，说：'行！要我怎么写我就怎么写，要我怎么供我就怎么供，只要不再打，只要马上放我回家！"他们心想：横竖黄劲松是共产党的干部，你们逼着我咬他，你们自己负责！关我资本家屁事！他们按照意图胡编乱写，一万不够就写二万，三万嫌少就加到四万，盖上鲜红的指印，置身事外回家去了。那于瑞祥呢？贪污既是事实，对黄劲松本来有恨，恨黄劲松运动一开始就揭发了他可疑，去逼供的李应丰诱他咬黄劲松，对他说：'你检举揭发他，立功可以赎罪！'逼得于瑞祥层层加码，终于演出了市府礼堂大会上那一幕绝妙表演。"

崔山柳像牙疼似的咧着嘴，不禁慨叹地说："原来是这么回事啊！依我看，年武城、钱英、李应丰、于瑞祥这些家伙都得处分，办他们的罪。"

张昌盛沙哑着嗓子苦笑笑，摇头说："恐怕也不该那样办。事物是复杂的，人更复杂，我也不是这些人肚里的蛔虫，对他们肚里的事也摸不清。像年武城和钱英，可能也有一肚子对党的忠诚，再说，他们自己也未必不怕犯右倾错误，何况还有认识上的问题。像现在，有了法律，中央强调了法治和民主，又不再那么大呼隆地搞运动了，是非好办得多了。在此以前，做领导人领导运动可并不轻而易举，完全责怪他们也是不公平的。可惜的是有些理论不大对头，违背了实事求是。我们单位出了这么严重的问题，年武城却说：'不要吹毛求疵嘛！出点偏差难免的嘛！不过正不能矫枉嘛！'钱英强调：'要顺着运动，对积极分子一定不能泼凉水！'好！这些话似乎也都有一定的道理，可是也为错误和邪恶开了方便之门。这不，他们的'成绩'大大的，后来都升了官，钱英还调到北京去了。聪明小伙子李应丰因为'积极'，不管他积极得是对还是错，给党造成多大损失，运动后期入了党。"

"黄劲松呢？"

"运动后期，处理问题时，年武城和钱英把老黄找去，年武城说：'老黄！你没有贪污，很好嘛！你不是一直强调实事求是的吗？那你想

662

一想，你做经理难道官僚主义也没有吗？'钱英说：'你是经理，手下出了于瑞祥这样的贪污分子，就说明你有官僚主义，给党造成了损失嘛！当然，这一点，我也有间接责任！运动开始，我就检查过了！不过，你是应负直接责任、主要责任的。现在，你的贪污问题可以下结论了。党没有给你做贪污的结论，你应当感谢党。可是，你的官僚主义和浪费，你应当深刻检查。我们都是共产党员嘛，应该严格要求自己对党负责嘛！……'黄劲松确是有觉悟的党员，当然虚心深刻地写了检查。这个检查就成了处分他的根据。后来，作为犯了错误的干部'需要锻炼'，将他调离出版社到码头上的工会里去参加民主改革去了。"

崔山柳感兴趣地问："于瑞祥呢？"

张昌盛喝了口茶润润嘴唇，冷静沉着地说："于瑞祥本是留用的旧人员，贪污的真正数字落实后不算太大。因为政策宽大，退赃后免去了他的科长职务，仍旧留用。这样处理倒是对的，过去从宽，今后从严，重在教育嘛！而且，那是个小人物，灵魂也不高尚，不足道的。"

崔山柳说："你这个真实的故事有起有伏，有悬念，有教训，你虽没告诉我谁的形象长得什么样，我却如见其人如闻其声了。尤其是黄劲松，真是一位好党员！这倒是个很完整的故事，你讲完了吧？"

张昌盛说："也完了，也还没完。从那开始，黄劲松这个人，在我头脑里留下了很深的印象。我听说过，一九四二年在延安，当全党对王明路线进行全面清算时，毛主席去中央党校演讲，说过'实事求是'。他说：这四个字，题在中央党校的大门上，也就是题在党的大门上！我觉得黄劲松这样一个共产党员那种实事求是的作风是应当表扬、提倡的，他的心灵是美的，他不但没有错误还应当受奖励。提升的应当是他，可是他却被贬谪了！后来听说，他一直不得意。因为也不知从什么时候起在革命队伍中的某些'左'派人士的头脑里，似乎形成了一种固定的看法：一个人犯过一次错误（不管这错误是真是假）或在一个运动中挨过一次整（不管整对整错），那么下一次犯错误的必然还是他，下一次运动中再挨整的也必然还是他！苦难和不幸就像影子般离不开他。黄劲松后来调到法院里工作，听说不断挨整。他这个人似乎夭折了，他身上所有的那种共产党人应有的实事求是的好作风势必也随之夭折了！实际是我们党的符合马列主义的优良作风，也随着人的夭折而受到了损害。"他稍停了一下，又喝口茶润润嗓子说，"我是感到很痛心的！于是，到了一九五七年整风鸣放时，我想起了黄劲松，我坦率地谈出了自己的想法，我说：'我希望我们的革命能扶植一切美好的东西，我希望我们的革命能锄掉一切丑恶肮脏的东西！'我说：'实事求是是马列主义的一条基本原则，也是共产党的党性原则，可惜我们有些同志每每讲的是马列主义，做的时候却容易将实事求是这四个字忘得干干净净，不说真话说假话，或者爱听假话不爱听真话！相信假话不相信真话，甚至明明有问题忌讳人说，这样就无法改进工作，也无法防止错误东西的重复出现。'……结果，我实事求是说了真话，后来的命运你是知道的。……"他竖起了十指伛偻满是老茧的双手——这是一双被艰苦劳动毁坏了的双手，又点点自己头上稀疏的白发，似有说不尽的感慨。

崔山柳"呵"了一声，饱满的天庭和双眉之间又挤出一个"！"。他从张昌盛的语气、表情、伛偻的十指、稀疏的白发、满脸的皱纹中似乎能体味到这个老头儿所经历过的风霜雨雪了。他也说不清心里是什么滋味，但有点肃然起敬了，说："原来如此！……"他起身兑开水又给张昌盛斟茶，似乎是为了表示一点敬意与抚慰。

张昌盛慨叹一声，声音似乎更加沙哑了，说："过去的过去了！但是，回顾过去，我总常想到黄劲松，想到他，我总觉得我实在是个不足道的人。我心上和脑际，常常好像镌刻着四个字——'实事求是'！我崇敬这，可是在实际生活中我却很难能做到。有时候，我看风向、摸气候，有了风吹草动就怕树叶也会打破头，正确的我也不敢坚持了！每当我想到应当实事求是的时候，只要外界来的压力、打击无法抵拒，我就摇来晃去变得很不实事求是。我曾违心地认罪，违心地检讨，违心地承认不是错误的错误。一九五七年反右时，我承认了我是'大右派'；五八年刮浮夸风我跟着大叫'大炼钢铁好'！……到了'文化大革命'，在牛棚里，要我承认是什么我就承认是什么。正因为这样，深夜扪心，我曾无数次地因为内疚痛哭流涕，也无数次地想起了黄劲松那次在大会上的实事求是态度，总好像看到他那严峻的面容和抬头看我一眼时闪电似的一瞥。粉碎了'四人帮'，党给我落实了政策，党的方针、路线、政策恢复了我的政治热情。前些日子，一个老战友来信，说黄劲松还健在，而且以六十多岁的高龄受到了重用，被安排在那个大城市的市委里负责信访工作。我心里顿时像点燃的火把似的，我从开始愈合的伤痕中出现了思想，我觉得还可以多做些工作，比如：把真、善、美写出来，给人一些高尚美好的东西，所以，我来找你，想听听你的意见。在这个故事原型的基础上，我想进行文学加工，写个短篇，题目就叫《夭折》。你看，能写吗？值得写吗？《百花园》上能发表吗？……"他眼睛里露出了一道少有的热情的光辉。

崔山柳默然了！听故事时，是很动心的。他随着张昌盛的叙述分享着喜怒哀乐。这确是一个人们心中所有而笔下尚无的题材。故事的原型已有坚实的基础，人物也已有形象，但怎么说呢？要他发表意见拿主意，技巧上他可以不负什么责任，政治上他却从心里面觉得似有问题。如果张昌盛的请教态度不诚恳，表现得自大，那倒好办，崔山柳"哈哈"一笑敷衍应付过去也就行了。眼前，张昌盛推心置腹，崔山柳觉得不能不用同样的态度来回报了。崔山柳又摸出一支烟来吸，思索着说："哈哈，说实话，故事很吸引人，我是被感动了！我好像能看到黄劲松这样的共产党员，也看到了年武城之流的人物，许多问题都使我有回味并引起思索。虽然一时还消化不了，但对我是有启发的。可是，平心而论，我有些顾虑和看法。"

崔山柳站起身来，捧着茶杯踱方步绕了两个圈子，搔搔满头蓬松的黑发，似在考虑问题。他看看张昌盛。也不知为什么，张昌盛头上过去戴过的那顶无形的右派帽子又幻觉似的在崔山柳脑际出现了！他皱着眉喷出一口烟，好心地说："如果写的话，我怕有人会说：你是否定'三反'运动！哈哈，这一点你一定要翻来覆去考虑好。题材虽新，但当前否定'三反'的小说还没人写过！……"

口气够严重的，张昌盛脑子里翻来覆去了一番，想说："不会吧？我没那个意思，主题也不是这个！我是想写人的心灵上的美和丑。……"又怕打断了崔山柳的思路，就忍住没说。

崔山柳苦口婆心地继续说："你想写这样一个题材，倒是有点勇气的，但怕发表不了。哈哈，当前强调加强党的领导，党对'三反'还是肯定的嘛！"

张昌盛一肚子的热情像皮球走气漏了一半，说："我写可不是为了要否定'三反'！'三反'的成绩是有目共睹谁也不能否定的！我也正是为了拥护党，才想写的。误伤好人，冤枉好人，古今中外都有，社会主义制度下也难全免，但是共产党员应当把实事求是当作遵循原则，共产党应当对错误也采取实事求是的态度，这才合乎马列主义。我切身感到我们的党现在是这样做的。我是想歌颂一个好的共产党员，今天来写这，我认为能有助于加强、改善党的领导。"

崔山柳睁大了两只欠觉的眼睛，真心诚意地点头说："是的，你的动机我相信！但主观意图和客观效果有时是不统一的，现在特别强调作品的社会效果。你这个东西，社会效果，哈哈，恐怕是会使人产生否定'三反'运动的印象的！这个题材我想你也不会认为是歌颂的吧？至少也是个有争议的作品！作品有争议，也许会有扬名的好处，可是难免会引来一身不利索，还是，哈哈……不那样的好！"

张昌盛的心抽紧了，费了很大劲才忍住那一阵窒闷，不禁想：作品尚未诞生，社会效果不好已可预言了吗？再说，难道歌颂的东西社会效果一定就好，总结教训的作品社会效果就一定不好吗？……当然，这些年来，有些人确是只想听歌颂，不想听别的话！他们有一只机械脑袋和两只爱听奉承的耳朵，有一种直线逻辑，简单地排斥赞歌以外的一切歌声，实际却排斥了许多健康有益的乐曲，难道还不应当作为教训吗？……但他多年来养成的听了逆耳之言闷声不吭的习惯，使他没有吱声。

崔山柳见他低头似在回味什么，以为自己的话已被对方听得入耳，继续口沫飞溅："虽是初次见面，我是对你毫不见外，才坦率说的。你这个故事好不好？说实话，很出色！但好东西并不意味着一定可以写！哈哈，更不意味着写了就可以发表。"

张昌盛解释说："我不过是从生活出发，从人物出发，才有了一个构思成一篇小说的想法。……"

崔山柳点头："你要写的这篇东西，我听了虽然觉得有吸引力，也引人深思，你给《百花园》，我这主编却不敢用！哈哈，绝对不敢用的！我们也有难言的苦衷呀！往文化局一送，局长一审，准会抽下来，说不定还能批评一顿！总之，引起争论，东西就有风险，就能给人抓辫子。你说的实事求是精神，当然百分之百正确。可是，搞创作，一样出名，一样拿稿费，何犯着冒风险呢？前车之鉴不少了！"

张昌盛想：唉！怎么又扯到什么"出名""稿费"上去了呢！他愣在那儿，没作声，明白崔山柳确是出于好心和善意，脑海中又浮起当年自己挨批判时的景象了！那时，像个罪人似的被强迫低头站在大家面前，听着各种刺刀似的、棍棒般的、尖厉的、刺耳的、无情的、上了纲的字句像毒气和辣椒水般袭来。

"批"了以后就是"判"——开除公职、开除党、划为极右、劳动教养……结果，刚结婚两年的爱人"划清界限"离了婚，一个不满周岁的男孩送了人。……想这些伤心的往事干什么呢？……经历过长久风浪颠沛的一只破旧的船只似乎需要的是平静，现在落实了政策，可以平静停泊的港口已经有了，为什么又要驶入大海去经受风浪？……但是，脑际又似乎出现了黄劲松那严峻的面容，撵也撵不走！那是一张鼓舞他抛却私心杂念为党性和共产党人的理想、信念奋斗的面容，张昌盛被崔山柳用凉水浇泼过的政治热情又旺盛起来。他不禁在心里想：崔山柳啊！是相信你呢？还是相信党？……为什么总有那么一些力量，要使真的、美的东西夭折呢？……

崔山柳对张昌盛产生了一点好感。凡是他谈了自己关于创作的看法博得来请教者的共鸣时，他就会产生这种好感的。张昌盛听了他的话没有反驳，他就认为张昌盛是同意了自己的观点了。对张昌盛有了好感，他认为自己应该设身处地尽力帮助对方解决一些困难，就更加诚恳了。他抽着烟又踱方步绕了一个圈子坐下来面对着张昌盛郑重地说："哈哈，要你这篇《夭折》不夭折，我倒有些设想，提供两条路子供你参考，不知你有兴趣没有？……"

张昌盛抬起头来，倒想听听崔山柳的意见。

崔山柳眼睛里闪过一丝狡黠的光芒，接上一支烟和颜悦色地说："一个路子，是把背景改一改，放到五七年反右扩大化以后的运动背景上去！第二个路子是换一个写法，改成歌颂'三反'运动。当然，可以将原来的故事改造一番。比如说，歌颂的对象可以改为年武城或者钱英，可以这样写——"他伸出大手挥舞着，"证明'三反'是无可非议的，一定要搞的！比如说，把黄劲松改成一个麻痹大意的经理，认为天下太平，想不到他手下的出版科长就是贪污犯。而年武城、钱英则嗅出于瑞祥气味不对，最后老黄猛醒，'三反'胜利，于瑞祥玩尽种种手法也逃不脱末日来临。这样写，比较切合时宜。……"他扬扬得意，笑容可掬，像一个刚完成了一张杰出的新设计图纸的工程师。

张昌盛心里涌起波涛，思忖：看来，干什么都有风派啊！经你这样好心的改造，闪光的东西可是一点也没有了！他觉得自己刚想迈步崔山柳却跑来打断自己的腿，气恼地想：说假话难道是文学的义务吗？"文化大革命"中出现了许多说假话的作品，还不是因为极左的政治路线和粗暴的挞伐造成的吗？那还不是因为作家或者作者的怯懦，天真甚至有市侩哲学才有那种表现吗？这样的作品正像这二十多年来我不能实事求是地坚持原则，正像我遇到难以抵拒的压力什么帽子也肯承认的违心行为一样呀！啊！他觉得自己的灵魂被损害扭曲过，现在是由于党中央的政策和新鲜的政治空气使自己那曾经扭曲的灵魂又复苏过来的。可是，崔山柳他过着顺当的日子，他的灵魂为什么也是畸形的呢？这是为什么呀？……产生了鄙薄崔山柳的感情，他急于想离开了。

张昌盛苦笑笑说："你使我想起了一个寓言：一条一直按自己的主见走路的百足虫，遇到一位'理论家'，'理论家'指示百足虫必须按这种方式走路——先以左面的第一只脚走第一步，再用右面的第一只脚走第二步，然后又用左面的第二只脚走第三步。接着再用右面的第二只脚走第四步。……百足虫听了'理论家'的指示后，竟变得不会走路了！……"

崔山柳苍白着脸愣在那里，问："你这是什么意思？"

张昌盛已经迈步出屋，彬彬有礼地回头说："再会，谢谢你的好意。你说了许多，我终于懂得了一条：我不想使我的《夭折》夭折，我一定要写出来。你使我懂得该怎么自己走路了，谢谢！"

崔山柳如坠入五里雾中，摸不清张昌盛是什么意思。现在轮到他惶惑了，瞪大眼看着张昌盛的背影，头脑里乱七八糟地在想：他是满意还是不满意？我是说错了还是没错！……终于，明白过来了！心里暗骂："这老头古怪、固执！怪不得当年成了右派！"

张昌盛甩掉包袱似的丢下崔山柳走到外面。春夜宁静的月光照得遍地清辉如水。他走着，不知为什么，仿佛又看到黄劲松那严峻的面容呈现在眼前了。他觉得神智清爽，步履飘然。

路，在他面前展开着，延伸着。……

不要飘带的花圈

一

清明节那天下午，雨过天晴，放晴了！烈士陵园里游人又多了起来。在陵园中央那七十六米高的镌刻着"革命烈士永垂不朽"八个金字的汉白玉石基的纪念塔前，有人献了一个美丽的用塑料花制作的大花圈。花圈非常精巧，但奇怪的是花圈上没有飘带。

围着看花圈的人纷纷在议论。

有人说："这个美丽的花圈本来是有飘带的，是献在陵园东侧那个六角形的张麓枫旅长墓前的。后来，是谁把花圈挪到了这儿？"

有人说："对了！早上有一个气度不凡头发银白的老妇女和一个三十多岁的男人一起来到陵园，在张麓枫墓前站了好大一会儿，男人手里捧着的就是这个花圈。"

一个似乎知道内情的人说："那白发老妇女是张麓枫的夫人，本在南方一个省的省委组织部工作，这次是办了离休手续后和儿子一起来扫墓的。"

有人说："那个中年男人将花圈献在张麓枫旅长墓前，打算拍照片。可是，母子俩不知为什么事发生了争吵。"……

670

二

清明节一早，霏霏的细雨弥漫天空。雨丝儿飘飘洒洒，如同蒙蒙迷雾。在陵园里，苍松翠柏沾染着点点滴滴晶莹洁白的小水珠儿。喷水池边的垂柳像一队披着绿纱婀娜多姿的美人伫立在烟云缭绕中。在烈士陵园东侧六角形的张麓枫旅长墓前，放着一个塑料花制作的美丽花圈。花圈上挂着两根白绸飘带，右面写的是"献给我们的亲人张麓枫旅长"，左面飘带上写的是"妻郑翠率子张继枫媳黄萍孙儿张小枫敬献"。墓前，站着一个穿一身半旧蓝涤卡干部服的白发老妇女和一个三十多岁的中年男子。中年男子生得高高的个子，结实的肩膀，穿得很挺，挎着一只照相机。他的眉毛和眼睛很像那白发的老妇女。所以，从相貌和年龄以及他对老妇女的那种态度上揣摩，人们就可估计到她们一定是母子关系。

儿子拿起照相机要拍照，对着光说："唉！这天气真捣蛋……"妈妈却摇摇手说："继枫，不要拍了！"母子俩争吵起来了！

妈妈眼里闪动着沉思的神情，说："继枫，我是不满意你的。你将花圈摆在墓前拍照，我懂得你为什么这样做，这是要借烈士来炫耀自己！"

儿子觉得妈妈古怪，摇头说："妈，您年岁大了，怪不得黄萍说您有时做事不那么合乎人情了！您怎么这样说呢？难道来给爸爸扫墓，拍张照片留念也不应该吗？"

蒙蒙的细雨中，妈妈摇头："拍张照留念当然可以，但我早观察到了，你们对三十多年前牺牲了的爸爸并不是常常想念的。黄萍不是说过吗？'要是你爸爸没有死那就好了。死了，这个烈属有多大意思！？'你忘了吗？这次我们来，她别的不关心，却叮嘱你：'花圈飘带上别忘了把我和小枫的名字写上！一定要连坟墓带花圈拍张照片带回来！飘带上的字要拍清楚。'我一听就懂得这是为的什么！"

"这是为什么？"

"为了好向人炫耀：看！我有这样一个过去是旅长的烈士公公，小枫有一个烈士爷爷！"

"妈，也许她有那么一点，但……"

"但……什么呢？就是这么一回事嘛！你一到这里，就热衷于买大花圈，热衷于在白绸飘带上写上你们和小枫的名字。你是我的儿子，难道我连这点心理都揣摩不出吗？"

儿子掏出香烟来，衔在嘴上，用打火机"啪"地点着了火，说："妈，您轻声点不行吗？给人家听了当笑话。……这也没有什么不好嘛！我们本来是烈属嘛！小枫是他爷爷的孙子嘛！"

霏霏细雨飘在树叶上，发出轻微得几乎听不到的咝咝声。妈妈仍旧摇头："呵，今天下雨，这儿人少。这倒好，在你爸爸墓前，我应当给你直率地讲讲心里话！"

儿子有些泄气，掏出手帕拭去脸上的雨水，情绪不高地说："我和黄萍并没有什么不好吧？她在啤酒厂搞化验，我在外贸局当科长，我们都在好好为党工作。您老是嫌我们追求生活享受，那不就是吃点穿点购买点家具和录音机、洗衣机什么的吗？总不能让生活倒退到战争年代去吧？你说我们私字太多缺少忧国忧民的思想……"

妈妈打断儿子的话："是的，你们很少想到烈士们了！当然不能全怪你们。你们的生活经历、所处的时代，都和我们不同。但你们既是革命后代，以你们的出身为荣，就应当常常想到烈士，不能丢掉共产党的革命精神。……我知道，你们不爱听这些，嫌我唠叨。现在，从你的脸上我又感觉到这一点了！但我要坚持：照片不要拍！花圈上的飘带给我摘掉！"

"摘掉飘带？"

妈妈严峻地点头："是呀，摘掉！把花圈献到革命烈士纪念塔前去!"

"为什么?"儿子觉得妈妈又古怪了。

"来时,我光想着你父亲一人了,但现在我觉得,花圈应当献给烈士们。不能光想着自己的亲属,忘了大家!"

"这怎么说?……"儿子简直不能理解了。

妈妈目光严峻,湿润的沾着小水珠的苍苍白发下那线条严肃的脸上露出凛然的神态:"我这样做,你爸爸会高兴的!"妈妈眼神发出遐想的光芒,似在思索回忆着许多往事。忽然,从兜里掏出一封信来:"昨天夜里,我给你爸爸写了一封信,这里有我的感受。你看一看!"

都是些古怪的事!儿子默默地接过信来。

三

麓枫:

昨天,我又回到这阔别快二十年的沂蒙山区来了!那是六十年代初三年困难时期里的一个清明,我来祭扫过你的墓。以后,工作忙,接着,是十年动乱。我像无数老干部那样,经历了一场疾风暴雨。而今,白发满头,我又来了!

我老了!在泰山脚下黑龙潭附近,组织上周到地给我安排了离休后的住处。以后,不但不可能常来,而且可能不会再来了。所以,我决定来了了心愿。我的心像一个坟墓埋葬着你,你在我记忆中,永远是一个年轻、挺拔的革命军人形象。在这阴雨纷纷的清明节前,我让继枫陪着来给你扫墓,是想让他多了解点烈士的心,让他懂得今天我们的政权来得多么艰难,是多少烈士用鲜血和生命换来的。这些道理,他们有些年轻人以为早就懂了,甚至有时会腻烦。其实他们不懂或懂得很少。但他们不能不懂。

明天,就是清明。现在,夜刚刚来临。我在招待所的绿色台灯下独自给你写信，仿佛又像当年一样在跟你促膝谈心了。感受很多，但我只写一点主要的。

我很难描述自己的心情。我清楚地记得四七年十月中那个难忘的秋晨，司令员和我们送你出发，当时你爽朗地笑着，牵着战马眼神炯炯地说："等着听捷报吧！"后来，捷报是来了！但是，我们没能迎接到你的归来！十月底，我在前线见到的是一具用铁条钉住了的黑漆棺木！我惊心动魄，明白永远失去了你！但我们那时都非常懂得无私的意义。你常说："为了中国人民的解放事业我愿意献出生命！"而我，理解你，也支持你。那时，你只有三十二岁！你献出了生命。我就抱定踏着烈士血迹前进的决心，跟着党战斗！个人的痛苦创伤是可以用革命精神来自我消除的。无须呻吟，无须哀泣，没有怨气，没有萎靡，更不必消极和失望。个人的一切理应从属于整个革命的目标。

许许多多在记忆中沉淀了的往事，在翻腾的心潮中都又浮泛上来。昨天，我到这里后，谢绝了地委的汽车接送和专人陪伴。下午，就带了继枫去找小何的葬地。小何，名字叫什么，当时就没弄清楚。她那时是卫生员。一次蒋机轰炸，我负伤时，她救过我的命，拼死从瓦砾废墟堆里将被砸晕了的我背了出来。可是，后来她在一次战斗中被敌人包围了！她有一枚手榴弹，要与敌人同归于尽，但未拉响，被敌人生俘了。就在这个小城里，敌人押着她走进一家民房。她一进屋，发现老百姓家桌上有把菜刀。她抢起刀来抹了脖子，血溅得一墙一地，吓破了敌人的胆。当夜，我们随主力进城，知道了这件事，将她埋了。但不知她的名字，当时也不可能为她立碑。六十年代初那次来，真惭愧，我竟没有想到去寻找她的葬地。这次，在十年浩劫中活下来了的我却深深想起了她。失望的是这个小城的变化极大，我已找不到当年那块地方，那里早已成了一个烟囱林立的工厂区了。我怎么能不想得很多呢？在我们的革命中，有名的英雄受人敬仰，无名的英雄却易被人遗忘，多么不公平哪！革命的取得胜利，有名的英雄的业绩，难道是离开了众多的无名英雄能取得的吗？除了在烈士陵园里立墓镌碑祭祀的烈士外，实际还有无数小何这样的无名英雄，因为无名而不知骨埋何处。而在他们用血肉肥沃了的土地上，人们正饱食着丰收的庄稼。现在，经过十年浩劫，我突然强烈地追忆起他们。我们是否曾经过多地将功劳归于有名的英雄人物了呢？何等不公允啊！当"一将功成"的时候，忘掉"万骨"，怎么能说是符合马列主义的呢？我想：烈士陵园中那个高高的革命烈士纪念塔，正如同北京天安门前的"人民英雄纪念碑"一样，实际是代表包括小何这类无名英雄在内的全体烈士的。无名英雄们，对革命，他们只有功，没有过！使我肃然起敬的首先是这种无名的献出一切的代表历史动力的英雄。

今天上午，我和继枫到烈士陵园走了一圈。我是先凭吊烈士们，看看你的墓，然后，明天清明早晨正式来告别并表示敬意。这样，我就发现了我同继枫之间的分歧。他对烈士们没有我这样深厚的感情。对那些立过殊勋的有名有姓的烈士们的坟墓他都没有表露出感情来，当然更不会想到无名英雄们了！他的感情只有一部分倾注在你——他的爸爸的身上。他一到此地就去订购献给你的塑料花圈，就在花圈的白绸飘带上写下了他们夫妻俩和小枫的名字。回想起平日他们生活中的种种，我明白：与其说他们是凭吊你，不如说他们是想炫耀自己，想满足一下自私的优越感、特殊感。他们早计划要拍照，好拿着照片向人夸耀。可能，我现在常常是过分容易激动了！他们都认为我"古怪""不近人情"，但你和我当初决定无私献身于革命的初衷，使我在一些我认为是信仰和原则的问题上从不轻易让步。

因此，我内心深自谴责。悼念着你，就谴责得更深。因为你历来无私，正因为无私才勇于牺牲。我这次来时，是有私的，光想着你——我的亲人了！我和继枫在你的墓前献上花圈，那些没有亲属子女的烈士墓前，对比之下，怎不显得冷落？更何况那些像小何一样根本没有坟墓的烈士呢？有些当年我们的老战友，如今饱食终日正在为下一代甚至第三代像牛马似的忙碌：开后门、找舒适的住房、制高级的家具甚至贪污腐化……我是鄙视而痛心的。丢了革命初衷的人，想想烈士，深夜扪心，能不脸红？多少烈士死的时候还没有成家，像小何就只有十九岁。谁想到死后的哀荣？谁想到自己的子孙后代……

我想，你是会同意我这些看法的。明日清明，我带继枫到你墓前，要给他看这封信，然后，我将劝他摘去花圈上的飘带，将花圈献到巍巍的烈士纪念塔前。

四

母子俩身上都有点湿了，蒙蒙的雾雨还在飘飞。

妈妈将儿子递还的信接了过来，有点古怪地说："继枫，不要以为妈妈说的都是教条。不管你爱不爱听，也不管你能接受多少，只要妈妈活着一天，就要常常讲这样的道理。因为，这些是应该传下去的。"她伸出左手，"来，把打火机给我！"

儿子乖乖地将打火机递给妈妈。

妈妈在张麓枫旅长墓前，躬身用背遮挡住牛毛细雨，"啪"地打着了火。熊熊的火冒出一股青烟，信火化了。她站直了身子，说："继枫，将花圈上的飘带摘掉，把花圈献到革命烈士纪念塔前去！"

儿子似乎从白发妈妈的身上感染到了一种特殊的、高尚的情操，乖乖地按照妈妈的话做了。他摘下白绸飘带，双手捧着花圈，跟着妈妈去到那无名的写着"革命烈士永垂不朽"的纪念塔前，将花圈恭恭敬敬端端正正放在那儿。

　　这时，纷飘的雾雨似乎停歇了，天空透亮，似有晴意。被春雨濯洗、滋润过的抽新芽的树木和绿油油的草地，分外明丽醒目。

马迷糊

从 L 市来的一个熟人，闲谈时提到："京剧团退休的'马迷糊'死了！是喝酒后脑溢血死的，死后，火化了。……"他说得很平淡，我听得较平静。可是，熟人走后，我却心里久久不能安宁。翻滚似的，老在琢磨着马迷糊这个人。这是个什么样的人呢？他这一生该如何评价呢？

于是，马迷糊的一些往事，烟云般地浮现在我的眼前。他那矮壮的到老年有些伛偻的身材和五官显得紧挤在一起的胡子拉碴的面膛又出现在我的面前。他的口头禅"……你说是吧？"也响起在我耳边了……

一

我初识马迷糊是在一九六六年初。那时，我刚到 L 市做文化局长。到任的第三天，办公室主任老向一早就告诉我："京剧团的马迷糊昨天来找你两次了！……"

"马迷糊？"我说，"是个什么人？"

老向笑了："本名马先觉，但人人叫他'马迷糊'！京剧团里有名的'迷糊'。"

我问："找我干什么？"

"他说非要同你局长本人谈不可。"老向说，"我估计，反正离不了是控告团里不重用他，要求对他予以应有的重视。过去，他为这种事找局领导也不是一两次了！"

我忍不住问："这个人到底有没有本事？是不是屈才？他是唱什么角色的？"

老向打哈哈，苍老瘦削的脸上皱纹舒展开来，说："人说他是块'砍不出楔子的料'，他却说领导不重视他。你问他是唱什么的，还真不好回答。他文化低，唱词全靠死背硬记。年轻时学须生，没嗓子；改学武生，可是腰腿不行；再改学小丑，那张嘴又不流利。人都笑他，讽刺他是'多面手'。如今在剧团里只能是旗、锣、伞、报，'院子过道'，连《武松打虎》中的虎形，也轮不到他演，因为他这两年身体不太行，演不了那么火爆。他演的老虎，人说像只病虎。"

果然，下午上班时他又来了。

我请他坐下，打量着他。这是个四十五六岁光景其貌不扬胡子拉碴的中年汉子，黑红脸膛，个子不高，长得粗壮。天挺寒冷，他穿套旧蓝棉袄，戴着蓝布棉帽，两个护耳像猪耳朵似的张开着，甩搭甩搭的。人倒直爽，开口就说："局长，你给我做主，让团里重视我行不行？"

我开门见山地问："团里怎么不重视你？你谈谈好吗？"

他理直气壮："我是贫农出身，真正的贫农成分。可是无论工资、住房还是演出团里都不重视。工资低，住房孬，现在演出时只让我跑龙套。这些都是对我不重视，你说对吧？"

我问了他工资、住房的情况，说："你觉得如果重视你，你能演什么？"

他突然结结巴巴了："其实，谁还不知道谁吃几碗饭？谁的本事也并不都了得！我们京剧团的头牌青衣章秀娟，拿手的也就只有《苏三起解》和《御碑亭》《红娘》三出。别的都是胡凑合，且都不归路。唱老生的邱盛元，人背后叫他'邱二出'，他真正会唱的只有《失、空、斩》和《徐策跑城》两出戏。我呀，学过老生，学过武生，也学过小丑，不比他们学得少，你说是吧？"

我追问："那，你能唱什么呢？"

"不是吹的，要讲凑合，我什么都还能对付。我就不过比那章秀娟、邱盛元少二三出拿手的戏，可是老生、武生、小丑什么的我都学过，有人夸我是'多面手'呢。"

我问："你能演主角吗？"

他不说能演，也不说不能演，却回答："那还能说不能演？不能演学着演也能成嘛！说大实话吧！你局长就是挑补我干京剧团的团长、副团长我也能挑这副担子。那不就是开开会、指使指使人吗？当然，我也不是想当那么大的领导，但只要重视我，给我干个演出队的队长什么的，我干准没问题，正的队长不行，副的总可以干的。你说是吧？"

我这下心里明白了。他是来讨"官"做的。

那天的谈话，没有结果。我劝他安心工作。

京剧团团长姓李，是个胖子，绰号"李大炮"，说话办事有股炮筒子脾气。听说马迷糊找了我，第二天到文化局来开会时见我面就说："局长，听说马迷糊找你啦？"

我点点头。

李大炮放炮似的说："光说领导对他不重视，不提拔他，可自己干啥都砸锅。这种人，有他嫌多，没他不少。有人说他是大事干不了，小事不想干！我说他是连小事也干不好！……"

我忍不住提出疑问："怎么说他干啥都砸锅呢？"

李大炮气恼地苦笑："这种事扳指头也数不清啦！他根本不是唱戏的坯子！别看他开口就是我学过老生、武生、小丑，其实演什么戏都是活受罪！他是个假内行。以前，还让他演过《捉放曹》里的吕伯奢那种三路角儿，还演演《打渔杀家》里的教师爷，可他不是上错了场或下错了场，就是忘词改词，引得台下喝倒彩。后来，只能让他演演《空城计》里打扫城门的老军或者《失街亭》里的报子，可他情绪不高，更不认真，差错更多……"

我插嘴说："你举个例吧！"

李大炮点头："有一次，演《打严嵩》里的严府家奴，一句'有请太师爷'！他竟高声喊成了：'有请师太爷！'满堂哗然。"

"他肚子里到底有点玩意儿没有？是不是个文、武、昆、乱不档的戏篓子？"

"他的玩意儿都是大路边上的廉价货，真本事谁也没见到过，见到的总是捅娄子。有一次，演《八大锤》，他演狄雷，舞双锤，功底差，一只锤飞脱了手险险将陆文龙的脑袋打破，观众一片哄笑。"

我心里叹气，问："目前，他在干什么？"

"让他贴海报。"

我觉得这样安排未必合适，问："贴海报的工作干得怎么样？"

"马尾串豆腐——提不得！他常将海报贴倒了，惹得大街上看戏码的人哈哈大笑。不过，也有一样好处：倒贴的海报人倒反而想看一眼。人都知道京剧团有个倒贴海报的'马迷糊'了！他挺出名！"

"是故意的吗？因为不让他上台，让他贴海报，有情绪？"我问。

李大炮头摇得像货郎鼓："不是故意的。情绪，他是有！可是他没文化，不识字，有时海报贴倒也不奇怪。不然，人怎么叫他'马迷糊'呢？"

我说："这样吧！是不是给他排个他自认为拿手的角儿再让他演一演！我来看一次他的戏。但，不必让他知道。"

李大炮用一种没奈何的尴尬眼神看着我，最后勉强点头。

两天后，李大炮来电话，说："今晚安排了马迷糊的角色，在压轴戏《法门寺》里演贾桂。你八点多钟来看吧！"

贾桂，在《法门寺》里自然是个重要的配角。演这个小丑的演员很可以有发挥才能的机会。当晚，七点半开锣。我在八点多到剧场去了。说也有趣，剧场门首左边墙上贴的一张海报，果然是贴倒了的，人名、剧名一律头朝下脚朝天倒栽葱。看来，又是马迷糊的杰作，我不禁叹了一口气……

我进场时，正演《法门寺》了！出乎意料，那涂着白鼻子的小太监贾桂演得极好！一副奴颜婢膝的丑角样子讨好大太监刘瑾。念状纸一段十分流利一气呵成，插科打诨逗得观众哈哈大笑。同我想象的完全不像，我看着戏，心里不禁想：唉，所以什么事都得自己深入了解啊！自己看一看尝几口梨子比单听人讲可就不一样了！马迷糊不是不能演戏的嘛！……

我决定好好同李大炮谈谈。

谁知，第二天碰到李大炮才知道：一切都误会了！昨晚演《法门寺》中贾桂的不是马迷糊！是京剧团的一个丑角时小山！

我惊诧地问："这是怎么回事？"

李大炮摇着头生气地说："马迷糊临时怯场不敢演了！人说他这出戏里的贾桂根本演不了！他是'冲壳子'！开演前推说肚子疼上不了场。临时手忙脚乱只好让时小山代他上场。这个人呀！……"

他又砸了锅！我不禁默然。……

二

谁知，没几个月，"文化大革命"从天而降。马迷糊一下子威风起来了！他"大闹天宫"似的造了反！

我第一次在批斗会上看到他的时候，他是"革命文艺造反司令部"的"战士"，戴着红卫兵的袖章，胡子拉碴的脸上油光光，走起路来颇有虎背熊腰的气势，十分得意。

那天，一见面，他就劈脸"啪"地打了我一个耳光，又"嗵"地踢了站在我身旁的"走资派"李大炮一脚，说："你们认识我马先觉不？老子贫农出身受压这么多年，都是你们这伙反革命修正主义分子党内走资派害的！今天要跟你们算总账！君子报仇，三年未晚！你说是吧？我打你一巴掌，踢你一脚，是除害！你说是吧？"说完，又动起手来。

接着，在马迷糊造反后，听说京剧团发生了一件开马迷糊大玩笑的事。

一天早上，有几个人去家里找马迷糊，说："听说上边任命你当京剧团团长了！我们都拥护你出山！可你要请客：一人一瓶酒半只烧鸡！"

马迷糊不信，乜斜着眼摇头："别开老子玩笑了！"

敲边鼓的芦世海装得一本正经地说："唉，谁跟你开玩笑？千真万确的事！现在造反了，要把过去一切颠倒过来！你出身好，立场坚定，又是多面手，不提拔你提拔谁？你不信，自己去打听！文件都下达到团里了！"

马迷糊眨巴着眼，似信非信，眼珠转了几转，还是不敢相信，说："我明白你们骗我！我得去查查谁造的谣！你说是吧？"

他一口气马不停蹄跑到京剧团办公的地方。那里正围着一群造了反的"文司战士"在闲聊、下棋、看传单。见到他，有的就嚷嚷起来了："马团长，恭喜你啊！""马团长，你来视察啦？""马团长，你……"闹成一条声，嘻嘻哈哈。

他一愣一怔，又一回味：难道任命我当团长的事是真的了？但嘴里仍说："开什么玩笑呀！是谁造的谣？"

唱小生的黄小兰拿起一张传单在手里一拍，说："文件都下达了！我们正在看哪！你还不请客？"

听说有文件，马迷糊相信百分之九十了，正了正衣襟，带上三分架子了，凑上去说："什么文件呀？念念吧！念念！"

"马团长不请客，就别念！"操琴的杨家华开玩笑起哄。大家也起哄成一片声："请客！""请客！""马团长快请客！"……

"请客的事好办，你说是吧？"马迷糊对着黄小兰急火火说："快念念嘛！别误了事！你说是吧？"他已经相信百分之九十五了！

黄小兰有点文化，是省戏校毕业的，就伴作念文件，捧着传单高声一板一眼地胡编着念："最高指示：为人民服务。……经讨论决定，马先觉同志心红根正、造反坚定，任命马先觉同志为京剧团团长，掌握全团一切党政财文大权。本任命从即日起生效，特此通告周知。……"

边上的人兴高采烈，异口同声大起哄："马团长请客！一人一瓶酒、半只烧鸡！"……

马迷糊喜出望外，应声说："好好好，革命的同志们，我请客！"但喜讯来得太快，只觉得头里发晕、两眼发热，忽然对着挂在办公室里的毛主席接见红卫兵的彩色像扑身跪倒，像个小孩似的哭了起来："呜呜呜……毛主席呀！多亏你老人家提拔我马先觉呀？……呜呜呜，我受压十多年了呀！今儿造反，刀山火海也跟着你老人家闯呀！你说是吧？呜呜呜……"

当天中午，京剧团办公室里空酒瓶和鸡骨头横七竖八。可是吃完喝足，大家捧着肚子都咯咯、哈哈大笑起来："马迷糊呀！你真是官迷呀！""马迷糊呀！你要当团长再多请几次客喝酒吃鸡保险有希望呀！"……马迷糊这才像从梦中醒来，明白自己上了当了！开玩笑的人四处逃散，他前前后后骂哭咧咧足足有三小时。

团长没当成，马迷糊争着要在"文司战士"中当个造反派的小头头，可惜没人拥护。最后，头头们给了他一个官：管"牛鬼蛇神"的劳动！

我听到京剧团的人笑着叫他"弼牛温"！可是他听了，却扬扬得意。京剧团那些名演员，此刻都成了"牛鬼蛇神"归他管了！他觉得这个

"弼牛温"实权可是不小，大可自慰。他兴致很高，像个天蓬元帅似的常押着一伙住"牛棚"的人呼幺喝六，一会儿让到河滩上去抬沙垫路，一会儿让去红卫兵广场上扫地示众……

这以后，每次批斗会上，他都要动手打人表示立场坚定，不但打我，也打别人，简直是乱打一气。每次打人，总要问些似清醒实又迷糊的问题："你反对毛主席？你说是吧？""你反党反社会主义？你说是吧？""你是黑帮？你说是吧？"……如果点头说是，还好一点，挨上几拳几脚就过去了；倘若摇头说不是，常常被他"打翻在地"，他又真的"踏上一只脚"。……

不久，两派斗得很凶。马迷糊打人打得太厉害，连造反派头头也不放心让他干"弼牛温"了！罢了他的官，换了别人来，有趣的是，由于他是个"迷糊"，特别不讲政策，自己打人砸了锅，太臭，两派都不要他了。他"造反"不到三个月，就成了"无派人士"逍遥起来。在京剧团后来上演样板戏的阶段，他自告奋勇挟着海报干他的张贴样板戏海报的活儿。

只是，据说，有一天，他将《智取威虎山》的海报贴倒了，险险被加上"恶毒攻击样板戏"的罪名，只因他是有名的"马迷糊"，不识字，才免了批判，也没打入"牛棚"。……

三

十年内乱在"四人帮"被粉碎后，终于过去了！马迷糊一晃近六十岁了！

查"三种人"那个阶段，大家都说马迷糊"捡了个大便宜"。他造反三个月，又没当上头头，后来哪个"革命组织"都不要他。那三个月里，砸、抢的事没有，打人不少，但打死的没有，够不上杠杠，不属于"三种人"之列。

那时，我恢复了工作，先仍在文化局当局长。

L市是个省辖市，实际也就是个县的规模。城里闹区不过是一条街。有一天，我偶然在街上碰见了他。那是冬天，他仍戴着蓝布棉帽，两只护耳猪耳朵似的甩搭甩搭，他正提着糨糊桶和刷子贴海报。

见到了我，马迷糊走上来，笑容可掬："局长，你上哪？"似乎我同他是常见面似的。

我说："去开会！"

马迷糊像糨糊似的黏上来了，说："局长，如今正在落实政策！我这么个人，也该给我落实落实了，你说是吧？"

我奇怪了，问："你要落实什么政策呀？"

马迷糊一脸委屈："我贫农出身，学过老生、武生、小丑，在京剧团没有功劳也有苦劳，你说是吧？可是革命这么多年啦，从没受到过重用，现在，还是让我刷海报跑龙套，总该落实落实政策了，你说是吧？"

我忍不住说："你'文化大革命'里造反时挺得意的呀，怎么说从没受到过重用呀？"

马迷糊把头直摇："'文化大革命'，我算什么得意？我也是受迫害的嘛！"

看他那样子，他健忘得将自己造反打人做"弼牛温"那段历史都早甩到太平洋里去了，好像根本没有发生过似的，他突然又成了"受迫害"的！是健忘？是没脑子？是故意这样？迷迷糊糊，真难以分辨了！

等我开完会回来，经过大街上时，发现有一张海报又贴倒了。看来，他的老毛病是改不好啦！

两天后，听京剧团的同志说："马迷糊叫嚷：'老子革命三十年，只长皱纹不涨钱！'（其实提过两级工资）买了火车票去省里上告，要求落实政策去了。"

他那要求落实政策的打算，自然落了空。他跑了好几趟省里，省

686

里都没有置理。后来，听说他扬言要到北京告状，结果，不知因为什么原因（也许是因为自己有点清醒了呢?），没有去。

以后，我离开 L 市，调动了工作，来到省文化厅。有次，听在 L 市接任我文化局长职务的同志来开会时讲：马迷糊又上文化局要求落实政策。不过，他的政策没法落实……

前两年，我又见到了京剧团的老团长李大炮，李大炮这时在 L 市戏剧学校当书记兼校长。我问起马迷糊，他说："马迷糊退休了！过得挺幸福！别看他迷糊。他那个老伴找得挺好的。虽然也许年轻时不漂亮，但挺勤快，板板正正，屋里拾掇得亮亮堂堂，日子挺红火。只是听说他对老伴竟一直不满意，常说：'算我倒霉，娶了这么个德行！'其实，倒霉的是他的老婆，嫁了这么个德行！"

最后，李大炮说："迷糊的人还是退休的好，于人于己都好，京剧团少了他，海报不会再倒立在墙上了！"

我问："马迷糊自己怎么看？"

李大炮笑了："他呀！他还是认为京剧团不重视他，所以才让他退休的。你知道，他这人做不到官，连贴海报的权都舍不得丢！"

我终于念叨着问："他到底算是个什么样的人呢？"

李大炮叹口气摇头："谁知道呀！反正，此人迷糊了一辈子也没醒过来。他迷着个人的私欲，糊住了自己的心窍，毫无自知之明，背着个假内行的包袱，以无知为有知，以无能为有能，浑浑噩噩走着人生的道路，终于只能成为一个有他嫌多、没他不少的人！……"

李大炮的评点对不对？我还没想透。

但，马迷糊这样的人，在各行各业，过去有，现在有，将来恐怕仍有。你说是吧？……

"司泡铁克斯"西装出箱记

一

"爸爸，看到没有？哈哈，今天报上那条新闻？"儿子吴小超中午下班从工厂回来，看见父亲吴建中正戴着老花眼镜坐在靠窗的写字台前看报纸，连汗都顾不得擦开口就问，语气得意，表情带有揶揄，像是有什么喜事一样。

"什么新闻？"老画家吴建中莫名其妙，扬起脸来，老花镜架在鼻尖上，眼睛从镜片上方向外瞅，有点茫然。

"中央一个领导人说了，要提倡男的穿西装！报上还介绍了穿西装的好处：舒适、美观、大方……哈哈……"儿子去厨房，叫了一声"妈"，就在水龙头下"哗哗"洗手，一边回头高声对着父亲继续说，"您那思想跟不上形势了吧？不能说西方的东西都好，可也不能说沾个'西'字的东西都不好呀！是不？"

老画家吴建中回味过来了，像吃了只堵口梨。儿子这是"报复"。前年，有一次儿子提出要做套西装穿，他板着脸摇头："穿西装干什么？不要崇洋！"去年，有一次儿子又想做西装穿，父亲还是一本正经地阻挡："我看还是你身上的衣服好看。"前不久，儿子说："电视上国家领导人也有穿西装的……"父亲仍是板板六十四："别人我不管，你穿我反对!"

可是，今天，儿子有了"王牌"，有了"理论根据"，有了"本钱"了！报上确实登了消息：中央书记处一位负责同志参观时装设计展览会后发表了意见，说：男的可以提倡穿西装……吴建中觉得这是"权威"开口了，再反对当然不妥。平心而论，他从未把穿西装看作是"大逆不道"；相反，他也觉得生活应当丰富多彩，服装款式何必上下那么单一？西装为什么就不能穿？内心虽然如此想，嘴上可不敢说。"文化大革命"红卫兵破"四旧"，将他的三套西装中的两套全用剪刀"破肚开膛"，铰成碎片。造反派后来又将他穿西装的大照片拿去展览，大字标明："资产阶级孝子贤孙吴建中崇洋媚外身穿西装之丑态！"余悸难消啊！从那，在他思想上，就把西装与"资产阶级"联系起来了……今天，儿子"将"了一军，报上登了这么一条新闻，他觉得顿时思想解放，虽然对儿子的"报复"心中不免有点那个，也并不十分难堪。不过，他还是小小反击了一下："推广西装我看也不容易，有些人不一定喜欢。再说，价钱也贵……"

"那是另外的问题！"儿子小超洗完手走过来，俏皮而又示威地问，"不过，您的反对和禁止恐怕只能到此为止了吧？"

儿子幽默地笑着，老画家吴建中也不能不笑了，点着头顺坡下台阶地说："是啊！算你胜利！不过——"

"不过什么？"儿子问。

"不过，要讲穿西装，你还得请教你爸爸我。我当年穿西装时，谁都说我风度翩翩。"吴建中转身看看端着菜碗刚进来的老伴苏淑琴说："不信，问问你妈妈！"

妈妈苏淑琴，是个在中学教过三十年语文的教师，办退休手续不到半年。苏淑琴手里端的两碗菜，使空气里布满了诱人食欲使人胃肠蠕动的香气。一碗是红烧黄鱼，一碗是咖喱肉片烧土豆。刚才父亲和儿子之间这场对话她都听见了。她将菜碗朝桌上一放，笑着说："这么大年岁了，还吹嘘这些，真不怕难为情！"

小超哈哈大笑。吴建中却兴致很高地说："淑琴，我那套'司泡铁克斯'还在压箱底，该拿出来给小超穿了！"

小超听不懂："什么'司泡铁克斯'？"

吴建中笑得神秘："我一套最好的西装。那料子是进口的，就叫'司泡铁克斯'！是我花了高价在南京路上做的。那时一流店都在南京路。这套西装我最心爱不过了。红卫兵抄家，就这套，你妈藏得好，劫后余生，保存了下来，可是这些年一直只能压箱底。这套衣服拿出来保险你满意！"

儿子小超听了，心里痒痒的，一边往碗里盛饭，一边将信将疑地看看妈妈，问："妈，真的？"

苏淑琴点头，给儿子吃了个定心丸："小超，今天下午我就开箱子给你拿，就在隔壁房间最下边那只大樟木箱子里。"

二

电灯光亮灿灿，小超穿着"司泡铁克斯"西装站在大橱穿衣镜前左瞅右瞧，皱着眉头。

这套西装的料子确实不错，捏在手里就知道是高级毛料，柔软挺括，颜色也好，是一种大方素雅带着隐格的花呢，看上去叫人感到悦目舒适。可是，式样实在稀奇古怪：两个垫肩特别高；不但有垫肩，而且还垫了胸；双排扣，尖领子，胸宽腰细，背后开衩……看着镜子里自己的这身打扮，小超一脸尴尬，说："哎哟，不行不行，不像样子！……"

妈妈苏淑琴在一边闷不作声。她也觉得这式样看着不太顺眼，可这确实是老头子的心爱宝贝。那上面凝聚着他早年的欢乐，青春时代美好的回忆。那时候，吴建中年轻倜傥，穿着这套西装，确曾博得过不少人的羡赞。那么，今天又为什么要贬低、否定它呢？苏淑琴当然也体谅儿子的心，儿子是不会喜欢这套旧西装的。虽然它还是九成新，儿子也是不会喜欢的。因此，她愣怔在那里，一言不发，像是沉浸在对往事的追忆中，也像是心不在焉地在思索解决矛盾的办法。

老画家吴建中却不然。他一向有个犟脾气，有点自以为是。他不崇洋却也不排洋，对舶来的名牌货从手表、毛料、刮胡子刀到照相机、电视机、录音机都很欣赏。只是人常常是个矛盾结合体，他在绘画上却爱古成癖。比如，他写过文章说："只要学好传统，画现代题材也就没有问题了。"结果，引起一场笔战，有人在美术杂志上写文章抨击他说："古代的东西，由于时代不同，人的思想感情不同，而不能完全适用于今天。正像外国的东西也因为地域不同，民族习惯不同，不能完全适用于中国一样。因此，古、洋都有局限性，一定要去粗存精，去芜存菁。凡是好的，对今天有用的东西都要；反之，就不要！"……这且不说，就说这套"司泡铁克斯"西装吧！虽然压了二十多年箱底，最后一次穿用是在一九五七年反右派之前，出席某国领事馆的招待会时，但对这套西装心爱之深，却是无法形容的。老头子见儿子对着穿衣镜皱眉龇牙，还咧着嘴说："不行不行，不像样子！"心里不高兴地说："这样子，不是蛮好吗？这肩膀里和胸前垫的都是马鬃和马尾，现在哪去找这样好的做工和原料？眼下正是春天，穿这种双排扣猎装正合适！……"

儿子不以为然，头摇得像货郎鼓："那您留着穿吧！我物归原主！"

老画家吴建中像吞了个糯米汤圆噎在食道里："这种式样，前不久，我在电视上看到过：英国一些头面人物开会时，有一个人穿的就是这种式样！"

"那个人一定是保守党的吧？"儿子用的是讽刺幽默口吻，鼻子里挤出"嗨嗨"的笑声。

"你胡说些什么！"吴建中火了，"你们这些青年人！哼……"

老头子明显地又感到自己这一代与小超他们之间的"代沟"有多深多广了。

可是，儿子并不服气。他将那套"司泡铁克斯"西装脱了下来，随手往沙发上一甩，穿着自己原来的那条涤卡裤子和灰上装，牢骚满腹地说："爸爸，倒不是我说您，您的思想我看就是有那么一点儿僵化！我早感觉到了，连您画的山水画也是这样！"

画家吴建中的山水画，现在在社会上评价很高，外贸也拿来出口。听儿子数落别的犹可，贬低他的山水画那可不行。他冒火了，气得声音有点颤颤地说："我的山水画怎么？你倒说说呀！……"

妈妈苏淑琴怕老头儿血压升高，连忙责备儿子："小超，怎么对爸爸一点礼貌也没有！……"

儿子一边扣着纽子，一边不住口："您当然是名画家，这点谁也不否认。可是这些年您从不出去跑跑，见见世面！您仍拿过去的老经验、老眼光、老印象、老本钱在画您的山水画。您画泰山，您知道不知道现在在泰山上汽车路早就修到中天门了？您画太湖，您可知道太湖旁已经盖了许多新大楼？根本不是您画的那个样子了。您的画缺少时代气息，您的山水画上看不见一个今天的人物，难道这也是优点？您的画老头子或者洋人可能喜欢，我们青年人觉得老气横秋，画的不像是今天中国的山水！……"

老画家吴建中气得胡子都要翘起来了！却觉得儿子的意见也不无道理，可一种维护"尊严"的心理使他强词夺理地说："你懂什么？你们就是书读少了，不学无术，乱发议论。你知道吗？清代绘画除了'行乐图'和一些肖像画，在山水画里就是看不见一个人是着清代服装的！"

儿子小超已经穿好衣服，反驳说："是呀，所以有人骂清代一些'离开古人不敢着一笔'的画家是'拘束如阶下囚'呀！……"

看来，小超最近也在琢磨绘画理论，而且有长进了！这使吴建中既有欣慰，又不能不被这些尖刻刺耳理直气壮的话刺痛。他马上板起脸来，摆出一副严肃的训子姿态，准备好好教训教训儿子。

在一边担着心的妈妈苏淑琴，察言观色，已经不愿意让这场戏继续下去了，插嘴说："算了算了！你们争论那些干什么，不就是为这套西装吗？我看呀，花点钱把式样改一改吧！……"

这是个"折中调和"的方案。依儿子小超，改一改他也不满意；依老画家吴建中，改了可惜，最好就这么穿。但双方似乎都不愿为此再纠缠下去，都想给苏淑琴一个"面子"，就都不吱声了。矛盾似乎暂时得到了解决。

三

谁知，波折又起。

星期日上午，小超穿了改好的"司泡铁克斯"西装去永福路自己的对象周佩珠家玩，过了一会，却突然回来了！老画家吴建中正面对着桌上的一张白色宣纸在构思。他一向主张，应按古人说的"向纸三日"的原则来办事。唐人画论："凡画山水，意在笔先。"他在凝思结构，设计画面，听到小超的脚步声"腾！腾！"比平时重，又见儿子的脸上像涂了一层霜，问："怎么这么快就回来了？"

儿子小超没作声，跑进妈妈在剥青豌豆的厨房里去了。吴建中有点心烦意乱。只听到小超爆发性地在说："妈！这套什么'司泡铁克斯'我是领教够了！早上我就说不穿，偏劝我穿！根本不像样子，简直拿我寻开心！"

妈妈苏淑琴的声音，慢声细语地："怎么不像样呢？我看改得可以嘛！"

"人家都笑话我！"儿子气鼓鼓的，"说我像十八世纪的英国公爵！"

吴建中忍不住了，放下手中的画笔，趸到厨房门口，死板板地：

"明明是二十世纪在上海做的'司泡铁克斯'嘛！怎么说十八世纪的英国公爵？你要有主心骨！"

"反正是出土文物，我是坚决不穿了！什么'司泡铁克斯'？穿西装为了什么？这种老爷货你们还是收回去压箱底吧！我谢谢了！"小超说着，一脸愠色地脱下了西装上衣，又去解裤子。

苏淑琴仍在剥青豌豆，叹口气问："是佩珠这么说?"

"不！路上遇到一伙熟人，嘻嘻哈哈说什么的都有。有的说是'基督山伯爵的大礼服'，有的笑我是'旧瓶想装新酒'，有的说是'文物店里觅来的'，有的问我是不是'爷爷的传家宝'……唉！开玩笑！"

老画家吴建中淡淡插了一句："还是佩珠思想好！……"言下之意，是想用夸儿子的未婚妻，来启发儿子。

谁知小超愣愣回了一句："对，她好！她说，这西装裤子凑合穿穿还行，上装只能废物利用改个椅垫。"

苏淑琴听了，默不作声，仍然低头剥着青豌豆。

老画家忍不住了，摇头叹息："你们年轻，不识货！'司泡铁克斯'……"

儿子小超已经把西裤脱下来了，大声回嘴，声音里透着顽强："你们总爱把你们认为好的东西都给我们。真好，当然要！可是这套旧西装，你就是说得再天花乱坠，我也不要！您也应该相信，这点识别选择力我还是有吧?"

妈妈听不过去了："小超，少说两句行不行？你可以不要嘛，可你爸爸也没说错！这套西装本是好东西……"

"再好的东西，过了时也就不好了。还是你们留着吧！"小超叽咕着，已经换上了原来穿的衣服，"我要穿西装，不是为了出洋相呀！"

老画家还想争出一点理来："这'司泡铁克斯'料子，这颜色，能过时吗？顶多是找个好裁缝再改一改，保险能改得时新！"

妈妈苏淑琴终于叹口气摇头了："'豆腐盘成肉价钱'！犯不着再改

了。现在精纺、粗纺、混纺、化纤各种面料都可以做西装，有的确实也并不贵！"

老画家吴建中心有不甘，又说不出更强有力的道理来，叹一口气，又走回摊着宣纸的桌前重新"向纸三日"。

儿子小超换好衣服又要外出了。苏淑琴上去问："你上哪？"

小超说："妈，给我点钱行不行？我以后发了工资陆续还你！"

"干什么？"

"做一套西装！佩珠给了我一些，我自己手头也有一些。"

母亲没有吱声，回房去，从抽屉里拿钱数了给小超，但却笑着带点刺儿地说："这不是勉强你吧？这也不过时吧？"

"那当然！"儿子脸上浮着笑意，"我早说过，你们的东西，只要好的，能派用场的，当然要！"他接过妈妈手上的钞票，做个鬼脸，转身就跑了。

吴建中虽然坐在桌前好像在"向纸三日"，其实身边发生的一切，他都看到听到了。儿子走了，他摇头咂嘴，喟然长叹：唉！——

老伴苏淑琴走到他面前，劝慰道："叹气干什么？我在想，我们应该把好的思想、好的作风、为人之道传给他们，却无须一定把不合时的旧西装也传给他们。'司泡铁克斯'他不愿穿就不穿，爱做椅垫也行，你根本不必为此不痛快……"

"全是你惯坏的！"吴建中爆发地说，"要是我们认为好的东西，他们都不稀罕，那能行吗？这些青年人，哼！——"

"这也没有什么不好。也许，在实事求是这一点上，他们这一代比我们还强一些！我看，在穿衣服这类问题上，不要为他们担心吧！他们自己会选择好的，用不着要求他们处处跟我们一样。"苏淑琴思索着说。

老画家吴建中气闷地不吱声，继续"向纸三日"构思他的山水画，心里却突然在想：我恐怕是得出去看看新的泰山、新的太湖……

铜扣子和还魂草

有人从北京给我寄来了一只木盒。

去邮局领来后，打开木盒，映入眼帘的是一片火红，一缕金光。

木盒里放着的是一只用红绸衬垫着底的小玻璃盒，里面是一颗亮闪闪金色的铜扣子。边上附着一张小纸条，上面写的是：

"父亲已于上月三十日病逝。遵嘱不发讣告，不开追悼会。现遵父亲遗命，将铜扣子寄上，请收作纪念。……"

啊！啊！这是李秉臣老书记寓含深意寄给我的遗物。他去世了！

李秉臣是安徽金寨人，一九二九年在鄂豫皖苏区入党。他保存这粒铜扣已经半个多世纪了，而我是二十多年前在他家写字台上第一次看到这件珍贵的纪念品的。

我面对着玻璃盒子里红绸上的那颗光灿灿的铜扣子，仿佛凝视出了它的悠悠岁月，一种崇高的感情，使我激奋而悲痛，眼睛湿润了！

老书记，你这是要我记住铜扣子的故事么？岁月悠悠，褪去了多少记忆的色彩，而你讲述的铜扣子的故事，我永远不会忘记！

"铜扣子，是那时候鄂豫皖苏区红军里的一种临时党证。那时候，阶级斗争十分残酷，共产党员平时并不暴露身份。但是到紧要关头，党员就把它拿出来挂上它，表示自己是共产党员，对党忠诚，愿意挺身而出，为革命赴汤蹈火流血牺牲。"

一

　　一九二九年初，正是滴水成冰的时节，红军外线出击时，鄂豫皖苏区又遭到了敌人残酷的破坏。风云突变，一些投机取巧的坏人"反水"了，随大流的人也不跟共产党走了。我们村的一支赤卫队，经历过一些战斗后，像挨了一场大冰雹，被砸得七零八落，损失很大。敌人像毒蜘蛛结网似的布下阵势妄图消灭我们。我们十来个人，与另一个村的赤卫队的一部分人合并，同独立旅的几个伤病同志会合，一共有二十二个人，躲躲闪闪跌跌撞撞地跑着，由独立旅的一个刘政委带领，气喘吁吁大汗淋漓地上了潜山附近的马家畈。

　　这是一个长满了松林、茅草的山区。山下有条结着薄冰的清澈明丽的河流。河前有广阔的田畈。上山的路曲曲折折凹凸不平。风刮过来，像呻吟；树林摇晃，像哭泣。天地寥廓，丛生的野草已早由绿色转成了赭黄。悬岩石壁上，山藤斑驳，苔藓焦黑。我们在山上，想依靠密密匝匝的松林和树丛，坚持革命斗争。

　　这年冬天，特别特别寒冷，西北风卷来寒气凛人，好像刀子割人的皮肉。我们上山的那天傍晚，偏偏又下起了密集的鹅毛大雪。雪无声地飞降，下得真大啊！积雪后来把有些手腕粗的松枝都"刮喇""刮喇"地压坍了。山径都被雪掩没了，洼地里积雪更厚，到处一片宁静。松树虽然绿得已不鲜亮，却像饱经沧桑的老人显得沉着。落叶树木剩了枝条丫杈，也挺拔得像哨兵守卫。每有大风，树林晃动，真觉得天昏云暗、地动山摇。

　　我们又冷又饿。雪纷纷扬扬，像棉花，松松软软，可是冰冷；雪像面粉，又白又细，可是无法充饥，反而消耗人的热量。我冻得直打战。大家缩着脖子找到个山洞，但是只能躲进去十个人。大家要刘政委进去。刘政委是个三十多岁的矮个子，粗黑的发楂，圆脸盘上，宽宽的浓眉下闪动着一对精明、深沉的眼睛。他平时像石头般沉默，棱角分明的脸阴郁沉重，内心里却电闪雷鸣风暴雨疾。那时，他被一颗敌人的子弹打在左侧琵琶骨上，半个肩膀都用破布做的绷带捆着，伤口一直在淌血。他又有咳嗽病，发着烧，颧骨泛出血红色。可是，他还鼓励大家说："'创业好比针挑土！'大家要沉得住气，坚持住！干革命就得干到底！……"他自己坚决不肯进洞，要别的伤病号和年岁大的人先进去。这时候，就有一个老赤卫队员引起了我的注意。他是另一个村的赤卫队员，一个细长条、面容焦黄、瘦骨嶙嶙的庄稼人。瞎了一只左眼，光剩一只右眼，眼窝深陷，颧骨突兀，脸色呆滞，仿佛从来不曾有过什么欢乐。那满脸深刻的皱纹，看得出过去是个受尽了罪的贫雇农。他身上穿的是鹑衣百结的破蓝布短夹袄，平顶头上短发花白，腰里拴一只旧洋铁碗，手提一杆旧火枪。政委叫他："老夏，外边风雪猛，这里年岁数你大，快进去！"可他固执地摇摇头，先埋怨地看看政委，好像是说："我进去干啥？"接着，又霹雳般地大着嗓门说："同志们！我提个意见：龙无头上不了天，人无头革不了命！我们现在都归刘政委领导，他又伤又病，说什么也得叫政委进洞。我这老身子骨，从小在地主家冻惯了的，我受得住。政委不进去，谁也不该进去！"

老夏神情坚定这么一说，大家像沸了锅的水，也由不得政委了，把政委硬搡进洞去，接着又把病号、伤员、年老体弱的塞进了一些。本来，大家也要塞老夏进去的。可他犟得像蛮牛，怎么也不干，他就跟我们一起留在外边。我们决定到半山腰去轮流放哨。独立旅的一个右臂负了轻伤的大个儿连长，由政委指定，负责布置放哨的事。

这时，天渐渐转灰转暗，暮霭沉沉，风雪更大了，远处山下广阔的田畈、明丽的河流早给白色的雪毡没头没脸地盖没了。右臂负轻伤的大个儿连长看看老夏，又看看有一个十四五岁冻得瑟瑟发抖的瘦小伙子，再看看我，提议说："老的跟小的都不参加放哨，在树下找个地方避避风雪，放哨的事由我们这群年轻强壮的人担当了!"

没想到，老夏脸色一沉，把他那只有神的右眼向连长一瞅："怎么?看不起老的跟小的? 闹革命大家有份，分田打土豪大家有份，放哨就没我们的份? 让老的跟小的放哨，总不会误了大伙的事。"他对站在他身边的瘦小伙子一声吆喝："走! 快! 我们父子放第一哨!"那十四五岁的小伙子瘦得皮包骨，黄黄的脸，乌黑的头发披在额上，一件破布袄，黑色单裤，下边是赤脚破草鞋，腰拴一把砍刀。我早看到他是我们二十二个人里最年少的一个，总是沉静着一言不发。刚才把人塞进山洞里避风雪时，他闪身在一边，大家忽略了他。现在，给老夏一招呼，他就迈着冻得红肿了的双脚乖乖地跟老夏走了。老夏大有老黄忠争做先锋官的气概，谁都拗不过他。大个儿连长没奈何地同意了。第一哨就这么被他夺走了。

雪，悄然飘落，老夏带着儿子一前一后找路下山，到半山腰松林前沿去放哨，我们其余的人就集中挤在一起，躲在松树下避风雪。从山上树隙间四望，天黑暗下来了，空间和地上都是白茫茫迷迷蒙蒙的一片，远处近处都是不辨高低朦朦胧胧的淡影。可以看到老夏跟那小伙子两人正在半山腰的那条被雪掩没的羊肠道边，倚在一块被白雪覆盖的凸岩旁隐蔽着。高山顶上的冷风呜呜地响，鹅毛大雪中，山峦变得沉重而肃穆。雪漫天降落，下得那么大，雪片不断地扰乱视野，简直要像把这世界堆满压塌。一会儿，老夏父子俩就成了雪人，在沉沉夜色中与白雪浑成一体，消失了踪影。

二

大雪纷飞，时间在黑暗中无声飘逝。半夜，让人去替老夏父子换岗。这时，政委伤口仍流血不止，病得厉害了，在昏迷状态中发着高烧。我们冻饿得在黑暗中到处胡乱挖找埋在雪下的烂山果、野菜、草根……有人唉声叹气，也有人焦躁痛苦，伤了右臂的大个儿连长找了大家商量，给大家鼓气，说："种了庄稼总会有收成的，革命也一样！我们这比如是碰到了灾荒，但咬咬牙也就能熬过。这是暂时的失败，一定要努力奋斗，谁也别泄气，都要有信心！……"最后，连长决定利用夜晚，派遣一个同志下山，去想法弄些药品和吃食来，兼带探探敌情，联络一下可靠的群众。

有人抢着要下山。老夏又泼剌剌地挺身出来了，他嗓音沙哑："让我家小二去！"

原来这瘦瘦的黑发小伙子是他的二儿子！

边上一个人告诉我：老夏一共两个儿子。大儿子去冬参军后在丁家埠跟国民党反动白军作战时，用梭镖刺死了两个敌人，自己也被敌人刺刀戳穿了肚子英勇牺牲了。

让谁去好呢？这时节，伤了右臂的大个儿连长正在斟酌，老夏声音坚定地又说了一遍："让我家小二去！他比谁去都好！"

"怎么呢？"大个儿连长问他。

"我们这支队伍是三股合起来的，谁也不了解谁。论说嘛，大家都是干革命的，可在这关头，难保没有可能出叛徒？要是有个软骨头下了山，出了纰漏谁担得起？让我家小二去。他苦大仇深，别看年岁小，革命坚决。我是他爹。我留着！他去我保险：他能送命，可不会坑了大家！再说，这地方四周，我跟他都熟，比别人去都有利！"他沙哑的声音震荡着空气，也震荡着我的心。

经他一说，我们心里琢磨开了：这有理哪！说真的，我们这二十二个，政委一定是党员，其他就不知道了！出叛徒的事过去有，逃跑溜号的也有，能不防一防吗？老夏的警惕性高啊！要是下山的人出了问题那还了得！我们在山上可就完了！于是，连长批准老夏家的小二下山。

这黑发小伙子，血管里真是流着他老子一样的热血。他仍旧默默地不作声，接了命令说了声："爹，我走了！"就冷冷静静地踏雪迈了步。

老夏突然把他叫过来，双手扶住儿子的两肩，黑暗中，我看到他用右眼瞄着儿子的脸看着，说："小二，你记得你娘怎么死的？"

小二的头低下了："爹，我记得！娘死得苦！"声音还带着仇恨。

"小二，你哥是怎么死的？"

"我忘不了！爹！"小二的声音悲痛。

老夏点点头，用一种板上钉钉的肯定语调说："小二，你责任重啊，政委的伤靠你！我们在这山上能不能坚持也得看你！你要么就完成任务回来，要么就死在外边。可别给共产党丢脸，别给革命丢脸，你天明前必得回来！"

黑发小伙子饥寒交迫，嘘气搓手，却麻利地点头，赤脚草鞋踩着大雪就走了。

狂风卷起树上地上的浮雪，天黑得伸手不见五指，他沿着被雪覆没的山径摸索着爬下山去。转瞬间，我们就看不见他那瘦弱的后影了。

那个下半夜，风声山呼海啸，好像要把山刮倒，把树连根掀起。政委伤口仍流着血，高烧更厉害，昏迷中只是说着呓语："……杀！杀！……"洞里面的人守护着他。我们在洞外的人也挤在一起取暖，焦灼地替他担心。就那么在冻饿不安中熬过了这非常艰难的一夜。手脚都开裂了，胃里直冒清水，大家只吃过一些埋在雪下的草根和一些无毒的球茎、一些未烂完的酸涩的野果。冻饿得真难受啊！

伸长着脖子盼望着老夏家的小二回来，但是直到天亮，他仍没回来，是大风雪阻挡了他？是他出事了？大风雪中，老夏不止一次地缩着腰去前边张望，可是总没有音讯。那个黑发沉默的小伙子就此失去了下落。我看看老夏。他嘴唇冻得乌紫，眼窝陷得似乎更深，颧骨也突兀得更高了。虽十分平静，但那只独眼的深处有一种孤寂的神色。他的儿子可能是落进虎口里去了。要经历过多少革命锻炼的战士才能像他这么稳得住啊！

　　清晨，风停雪住，是雪后的一个大晴天。崇山逶迤，寒冷的粉红色黎明光线，随着一轮像浸透了鲜血的火红太阳从银白色地平线上升起，红光将茫茫的素缟世界映射得五彩缤纷。雪后更寒冷，小二仍没有回来，一直到上午，太阳迎面，晶莹白雪耀眼刺目，四面的山色令人悲惨，小二仍没有踪影。

　　政委的伤口一直在渗血，他挣扎在死亡线上，需要药品救治。但是，哪来的药呢？上午，皑雪肃穆，天淡云闲，轮到我放哨。树梢上嗡嗡地有雪片跌落，我抬起脸，雪就不断洒在颊上颈间冰凉地融了。我在松林里警惕地注视着山下，忽然听见远处我身后有咻咻嚓嚓声。回过头去，看到是老夏的身影。他爬在一处险岩上，正在一丛落满了白雪的枯树后弓着身子用双手挥舞着拨开地面上的大雪。他是在寻找什么吃的吧？但他又拨又挖，搞了很久很久。我纳闷了，忍不住轻轻地从他身后走上前去。

　　上边悬崖上挂着好些晶莹剔透的冰凌。他在险岩旁像是在挖什么草。枯藤周围二丈见方处，雪全拨开了，石岩与冻土上坑坑洼洼挖得大洞小眼的，有些地方洞挖得很深，他没有工具，全靠两只布满青筋的手在颤颤地挖。银白色的雪上，有些地方滴着红色的鲜血。哦，他双手的十指全在出血！这两只苍劲有力布满了老茧和裂纹的手，如今裂开血口子，混合着雪水和泥土。岩石和冻土钢铁般地坚硬啊！他身上单薄的夹衣，全被冰雪沾湿冻结起来了。手腕和脚脖子上裸露出来的肌肉，冻得青紫。在一旁他搁着那支火枪的一块山岩上，有一堆草茎、根瘤似的植物。他为了吃，真是豁上命了。

　　老夏发现我走过来看着他，仍旧在专心地继续挖找，仿佛土里有什么珍宝摄住了他的精魂和心魄。我忍不住问了一句："这好吃吗？费这么大的劲，你手都毁了！"

　　他瞅了我一眼，没有回答，却说："你不放哨，跑来干什么？"

放哨当然不该擅自离开岗位，他批评得对。我只得纳闷地继续回到原来站着的地方，监视着山下的动静。过了不久，我见老夏脚步沙沙地离开了那地方。

过了约莫一顿饭工夫，有人来接我的岗了。我向高处走，踩着厚雪，犹如踩在一堆堆棉絮上。到政委病着的那个洞旁，见好些人都围在洞外，神色焦灼。伤了右臂的大个儿连长坐在一块石头上，身边堆着不少大家采集来的可以充饥的东西。我们的同志多好啊！尽管饿得头晕，可是采集到了吃食全集中交来，让领导来统一分配，没有谁先吃的。现在，连长在分食物了。大家细细地咬嚼起那些土腥味的根茎，发苦的涩果、酸枣，淡味的早已干枯了的菌类……都很难吃，可是谁都在嚼咽，为的这些东西吃下去就能帮助我们坚持斗争。大家偎依在一起，嘴里嚼着东西，反倒感到有点温暖了。只是我发现：老夏不在！老夏也许还在挨着冻饿找吃的呢！想起了他那两只鲜血淋漓的大手，我心里难受。我觉得该快些去找老夏，让他来歇歇，也来吃点东西暖暖身子。我把这意思跟大个儿连长讲了，正打算出去，却见北边险峭陡直的山径上出现了老夏细长的、瘦骨嶙嶙的身影。他走得匆忙，背着火枪，一只手里抱着些草根球茎什么的，一只手里拿着他一直拴在腰里的洋铁碗。我不禁起身迎了上去。

我说："嗬，老夏！你弄了吃的来了！"说着，我瞅瞅他的洋铁碗。洋铁碗里却只有一撮黄绿色的稀饭似的东西。

老夏瞅了我一眼，独眼里流露出虔诚，摇摇头："这是药，懂不懂？捣烂了的草头药！"他举了一举洋铁碗，"这是给政委敷的！"又扬了扬左手的一把已干枯的蕨类植物，说，"这是还魂草！能止血、治伤。给政委熬一熬，喝下去也许管事！"

我愣在那里许久动弹不得。我放牛时听说过：还魂草生在裸露的山顶岩石上，是一种不容易死的植物，耐干旱，干时枝叶内卷如拳，湿润时又恢复开展，可不懂得它能止血、治伤。想起了老夏那一双淌血的手，我不能不被老赤卫队员的红心感动了。我见他端着碗跟连长一起挤进洞去给昏迷不醒的政委送药敷伤口。他的脸上那么虔诚，我想起他说的"龙无头上不了天，人无头革不了命"的话。

三

可是，政委的伤病却继续加重，进入了第二天的傍晚。

血色的日头跌落了，夜色越过黄昏的栅栏神速而诡秘地降临时，黑沉沉的夜幕笼罩下来。天冷得人打战，老夏向伤了右臂的大个儿连长要求下山。

连长沉吟着，说："有个人去当然好，可是你年岁大了。再说……"

话没有说完，就给老夏打断了。他固执地说："我去比谁都好！……"他的理由是：年岁大，又残废了一只眼，不被白军注意，再说，这一带他路熟人熟，外加他们小二去了没消息，他也得亲自去打听打听。又说："保证能完成任务胜利回来。"

我在一旁忍不住了，说："连长，我跟老夏一块儿去。"

大个儿连长考虑了一番，下决心地点头，说了一个字："好！"

我望望老夏。他眼窝深陷、颧骨高耸的脸上，既不反对，也不赞成似的。于是，我跟他一同下山。

大个儿连长再三叮嘱他和我要小心。老夏同我把枪交给了连长。他带我昂然地下山了。

夜色深暗，星光闪忽迷离。小路积雪，深处埋了半截腿脖子，浅处也陷了脚面。烈风撕掳彤云，间或吹来一阵怪风，好像能把我们刮下山去，我们呼哧呼哧赶路，连爬带滑，有时在雪里打滚。快抵山脚时，老夏一不小心，闪了一下，在锋利的岩石上伤了右边的脚脖子。看样子伤得不轻，他蹲在地上站不起来，我连忙上去搀扶。他却不要，挣扎着站了起来，轻声说："走吧！我行！"

他怕误事，又飞步向前走起来了，有时一跛一拐的，但哼也不哼。天漆黑，远处弥漫着淡淡的雾气。我们艰难地在皑皑的深雪上行走，边走边把雪扫平，又故意绕圈子，走了足足有两个多时辰，到了一个破败灰暗贫瘠茫凉的村子边上。这一带我没有来过。四下黑黝黝的，人影、灯火、狗吠都没有，出奇地寂静，寂静得像是深夜的一片墓地，就像是一个死村，仿佛到处充满了看不见的鬼怪影子。

老夏忽然掉转身来，悄悄对我说："你等着，这情势不好。我一个人进村看看。"

我不肯，坚持要跟他一同上前。我们就又继续往前走。快到村口了，匍匐着往前移动。身子上的一点热气全给冰雪吸尽了。逐渐逐渐向前，看到了村外的一些坟堆，看到了田地里被雪覆盖了的几株收剩下的玉米秆，看到了村头一盘碾压的石碾，还有树下露出黑窟窿的老井……忽然，瞥见村口外那路旁一棵枝条毵毵的老榆树上，静谧僵硬地吊着一溜四个人，通过白雪反射的微光，看得出这些人都赤条条剥去了衣服，有一个还是蜷曲的，他们已经死了。老榆树该有百岁了吧？它粗枝横伸，一动不动，似乎垂首肃立，沉浸在悲伤和懊丧中。

我的心"扑通"往下深深一沉，寒意更加彻骨，心里发毛。老夏细细瞄清了，呻吟了一声。他贴近着我，形销骨立，脸色铁青，那只独眼却炯炯有光。他叫我停住伏下，说："别动，等着我！"说着，轻捷地蹿了过去，到老榆树下兜了一圈。一会儿，飞快地猫着腰回来了，一字一句地说："我家小二也在里边！吊在树最东边的那个就是，身上全是刀窟窿，小二革命没孬种！"最后一句有点唏嘘了。停了下来，他又补了一句："敌人杀起共产党来是不手软的。小二身边吊的那个人，是个动摇分子。他只以为不跟共产党走，留下来可以保住性命。可他也给杀了！也是浑身刀窟窿！"

像烧燎肺腑，我的心好痛。恨那些白匪恨得心肺几乎要撕裂，热血由丹田直往脑子里冲，顿时饥寒也不觉得了。一潭死水般的寂静中，总有一种陷阱般令人悚然的气氛威胁着人。但我一点也不怕了！人不怕死还会怕什么！我问："我们怎么办？"

天上几颗寒星，散发着磷色的微光，到处是暗幽幽的一片。老夏沙哑的声音轻轻在我身边沉着地说："你留在这里，等着我。我进去！村西我有些熟人，是靠得住的基本群众，我去找他们。找到他们总能解决些问题。你跟我进去，只有麻烦！"

我愤激地说："不行！我不能让你一个人去冒险！要死我们也该死在一块儿！"

他发火了，压低着嗓音，语气里带着命令："你去有屁用！这算勇敢？这是误事！去两个人目标大，你人生地不熟，去干什么？"

我不作声了，说："那我等你，你尽快回来！"

他说："好！这里有个东西，你好生拿着。假如我出了事，不回来了，你快回去，跟大家另想办法。你把这交给政委。"

我从黑暗中手碰手地从他手上把东西接过来，就是这颗铜扣子！

直到这时，我才完全明白了：老夏啊！老夏！原来你是共产党员啊！……

我紧握着铜扣子，眼泪水都涌出来了。

我在一堵倾圮了的土墙后边蜷缩蹲伏着等待老夏，嗅闻着潮湿的泥土气味，冰冻的白雪浸透了我的破棉衣，浑身像泡在水里一般凉森森，寒冷刺骨，一切如在梦中，似有什么可怕的敌人在用幽幽的眼睛窥视着我。我等呀等呀，焦灼地听着自己的心跳，一下一下计着数。时间过得太慢了。一些可怕的想法掠过我的脑际，我身上慢慢地冻僵了，我不停地从嘴里吐热气呵手，到后来吐出来的也快是冷气了。这时，却听见从漆黑的夜色里传来了窸窸窣窣细微的声音。我顿时浑身有劲，又恢复了知觉。爬起身来偷偷张望，一个黑影在夜色中曲线起伏，啊！一转眼老夏已经出现在我面前了！

他跛着脚，却那么灵敏飞捷，一弯腰在我身边一蹲，哼了一声，摸摸脚脖子，气喘吁吁地把一个十来斤重的布袋往我手里一塞，一股气地说："快回去，把这送到山上。里边有金创药，给政委治伤。还有盐和粮食。你要马上通知大家转移，往南山去！记住！去南山隐蔽！我刚刚得知，敌人要去搜山抓我们了！你要好好完成任务！走！快走！……"

幽暗中，他的面孔像一尊石像，庄严得很，话说得板上钉钉似的肯定，我却丈二和尚摸不着头脑。

这时，忽听脚步声纷乱突兀地响起，本来死气沉沉的村东口哗啦啦出来了白压压一大群人，灯笼火把先像鬼火，后来断续亮成一片，咋咋呼呼的声音使人心惊。原来这些反动白军和地主恶霸组成的搜山队伍都穿了白衣，好在雪地里不被发现。白衣队伍拥到村口像是要出发。我觉得心口好像突然冒汗了。我拉拉老夏的衣襟，他注视着敌人，执拗地推了我一把，沙哑着声悄悄急促地说："快！快走！让大家往南山转移！不然，可来不及了！"

我一把揪住他一拽，说："我们一起走！"

可他重重地一拳打开了我的手臂，斩钉截铁用使我汗毛直竖的低声命令："别误事了！大家都死了就完蛋了！快跑！去南山！这里有我！"

我猜到他的脚伤使他不能再走了，我懂得了我肩上的责任重大，必须快走！时间紧急，天寒彻骨，泪水在眼角似结成了冰，滴落不下来。我拎着布袋，拔起脚，猫起身，飞步向来的路上拼命跑去。……

那个可怕的夜晚，我完成了任务。我们二十个人立刻向南山转移。在黑漆包裹似的夜里，走最崎岖艰难的山路，听着远处传来的搜山的枪响，有人熟悉这一带山路，带着我们绕道爬到南山的一条山岭背后。那山险峻极了，笔陡笔陡，那里乱草树木更密，从正面上去，根本不可能。除了冰雪，腐烂的树叶、茅草铺在地上很厚很厚，滑溜溜地陷入。我们沿着险峻的崖道，攀着树木杂藤，蹭着雪岩，顺着羊肠绝径，由山腰转移到深山幽岭里去了。

我是在上南山后的第二天把铜扣子交给政委的。

政委头一天吃了老夏挖的还魂草汤剂，敷了草头药，接着又来了金创药，加上他那顽强的革命精神，竟从危险的边缘走了回来，减轻了病情。我动感情地哭着，向政委呜呜咽咽地详细说了老夏的一切，并且再次提出了入党的要求。

这时，我才知道：我们这支原来二十二人的队伍中，是建立了党支部的。政委是支书，伤了右臂的大个儿连长是副支书。

第三天黎明，我对着东方升起的一轮火红的旭日宣誓。

政委要我宣誓入党后，把老夏的铜扣子亲手交到我手掌中，只说了一句话："斗争在考验共产党人，你要像老夏一样永远记住你的入党誓言！"从那，我恪守着一份沉重的嘱诺，立志永不背弃。

在以后的日子里，政委常鼓励大家说："失去了老夏父子，我们只剩二十个人了！人虽少，但不可怕！这二十个人一条心，都能像老夏父子宁死不屈，一个人就能抵成百成千个人。只要坚持，形势一定会好转的。别看现在是隆冬，但雪地的下面分明揾着一个春天！春天总要来的！"

我们在政委领导下，在雪封的深山中过着原始的生活。抓野兔、逮野鸡、挖草根……老夏弄来的一点盐巴和粮食帮了大忙。

有一天早上，我看到渐渐康复了的政委在洞里坐着，手里拿了一根干瘪了的还魂草。我刚好走过去，政委向我点点头，忽然叫我在他身边地上坐下。

我坐下了，他对我说："小鬼！你认识这种草吗？"

我说："认识！这是还魂草！老夏那天挖了给你当药用的。"

政委叹息了一声点头说："是啊，这就是他给我治病剩下的一根。我也正在想老夏呢！这还魂草，普普通通，长在石缝岩隙间，管它东西南北风，咬定青山不放松，旱不死，涝不死，也冻不死！枯萎了又能还魂！就像个革命者一样，从不动摇。干革命，不可能都是风调雨顺，但我们就该像这还魂草一样，坚韧不拔，同逆境顽强斗争。……"

苦苦熬呀，熬呀！熬到第二十六天，像暗云中忽然辉光朗朗，外线出击的红军终于又回来了。山下的老乡带着红军上山来寻找我们，高叫："同志们！出来吧！红军人马回来了！……"我们悲喜交加，兴奋得流下了眼泪。我们又回到党的怀抱里了！

我们是在下山以后打听到老夏的消息的。被我们抓住的一个反动白军的排长说：那天晚上，搜山的队伍正要出发，向马家畈附近的北山包剿，突然有一个瞎了一只眼、跛着腿的黑瘦庄稼人，约莫五十几岁，被他们抓住了。他们在村头那个被烟火熏黑了门窗墙壁的破庙里审讯他。他承认他是赤卫队员，承认他知道山上躲着赤卫队员也藏着枪支。搜山的队伍逼他带路上山，还对他说：如果找到赤卫队员和枪支立了功可以不杀他。这独眼老头带他们摸黑上了西山，一跛一瘸骗他们绕了一夜。快近天亮，走到名叫绝虎岩的地方，他说有些枪支藏在崖下一个石洞里，用绳索吊人下去可以取上来。他们让他下去取。他同意了。他让白军拽好绳索垂他下去，他把绳索拦腰捆住，上边两个人拽住他。他是早就存心不想活了。拴好绳索突然咬牙，"哇——"地大叫一声，往下一纵，两脚使劲一蹬，双手使劲一拖，他自己连带那拽他的两个白军士兵，一起坠下绝虎崖万丈深渊里去了！……白军排长说完后，还心有余悸地摇头咂嘴："真厉害！真厉害！……"

对于老夏的死，就跟他的生一样，所知都不多。他只是革命队伍中曾经有过的一个无名的英雄。

我们在一个傍晚去了绝虎崖。天空高远，云儿悠悠地飘。远山刚要吞没血红的太阳。雾气像拉网似的缭绕在空间，归鸟鸣噪，薄暮冥冥，四面是模模糊糊的碧山高峰，苍苍的松树，我们合起手来，放在嘴上呼叫："老夏！……"来自山谷间的空荡荡的四壁就有不断的回声传来："老夏！……老夏！……老夏！……"

这回声，声声撞在我们心上。老夏那黧黑的颧骨高耸、眼窝深陷的面孔似乎在飘逝远去。我眯缝起眼睛，这容貌又似乎在向我飘近、飘近。啊，啊！老夏！我将在何处再能见到你？……

我们连老夏的遗体也没有找到。大家悲哀了一阵，心中只剩下了回忆。但我们都说老夏活着。有人活着，其实生命早已中止；有人死了，却永生在人们心里……

今天，当这颗铜扣子寄到我手里时，虽然我的入党介绍人老书记没有附来一句叮嘱或者教导，我却懂得他的心、他的深意！面对着倒流的时光，我激奋难抑，感慨泪盈。

我双手敬重地捧着衬着红绸的玻璃盒子，将铜扣子放在我的写字桌上。我将天天看到它！我将永远不会忘记我的入党誓言……

因为，正如当年那位我不知名的政委说的："斗争还在考验共产党人！……"

网上的蜘蛛

题目和题材都有点像惊险推理小说，其实却不是。爱看惊险推理小说的读者看了不知是否会失望？

一

一九四九年八月里的一天。那时，上海解放还不到三个月。军管会调我去参加清理国民党特务机构警备司令部稽查处的一批档案。天闷热，地下室里阴暗潮湿。许多档案均是陈年旧货，散发着霉烂的气味，呛人鼻息。一天下午，我突然发现在一只大木箱的上层，有一个密封的油布包。打开一看，啊！是一厚叠好几本"黑名单"！这一本本的黑名单，都是十六开本，是用印着红格子的毛边纸装订成的，毛笔字抄写得很整齐。我拿起一本"上海各大中学校共匪分子名单汇编"的黑名单，翻开一看，在"大沪大学"的部分，忽然一眼瞥见黑名单上赫然有我的名字：孙元璋，大沪大学共匪地下支部成员……

我并不是什么"地下支部成员"，但年龄、性别、特征几项填得倒是准确的。那是上海解放前三个月，因为风声太紧，有一天，地下学委的领导申耀东同志亲自同我在黄浦江边外滩公园见面。他是一个热心、热情但是头脑冷静的人，有一双熠熠生光的眼睛。他说："你平时比较暴露，现在敌人可能要有一次全市性大逮捕，你快撤退到浦东乡下去暂时躲避一下吧！……"当时，我还表示不想转移，老申用大手有力地握着我的手说："不要犹豫！就这么决定了！"现在，见到了黑名单，我不禁想：要不是地下学委及时要我转移，说不定早在解放前我就遭到敌人毒手了呢！我是个好动感情的人，一眼就盯住了"情报提供者"一栏，仇恨地看到"中统党派组通讯员"竟然是"朱翔"！啊？我脑海里立刻浮起一个白白胖胖、身材不高的上海籍同学的脸庞，他是我同系的同学，住过一间寝室。真想不到啊，他竟是个可恶的特务！我喊了一声："快来看呀！这儿有黑名单！你们看，上面还有我的名字呢！……"

大家一窝蜂围上来，七嘴八舌议论着："这黑名单太珍贵了，赶快交上去！""啊！孙元璋，敌特形成的大网把你也给粘在网上了哩！""哎，这个朱翔是谁？"

接着，我匆匆将大沪大学被列在黑名单上的人草草浏览了一遍，发现名列黑名单上的所谓"共匪分子"，有的准确，有的好像并不准确。比如一个名叫周晓的人。这个人平时有点神秘，我们对他一向是提防的，现在看来是我们怀疑错了，他竟是敌人黑名单上的迫害对象呢！可见要了解一个人多难啊！

当天，我们高兴地将这些黑名单呈报领导，作为特急的绝密件转给有关部门去处理。我是个疾恶如仇的人，黑名单上缴后，心里老是平静不下来。朱翔那白白胖胖的脸孔不断出现在我眼前。我好像看到敌人张开的一张大网，朱翔就像蹲伏在网上的一只肥胖凶恶的蜘蛛。我愤恨地想：不知这个家伙现在在哪里？唉，当初，我怎么竟看不出他是个万恶的特务！……

那时，我和朱翔以及其他两个同学住一间寝室。

朱翔，有一张胖胖的白皙而文静的脸，有一双含着才气的眼睛。我只觉得他是个政治上无定见的自由主义者。有时，他对国民党反动派发动内战、贪污腐化、实行法西斯统治很不满，对物价飞涨民不聊生也很愤慨。但有时，他口头上也以资产阶级立场来评论共产党。他爱写文章，大部分写的是一些知识性、趣味性的小品，但有时也写些抨击时弊的文章。组织上曾让我在思想上帮助他，给他一些进步影响，争取他参加到学运中来，但他笑笑说："让我保持自由吧！我要有自己的主见，我不愿被人牵着鼻子走。"那时我认为他不是我们的同志，可也不算敌人，是处在中间状态的人物，所以，我同朱翔始终还保持着正常的同学关系。毕业后，听说他依靠一个亲戚的门路到一家民营的小报里去当编辑，现在才明白，他竟是个善于伪装的暗藏在我身旁的特务。至今他在哪里？一时也打听不到。

有一天，遇到地下学委的申耀东同志。他这时在搞公安工作，脸被暑天的太阳晒得黑黝黝的，有点憔悴。我们热烈握手。他的手总是滚热、有力的。我就激动地把朱翔的事告诉了他。出乎意外，他目光熠熠地说："我知道了！你们发现的黑名单我也见到了……"就这样，有关这个问题，我们也就没有深谈下去。

二

以后，我仍没有打听到朱翔的下落。

谁知，不几天，朱翔却自己找上门来了！

那天上午，我在外滩军管会的办公大楼三楼上开会，传达室打电话告诉我："孙元璋同志吗？有个你的老同学找你，名叫朱翔。你见不见？"

"朱翔？啊，他来了！"我的心"噗噗"跳着，说，"好！让他在会客室等一等，我马上下来！"

我快步下了三楼，到了会客室，见一个穿蓝色列宁装的矮胖子坐在长条椅上。那确实就是朱翔，我同他已经快两年不见面了。原先，他在我印象里并无恶感，现在，有的全是鄙视和厌恨了，连他穿列宁装我都看不顺眼。见到了他。我就叫了一声:"朱翔!"

他站起身来,看看我身上的黄军衣和红色军管会标章,白皙的脸上带着几分敬意,淌着汗搓着手,拘拘束束地说:"啊,孙元璋,久违了!"

我尽量捺下性子,陪他在长椅上坐下,发现他眉宇间蕴藏着怔忡不安的神色,我讨厌这种神色,就仿佛看见他戴了一个假面具。我问:"你现在在哪儿?"

他答:"我在华东新闻学院学习。"

那时候,华东新闻学院正将大批旧社会遗留下来的新闻从业人员包下来集中进行学习。我点点头说:"你有什么事呢?"

天燥热,他擦着汗说:"唉,我们那儿领导老是怀疑我有政治问题,我简直痛苦极了!我想请你给我写个证明,证明我在大学里的表现。我们是住过一间寝室的,平时谈得比较多,你对我还比较了解。我打听到你在军管会,高兴极了。想来想去,我就决定来找你了……"

我心中有底,越看他越觉得他狡诈。他那白皙的脸上显得诡秘阴险。我想:你这个特务真鬼呀!竟还想利用我给你写证明包庇你,可惜你还不知道吧?你的主子逃跑得太匆忙,你的马脚早暴露了。但我却脸上不动感情地说:"你到底有没有什么严重的政治问题呢?"

他慌张、不安而又为难地停顿了一下,摇头说:"说实话,确实没有!……"又说,"你对我是比较了解的,我现在当然是懊悔。我那时候不该走中间道路!但我就是那么一个人,我也并没有站在国民党那边。老同学,难道你不可以为我证明吗?"

他越是这样,就越使我感到他的狡猾和虚伪。我明白:他一定是在受审查!我还是不露声色,尽量平静地说:"要说了解,最了解的应该是你自己。我想,最重要的是你自己应该无保留地向你那边的领导上如实谈谈政治问题,不能有丝毫隐瞒。这样做了,对你是有好处的!"

他蹙起了脸孔，眼圈红了，唉声叹气一副丧失信心的样子，点着头说："你说得对，但我已经把所有的事都交代了，仍不能取得相信。我只想求你实事求是写个证明供我们领导上参考。可不可以呢？我不要求你为我说什么好话，只求你实事求是。"

我思索着他的话，感到他太像一个演员了！但演技再高明，我也能看出他心中有鬼！我想：实事求是，这当然办得到。既知你是个特务，我当然得实事求是地向你领导上反映。于是，我慨然地答应道："可以，我可以实事求是地写。……但是我要再忠告你一句：你自己也要实事求是！有些事自己以为别人不知道，其实人家未必不知道。"

他不再说话了，点头告辞，脸上始终像梅雨时节的天空笼罩着阴云。临走，我也没有同他握手，看到他垂头丧气地走出军管会的大门，下了台阶背影消失了，我心里洋溢着一种见到坏人受到打击的快意。

当天，忙于开会。第二天上午，下着瓢泼的急雨，同室办公的几个同志都外出工作去了。我独自留守，坐在办公桌前考虑着朱翔的事，纸笔放在面前，我就认真地写了一份我所了解的朱翔的材料。由于对特务的憎恨，由于我在黑名单上亲眼白纸黑字看到了朱翔的名字，我心情激动，是带着浓烈的仇恨特务的阶级感情写的。写得很快，也很满意。材料写好，正巧，申耀东同志突然来找我了！

老申这个人，比我只大六七岁，但他做地下工作富有经验，要比我这样一个刚离校门的大学生不知高明多少倍。他是那种胸有城府不显山不露水的人物，办事干脆，有决断，但思虑周密，叫人莫测高深。他一进我的办公室，脱下湿淋淋的雨衣，见我独自坐着，开门见山就说："你一人在？好极了，我要跟你谈谈呢！"

当时，大家都忙，少有谈心机会。我见他来了，心里高兴，忙递把芭蕉扇给他，说："快坐快坐，我给你倒水喝！"

他坐下接过开水扇着扇子说："我要你写一个关于周晓的材料，把你所了解的周晓全面、详细、具体地写一写。"

我点头说："行！"问，"周晓现在在哪里？"

申耀东说："在一个中学里教书！"

我忽然想到在黑名单上见到过周晓的名字。我说："这个人起先我们觉得他很可疑，可是上次在黑名单上却见到了他的名字，看来是我们当时对他怀疑错了，现在要我写周晓，我该怎么写呢？"

老申眼睛瞅着我说："实事求是嘛！你前后是怎么了解的就怎么写。"

我点头说："行！"

他又说："我还要向你了解一下朱翔的情况。"

"朱翔？"我拿起桌上刚才写好的材料递过去，说，"他的事你也在处理？真是你想睡觉我就给你送枕头！我刚写了一份关于他的材料要交给他领导上呢。你先看看！"

申耀东说："是呀，我就是为了看你这份材料才来呢！朱翔说他找过你，并且说你会实事求是写证明材料的。所以我急着先跑来看看！"他接过材料，默默看起来，看得那么仔细，似乎不是一句一句看，也不是一个字一个字看，而是一笔一画地在看，又像是心里在用铁锤敲打我写的每一个字每一句话。最后，好不容易，终于看完了，他用两只火辣辣的眼睛看着我说："你了解的朱翔的情况是否全在这里了？"

我点头说："没有遗漏！"

他嗓音浑厚，说："小孙，你这份材料怎么那么多的佐料？"

我诧异地问："你觉得怎么样？"

申耀东看着我："我是问你，你写这份材料，是不是实事求是？"

我皱起眉来，说："那份黑名单你已经见到过了，不是吗？"

他点点头正直地说："见到过了！正是因为这样，我感到你是在先肯定朱翔是特务的前提下写的这份材料。但是，你应该知道，我们要相信的是事实，要弄清的也是事实。通过事实得出结论，而不是先拿了结论来写事实！"

他的话像铁器砸在石头上，一字一声使我心头迸射火花。弦外有音，引起我的深思，但我仍捉摸不出他说这些话的真正含义。我说："老申，你觉得我这份材料不实事求是吗？"

申耀东走到我面前，指着我写的材料给我看："你这开头是这样写的：'特务分子朱翔，是中统党派组通讯员，在校期间，曾秘密向敌人特务机关提供地下党员、进步学生的黑名单……我问你，你这样写的根据是什么？"

我觉得他话里有参不透的道理，我说："根据那份发现的黑名单呀！"

大雨的水点抽打着玻璃。老申两眼火辣辣地说："在看到那份黑名单之前，你有这样的事实根据吗？对他有这样的印象吗？"

我擦着汗摇头说："那当然没有！"

雨声哗哗，申耀东又指着我写的材料说："我了解你，你是个好动感情的人，写这材料时，一定是很激动的。但写政治性的材料，不像写文学作品，需要的是冷静而不是激情。你看，你在写与他同寝室及同学时的情况，将他的表现中加了这样一些形容词，如'狡猾''两面手法''可疑'……也加了这样一些揣测的语气，如'也许''可能''大概'……我们要看的是庐山真面目，照你所了解的情况，不要走形，不要有弹性。你却在真面目上加了云雾，画了花草，涂了色彩，真面目就不清楚了。这是犯忌的！写政治性的证明材料不能这样。现在把你附加的那些成分去掉后，剩下的材料却构不成他是一个特务！……"

我有点激动了，说："难道我们对凶恶的敌人该手下留情？难道写材料时能不带阶级仇恨吗？"

他用两只熠熠放光的眼睛凝望着我，说："对凶恶的敌人，我也许是一把锋利的钢刀。但是，万一不是敌人，刀就不能乱用。写材料时，事实和阶级仇恨是两码事！"

给他一说，我立刻又感到他那种心热而头脑冷静的特点了。我才觉得我写这材料时确实是不够实事求是的了。我拭着汗说："老申，你说得对。这份材料我重写一下再交去！"

申耀东老成持重地说："我只是从政治这个角度对如何实事求是地写材料提出了一些看法。至于现在，我们对朱翔的情况掌握得比你多得多。你的材料，碰到粗枝大叶的人也许会先入为主，而我们是会具体分析的。朱翔的问题，从调查到让他自己交代问题，已经有一段时间了。他的问题只不过是黑名单事件中的一个小插曲。我们要做许多调研工作。是特务，就跑不了；不是特务，也不会冤枉人家。"

老申是一个办事麻利从不浪费时间的人，说到这里，站起身来看看大雨滂沱的窗外，说："今天就谈到这里，我走了！"他拿起雨衣披在身上，也不要我送，脚步声"嗒嗒"地就下楼了。

老申走了，那双熠熠发光的眼睛好像仍在望着我。我沉思以后，想：嘴上说要实事求是并不难，做起来要实事求是却不易。但，是就讲是，不是就讲不是，错了就坚决改正，这也就是实事求是。我就把以前同学时对朱翔的认识和朱翔的表现以及后来发现黑名单的情况实事求是地重写了一份材料，亲自送到了华东新闻学院。又照此原则写了一份周晓的材料让通讯员送给了申耀东同志。但，在我心上却有了一个谜：朱翔是特务这难道还有疑问吗？那么老申要了解的周晓又是一个什么样的人物呢？……

三

三天以后，快吃午饭的时候，我接到了申耀东的电话。他声音沙哑，似乎很疲劳。在电话中说："小孙，你到我这儿来吃饭，有些事我还要问问你……"

我知道他要说的必然仍是朱翔的事。我们办公的地点离得不远，就急急忙忙赶去了。见了面，他照例伸出刚强有力的大手同我握。他脸上疲劳，好像熬了夜似的，眼里有血丝。我们那时是供给制，他去办了个手续，用两只大碗盛了两碗堆尖的饭和菜来。菜是熬黄豆芽。在他的办公室里，我们边吃边谈。他满头是汗，又开门见山地问："你印象中有《青年民主评论》这个杂志没有？你和朱翔同寝室时发现他向《青年民主评论》投过稿没有？"

我在脑海中搜索，过去的事像火光似的一闪一闪又恢复了印象。我看着老申那因为疲劳而变得黝黑憔悴的脸说："唔，《青年民主评论》，我有这个印象。这个刊物办得好像还是很进步的。我好像在朱翔的枕边看到过这个杂志。"

老申眼神睥睨，点头又问："你听朱翔谈起过这个杂志没有？他在上边发表过文章没有？同这杂志有什么联系？"

我想了一会儿，摇头说："没有这方面的印象了！好像就在他那里见到过一次这个杂志，后来也再没见到过。常在他手边的杂志是《观察》《时与文》等等。"

申耀东说："我再给你看一份材料，你再回想回想。等会儿，你就把有关《青年民主评论》和朱翔的事写一个材料交给我们。"

天闷得叫人汗流浃背，我拿起桌上的报纸当扇子扇，吃着饭问："朱翔的事查得怎么样了？"

老申大口嚼着米饭说："许多事恐怕都会出乎你意外呢！你先看看朱翔的一份交代吧！"他从桌上的卷宗夹里拿出一份朱翔的亲笔交代材料递给了我。

我接过材料，朱翔写的一段交代就展现在我的眼前：

……可怕呀！可怕！这是我的一件心病：

那是一九四八年初，我偶然在校门口报摊上发现了一种叫作《青年民主评论》的杂志。这杂志发表的文章很"左"，抨击国民党反动政府的倒行逆施胆子很大，说实话，"左"的面貌常常是容易吸引大学生并博得喝彩声的。杂志上还有征稿启事："青年来稿，优先采用，一经发表，稿酬从丰。"恰好，那时上海同济大学校长丁文渊阻挠学生自治会的民主普选，发生了国民党反动派用"飞行堡垒"和警骑队镇压学生请愿队伍的"一·二九"惨案，我出于义愤，也为了想扬名出风头又能赚点稿费，就写了一篇题为《是可忍孰不可忍》的文章投寄到这个杂志去。不料，这个杂志社是国民党中统特务机关张设的一个毒网，它以"左"的面目出现，想发现共产党地下组织，也为了诱骗政治上幼稚的青年学生上钩，谁如投了稿，就上当入了他们的魔爪，我的稿件寄去后不久，收到了回信，说："尊稿立论公允，才华洋溢，本刊决定采用，但尚需小作润饰，望接信后速来山阴路 154 弄 3 号本刊编辑部一谈。"我当时兴奋地接到信就去了，谁知那是一个可怕的"陷阱"，我一去，就被特务逮住了！他们把我用汽车押到一个我也弄不清的地方，进行审讯，还给我上了老虎凳，要我招供自己是共产党，又要我咬出学校里的共产党分子来！我当然既不承认也不肯乱咬人，最后，知道我确实什么都不清楚，什么都讲不出来时，他们才放我回去，但提出的条件是：回去后要守口如瓶，今后我就算是他们的通讯员，要定期刺探共党分子的动态，秘密向他们报告。我被释放以后，丧魂落魄，幸好我二叔认识中统里的一小头目，请客送礼上下打点，才使我同特务脱离干系，他们答应只要我不说出去可以不再寻找我的麻烦，因此，我既未参加特务组织，也未为他们效命出力。……

天虽热，看完，我却感到凉津津的毛骨悚然。但，将信将疑摆不脱对朱翔的厌恶。我说："他装出可怜相，说自己是一只被粘在特务机关毒网上的蜻蜓。我看，他实际上是一只毒网上的蜘蛛！黑名单上，他是通讯员！有什么证据证明他没有为敌人出力效劳呢？有什么证据证明黑名单上我的名字不是他向敌人提供的呢？"

申耀东同志用筷子夹食着碗里的黄豆芽，用浑厚的嗓音说："是的，他也许够不上说是一只蜻蜓，因为蜻蜓是益虫，而他不过是一只糊涂的昆虫！但他也决不是蜘蛛！你不常发现那样的情况吗？蜘蛛结了一只网，但是蜘蛛自己却躲起来了，留在网上的是被粘着的昆虫。……但是，只要发现了网，也一定能找到结网的蜘蛛……"

我敏感地说："蜘蛛逮到了？"

他点头："唔，毒网上的蜘蛛已经逮到了，真相已经大白！经过调查，朱翔的交代是可信的！"我吃惊地问："蜘蛛是谁？"

老申眨着他那两只火辣辣的眼睛，说："有好几只！其中一只可以告诉你，就是周晓！他是中统党派组的特务，你在黑名单上的名字就是他提供的！他也是《青年民主评论》的秘密负责人之一，现在是奉命潜伏下来的特务！"

我险些叫起来。天很热，却打了个寒噤，说："啊！周晓？敌人的黑名单上不是有他的名字吗？"

老申笑笑："是啊！斗争的复杂就在这里！已经查清，黑名单是假的！敌人为了布置潜伏特务网，为了将水搅浑给我们制造困难和坏影响，故意编造了假的黑名单留给我们！周晓是参与这件事的！黑名单中有真有假，只是我们并不完全相信敌人留下的现成死材料！我们是马列主义者，应当想得周到一些。有调查研究这个武器和实事求是的工作作风，依靠群众，我们会给许多难题找到答案的！"

一切又都出乎我的意外。我的心很乱，我才知道自己大错特错了！我惊讶、愕然而又钦佩，感到了咀嚼、思索和回味的东西是如此之多，面对着心热而头脑冷静的申耀东同志，我简直说不出话来……